铁花

王旺山 著

人民文学出版社　现代出版社

图书在版编目（CIP）数据
铁花 / 王旺山著. —北京：现代出版社，2018.11
ISBN 978-7-5143-7556-5

Ⅰ. ①铁…　Ⅱ. ①王…　Ⅲ. ①长篇小说—中国—当代
Ⅳ. ①I247.5
中国版本图书馆CIP数据核字（2018）第272175号

铁　花

作　　者：王旺山
责任编辑：申　晶
出版发行：现代出版社
地　　址：北京市安定门外安华里504号
邮政编码：100011
电　　话：010-64267325　64245264（传真）
网　　址：www.1980xd.com
电子邮箱：xiandai@vip.sina.com
印　　刷：三河市宏盛印务有限公司

字　　数：552千字
开　　本：710mm×1092mm　1/16
印　　张：29.25
版　　次：2018年11月第1版
印　　次：2018年11月第1次印刷
书　　号：ISBN 978-7-5143-7556-5
定　　价：59.80元

生活不是我们活过的日子，
而是我们记住的日子，
我们为了讲述而在记忆中重现的日子。

——加西亚·马尔克斯

神啊，感谢您今天
让我们捕获了一只小的麂子
请您明天让我们捕获一只大的麂子

神啊，感谢您今天
让我们捕获了一只麂子
请您明天让我们捕获两只麂子

——选自雷平阳《基诺山上的祷辞》

目 录

并非引子的楔子

在我的身后，是一座早已废弃了的土寨子。尽管岁月的牙齿剥蚀了寨子年轻时的气度，但从遗存的土墙和高大的土门洞看，仍然不失当年的森严。如今，这座高高在上的土寨子，已经没有一丁点儿的实用价值了，但它却像祖先的牌位一直矗立在古城人的心里。

土寨子像一个公鸡头，傲立在古城村西，三面悬空，背后有一条不宽不窄的土路，连着西边的禹山台塬。此刻，我端坐在夕阳里的土崖上，鸟瞰村子里的炊烟，思绪蹁跹。即将开始的生活，对于我来说，就像一道令人挠头的算术题，时而清醒，时而茫然。尽管我已经做好了迎接风暴的心理准备，但冷峻的现实远比父辈们打出的铁花更冷峻，总让我觉得自已像一只仓皇的蚂蚁。

一只蚂蚁，两只蚂蚁，三只蚂蚁，一群蚂蚁从土崖的一个干枯的土洞出来，匆匆忙忙，浩浩荡荡地又进了另一个干枯的土穴。

起风了，我仿佛听到我娘唤我吃饭的声音——繁盛的树木在慢慢枯萎。村里的房子，村里的巷道，村里的碾麦场，村里的饲养组，村里的老井，村里的祠堂，村里的鸡、羊、狗、猪，在我的视野里潮汐一般渐渐消退，渐行渐远。

铁花炸响的时候，我在一片荒原上奔跑，像追赶一只蝴蝶，仰着脸，拿出了吃奶的劲头，追逐绽放的铁花。

一群狗在追捕一只獾，跑着，跑着，獾变成了一头野猪。追着，追着，猎物不见了踪影。一片灌木丛挡住了我的去路。一回身，我惊诧地发现，一头野猪正朝自己疯狂地奔来……醒来后，一身冷汗。但屋子里，还能嗅到铁花凋谢后，生铁熔化时呛鼻的味道。

我娘做的酸拌汤，在井把弯巷是出了名的香。

“嘭嘭嘭、嘭嘭嘭……”天还没亮，就有人拍打饲养组的门。昨天我在黄河滩跑了一天，累死累活地才撵下了三只野兔子。滩地里狩猎，累人也费狗。先前，我对大伯的很多话似懂非懂，一个耳朵进另一个耳朵出，全然没当回事——偌大的一片滩地四无遮拦，既方便了猎狗们奔跑，更利于野兔们慌乱之中四下逃命。东奔西逃，南征北战，别说我，就是那条大丹狗也被一只半成年的小兔崽子折腾得够呛。最要命的是，一块方方正正的豆子地里，陡然间一下子蹿出三只甚至五只野兔来，习惯了集团围捕的猎狗们一时乱了方寸。几只野兔四下逃散。等猎狗选择好追逐的目标，往往野兔已经蹿出了豆子地，一蹦一跳地消失在一片沙尘之中了。

以我多年的经验，一条狗要撵一只野兔并非一件容易的事情，尤其是在秋天的黄河滩地上。一条猎狗已经把自个儿追成了一条线、一抹风，眼看着猎物就要到手了，旁边的野草里陡然又蹿出另外一只受到惊吓的野兔。一分神，不仅给了被追捕猎物喘息、逃命的机会，乍现的野兔像跑接力赛的选手一样，与狗们又展开了新一轮的角逐。好在我的几条猎狗都深谙其道，尽管临阵需要一个缓冲的时间，但很快就会齐头并进展开围捕。一天下来，几条狗已经精疲力竭了，一个个趴在地上气喘吁吁，舌头就没收回到嘴里去过。

狗累，人更累了。

每一次发现野兔，我都会大呼小叫地跟在狗的后边摇旗呐喊。狗和人一个样，多了，也需要我现场及时地鼓舞与指挥。想想看，背着几只野兔，攥着一把铁矛子，忽东忽西地乱跑一气。一天下来，少说也有几十里路。何况我的一条腿还受过伤。一躺到炕上，整个人都散了架。嗓子沙哑得像一个冒热气的烟囱。年纪不饶人，这两年，出去跑一天，黑了，别说想女人，就是连做梦的力气都没有了。

半醒半睡中，我知道有人在拍门。但我懒得睁眼，甚至连哈欠都不愿意打一个，翻了个身，又呼哧呼哧地睡着了。

“嘭嘭嘭、嘭嘭嘭……”

粗暴的拍门声再次弄醒了我。“拍啥哩，一大早的，让人连个觉都睡不成。”我骂骂咧咧地起身，走到院子北边的羊粪堆前足足尿了半袋烟的工夫，身子一下子轻松了许多，人似乎也清醒了一些。

“谁呀？”

“我。”一个不算熟悉的声音。

“你谁呀？”尽管没有尿了，但我并没有急于提上裤子，而是挺直了身子和脖颈，闭着眼，没好气地说。

“福来。滩子的福来。你忘了？”

“咋哩？”我拉开大门，迎头就问。

门一开，一个常在后沟放羊的老汉手里提着一笼红薯，“扑通”一下跪在了我面前。我一愣，说：“咋啦？你这是……赶紧起，起来。”老汉跪在地上，带着哭声说：“你得帮我呀，兄弟。”我一头雾水，不知道他啥意思。“咋啦？你起来说。”“你要是不肯帮我，我就跪这不起来了。”我这人心软，属于那种吃软不吃硬的货，一见老汉可怜兮兮的，心里先矮了半截子，说：“帮，帮，你想让我帮啥哩嘛。”

“猪，野猪……”

原来，这几天夜里，从禹山上下来了一群野猪，把后沟大片的玉米拱倒了。眼看着要收获的玉米棒子，被野猪糟蹋了一地。福来老汉的地，已经有两行玉米让野猪拱倒了。尽管村里有人夜里在后沟轮流放哨，用火把、鞭炮驱赶野猪，但收效甚微。一眨眼，玉米还是被拱倒了一大片。情急之中，受众人之托，福来找到了我。如今，夏阳县南一带、县河两岸，我是出了名的猎手。

一进入农历八月，村北的后沟就被成熟的玉米陶醉了。不知咋了，这两年市场上的玉米一天一个价。一亩地算下来，比种麦子还划算。玉米一冒草缨子，临村滩子四队的福来老汉就胳肢窝夹个羊鞭，成天在后沟转悠。说是放羊，其实呀，是放心不下白河边的五亩玉米。

后沟的灵气，全靠沟底的一条季节河。涓涓的河水潺潺流淌，长年不息，但因为水量小得可怜，以至于水利部门都忽略了它的存在。两岸宽约两里的梯田是附近少见的好地。一年两季，不论种麦子还是种玉米，收成都比河滩的大片地要好。和福来熟络，是由于我隔三岔五地在后沟一带打野鸡、撵野兔的缘故。老汉人本分，甚至有些懦弱，在村子里属于那种有他不显、没他照常的一类老实人。他女子出嫁了，家里还有一个上学的男娃。农业社时还好混，后来的日子过得反倒紧巴了。一家三口全靠几亩地养活。一只老奶羊一天挤不下一斤奶，勉强够多病的老伴儿一个人喝。没别的本事，福来老汉就把精力都放在了沟里的几亩玉米地里——娃娃的学费、家里的日常费用，全凭卖了玉米的几千块钱支应。

后沟的地形我熟悉。

歇息了一天，我带着五条狗进了沟。除了老梢狗——我爸在时，从集市上买回来的一条凶猛的土黄狗；我最喜欢的小白，一条三代大丹狗；一条体形庞大，一身土褐色，短毛的苏格兰猎犬，还有两条普通的土狗。在围猎中，这五条狗各有所长，分工明确。多年的跑坡经验告诉我，一群狗要强弱搭配，既要有猎狗，也要有土狗。当然，梢狗是必需的。这样的组合才不会在激烈的围猎中发生不该发生的内讧。

狗通人性。狗是动物中会思考的灵异一族。主人的好恶，哪怕是一个细小的举动，都会刺激狗的大脑。尽管大多时候，我们忽视了狗的情感，但任何人对狗的恶意，都会引起狗的反感：或悻悻走开，或龇牙咧嘴。人常说，狗眼看人低。但你一旦向任何一条狗展示了善意和真诚，即使再凶猛的狗，它都会对你摇头摆尾巴的。

撇开狗，咱说狮子，或者猴子吧。一个狮群，一个猴子群，只能有一个王。每隔几年，这个族群都会发生一次血腥的内讧。胜者为王，败者为寇。胜利者，带着累累伤痕过上了王者的日子。失败者，要么俯首称臣，要么远走他乡。这样的内讧或者说是较量，每隔几年都会重复一次。今天的王也许就是明天的寇。残酷的现实，再一次验证了强食弱肉的自然法则。狗被人类驯化以后，成了人类最忠实的朋友，但兽性并没有完全退尽。每当人类呵斥你这个狗东西时，狗在低头耷拉尾巴的同时，眼睛里都会掠过一缕阴霾一般的凶光。只是考虑到日后的生活，狗们一般都会压抑着自个儿的愤懑甚至怒火。对于人类，它们可以委曲求全，甚至忍受鞭打。但对于同类，情况可就大大不同了。一般的土狗在路上邂逅了同类，都会高度警惕，仔细打量对方后，会根据同类的气味迅速做出判断。遇到比自个强的，会立马低眉顺眼、塌腰夹尾地讨好一番，尽快离开。遇到比自个弱小的狗，马上会浑身抖擞、趾高气扬地给对方一个后胯，以示蔑视。脾气暴躁一点的会翘一下嘴唇发出一声低沉的怒吼。遇到这种不善的主，识相的狗就会知难而退，溜之大吉。这个时候，只要主人一个口令，或许会爆发一场激战，或许双方偃旗息鼓各走各的路。

猎狗，或者说在一个围猎的狗群里，狗们一般不会无缘无故地产生敌意，或者相互撕咬，这是笨狗的作为。能入选围猎的族群，都是一些体格健壮、嗅觉灵敏、善于奔跑和敢于下口的好狗。自然，这类狗，一般懒得把智慧和体力耗费在那些无谓的争风吃醋上。只有在激烈的追逐、围猎，甚至与猎物残酷的撕咬中，它们才会爆发出体内的兽性，来一场你死我活天昏地暗般的厮杀。

只有合理的搭配，才会上演一场有序的围猎。

想想看，猎物一旦被撂倒在地上，几条狗同时扑上去撕咬猎物。如果没有主次之分，现场必然会一片混乱。过去，我采取的是以多取胜的法子，十几条狗蜂拥而上。靠前的几条狗在与猎物拼死搏杀，其余的狗却在相互撕咬，结果猎物乘机逃生。往往我要费好大的劲才能把滚成一堆的狗喝住或拉开。

扯了半天，我的话就一个意思：围猎中的狗，是需要分工的。而这种分工，又是一种若即若离的配合，除了组群时考虑到这个因素外，现场主要是靠梢狗在无形中完成的。梢狗一旦发现了猎物，通过吠叫，通知其他的狗。追逐主要靠两条猎狗：小白和苏格兰。等到把猎物围堵住，或者撂倒在地上了，黄狗会第一个扑上去，死死咬着猎物的某个部位不松口。这时候，其他几条土狗自然会扑上去，与猎物撕咬，等待我的到来。猎狗比一般的土狗精明。它们在围猎中，总是担心自个被垂死的猎物咬伤，一般不会下死口，于是猎物很容易逃脱。它们似乎也很清楚自个的优势，一旦追到了猎物，都会退出一线，让位给几条土狗撕咬。不是我吹牛，我眼下的几条狗算得上是绝配。这也是被大家认可了的事实。

看来，后沟的这群野猪狡猾得很。这畜生见村里人夜间又是点火把，又是放鞭炮的，搞得一条沟都不安生，就变了策略，改在大白天下山了。它们这一改不要紧，却害得我带着狗守了三个晚上，结果连一根野猪毛都没寻着。要命的是，玉米照旧被拱倒了一地。

第四天，我是吃过晌午饭进的后沟。

这条沟活像一个枣核，两头小中间大。从白水河源头的杏花村开始，一直到滩子村西，大约五里地的样子。沟的两边都是对称的起起伏伏的土岗，或者陡峭的土崖。蛇形的河道，像是被一股湍急汹涌的山洪经历了亿万年冲刷出来似的。曾经野兽般的山洪，现如今只剩下了细细的一股河水。尽管河水若隐若现，只占了窄窄的一小绺地方，但河道却十分宽裕，始终保持在两丈有余。让人惊奇的是，一年四季河道里看上去都是一种潮湿的模样。河的上游没有石头，河道偶然会分岔，把一小块一小块长满水草的土地圈在河中央，形成一个又一个大小不一的像绿洲一样的小岛。到了下游，也就是杏花村与滩子村接壤种地的地方，河道开始出现了一些凌乱的、大小不一的石头。有些地方，因为长年有河水的浸泡，河道上长出了一层草色的绿藻。接近村子的河道每年到了夏天，简直就是女人和娃娃们的乐园。女人一边嘻嘻哈哈地洗涤衣物，一边肆无忌惮地说一些荤话。娃娃们名义上是给大人看护晾晒在河滩上的衣物，可实际上他们都会瞅空逃离大人们的监控，到不远的河道里戏水打闹。只要大人不发出厉声的呵斥，那些素昧平生的娃娃们就会一直打闹下去。对这些场景，我记忆犹新。我瞅着那些半大的娃娃，陡然间，眼眶就湿润了。我想起了我娘。

沿着河边的一条小路逆流而上。这个季节，河道上水草碧绿葳蕤。河道的石头上，偶然有灰喜鹊和山雀被我的狗惊飞。进了沟道，空气明显潮湿起来。两侧的沟坡上，不时有野鸡的叫声从茂密的灌木丛里传出来。

我一直牵着黄狗。其他几条狗在我的前后不时穿梭前行。也许听到了山坡上野鸡的鸣叫，狗们似乎也嗅到了风里猎物的气息，纷纷提前进入了围猎的状态。一个个低着头，像扫雷的工兵一样沿着河道向西巡查，寻找猎物的气味或者蛛丝马迹。

在茂密的玉米地头，我喊住了狗。从背上的包袱里掏出几条杠子馍，分喂给每一条狗。然后，解下黄狗脖颈上的皮圈，指着两边的玉米地，说了声去吧。五条狗像五支离弦的利箭，呈扇面形状射向了一河两岸的玉米地。因为河道水小，小白和一条土狗径直穿过河道，跳上了高出河道半人高的玉米地。黄狗、苏格兰和另一条土狗蹿进了路边的一大片玉米地。

地里的玉米已经灌浆了。我拖着那把铁矛，一个人在河边的小路上走来走去，等待着黄狗的叫声。玉米地散发出阵阵凛冽的馨香，我能感觉到“突突”的心跳不停的撞击。一种大战前夕的忐忑，像一只野鹿搅动着我的五脏六腑，沸腾着我的血液。尽管烟瘾不时地冒出头来诱惑我，但为了不影响狗的嗅觉，跑坡期间，我一概不动烟火……大约过了一个时辰，几条狗从不同方位哼唧哼唧地先后又返回我的身边。

其实，找不到野猪的踪迹是我意料之中的事情，但我不能守株待兔。我要主动出击，掌握主动。但我已经不再年轻了，没有前些年的力气了。跟着狗跑几十里路，一天下来，身子骨还真有些吃不消了。有那么一刻，后悔的念头闪过我的脑海。这种定点围猎，我还是头一回。老实说，我没有这方面的经验。野猪在任何一个时间都可能出现，但我不可能一天二十四小时守在这里。

这种困惑多少挫伤了我的意志，动摇了我的信心。当初，要不是被福来老汉那一跪搅乱了心绪，我也许不会接受他的邀请。至少不会那么痛快地答应他。这下好了，寻不见野猪下不了台。自己把自个儿架在火上烤，这尴尬的滋味，只有自己能体味到。可我总不能这个时候给人家把话退了吧，总不能把半世的威名毁在几头野猪身上吧。我爸常说，应人事小，误人事大。尽管我从黄狗的眼里也看出了疑惑，但我还是一意孤行，招呼着狗们继续向西寻找。两里宽的沟道，五条狗一字散开，地毯式向前搜寻野猪的踪影。

秋季的沟道，除了东口一带，滩子村种着大片的玉米，其他的地方都是一些豆子、萝卜、大葱、花生、洋芋、苜蓿等一类低矮的植物。因为沟底长年有河水的滋养，尽管两岸的地远远高于河道，可地里的庄稼啥时候都长势喜人。经过一块豇豆地时，一个站在地头的中年男人招呼我歇歇脚喝口水。“你这豇豆长得好呀。”正在地里摘豆角的女人，抬头笑嘻嘻地说：“可不是嘛，大兄弟，不是我说大话哩，我这块沟地呀，还真少见，种啥收啥。”狗屁，真是沟里人眼浅，没见识。就他们那屁股蛋子大一块地，能收获个啥，也没见他们富到哪儿去。要不是从人家地里过，我真想说，你们呀，有空也出沟走走，就我队上那平展展、一眼望不到头的地都会让你娃头晕哩。就你们种的这些呀，在川道里那就不叫庄稼。那都是房前屋后，种着打牙祭，耍哩！但我一句都没说出嘴，因为人家放在地头的一大洋瓷缸子茶，让我一口气喝下去了一半。

这时，河对岸的地里响起了黄狗的吠叫。我把手指塞到嘴里打了一个呼哨。眼瞅着几条狗在齐腰的庄稼地里跳跃着，向黄狗吠叫的地方聚拢。旁边的男人急促地问，咋啦？我说，可能是野猪。女人说：“你真会开玩笑。我在这沟里种了几十年的地，也没见过野猪呀。”我懒得给她解释，从地上拔起倒插着的铁矛子准备过河。一只野兔蹦蹦跳跳地出了地，蹿进了河道，东跑西跑地在野草中奔跑。恰好，两边地里的狗们这时也都跑出了地头，站在了白河两岸的高处。几条狗稍作停顿，纷纷跳下河岸朝野兔围捕过去。河道里的野草都是一簇一簇地长着。狗在追逐野兔时不像兔子，并不躲避野草。所以远远看上去，五条狗像五条鲨鱼拖着绿色的波痕，快速向前冲去。在五条绿色的波痕前方，偶然会看见那只野兔奔跑的身影……要是搁前些年，我一抬枪就能把野兔撂倒。派出所一句话，把我的枪收了。可惜了表哥给我特制的那杆火枪。思忖间，围捕野兔的战斗结束了。大丹狗小白噙着野兔的脖子回到了我跟前。

我抚摩了一下小白的脑瓜子，小白把野兔丢到了地上，用一只爪子摁着。野兔早就死了。小白看着我把野兔装进布袋子，转身嗅地上的那个大号洋瓷缸子去了。其他几条狗，都站在河道里哈喇着长舌头看着我，等待我下达新的口令。

"天不早了，走了。"

我既是向旁边的中年男人告别，也是给狗们下达新的口令。几条狗沿着河道又开始了新一轮的搜寻。

河道从这里开始扭向了北边的土崖下，把大片起伏的坡地留给了一个数十亩地的杏园。穿过杏园时，我仿佛又回到了二十多年前的某个晌午，回到了那个顽皮捣蛋的孩童时代。大概小学快毕业时的样子，我和一帮子十一二岁的同伴趁晌午大人歇息，一块儿在阳坡地里走四五里路到这杏园里来。当时，好像树上的杏还未成熟。我们选了两个机灵的同伴，趴在园子东边沟沿上，朝沟底的杏树上盲目地乱扔土疙瘩，吸引看园子的老汉。等老汉赶到园子东边时，我带着其余的人，猫腰从园子西边一条小路下到沟底偷酸杏。那个时候，夏天我们都穿凉快的背心。干这种勾当，我们都不拿包包。把背心往裤子里一扎，酸杏就随手装到背心里了。从一棵杏树上下来，我看到旁边是一棵桃树。尽管桃子还没熟，还是一树的毛蛋蛋，可我还是忍不住爬了上去。

天热，也是紧张。等我们几个猴子似的爬上沟时，身上的背心早湿透了。下去的时候没在意，返回时才发现，其实，下沟的小路很陡峭。要不是拽着那些野草，或者灌木枝，根本上不来。被汗浸湿的背心再和土一搅和，一身的泥水。每个人的腰上都是鼓鼓囊囊的，像是怀了娃娃的女人。尽管一副狼狈的样子，但在回去的路上，一边啃着酸杏，一边嘻嘻哈哈的，一个个心里别提有多美了。真是乐极生悲呀。走到半路时，先是我的腰上发痒，紧接着是胳膊、脖子，再后来浑身都在发痒。等我把兜在背心里的酸杏都倒出来时，一个眼尖的家伙叫道："你咋还有桃哩。"原来是桃子的毛毛惹的祸。也许，就是从那个时候起，我一见到桃子身上就不自在，甚至连桃也都忌了嘴。

过了杏园，就是杏花村了。后沟也就到头了。我没有从原路走回去，而是带着狗进了村子，找到我认识的蒋虎。这个人早不当村干部了，人仗义。一见我进了院子，他就忙招呼媳妇给我做饭。我道明了来意，婉拒了主人的盛情，和蒋虎在屋里边喝茶，边谝了一会儿与野猪有关的闲话。临出门，蒋虎一脸真诚地说："哥，说真的，我活恁大，还真没听说过沟里有野猪哩。”

第二天，也就是我答应福来老汉帮他们撵野猪的第五天，我不等天亮喂饱了狗。自个儿也喝了半碗羊奶，擦亮铁矛子，进了后沟。我有一种预感，今天保准能见到野猪。尽管沟道里的人都说沟里没野猪，甚至觉得我的说辞更像是天方夜谭，像说书人糊弄人的把戏。可满地的野猪蹄子，大片被糟蹋的玉米都是铁证呀。我仔细看过那些深深浅浅的猪蹄印子，以我的经验，这群野猪至少也有七八头。从蹄印子的深浅，我猜测，这野猪至少也有三四百斤重。基于这样的判断，这一天我叫上了黑蛋。面对如此庞大、凶猛的野猪群，我要有足够的心理准备。不然的话，后果不堪设想。

我担心三轮车的响声惊吓跑了野猪。刚进沟不久，离那片玉米地还有大约一箭地时就熄了火，我和黑蛋一块儿把车推到一棵大柳树底下。都走出几丈远了，黑蛋回头瞅了眼三轮车，说：“丢不了吧？”“没事儿，这沟里人少。真丢了，让福来老汉赔。”“只要他不让你把红薯还给他，就算好的了，还给你赔车？”说话间到了地头。黑蛋说，我咋也觉得蹊跷哩。我说：“咋啦？”黑蛋说：“你说这野猪在山里头好好的，跑几十里地到这里来。可能吗？”我沉思了一下，说：“按理说不应该。可你没见这地里，一片一片的玉米都被拱倒了。马上收获的玉米，都被野猪糟蹋了。眼瞅着，让人心疼哩。”黑蛋说：“有那么玄乎吗？”我说：“你一会儿到地里瞅瞅就知道了，你是没见福来老汉那可怜劲儿。”

我蹲在玉米地头，几条狗都围了上来。纷纷用温热的长舌头，舔舐我的手背和脸颊，以至于把我都拥坐在地上了。我伸出一只胳膊，突围出狗的嘴巴，用力地在每一条狗的天灵盖上抚摩了一遍后，大声说，都给我机灵点，去吧！我的话声一落地，五条狗扭身进了地。我照旧提着我的铁矛子。黑蛋扛着我给他寻的一根五尺长的铁钩子，猫腰紧紧地跟在我的后头。我的矛子与众不同的地方是在半尺长的菱形铁尖根上，还有一个锐利的倒钩，功能和黑蛋拿的铁钩一样。要是在头头上扎一圈红缨子，就是一杆红缨枪了。小时候，我就是拿着这把铁矛子，收麦天在碾麦场站岗放哨的。那时候，我穿着鞋头刚好达到绑红缨子的地方。我爸怕出事儿，还特意让我娘做了一个布套套在枪头上，以防伤了别人，也怕伤了好动的我。

狗们进了地，我和黑蛋在地头的小路上来回转悠。黑蛋大概是头一回到这里来，对河道里的一切都很好奇。他像一只水鸡子一样，从一块石头跳到另一块石头上，还不时用手里的铁钩子击打着在水面上游动的水蜢子。这也是我过去爱玩的游戏。我娘在河道里洗被子，我拿着一个装半瓶水的罐头瓶，站到水里捉那些像田地里蚂蚱一样的蜢子。记得有一回，一进村，爱和碎娃耍闹的天顺叔不小心弄翻了我的罐头瓶，把我好不容易才逮住的两个蜢子弄死了。我哭叫着，当着天顺叔的面，连续喊了三遍天顺的名字。后果可想而知，我吃了我娘一个重重的耳光。第二天，我的脸上隐隐约约地还能看见几个手印哩。我娘心疼地问我疼不？我瞅了眼炕上被板上的木箱子说，要是吃一块点心，就不疼了。我知道，那个木箱子里，娘永远都藏着一包好吃的点心。我娘一听我的话，扑哧一笑，说："你呀，啥时候能不淘呢？"

不到一袋烟的工夫，黄狗在玉米地里疯狂地叫起来。老黑，我喊了声正在河道里玩耍的黑蛋，拾起铁矛子进了茂密的玉米地。从黄狗吠叫的声音看，应该是黄狗寻着了野猪。要不久经围猎的黄狗，不会一开始就持续发出如此凶猛甚至歇斯底里的狂吠的。我在进入玉米地的同时，接连打了几个响亮的呼哨——这是我与狗们多年来达成的默契。打呼哨是召集的意思，而急促的呼哨，则是发现了猎物的信号。

玉米地里还有些泥泞，我的第六感觉告诉我，几条狗正在疾速向黄狗狂吠的地方奔跑、集拢。耳畔纷沓的嘈杂声让我顿生疑惑。除了几条狗的奔跑声，还夹杂着一些低沉的喘气声。我还没有赶到现场，但从地里纷杂的响声判断，是野猪无疑了。

黄狗的狂吠还在持续。从黄狗不断变换的吠叫，我知道黄狗正在与猎物对峙着。我边跑边打着急促的呼哨。我知道，此时此刻，黄狗需要的是有力的增援。当我大口喘着气，攥着铁矛子接近黄狗时，我看到几条猎狗都已经先我赶到了现场，围成一圈，对着中间的三头野猪狂吠。野猪也被眼前这五条凶猛、高大的猎狗弄蒙了。三头野猪并排站着。屁股后头是陡峭的土坡，坡上长满了茂密的灌木和密密匝匝的荆棘，既是一道天然的屏障，也是一堵死墙。剩下的三面是五条狂吠不已、时刻准备扑上来的猎狗。一头黑里透红的狼猪，足足有五百斤重，长长的尖嘴两侧，分别突出一根五寸长的獠牙与两根白色的獠牙，随着狼猪嘴唇的收缩，两眼闪现着耀眼的白光，让人不寒而栗。其他两头黑黄黑黄的母猪，少说也都在二百斤以上。挺着尖嘴巴一晃一晃的，远没有家猪的温顺与可爱。显然，我的到来无形中给几条猎狗长了势。黄狗开始一点一点地跳跃着，一边吠叫一边试图接近野猪。其他几条狗，也都在狂吠的同时试图接近或者袭击野猪。我的出现，尤其是随后赶到的黑蛋，明显增加了野猪们的狂躁。两头母猪在原地不停地挪动着四蹄，但始终保持着正视猎狗的状态。那头高大威猛的狼猪则一动不动，机警地摆动着尖脑袋，用两根突兀的獠牙震慑着跃跃欲试的猎狗，不时发出一声声低沉但却有力的吼叫。

过去，黑蛋跟着我撵过獾，但还是头一回遇见活生生的野猪，尤其是长着獠牙、敢与猎狗面对面发威的狼猪，他被眼前的场景吓着了。我快速调整了一下自己的呼吸，低声提醒身边的黑蛋小心。然后，后退了半步，一弓腰，把拇指和食指塞进嘴里打了一个响亮、悠扬的呼哨。在几头野猪发愣的瞬间，拾起一块土疙瘩砸向野猪，并摆出了一副佯装进攻的姿势。

“上啊——”

聪明的黄狗率先扑上去，咬着了一头母猪的耳朵。两只土狗也绕过高大的狼猪扑上去，与黄狗一起围住一头母猪。母猪后退着，发出一声接一声的嚎叫。苏格兰被狼猪拦住，在一旁一边对峙一边伺机撕咬。大丹猎狗小白跳到狼猪的屁股后头，瞅空撕咬狼猪的后腿，给高大威猛的苏格兰制造着袭击狼猪的机会。另外一头母猪被眼前的血腥场面吓住了，停顿了片刻，扭头蹿进玉米地撒腿就跑。

混战中，玉米被撞倒了一大片。

“放狼猪走，一块咥母猪。”十几秒后，我仗着长杆矛子冲了上去，在铁矛刺向被三条土狗围住撕咬的野猪时，对黑蛋喊道：“瞄准了下手，小心狗！”

狼猪太威猛了。它看到一头母猪逃离后嚎叫一声，剧烈地扭动身子，跳跃着，摆脱开苏格兰和小白的撕咬。一边提防着正面苏格兰的袭击，一边用两条后腿把围住另一头母猪的两条土狗生生蹬开了。其中一条叫虎子的土狗甚至还发出了一声哀鸣。但黄狗始终咬着野猪的耳朵不撒口。我的铁矛也在这头野猪的肚子上留下了一个血口子。没有了其他两条狗的撕咬，困境中的野猪嚎叫着，扯掉了半个耳朵，摆脱了黄狗的撕咬，头也不回地蹿进玉米地里跌跌撞撞地向前跑去。狼猪见状又是一声低吼，然后低头挺着獠牙向苏格兰抵近了几步后，掉转身跟着那头野猪狂奔而去，撞倒了迎面的玉米，硬是在茂密的玉米地里开出了一条甬道。

这一切，像放电影一样一晃而过，也许连两分钟都不到，也许更短。几条狗看到野猪突出重围，又不歇脚地追了上去。

我和黑蛋吆喝着，打着呼哨紧跟着追了过去。

野猪转眼跑出了玉米地。一前一后，在河道里呼哧呼哧地向西狂奔。五条狗的速度远远快于野猪。没几分钟，再次接近了跑在后头的狼猪。两头野猪沿着河道跑出一百米后，跳上了河道北边的一块花生地。我远远看到，在花生地一侧的土坡上有一条发白的土路。沿着土路上坡，就是杏花村后那条长了许多柿子树的大峡谷。从这条狭长的深沟，一直向西，再走二十多里路，就能走到禹山圣母庙。看来，这三头野猪就是从这里借着夜色下山来偷粮的，难怪杏花村的人没碰见过。

野猪即使没有受伤，在平地里也跑不过猎狗。可是一旦到了坡地，这笨手笨脚的野猪却出奇的灵巧。呼哧呼哧几下就爬上了河岸。但一道只有半腰高的河岸，却明显放慢了狗们追逐的速度。两头野猪在花生地里显然也放慢了脚步。转眼几条狗又追到了跟前，不由分说地扑上去开始撕咬野猪。尽管我和黑蛋远远地落在了后头，但我的呼哨声一刻也没有停止。黑蛋的吆喝声尽管时高时低，但也从未中断过。

一场新的厮杀，在那块花生地再次展开。

因为有过之前的交锋，这时双方的对峙明显缩短。几秒钟后，黄狗、虎子和另一条土狗再次扑了上去，围住那头耳朵、肚子上淌着血水的野猪开始撕咬。这一刻，两条纯种的猎狗并没有实施强有力的袭击，而是跟在狼猪的屁股后头趁机咬一口狼猪的后腿，看到狼猪扭头反击时又迅速跳开，与狼猪展开了拉锯战。狼猪一边跑，一边反击。从河道看过去，那块花生地里尘土飞扬，几乎辨不出狗和野猪的身形了。

这时，狼猪用獠牙再次逼退两条猎狗后，一个跳跃跳出了花生地，开始爬坡，但当它听到同伴发出绝望的哀鸣时，又扭身嚎叫着回到花生地，借着下坡的惯性，一个冲刺把虎子从半卧在地上的野猪身边挑开，甩到两米以外的地上。虎子顿时发出一连串凄厉、绝望的哀叫声。不等狼猪再次对土狗出击，我的铁矛子夹带着一股冽气直刺狼猪的前胸。狼猪就地一滚，嚎叫着爬起身，连跳带蹦地上了坡。两条猎狗跟着追上了坡。

对狼猪的那一刺，仿佛铁矛刺到了石头上，震得我手腕发木。见狼猪上了坡，我转身又是一刺。整个枪头都刺进了半卧在地上的野猪的肚子里。黑蛋过去杀过猪，他瞅空，双手一扭，手里的铁钩牢牢地钩住了野猪的下巴。我扭头瞥了眼瘫在地上的虎子，喝退撕咬的两条土狗，用力一收，铁矛的倒钩拽出了野猪的肠子。我发疯似的在野猪的身上乱戳一气。黑蛋撂下铁钩，跑过来压住了我的胳膊，说：“死了，早死了。”我抽出铁矛，随手倒插在地上。跑过去一看，虎子还活着。只是半个脸的肉皮，被狼猪揭起来了。黑蛋说：“怕不行了，我上去看看那狼猪。”我瞪了黑蛋一眼，脱下单袄，把半醒半昏的虎子抱在怀里，用袄裹住头，说：“不用了，你把虎子抱到三轮车上去。”

看着黑蛋抱着虎子走到河道后，我一直绷着的眼泪“唰”地一下流了下来。黄狗站在地边上望着逐渐远去的虎子，不时地发出一两声轻微的吼声。这时，小白和苏格兰从坡上下来了，一个劲地用脑袋在我裤腿上磨蹭。我知道，那头凶猛的狼猪最终还是逃走了。

几条狗在等着我给它们的奖赏。我熟练地划开野猪的肚子，一大坨温热的内脏滑到了地上。我用刀子轻轻划开罩在肠子上的黏膜，七个已经死亡的野猪娃掉了出来。看样子，再有十天半个月的，这头野猪就会生下这七个猪娃子。难怪刚才那头狼猪拚死拚活地护卫这头母猪。看来，这些野生野长不会言语的动物和人类一样，为了爱是可以牺牲一切的。但这一切都在这个无风的早上被我终止了。太阳出来了，刺眼的光芒瞬间灼伤了我的眼睛。郁闷和落寞像一把铁爪揪住了我的心，生疼。如果说虎子的受伤让我心疼的话，眼前的这七个没见日头就死了的野猪娃，一下子竟然熄灭了我捕获野猪的喜悦。我不忍心眼看着让垂涎的狗把七个野猪娃吃掉。我把七个野猪娃从那一堆肮脏的内脏中一一择出就地埋了。然后像一个屠夫一样把野猪的内脏分成了五份，撂给狗吃了，而把虎子的那一份塞回野猪肚子一块儿带回了村子。黑蛋把三轮车开得飞快。一路上，我抱着虎子。虎子头上的血水弄了我一身。进村时，好些人以为我受伤了，跟着一块拥进了饲养组。后来又见我抱着一条狗跑进了土窑，更是一脸的疑惑。

我把一根大号包针在茶炉的炭火上烧红、别弯，又从尿素袋上抽出来几根纤维绳，在茶壶里用煎水煮了煮，然后穿针引线，把虎子脸上被狼猪挑翻的皮肉用手轻轻地捋平、缝合。针脚大的大、小的小，很不匀称，我在半个时辰内战战兢兢地缝完了七十八针。缝合时，虎子很配合，几乎没怎么挣扎，只有低沉的呻吟，可我还是从虎子脖颈剧烈的痉挛中感觉到了虎子巨大的痛苦。看着我缝完最后一针，黑蛋放下虎子，瘫坐在土坑上，说："赐娃呀，你还有这本事哩，今天我算是开眼了。"

随后，我让黑蛋把村医叫来，在土窑里给虎子打了七天的消炎针。虎子的脑袋，肿胀得像一个橄榄球。到了第五天，虎子才在暖暖的秋阳里睁开了眼睛。因为有羊奶的滋养，半个月后虎子就恢复了健康，尽管还不能自如吃食，但伤势已无大碍，估计再调养个把月就可以跑坡了。

用一双獠牙挑伤虎子的那头狼猪成了我心中的一个痛。中秋节前，忙完地里的活，我开始筹划进山跑坡的事儿。农历八月十五这天晌午，一吃过羊肉饺子，我就开车拉着狗上了禹山。我在村里的小卖部买了两斤月饼。想顺路到梁家坳看一下梁先生，也想再问问我三大的事儿，看看老人还有没有啥遗漏了的线索，哪怕一个不起眼的细节也好。冥冥中，我竟然觉得我三大还在世哩。听了我的想法，黑蛋说你这是癔症，咋越来越像你大伯了。都啥年代了，还扯那些陈年烂谷子的事儿。在见到梁先生之前，我和黑蛋的心情一个样。当时嘴上答应了大伯的临终嘱托，可心里总觉得，那不过是大伯的又一番疯言疯语而已。尽管大伯珍藏有三大当兵后的相片，可我仍然固执地以为那不过是一个老人临终时对手足之情的眷恋。大多数人更愿意把他的颠来倒去的言语视作痴人呓语。但自从邂逅了梁先生，彻底颠覆了我先前的肤浅，打心眼里钦佩大伯的智慧。

斯人已去。我把对大伯的致敬化作了对我三大的寻找。但给了我一线希望的梁先生，却在我再次走进梁家坳的几个月前驾鹤西去，给我留下了无法弥补的遗憾。那天晌午，成娃带我来到了梁先生的坟前。我把一包月饼放在墓冢前的一块砖头上，磕了一个头，然后带着狗下了梁家坳北边的那道深沟。我这次进山选择了一条新路，就是那头狼猪下山的路径。

山里的路，不能目测。从梁家坳到沟底的直线距离最多不过两三里路，可当我沿一条弯弯曲曲在灌木林中反复迂回的小路下到沟底时，至少已经走了五六里的山路。秋老虎正在发威，沟底的气温却陡然阴冷起来。布满碎石块的沟道雨季时就是一条宽敞的河道。此刻，在沟底被山洪冲刷后留下的低凹处还残留着一洼一洼的积水。没有积水的碎石缝里挣扎着长出了齐膝的野草。沟道两侧的山坡上灌木葳蕤，野草碧绿，山花烂漫。空气中夹杂着浓郁的青草的味道。除了山坡上那些偶然突出的大石头，站在沟道上几乎看不到山坡的本来面目。野鸡在山坡上的啼叫让这条东西走向的山谷显得越发空旷。近处草丛里的蚂蚱、蝈蝈也不甘示弱，声嘶力竭，引吭高歌。

沿沟道，向西挺进。

四条狗在前边探路，我独自扛着铁矛紧随其后。走了不到三里地，沟道的碎石硌得我的脚掌发烧，生疼。其间黄狗两次发现了野兔的踪迹，但都被我制止了。我这次进山的唯一目标，就是一个月前从玉米地逃脱的野猪。我放弃了野兔，是因为我有一种预感：那两头逃走的野猪此刻就藏匿在这条深沟的某个地方。

转过一个大弯，我已经能看到禹山主峰了。多亏了沟道里阴凉、通风，不然的话，走完这十几里的沟道，也会耗尽我和几条狗的体力。要是遭遇了野猪，也只能是望猪兴叹了。我已是汗流浃背气喘吁吁了，凉爽的山风也多少缓解了一路跋涉的疲劳，但几条狗吐着长舌头，哼哧哼哧地跑累了。不行，这样下去别说逮不住野猪，还会遭到野猪疯狂的反击。想到这，我后背一阵发凉，当机立断唤住了狗，在一块巨大的石头下歇息起来。

可我的屁股还没有焐热石头，黄狗却突然警觉起来，低着头抽动着鼻翼，绕过石头上了一个隆起的平台。眨眼间，山坡上传来黄狗的吠叫声。几条刚刚趴下歇息的狗起身跑向山坡。

我一个激灵，吹响了呼哨。不等我起身，就听到山坡上几条狗发出群殴般的撕咬声。显然，是短兵相接式的搏杀。我钻过一簇灌木，一抬头，眼前的场景让我心跳起来。在一个坡缓的开阔地上，四条狗围住了那头高大凶猛的狼猪。狼猪的身后，是一个向阳避风的山坳，两边都是浓密的灌木丛。按常理，野猪受到袭击时，会沿着山坡的半腰地带横向穿行。从以往的经验看，要在这密不透风的灌木丛里与野猪厮杀，猎狗是不会占上风的。这个时候，我只要不停地打呼哨，猎狗就不会与野猪恋战。它们会对疯跑的野猪围追堵截，迫使野猪改变奔跑的方向。一旦惊慌的野猪被几条狗相拥着向山坡下奔跑，野猪就会错失前蹄，像一疙瘩肉团一样滚下山坡，被等候在山坡下的猎人用铁矛戳死，或在猎狗的帮助下用铁钩将野猪擒获。

这是常规战术，也是猎人跑坡时常用的手段。

可当我见到狼猪那双发红的眼睛后，不觉一惊，今天这头愤怒的狼猪恐怕要豁出老命，为先前那头怀孕的母猪报仇了。果不其然。不待我打响呼哨，狼猪咧着嘴挺直了脖颈，端着两根锋利的獠牙率先对迎面的苏格兰猎狗发起了攻击。

苏格兰猎狗领教过狼猪的厉害，见狼猪咧嘴冲刺过来时，跳起躲开了狼猪的攻击。不然的话，狼猪的这一击，非把体型硕大的苏格兰挑翻在地不可。其他三条狗在狼猪袭击苏格兰的同时从不同侧面扑了上去。黄狗咬着了狼猪的一条后腿。大丹猎狗小白一跃，骑在了狼猪的后背上。另一条土狗扑到狼猪的一侧，试图啃咬狼猪的脖颈。但狼猪只是向后趔趄了一下，嚎叫着，靠惯性掠过苏格兰径直向我扑来。情急之中，我一缩脑袋，眼前一黑，瘫坐在地上，狼猪竟然越过我的头顶一头扑到沟道里。等几条狗赶到山坡下时，狼猪已经一瘸一拐地向旁边的一条小沟跑去。

好悬呀！狼猪的这一跳，吓得我尿了一裤裆。我顾不上拾掇裤子，提着铁矛追了上去。尽管我一时撵不上野猪，可野猪始终也没有离开我的视线。我一边跑，一边打着呼哨。给我的狗们鼓劲，加油。这是一头狡猾的狼猪。它进沟不久，就开始爬坡，跑到了一道山岭上，竟然还对着身后的追击者不时发出一声低沉的吼叫。这肆意的吼叫充满了鄙视与挑衅。我不停地打呼哨。一个接一个的呼哨，一个比一个响亮的呼哨。在我每一个呼哨后，奔跑中的黄狗都会配合我发出几声短促的吠叫。狼猪翻过一个山梁，沿着一面山坡的半腰一直向北奔跑。几条狗始终与狼猪保持着一箭地的距离。沿途，狼猪和猎狗先后九次惊飞了十几只野鸡。

不觉间，二十几里山路出去了。

穿过一条沟，狼猪又沿着一道山脊向前跑。从狼猪的脚步看，狼猪奔跑的速度明显慢了下来。在山脊中段，跑在最前头的大丹小白狗追上了狼猪。此刻的狼猪已经没有多少精力反击猎狗了。它停止了奔跑，站在原地一动不动地盯着追来的几条猎狗，肚子急剧地起伏着。咧开的长嘴巴两侧稀稀拉拉地流着黏稠的白沫水。体力明显不支的猎狗也不敢贸然进攻狼猪了。只是死死地围住狼猪，不时地发出低吼。双方的对峙，尽管一触即发，但无论是猎狗，还是狼猪，似乎都没有要立刻撕咬的意思。

我的到来打破了对峙的平衡。

我的响亮的呼哨声悠扬而尖锐，刺激了狼猪的神经。经过了短暂的歇息，狼猪一扭头，在山脊尽头一个跳跃，蹿进了灌木丛，转眼就消失在山坡苍茫的灌木丛中。

夕阳西坠。

丛林中的光线陡然暗淡下来。我知道，要是天黑前逮不住狼猪，这次跑坡就算失败了。我吆喝着几条狗，散开向前搜寻狼猪。因为有了刚才的遭遇，我多少有些忐忑，手攥着铁矛，一点儿也不敢含糊、掉以轻心。四条猎狗兴致不减，快速跑向山坡下寻觅狼猪的踪迹。

突然，黄狗在我的右侧前方发出一阵低沉的怒吼。听声音，不像是发现猎物的吠叫。紧接着又传来了黄狗与另一条狗撕扯咬架的声音。咋回事？我一头雾水，不知道前边发生了啥事情。我下意识地打了一个呼哨，本想唤回散布在山坡上的其他猎狗。但事与愿违，其他三条狗，也听到了黄狗的撕咬声，已经跑拢到黄狗所在的地方了。顿时，山坡上响起了一片嘈杂的狗与狗咬架的声音。这时我才醒悟过来，一定是与另外一群跑坡的猎狗遭遇了。

猎狗与猎狗的撕咬与性命无关，与利益无关，但关系到野性，关系到每一条狗的尊严。它们素昧平生，邂逅旷野，它们之间的撕咬很大程度上取决于某一条狗的野性，或者说虚荣心的强弱。尽管如此，这种捉对撕咬的场面依然充满了血腥。我赶到现场时，黄狗与一条体型硕大的黑狗身体并排挤在一起，歪着脑袋，龇牙咧嘴。两条狗采取的是以牙还牙的策略，你用膀子猛撞一下我，我用身子重重地靠一下你。你发出一声低吼，我发出一声严厉的警告。苏格兰凭借自个的优势把一条普通的土狗撂翻在地，用两只前爪踩在那土狗的肚子上，有一搭没一搭地咬一口。四蹄朝天的土狗夸张地发出一连串的哀叫。其他的狗都像斗鸡一样，或者面对面地互相咬牙切齿，威胁对方，或者同时跳起来，抬起两个前爪站着撕咬。

现场一片混乱。

我和一个低个子男人几乎同时赶到。我打了一个响亮的口哨，随机大声唤回了混战中的四条狗。随着主人的出现，撕咬在一块的狗，纷纷摇头晃脑地退回到各自主人的跟前，形成了两个不同的阵容。“没事吧？”我瞅了眼一条瘸着后腿的狗，不屑地问道。

低个子男人瞥了我一眼，没吱声，蹲下身子查看了一下那条瘸腿的狗之后，起身从后腰上抽出一把铁镰，厉声怼道：“你看看，看看，看把我的狗咬成啥啦？”跑坡的狗，碰到一块打架是常有的事。尽管苏格兰撕烂了那狗的后腿皮，但也不至于这样啊。没事儿，过几天就好了。我轻描淡写地敷衍几句，带着狗朝林子深处走。没承想，刚走了丈把远，一旁的黄狗一个趔趄，哀叫一声，从我身边逃离。什么情况？那一刻，我的脑子里一片空白，下意识地扭身跳到一侧。回头一看，低个子男人手里攥着一根树棍，跳跃着追打我的几条狗。我想也没想，倒过手里的铁矛，一个横扫把低个子男人撂倒在地上。然后，扑上去试图用拳头教训这货一番。没想到，由于是坡地，又加上速度过快，那货一反抗，我两个抱在一起皮球一样向坡下滚去。多亏林子里树密，滚了不到一丈远，就被一簇灌木丛拦住了。说实话，你就是打我一拳，我也许不会发躁。但你要是打我的狗，那就是要我的命！想想看，这个长得矮小的货，竟敢趁我不备袭击我的黄狗，简直是不想活了。开始低个子男人还试图反抗，但不一会儿，他就弄清楚了自己的处境。用两只胳膊抱着头，歇斯底里地号叫，像一头被猎狗擒获的猪獾蜷缩在地上，只有哀鸣的份儿。我的几条狗围在一边冷眼瞅着我发飙，一声不吭。倒是低个子男人的那几条狗远远地站在一起，不时发出一阵轻吠。黄狗不声不吭地在低个子男人的腿上咬了一口。听到身子底下的低个子男人“哎呀”一声哀叫，我从低个子男人身上翻下，瘫坐在地上喘息。你也不打听打听我是谁？你敢打我的狗。我看你娃是皮紧了，活腻了，敢打我的狗，信不信我弄断你的狗腿……我的话断断续续，充满了暴力，但躺在草丛里呻吟的低个子男人始终没有一句求饶的话。这多少让我从心里对这货有些惊愕。心想，这山里人还就是经打，像沟道里的野核桃。这样想着，心里倒生出了一缕同情。心里这样想着，可话到嘴边却变了味。咋了？还打不打了？低个子男人乜斜了我一眼，苦笑着说，你真是个二杆子。到我这里了，还这么凶。到你这里咋了？我一不偷，二不抢的，谁还把我咬了？！低个子男人闭上眼歇了片刻，瞅见我嘴里噙着一根烟，他坐了起来。“不敢在这里吃烟！”咋了？防火嘛。可不敢，着火了，要受法哩。我说关你屁事，看把你猴急的。低个子男人站起身，拽了拽被我撕掉了两颗纽扣的衣裳，说他是护林员。狗屁，就你这㞞样，还护林员哩。真的！公社林场每年给我发五百块钱哩。见我还是不信，低个子男人急了，抓耳挠腮地一时不知道该给我说啥。我扑哧一笑说，跟你开玩笑哩。林场也真是抠门，一年才给你发五百块钱。不少了，前几年才给三百哩。我调侃道，那你也算是吃皇粮的人了。“你是哪里人？”低个子男人嘿嘿一笑，说，“我咋没见过你。”

“川道的。”我说，“一个狼猪跑到这里了。”

“是吗？这一带有些年没见野猪了。”

我说：“你屋在哪里？”

低个子男人说：“柏峪的，离这里不远。”

不打不相识。看低个子男人对我的态度柔和起来了，我从兜里掏出我三大的相片给他看。在那人看相片时，我把我三大的情况简单说了一遍。低个子男人咂巴咂巴嘴巴说，我村倒是有一个五保户，像你说的这个人。我急切地说：“人在哪？”

“死了。”

“啥时候殁的？”

“有半年了。”

“……家里……还有谁呀？”

“独自个儿，啥啥都没有。”

“老婆哩？”

“听我大说，老王一辈子没结婚。”

…………

这个低个子男人穿一件大而长的蓝涤卡制服，显得他腰长腿短，一副滑稽的模样。我觉得这人还算厚道，就提议搭伙儿一块寻野猪。那低个子男人迟疑了一下说，我这狗撵兔子还凑合……还没逮过野猪哩。我说：“没事儿，有我哩。”

出了灌木林，翻过一座山岭，眼前豁然开朗起来。脚下，逶迤的山坡上，只有一些低矮的野草和一簇一簇的荆棘。在坡底有一条环形的河流。河水中央，有一个隆起的土岗。土岗上林木苍翠，秋意盎然。绛红色的树冠与周边绿色的山岭隔河相望，遥相呼应。宽阔的河流从一道山沟里出来，绕着土岗转了多半个圈，然后才扭头向山外流去。河流的左岸生长着一簇一簇茂密的灌木丛。平坦的河滩隆起的大土岗像一个偌大的圆馍馍，四周横亘着十几座平缓的山头。远远望去，这些大大小小的山岗，静默地拱卫着河中央的大土岗。此刻，哗哗流淌的河水在湛蓝的天空下与中央土岗上红黄相间的树木搭配在一起，仿佛世外桃源。

我说：“这是啥河？”

低个子男人说：“濡河。”

我一脸惊讶：“这也是县河呀。”

显然，低个子男人对我的惊愕不以为然。他平静地说，是呀，夏阳南关的河，就是从这里流下去的。他指着一道山梁说，山梁这边是夏阳，过了山梁就是黄龙县了。这河中间的土包就是赵廉坟。说是你夏阳的也行，说是我黄龙的也对。河沟里这一大片地是个三不管。我若有所思地说，小时候听老人提说过赵廉坟。没想到，赵廉坟在这山旮旯里。不过，这古人呀，还真会选地方。“这地方叫啥？”

“乾坤弯。”低个子男人的口音太重不说，好像鼻子还不通畅，说起话来沉闷，鼻子里像塞着一个羊粪蛋。

“啥？”

“乾坤弯。”

你叫啥？低个子男人说，人家都叫我老蔫。见我一脸疑惑，又接着说，其实我姓阎，阎王的阎。我娘给我起的名字，叫狗娃。

“你有几个娃？”我说。

“我还没结婚哩。”说话间，老蔫脸上竟然飘过腼腆的红晕。

“你咋不寻个老婆哩？”山里人还真不好估计年龄。

“头年，我大给我在土岭花三千块钱，寻了个……不行，弄不成。”老蔫欲言又止。

“咋了嘛？”我故意问。

老蔫憋了半晌，说：“憨太太哩，还要我给她穿袄哩。”

“那现在人哩？”

“回土岭了。”

我一时语塞，陡然间，心情沉重起来。我媳妇的情况和老蔫的老婆不一样，是后来才疯癫的，我欣慰的是红英毕竟给我生了一个平安。不管咋说，家里头有个媳妇，好歹也算是一个囫囵的家了。

“汪，汪汪，汪，汪汪——”

山坡的灌木丛里突然响起黄狗的吠叫。站在山梁上，眼前的一切看得清清楚楚。七条狗在低矮的灌木丛里来回穿梭。黄狗已经跑到了濠河边，独自对着河水狂吠。仔细一看，我才发现狼猪正站在濠河道里蹚水过河。情急之下，我把拇指和食指塞进嘴倒吸了一口气，打了一个长长的呼哨。紧跟着，大丹小白和苏格兰猎犬迅速赶到河边，也加入了对狼猪的狂吠。

老蔫跟着我三步并作两步跑下了山梁。我躲开齐腰的灌木丛，跳过一疙瘩一疙瘩的野草，像飞人一般转眼就到了河边。

濠河的河底是一大块石头。从河边到中央土岗上的树林之间有一截子由低到高、只长了一些野草的土坡。湍急的濠河水发出哗啦啦的响声。这时，狼猪已经到了河对岸。它站在河边，抖了抖身上的水，然后摇摇晃晃地向十几丈外的树林走去。尽管眼前的土坡平缓得像村里普通人家大门前的坡道。但对此刻的狼猪来说仿佛是一段无比崎岖的山坡。

显然，我的到来增添了猎狗们的勇气。黄狗率先跳进河水，小白和苏格兰也相跟着浮过了足有四五丈宽的河水。其余的狗，也都学着前边的狗，浮过了河。

黄狗一爬上岸，顾不上抖落身上的河水，几个箭步就抢到了狼猪的跟前，不容分说，张嘴就咬住了狼猪的后胯。狼猪竟然没有反击，甚至都没有挣扎一下，只是低吼了几声，便瘫卧在半坡上一动不动，任由扑上来的猎狗们撕咬——我知道，狼猪精疲力竭了。不用我动手，这些猎狗们就能轻而易举地把狼猪拿下。狼猪失去了反击的力量，嘴里发出的哀号一声高于一声。

太阳落山时，老蔫找了两个人把开了膛的狼猪抬回村子。按惯例，我把狼猪一分为二，我一半，老蔫一半。自然，那些温热的内脏，也都平分给了七条狗。开始，老蔫还有些不好意思，但等到他那双胆怯的小眼睛确认了我的真诚后，才兴高采烈地给我拿出了半瓶西凤酒。

吃罢饭，老蔫带我来到村西，穿过一片树林，爬上一截子陡坡，他站在一面废弃的土窑前说：“喏，五保户老王，就住在这窑里。”土窑前仅有的一小块平地上长满了齐腰高的蒿草。进窑洞的路早已消失在野草中了。土窑的一侧已经坍塌，坠落的黄土几乎堵住了窑门。我顾不上清理挂满门窗的蜘蛛网，低头猫腰，钻进了土窑——除了衰败，这里的一切似乎还维持着过去的模样。

低矮的窑洞里，临窗是一个土炕。炕上铺着一张破烂的芦苇席子。炕角卷着一堆已经分不清颜色的被褥。靠里的地方，摆着一张瘸腿的桌子和两个黑黢黢的老瓮。土炕下一张低矮的小桌子上，凌乱地堆放着几个脏兮兮的碗碟和几根筷子。我随手揭起席子，发现下面有一张发黄的纸片。我拿起来吹掉浮土，一看竟然是一张手写的入伍通知书。尽管水笔写的字已经褪色快看不清楚字形了，但我还是辨别出了我三大的名字：王子建。公章已经模糊得只剩下一个肉色的圆坨坨了。

老鸢说，啥值钱的东西都没有，一辈子怪可怜的。我一声不吭，心情杂乱而酸楚。尽管我从未与三大谋过面，但毕竟血浓于水。三大的恓惶，就是我的恓惶。我坐在炕沿上卷了一根旱烟。不一会儿，浓烈的烟雾呛得老鸢咳嗽不已。我还是一声不吭。我至今弄不清楚，我三大选择这种生活方式，究竟是情愿，还是一种无奈或者被逼迫，还是真的如梁先生所说，是为情所困，还是因为当了俘虏，无颜面对家乡父老呢？我连卷了三根旱烟，都没有弄懂我三大的心思。我知道上一辈人有很多事情，我恐怕到死都弄不明白他们的心思。

我原本要返回梁家坳。老鸢却说，从柏峪村到夏阳城很近。最多也就二十里路。可要返回梁家坳，只有一条山路，少说也有五十里。山路不算太难走，还有几条狗护驾，但夜里翻越禹山主峰，说不定还会遇到狼、黑熊啥的。多怕人。算了，还是先进城然后再从川道上回梁家坳。

我几乎是带着欣赏的眼光听完老鸢这番话的。我甚至在心里默念，老鸢不傻呀。可造化弄人，谁让他大把他生在这山沟沟里呢？跑了一天，我也累了，觉得老鸢的话有道理。我爸过去有一句口头禅：听人劝，吃饱饭。见我接受了他的建议，老鸢又要我在他窑里住一夜，明天再走。我说："不住了，今黑了说啥都得进城。"见我执意要走，老鸢说，从柏峪去夏阳城，咋说也要三十块钱哩。少了没人肯去。见我点了头，老鸢和他大嘀咕了几句，出了门。

我在老鸢家的茅房蹲坑时，顺手拿起了一本一九八六年的旧杂志，已经有些褪色的封皮上，竟然是离井把弯巷不过一里的司马庙。再一看，在封皮的右上方写着《夏阳文艺》几个字。翻开杂志一看，原来老鸢的家人把这本杂志当擦屁股纸用哩。杂志封皮还在，里边的纸已经被撕掉了一半。剩下的十几页发黄的纸，散发出一股霉烂的气味。

无意中，一个熟悉的名字跳到我的眼里。

杨国玺，这不是我初中的语文老师嘛。不会这么巧吧，再一看，头一张恰好是老师写的一篇文章《赵廉坟的传说》。

尽管多年都不看书了，况且文章里还卧着不少的拦路虎，但我还是借着昏暗的光线在茅房里读完了老师的文章。我只是看了大概，心里边却装满了久违的温暖……离开学校，转眼二十多年了，尽管我一刻也没有离开过村子，但内心却寻不到当初回到村子时的那份激情了。莫名的惆怅带着刺鼻的氨水味道浸透了我的周身。

“王师，王师，你是拉金子哩？快些，车来啦。”老蔫站在院子里喊叫。装车时，老蔫听我说，野猪肉拉到夏阳城里卖给宾馆，能卖二百多块钱。他拉着我的袄袖子低声说，我和你一块进城吧。我知道老蔫的心思，故意说，你不是爱吃野猪肉嘛。老蔫腼腆地说：“我大说，要攒钱娶媳妇哩。”

山里黑得早。

后晌五点半，天色就暗淡下来。老蔫从村子里雇来的是一辆机动三轮车。出了柏峪村，沿着濛水河左岸的一条土路一直向东。因为一路下坡，车子像火车一样与一旁哗啦啦流淌的河水并驾齐驱。我和老蔫背朝前坐在车厢里。脚底下是用几个编织袋套着的两扇子野猪肉，四条狗趴在野猪肉上，把嘴巴伸到车外。凉爽的山风在耳畔嗖嗖作响。不时有萤火虫从眼前快速向后飞去。

在一个山村前，疾驶的三轮车被一根横在路上的木棍挡了下来。我扭头一看，有两个人从路边的一座房子里走了出来。一个手里提着一盏马灯的人，说：“检查，把车关了。”我一听说要检查，脑袋轰的一下，心想完了。

提马灯的人走到车厢边，一抬头刚想说啥，被苏格兰伸到车厢外的硕大脑袋吓了一跳。“你是弄啥哩？”

老蔫说：“我是柏峪的。”

提马灯的人一听，说：“我没问你是哪儿的。”

我说：“跑坡哩。”

“跑坡？逮下啥了？”提马灯的人，把马灯提到眼前，瞅着车厢的尿素袋问，“袋子里装的啥？”不等我们回答，他照见了放在车厢一角的狼猪头，一扭头，对站在房子门口的人喊道，“快来，车上有野猪哩。”

我扭头再看那个人时，一把乌黑锃亮的猎枪正对着开车的人。

上卷：天

“天生烝民，有物有则。”

——《诗经·大雅·烝民》

第一章

古城村有六个生产队，两千多口人，在夏阳县南片算是一个大村子。六个生产队从东北向西南，依次随地形排列在禹山台塬下，形成了一个巨大的簸箕，对着偌大的芝川口——用阴阳先生的话说，古城村是一个有靠山有出路的村落，将来要出大人物。六个生产队，六个主要姓氏。一队程姓居多，据说是春秋时期，义士程婴的后人；二队以王姓和杨姓居多；三队、六队以赵姓为主，据说是春秋时期，晋国大臣赵朔的后人；四队以李姓为主；五队以张姓为主。天赐家所在的井把弯巷的三十八户尽管不是一个祠堂的人，但大都姓王——俗话说得好，一笔写不出两个王字，所以邻里们的关系都比较融洽。每个姓氏，不论家族大小，都有一座自己的祠堂。古城村的大队部设在李家祠堂里。因为村子大，不知道从啥时候起，村里人把大队部以东的一、二、三生产队统称为东村。把大队部以西的四、五、六生产队一概叫西村。前些年，也有人提议把古城村划成两个村子，但很快就被公社的曹书记否决了。理由是几千年的村子了，不能毁在他的手里。据说曹书记上大学时，学的是历史。他知道古城村过去的一些事儿。

古城村自古在方圆几十里赫赫有名。这名气有一半是因为村庄历史悠久，文化积淀深厚，能人多，故事多。一半是因为人多势众，出门爱打抱不平。据县志记载，古城村打西周起就叫古城村。快三千年了，从没有换过名字。春秋时期，夏阳境内有周朝的两个封地。一个是韩，因为爵位是侯，所以又叫韩侯国；一个是梁，因为国君的爵位是伯，又称梁伯国。梁国的都城就在古城村。据考证，梁伯国当时的总面积有二十多平方公里。因战争需要，筑有大约十一公里的城墙。城墙大体是依川、塬的地形用黄土夯筑而成。尽管这个古老的国家只存活了一百三十年，但却发生过一件十分美好的事情。公元前 770 年，晋献公死后，他的一个叫骊姬的妃子乘机作乱，献公的小儿子夷吾星夜从夏阳渡逃到梁伯国避难。嬴康看到夷吾气宇轩昂，为人谦厚，就把自己的女儿妾嫁给了夷吾，并生有一男一女。四年后，夷吾在秦国的帮助下返回晋国，做了国君。嬴康自然也就成了晋王的老丈人。后来，嬴康又把自己的二儿子爱移居晋国。爱的后人，都先后成为晋国的大臣……史学家把这段跨国婚恋称为“秦晋之好”。这也是多年以后，天赐常常自以为豪的事情。

这些都不是虚构，是事实。只不过时间离一九七五年的古城村遥远了一些。撇开历史，单说现实，古城村也是远近闻名。

单说一件事，就可以窥其一斑。

听杨木匠说，有一年上夏粮，队上组织了十五辆马车、三台手扶拖拉机、一辆嘎斯汽车——浩浩荡荡的上公粮的队伍，在战备路上铺排了有一里地。每辆车上都有三五个青壮劳力跟车。在夏阳县以南，古城村人多势众，没有哪个村敢招惹古城村的人。自视清高的古城人，走到哪儿都趾高气扬，不可一世。但问题就出在这儿。那天，上粮的人多，有县南的，也有县北的。有像古城这样的大村子，也有比古城村第二生产队还小的村子。西关粮站，像集市一样挤满了上粮的人和车。粮站的人忙得不亦乐乎。吃午饭时，粮站饭堂的大师傅，把饭菜都送到了每个粮仓。粮站的人也只能抽空吃饭。粮站免费供应开水，上粮的人大都是自带干粮，就地吃喝。上粮的队伍从仓库门口的地磅扭扭歪歪一直排到了大门外的街道上。尽管收粮的人手脚并用，但缴粮的队伍仍然像一只巨大的毛毛虫，一点一点地缓慢地向前蠕动着。挨到了晌午，古城村二队的人多，起哄让队长给买羊肉饸饹吃。队长看前边还有好几个村子，说想吃饸饹行，但得留下俩人照看粮食。贫协委员月季自告奋勇说，我和杨木匠留下，你们快去快回。

半个时辰后，几十号人嘴角带着红油回来了。

杨木匠说，你们生娃去了，这半天才回来。队长一看现场，急了。原来排在他们之后的人越过他们的马车，正在库房里过磅。队长前去理论，结果被一帮人推搡了出来。不难想象，野外埝畔，或者树杈间，一个积年孤寂的土蜂窝陡然间被某个外来之物侵扰，大凡有过乡村生活阅历的人都知道会出现怎样的后果。也许在你还没有反应过来之际，数以百计甚至千万计的土蜂会像龙卷风一样拔地而起，袭击入侵者。轻者，人的头和裸露的躯体，转眼间会被土蜂蜇得面目全非，失却了人形。严重的，这些毒液会让一只绵羊、一头黄牛窒息而亡。

暴戾的土蜂，常常让人类感到莫名的恐惧和无助。

古城村的人当然不是野生的土马蜂。

但受到侵犯的古城人是缺乏耐心和善良的。没有人招呼，也没有人组织。几乎所有的人，就像一个被捅了的马蜂窝。一个个瞪圆了眼睛，高声号叫着，潮水一般汹涌着冲进了仓库的大门。

骚乱大约持续了半个小时。

县公安局的人赶到时，粮站保卫科的十几名安保人员已经基本控制了局面。古城村有不少人受伤。但对方的受伤面更大，几乎全员挂彩。后来才知道，对方在县北也是一个大村子。与古城人比，村民的彪悍有过之而无不及。尽管古城村在全县被通报，但声名远播。加上坊间渲染上粮打架一事，像梁山好汉大闹汴京一样，充满了传奇色彩。这本来是一个典型的负面事件，却被好事者鼓吹成了一个英雄豪杰般的故事。

要不是早晚纷纷扰扰的烟囱，这爿古老的瓦房是极少被喧嚣裹挟的。掐指算来，至少有两个月古城村没有开社员大会了。要不是公社曹书记点了古城的名，老支书是不会在三夏前开这次批斗大会的。社员都喜欢开会。女人们拎一把小凳子，裤带上别一只鞋底，坐在会场一边唠家常，一边纳鞋底。工分、私活两不误。男人们聚到一块，除了吃烟，就是谝闲。所以只要大队，哪怕是生产队开会，社员们最积极，人也是来得最全的。

这天，很多人家的早饭还没有吃完，大队部的高音喇叭就敞开了嗓门，没完没了地反复播放歌曲《东方红》和《北京的金山上》。据杨木匠说，这两首歌，至少已经放了三年。不少人给高瘸子提议，老是那几个歌，耳朵都起茧了，换一首吧。可高瘸子却说，大队的广播室不是集贸市场，是人民无产阶级专政的重要阵地，不能乱放歌。更不是你说放啥歌就放啥歌，那还不乱套了。高瘸子负责放喇叭，经他这么一说，自然也就没有人敢提议了。

后来，有人把这件事报告给了公社的曹书记。曹书记火眼金睛，说，这是阶级斗争新动向，并专门到古城村做了调研。三天里，老支书相跟着曹书记就播放什么歌好，在六个生产队各走访了十几户社员。最后得出的结论是：大队广播室必须牢牢掌握在人民群众手中。喇叭每天播放什么歌，绝不是一件小事情，而是一个事关党的生死存亡的大问题。高有才同志政治觉悟高，值得肯定。为此，老支书也受到了公社党委的通报表扬。通报说，由于古城村党支部书记赵家昌同志具有高度的革命警惕性，避免了一次政治事件的发生，值得公社全体党员干部学习。公社党委特别批准，把古城村负责播放喇叭的高有才列为入党积极分子。

播完了歌曲，高音喇叭照例停顿了片刻，传来了高瘸子的破锣嗓子。高瘸子的嗓子有些哑，像没有过过油的砂锅，但底气十足。杨木匠说，那是因为高瘸子没结过婚，元气在哩——全体社员请注意！全体社员请注意！今天早上，在大队部召开社员批斗大会！除了生娃的、不在家的都要参加！各队队长组织好自己的人，按时到会！发言的社员，提前到会！

高瘸子有板有眼儿，铿锵有力地把开会通知连续播了三遍。然后又开始播放《东方红》。批斗大会会场设在大队部的院子里。这座明清风格、南北走向的林荫大院，原来是李家祠堂的偏院。李家祠堂的正院，前些年因为村里扩建学校被拆了，留下的一座厢房成了大队的医疗站。现存的李家祠堂偏院北边，是大队医疗站的后背墙，东边和西边是两座宽敞明亮的带廊厢房。南边是一片榆树林。这些榆树的年龄都在三十年以上。树冠蓬松，虬枝交错，覆盖了偌大的院井。透过重重树荫，看不到一个完整的天空。现在的西厢房是大队部办公的地方，东厢房是大队的供销社。可以说，昔日的李家祠堂是当今古城大队最高话语权的标志。

批斗大会高高的台子临时搭建在大队部进门一侧，医疗站后背墙前，院井的正北方。医疗站后背墙上，用糨糊粘了七张黄、蓝、绿相间的彩色方纸。每张彩纸上写一个大大的毛笔字，连起来读就是：古城村批斗大会。七个磅礴的黑体大字是天赐的语文老师程喜的手书。用桌子拼接成的主席台上铺了一块深绿的军用毛毯。台口正对着大门。主席台靠里摆放了一排课桌。左侧靠前矗立着一个话筒支架。两个高音喇叭悬挂在东西厢房的屋檐下。东西厢房的木柱上，斜贴着“阶级斗争一抓就灵！”“将革命进行到底！”“阶级敌人人还在，心不死！”等一类的宣传标语。会场的扩音器连着村子里所有的高音喇叭。批斗大会的现场音响将实时传播到古城村的每一条巷道，每一座院子，每一个角落。古城村的牛马、猪羊、鸡狗，甚至草丛里的昆虫，都能在第一时间聆听到来自批斗大会现场的声音。用公社曹书记的话讲，无产阶级专政就是要做到全覆盖，不给阶级敌人留下一丁点儿喘息的机会。

喇叭的声音清脆高亢。这会儿正在播放歌曲《北京的金山上》。民兵连长胡章娃背着枪，带着几个基干民兵把会场内外彻底巡查了一遍，在确定没有发现任何可疑的蛛丝马迹后，一挥手，示意站在大门口戴着红袖标的民兵：社员可以入场了。按惯例，参加批斗大会的社员，东村的在东厢房的走廊上。西村的在西厢房的走廊上。院井里主要是村小学三年级以上的四百多名学生。

开会前是最热闹的。这些放下锄头走出庄稼地的男人、女人们像走亲戚赶庙会上集一样，翻出了自个体面的衣服，手脸也洗得干干净净，放下了挽起的裤腿，脸上堆满了少见的轻松，暂时把紧巴的苦涩日子扔到了脑后。即使天天开会，他们也总有说不完的话。

这一年，王天赐在村小学上五年级。

按说，这一年天赐应该到村东的三村庙上初中了。可是不知道为啥，他还在村小学读五年级。校长说这不叫留级，是集体蹲级。唯一让天赐感到欣慰的是这一学期他入了红卫兵。老师说，吸收天赐加入红卫兵，是因为天赐在参加学校实验田的劳动中吃苦耐劳，表现突出。

天赐他爸叫银海，是二队队长。他对儿子的嘉奖是一句颇具哲理的话：爱劳动是咱农民的本色。

那天，天赐和他的同学们排着队，唱着歌，踏着整齐的步子，在老师节奏铿锵的哨音指挥下，浩浩荡荡地涌进会场的时候，两边厢房下已经坐满了大人。台子上背枪的胡章娃不停地站在话筒前喊话：各队队长点点名，看看自己的社员到齐了没有。到齐的，给文书说一声。稍后，公社的曹书记、大队支书、大队长、贫协主席、贫协委员、治保主任在大家的掌声里陆续走上台。民兵连长胡章娃站在台角的话筒前使劲鼓掌，喇叭里他单调、粗重的掌声甚至超过了正在播放的歌曲。

坐在台上的干部，天赐至少认识四个人。一个是被大家称为老支书的村支书；一个是贫协主席，学校请老人给学生作过忆苦思甜报告；一个是和天赐在同一个生产队的贫协委员月季；还有一个是村上每次开大会，最活跃的民兵连长胡章娃。

大字识不了一斗的贫协主席在旧社会是一个老佃户。老人十五岁时，父母双亡，无依无靠，先是给人打短工，继而扛长工，后来又当佃户，看遍了人的脸色，吃尽了人间苦头。新中国成立后，分得了地主的一些浮财。四十岁时才娶了一个寡妇，有了一个自己的窝。说起万恶的旧社会，老人义愤填膺，感慨万千。反复强调一个真理：没有共产党，就没有新中国——老人在不同场合，都要说三遍的话。这句话，常常给老人赢来经久不息的掌声，也会把忆苦思甜报告会推向高潮。高潮过后，老人会接着说新中国成立以后的事情。说翻身的农民，走路都要唱歌；说农民把分给自己的地当娃哩，日夜侍弄，生怕走了墒，泄了劲，耽误了农时。可以看出来，老人对土地的感情甚于儿女私情。老人说，地是咱的命根子，过去是，现在是，以后是，永远都是。

一次，老人说到“大锅饭”“低标准”时，竟然随口背了一首诗歌：“东家走，西家串，家家都吃食堂饭。东家大婶抿嘴笑，西院二嫂笑满面。公社食堂真正好，想吃什么随自便。腾出劳力多下地，千军万马战麦田。”背完诗，老人说咱村可不一样。看看台子下没有人鼓掌，老人知道跑偏了，马上打住。尽管这样，也从来没有人和老汉过不去，寻老汉的事儿。

古城大队的批斗大会，每次除了台上的批斗对象，台子底下都会站几个陪斗的人。天赐发现，在今天陪斗的人里头，除了富农赵富仓、破鞋小白菜之外，还有一个人，是二队的队长王银海——他爸。三个人鱼贯而入的时候，唱歌的喇叭突然哑了，喧嚣的会场一下子也哑了，继而是一阵骚动。这种情绪化的骚动，从前场传到后场，又从西边廊下，传到东边廊下，端坐在院井里的学生似乎没有太大的波动，因为在这一刻，他们只是一群烘托会场的看客而已。但对于天赐而言，却不亚于晴天霹雳。

天赐爸被陪斗是因为一头牛犊子。开春，生产队一头母牛夜里下牛娃子，没有人在场，牛娃子死了。天赐爸为了保护饲养员，给大队说那天是他值夜，责任在他。天赐不敢直视台下他爸，一直低着头。他感到了从未有过的羞愧，他感到了无地自容。他从脖子上悄悄拽下了红领巾。他弄不清楚，自己为啥要拽下红领巾。总之，这种尴尬是天赐没有预料到的。

“看，天赐爸也是坏蛋哩。”身后，一个男娃说。

“你爸才是坏蛋！”天赐扭头反驳道。

“羞羞羞，把脸抠。”那个男娃一副幸灾乐祸的样子。天赐忽然站起身，拾起地上的板凳向那个羞辱他的男娃砸去。“嘭”的一下，板凳砸在了男娃的头上。顿时血流满面。男娃“哇哇哇”地号哭起来。会场中间的学生，不知道是被天赐突兀的举动震慑住了，还是被男娃的哭声吓着了，立马肃静下来。班主任跑到天赐跟前，给了天赐一个耳光，拉起受伤的男娃向隔壁的医疗站跑去。两边厢房的大人们弄清事情的原委后，也都纷纷躁动起来。

台上的民兵连长见状，骂了句：“这碎娃，比骚虎还烈哩！”毕了，正色道：“批斗大会——现在——开始！”大会现场顿时鸦雀无声。天赐能听到自己的心跳。随着心跳声的加大，他仿佛听到会场所有人的呼吸声。紧接着，胡章娃大声说：“押——现行——反革命分子邱本堂——上场！”

刚才虚掩的大门被轰然推开。

被五花大绑的邱本堂戴一顶一尺多高、用白纸卷的喇叭筒，纸筒上写着一行小字。字上是一个长长的黑叉。脖子上挂着一块大木牌，木牌用白纸糊裱过，上边用毛笔写着一排大字：现行反革命分子邱本堂。邱本堂三个字上边打了一个黑色的大叉。在当时，犯人名字的黑叉是批斗，红叉是枪毙。两个穿军上衣戴红袖标的民兵推押着地主邱本堂小跑着上了台。瘦小的邱本堂几乎是被两个民兵架上批斗台的。看得出来，邱本堂胸前的木牌子很重，拽得他前后晃动。他的两条胳膊被反剪着不能动弹，两条腿在努力着想站稳当一些。这时，民兵连长胡章娃上前一脚踢在邱本堂的腿窝上，“扑通”一下，邱本堂趴在了台上。

“老实点！起来，起来，站好。”说话间，胡章娃像拎一只小鸡一样把瘫在台上的邱本堂提了起来。重新站起来的邱本堂脸上流着血。刚才扑倒的时候，木牌上的铁丝划破了他的脸。

胡章娃说，现在大家跟我一起喊口号：“阶级斗争，一抓就灵！”“打倒现行反革命分子！”批斗现场的社员跟随着胡章娃重复高喊了三遍口号。

没有人同情邱本堂。端坐在台上的干部们一言不发，一个个活像土地庙里的泥塑。天赐看到一脸迷茫的月季一直从侧面盯着胡章娃。胡章娃还是批斗大会的主角。他一边呵斥邱本堂，一边指挥上台发言的贫农代表。一番揭批、诉苦后，老支书总结了几句，胡章娃宣布批斗大会结束。

台子底下陪斗的三个人和大家一起悄然离开了会场。

松了绑摘了木牌的邱本堂，脸色蜡黄。他在屋檐下蹲了一会儿，也自行离开了会场。

等两侧的人走完了，院井里的学生才开始退场。天赐随着队伍，先返回学校，然后，才解散放学。独自走在巷道，天赐的脑子里乱哄哄的，还在不断地闪现批斗大会的情景。民兵连长胡章娃红涨、夸张的大脸，地主邱本堂谦恭、卑微的样子，贫协主席砖雕木刻般的神情，月季漂亮的脸蛋，交错着在天赐的脑海里显现。作为一个贫农家庭的孩子，天赐对眼前发生的一切都持有一种自然而然的态度。繁复的思维活动，并没有影响天赐回家的脚步。他走得很快，但不是急促的那种快，是一种选择了方向的决绝。

晌午了。

巷道里飘逸着炊烟的味道。一种乡村固有的祥和替代了刚才批斗大会的硝烟。沿途的鸡呀，鸭呀，狗呀，麻雀呀，喜鹊呀，羊呀，牛呀，都是一副悠哉游哉的样子。天赐发现，蹲在自家门口吃饭、唠嗑的人，这一刻似乎已经忘了刚才的批斗大会似的，忙忙碌碌地进进出出，打发着自家的日子。而不时召开的各类批斗大会就像每天干不同的活一样，再正常不过了。

天赐放学回家，要路过邱本堂的家。这天因为他爸是陪斗之一，所以多年以后天赐对大队麦收前的这次批斗大会，依然刻骨铭心。还没走到邱本堂家门口，天赐就远远看到，邱本堂蹲在大门口的上马石上，一边吃饭，一边和过往的人打招呼。

走到跟前的时候，邱本堂主动和天赐打招呼。

邱本堂说："天赐，放学啦。"

天赐说："嗯。"

邱本堂说："回去给你爸说，他要的旱烟叶子，弄好啦。"

天赐说："知道了。"

天赐和邱本堂对视的那一刻，邱本堂刚好用筷子把碗里的白面条挑得老高。然后使劲地往嘴里吸。天赐知道，这个老地主吃饭夸张的样子是给大家看哩，好像在说，批斗完，你们回去照样吃粗粮，喝稀饭。我邱本堂照样吃面条咬白馍哩。想到这儿，已经走出很远的天赐重重地朝地上吐了一口唾沫。

他鄙视邱本堂，厌恶他这种农民式的狡黠嘴脸。

乡村的夏夜，宁静而清爽。间或一声狗吠，抑或一串突兀的布谷鸟叫声，把村庄与旷野区分开来。

天赐上完晚自习走出学校大门时，月亮已经爬上了槐树梢。他独自坐在碾麦场的碌碡上，闭着眼睛聆听四周的虫儿叫唤。徐徐熏风带着麦香，撩拨着天赐的头发，让这个爱幻想的少年从心底里生发出对脚下这块土地的爱恋。老师让学生以“我的理想”为题，写一篇作文。很多同学写的都是当一名科学家，或者军人，或者诗人，但天赐却写了一篇让老师大跌眼镜的作文：我的农民梦。那天放学后，班主任特意把天赐叫到他宿舍狠狠地批评了一番，教育他要树立远大的革命理想。天赐说，我觉得当农民挺好的。老师说，你想一辈子戳牛屁股，那就是糟蹋你爸钱哩。打那以后，班主任再没正眼瞅过他。

天赐上初中后，他爸说，娃呀，咱屋没出过高中生。你好好念书，等考上高中了，爸给你买一辆飞鸽车子。天赐知道，所谓的飞鸽车子，不过是他在集市上相中的一辆破旧的自行车而已。尽管如此，它在当时对天赐的诱惑还是蛮大的。后来，天赐爸看看天赐实在不是那犁上的铧，又承诺，只要天赐读完初中，就送他到公社兽医站学习，以后回村里当一名兽医。此刻的天赐不知道咋地，又陡然想起了几天前的批斗会，想起了地主邱本堂让他给他爸捎的话——那天回到家，父亲没在，他竟然把这事忘得一干二净。

看看时间还早，天赐估摸他爸还在饲养组。刚想离开碾麦场，突然看见一个黑影，从饲养组的后墙跳到麦场上来。

天赐说：“谁呀？”

躲，是躲不开了。那黑影提着一包东西，径直走到天赐跟前。天赐认出黑影是新巷的赖娃娘，知道她家又没有吃的了，一定是来偷养猪场的豆渣。

天赐说：“你咋又偷东西？”

赖娃娘说：“你少管我，你哥还不是个前科犯，你有啥脸说我哩。”

天赐说，那你也是个贼娃子。赖娃娘是队上出了名的泼妇，看说不过天赐，猫腰脱下一只鞋，撵着要打天赐。天赐一看，边往家跑，边喊“赖娃娘贼娃子，贼娃子赖娃娘”进了井把弯巷，赖娃娘不敢追了。她害怕天赐家那条黄狗。看看赖娃娘走了，天赐也放慢了脚步。去年秋季，招工到夏阳煤矿的二哥，因为偷了别人的一辆自行车，被公安局逮住了。尽管是一辆旧车子，可最终还是被判了三年。开公判大会那天，天赐也去了。一长溜解放牌卡车，一辆接一辆地从公社广场往县城开。每个车上都站着五六名犯人。每个犯人，都是五花大绑。每个人的脖子上，都挂着一块牌子。牌子上写着“某某犯，某某某”。犯人朝前，或者朝两边贴车厢低头站着。脖子上的牌子刚好悬在车厢外，格外醒目。身旁都是解放军战士看押着。车过村子，就放慢了速度。窄窄的土路尘土飞扬，两边站满了看热闹的人。那天回到家后，天赐没有给他娘说，他刚才看到二哥了。他怕娘伤心。他唯一能做的就是坐在巷道的门墩上，一句话也不说。几个要好的玩伴，也没有人邀请他加入他们的行列。他们在距离天赐不足一丈远的地方，玩弹球，玩跳绳，玩抓石子……他们视而不见他的存在，好像他只是一块石头而已。从那以后，天赐随时都能感到歧视的阴影笼罩着他。

这种带有屈辱的歧视，在这个月夜再次灼伤了天赐的心。走到家门口的时候，天赐甚至萌发了仇恨二哥的情绪。一声狗吠唤醒了天赐。

到家了，天赐换上了一副笑脸。他不想让娘伤心。

古城村西北的高岗上有一座二郎庙。是先有村子，还是先有庙，一直是古城西村人和古城东村人争论不休的话题。几十年了，至今没有定论。有一年，古城村要建学校，派人修平了二郎庙周边的小土岗，同时，拆了二队的土地庙，拆了杨家祠堂，拆了李家祠堂，围着二郎庙的主体建筑又加盖了十几座瓦房当教室用。二郎庙的所谓主体建筑，其实也就是一座大殿，两座对称的老戏台。大队拆了大殿的神像，把大殿改成了学校的大礼堂。但戏楼却保留了下来。

看戏楼的成色，少说也有一百年的历史了。

大殿坐北朝南，戏楼坐南朝北，与大殿相距十丈，分居大殿东西两侧。三间大殿，也就是寺庙里的献殿，高大敞亮，气势恢宏，颇具肃穆庄严之感。粗大的明柱上原先挂有一副木雕对联，破“四旧”那会，被人当劈柴烧了。两座古戏楼一模一样，都是砖木结构，重檐飞角，实木镶板，戏台上的两根明柱，也都是雕梁画栋。楼基都是青砖勾缝垒砌起来的高戏台。戏台两侧带有耳房。耳房正面墙上各有一幅圆形的青砖浮雕，图案也一样，都是五子登科和延年益寿。

大殿现在不用了。两个戏楼还在延续古老的传统。东边的戏台子归东村维护使用。西边的戏台子，归西村维护使用。每年演两次戏。一次是农历的二月二,一次是过年。不同的是，每年的农历二月二龙抬头，西村、东村都要集资邀请外地的戏班子，到村子里唱三天大戏。各家各户要准备充足的食材，拿出最好的饭食，支应四乡八村的亲戚朋友。等到进了腊月，地里的活计忙完了，大家又开始筹备正月里的对台戏。也不知道从啥时候开始，东村养了一台戏服。几十个大箱子，一到端午，就会搬到碾麦场晾晒。东村与西村不同的是，东村人喜欢蒲剧，西村人爱唱秦腔。进了腊月，东村自然会请河东的蒲剧教师来村子里排戏，用心筹备正月里的对台戏。西村人爱看戏，但从不自己排戏，都是外请戏班子。

古城村正月里的对台戏，远近闻名。

每年都是大年初一开锣，早晚两场，一直要唱到破五。每年唱戏都有规定的剧目。一年和一年的不一样。像《三滴血》《游龟山》《挂画》《梁秋燕》《三岔口》《逼上梁山》等，都是每年必演的剧目。唱罢对台戏，歇息几日，正月十三又开始，每天一场，在各自的戏台前，耍锣鼓，闹社火。

进了腊月，大概全村最忙的人要数杨木匠了。他撂下家里的事情，领着几个爱弄热闹的妇女，挨家挨户筹集过年唱戏所需的钱粮。筹多筹少，他都不厌其烦。不够的，生产队能补贴生产队补贴。生产队补贴不了的，杨木匠托底，从自家拿，跟亲戚借。为这事儿，没少和媳妇吵架。有了钱粮，杨木匠心里有了底，就让队长王银海套上队里最好的骡马，把河东的教师接到村里。从村里到河东，少说也有一百多里路。想想吧，大冬天的，从河东到河西。再快，在路上也要耽搁多半天。好在教师老马是熟人，知道村里穷，为了省几块钱的车费，也就不计较这些了。三个人尽管身上裹着棉袄，可坐一会儿马车，就得跳下车，跟着马车小跑一会儿。等身子稍微暖和一些，再爬上车……一路上，这样反反复复几十回。有一年，马车刚出河津，地上狂风陡起，路边的野草、枯叶，漫天飞舞。天空下起了鹅毛大雪。一时间，风裹着指甲盖大小的雪片，苍蝇一样，缠着人乱飞。别说坐车上的人，就是驾辕的骡子也睁不开眼睛。杨木匠对端坐在车辕上的银海说："队长，要不歇息会儿再走？"王银海回过头，大声说："在这儿歇呀，还不把人冻硬了。"毕了，从屁股底下抽出几条空麻袋。把麻袋一个角往对角一塞，麻袋瞬间变成了带帽子的披风。因为刮风、下雪，半里路的黄河大桥就耽搁了半个时辰。冬天的河水显然消瘦了许多。被两座陡峭的山石架在离地面几十丈的大桥，在风雪弥漫的冬季，在狭长的黄河古道里，就像是一个耸立的天桥。马车一离开河岸进入桥面，呼啸的山风骤然发力，似乎要把这座钢铁大桥连根掀翻。马车像一只弱小的蚂蚁，时刻都有被风雪卷入河道的危险。教师老马最先感到了恐惧，对这趟夏阳之行打起了退堂鼓。杨木匠尽管心里惧怕，但嘴上却哆嗦着说，不行咱等风小了再过。王银海四下看了看说，长短不敢等了，要是桥面结了冰，十天半月的都走不成了。毕了，他招呼两个人一起，把桥头上不知道啥时候被谁弄断了的半截子石碑压在马车上。又吩咐杨木匠和老马站在马车临风的一侧，人半蹲着两只手连拉带拽地护住马车，以防马车像一块飞石一样被肆虐的河风吹落到河里去。队长兼车把式王银海则把高大的身躯紧紧地依靠在骡子脖颈上，把缰绳紧紧地缠在手掌上。一边吆喝着，一边过桥。半个时辰后，马车进入夏阳界。离开了大桥，风雪明显小了下来。也不知道是因为刚才紧张，还是几个人确实出了力，反正过了桥，每个人身上都起了一层热汗。背着风雪，三个人站在路边尿完尿，一直紧绷的神经才得以舒缓。

紧赶慢赶，等马车下到土寨子坡底时，天色已经暗淡下来。驾辕的骡子背上散发着淡淡的汗气，骡子的眼睫毛、胡须，尤其脖颈上，已结满了大小不一的冰疙瘩，像一把银色的钢刷子，看着就叫人心寒。村子里没有了天光，房前屋后，大街小巷，并不显得晦暗。飞舞的雪花，满眼的雪白，倒给腊月里的村庄添了几分肃穆与神秘。那天，除了赶车的王银海，杨木匠和教师老马都是被几个人抬下马车的。披着被子，在烫手的热炕上，连焐带烤，愣是折腾了一个时辰，两个人才缓过劲来。

排戏的场子最终选在了二队队部，也就是杨家祠堂对面一个小型碾麦场。这个碾麦场三面临房，很适合搭帐篷。因为要排本戏，古城东村，尤其是第一、第二两个生产队几乎所有能上台的男女社员，都参与其中了。一个忙碌而丰腴的腊月天，几乎每天从早到晚都沉浸在浓郁的文艺氛围里。不说排练帐篷里的教唱，单就某条巷道上，或某个院落里时不时飘逸出某个社员拿捏着嗓门，或唱或吼，或高或低，或男或女的嗓音，就足以让这个古老的村子陶醉了。

因为大部分人上过台，所以大家上手都比较快。刚过腊八，老马就把一本新编蒲剧《逼上梁山》认认真真地教授完了。第二本戏，究竟排啥？大家众说纷纭，莫衷一是。杨木匠想重排《三滴血》，王银海想排《窦娥冤》，富农杨毛子不同意两个人的意见，说排《忠保国》好。二队饲养组墙上的柴油灯剧烈地炸响了一个灯花。浓郁的柴油味立马弥漫了整个昏暗的屋子。老马的鼻子使劲地抽动了几下，显然对空气中的柴油味道很不适应。见大家意见不一致，王银海看了看老马。老马说，“我看呀，今年时间紧巴，弄一本《忠保国》就行啦。还想弄，就再排两个折子戏算了。”

老马的提议，得到了大家的赞同。

两盏不时发出吱吱响声的汽灯把偌大的排练棚照耀得亮堂堂的。吃罢后晌饭的社员早早就进了排练棚。眼看着就出腊月了，社员们的排练热情异常高涨。他们的文艺天赋，就像是一口被荒芜了多年的老井，被老马像挖莲菜一样，一根一根地挖出了淤泥。眼瞅着，地底下的清水“咕噜咕噜”地往外冒。老马不止一次地感叹，古城村的人比他们县剧团的好些演员还敬业，还专业。听到这样的赞誉，社员们的口径出奇的一致：都是马师教得好。

一天晚上，大队老支书掀开了东村排戏场的帐篷。端坐在一把椅子上，喝着茶的老马瞥了眼来人，以为是来看热闹的社员就没吱声，继续看大伙的排练。有的人已经穿上戏靴子，在练习走台步。有的人戴着一顶双翼官帽，对着角落独自练习甩帽翼子的技巧。有的人单穿一件戏服，在回眸转身间，练习着甩袖子收长袖子的本领……所以，当老支书进来时，除了老马，几乎没有人察觉。

“银海呢？”老支书大声问。

正蹲在角落里捣鼓一条马鞭的杨木匠站了起来：“哟，老支书来啦。”老支书不请自坐。杨木匠先把老支书介绍给了教师老马，又把教师老马介绍给了老支书。老马端起一旁铁炉子上咕嘟着的大号洋瓷缸子给老支书倒了一杯酽茶。老支书嘬了一口，眉头一蹙，差点儿吐了出来。“好家伙，这是茶吗？”不待老马言传，杨木匠哈哈笑出了声。“老马这茶，我是不敢喝。太酽了，都苦了，像药渣。”老支书皱着眉头咂巴着舌头苦笑着说。

这时，二队队长王银海撩起棚帘子走了进来，一边哈气一边整理有些偏斜的棉裤裤腰："哎呀，把人屁股都冻烂咧。"他看见大队老支书端坐在他先前坐的那把椅子上，愣了一下说："哎呀，这黑天冻地的，你咋来了？"老支书把嘴里一根苦涩的茶梗吐到地上，说："走，到饲养组……我和你说几句话。"出帐篷时，又加了一句，"老杨，你一块来。"王银海摸起一个茶杯倒了一杯沸腾的黑砖茶，顾不得烫嘴，一饮而尽，撂下一句"老马，我去去就回"，转身出了暖烘烘的排练帐篷。老马看着那个被王银海撂在凳子上的空茶杯，在原地不住地打转。不知为啥，他的心底陡然冒出莫名的惆怅。

因为队上排戏，腊月里到饲养组谝闲的人明显少了。已经上炕歇息的饲养员，却被一阵不紧不慢的拍门声唤醒。深更半夜的，敲啥哩？还让不让人睡觉。饲养员嘟囔着拉开了门闩。"睡屎哩，这才黑了，你睡啥觉哩？"杨木匠推开咯咯吱吱响的大门说。见杨木匠身后还跟着队长和老支书，饲养员欲言又止，打了一个长长的哈欠，相跟着回到了屋子。

一团昏黄的火苗跳了几下，屋子里顿时豁亮起来。

"就一件事。"老支书不等王银海坐下，开门见山道明了来因，"后晌，公社书记打电话说，过年，就好好过年。戏就不要唱了。""这是咋了？"杨木匠急切地说："这都排了一冬了，好好的，咋又不让唱了？"老支书瞥了王银海一眼，见王银海脸上并没有惊讶的表情。接着说："有人给公社反映，说你们在搞封建迷信，给帝王将相翻案，不与党中央保持一致……"杨木匠说："都啥时候了，还说这些呀？"老支书说："咋了？啥时候脑子都不能发热。"

若明若暗的屋子里，顿时噎了声。只有王银海手里的水烟锅子，不时发出"咕噜咕噜"的响声。等到王银海咕噜完，把烟嘴上的一坨灰烬吹到地上，老支书接过王银海递过来的水烟锅子，并没有急于装烟，说："你今年都排啥戏了？"

杨木匠说："本戏是《逼上梁山》和《忠保国》。"

老支书说："还有啥？"

杨木匠说："还有两个折子戏。"

"啥戏？"

"《拾玉镯》和《虎口缘》呀。"

"倒也没啥。"老支书思忖了片刻，说。

"那为啥呀？"王银海问。

"肯定是胡章娃……"杨木匠话没说完，就被老支书截住了，说："咱不说这些了。公社书记在电话里反复强调，不让古城村唱戏，不是他一个人的意见，是公社党委会的决定，必须执行，没有商量的余地。就这，我先走了。"说完，出门消失在黑暗里。

没有月亮。

腊月的暗夜，干燥寒冷，甚至还有些高远和死寂。排好的戏，最终还是没有唱成——胎死腹中。这个尴尬的结局，几乎让所有的古城人，在这个年节里感到了憋屈，感到了不爽。过了初五，杨木匠找到王银海说，过年啥都没弄，十五咱热闹一下。王银海说，咋热闹？杨木匠说，戏唱不成了，咱弄社火。咋弄？王银海低沉地问。打花子。杨木匠狡黠一笑，说。

“打花子？”

“打花子！”

王银海一直沉闷的脸上飘过一丝亮光。杨木匠的提议，无意间打开了王银海已经荒芜的记忆。打花子，是农村人自创的一个娱乐。至于从啥时候开始有打花子这个社火，好像没有谁能说清楚。至少在王银海很小的时候，他爷就背着他到麦场里看过打花子。那些在夜空上绽放的铁花，是王银海长这么大见过的最好看的花子。尤其是村子里那些老少爷们在空旷的场子上尽情欢呼的场景，在王银海的脑子里留下了深刻的印痕。

农村人不像城里人一般只过年，极少有过正月十五的。可杨木匠的提议像一把火点燃了王银海的心思：“成，今年咱也弄社火。”

打花子的场地，最后定在村东程家祠堂紧邻的一片麦地里。这块地，西边是战备路，南边是一大片芦苇荡，东边和北边都是连畔的麦地。王银海让把场地选在这里，比杨木匠提议选在二队的碾麦场强——地方大，不怕人多。最重要的是没有容易点燃的财物，不会发生火灾。

俗话说，卖馍的不离笼畔。弄社火，自然还是一、二两个生产队合伙热闹。倡议一经公开，立马得到了大家的热捧。杨木匠两眼放光，众人拾柴火焰高。几天时间，打花子的准备工作全部到位。天顺领着十几个妇女只用了半晌，就把一个大约五亩地的场子四周栽上了半人高的木桩，又用细细的绳麻，绕着木桩把场子圈了起来。杨木匠在县河护岸边斫了棵碗口粗细的柳树，连夜现做了五把木锨。这种木锨比一般的铁锨要短要窄，要厚实一些，猛看有点像划船用的桨，但要比桨轻巧许多。王银海负责收集破损的铁铧和退换下来的废铜线。杨毛子按图索骥，从家里的古书上找到了先人们打花子的配方，以及炉具的制作方法。前些年，村里炼过钢铁，但那是高炉，和打花子的熔炉还有些差异。杨毛子经过十九次实验，最终在正月十三的那一天，做好了打铁花的炉具：深腰熔炉，舀铁水的尖底长柄勺子等。

正月十四晌午刚过，离天黑还有好几个钟头，负责维持场地秩序的天顺带着一帮子妇女端着簸箕撒白灰线时，就看到稀稀拉拉的人陆陆续续从四面八方向程家祠堂前汇集。开始他还以为这些人不过是歇脚的过客，可后来越来越多的陌生面孔让天顺心生疑惑，一问，才知道这些人都是来看社火的。看着源源不断的人流，一丝不安飘过天顺的心头。

"得有民兵，要不会出岔子的。"天顺道出自己的担忧。

"你憨了，现在哪有民兵呀。"王银海说。

"那咋弄呀？"天顺问。

王银海叫来了杨毛子和杨木匠商量对策。杨木匠说，没事，死不了人。杨毛子说，场子是大着哩，但咱心里头呀，得有一个应急的法子。杨木匠说，要不呀，咱换个地方悄悄弄。等人知道了，咱都弄完了。王银海看看杨毛子，杨毛子没吱声。王银海思忖了一会儿，说："这样吧，咱也别等月亮上来了。天一黑，咱就弄。"杨毛子对杨木匠说："这倒是个法子。老侄你到时候把住一点。"杨木匠说，啥呀？杨毛子说："你告诉打花子的人，不要朝一个方向打。哪里人少，朝往哪里打。绕花子时，哪里人多，就朝哪里绕……"王银海一拍大腿，说："成，就这么办。"

本来，熔炉就支在程家祠堂门前，但王银海鉴于看热闹的人多，临时动议，把滚烫的熔炉抬到了空旷的麦地里。等到第一炉铁铧熔化成铁水时，站在熔炉边的王银海扭头看了一圈，后晌还是空旷的田野，此刻黑压压地站满了人，叽叽喳喳的人群仿佛一炉沸腾的铁水。杨木匠专司给几个舀铁水的尖底勺子里添加铜水。杨毛子说："好了，银海。"王银海深深地吸了一口气，吹响了嘴里的铁哨子。黑压压的人群顿时骚动起来。人群在暗淡的天空下开始慢慢向场地围拢。

这时，三个青壮男劳力各自扛着一根木棍，分站在场子的中间，木棍头都装有一个可以自由转动的轮滑子。三个半截子老汉每人提着一个装了半勺子铁水和木炭渣滓的圆篓子，跑向三个青壮劳力。这些圆篓子都是用铁丝编织的。铁篓子上都系有一根三尺长的皮绳。三个提铁篓子的人以最快的速度把手里的皮绳扣在木棍头的铁环上，然后抱头蹲坐在地上。三个青壮社员开始摇转手里的木棍，由慢到快，木棍头的滑轮带着装满铁水和木炭屑的铁丝篓，渐渐飞了起来。铁丝篓子里的铁水裹着木炭屑，在转动中，一点一点地离开铁篓子，在暗淡的空中，散发出耀眼的晶莹，像无数个飞舞的萤火虫，沿着铁篓子划出的轨迹滑行，绽放成一颗颗璀璨的铁花。夜空下，三棵盛开的铁树在低空旋转、绽放。这些稍纵即逝的铁花越开越大，转眼逼近了四周黑压压的人群。人群在退潮中发出一连串的惊叫。此起彼伏的惊叹恰如一波一波的浪花，在夜风的碰撞下迎合着扑面而来的铁花。这些久违的铁花，在夜空带着尖锐的花翎呼啸着奔向远方，坠落在人潮如涌的岸边。天赐自然是一只小贝壳，随着潮汐的涌动，一会儿晾晒在沙滩上，一会儿又呛了一鼻子水。夜空里闪烁的铁花让天赐体内的荷尔蒙像晶莹的铁花一样，发出啪啪的炸裂声。多年以后，这种充满了力道在夜空炸裂的铁花，时不时地还在天赐的脑子里绽放。

摇铁花，像大戏的序幕，像正片前的加演。开始还有些蠢蠢欲动、骚动不安的人群，此刻已经安静下来，沉浸在飞舞的铁花带给他们的惊喜之中。在第一轮摇铁花的间隙，所有的铁花尘埃落定后，现场竟然鸦雀无声，只有熔炉熔化铁铧碎片时发出的突兀的咕嘟声。王银海一直悬挂着的心，总算落到了肚子里。他在吹响哨子前，对手执木锨的人说："小伙子们，憋住气，抓稳木锨，拿出吃奶的劲头，抡圆了，使劲掮。"杨木匠说："嘿，长牛牛的，记住了。一锅红花，一锅蓝花。"杨毛子用一根铁棍在熔炉里搅了搅说："银海，好了。"现场总指挥、二队队长王银海再次吹响了嘴里的铁哨子。

打花子开始了。

还是先前那三个半截子老汉，一人舀一勺铁水，跟在杨木匠屁股后头，走到一个拿木锨的人跟前。杨木匠就从身上的布袱子里，抓一把谷糠撒在手里的木锨上。杨木匠的木锨是一把截短了把的扬场用的普通木锨。掌勺的人酌情给木锨上倒一些铁水，杨木匠对着打花子的人喊一声"走了"，就把手里的木锨轻轻一扬，在铁水降落到一定高度时，打花子的人再用手里特制的木锨把铁水"嘭"的一下，打上天空。铁水瞬间被木锨击碎，变成无数个晶莹的铁花，带着炸裂的声响在夜空绽放成一束束花朵。像繁星一样璀璨夺目，在空寂的夜空上呈现出一个又一个盛开的花篮。打完上轮红色的铁花，杨木匠给每个勺子里倒入一点铜水，在夜空中绽放的花篮顿时就变成了红蓝相间的花朵。每打出一束铁花，人群里都会爆发出一阵尖叫。每一次纷繁的尖叫，都会生长出一大片缤纷的花蕾。而每一次花蕾的集束绽放，都是这些劳作了一年的农民们内心压抑与向往的释放。在这个寒风料峭的傍晚，打铁花的人与成千上万的乡邻，在县河西岸的田野里激情挥洒着他们别样的情怀。大地尚未完全复苏，可满堤的柳条已经泛出了鹅黄的嫩绿。风也不再像腊月里那样割人肌肤。尽管每个人身上还裹着厚厚的冬衣，他们的血液已经开始沸腾，胸腔里滚烫的心已经开始跳跃。到了后半场，铁花在夜空绽放一次，人群就沸腾一回。地上响应着天空，天上舞动着田野。人不分老幼和男女，都在这个奇异的夜空下，做着自个儿应该做的事情。尽管铁花绽放的时间很短，但留在天赐心里的绚烂，却是永久的记忆。他把这种从原野长出的铁花当作了父辈人对土地最高的礼赞和农闲时节的精神狂欢。

眼瞅着一轮新月从县河上升起。硕大的银盘周边镶嵌了一圈若有若无的金边。毛茸茸的月亮煞是喜人，远远看上去，像是程寡妇烙的烫面饼。猛不丁的，二队的赵魁抹了把脖颈上的臭汗说。杨木匠一脚上了赵魁的尻蛋子，"你碎碎的，净想些啥？"赵魁嘿嘿一笑，说，"咋了吗？你还不是想上人家炕……叫人家……"杨木匠急了，做出要捶打的样子，说："你再胡说，看我掮你个尿娃。"赵魁笑着躲开了。今天晚上，是古城人狂欢的时刻。眼看着熔炉里的铁水所剩无几，一直忙于跑龙套的王银海、杨木匠、杨毛子、天顺等人纷纷撸起了袖子，换下了早已被汗浸湿了棉袄的小伙子。摇铁花，他们已经没有那份蛮力了。打几勺铁花，倒还能瞅得出当年的几分英姿。回家的路上，天赐在心里说，等我长大了，也要好好地耍一回铁花。

尽管三天前刚刚打了春，但此刻的月光依然流淌着浸骨的寒气。月光下濛水河安静得像一只温顺的兔子，不动声色地向前流去。

第二章

鸡叫头遍的时候，我知道娘在叫我，但我没吱声。鸡叫二遍的时候，娘又喊我，我听到窗外有零星的鞭炮声。眼屎糊住了我的眼睛，我费了好大的劲才睁开了眼睛。新糊的窗棂煞白煞白的，我知道那是院子里积雪的光芒。离天亮还早哩，瞌睡虫又上了我的身。

生活在农村，我并没有觉得有多么苦楚。相反，一家挨着一家的村落，弯弯曲曲，光光亮亮，潮湿但凹凸不平的土巷，堆满麦秸秆的碾麦场，村西土崖上早已废弃的土寨子，村口一年四季漂着绿苔的池塘，以及在夏天傍晚可以逮知了的杨树林，生产队长满西红柿的菜园子，我家后院的枣树等，都是我迷恋的地方。当然了，过年自然是我和我的伙伴们期盼了一年的节日。

过年的好处，大家都一样。

可以穿新衣服，可以吃白馍，可以咥肉片子。还可以不用上学，可以相跟着走四五里路到周边的村子看戏看电影。可以在巷道与小伙伴们疯跑到很晚，再被娘叫回家，但不会受到责骂，更不会挨娘的笤帚把。

过年了，娃娃们还有一件天经地义的事情：放鞭炮。

劳作了一年，大部分人家是分不到红的，甚至还要亏欠生产队的钱，但年总是要过的。一过腊八，大人们便四处借粮借钱，谁都不希望自己的女人和娃娃在年节里受委屈。我爸名义是队长，但因为娃多，家里别说钱啊，油啊，就是粗粮都不敢放开了吃。我常常几天看不到我爸的人影。白天我上学，我爸领着社员下地干活。晚上我放学回家，可我爸下工后还要到周边的亲朋家借粮。到了庄稼收获的季节，我爸才抽空带着我哥拉一架子车煤泥，起早贪黑，翻山越岭，到百十里外的地方去换粮食，或者卖炭。断顿就像一把杀猪刀，时刻威胁着我娘我爸。有天夜里，一泡尿憋醒了我。睁眼一看，我爸和我娘还在脚底坐着有一搭没一搭地说话。

我娘说：“要不，天赐就别念书啦。”

我爸说："可不敢，不念书咋成？"

我娘说："饭都吃不到嘴里……"

我爸说："真是个女人家，就知道吃，吃，吃！"我爸显然是生我娘的气了，我娘大概还想反驳我爸，但我爸压低嗓门厉声说："你莫管，大不了我多拉几回炭。"

鸡叫三遍的时候，我娘揭开了我的被子。

我爸闭着眼睛缓缓地说："老辈人说，炮放得晚了，就得穷一年。"

我一个激灵，翻起身，穿上了我娘给我暖热的棉袄，再套上被我娘浆洗得平平整整的新袄，别提心里有多兴奋了。从头到脚，都是我娘的手艺。新袄新裤今年都是深蓝的颜色。娘说染了半辈子的黑色，换换颜色，也图个吉庆。

穿戴好后，娘满意地说，赶紧放炮去。

临出门，我却脱下了新袄，换了一双旧鞋出门。娘先是惊讶，然后看着我笑了。我说，下雪哩，地上泥，等放完炮再穿新袄新鞋。

娘说，我娃小心些，鞭炮可不长眼。

月尽这一天，是村子里最热闹的时候。过了晌午，家家户户都要贴春联。贴完春联，在大门口放一挂鞭炮，就算把灶神接回家了。夜幕降临前，是巷道里最喧哗的时刻。噼噼啪啪的鞭炮声像商量过似的，忽东，忽西，忽南，忽北，一时急，一时缓，一时高亢，一时低沉。在鞭炮声的间隙里，孩子们追逐的笑语声、牛哞声、羊咩声、狗吠声，间或母亲唤儿吃饭的吆喝声，都会随着每家每户的烟囱弥漫回荡在村子的上空。这一刻，仿佛已经成了我童年时每年的期盼了。

富农杨毛子家，每年月尽黑了都要举办一场敬神的篝火仪式。有一年，我跟着我爸到杨家老祠堂看过一回杨毛子家的禋祀仪式。

要是在平时，别说是黑了，就是大白天，我一个人也断然不敢迈过那道二尺高的门槛，走进杨家老祠堂。老砖墁的院井，青石条铺成的院台子，四周带走廊的老房子，宽敞，低矮，阴森森的，一天到晚，见不到一丝阳光。就是站在逼仄的院井里，也只能看到一块方方正正的天空。

那次进了杨家祠堂的大门，才知道到杨家祠堂看热闹的人很多。

后晌，在内外门上贴完春联放完鞭炮后，杨毛子在自家的院井里堆放了一堆新斫的柏树枝。在上房的屋檐下，摆放了一张香案，香案上有三样祭品：一碗羊肉臊子，一碗猪肉臊子，一碗牛肉臊子。天将黑的时候，净过手的杨毛子点燃供香，带着家里的大小男人行鞠躬叩拜礼。礼毕，一家人不分男女老幼，围着院井中央的柏树枝坐成一圈，看着杨毛子恭恭敬敬地点着柏树枝。随着"噼噼啪啪"的炸裂声，一股带着清香的白色烟柱缓缓升起。众人一起目送着烟柱，穿过屋檐向更高的天空蔓延，融入渐渐混沌的夜幕……围观看热闹的社员们，都静静地坐在院台上看杨毛子一家人忙活。

等到柏树枝起了火焰，杨毛子起身用筷子从香案上的三色祭品中各夹一块肉，撂进火堆，一家人都不言语，合着眼睛给老天爷许下心愿。

那一刻，没有人言语。只有一连串无法预知的来自柏树枝在火焰中炸裂的响声，紧紧地揪着在场的每一个人的心。从那个时候起，我觉得杨毛子是古城村最有学问，也是最讲究的人。

初一放鞭炮，讲究在院井里放。

推开咯咯吱吱的防风门，凛冽的凉气扑面而来，像玉米叶子一样在我的脸上舔来舔去的生疼。没有风，但天空还在飘雪。站在院井里看，到处都是厚厚的白色。院井里的积雪已经盖住了我的脚面。放鞭炮的竹棍，是昨天预备好的。可是放完连串的小鞭炮，拇指粗的二踢脚却找不到立足的地方。

雪，太厚了。

想找一块干燥、平整的地方，的确不容易。

我只好学二哥样子，用手拿着放。但洋火点了几次，都因为手无法停止抖动而失败。想唤醒二哥，又怕被耻笑胆小。犹豫再三，还是回到屋檐下，找了一处风小的地方，再次划着了洋火。

橘黄色的火苗，在飞舞的雪花中胆怯地跳跃着。一下，一下，又一下。当二踢脚的火眼子快速燃尽的一刹那，一团橘黄色火焰，在我的瞳孔里骤然炸裂，瞬间灿烂成了一片耀眼的光芒。

我失声的惨叫盖过了所有鞭炮炸响的声音，击穿了我娘新糊的窗户，灼伤了我娘的耳膜。我娘抱住我的时候，我刚才拿二踢脚的手已经在一种沉重的肿胀中变得迟钝而麻木了。

打那以后，我开始惧怕鞭炮，惧怕一切不可预知的绽放。

月季是队里眉眼长得最亲的女人。用书上的话说，亲就是漂亮。月季的个子不高不低，不胖不瘦，皮肤永远晒不黑。好看的鸭蛋脸上，嵌着一对浅浅的酒窝。月季会美，也会拾掇自己。她不像村里其他女人，她总是把自己打扮得很得体。不艳，不妖，不土，不洋，不论是穿衣，还是梳妆，她总是拿捏得让人觉得舒服，恰到好处。光看她一眼，就让人想入非非了。她的美像村口池塘里的荷花，皎洁，比水葫芦文气，比牡丹花素雅。有时候，她的美又是一种气味，人一闻到就会晕眩。奇怪得很，不说人，就连那些牲口，只要月季从它们身边走过，它们都会打个响鼻，或者无噱头地叫唤一声。

倘若要说月季的美，村里的成年男人不用讨论，出奇的一致，准会找出月季身上最突出的两个地方来。头一个自然是月季的头发。从嫁到古城村人们就发现，月季的发型一年四季从来没变过，多会儿都是用花布条把油黑茂密的头发扎成一根又粗又黑的麻花辫，不长不短，刚过肩膀，走起路来马尾巴似的晃来晃去。另一个美自然是月季的屁股。出奇的圆，出奇的软，两条长腿一动弹，屁股就左右晃动。

黑蛋说，看一眼月季的屁股，不吃饭就饱啦。

我没有村里人那么流氓。我觉得吧，月季的美，美在文气。啥时候见面，都是安安静静的。看见她，我就想起了电影《望乡》里的那些好看的女人。对了，月季是高中毕业，她之所以没有上大学，是由于家里姊妹多的缘故。家贫让月季凡事都很低调。嫁到古城村，她因男人在部队当兵成了人人羡慕的军嫂，并当上了村里的贫协委员，但平日里待人接物她从不张扬，从不盛气凌人，更不会像我爸那样，动不动就吹胡子瞪眼，厉害人哩。谁家过事，不论红事、白事，她都是第一个到，最后一个走。脾气好，人缘好，月季在不知不觉间成了古城村二队的核心人物。

在队里，她的权力仅次于队长。她不是保管，但负责监督保管——这只是贫协委员的职责之一，定期或不定期地要到仓库巡查。

我问我爸，贫协委员到仓库查啥哩？我爸说，能查啥，还不是看看有没有老鼠屎蟑螂啥的。作为队长，我爸始终对月季不冷不热，说不上待见，但似乎也并不反感。

对此，我纳闷了好长时间。

说不清为啥我不敢站近了看月季，但我总渴望能遇见她。有时一放学，我顾不上放下书包，就往队部，或者饲养组跑。我爸是队长，我去找我爸天经地义，没有人会厌恶我。月季是贫协委员，一般情况下，队长走到哪儿，月季也就跟到哪儿。后来，我才隐约发现了一个秘密。其实，我找我爸是假，看月季才是真。我那不是早熟，只是想闻月季身上甜甜的味道而已。每次见面，月季都会柔软地说一句“放学了，天赐”。我只是点点头，表示认可她的说法。我不知道该和她说些什么，我只能点点头。

我自小爱头晕，但是一闻到月季身上的味道就不晕了。但我不敢站近了看月季，还是因为她身上的味道。头是不晕了，可心会发慌，有时候呼吸都变得很重，更别说对话了。有一次，月季出饲养组的门口时，见我坐在门槛上，边和杨木匠道别，边用手抚摩了一下我的头。那一刻，我觉得自己的血液一个劲地向脑袋上汇集，脸颊发热，眼睛迷离，两个耳朵嗡嗡发响……所以我只能远远地看月季。

这算是我的一个小秘密。多年以后，就连黑蛋我也没有给他说过。

日头落到村西寨子上的时候，派出的牲口陆陆续续地回到饲养组的露天粪场。饲养组除了过夜的槽头，白天牲口们不出工，都会分区在露天粪场歇息。

所以，每到傍晚都是饲养组最忙活的时刻。收工回来的高脚牲口在饲养组的大院子里卸了马车，由赶车的人把牲口牵引到露天粪场，原地转儿圈，让牲口在地上打几个滚，然后才送进牲口圈。而没有出工的牲口则需要饲养员一头一头地牵着送回圈内。你应该能想象得出，那是怎样的一个热闹的场景。夜色即将降临，牲口们进进出出，马嘶牛叫，那些出生不久的牛犊子、小驴、马驹，更是激动不已，院内院外场内场外地撒欢儿，弄得粪场内外尘土飞扬。

老辈人说，狗疯挨砖头，人狂没好事。

有天后晌放学，我没有直接回家，照例来到了饲养组。不用看，我爸这会儿准在饲养员的屋里抽水烟锅子。这时，一头灰色的小毛驴，“嗒嗒嗒”地站在了我身边。我一把抓住驴鬃翻身上了驴背。没想到这小毛驴撒腿就跑。开始我倒没觉得害怕，但这驴围着粪场跑了几步后骤然加速，向饲养组院内跑去。别无选择，我只能死死地抱住驴脖子，两腿试图夹紧驴肚子。但一切都无济于事，小毛驴进饲养组大门的瞬间，我被甩到地上，头“砰”地一下撞在了青石门墩上……醒来的时候，我躺在家里的土炕上。

煤油灯下，我娘泪眼汪汪地守在一旁，我爸边抽水烟袋边说，这下好了吧，看你娃以后还敢不敢再捣蛋了。那一刻，我沮丧到了极点。我以为我已经死了，正在黄泉路上挣扎呢。头上缠了厚厚的一圈纱布，眼珠子一动，额头像要开裂似的。我竟然想到了一次偷瓜，用脚踏开西瓜的瞬间，炸裂的瓜皮、迸裂的瓜瓤与殷红的西瓜汁在地上摊了一片。眼泪，只有无声的眼泪留在脸颊干涸的痕迹，让我觉得我还没有死，那微弱的跳跃着的灯火，不是村头树林里的鬼火，是我娘夜里纺线用的煤油灯在痉挛中跳跃。

我还活着，真好！就是有些疼痛。那也比死了强，死了，啥也不知道了。那该多么遗憾呀。我才十岁，对死亡没有一丁点儿的概念，只有莫名的畏惧，比鞭炮炸裂更可怕的一种恐惧。

三天后，我拆掉了头上的绷带。额头的伤痕，像一条被斩断的蜈蚣，呈痛苦抽缩状。村医疗站的女医生对我娘说，男孩子没事儿，头发长长了，就看不到了。我娘操心的倒不是会不会留下伤疤，而是我会不会变傻。尽管脑袋还有些痛，不能做幅度过大的晃动，但我还是在第一时间跑到了饲养组大院东边的养猪场。我没有理由缺失任何一个生活场。

不光是看热闹。我赶到猪场时，队长，也就是我爸，天顺叔、杨木匠、月季、黑蛋、赵魁等一大堆人围在矮矮的猪圈前，默默地看着猪圈里的老母猪。站直身，我的头刚好高出猪圈的砖墙。一阵强烈的气息从猪圈里扑面而来，熏得我差点背了气。一头黑色的大母猪躺在猪圈一角的遮阳棚下，一边下猪娃，一边用长嘴巴舔舐着几个刚出生的小猪娃。饲养员正扶着一只小猪娃吃奶。那只小猪娃长相奇特，头酷似动物园的象头，身子却是猪身。其他几只小猪娃各含着一个奶头，趴在母猪的肚子上贪婪吃奶。但这只长相奇特的小猪娃嘴巴刚挨着母猪的奶头，就掉头走到一旁，胆怯地看着一圈的人发呆。大约半个时辰，母猪结束了生产。断断续续生产的十一个猪娃子，除了第四个出生的怪相猪娃，其他的猪娃都像它的母亲，并无怪异的征兆。

其间，几乎没有人言语。大家都在观察，猜测这头体型硕大的老母猪还会给大家带来什么新的惊诧。现场的氛围寂静而神秘，只有旁边几个圈内的母猪不时制造出一阵毫无嚎头的声音。

天顺叔说："过去听人说过……猪下象……还是头一回见呢。"

杨木匠说："猪下象……不吉利。"

赵魁说："屎，说不定送到动物园，还能卖个好价哩。"

月季说："啥吉利不吉利的……生产队的猪，怕啥呢。"

一个老婆婆说："唉，生下这怪物，不知道谁家要倒灶呢。"

"这肯定是大象跳的圈。"

我的话音还没有落地，大家哄地一下笑了。赵魁说，从小看大哩，你这屃像你爸。尽管赵魁年纪不大，可他把我爸叫哥哩。我脖子一扭，说："那你叫我一声好听的。"赵魁刚想发作，杨木匠说，都宁宁的，不说话，没人把你当哑巴。现场气氛一下子凝固了一般，没人吱声了。

"黑蛋，你去叫一下毛子叔。"我爸一直坐在猪圈的墙上，一袋接一袋地抽旱烟锅子。这时，我爸说："腿脚放麻利些。"

"我来啦。"

黑蛋刚转过身来，杨毛子已经站在了他的跟前。我爸说，毛子叔，你看看。围观的人堆闪开一道口子，杨毛子神情肃穆地走到猪圈跟前，他下意识地用手捋了一把黝黑透红的光头，观察了一会儿蹲在一旁的怪相猪，语气沉重地说："把这东西赶紧扔了。"

我爸说："然后呢？"

杨毛子说："主凶……怕要出大事哩。"

我爸说："能捯饬吗？"

"这回不行。"杨毛子掐算了半晌，说，"谁来也不行！"

我爸说："到底啥事吗？"

杨毛子说："天机不可泄露。"

杨毛子是古城村的最后一位保长。杨氏宗族集中居住在古城东村的杨家巷。祖上有人在关外做贩茶叶的生意，在村里盖有新旧两处宗祠。杨毛子的家道是在他大手里衰落的。听杨木匠说，早先杨毛子一家就住在赵魁的老院子——一砖到顶的四合院。下雨天，在院子里走一圈不湿鞋。上房前墙是六扇活动木雕屏风门，上透下实，清一色的核桃木。宽敞的廊柱间都装饰有华丽的木雕板、垂莲头。两侧山墙上镶嵌有精美的砖雕。东边是一幅砖雕空心隶体家训。内容是：动莫若敬，居莫若俭，德莫若让，事莫若咨；傲不可长，欲不可纵，志不可满，乐不可极。西边是一幅砖雕祝寿图。东西厢房门外都装有木制龙头帘架。大门口有青石门墩。大木门上嵌有七七四十九个门钉，门上刻有门楣：安详恭敬。

那一年，杨毛子他大跟着村里驻军修械所的人染上了抽大烟的毛病。没几年，他大的烟瘾远近挂了名。先是背着杨毛子的爷爷卖地卖家具。后来，为了替儿子还烟债，杨毛子的爷爷拆了上房……后来，大概就是夏阳县第一次迎来艳阳天前夕，杨毛子的爷爷和婆，被杨毛子他大气死了。

杨毛子打小就不善于务农，当保长后更是热衷于打麻将、推牌九。他大留给他的祖业，除了半院子房产，就是一屁股烂账。杨毛子算是一个开明乡绅，给政府办事，但从不祸害乡邻，他养家糊口的生计就是给人看坟算命——这是杨毛子他爷给他留下的一口活饭。他大死后，杨毛子把妻女搬到了杨家老祠堂。这个时候，杨氏宗族在古城村已经衰落了。为了生计，杨毛子通过族长把老宅卖给了赵魁的爷爷。一天夜里，杨毛子、赵魁爷在杨氏族长家写了卖房契约。在愉快的气氛里，赵魁爷用衣襟兜了三十两白银，倒在杨毛子族长的面前，完成了双方的交易。第二天一大早，赵魁爷推开了杨毛子老宅的大门。眼前的景象，让赵魁爷傻了眼，他气呼呼地从炕上拽起杨氏族长杨嘉豪，一块儿来到了杨毛子的老宅。

前天还好好的半院子老宅，此刻，像煺了毛的公鸡，一片狼藉。两座厢房、门房的榆木门窗一夜间消失了。杨嘉豪见状摇了摇头，一句话没说，只是轻轻地叹了口气，然后拍了拍赵魁爷的肩头，一块儿回到自家屋里。赵魁爷从怀里掏出契约要杨嘉豪退还银子。杨嘉豪只顾劝茶，也不理会赵魁爷的情绪。杨嘉豪这种含而不露深不可测的样子，让赵魁爷先是一头雾水，继而怒火中烧，“啪”的一下撂下茶碗，站了起来。

“杨嘉豪，你给我要的是哪门子把戏？”

“老弟，你听我说。”杨嘉豪不紧不慢地说，“实在是对不住了。杨毛子是我看着长大的。别看他当过保长，他屁股一撅，我都知道他放的是啥屁。”

赵魁爷说：“到底咋回事嘛。”

“是这，”杨嘉豪使劲抿了抿嘴唇，面露尴尬地说，“看在我杨嘉豪老脸的分儿上，你就再给娃加一点。”

赵魁爷跑过关外，也是个豪爽之人。见一向高傲的杨嘉豪给自己下话，也就一拍胸脯，说：“既然你把话说到这儿了，咱也不含糊。我再加五两。”

杨嘉豪双手一抱，说：“你放心，明早，你再去。”

“好你个杨毛子！”第二天，赵魁爷独自站在院井里，看着门窗齐全的老宅说，

“不出三年，我要把上房盖上。”

说完杨毛子的故事，杨木匠说，现在看来杨毛子还真是鳖命好。住在杨家老祠堂的杨毛子，因为没地没房被大队定了个贫农，但后来因为他当过国民党的保长，勉强给改成了富农。本来是贫农的赵魁爷却因为一院房子变成了名副其实的富农。

早秋的乡村，到处充满了诗情画意。站在学校的操场上，能看清楚整个村貌。茂盛的树冠，一片连着一片，远远望去，只能看到三三两两若隐若现的屋顶。周边是大片大片的庄稼地，刚刚长出红缨的玉米地散发出浓郁的清香。学校像一个鸟巢，高高地端坐在村庄偏西的土崖上。大队贫协主席在大会上说，你们都是古城村的鸟，不论飞多高，飞多远，都还是古城的鸟。多年以后，我总是觉得自己是一只鸟。一只离开了鸟窝就会迷路的鸟。古城村是我的窝，我爸我娘，只不过是老天爷派来的饲养员。

我时常一个人坐在村西的土崖上，冥想自己能长出一双翅膀。那样的话，我每天上学，打猪草，就可以飞着走了。即使天黑了，我也不会迷路，不会感到害怕。事实上，我是出了名的小大胆。即使没有我家那条黄狗，我也敢一个人走夜路。下了晚自习，我经常从学校的后门回家。从这条路回家，尽管要穿过一片小树林、一个废弃的池塘，但比走前门回家起码要近一半路。

农村的秋夜，寂静而喧闹。我深一脚浅一脚地独自走在坑坑洼洼的巷道上。说实话，即是闭着眼也能摸到家。正如熟悉饲养组一样，我熟悉黑暗里巷道的每一处坑洼。经过小树林时，我站住了脚。我相信我的耳朵：在这里我隐约听到了异样的声响。这种声音，有别于虫鸣鸟语。我犹豫了片刻，竟鬼使神差地改变了回家的路线，循着隐约的异样声响走进了树林。

树林里有一种怪异的声响。尽管没有月亮，可小树林里还是清清白白像蒙了一块白纱布一样，一目了然。我看到，两个一丝不挂的人抱在一起。身子底下铺着脱下的衣服，不时发出奇怪的呓语般的话语。声音像夜风一样，被摇曳的树叶、矗立的树杆，过滤得断断续续。尽管我站在两丈以外的地方，但这两个人的话语，我却听得清清楚楚一字不落。听声音，是一男一女。我立马判断，是两个偷情搞破鞋的人。我本想咳嗽一声，或者拿一块土疙瘩吓吓这两个不要脸的人。但一个熟悉的声音改变了我的想法。有那么一刻，我以为我的耳朵出了毛病。但任凭我再三搓揉，那个熟悉的声音还是蹿入了我的耳朵。这柔柔的声音顿时膨胀了我的大脑。惊愕间，我不敢大声喘气，但越是不敢喘气，就越想大口喘气。那两个偷情的人，不知道为啥一下子安静下来。我只能听到我的心在“噔噔噔”地乱跳。我看清楚正在穿衣服的这个男人是大队的民兵连长胡章娃。一个民兵连长和一个军嫂搞破鞋，胡章娃的胆子可真大。破坏军婚，罪加一等。

唉，月季也真是的。

我退出树林的时候，满脑子都是月季，一走神撞到了一棵树上。两个被惊吓的男女，几乎异口同声地说："谁？！"

我撒腿跑出了树林。

身后，月季轻柔地叫了一声"天赐"，我跑得更欢了。

我没有告发胡章娃破坏军婚，不是我怕他。民兵连长算个尿。我爸还是队长哩，我才不怕他。可是，我还是不能给任何人说这件事儿。一想起这事儿，我就心烦。要是换一个人，我非给大队老支书说不可，但我不能这样做。我要是一说，月季也难辞其咎，也就完了。那么亲一个女人，背一个破鞋的名义，别说当不成贫协委员，恐怕连门都出不了。他男人不打死她才怪呢。说不定，离婚都有可能。月季是谁？那可不是一般的家庭妇女。我知道，在村里很多男人都喜欢月季。但我不明白，月季为什么偏偏要和胡章娃搞破鞋。我娘说，像胡章娃这样的人，太张狂了，早晚要出事。我不告发胡章娃，是因为我不想让月季受伤害。不过，倒是便宜了胡章娃这㞞货。当个烂民兵连长，就张狂得不知道自己姓啥了。胡章娃平日里不用下地干活，背一杆长枪，满村子转悠，威风得像一头叫驴。很多年轻媳妇都和他打招呼，他也很乐意和妇女们混在一块，说些带荤的笑话。他一年四季就一身装扮：绿色军上衣，海军蓝裤子，黄胶鞋，绿军帽，腰扎一条军腰带。民不民，兵不兵的，我也很羡慕胡章娃。村里很多碎娃，甚至大人都羡慕胡章娃。但从那天夜里之后，我开始厌恶，甚至仇恨胡章娃。好好一个女人，却被这㞞货糟蹋了。

七月的后沟，满目葱绿。后沟又叫死娃沟，紧挨着村子。这条沟原来是一条废弃的荒沟。沟宽大约有十几丈，沟长也就三十丈的样子。听老人说，过去村子里谁家的婴儿，没过满月夭折了，家里人就会在夜里把娃包裹好，撂在后沟。印象里，我在后沟从没见过被丢弃的婴儿。尽管没有了死婴，单就死娃沟这个名字，就让所有路过的人感到恐怖。别说晚上，就是在大白天我娘也不让我到后沟挖猪草。我娘说，后沟的阴气太重，娃娃去了容易被蛊惑。什么是蛊惑，就是被某个死了的鬼魂附体。

后来，生产队搞农田基本建设，顺带把后沟修整了一番，整出了一亩耕地。尽管是旱地，可是种啥收啥，产量不比水地差。去年生产队调整自留地，通过抓阄儿，赵魁家和黑蛋家最后按四比六的比例，分割了后沟的一亩耕地。

因为离村子近，黑蛋大隔三岔五地就会到后沟转一圈。独自坐在沟沿上，抽一袋旱烟。后沟虽说是旱地，可地里的墒足够养活一料豇豆。看着地里绿油油的豆苗，黑蛋大露出了笑脸。黑蛋大老实本分，一辈子靠下死力气挣工分。老伴体弱，是个药罐子，一儿一女，全家四口人，全靠他撅着屁股干一年，到头来分到手的粮食，差两个多月接不上新麦，全靠后沟这几分自留地糊口。这天，吃过晌午饭，黑蛋大又转到了后沟。阳光下，整齐划一的豇豆苗繁茂碧绿，眼看着就要覆盖了裸露的地皮。黑蛋大把一杆长把旱烟锅子倒插在脖后的衣领里，两只手反剪着从豆子地头走到地尾，一棵一棵地检阅豆苗，一行一行地查看长势，心里头一遍一遍地盘算着三个月后的收成。走到地中间，他陡然发现与赵魁家毗邻的一行豆苗，明显地变蔫了。黑蛋大觉得后脑勺的头发"嗖"地一下立了起来。忙蹲在地上查看，叶没黄，秆没黑，只是枝叶莫名地变蔫了，疑惑间，用手轻轻一提，毛茸茸的豆苗竟然离了地，像一个无辜的生命，被恶人粗暴地扼杀一般，黑蛋大顿然觉得天旋地转，眼前一黑瘫在地上。醒来时，黑蛋大已经躺在了大队医疗站的急救室。

女儿黑娥守在床边，两眼红肿。她看到大醒了，眼泪又"唰"地下来了。黑蛋大成家晚，四十岁上才有了黑娥。作为长女，黑娥尽管只有十七岁，可在村里俨然已经是一个小大人了。小学上完，黑娥就辍学在家帮父亲照顾她娘了。十六岁时，村里人突然发现，黑娥已经出脱成一个大姑娘了，已经能给家里挣工分了。黑娥个头不高，但奶子大，屁股大。农村人娶媳妇，喜欢黑娥这样的女子。按老辈人的说法，屁股大，能生娃。奶头大，奶水足，好养娃娃。所以，长得并不漂亮的黑娥，自然而然地成了村宣传队的主角。不光会唱《梁秋燕》，还会唱好些时兴的歌。尤其是那首《九九艳阳天》，男女老少都喜欢听。生活里，黑娥对几个年龄相仿的小伙子，倒没有表现出应有的热情，却喜欢与大她许多的男人来往。这种反常的交际，使年轻的黑娥一时成了村里男人们议论的话题，女人们嫉妒的对象。有一回，黑蛋听到高年级的同学在议论他姐，说他姐靠大屁股勾男人的魂，还拿半截子砖打破了同学的头。

黑蛋比我大，但从没欺负过我。不知道为啥，小学还没上完就辍学了。刚回村那几年，黑蛋几乎成了他姐的影子。他姐姐走到哪，他就跟到哪。后来慢慢大了，才不当他姐姐的跟屁虫了。我知道，我知道黑蛋的心思。

"娥，大……没事。"黑蛋大看到女儿的双眼肿得像一对毛桃。鼻子一酸，说："黑蛋哩？"

"他不知道这事儿。"黑娥知道她大的意思，她大是怕黑蛋惹事，稍后又说，"我给队长说了，他明天就让会计领人去丈地。老支书也知道了。"

黑老四说："老支书咋说哩？"

黑娥说："老支书说了，富农赵富仓，也敢跟贫农叫板。"

平日里，走路都怕踩着蚂蚁的黑老四这一次被彻底激怒了。一行豇豆呀，说死就死了。娥呀，他得赔咱。黑娥说，大，你放心。老支书已经给章娃哥交代过了。得知民兵连长过问这件事情了，黑老四长长地嘘了口气。

这时，医疗站陡然一阵骚动。

黑娥走到外间一看，惊呆了眼。弟弟黑蛋满脸是血，胸前的白袄都被血染红了。黑娥一声尖叫，扑了过去。

“蛋娃，你这是咋啦？！”

黑蛋慢腾腾地说：“莫事。狗日的富仓……看我不日塌了他。”

黑娥说：“谁让你管了嘛。我都给大队说了，要你管呀？”

医生边处理伤口，边说：“莫说话，宁宁的……打架能管用……还要派出所弄啥哩。”

黑娥说：“你省省心吧，还嫌事不大。”

黑蛋说：“屌，谁怕谁哩。”

黑蛋的头是赵富仓用砖头打破的。收了工的黑蛋，听队长说富农赵富仓拔了他家的一行豇豆，他大被气死了，正在医疗站抢救呢。黑蛋转身进了赵魁家。看到赵魁大蹲在院井台上吃饭，上去一把打掉他手里的饭碗，揪住赵富仓的衣领破口大骂。赵魁从屋里出来见状，扑上去和黑蛋打了起来。赵魁年龄比黑蛋大，但没有黑蛋的蛮劲，眨眼间，黑蛋骑在了赵魁的身上。缓过神来的赵富仓，一看儿子吃了亏，也不言语，猫腰拾起挡门槛的砖头，挥手把黑蛋拍倒在地上……黑娥与黑蛋的对话，黑老四在内间听得一清二楚。

黑娥进来的时候，黑老四闭着眼佯装睡觉。

半个月后的一个晌午。被公社放回来的赵富仓，用一块手帕包了三个鸡蛋，进了黑老四的家。

黑老四一愣怔，见没有什么威胁，冷冷地说：“谁稀罕哩。”

赵富仓讪讪一笑，说：“乡里乡亲的，都怪我……”话没说完，黑老四拉起赵富仓的胳膊进了后沟。

地里被拔起的豇豆苗，已经枯萎了。

黑老四站在两家的地畔上说，我屋这豇豆又没长到你地里去，你是想咋哩？赵富仓不急不躁慢腾腾地说，老四呀，你看看。说着，蹲下身，用手刨出埋在土里的界石，说：“你的豇豆种过界了。”

黑老四一看，急了，说：“队上已经丈地了。我没过界。”

赵富仓说：“那你看这界石，明明你过了一垄嘛。”

黑老四说：“反正我没占你的地。”

赵富仓说：“咱都几十岁的人了，可不能白牙红口地胡说哩。”

黑老四说：“啥？！我胡说哩。你到村里打听打听，看看谁一辈子和人连畔种地，净干些见不得人的肮脏事哩。我胡说哩，谁胡说，谁叫电闪雷劈了！”

赵富仓见黑老四破了口，也不理会他，转身向村子走。黑老四见状说，叫你挪界石。说着从腰里拔出一把割草的铁镰，在地上乱刨一气。走出丈把远的赵富仓，扭头一看，见黑老四在刨界石，扑过来一屁股坐在埋界石的地上。

黑老四抡起铁镰说，你让开。赵富仓说，不让，有本事你就朝我身上斫。黑老四见状，想起两天前儿子被打的事，说，赵富仓你不要欺人太甚，今天咱就新账老账一起算。你看我黑老四今天敢不敢斫你个老㞞。赵富仓一看黑老四红了脸，心里边一下子泄了气。但他又舍不得即将到手的一垄地，硬着头皮说，打人犯法，杀人偿命。就你黑老四那㞞样，你动下我试试。讷言的黑老四，被富农赵富仓一激，只觉得浑身的血液像着了火似的，向头上奔涌……一个压抑过久的生命，被当头的骄阳点燃，高高举起的铁镰在空中划出一道耀眼的弧线。

黑老四被公安局的人从后沟带走了。黑老四被带走的时候，看到很多人在他的豇豆地里走动。他心疼他的豇豆，他想说，但他却发不出声来。富农赵富仓被送到医疗站的时候，已经断了气。

赵富仓死了，黑老四被公安局逮了。黑娥和黑蛋，到监所探望他大的时候，黑老四还惦记着那块界石……据说，大队的民兵连长胡章娃，给公社说了不少黑老四的好话。

豇豆事件后，黑娥和胡章娃的来往多了起来。但我在很多场合，不止一次地听到黑蛋在骂胡章娃。

第三章

渭北高原的夏夜，静得像村头涝池里的水面一点皱褶都没有。原野上的虫鸣，细若游丝，蜻蜓一般掠过水面不留痕迹。从北边沟里，偶尔传来的一声野鸡的叫唤，也被夜风拽成了一块褴褛的破布，遥远而飘浮。只有身边不时响起的蟋蟀声，才让蜗居在瓜庵里的天赐感到一阵舒坦。月光下，地里的西瓜，像罩衣上用布条编制的排扣，越看越舒服。天赐是生产队的饲养员。白天负责分派牲口，晚上负责看管即将开园的几十亩西瓜。和天赐一块看瓜的是黑蛋。黑蛋白天下地干活，晚上被临时抽来和天赐一块看瓜。也许是白天太过劳累，天刚麻麻黑，他就和衣窝在一侧呼呼大睡了。他的鼾声配合着天赐嘴里的烟卷，一起一落，一明一灭，节奏和谐。卧在瓜庵前的黄狗，一会儿把伤痕累累的长嘴巴直直抵在地上，竖起耳朵，一声不吭。一会儿又抬起头，不经意地摇晃一阵硕大的脑袋。作为一只普通的看家狗，它的确与众不同。它不像其他同类那样，有事没事总喜欢对着天空乱叫一气。它沉默的凶猛，让不少村里人心悸。它常常出其不意，出现在陌生人的身后，让每一个到天赐家的人来不及提防，左腿或者右腿就会一阵发紧。轻者，衣裤被撕烂，严重的，腿肚上就会留下两排发青的牙痕。惊叫中，眼瞅着会有黑红的鲜血滚出牙痕，顺着小腿肚子流下来。袭击后，它会迅速逃离现场，远远地看着天赐母亲给受伤的来人包扎伤口、赔礼道歉。遇到性子暴烈的人，黄狗不等对方操家伙追打，一扭头就逃之夭夭了。这狗长着一身金灿灿的黄毛，天赐打小把狗叫老黄。这狗通灵，知道老黄是它的名字。一听到有人喊老黄，它都会兴致勃勃地站起身摇头晃尾，表示友好。在井把弯巷，老黄拥有绝对的权威。因为有过交恶的经历，村里的其他狗不敢轻易走进井把弯巷。那一百五十米的细沙巷道几乎成了黄狗独霸的天下。老黄还有一个独特的技能：善跑，嗅觉格外灵敏。无论是在平坦潮湿的玉米地撵獾，还是在险峻多坡的禹山地区撵野兔子，老黄在围猎的狗群里都是当仁不让的梢狗。旷野里，它只要嗅到了猎物的踪迹，只消一声叫唤，散落的猎狗群就会以最快的速度集结，合围猎物。这个时候，往往老黄也是第一个扑上去，死死咬住猎物的某个部位与猎物周旋，给其他的猎狗赢得围猎的机会——但此刻，老黄从天赐悠闲的神态中知道今晚在瓜地里，不会有往日狩猎时惊心动魄的事情发生。

天赐喜欢吃自产的旱烟叶，喜欢用旧报纸把揉碎的旱烟叶卷成喇叭筒，大口大口地吃。他觉得这样吃烟，很过瘾。现在时兴吃纸烟，天赐尽管年纪轻轻的，却爱吃自家地里收获的旱烟叶子。吃完一支，他离开瓜庵，顺着瓜行子走出十几步，解开裤腰带尿尿。老黄悠悠地跟在他身后，右后腿一抬，也在一颗硕大的花皮西瓜上尿了一泡尿。天赐回头一看，嘴里骂道："狗日的，你想把西瓜烧死呀！"

老黄并不惊慌。它只是迟疑了一秒钟，四条腿抓地蹬直，头和尾巴努力伸成一线，做了几次伸缩动作，浑身使劲地抖了抖，一咧嘴，打了一个哈欠。然后又跟在天赐身后，沿着瓜地开始了新一轮巡视。

瓜地在古城村的西边塬上，是第二生产队最大最平整的一块旱地，土壤适宜种瓜。瓜地的西边，是一面被梯田化了的坡地。地里的谷子和黑豆，散发着青涩的味道。北边是一大片留茬地，月光下，辽阔的黄土地一片沉寂。

一袋烟工夫，天赐和老黄先后回到了瓜地中央的瓜庵子。黑蛋还在酣睡，几丈远都能听到他起伏的鼾声。老黄一声不吭地卧在了原地。倦意袭来，天赐坐在庵前的凳子上，从衣兜掏出一张纸条，用手把纸条划出一道浅壕，腾出一只手从衣兜里捏出一撮旱烟末均匀地撒在纸壕里。然后，两手配合卷动纸条。转眼间，一根精致的喇叭筒式的旱烟卷，噙在了天赐的嘴唇间。寻摸了半晌，天赐从一个衣兜里找到一个变形塌陷的火柴盒，又捏出一根火柴棒。他把火柴棒在火柴盒的磷面上用心擦拭了几次，那根迟钝的磷火头才被燃着。一刹那，天赐的脸庞被火光放大。随着火焰的变小、熄灭，天赐把吸进肚里的大口烟雾吐了出来。他把吃烟的这一系列动作变成了电影里的慢镜头。在这个宁静的夜晚，他要独自享受时间给他的馈赠。说来也怪，从学校回到村子的天赐，竟然对父辈们包括卷旱烟在内的很多技艺，无师自通，完完整整地继承了下来。似乎脚下的这块土地，不论是阳光，还是地墒，都非常适宜天赐这棵禾苗的生长。无须适应，无须准备，一落地，一切都自然而然。此刻，他试了试嗓子，想吼几句戏文，却一时找不到调子。吞吐烟雾间，他一闭眼，脑子里却蹦出了月季甜美的眉眼。自从多年前，还在上小学的天赐，在小树林撞见不该看到的事情，天赐这个回村的高中生只要一静下来，脑子里总是闪现月季白花花的大屁股。也奇怪了，那天之后，天赐总觉得有一双无形的手在暗地里帮助自己。先是从生产一线变成了专职记工员，然后，没几天，又被抽到饲养场帮工。黑蛋说月季对天赐特别偏爱，大会小会，啥场合都忘不了赞誉几句天赐。黑蛋问天赐，是不是和月季有一腿。天赐不假思索地回敬黑蛋说，放你娘狗屁，我和你姐相好，你信吗？黑蛋比天赐大几岁，一下子被天赐噎了个半死。他不知道，平时还算腼腆的天赐，怎么对月季如此敏感。但黑蛋打心眼里喜欢这个稚嫩的高中生。要是换了别的人，黑蛋早抡铁锨了。天赐，姓王，家住古城村井把弯巷。尽管家里姊妹多，负担重，又不甚爱学习，原来计划上完初中回村，但因为表姐夫在公社高中当校长，家里人硬是让他念完了高中。尽管如此，王天赐也是古城村为数不多的高中毕业生。

这一年，王天赐十八岁。是古城村第二生产队最年轻的男劳力。仰望这个夏天的星空，目送一颗彗星无声地划过夜幕，一头坠落在瓜庵北边的深沟里，天赐扭头"呸"了一下，算是对这个扫帚星的不屑。但在这个年轻农民的心里头，还是有一股优越的滋味袅袅腾起。这种淡然的自豪感让这个青年农民对自己的人生充满了憧憬。此刻他幻想着，要是在这个宁静的夏夜绽放几束铁花，该多好哇！

还不到十五，月亮却出奇的亮。

月光下的原野，因为没有高秆植物的阻挡，显得宁静而辽阔。燥热了一天的黄土原，这一刻渐渐有了凉意。就连鼓噪的昆虫，也许是因为气温的降低，有了些许的倦意，鸣叫声也渐渐稀落下来。后晌被太阳晒蔫了瓜蔓的西瓜地恢复了生机。匍匐在地的花边枝叶都支棱起了精神，漫不经心地簇拥着一个个浑圆的虎皮西瓜。一阵阵青涩的气味裹挟着瞌睡直袭天赐的心脾。月到中天，该换班了。天赐知道黑蛋白天干活不惜力，不忍心叫醒沉睡中的黑蛋。他刚想再卷一根旱烟，却看到卧在一旁的老黄"呼"地起身，警觉地半伏着身躯朝着瓜地的北边发出一声低沉的短吠。

尽管老黄只是一条土狗，但天赐相信老黄的嗅觉。他一激灵，清醒了一截子。忙起身朝老黄凝视的方向摁亮了电筒。霎时，一道白色的光柱像张开的魔爪，把瓜庵五十米以外的地方照射得清清楚楚。一只野兔，似乎被突兀的光芒罩住，半蹲在瓜地上茫然失措。两只悬空的前爪无力地垂在胸前，两只长长的耳朵耸立着，浑黄的眼睛里流露出万分的惊恐。这时，老黄"嗖"地一跃，后腿扬起一撮沙土奔向猎物。天赐则保持不变的姿态，端着长长的手电筒，跟在老黄身后向野兔悄然靠近。他知道，只要手电筒一灭，甚至一晃动，野兔就会仓皇逃离。老黄的夜间狩猎经验丰富，它没有在光柱里奔跑，而是踩着光柱的边沿，从野兔的一侧迂回。十几秒后，老黄已经逼近了野兔子。也许是一种直觉，野兔在老黄接近它的前一秒钟感到了危险的逼近，来不及放下前爪，一扭身，"咚咚咚"连跑带蹦地越过旁边的留茬地，向更远更黑的沟边跑去。天赐手里的光柱，也跟随着野兔奔跑。他嘴里"嗷嗷"地吆喝着，一只手倒提着一把矛子追了上去。老黄很快调整到了最佳状态，紧贴着地面，头使劲地前倾，尾巴自然垂直。两条后腿每次都会前伸到宽敞的胸前，像一双有力的铁爪子，在地上使劲地一刨，两只前爪似乎只是在地上轻轻一点，身体便像一支离弦的箭镞，义无反顾地射向猎物。也许是由于留茬地太疏松的缘故，野兔每跳跃一次，都会在松软的土地上停滞一下，眼看着，老黄逼近了野兔。大约半分钟后，这场月下追逐进入了白热化状态。其间，至少有两次老黄实施了袭击，但都被野兔以改变方向的方式摆脱了致命的困境。在天赐的吆喝声中，尽管野兔左右跳跃着奔跑，但老黄始终不改追逐的姿态。激烈的追逐中老黄始终半张着嘴巴，露出白色的獠牙，贴着地面高速奔跑。像一个如风的幽灵，给这个无风的月夜增添了一分喧嚣。

角逐还在进行。野兔跳跃的距离大不如前，而老黄追逐的速度却一如既往，但也许野兔看到沟边的黑暗近在咫尺，并没有甘愿服输的松懈。手电筒的光芒越来越弱。天赐一声大喝，呐喊声在黑黢黢的深沟回响。老黄是一只聪明的猎狗。它知道，只要猎物进入沟岸的树丛，追捕就会功亏一篑，宣告失败。野兔似乎也加快了跳跃的节奏，但在距离沟边树丛还剩下不到十米的地方，老黄再一次发起了袭击。由于野兔仓皇转弯，一个趔趄摔倒在地。而疾速狂奔的老黄由于冲刺的惯性，一下子滚到了野兔的前边。几乎在同一时间，野兔和老黄同时启动了奔跑。不幸的是老黄摔倒后，返身追赶猎物，而野兔没有改变方向，“噗”的一声，被老黄逮个正着。老黄一发力，野兔的椎骨“咔嚓”一声被咬断了。

回到瓜庵，老黄的气息已经平息了许多。天赐赤手撕扯掉野兔的皮毛，然后用刀划开了兔子的肚子，把所有的内脏一股脑儿扔给了老黄。等天赐把赤裸的野兔用一根绳子挂在瓜庵上，老黄已经吃光了兔子的内脏，流着哈喇子，呼哧呼哧地站在天赐身后，用鼻腔发出一阵乞求声。天赐轻轻拍了拍老黄的脑袋，没说啥，又用手拧下野兔的头，扔给了老黄。

这时，黑蛋起来撒尿。迷迷瞪瞪地问几点啦？狗在吃啥哩？天赐还没有来得及答话，他又折身进了庵棚。天赐边卷旱烟边说，天快亮了。见没有人支应，扭头看时，黑蛋呼呼地又拉起了鼾声。天赐无声地笑了。同时，在肚里说，你个憨货，就知道下死力气，不知道惜力，看把自己累成啥样子了。这时，月亮躲进了云层，天色陡然暗淡下来。十几丈以外，黑黢黢的，什么也看不见。天赐顾不上点烟，起身用手电筒把瓜地横扫了一遍。刚才还坚挺的光柱，这一会儿，也只能照到一半的瓜地。正在专心啃噬兔头的老黄，突然冲着南边的谷子地狂吠起来，并试探性地看着天赐，等待天赐的口令，做出随时准备出击的样子。

天赐低声呵斥了一声，老黄有些扫兴，重新趴在地上啃噬那个顽固的兔头。天赐坐回板凳，摸索着准备擦拭火柴，老黄又突地站起来，冲着谷子地连续狂吠起来。天赐觉得奇怪，摁亮电筒朝不远的谷子地照射了一番。没有发现异常，估摸着村里的鸡快叫头遍了，心想这会儿恐怕连鬼都睡了。但老黄的吠叫并没有停止。天赐低声喊道，“不要叫了，啥也没有，我看你是吃饱撑的！”

老黄在很小的时候，被天赐爸用剪刀剪去了耳朵尖和尾巴头，然后，用烧红的烙铁“吱溜”一下封住了伤口。从此，老黄的两只耳朵，就一直耸立着，尾巴也就自然卷起，既威武又好看。天赐不知道，究竟是老黄的血统因素，还是被剪了耳朵的缘故，反正长大后的老黄表现出了有别于其他同类的秉性：暴力、善跑、智慧。

与老黄一起成长的天赐自然对老黄情同手足，喜爱有加。平时，决不允许其他狗或者人伤害老黄。而老黄似乎通着人性，只要允许，都会与天赐形影不离。小时候，有几次被老黄咬伤的村里人，举着铁锹追打老黄，父亲只有无奈的叹息。天赐唯一能做的就是，跟在追打老黄的人的屁股后头，边跑边哭，直到追打的人被他哭烦了，自己放弃了无意义的追打。那个时候，天赐也许压根就没有想到，在随后的日子里，狗这东西会成为影响他人生的朋友。

起风了。坐在瓜庵子前，天赐能清晰地听到风在远处庄稼地里的吼叫。但西瓜地里，只有西瓜蔓发出的轻微的回响。一个旋风，卷起一层浮土，在庵前骤然起落。天赐能听到沙尘掉落在瓜庵上的声响，以及落洒在西瓜蔓上的沙沙声。怕要下雨。天赐在心里头嘀咕了一声。老黄只间隔了大约几秒钟又开始了狂吠。手电筒的光柱所到之处，谷穗在剧烈摇摆。一阵狂风过后，有零星的雨滴夹杂在风中飘落在天赐的脸上。老黄见状，刺溜一下钻到了瓜庵的床下。银白色的天空卷起了一堆堆乌云。风刮倒了墨水瓶一样，眨眼间，天空失了颜色。天赐努力辨别，也只能看到丈把远。此刻，这个略显单薄的青年农民从心底感到了一种无助。莫名的恐惧，倏然在体内蔓延开来。酣睡中的黑蛋说着梦话，使劲地磨着牙。天赐推了一把黑蛋，黑蛋借势翻了个身，又拉起了鼾声。要不是有老黄的陪伴，天赐说啥也不敢独自置身这风高夜黑的荒野之地。

突然，一个响雷在不远处炸响。一道刺眼的电闪撕破了天幕。白色的裂痕像一棵大树的根须在深邃的天空上反复出现了几次后，天色竟然豁亮起来。黑色的云朵被山风刮到沟北去了。不一会儿，月儿露出了笑脸。一切又恢复了宁静。夜风过处，偶然有高出的植物晃一晃脑袋。这时，老黄蹿出瓜庵，冲着瓜地北边的留茬地吠叫起来。月光下，天赐看到两个人影在疾速离去。在他摁亮手电筒的同时，老黄已经冲了出去。

“有贼！”天赐略带颤抖的话语刚落地，黑蛋一下站了起来，二话没说，抄起木杆铁矛子跟着老黄追了过去。手电筒一照，两个黑影早慌了神。其中一个人扔掉手里的两个西瓜，仓皇逃进了沟边的树丛。另一个黑影，因为一手搂着一个西瓜，显然速度慢了许多。没跑出多远，被追赶上来的老黄扑倒在地。慌乱中，那黑影在疏松的地里打了几个滚，又手脚并用，朝前跑了十几步，但很快又被老黄缠住扑倒。老黄知道它追逐的不是猎物，不能用力咬，只是咬住那黑影的衣裤，将偷瓜的人扑倒而已。喘息间，老黄感到有棍影抡下，很巧妙地躲在一边，狂吠不已。赶到的黑蛋也不发声，倒提铁矛子，抡起长把就朝偷瓜贼的身上砸下。随着一声惨叫，那铁矛把就折成了两截子。那偷瓜的人一看黑蛋下黑手打他，先就泄了气，两手抱着头窝在地上连声喊叫。也许是偷瓜人的喊叫，激起了黑蛋的怒火，黑蛋顺势脱下一只鞋，朝那人身上乱打一气。挣扎中，被打急了的小偷无意间反击了黑蛋一下，这更加剧了黑蛋的愤怒。他扔下鞋子，从地上捡起断了的矛子把，嘴里念着“我让你偷，我让你偷”，手里的半截子木棍不由分说地在那人的身上又抡了起来。虽说力度远不如开始，但也比他的鞋底打人疼得多。没几下，小偷跪在了地上，开始哀求：“爷，爷，我再也不敢了，你饶了我吧。”

这时，天赐赶了上来。看到黑蛋要二杆子，拦腰抱住了黑蛋。哥，不敢再打啦。黑蛋挣扎着又踢了一脚，狠狠地说：“让你跑，让你跑！”话音刚落地，他“哎呀”一声，腿一软，身子一趔趄，差点带倒了抱他的天赐。

黑蛋把脚踢崴了。

村里的鸡叫了。天色一下子亮了起来。接班的人还没有来。天赐和那个偷瓜的人，把黑蛋搀扶到了瓜庵子。眼瞅着，黑蛋那只没穿鞋的脚腕肿了起来。尽管瘸着腿，咧着嘴，黑蛋还是把偷瓜的贼绑了起来。黑蛋坐在瓜庵的铺上，得意地欣赏着自己的作品。天赐也觉得黑蛋很有才。他用一根鞋带，把偷瓜人的两个大拇指绑在腿后，然后，把那半截子铁矛把从那人蹲着的大腿和两臂间穿过。被绑的人，只能半蹲在地上。

“这叫老汉看瓜。”黑蛋得意地说，“哼，收拾你的法子有的是。”

偷瓜贼灰头土脸地说：“好我的爷，你饶了我吧。要是让人知道了，我连媳妇都说不下哩。”

黑蛋说，跑了的那个人叫啥？

偷瓜的人把头垂着不吱声。黑蛋越问，他的头垂得更低了。这时，天赐才有机会，打量这个也许比自己大不了几岁的小伙子。一头的长发，显得并不强健的躯体，越发单薄。身上的粗布衫，已经看不清原本的颜色了。脚上的黑条绒布鞋，笨拙得像一只癞蛤蟆。黑蛋说，你不说那好，我给公社摇电话，把你送派出所吃几天牢饭去。大概听说要送他到派出所去，那人“扑通”一下，原本想给黑蛋下跪，没想到因为被木棍别着，一头窝在了地上，屁股朝天，像一个屎壳郎。好我的老爷哩，你就饶了我吧，我再也不敢偷你的西瓜了。

天赐瞅见那人可怜，忙上前像翻土鳖一样，把趴在地上的贼娃子硬扳了过来。你快说呀，人家把你撂下早跑了，你还在这撑王八哩。

天赐见黑蛋在穿那只被踢烂了鞋帮的鞋，问道：“你是哪个村哩？”

“杏花村。”贼娃子瞥了眼黑蛋，又看了看天赐，小声说：“你们高低可不敢给我大说……我大知道了，非把我打死不可。”

天赐问道：“你俩都是杏花村的？”

偷瓜的贼娃子先是点了点头，随后又把头摇得像个拨浪鼓。黑蛋不傻，看出了个中的蹊跷。眼睛瞪得像牛眼。大声喝道，你再不说，我弄死你。

接班的人来了。

天赐问贼娃子咋办。

啥咋办？关饲养组草窑去。

天放亮了。

此刻，一望无际的瓜地潮湿而温柔。夜里下过的几滴雨水，这会儿还存留在瓜蔓上。带花边的叶片翠绿而坚挺。天赐站在瓜地东头的崖畔边上，隔着一片茂密的酸枣树，远远地看着被袅袅炊烟摇醒的村庄。心里对新的一天，充满了愉悦般的兴奋。回乡半年来，他心底的校园情结还没有完全消退。他也说不清是一种怎样的情怀，时不时地刺激着他，像渴望拥有一条时髦的喇叭裤一样，他对自己的未来充满了憧憬。尽管他不知道自己的未来是一个啥样子，但他还是喜欢冥想一些事情，一些不是很适合农村的事情。尽管国家恢复了高考，但凭他的学习底子，是不可能考上大学跳出龙门的。但在天赐这个青年农民的心里，农村永远是他的天堂。他不可能撇下村子，独自漂泊的。可以说，古城村的巷道、麦场、田间、地头、古寨、河滩、老宅、祠堂，到处都刻有他童年的痕迹。在古城村二队，天赐的名号更是家喻户晓。上小学时，有年寒假，他把过年时捡到的没有炸响的鞭炮塞进了五婶家的母鸡屁股里。随着一声清脆的炸响，那只肥硕的芦花母鸡扇动着翅膀咯咯地叫唤着，连跑带飞地撞进了自家的院子。事后，天赐的母亲用五个鸡蛋，才平息了五婶的愤怒。要说恶作剧，后来天赐和几个光屁股长大的发小，捉弄班主任程老师的事儿，彻底颠覆了大人们对天赐良好的印象。

那是腊月的一个傍晚，四五个十一二岁的少年，自然而然地聚到了井把弯巷头的老皂角树下。照例相互玩了一通顶牛的游戏。有人觉得乏味，说每天老弄这个游戏没意思，想玩点新鲜的。天赐不是老大，平时极少牵头玩儿。这天见大家都一时没有好的主意，就胆怯地说，我给你们说个玩法，但有一点，谁也不能说出是我出的点子。快说吧，我们又不是叛徒。几个小伙伴已经不耐烦了。

一阵耳语后，几个人几乎是同时发声：“这行吗？”

天赐说：“啥行不行？就看你们有没有这个胆！”

毕竟诱惑大于怀疑。渴望新鲜刺激的几个农村少年，借着夜色，猫腰聚集到了班主任家的门前。他们推开虚掩的大门，按照分工，有的人掩来一团隔年的酸枣刺放在门道内，有的人找来扫帚，放在虚掩的大门顶上。天赐用铁锨弄了一坨新鲜的牛粪，甩在大门的铁环上……这一切，都是在几分钟之内完成的。一口气跑到村边的碾麦场，几个懵懂的小伙子，早已是人仰马翻，笑岔了气。

后果可想而知。在学校备完课的程老师，夜幕下一推大门，两只手沾满了牛粪，头被掉下的扫帚砸个正着，多亏穿的是棉鞋，要不，一准会被酸枣刺扎伤。这场恶作剧后，天赐被母亲鞭打了一顿，几个参与者被学校罚扫了一周厕所。

天赐睁开眼时，已经是晌午了。

两束极强的光线从窑洞门顶的通气孔直射到天赐的身上。阳光照耀得天赐睁不开眼睛。他把手指张开搭在脸上，从指缝间看到窑洞内有无数的尘埃在飞舞，像若干个星球，在太空里翱翔。他有意识地摆动了几下脑袋，担心某一个失重的星球撞到自己。躺在土炕上，天赐陡然对自个儿的发现颇有几分得意。留恋了一阵后，他瞥眼一看，老黄安静地趴在窑门后眯着眼。要不是肚子叫唤，天赐不会自己醒来。和黑蛋搭伴看瓜，天赐基本没有睡觉的机会。一旦睡下，浑身像注了水的死猪，想翻个身，都懒得思想。黑蛋嘴烂，但人不坏。他知道在黑蛋的心里，很看重乖巧甚至有些狡黠的自己。要不是一泡尿憋得慌，天赐是不会下炕的。

古城村二队有两个饲养组。一个大的，一个小的。大的饲养组在村子中央，紧挨着杨家祠堂。有六十多头牛、十几头驴、二十多匹马和骡子。村里人把马和骡子，统称为高脚。小饲养组在村西半坡上。几孔浅浅的土窑，只有二十来头牛。分两处饲养牲口，主要是考虑到给塬上的旱地拉粪方便一些。

这是老饲养员给天赐最初的解释。

此刻，站在土窑一侧的土崖边，天赐一边尿尿一边眯眼享受着从崖下某处刮来的微风。酣睡了一上午，窑内的阴气让天赐觉得那微弱的热风格外清爽宜人。尿完尿，天赐尽情地享受着从外到内的凉爽。老黄跟在天赐身后绕了一圈，没找到墙根，只好抬起一条后腿，在一块石头上撒尿。突然，老黄冲着旁边高台上的几棵槐树发出几声警觉的轻吠。天赐一抬头，发现一个人躲在树后，露出半个脑袋，鬼鬼祟祟地朝低处的饲养组窥探。也许是下身受了凉，也许是被那个陌生人吓着了，天赐一个激灵，清醒过来。大声喊道："哎，弄啥哩？"

话未落地，老黄冲着高处狂吠起来。

等到那个偷窥的人再次现身时，天赐和老黄已经站在了他的身后。喝住老黄，被吓得两腿哆嗦的男子脸色发黄。

天赐问："弄啥哩？！"

偷窥的男子二十出头，个头不高，方脸，塌鼻子，一双惹眼的迎风耳，让人觉得他不是一个厚道的庄户人。也许是迫于老黄的威力，这个有些凄惶的男人说他是杏花村的人。他大是杏花村的大队长。他乞求天赐放了昨天晚上被逮住的偷瓜的伙伴。

审问是在饲养组的窑洞里进行的。

崴了脚的黑蛋刚从大队医疗站回来。他一拐一瘸地走到炕边，坐在那把高背椅子上，把一只受伤的脚搭在炕沿上，抓过炕沿上的黄铜水烟袋闷声“咕噜咕噜”地抽了一锅子水烟，然后朝天夸张地吐出一股青烟。还是没有一句话，只是重重地咽了一口唾沫。

天赐个子低，坐在炕沿上，两条腿悬在半空。杏花村大队长的儿子软软地站在窑内的地上。天赐在黑蛋的耳边嘀咕了几句，然后接过黑蛋手里的水烟袋，抽了起来。黑蛋漫不经心地说，“你是杏花村的？”

那人软软地说：“和赖狗是邻居。”

黑蛋说：“你大是队长？”

那人说，叔，我大是大队长。

黑蛋说，那你叫啥。

“蒋虎。”黑蛋一听，躁了。“放屁！杏花村的大队长姓雷，你敢糊弄我，找死呀。”一看黑蛋发飙，那人腿一软，“扑通”一下跪在了地上。

“好叔哩，我大真的是大队长。”

天赐把手里的水烟袋轻轻在炕沿上一蹾，走到那人跟前抬手在脑袋上打了一下。“好叔哩，我大真的是大队长。”嘴还硬，接着又是一脚。

天赐说：“不说实话，把你俩都送公社去。”

蒋虎可怜兮兮地道出了事情的原委。原来他是上门女婿，他的老家在禹山。当初的契约上明白写着他进门不改姓，但娃娃要姓雷。蒋虎说，好叔哩，行行好吧，放了我俩吧。

黑蛋和天赐又是一阵耳语。

黑蛋说，放了你俩也行，那得有个说法。蒋虎和赖狗两人面面相觑，一时不知道说啥好。黑蛋迟疑了一下说，你看，为你俩这事儿忙了半夜，回去把你村最好的旱烟叶子，给我弄两斤，不，五斤，少一两也不行。蒋虎说，今年的旱烟叶子还没收哩，现在只有一些敷好的卷烟叶子，你看行不。能不能少点，五斤……太……多啦。黑蛋说，嫌多，是吧？那也行，我一两都不要啦。走，咱到公社去。

蒋虎道：“叔，你莫躁嘛，我给你寻嘛。”

天赐说：“还有，再搭十斤红薯。”

蒋虎面露难色。看看黑蛋，又看看天赐。旁边蹲着的老黄一副默然自威的样子。天赐说，都晌午了，我俩和老黄都没吃哩。说罢，天赐在土窑上画了一道，说，快些，给你半个时辰，太阳照过了这条线，你就等着公社叫你吧。

蒋虎一看架势，没有了商量的余地，出门转眼不见了人影。

天赐问黑蛋，要不要给队长报告一下。

黑蛋说：“你傻呀。”

天空飘过一片云彩，太阳光被遮住了。窑内立马暗淡下来。天赐说，有没有雨？黑蛋躺在土炕上说，没听说。

第四章

古城村在夏阳县南二十里川道的南部，是夏阳县的富饶之地。南北走向的二十里川道，东西不过两三里地。川道里有一条叫濂水的河流。因为从夏阳县城南关经过，城里的人把这条河叫南河。下游沿途的百姓把这条河叫县河。传说大禹凿龙门之前，二十里川道还是一个狭长的湖泊。这里古柏苍翠，林木茂盛，湖水清幽，鱼跃鸟语。两岸村落宛若世外桃源，男耕女织，牛羊遍野。突然有一天，湖泊里生出了一个妖怪。这水怪，马头人身兽爪，身高十余丈，通体透明，时常在亥时出没，残害百姓，生吃家畜。一时间，两岸数万百姓人心惶惶。坊间传说四起，稼穑荒废，怨声载道。这事儿，很快传到了天庭。玉皇大帝派二郎神杨戬下凡镇妖。杨戬得令后，不敢怠慢，化装成一个郎中，沿湖泊村庄明察暗访，察看地形，摸清水怪的行踪后，亲手做了一把弯弓，一根带箭镞的巨箭。在某个月明星稀的夜晚，把弯弓安装在禹山上，等到亥时湖泊微澜乍起，杨戬扳动了箭机。随着一声沉闷的轰响，巨箭离弦而去穿云破雾……然而，巨箭没有射中水怪，却把湖泊东边的土崖射开了一个豁口。沉寂的湖泊霎时向东南方倾斜，湖水一泻千里，直奔黄河。半年后，湖泊的水流完了，鱼蟹不见了，水怪自然也消失了。昔日的湖泊瘦身成了一条纤细的河流。狭长的湖底变成了今天富饶的川道。当年被杨戬射塌的泄水口，成了站在古城村西的土寨子上就能瞭见黄河的芝川口。出了芝川口，大约两里地，就是当年八路军过黄河打鬼子的地方。

我不说，在村里恐怕没人知道，新中国成立前，我爸曾经多次参加过地下党组织的活动。奇怪的是，我爸却不是党员。按说，他至少也能弄个社长啥的，而不是一个生产队的队长。听村里人说，我爸仗义、耿直、幽默，遇到啥困难，他都有办法。尽管我爸得罪了不少人，但也落下了一个不错的名声。在农村，我爸属于那种有争议的人物。

我弄不准，我爸算不算得上是一个革命者。但我爸的故事，真的让我对他刮目相看，甚至是崇拜了。

我爸兄弟三个，他排行老二。在村里人的眼里，我大伯是羊癫疯子，脑子一阵清白，一阵糊涂的，勉强能自理，但绝对靠不住事儿。我三大随大军走后，便没了音信。尽管已经过去了几十年，可我爸一直没有放弃寻找他弟弟的希望。只要有机会，就寻政府，找领导，反复说明我三大的情况：既然是一个老革命，就应该给一个说法。至今，关于我三大的身份，政府还没有一个定论。自然，我爸为我三大的事情还在四处奔波、诉说、求情，有时候也免不了和家人瞪眼拍桌子。

关于我大伯，我爸给我说过一件事。

在古城村，井把弯王家算是一个富裕的大家庭。家里长年雇有三四个帮工。有百十亩地、三挂马车、两头牛。一条巷跨两个大院子。巷西是两进三道门的两个四合院。巷东是一个两亩地大的偏院。有九间瓦房，主要是长工和短工们居住。一个草料房，一个摆放农具的柴房，骡马和牛，包括各种家禽都饲养在东院。还有一口三丈深的水井。每天天麻麻亮，长工绞水饮牲口的轱辘声，总会像值更的守夜人一样，准时唤醒井把弯巷的公鸡和看家狗。

我爸十八岁那一年，风调雨顺，遇到个好年景。我们家在黄河滩租种的三百亩棉花，大获丰收。几十个短工每天采摘的棉花堆成了一座小山。当年，除过租种滩地费用，听我爸说，光袁大头就拉了半口袋。也就在那一年，发生了一件怪异的事情，改变了我大伯的人生。

我爸自小胆怯，可房漏偏遇连阴雨。有天，家里的鸡已经回窝上架了，我爸还未从黄河滩回来。我奶不放心，让我大伯到巷口去接我爸。这时一片乌云盖顶，狂风陡起，刚才还安静的巷道，霎时昏暗、摇荡起来。疑惑间，我爸赶着马车进了巷。那匹平日里温顺的枣红马一声啸叫，猛然抬起两个前蹄极力向后退。我爸坐在车辕上，一下子被颠到了地上。我大伯见状，一个箭步上前拽住了缰绳，轻抚马脸，嘴里不停地念道，吁，乖，乖。

很快，受惊的枣红马安静了下来。

我爸说，咋了嘛，这马。

我大伯说，日怪了，一阵风它也怕哩。

风似乎消停了，天空还是一片混沌。卸了马车，刚走出东院，巷道里又是狂风顿起，卷起地上的杂物从南头刮到北头，一忽儿又从北头刮到南头。我爸说，哥，今天这风咋这么怪呢。没事，别怕，有哥哩。其实，我大伯比我爸只大两岁，但我大伯表面看要比我爸成熟许多。说话间，风头刮到了东院门前把我爸卷了进去。我爸在风暴里高声呼救。大概我大伯也没有见过这种阵势，一时乱了手脚，不知所措。眼看着狂风在东院门前，形成了一个风柱。像沙漠上的龙卷风那样，风柱快速缠绕着向上攀升。

眨眼间，风柱超过了房脊，发出一阵阵低沉的呼啸声。我爸有几次，两只脚都离了地。情急中，我大伯从东院拿了一把竹扫把出来，也不言语，紧绷着嘴巴扑上去，用手里的扫把使劲地拍打风柱。很快，风柱轰然塌陷。我爸瘫坐在地上，脸色煞白，喘不上气来……当天夜里，我奶倒了半碗清水，取了三根筷子，蘸一些水，然后嘴里念念有词。把她认识和不认识的已经去世的老祖宗们，念叨了一遍，说着说着，那三根竹筷竟然稳稳地立在碗中央。奶奶是村里的接生婆，她一生积德行善。面对肃立的筷子，她说着一些抱怨、安抚之类的话，一挥手打倒了肃立的三根筷子。然后在半碗清水里放进了一撮小米。稍停了一会儿，她扶起我爸，让我爸用碗里的小米水漱了三遍口，然后又拿起三根筷子，蘸上碗里的水在我爸身上挥洒了一番。

第二天，我爸倒是安然无恙了，可我大伯从此却变得疯疯癫癫，全然不像先前的他。后来，我奶奶找来了一个邻县的阴阳先生给我大伯看病。听完我奶奶的话，那老先生叹息了一声，说："你立柱子的程序没完。逮住小鬼后，要把碗筷在灶火上燎一燎。毕了，还要把捉住的小鬼在灶君神跟前用碗扣三天哩。可你没给小鬼一点厉害，又给放了。"

我奶奶急切地问，还有啥法子？

那老先生只管摇头、摆手，啥话也没说走了。从此，我大伯就成了一个羊癫疯子。对这件事，我只信一半。接下来，我还是要说说我爸的事儿。

我看过好多戏。像《三滴血》《辕门斩子》《张良卖布》《游龟山》《逼上梁山》《十五贯》等，但我最喜欢看不说话的《三岔口》。可以说，通过看戏，我学到了比学校里更多的知识，认识了许多历史上的英雄人物、才子佳人与帝王将相。感受到了远比我的人生经验丰富、残酷、无奈的人间冷暖。英雄气短，红颜薄命。有一段时间，我还能熟练地说出大段大段的戏文。有时候，听大人们谝张飞、谝关云长，我也偶然插几句话。但我知道，没有人会相信一个碎娃的话。之所以允许我说那么三五句不痛不痒的话，是因为大人们在一个话题结束后需要一个短暂的歇息。就像写小说，需要闲笔，需要换行，离不开标点符号一个道理。

但我爸过去的故事远远超出了老戏对我的吸引力。尽管我爸的事儿充满了传奇，让人总觉得很遥远，不真实，但看我爸的样子不像是在给我讲故事、糊弄碎娃哩。况且，我爸也没那雅兴。我笃信我爸所讲的事儿，是因为我三大跟着大军走后，至今没有回来这个事实。

由于弟弟的缘故，我爸自然成了村里的积极青年。他对政府的各项号召都会积极响应，踊跃带头。一九三七年，日本人在河东张狂那阵子，八路军过河去抗日。几乎在一夜间，芝川渡口一带来了好多部队。据说，光古城村就住了一个营的兵。

我爸那会儿也就二十啷当岁，从没见过这么多的八路军。我奶说把我爸兴奋得连饭也顾不上吃哩，一天到晚，满巷里疯跑哩。刚贴完欢迎部队的宣传标语，又给兵们逐家逐户地号房子。作为爱国青年，我爸在八路军驻扎的芝川东街府君庙受到了部队领导的集体接见后，非要闹着去当兵。要不是我奶找到部队首长，道明了我大伯我三大的情况，我爸也许当时就过河打小日本去了。

当时是国共第二次合作。夏阳的国民党一改往常的面目，对老百姓抗日的要求都很客气。八路军过河没几天，河东的小日本像疯子一样用大炮轰击芝川塬一带。国民党的河防部队在沿黄河的村子里修筑了许多战壕、碉堡，死守黄河西岸。守河的国民革命军新八师只是在望远镜里看着日本鬼子在河东的河滩上，张牙舞爪，炮击西岸，并没有面对面地和日本人真刀真枪地干过。但一开始，鬼子的大炮还是打伤了不少人。我爸是支前队长，自然跑在最前头——他有一次悄悄地告诉我，他的左腿还有一块炮弹皮没有取出来。说这个秘密不能告诉任何人，连我娘都不能说。我猜测，我爸可能是怕村里人误会，说是给国民党军帮忙负的伤，不光彩。

因为我爸表现好，加上我三大在队伍里，后来，我们家自然而然地成了夏阳地下党和游击队落脚、开会的地方。夏阳县头一回迎来艳阳天，是在一九四七年阴历的八月二十五日。战斗打响前夕，夏阳的地下党给西北野战军提供了一份夏阳的兵力布防情报：驻守夏阳城乡的是国民党五十三师一五八团。除县城北部的禹门口驻守一个营，城南的芝川镇驻着一个连的兵力。大部分兵力都驻扎在县城周边地区。二十里川道南部几个村子是国民党二战区的后勤保障基地。我们村的杨家祠堂堆满了面粉，李家祠堂是武器弹药仓库兼修理所。

我家东院草料房是夏阳游击队开会的场所。一开始，我奶嫌草料房太寒碜，担心游击队的同志受委屈，坚持要游击队的同志在我家西院开会，说厅房里宽敞，吃饭、喝茶也便当。我爷过世早，我奶是当家人，家里的事儿说一不二。看到我奶这样坚持，游击队的队长吴县河赶紧说，还是王妈心细，游击队能有今天，全亏了像您这样的好人。说罢，后退一步，双手低垂，兀自给我奶鞠了一个躬。然后，低声说我家西院是一座严严实实的四合院，遇到紧急情况不便于撤退。东院开阔，有两面围墙外边都是庄稼地。天一黑，就几个长工，不易引起外人注意。重要的是，也方便撤退。我奶是明白人，见吴队长这样说，我奶自然也没了意见。但最后，我奶给吴队长还是提了一个条件：吴队长必须让我爸参加游击队。吴队长了解我家的情况，一时不知道如何是好。但我奶坚持要他答应。吴队长和游击队的同志简单交换意见后，对我奶说，你家情况特殊，老大脑子不利索，老三又在队伍里，你知道，游击队的事儿太危险了，老二入队的事先缓一缓再说。一听这话，我奶知道吴队长在推辞，小脚轻轻一跺，说：“你这是不信任我老婆子，啊——”

吴县河队长用眼睛与其他几个同志一交流，会心一笑，说："有你这句话，我们就放心了。"

我奶见大家伙都笑了，也咧了咧嘴角，一脸满意地走了。多年以后，对我奶的转变，我爸一直都没有弄清楚缘由，直到我奶过世。

一天傍晚，鸡刚上架，掰完玉米的庄稼人三三两两地从井把弯的巷道走过。这时，一个戴草帽庄稼人打扮的汉子闪进了我家东院的大门。拴在农具房旁边的看家狗"呼哧"一下站了起来，刚要叫，但旋即又放松了警惕，两个前爪扑腾着，摇着尾巴，嘴里发出亲昵的哼唧声。我爸正在卸马车，扭头看见有人进了院门，刚想发声，看见狗儿欢喜的样子，知道是熟人。

进了院门，那人摘下草帽，我爸认出是县游击队长吴县河。我爸刚想打招呼，被吴队长示意制止。进了草料房，吴队长也不让我爸点灯，压低嗓门给我爸交代了一番，然后吴队长走到狗跟前拍了拍狗的脑袋，说了声乖，扭身消失在夜色里。估摸着吴队长出了村，我家那条大黑狗才朝着天空，像狼一样，莫名其妙地长叫了三声。

第二天晌午，我爸端着饭碗来到了杨家祠堂。

杨家祠堂在井把弯巷的西边。杨家的老祠堂在井把弯巷的南边杨家巷中段，因为狭小，不能满足家族每年两次的祭祖活动。据说在清朝末年，由杨家人集资三千块大洋买地新盖了这座祠堂。

杨家祠堂坐东朝西，分正院、跨院两个区域，占地十亩，是一座典型的关中明清风格的建筑。大门正对着一条新盖的巷道。出了井把弯巷，朝西看，高大的杨家祠堂比周边的普通瓦房，要高出一大截子。杨家祠堂的大门，开在一座高大厅房的背墙中间。两侧偏高处，各有一个方方正正的朝天窗户。远远看上去，杨家祠堂的门脸像一张巨大的脸。两个窗户是眼睛，大门是嘴巴。走近了看，高大得有些夸张的松木门上各镶嵌了七七四十九个硕大的门钉。一对狰狞的兽嘴里，镶嵌着两个巨大的铁环。推开大门，足足占了一大间的门道两侧，各开了一个普通的门。从门道向东，沿一条高出地面一尺的青砖路走大约二十步，上三阶台阶，是一个与门道相对的宽敞的明柱四角飞檐雕花亭子。亭子南北两侧是两座厢房。正东是一座比门房更高大、更宽敞、更气派的带明廊的砖混上房。六根明柱下各有一个青石雕刻柱石。中间两根明柱上悬挂着一副镏金阳文木刻对联。上联是：系出弘农，俎豆馨香绵百世。下联是：家传清白，箕裘继述振千秋。上房正面是十二扇浮雕核桃木屏风活动门。进门，正面东墙中间，悬挂着一幅中堂：中间是一幅东汉杨震画像，两侧有两副对联。一副瘦金体对联曰：四知传家永，三公世泽长。一副篆体对联曰：礼乐百年谟承燕翼，诗书千载宠荷龙光。中堂两侧依次是二十四孝重彩壁画。二十四幅壁画下面错落摆放着三张明式供桌。依序供奉着古城村杨氏家族历代祖先的牌位、烛台、供品等祭祀物件。

院子中间的雕花抱亭略低于三间门房，略高于两侧的厢房，远低于东上房。雕花亭子的地面与五间东房明廊的地面相连，且一般高。两侧与南北厢房相距八尺，落差三尺有余。从门道两侧开始，沿南北厢房向东一直到东房明廊前，都建有两尺宽的院台供人行走。在门房与南厢房衔接处，有一个不大的洞漕子。出了侧门，南边是一个比庭院大三倍的跨院。跨院西头，盖有三间瓦房。其余空地，是一片规划整齐的耕地。耕地边缘，筑有一圈土墙，把村边的耕地与杨家祠堂隔了开来。

国民党军队进驻古城村后，以国民县政府的名义把杨家祠堂征为军事用地。杨家的族人们一万个不情愿，但看到荷枪实弹的国军，也只能是敢怒不敢言，乖乖地缴出了门房和厢房的钥匙。后来当保长的杨毛子出面协商，也没有保住东房的钥匙。无奈之下，只好把祖宗的神位牌子，择日搬到了老祠堂的厅房里。为此，杨毛子专门到县城找过县长。县长非但没有给他面子，还当众把杨毛子训了一顿。说杨毛子不识大体，不能为党国解难，为委员长分忧，实在让他失望至极。回到村子后，杨毛子大病了一场。从此，退出了乡村的政治舞台，不再过问地方上的事情，一心一意地研究起了阴阳八卦。

杨家祠堂很快就变成了军队的粮食仓库，几乎每天都有车辆进出倒腾面粉、食油。祠堂里，面粉堆积如雪山。祠堂的门房里驻有看守的士兵。除了拉送面粉，祠堂的大门都死死地关着。白天，门外会有一个背枪的士兵站岗。天一擦黑，站岗的士兵就撤回到门里。

我爸一连观察了三天，都是如此。

我爸把侦察到的情况及时报告给了夏阳游击队的吴队长。吴队长沉思了片刻说："一共有几个兵？"

我爸说："四个。"

吴队长说："李家祠堂呢？"

我爸说："那里人多。怕有几十个哩。"

吴队长说："李家祠堂离杨家祠堂有多远？"

我爸说："不远。"

吴队长说："不远，是多远？"

我爸说："走路，也就是一袋烟的工夫。"

"强攻，肯定不行。"吴队长巡视了一下在座的人说，"这边一有动静，李家祠堂的援兵说到就到，撤退都来不及。"

我爸欲言又止。作为一名新队员，他是头一回参加这样的会议，但他有强烈的参战欲望。不论最后怎么决定，他都会勇敢参加的。可这一刻他却强压着自己的兴奋和欲望，想听听老游击们的想法。

沉寂了几秒钟后，夜幕下的草料房里，展开了一场实战模拟讨论。尽管大家伙都发表了各自的意见，也进行了激烈的讨论，但这毕竟是夏阳游击队成立半年来首次主动出击，破坏敌人军需仓库的重大行动，搞不好，是要流血，要牺牲人的。队长吴县河是从部队下来的老兵，在陕北参加过很多次大大小小的战斗，有丰富的作战经验，但这次配合主力的偷袭行动，却让这位指挥员一时犯了难。

吴队长说："银海，你有啥法子？"

我爸挠挠后脑勺，说："不能打就悄悄弄。"

吴队长说："怎么个弄法？你大胆说。"

我爸说："打个老鼠洞，弄些个农药，把狗日的都毒死。"

一直坐在角落里的秀兰，陡然站了起来坚决反对我爸的提议。当兵的好多都是拉壮丁来的。游击队不能用这种下三滥的法子。这样的方案，上级也不会批准的。

我爸刚想辩驳，被吴队长用目光制止了。

秀兰和吴队长是邻村。秀兰参加游击队，是因为她是我三大未过门的媳妇。我爸被秀兰抢白了一阵后，也不好再说什么。

偌大的草料房空气凝固了，连人们呼吸的气息，也变得微弱了。挂在半墙上的煤油灯猝然间炸响了一个灯花，才让凝固的空气恢复了先前的流动。吴队长温和地问秀兰有什么好的办法。

秀兰说："在墙上挖个洞，再组织些人，神不知鬼不觉地把面粉偷出来，送给大部队，也算是我们献给主力部队的一份礼。"

吴队长说，我看这个方案可行。

这时，一直蹲守在屋外的大娘，轻轻地拍了拍房门。我爸吹灭了油灯。一个长工对着一棵树边尿尿边打哈欠。等起夜的长工回屋后，我大娘又轻轻地拍了拍门。

油灯被再次点亮时，村庄里已经有鸡在叫了。

一阵急促的电话铃声，在深夜的杨家祠堂猝然响起。

电话是驻守在芝川镇的连部打来的。看守粮库的几个士兵正在酣睡。接电话的士兵是一个贵州人，他对着话筒叽里咕噜地说了一阵子，放下话筒，又倒头睡着了。接电话的士兵说的是方言，几个埋伏在上房里的游击队员一句也没听明白。队长吴县河在主力部队时，接触过四川的战士，但对贵州话也是似懂非懂。隐约间，只听懂了个大意：没事，放心吧。

按纵队的部署，明天就要打响进攻夏阳的战斗了。此刻夏阳游击队正在进行的偷袭行动，就是西野首长亲自安排给夏阳游击队配合主力的一次军事行动。看着像山一样的面粉，我爸兴奋得像一个孩子。他肩膀上斜搭着一袋面，一个胳膊还搂一袋面粉。一路小跑着，快速往返于墙洞和面粉堆之间。墙洞外，是临时组织来的一些可靠群众。这些人有的用担子挑，有的用肩扛，还有几个人牵来了自家的毛驴。秀兰在洞口墙外负责组织搬运。纵队首长派了一个班的战士，配合游击队的行动。万一行动暴露，他们负责狙击和掩护游击队撤退。

行动在凌晨三点开始。不到一个时辰，东房的几百袋面粉已经被游击队搬空，并顺利运出了古城村。大部分人撤离后，吴队长指派我爸迂回到杨家祠堂南跨院，又在南厢房的后背墙上，开了一个大洞。进去后，我爸才发现，南厢房贮藏的是大桶装菜籽油。因为不便搬运，游击队放弃行动，撤离了杨家祠堂。

撤离前，吴队长用一疙瘩炭块在白墙上写了两行字：小心有毒，夏阳游击队。然后才快速撤离村庄。出古城村时，天色已经豁亮。一夜的行动并没有耗尽游击队员的战斗激情，他们甚至是带着遗憾而去的。他们觉得，只有与敌人面对面地厮杀，才是真正的战斗。

我爸回到家时，正好碰到早起的长工下地，他顾不上打招呼，径自进了西院大门，一觉睡到了后晌。起来时，看到村里一片忙乱。一问邻居，说昨天晚上，有人偷了国军的粮食。这会儿，镇上的驻兵正在挨家挨户搜查哩。

查出来了吗?

咋可能哩。听说是游击队干的。

我爸若有所思地点了点头，转身下了地。

其实，我大娘的死只是我爸脱离游击队的导火线。由于实行战略转移，西野主力西移。国民党疯狂反扑，又占据了夏阳城，之前暴露身份的共产党员没有来得及转移的，都遭到了反动派的残害。夏阳城刚刚蔚蓝的天空，又被沉重的阴霾遮挡。乡村也到处是白色恐怖。不少进步群众被无端逮捕关押，甚至枪杀。夏阳游击队再次转入地下。表面上，我爸一直忙于农活，因为没有暴露身份，我家东院的草料房还是游击队落脚、开会的地方。

西野主力胜利结束瓦子街战役后，夏阳县第二次迎来了艳阳天，建立了人民当家做主的新政权。这一天，是一九四八年三月二十四日。

此前一个月，敌人突袭了井把弯，包围了我家东院。为了掩护游击队撤退，我大娘被伪县长当众枪杀。因为没有所谓直接通敌的证据，我奶和我大伯被吊在巷头的皂角树上示众。多亏邻县游击队的突袭，我奶我大伯才保住了一条命。但没过多久，我奶就死了。据说，敌人之所以突袭井把弯巷，是因为我家的一个长工告的密。我爸知道内情时，那个长工早跑了。

夏阳建立人民政权后，县领导想培养我爸，或者到县里工作，但都被我爸拒绝了，说他只想过几天平稳的日子。对我爸的决绝，只有一个人心里头清楚原因。这个人，就是我三大的未婚妻秀兰。

多年以后，我爸给我说出了他当时的真实想法。主要是夏阳游击队长吴县河带走了我三大未过门的媳妇。我爸结束了他只有三年的革命生涯，默然承担起了一大家子生活的重担。也许是因为我爸参加了一些秘密的革命行动，他对村子里的事情，不是特别在意，或者计较，所以，我爸的后半生，尽管过得很艰辛，但也很坦然。

杨木匠的官名早被人忘了。杨木匠不愿意给人说他的过去，是因为他的童年充满了辛酸。可以说，苦难成就了杨木匠快乐的人生。在我的记忆里，杨木匠是村里最幽默、最热闹、最乐观的一个男人。按村里的辈分，我和杨木匠是同辈，把杨木匠叫哥。断断续续的，天顺叔给我说过杨木匠的身世。我也向我爸侧面证实过一些具体的事儿。我觉得，我对杨木匠的介绍，应该算是最权威的发布了。

杨木匠满月第三天，他娘就死了。那个时候，杨木匠，不对，应该是杨天恩，还不知道失去娘的痛苦。唯一让他觉得不可思议，甚至好奇的是，喂他吃奶的娘是一个百变神通，一会儿一个模样——他婶娘，每天抱着襁褓里的杨木匠在村里坐月子的人家中穿梭，一家一顿地吃奶。半岁后，杨木匠他大给杨木匠取了一个贱名叫犬。从此，杨木匠没有了官名，直到八十年后躺进棺材，贴在村道墙上的讣告写的也是杨犬。

有一天，杨木匠他大抱着杨木匠跟在弟媳妇后头，在村里从早饭一口气转到晌午，转了三七二十一家，代替杨木匠跪谢了二十一个奶娘。同时约定，喂了杨木匠三个月奶的女人，不论年龄，不讲远近，此后都是杨木匠的干娘。

这一年，是一九三六年。

大年馑是过去了，天公却不作美，一滴雨水也不给——满目疮痍的大地，依然贫瘠得像一个脱了水分的木乃伊。县河的水断了流，残留的水坑里的黑虾，被人打捞得干干净净。地里的庄稼枯了苗。路边的树变成了煺毛鸡，树皮和树叶被饥饿的人类当作了口粮。别说是死了娘的杨木匠，就是成年人，也有挺不过年馑而饿死的。杨木匠他大每天只能捡一些干枯的树叶，碾碎，用开水冲成稀稀的沫糊给断了奶的杨木匠吃。

贱娃好养。

吃百家饭的杨木匠，像田野里的一棵玉米苗见风就长，不光个头高大，身体也长得格外结实。到了上学的年龄，杨木匠知道家里穷，他大也不可能送他进学堂。进不了学堂，只能玩泥巴的杨木匠却遗传了他大的基因。大凡听村里的老人说一遍游戏儿歌，杨木匠转身就能说给小伙伴们。这样一来，村里进了学堂的娃娃，都喜欢和杨木匠玩耍。杨木匠给他们教儿歌，他们教杨木匠识字。往往到头来，一天学堂没进的杨木匠识的字，比进了学堂的娃娃还多。在我的印象里，杨木匠就是一个大顽童。他得闲就往碎娃堆里钻，爱和娃们逗乐子、说笑话。村里认识和不认识的碎娃，都敢叫他的小名。这时候，他会佯装生气地说，你个碎尿，把你小鸡鸡割了。要是碰到个调皮的女娃，他会说，没有鸡鸡，那把耳朵割了。他喜欢碎娃，碎娃们也喜欢杨木匠。我学的拍手歌就是杨木匠教给我的。这种拍手儿歌，需要两个人玩。两个人边走边拍，既长知识，又是游戏。忘了词的一方，自弹一个嘣。然后，换人继续游戏。一首儿歌毕了，由新换的人起头，说下一个儿歌。依次循环。比如《打金刚》：

我打金刚正月正，正月十五玩花灯。
我打金刚二月二，手提篮儿剜青菜。
我打金刚三月三，清明上坟戏秋千。
我打金刚四月黄，龙口夺粮全家忙。
我打金刚端午节，雄黄酒里漂艾叶。
我打金刚六月六，六月连阴五谷收。
我打金刚七月七，天上牛郎会织女。
我打金刚中秋节，八月十五来玩月。
我打金刚九月九，谷子糜子做黄酒。
我打金刚十月一，家家礼拜烧寒衣。
我打金刚十一月，天上地上盖白雪。
我打金刚十二腊，吃了腊八过年呀！

有一年农历二月二，村里请了戏班唱对台戏。杨木匠跟他大闹着想学戏。戏班的班主是一个河南人，见杨木匠几乎每天都来后台守着。班主走南闯北多年，从杨木匠那一双眼神里看出来，这娃是真的爱戏。就跟杨木匠说，回去跟你大说，让你大来见我。杨木匠喜欢看戏，还有一个原因，就是每顿能吃饱饭。杨木匠他大也爱戏，他知道学戏的艰辛，不想让娃吃那苦头。出门时，就把杨木匠锁在屋里，连戏也不让他看了。晚上，他大回家一看，见杨木匠窝在炕上，看到他也不言语。心下有些不忍，就拿一些安慰的话说给杨木匠听。看杨木匠还是一脸的郁闷，他大只好重重地叹息一声，说："好娃哩，学戏苦呀！"

听到他大的鼾声，杨木匠才敢换个睡觉的姿势。然后，开始慢慢回味台上的戏文。尽管有些事儿，他还是懵懵懂懂的，但他心里就是欢喜，喜欢台上男演员和女演员拿捏的那种样儿和身段。对台戏结束的前一天夜里，杨木匠被他大从炕上拖到地上，用笤帚把狠狠地抽了十几下。打他之前，他大也没有任何言语，杨木匠也没有过度挣扎或者反抗。打完了，他大把笤帚一撂，说："知道我为啥打你？"

杨木匠说："知道。"

他大说："为啥？"

杨木匠思忖了一下，小声说："戏。"

他大说："大点声，我耳背，听不见！"

"戏！"杨木匠知道他大有气，也估摸着他大知道了他的把戏，反而踏实了一些，说，"我看戏啦。"

他大说："你咋出去的？"

杨木匠说："翻墙。"

半晌，杨木匠他大瞥了眼杨木匠说，夙货，然后倒头睡了。

开春后，杨木匠他大把杨木匠带上了禹山。这个叫梁家坳的山村静静地坐落在禹山主峰南侧一个像簸箕一样的深沟沿上。沟沿开阔的地方，开满了黄色的野花。这种灿烂的黄色野花是一种叫连翘的药材。沟道是看不到底望不见头的灌木丛。沟与沟相连接的地方，是一道又一道拱起的土脊梁。接下来，按照他大的安排，杨木匠要给梁家坳的一户姓梁的人家放牛。过去，禹山对于杨木匠来说，是一个遥远的地方，没想到，在他十三岁的这一年，他会以一个临时主人的身份，站在这座充满神奇传说的大山里。不论是鸟瞰沟底的林木，还是放眼瞭望沟连沟的景致，都让杨木匠心旌摇动，陡生新奇。在夏阳县南部的川道上，流传着这样一句谚语："华山高，只到禹山腰。"传说当年大禹治水，在这里住过。在禹山主峰，有一座禹王庙。当地人把禹王庙又叫圣母庙。每年农历的九月初五，方圆百里的人都要到这里来朝山。

圣母庙就建在禹山主峰上。没有围墙，四周是灌木丛生的深沟。三间大殿，坐北朝南，铁瓦覆顶。殿后一侧是一棵千年古柏。古柏的树干很粗，需要五个成年人才能合抱在一起。树冠由五个突兀的枝干组成。树干和低处的树枝上缠满了红色的布条。迎风招展的每一条红布条上，都寄托着一个人朴素的心愿。

大殿前，东西两侧矗立着两根雕龙圆柱。向南丈余，是一座清朝乾隆二十年东仪门村人捐建的一座石牌坊。沿一条窄窄的石板路向南，从一条石阶路缓缓而下，路的两侧装饰有精美的石雕护栏。穿过一道低矮的石牌坊，继续沿阶下行，迎面就是一个坐南朝北的戏台子。戏台后是万丈深渊。台前是一块可以容纳百十人的空地。禹山圣母庙的建筑巧妙地借用了禹山主峰的地理，布局严谨而无痕，处处显露着建筑者独运匠心的。庙西半腰有一爿民居建筑。据说住在这里的人都是逃难而来的外乡人。

司马迁在《史记》中说，汉武帝根据群臣建议，把祭祀后土的地点钦定在河东，自此以后的多位皇帝祭祀后土，都取道夏阳渡。但河东人之所以把庙前村的后土庙称为东庙，而把遥遥相望的禹山圣母庙叫西庙，是因为有一年宋真宗慕名到禹山庙求过子、还过愿。据说，当年宋真宗在禹山庙微服祈愿时，突然雷鸣电闪、狂风骤起，暴雨倾盆而下，大殿的房顶被掀下深沟。正在跪拜的宋真宗许下心愿：只要圣母保佑他的皇妃安然产下皇子，他一定给圣母庙修一个铸铁的屋顶。翌年，来了一群神秘的人，用两千一百二十块铸铁瓦换下了大殿上的青瓦。这件事在清朝乾隆年间傅应奎修编的《夏阳县志》里有记载。

杨木匠几乎每天都在圣母庙附近的山坡上放牛。

一个人和一头牛，在绵延起伏的大山里，杨木匠并不觉得孤单。一过惊蛰，朝南的坡地和耕地上所有的植物都会萌芽、开花。然后才会长出青翠的叶片。夏天，这里的沟沟洼洼、梁梁峁峁，都会变成一个野生植物园。园里有连翘、黄芪、车前子、枸杞子等十几种中草药。有毛桃、樱桃、核桃，还有许多不知道名字的野果子。有野兔、野猪、黄羊、狼等。很长一段时间，杨木匠都没有弄明白，他大是咋认识梁家坳的梁先生的。后来，他才知道，梁先生在邻村教书，他大是通过我奶介绍，才认识梁先生的。杨木匠他大和我爸都是夏阳游击队的候补队员。让杨木匠只身到梁家坳放牛，也是经过夏阳游击队批准，特意安排的一次特殊任务。

究竟是啥任务，杨木匠不知道。杨木匠他大也不知道。眨眼间，杨木匠在梁家坳待了一个月，对周边的地理熟悉得也差不多了。一天夜里，他大和梁先生摸黑进了门。

杨木匠一见他大，说："大，我要回屋。"说完，眼泪就下来了。

"咋哩，想大啦。"杨木匠他大说，"来，见过梁先生。"

杨木匠是头一回见梁先生。来梁家坳个把月了，家里边就杨木匠和梁先生他大和他娘仨人。两个老人把杨木匠当孙子看，尽管除了洋芋、小米蒸饭，就是玉米面馍，但一天早晚两顿饭，老人从来没有断过顿。可是，生性好动的杨木匠已经厌倦了这种太过安逸的日子。

没有玩伴，没有变化，几近孤独的一个人的世界，别说一个少年，就是拉磨碾米的牲口也要蒙了两眼，才不至于眩晕。他不畏惧孤独，他只是渴望不断的挑战而已。梁先生在邻村教书，杨木匠没有见过。但他喜欢和先生说话。几句平常问候的话，就让杨木匠喜欢上了这个质朴的梁先生。先生慢悠悠的腔调，让杨木匠感觉到了一种全新的尊重。他甚至在心里头把梁先生看作村里的一位大哥。在杨木匠看来，梁先生比他大不了几岁。当梁先生郑重地，甚至是神秘地给他说完一件事情后，杨木匠这个要比实际年龄成熟许多的少年，一时竟然不知道如何表达自己的思想。他的眼睛里因为兴奋而噙着泪花。他看了他大一眼，发现他大今晚看他的眼神有些陌生——那是对一个成年男人才有的眼神。

低矮的瓦房里，一盏昏黄的油灯被夜色紧紧地包围着。火苗跳跃着，挣扎着，想努力辨清每一张脸。杨木匠觉得自己一下子长大了。但梁先生要他做的事情，让他有点失望——送饭，一天两次。一件比放牛更无聊的事情。他想拒绝，想跟着他大一块回家。从他黯然失神的眼光里，梁先生看到了这个少年微妙的心理变化。

梁先生说："犬娃，你大可是极力推荐你呀。"

杨木匠又瞥了一眼他大，见他大有鼓励他的意思，就说："送几天？"

梁先生说："少则半月，多则一月。"

杨木匠说："行，那……给工钱不？"

杨木匠他大赶紧圆场，说，你个灰娃，钱是你大呀，碎碎的，就知道个钱。

梁先生愣了一下，接着笑了，说，给，给呀。

一阵轻松的笑语化解了杨木匠的尴尬。

月到中天了。三个人移步到屋外，满天柔和的月光洒射在群山之巅，朦朦胧胧的夜幕下，一声野鸡的叫声，带着回音在禹山上空游荡。

看着他大和梁先生的背影，杨木匠怅然若失，呆坐在屋前的小磨盘上，想了很多之前没有想过的事情。他隐隐约约地感觉到，梁先生所说的革命者，大概与杨毛子讲的《水浒传》里的英雄好汉一样，都是给穷人撑腰办事情的。

两天后，天还没有亮，梁先生又回来了。一块来的还有三个人。其中，有两个人杨木匠认识，一个人不认识。两个认识的人，一个是他大，一个是我爸。两个人用一块门板抬着一个陌生的人。梁先生对他大说，受伤的高先生要在家里养几天伤。他大面露难色，刚想说啥。梁先生说，家里不安全，他已经想好了，把高先生安置在鹞子沟的山洞里——高先生是在瓦子街战役中负的伤。大部队要打到西府去，腿上受伤的高先生行动不便，在夏阳养几天伤。

鹞子沟，离梁家坳大约有三里路。从梁家坳到鹞子沟，没有大路，只有一条牛羊走的羊肠山路。沟不大，是两架大沟中间派生出了一个夹皮沟。从山外边进不来，只有从沟上沿山脊梁往下走才能到鹞子沟。在沟的隐秘处，有几个天然的山洞。因为洞里长年栖居着几只鹞子，梁家坳的人就把这条沟叫鹞子沟。鹞子在山里，算是一种猛禽，主要以捕猎野兔为生，有时候也袭击村子里的鸡鸭，甚至家猫。

鹞子，说不上是好鸟还是坏鸟。

养伤的高先生就住在鹞子沟一个最大的山洞里。山洞到沟底，是一面陡峭的土坡。洞口四周遍布茂密的酸枣树。不走到洞口，是看不到山洞的。山洞内有一块不大的平台，刚够铺一床被褥，但高度却站不起一个人。梁先生他大把一床看不清颜色的旧棉被铺在一堆干草上，又在旧棉被上铺了一张狗皮。高先生显然很满意这个山里的新家。

临走，梁先生特意给杨木匠交代，不要和陌生人说话。送饭时，要看看身后有没有人跟着。有人问起时，就说是自个放牛带的饭。毕了，梁先生不轻不重地拍了拍杨木匠的肩头，认真地说：“犬娃，高先生的安全就交给你啦。”

那一刻，杨木匠才意识到这个高先生不是一般人。考虑到人多眼杂，夏阳游击队没有再留人。其实，在大山里，任何一个陌生人进了山，都会被蹲坐在某个山旮旯里放羊，或者放牛的人看到。但一个初次进山的人，却连一个人影也见不到。高先生在鹞子沟只养了不到十天的伤，就被人接走了。杨木匠在第二天也被他大接下了山。几天后，杨木匠就被他大送到芝川街道，在一家棺材铺子里开始了自己的木匠生涯。

从此，他大也不再管他看戏的事了。

逢年过节，周边的村子里唱戏，杨木匠都会去。他看戏和别人不一样。别人看戏，是在台下看。杨木匠看戏，是在后台看。找一个合适的地方，悄悄地揭开戏台的帆布，把脑袋伸进去，屁股露在外头。像鸵鸟一趴就是半天，连窝都不挪一下。要是遇到了戏台，他就蹲坐在戏楼后边，看演员进进出出、上上下下，也是一种乐趣。杨木匠爱戏，却从不唱戏。村子里排戏，他跑前跑后、忙内忙外，教师看他辛苦，想给他一个角色，杨木匠嘿嘿一笑，婉然拒绝。慢慢地，大家也都习惯了他的忙碌，习惯了这样一个奇怪的爱戏之人。

有一年腊月，西村把戏楼修葺一新，准备迎接即将到来的对台戏。要是西村的戏楼不修还好，这一修，就显得东村的戏楼破败不堪。一搭眼，两个戏台反差惊人。一个像春月的新荷，一个像冬天的残荷。立马，一池水起了波澜。东村人东凑西拼，到头来还是没有能力修缮戏楼。

杨木匠说：“我想办法。”

当下，他借了杨毛子家一头驴去了延安府。那些年，杨木匠他大在延安府街道开了一家饭铺。听说生意不错。当时杨毛子还当着保长。听说杨木匠要去延安府找他大，说：“驴我借给你，要下钱，驴我给你白用。要不下钱，你得付我三块大洋。”

杨木匠说：“行。依你。那要下钱了，你得有个说法。”

“行，行，行。”杨毛子一拍胸说，“你要是拿回钱了，你想咋，都依你。”

有看热闹不嫌事儿大的。当下有人找来笔墨，立了字据。杨毛子和杨木匠双方签了字，画了押。这事儿，就算有了说道。半个月后，杨木匠打延安府回到了村里。很快，一条爆炸新闻传遍了东村的每一个角落。

杨木匠的一条烂褡裢，背回来了五十块大洋。

据说，这是杨木匠他大三年的积蓄。杨毛子组织义工用十天的时间修完了东村的戏楼子。竣工的那天，杨毛子特意放了一挂鞭以示庆贺。

放完鞭，一直感到蹊跷的杨毛子道出了心里的疑惑。

杨毛子说：“犬娃，你给叔说，你大真的是在延安府开饭铺？”

杨木匠说：“没错呀，我大是开了一家饭铺。”

杨毛子说：“卖啥饭哩？”

杨木匠说：“嘿，也没啥，就咱夏阳的羊肉饸饹嘛。”

杨毛子：“你给你大说，要修戏楼，你大就把钱给你啦？”

见杨毛子逮住问这事儿，杨木匠知道杨毛子对这笔钱的来路不放心。停顿了一下，说：“嘿，也没啥。我就说我要娶媳妇，我大就给我了。”

杨毛子说：“娶媳妇？你问下谁家的女子啦？”

杨毛子的这一问引燃了大伙的热情。有人拿出了之前杨毛子和杨木匠签下的字据，要杨毛子兑现。关于即兴写下的字据，杨毛子根本就没当回事。这当口，经大家一提示，却成了个事儿。

杨毛子思忖了一下说：“好，那你说，你想咋？”

杨木匠一时语噎，没了话。不知是谁说了句，既然犬娃要钱是娶媳妇的，那就把你家女子嫁给犬娃得了。几秒钟的寂静后，是一片沸腾的起哄声。开始，杨毛子还想反对，可仔细思摸了一番，觉得把二女子嫁给杨木匠也不赖。至少，这娃还有一个木匠手艺，发达不了，养家糊口总不成问题。经过一番思量，杨毛子表了态，“我杨毛子说话算数。正月里就把俩娃的婚事给办了！”

那天，杨木匠都不知道是咋回的家。

第五章

黄河过了龙门，河道豁然变宽。

河水流出潼关之前，在渭北台塬的沟壑间逶迤出了从几百米到几千米不等的河道。其间，还形成了许多大大小小、或宽或窄的夹心滩和内流河。这些随河水移动的夹心滩，有的地势平坦，土地肥沃，可以种麦子、棉花、豆角、花生等作物。打新中国成立前起，从龙门到潼关一百多里河道，数百万亩的夹心滩地，几乎每隔几年，一河两岸的人都要闹一次纠纷。开始是零散的农民，为了争抢滩地大打出手，弄得不可开交。后来又是各自的当地政府，再后来竟然是两个省把官司打到了上面。尽管上面早已明确，以黄河主流为界，但民间的纠葛，还是时有发生。有一年，因为一季玉米，还弄出了一个人命案。尽管这样，两岸的民间往来，并没有终止。在河西，大部分的内流河都很清澈，常有夏阳城的人借着月光租用当地人的小船钓鱼。这种船，一般用老桐木做成。因为两个用木棍连在一起的船舱，酷似两只硕大的鞋子，所以，当地人把这种船叫鞋船。

试想一下，月光下泛舟清澈的黄河内河，守着一支鱼竿，听着四周或远或近、忽高忽低、时强时弱的虫叫蛙鸣声，仿佛置身于江南水乡，任由思绪穿越飞翔，那该是怎样的惬意呀!

禹凿龙门，开创了一河两岸的文明。

天赐是第一次随村里的锣鼓队渡河赶会朝庙，兴奋劲可想而知。第一次公布名单时，并没有天赐。开始他也没想着非去不可。后来，见黑蛋、杨木匠、八叔、赵魁，还有几个比自己大不了几岁的小伙子，甚至连贫协委员月季、老保长杨毛子也喊着要过河看热闹去，天赐就有点坐不住了。但队长坚决不同意他去。说他还小，不适合去朝庙。当着众人的面，天赐说你是队长，不能用我爸的标准对我。队长说，我是你爸没错吧？那你就得听我的。老实在家待着，把你分内的事弄好。天赐不敢和他爸硬上，只能软磨。

天赐说："爸，你放心，我保管不拖后腿。"

银海说："你去，别人会说闲话。"

这时，一旁的天顺开了腔，说我看这㞞还能行，也不多娃一个。杨木匠嘿嘿一笑说，去了，你娃也不行，你娃还没长大哩。天赐一听，急了。我都快二十了，马车我都敢套了，咋这会又嫌我小哩。天赐的话刚落地，在场的人哄的一声都笑了。天赐委屈得不知道如何是好，眼看着两疙瘩猫尿在眼眶里滚动。

月季轻柔地说："让娃去吧，也好长长见识。"

刚刚又当上队长的王银海，环视了一下在场的人，见大家并无异议，也就默认了月季的提议。

芝川渡过去叫夏阳渡，是黄河中游一个古老的渡口。历史上，这里发生过两件事，被后人写入了史册。一个是"木罂渡河"的故事。《史记·淮阴侯列传》记载，秦朝灭亡后，见识短浅、脾气暴虐的项羽大封天下，除自己的西楚霸王外，又封了十八个王。王多了，天下自然大乱，诸王互相攻击，最后搞得楚王也日夜奔忙，成了天下笑柄。后来汉王刘邦壮大，天下形成了楚汉相争的局面。

山西境内的魏王豹，先跟着汉王打楚王，汉王失败，魏王旋即投靠楚王，并将黄河封锁，不许汉王过河。汉王派人相劝，魏王嫌弃汉王流氓习气太重，不尊重人，不想见他。汉王大怒，便派大将韩信攻打魏王豹。魏的都城当时设在平阳，也就是今天的河东临汾一带，管辖河东郡。从安邑向东，到黄河边就是蒲坂，蒲坂隔河而望的是河西大荔的临晋关。那时候，从关中到河东都是从临晋关东渡过河的。魏王豹把魏国的精锐部队部署在蒲坂一带，提防汉王从临晋关渡河。这天，韩信到了临晋关，看见河对岸的魏兵防守严密，随即改变了直接渡河攻击的计划。胸怀大略的韩信并非惧怕魏兵。一方面，他不想做无谓的牺牲。另一方面，韩信想和魏兵玩一次智力游戏。因为他笃信这场讨伐，没有悬念。韩信经过勘察地势，一面在临晋关组织工匠日夜加班，大张旗鼓地制造渡船。士兵们一天到晚，摇旗呐喊，操练军事。一面暗地里派人，到山里砍伐木椽，四处向民间采购大号瓦罂。

那个时候，把罐叫罂。啥叫罂？罂，就是一种小口大肚的瓶子。因为这种瓶子是用黄河流域的黄泥制作的，所以也叫瓦罂。现在，我们叫陶罐。罂，当时不论在民间，还是宫廷，都是一种必不可少的生活器皿。从资料看，韩信当年从民间采购的瓦罂，应该就是我们今天看到的小口、长颈、大肚的"鸭蛋罐"。汉军把采购来的瓦罂，用若干根木椽固定起来，扎成筏子——这就是后世传说中的木罂。相当于我们后来的羊皮筏子。然后留下部分将士继续在临晋关对着河东摇旗呐喊，迷惑魏兵。而相距不足百里的夏阳渡一向没有渡船，所以魏王豹并没有在此布兵把守。精通兵法的韩信，把扎好的木罂悄然运到夏阳渡，大摇大摆地把士兵渡过了黄河。然后，率大军向南一路杀去，直抵蒲坂魏兵腹背。按常理，进入河东的汉军，应与临晋关的汉军配合，两面夹击，消灭蒲坂的魏兵。但当年的韩信却置蒲坂魏兵精锐于不顾，剑走偏锋，扑向魏国第二大城安邑。毫无准备的安邑守军仓促出城应战，被汉军一击即溃。占领安邑后，汉军又直奔平阳。魏王豹赶紧让蒲坂魏军救援，自己领军阻截，不料兵败被俘，平阳被占。而回救的蒲坂魏兵一看魏王豹被俘，都城失守，一个个目瞪口呆，也就投降了汉军。至此，魏国之地完全归入汉王版图。

淮阴侯韩信的“木罂渡河”一役，堪称世界战争史上的经典之作。所以，后来有人甚至把夏阳渡，也叫“淮阴渡”，或者“木罂渡”。

时隔一千九百多年后的一个秋天，八路军也是从这里东渡黄河，到山西抵御日本鬼子。这是中国工农红军改编成八路军后的第一次远征。当然，这些中国军人，乘坐的已经不是当年韩信的木罂了。他们从将军到战士，都是在艄公“开船了——哟嗬嗬——”的号子声里，乘坐数百只木船奔赴抗日前线的。

站在芝川口的土崖上朝东看，平坦坦的河道苍茫辽阔，错综的大小内河蜘蛛网一般轻轻地罩在裸露的河滩地，让面目有些狰狞的黄河滩显得阴柔了不少。尽管芝川渡的遗址在这里早已销声匿迹，即使在史书里也只留下了一个名称一个故事而已，但可以确定的是，芝川渡不是一个传说，是一个真实的存在。它不像其他遗址，总能在尘封的岁月里抱出一砖一瓦，让后人在一堆荒芜的瓦砾中找到历史的载体。这也许就是河流文化的特质——依存于故事和传说，传承凝固的记忆。这些依靠人类想象传播和塑造历史的事件，往往比依靠实物记载历史的事件更易于被后人唤醒。

芝川渡，就是这样一个历史文化遗址。

古城村离芝川渡不远，大概有三里地。出了井把弯巷，穿过村东那片葳蕤的芦苇，不到两畛子地，就是县河。过了县河，再走一里地，过几条内河，就可以看到黄河主流了。古城村朝庙的人，由担任主祭的王银海、天顺、杨木匠，以及锣鼓队的七八个小伙子组成。天赐最后是以敲锣手加入其中的。朝庙对古城村的人而言，不亚于一个信徒对宗教的膜拜。村里没有人能说清楚，这种近似宗教的、朴素的、发自内心的集体膜拜始于哪朝哪代。而且，这种持久的集体膜拜，没有文字传承，只是依靠村民的代代相传。

百年来，古城人祭拜的地方有两个。一个是西边的救郎庙。据说，这个相距一百多公里的庙宇，蛰居在禹山深处的某一个沟底。同样，这个庙建于何年何月，没有人知道。但村里人都知道，这个庙与两千多年前的程婴救孤有关系。村里人，只有在祈雨的时候，才会去救郎庙。另一个地方是一河之隔的后土祠。每年的农历三月十八日，是四方民众到后土祠朝庙的日子。据说，当年汉武帝和唐朝的几位皇帝每隔几年都要从芝川渡过河，到庙前村的后土祠举办盛大的朝拜典礼，祭祀后土。后土就是地神。古代帝王祭天、祭地的目的就是祈求天地神灵赐福，确保五谷丰登、国泰民安。天，为阳；地，为阴。阳，为父；阴，为母。因此，后土祠又叫圣母庙。不论是历代皇家，还是民间朝拜后土祠，都有一个共同的心愿，那就是祈求风调雨顺，江山永固，子孙万代。

尽管芝川渡的原址早被河水吞噬了，但在河西岸不远的台塬上还能找见汉武帝渡河朝庙时歇脚的行宫——挟荔宫的遗址。这个行宫，最初叫夏阳宫。据说，后来汉武帝命人从南方给夏阳宫移植了一大批名贵、稀有的花卉植物，但由于气候土壤的缘故，大部分都没有成活。唯独一株荔枝树活了下来。汉武帝便把夏阳宫，改成了夏阳挟荔宫。

这天，队长银海带着一干朝庙的村民赶到黄河边时，太阳还没有出来。面对浑浊、汹涌的河水，村民们没有一个人说话，都在心里头默默地祈祷河神的保佑。在古城人心目中，每年的朝庙都是一次神圣的精神朝觐。不论是禹山的祈雨，还是河东的朝庙，大家都怀揣着一种无法言说的虔诚。因为土地始终是村民们的命根子，是深埋在村民心底的一个魔咒。繁衍生息后代，就像上足粪土的韭菜，一场雨，一茬鲜。割一茬，长一茬，这就是命运，谁也无法违背的命运。

古城村的人都信命。

对于命，这些执着于土地的农民从没有过一丝的动摇。面对土地，他们是讷于言语的。他们对土地的忠诚，是依赖不同于其他村子的仪式来体现的，像每年到河东庙前的朝庙，像祈雨……

夏天的黄河充满暴戾与阳刚。站在裸露着筋骨的河岸上，能明显地感受到来自河流的凛冽之气。这里的黄河，其实没有县河那样的河堤。所谓的岸，不过是高于河水与身后的河滩浑然一体的、经过河水沉淀已经板结但依然富有弹性的河岸而已。也就是说，这样的河岸是不牢靠的。也许隔天再来时，呼啸着向前奔涌的河水就会吃掉大片的河岸。在黄河中游，熟悉黄河的人都知道，这一带的河水是不安生的。

别看古城村挨着黄河，但这么近距离地观察黄河，天赐还是头一回。俯瞰宽阔而从容的河水，岸边时而逗留，时而移动的白色泡沫和从上游漂浮下来的短小的枯枝干。在某个瞬间，天赐两个嘴角不由得向下一撇，鼻腔里发出了一声不易被人察觉的气息。这种轻微的气息里杂糅着鄙视的成分。看来，很多事情在民间都是以讹传讹呀！过去，村里人都说黄河彪悍无常，今天看来，也不过如此。眼前的黄河主流也不过两箭地。站在岸边，用肉眼就能看到对岸的后土祠。影影绰绰的秋风楼远远地眺望着芝川渡。

说是渡口，其实啥也没有。

没有码头，更没有渡河的任何船只，只有强劲的河风，低吼的河水。大家在岸边上下走动，参照着对岸的秋风楼，寻找着最佳的渡河点。这时，守着锣鼓的天赐说，这水还没有县河的水急哩。

天顺说："憨娃，县河咋能和黄河比哩。"

天赐说："咋不能比？"

杨木匠说："就你犟，你试试。"

天赐说："咋试？"

天顺也不说话。找来一截小木棍，丢到河里。在木棍接触河水的那一刻，天赐惊得瞪圆了眼睛。看似平缓的河水，突然间变得格外敏捷。木棍被河水向前快速移动了好几米，眨眼间不见了踪影。看似平缓的河面下边，其实蕴藏着汹涌的激流。惊愕中，对即将开始的渡河，天赐心里不免忐忑。杨木匠说，憨娃，你等会还是跟老毛子回去吧。回去？怎么会。别看天赐刚从学校里出来，但他是不会退却的。那样会让人笑话不说，重要的是天赐的性格中，时而跃动着父亲身上那种永不言败、永不放弃的血性。只是天赐身上的这种特质，还没有被激活而已。

"㞞，这算啥！"

说着，天赐挽起裤腿就下了水。尽管浑浊的河水有些凉，天赐不由得打了个寒战，但他还是毅然把两只脚都蹚进了河水。在一旁拾掇木筏子的杨木匠，一抬头，见天赐两只脚进了水，忙制止："赶紧上来，水急着哩。"可天赐就不信这个邪。又向前走了两步。等到水齐了膝盖，天赐一个趔趄，先是被水拥着，朝前快走了几步。眼瞅着，陡然加深的河水，一个浪头推倒了天赐。杨木匠也不言传，在河岸上几个箭步，然后跳下半人高的土岸，从湍急的水里捞起了惊恐不已的天赐。

尽管是一场虚惊，但天赐爸把牛眼一瞪，坚决要天赐一会儿跟着杨毛子一块回去。天赐哆嗦着，惊魂未定。用祈求的眼神瞅着天顺。天顺示意天赐，不要言传，保持沉默。天顺等天赐爸发完了飙才清了清嗓子，说，天赐你年轻，还不赶紧吹羊皮囊子去。

这时，太阳出来了。

在黄河主河道大约一里的地方，一片像鱼鳞一样闪闪烁烁的亮光在水面无序地跳跃。眼瞅着，在那一片晶莹的亮光里加入了一抹橘橙色，像一尾硕大的鲤鱼从河水中跃然而起。这色彩从一个圆点由内向外逐渐扩散扩大，颜色也变得越来越浓烈。很快，这越来越浓烈的橘红色被河水浸润，陡然濡染开来，扩大到了河滩的内河上。一只歇息的白鹳在霞光里变成了一个剪影。两只野鸭扑棱着翅膀发出一连串夸张的尖叫，向霞光里飞去。转眼间，一个温润的彩色皮球从河面上弹起，带着河水的粘连离开了河道，并渐渐收起了散落在大地上的光芒，慢慢地越过芝川口的土崖冉冉升上了天空。不一会儿，刚才还沉浸在寂静中的河滩，顿时变得豁亮起来。身后河滩上起伏的蛙鸣虫声渐渐安静下来。

新的一天开始了。

按照队长银海的吩咐，一部分人用塑料布包好锣鼓，一部分人把带来的羊皮囊吹足气，扎好了筏子等候时机下水。如今，芝川渡只是一个大概的方位，并没有一个具体的位置。多年来，人们确定渡河位置的唯一的参照物，就是河对岸后土祠那座秋风楼。

杨毛子肚子里的墨水多。看众人都在忙活，自己插不上手，在一旁给大家讲了一段李闯王当年过河的掌故。当年从芝川街到河东，唯一的通道就是这个芝川渡。时值初冬，李闯王率领几万起义军要过河去北京城，派人四处征调船只，三天过去了，一只船也没有弄到。无奈之下，李闯王听从了军师的建议，拿了一坨金子，走进芝川街的一个店铺。店主一看军爷手里的金坨，顿时傻了眼。别说买一包供香，就是把整个店铺盘给人，也值不了军爷手里的金坨。店主眼珠子一转，转身给李闯王取了一炷供香。闯王惊愕道：店家的香咋这么贵。店家正色道：军爷有所不知，自古神前一炷香啊。

翌晨，李闯王率部赶到河边准备过河。将士们一看河边一只渡船都没有，心生蹊跷。疑惑间，只见闯王下马，金盆净手后，在准备好的祭坛前，恭恭敬敬地给河神上了一炷香。然后，盘腿静坐在祭坛前。半个时辰过去了，闯王让人去河边察看。很快，察看河情的士兵策马归队。

闯王问："河水结冰没有？"

士兵说："结了。"

众将士一片哗然。李闯王起身跃上马背，挥鞭指向河边，说："过河！"也就一箭地的路，大军浩浩荡荡来到湍急的黄河边。

河水并没有结冰。但是，只见河道水雾缭绕，黏稠的河沫子在河面堆出了一条白色的路面。闯王一言不发，策马前行。三军马不嘶鸣，将士闭目缄口。两个时辰后，李闯王的几万人马安然东渡。回首时，河道的水雾消退了，水面的泡沫不见了，黄河又恢复了以往的狰狞……众人还沉浸在闯王的故事里，杨毛子舌头一翻，说："河神无处不在啊！"

过去，遇到汛期过河，古城人总是把两个空汽油桶连在一起，扎成简单的筏子，人坐在上边过河。这种办法在平缓的县河里可行，但在湍急的黄河上是无法控制方向和速度的。前几年，生产队从山西的筏子客手里买了十几个羊皮囊，专门用于朝庙。这种羊皮囊，据说也是山西的筏子客从宁夏人那里买的。羊皮囊扎成的筏子与汽油桶扎成的筏子最大的不同，是羊皮囊朝上，人抓住木棍潜在水里，随身物品捆绑在羊皮囊上边。按流速，从上游选择一个下水点，然后，顺流而下，靠人手划拨，筏子斜刺刺地漂向对岸，而且到达岸边的位置不确定。这种过河的方式，需要过河的人有足够的勇气和胆识。控制好了，基本能按预定的位置靠岸，控制得不好，可能会出现偏差，但最多也不过一里地。这种过河的方法，也叫泅渡。

这也是古城人与黄河上其他地方的人使用羊皮囊不同的地方。

杨毛子在旧社会当过保长。新中国成立后，虽然兄弟三个合住在杨家老祠堂里，但最终还是给定了一个富农的成分。但晚年的杨毛子因为处处低调，懂周易，会看风水，而且还自学了兽医，能给村里人的猪呀、羊呀、鸡呀、狗呀看病，所以很受村里人待见。尤其是还能给生产队的牲口，诊治常见的疾病。因而，早些年他的富农成分，除了大队开社员大会，平日里并没有人揪住不放。作为一个身份与贫下中农相悖的老人，杨毛子谦让知趣，凡事从不出头冒尖。家里人也是，遇事避让三分，从不和村里人争抢红脸。因为懂周易，东村的很多重大祭祀活动的仪式都由杨毛子牵头负责。

太阳升到一竿子高时，杨毛子已经做好了祭祀河神的一应准备。一块方方正正的粗布印花巾上摆放着一个紫铜香炉。炉前两侧摆了一个带毛的羊头，一只鲜活的大红公鸡。紫铜香炉正面，整齐地搁着三只黑碗。杨毛子咬开一瓶白酒的瓶盖，将酒咕嘟咕嘟倒在三只碗里。队长银海和过河的九个男人，依次跪伏在杨毛子的身后。

神前一炷香。

那个精致的紫铜香炉里，一炷纤细的供香袅袅燃放出一缕若有若无的青烟。杨毛子嘴里念念有词，天赐一句也听不清楚。隐约间，他似乎听到河神保佑一类的话。香将燃尽时，杨毛子一声怪叫，用一把系着红头绳的新剪刀剪断公鸡的脖子，一股鲜艳的血弧喷薄而出，溅了杨毛子一脸的鸡血。杨毛子手一抹，半个脸都是红的。跪在人群最后的天赐见状，差点儿笑出声来。但他没敢出声，强忍着，把脸都憋红了。好在没有人理会天赐的怠慢。杨毛子神情严肃，提着红公鸡围着紫铜香炉转了一圈，又绕跪伏的众人走了一圈。然后，拉长嗓门，说道："起——"

众人磕头，起身作揖。

祭祀结束。

过河的每个人，都裸身背着一个大大的水葫芦。杨毛子不过河，把三碗酒轻轻地均匀泼洒在地上。然后用包袱裹起祭品，说："三天后见。"

天赐和他爸在一个筏子上。

一个时辰后，古城村朝庙的一行人走进了庙前村。大约一百三十年前，因为黄河向东改道，后土祠从上游的汾河流入黄河的北岸迁徙到庙前村北。说是迁徙，其实是重建。过去，后土祠因为黄河的侵蚀不断倒塌，不断重建。先后在明代的万历年间，清代的顺治十二年、康熙元年、同治六年、同治九年，五次逐渐东迁，最后才重建于庙前村北的高崖上。

现存的后土祠，民间俗称后土庙。每年农历的三月十八日都要举行盛大的朝庙活动。历经百年沧桑，这项祭祀土地的活动早已经演变成了民间祭祀后土圣母的大典。如今，这个占地两万五千多平方米的明清风格的古建群居高临下，俯视滔滔黄河，震慑着河神，庇佑着四方百姓。每年的农历三月十八，在不知不觉中已经由过去单纯的朝庙演变成了一个历时三天的古庙会。日子长了，庙前村也就慢慢演变成了一个颇具规模的民俗集市。因为有了生意，村里的一条主巷道两侧布满了各色店铺。第二天就是朝庙的正日子，街道的各色行人摩肩接踵，热闹非凡。那天上午，古城村朝庙的一行人，一走进庙前街道就格外引人注目。一行九个人，每个人身上都背着让商贩好奇的物件。走在最前头的队长背着一只大鼓，手里提着两个铜锣。随后的人，有的背着几个泄了气的羊皮囊，有的扛着筏子架，有的背着一串水葫芦，有的把镲钹的红绸子绑在一起，像褡裢一样搭在肩头，招摇过市，引来沿途行人的瞩目。天赐个小，身子单薄，背着祭祀河神的物件和两把唢呐，像跟屁虫一样跟在一行人的后边，孑然独行。上了岸，天赐的眼睛就不够用了。他不放过任何一处景象，以至于黑蛋不断吆喝，他才没掉队。进了街道，天赐觉得这里的古会和禹山的集市并无二样。满街道都是农村人生产生活的用具用品。有卖各种豆子芝麻种的，有卖针头线脑的，有卖老鼠药的，有卖布鞋塑料鞋底的，有卖锄头镢头铁锨铲子的，有卖冥衣纸钱供香的，有卖凉粉饸饹的，有卖花布成衣的，有卖甑糕、油糕的……还有耍猴、卖把式的，有修鞋补鞋的，有算命的，有饭馆，有棺材铺，有铁匠铺，还有不少的旅社、招待所。在街道上看到的也都是一些常见的景象，全然没有黑蛋说的那么神秘。这多少让好奇心比朝庙的虔诚大得多的王天赐有些失望，有些落寞。

在街道中间，队长王银海让杨木匠选了一家叫喜来客的旅社把大家伙安顿下来。九个人分住在后院的三间厢房里。尽管这个旅社店面不大，倒也干净、舒适。尤其是前院是个饭馆，吃饭方便。一个胖胖的老板娘，像变戏法一样招呼人给后院送来了热腾腾的饭菜。四个菜都是庙前的特色小吃。有凉粉饸饹热锅子，有油酥火烧黄河鱼，有荣河拌菜蘸辣子，还有一个天赐没记住菜名。饭后，队长王银海把天赐支开，给大家开了一个小会。

王银海说，我们是来朝庙的，千万不敢胡生是非。杨木匠说，在这儿骚情又不犯法。怕啥？天顺说，前年要不是银海搅和，我都成事啦。这一回呀……天顺的话还没有说完，王银海就说，你这一回要是胡搞，回去我非给你媳妇说不可。天顺撇了撇嘴角没吱声，低头拾掇起他的铜镲把上的红绸子来。赵魁说，放心吧，队长。我一会儿到庙里转转就回来。在征得王银海的许可后，赵魁带着黑蛋和天赐，一块到了后土祠。在后土祠山门前，赵魁说，黑蛋你领天赐到庙里看看，我去去就来。黑蛋说，赵魁叔，队长刚才说得清清楚楚的，你千万可不敢胡来啊。放心吧，我去去就回。你俩一会儿在这等我呀。说完，赵魁快步向庙旁的一个麦场走去。天赐问赵魁到哪里去了。黑蛋说，不管他，咱俩逛庙去。

走上台阶，进了山门，竟是另外的一重天。与庙前村街道的喧嚣比，庙内俨然清静了许多。和唐宋时期相比，现存的后土祠规模逊色不少，但仍不失为一处庞大而辉煌的古代祠庙建筑群。祠内的正殿、献殿建筑工艺精巧，光彩夺目，是祠内建筑的精华。祠内的戏台由三座戏台前后连缀布列，形成“品”字形格局，为全国独例，至为珍贵。在南边一座戏台的刻石上，天赐看到了一块镶嵌在墙体上的青石碑。碑上只有寥寥数语，但与古城村有关。碑文记载：大清同治九年，陕西夏阳府古城村，百姓众筹，义捐白银一百五十两，重建南戏楼。过去听村里老人说过此事，但在庙里看到这样的文字，天赐仍未免有些激动。黑蛋识不了几个字，用手摸着古城村三个字说，先人们真傻，捐银子修这庙弄啥哩。天赐说，你不懂。黑蛋说，你懂。那你说说，图啥？天赐突然想起大伯过去给他讲的一个传说故事。

很多年前，一个和尚到村子里来化缘。在北壕口子的巷道边，看到一个长发姑娘在梳头。和尚向姑娘作了一个揖，说：“姑娘，你太美了。请把你的头发，布施给贫僧一根吧。”姑娘瞅了一眼和尚，随手拔了一根长发，递给了和尚。和尚当着姑娘的面，把长发盘成一卷，塞进衣服袖子里，头也不回地走了。没想到，时隔三天，姑娘莫名其妙地死了。姑娘的父亲是个生意人，家境殷实。从夏阳城的庆善寺请了几个和尚到家里来做法事。毕了，一个和尚对姑娘的父亲说：“你这女子的魂魄，被河东后土祠的和尚收走了。要想让女子早日投胎，你必须到河东给女子塑一尊泥像。年年供奉，也好求佛祖保佑你和你的族人，永世平安。”这样，姑娘的父亲就向族人、左邻右舍的乡亲们筹集银两，在后土祠盖了一座戏楼。至于这座南戏楼，是不是当年捐盖的那座戏楼，就不得而知了。

黑蛋说，真的假的呀？天赐说，都是老辈人传下来的，应该不会有错。绕到正殿后，有一座气韵沉浑的砖基木楼。走近一看，楼上有宋真宗题写的“秋风楼”牌匾。楼前的石碑上说，这座楼的名字是因为藏有汉武帝的《秋风辞》碑刻而得名。楼高三十二点六米，下部高大的砖混台基，东西贯通。砖洞上方各有砖雕门楣一块。东边的是：瞻鲁，西边的是：望秦。楼分三层，四周回廊，檐下斗拱，古朴精美，高大壮丽，是中国最古老的祭祀后土女娲的祠庙。这座凭河而立的秋风楼，王天赐虽然是头回见，但汉武帝刘彻的《秋风辞》，天赐不仅学过，而且很熟。

秋风起兮白云飞，草木黄落兮雁南归。兰有秀兮菊有芳，怀佳人兮不能忘。泛楼船兮记汾河，横中流兮扬素波。萧鼓鸣兮发棹歌，欢乐极兮哀情多。少壮几时兮奈何老！

元鼎四年，武帝祭祀完后土，泛舟汾河与群臣宴饮。兴之所至，依楚歌体制，写下了这首《秋风辞》。对土地的膜拜，汉武帝可谓开了先河，他曾先后六次由芝川渡过河祭祀后土。

登上秋风楼，黑蛋感慨地说，黄河真他妈的黄呀。天赐笑了，无语。半晌，天赐指着河对岸的芝川口说，黑蛋哥，你说当年汉武帝为啥要兴师动众的，到这里来祭祀后土。黑蛋说，八成是在皇宫里待腻啦，想出来散散心呗。天赐像是对黑蛋，又像是在自言自语道："何止皇上，土地是咱平头百姓的命根子呀。"

黑蛋说："屌，女人才是咱的命根子。"

天赐说："别瞎说。"

黑蛋说："说透了，这庙香火旺，还不就是灵验嘛。"

天赐追问道，"啥灵验呢？"

"啥灵验，你连这都不知道。"黑蛋一脸惊讶，稍顿想起队长刚才开会时的叮嘱，又神秘地说，"你娃还碎，说了你也不懂。"

天赐更是一头雾水，不知道黑蛋在说啥。但看到黑蛋吞吞吐吐、神神秘秘的样子，转念一想，黑蛋一定有什么事情瞒着自己。从兜里掏出一支纸烟，递给黑蛋。黑蛋说，哟，还是带把烟。说着，轻轻地嘬了一小口，然后，把半口青烟吞下了肚。天赐看着黑蛋，一言不发，他太了解黑蛋。不出十秒钟，黑蛋准会把他知道的全盘托出。果然，黑蛋抽完第二口烟就要求天赐对天发誓，不能把他卖了。

天赐说："放心吧，你还不了解我。"

"你还不知道吧？"黑蛋说，"三月十八朝庙，咱村求的是多打粮食，人家求的是多生娃。"

天赐若有所思地说："灵不灵呀？"

"灵个屌。你知道赵魁叔弄啥去啦？"不等天赐吱声，黑蛋接着说，"搞破鞋去啦。哎，你回去，可不敢乱说啊。"

正逢青春期的王天赐，一听说赵魁搞破鞋去了，脑子里就想起了贫协委员月季，想起赵魁叔粗重的喘息，想起了胡章娃，也就眨眼间的事儿，天赐感觉到一种亢奋的冲动。天赐趴在女墙上，装作一副看河景的样子来掩饰自己的窘态，他怎么也无法想象，在一河之隔的庙前，赵魁叔会和谁搞破鞋。

天赐说："咋了，赵魁叔在这里也有相好的？"

黑蛋望着脚下的黄河，没吱声，只顾抽自己的烟。等几个陌生人从身边走远后，才低声说，这个庙也叫圣母庙。圣母，知道吗？就是玉皇大帝派来专门给人送子的神仙。天赐说，那不就是观音菩萨嘛。黑蛋说，这个庙供奉的，你也看到了只有土地神……正说着，赵魁在楼下叫唤黑蛋的名字。黑蛋说，你上来吧，我们在二楼。说话间，赵魁气喘吁吁地来到了天赐跟前。天赐刚想问赵魁刚才做啥去了，被一旁的黑蛋抢了话头。

黑蛋说："叔，你给天赐说说庙会的事。"

"啥庙会？"看到黑蛋给自己使眼色，赵魁马上心领神会说，"狗屁庙会，你看哪个傻子，百十里到这烂地方赶会哩。"

天赐说："那皇上也傻呀。"

赵魁说："皇上是不傻。说不定呀，他也是来会情人的。"

天赐说："说正事哩，你就知道女人。"

赵魁说："你个憨憨娃，要是没那事儿，谁来这里呀。"

天赐说："啥事嘛。"

赵魁说："男人和女人在一起，能有啥事儿？"

天赐说："你啥时候能有个正经嘛。"

赵魁说："正经，啥叫正经？走，我带你去看看，看看你爸在弄啥正经事哩。"

出了后土祠的山门，赵魁带着天赐和黑蛋走进庙前村一处清静的背巷。这条巷道不长，大约有一畦地的样子。巷道的一侧是高低错落的瓦房，一侧是一条通往河滩的土路。土路弯弯曲曲，凹凸不平。站在巷道口，就能听到河水发槽的低吼。路的一边是碧绿的麦地，一边是大片的洋槐林。在每座房子的门前，都搁着几张大小不一的方桌。每个方桌上都放着一套茶具。茶壶、茶杯，都被主人擦洗得干干净净，摆放得整整齐齐，仿佛时刻都在等候喝茶人的光临。

在天赐看来，这就是一条普通的可以喝茶的巷道。

在幽静的巷道上，坐着三三两两喝茶的人。从衣着看，尽管大家都收拾得干干净净、利利落落，头发梳洗得顺顺溜溜，挽起的裤腿放下了，脚上也没有了往日的泥土。但一打眼，仍然能看出来，这些来朝庙的善男信女，大多是青壮年。

进了茶街，一股浓郁的槐香扑鼻而来。黑蛋和天赐尾随赵魁在临墙的一张方桌前落了座。赵魁点了一壶云南老砖，黑蛋怂恿天赐把兜里的烟拿出来充公。天赐扭捏了一下，掏出刚拆封的一盒纸烟，撂在桌子上。尽管他有些舍不得，但在这种场合，他不愿与黑蛋拌嘴，怕邻桌的人笑话。

入座后，天赐感到了一种特异的气息在蔓延。但他一时说不清，这种氤氲的气息来自哪里，有着怎样的诉求。一杯苦涩的茶水，让天赐的周身有一种慵懒的发酵的情绪。这时，天赐才发现，周边邻居的每张茶桌上，都有一到两个女人。从他们神神秘秘、躲躲闪闪的眼神里，天赐似乎读出了一种暧昧。他还发现茶桌上的男女似乎都是陌生的邂逅，但态度轻佻，言语粗俗，甚至称得上是一种明目张胆的挑逗。他不知道这些女人和男人都是啥关系，为啥会在这样的场合如此露骨地调情，而且，那些年轻的女人都能欣然接受，根本看不到一丁点儿生气的征兆——赵魁几次暗示天赐不要四处乱看，更不能盯着某一个茶桌探望，但天赐做不到。他根本管不住自己的一双眼睛，即使收回疑惑的眼睛，也断然控制不了业已张扬的思绪。

也就一袋烟工夫，邻桌已经走了几个人。天赐看到，但凡离桌的人，都会走向那条通往河滩的土路，往往一前一后相跟的，都是一男一女。天赐觉得蹊跷，问赵魁。赵魁狡黠一笑，下巴一扬，朝左手的茶桌示意。天赐瞥一眼，发现刚才还有些腼腆、扭捏的男女，一边喝茶，一边以目传情，而且那个男人不经意间用脚轻轻碰撞一下对面女人的脚。女人只喝茶，默然不语。男人又用脚碰撞了一下女人的脚。女人依然矜持无语，只顾自个儿喝茶。男人给女人添了些许茶水后，稍微消停了一会儿，想用脚踩住女人的脚。可女人的脚仿佛长着眼睛，巧妙躲开了男人的脚。男人终究耐不住了性子，低下头去寻女人的脚。那女人放下茶杯，也不言语，竟自离桌去了。那男人刚想发作，被同桌的人一把摁住，说："那不是你的菜。"

这时，赵魁颇感得意地说，看见没，不是叔吹牛，奔这来的和尚，不是个个都会念经。天赐似乎看出了一点门道，但又不敢确定自己的判断。黑蛋说，开眼界了吧，高中生。赵魁说，刚才要是那女的，也用脚回应一下，这事就算成了。天赐说，啥事成了。黑蛋捂住嘴，只管坏笑。赵魁说，两个人就进麦地了呀。天赐问，然后呢？赵魁双手一摊，说，没有然后了。

天赐突然觉得很无聊。说，你不是说带我寻我爸吗？赵魁看看天气，低声说，别急，再等一会儿，好戏在后头哩。说话间，天赐一抬头，看到父亲独自从巷口走来。他刚想和父亲打招呼，被黑蛋止住，说，你想挨骂呀。

天赐看到父亲环顾了一下四周，然后在一张茶桌前落座。不一会儿，就看见刚才从邻桌离开的那个女人，径自坐在了父亲的对面。天赐急忙低垂下头，一杯茶下肚，那女人的一只脚径直搭放在父亲的膝盖上。天赐瞅见父亲犹豫了一下，不经意间，用手推开了那女人的脚，在茶杯下压了一块钱，在赵魁和黑蛋惊愕的目光里，起身走出了巷口。

女人悻悻地起身，走向另一个茶桌。

在回旅社的路上，天赐才弄明白了朝庙乞求圣母送子的玄妙所在。尽管父亲并没有和那个陌生的女人一同离开，但曾经伟岸的父亲，却在天赐的心里投下了一道阴影。

回到旅社，天赐没有吃晚饭就和衣睡了。

丛林般的玉米地。

天赐看见父亲在鬼子的炮火中，跳跃、奔跑、喘息，突然，一枚炸弹在父亲身边炸响。天赐一惊，叫了一声：爸——

天赐，天赐。

混沌中，天赐听到有人在轻声呼唤自己。但自己被玉米叶缠绕住了，脱不了身。挣扎中想喊叫，又发不出声。他感到四肢乏困无力……但他没有放弃，还在努力奔走，尽管一步也迈不出。

这时，一股来自身后的力量，推了他一把。扑倒在地的王天赐，睁开了眼睛。

旁边的杨木匠说，做梦啦。

天赐揉揉眼一看，父亲正在擦拭镲钹。阳光透过窗棂，照在黄铜镲钹上，一束耀眼的金光辉映在厢房的白墙和幔顶上，颤颤巍巍的，像村头夕阳下的池塘一样。

乙亥年祭祀后土圣母的仪式简短而肃穆。进了后土祠山门，走过宽阔的庭院，迎面就是献殿。五间雕花、开放式献殿，是一座独立的明清风格的砖木建筑。内悬“春芝堂”牌匾。已经有些斑驳的明柱上，悬挂着一副描金对联。上联是：后配六合之天至上至尊圣德自应崇代代。下联是：土为万物之母资生资育世人所以称娘娘。献殿前，供奉着庙前人准备的“三牲”“五谷”。三牲即猪、牛、羊。五谷即高粱、小麦、玉米、黄豆、谷子。时至辰时，三杆火铳齐鸣，主祭人身着法衣、手持笏板、头戴“三清冠”，读罢祭文，众人燃香行礼之后，取土祈福大典结束。然后，三个戏台同时敲锣拉弦，开始唱戏。刚才围观祭祀仪式的几百人呼啦一下潮水般流向三个戏台。

三台戏，来自三个地方。三个戏台，不分主次。以后土祠为中心，三台戏，分别是东边的上党梆子、北边的晋剧、南边的蒲剧。这三种戏都是黄河中游的著名剧种，拥有广泛的观众。后土祠庙会有个不成文的规矩，每年的农历三月十八,三个戏台，不论什么戏，都只能唱一折。所以受邀演出的戏班子都会在这一袋烟的时间内，拿出各自最拿手的绝活。这种近似竞赛的游戏规则可辛苦了慕名而来的四方百姓。台上，演员全身心投入演绎人间悲喜。台下，观众忽东忽西忽南忽北，唯恐错失了某个精彩的桥段。

这也许就是后土祠庙会的魅力。

戏正酣畅之际，献殿前刚刚空了的场子又轰然响起了繁杂的锣鼓声。不知就里的观众，又像潮水一样，倒流回了先前祭祀的场子。

河东的早春，乍暖还寒。献殿前的两棵千年古柏，筋骨裸露的粗大躯干衬托着古城鼓手的遒劲与豪迈。今年朝庙，古城村是花了血本的。队上专门派杨木匠到省城的西大街定制了十套服装。队员们虽说裸露着上身，但红色的长腰带黄色的灯笼裤还是吸引了众多人的眼球。

今年与古城村对擂的就是庙前村的锣鼓。庙前锣鼓，也很彪悍，不同的是，十几个队员中有至少一半人是女人。这样面对古城村的锣鼓在气势上先逊了一筹。

一阵自由热场以后，两支锣鼓队进入了主题赛。

古城锣鼓首先列阵：三面鼓，大的在中间，小的在两边。三副大镲钹居左，大小铜锣居右。杨木匠司大鼓，天顺领镲钹，黑蛋执锣，天赐的小锣紧随黑蛋的大锣。一开场，天顺的镲钹领衔，两只小鼓配合起调，从一捶到十二捶，又从十二捶跳跃着，回到一捶。中间至少有两处，天赐的小锣出了谱，多亏旁边的黑蛋救场。但很快，天赐就适应了路调的全部锣鼓谱子。古城的锣鼓谱，至少有近百年的历史了，但村里人不识谱。他们只需要懂谱的人，带几次，就能记住鼓点了。通过口口相传，手手相授，古城村的男人，基本上都会敲打几套锣鼓。

路调的十二捶，不管咋组合，应该说都还是属于热身阶段。

这时，唱戏临近尾声。但观众有一半人，已经回到了献殿前看要锣鼓了。这个时候，两支锣鼓队的观众相当。看热闹的人只是松松散散地围成了一个椭圆形的圈子。两支锣鼓队各据一隅。看看围观的人多了起来，王银海手持指挥杆，单足跳将出列。他也不言语，只是把手里的指挥杆在空中舞得呼呼生风，便赢来一片喝彩。只听得一声“走”，古城的锣鼓队开始变化队形，三面鼓被推到中间。随着王银海手里的指挥杆的变化，一段接一段的或低沉，或细腻，或跌宕，或悠长的鼓乐，便在后土祠的古柏间回旋铺展开来。

在一般人听来，也许只是急缓不同而已。但在古城村的锣鼓谱里这是最见性情，最显功力，也最具人文精神的“小约契”，也叫“文锣鼓”。代表曲谱有《干板》《凤凰三点头》《摘豆角》《挂灯》《出轨》等。古城村现在的锣鼓谱是村里赵姓人口头传承下来的。这些锣鼓谱并不是真正的乐谱，只是参照相关乐理，按约定的符号夹杂文字记录下来的曲子。

刚开始还比较矜持的观众这一刻也渐渐骚动起来。先前的大圈子慢慢地变成了两个小圈子。指挥王银海见阵势起了变化，指挥杆竖立着，不停地上下舞动。锣鼓表演一下子从“小约契”转入“大约契”。

由文转武。

眼见得杨木匠的鼓点在不断变密，鼓槌越抡越圆了，天赐的镲钹也由之前的离合变化为黏擦，声响由开始的“哐、哐、哐”，变成了“哐哐哐、哐哐哐、哐哐哐……”古城锣鼓谱里的“大约契”节奏繁复，锣鼓配合紧密，突出镲钹，气势浑厚逼人，大有泼不进水、剪不断绳的视听效果。此刻，队员们演示的就是古城锣鼓最典型的代表曲谱《老鼠磨牙》。

围观的人群，像天平“哗啦”一下，都倾斜到古城锣鼓队的跟前。

一曲《老鼠磨牙》紧接着一曲《狗撕咬》，一下子把往日寂静的后土祠搅和得喧嚣不堪。人群里的喝彩不断。这时，一个意想不到的情景让天赐走了神。一个大约三十出头的女人突然跑进场子，把一条红腰带挂在了王银海的脖子上。天赐定眼一看，这个给父亲挂彩的女人就是昨天撩骚父亲的那个女人。惊诧间，那女人在众人的喝彩中转身融入了人群。

天赐能听得出来，在喝彩中有起哄的声音，也有怪叫的成分。但这些都不重要，重要的是古城的锣鼓队员们，除了天赐以外，大家的情绪一下子高涨起来，像着火的麦秸，生发出一团噼里啪啦看不到底的火焰在迎风招展。

王银海更是得意忘形，从天赐手里夺过小锣，跑到杨木匠的跟前手舞足蹈地疯狂起来。天赐拿着父亲的指挥杆木木地站着。脑子里一会儿是舞动的父亲，一会儿是挂彩的陌生女人……几个画面反复在天赐的脑子里闪现重叠。

第六章

放喇叭的高瘸子改做大队文书了。

当了文书，自然露脸的机会也就多了。不像过去，像一只老鼠，老是窝在广播室那半间屋里，连尿尿也得一路小跑，总是担心公社有电话来。领导不在的时候，高瘸子还要负责接听电话。高瘸子当了文书后，不再喜欢人叫他高瘸子了。如果有人叫高瘸子，他会一笑，说，叫我有才，叫我有才。尽管这样，大家在背后称呼他，还是高瘸子。但眼镜片后一张写满谦恭的脸还是在村子里给高瘸子赢得了一些口碑。

富农杨毛子不知道是哪根神经出了毛病，竟然相中了高瘸子，他想收高瘸子为徒，想把自己一生的绝学传承下去。排来排去，全村几千口人，杨毛子认为只有一个人具备学习周易的天赋，这个人就是高瘸子。让人把话传到高瘸子的耳朵里，高瘸子的第一反应是富农杨毛子用心不良。想从他这里寻找破坏社会主义革命建设的缺口。对此，高瘸子反复寻思了三天，仍然不得其解。但作为入党积极分子，他不能回避，更不能熟视无睹。再三考虑，他还是把富农杨毛子想拉拢他学周易搞封建迷信一事，报告给了老支书。没想到，老支书给他的答复是，好好放你的喇叭，弄你该弄的事儿，少胡思乱想。

回到广播室，高瘸子思来想去总觉得老支书话里有话。关于这件事情，他到底要不要报告给公社的曹书记。可老支书已经说了，让他不要胡思乱想。如果再给公社的曹书记说，老支书会咋想？眼瞅着三十的人了，高瘸子还是头回遇到这样的难题。他觉得自己必须处理好这个难题，因为以后的路还很长着哩。高瘸子总觉得，当领导也不是谁从娘胎里一出来就会的，只要肯学，铁棒也能磨成针。纠结中，他突然拿起了旁边的电话听筒，喂了半天，听筒里只有忙音，并没有接通。他放下话筒，但耳朵里还能听到“咚咚咚”的声音在响，而且声音越来越大——高瘸子，你死了。开门！

这时，高瘸子才缓过神来。这急促的"咚咚咚"声，不是电话铃声，是有人在敲门。他起身开门，他要像大队长那样，狠狠地批评一下这个不懂规矩的家伙。敲广播室的门，能这么粗暴吗？拉开门一看，见是我爸。高瘸子马上换上了一副笑脸。

高瘸子说："点子叔，有事？"

我爸说："你是生娃哩，还是咋啦？半天不开门。"

高瘸子说："好叔哩，还生娃呢，你侄那媳妇，丈母娘还没生下哩。"

我爸说："谁说的？我今天来，就是给你娃送媳妇来哩。"

"好叔哩，你不要拿你侄娃子开心。"尽管这样说，进了门，高瘸子还是从制服袄内的侧兜兜里，掏出了一支带把的纸烟，塞到我爸的手里头说，"是谁家的女子？"

"叔也是受人之托，行，还是不行。你给叔一句痛快话。"我爸说，"杨毛子有个碎女子，听说和你是同学。"

高瘸子一听杨毛子三个字，脑瓜子轰隆一下，眼前一黑，差点儿背过气去。这杨毛子还真是阴魂不散，一个转身，咋又回来了。杨毛子的碎女子叫春莲。小学毕业后，再没见过。高瘸子在脑子里快速扫描，捋来捋去，有关春莲的记忆，少得可怜。似乎还停留在小学时代。不过，在高瘸子印象里，漂亮的春莲从来就没有拿正眼看过他——一个家贫，且患有小儿麻痹后遗症，打小就自卑的瘸子腿。由于家庭成分的缘故，一直寡言少语的春莲，时隔多年，咋会突然寻上门来，让一个对婚姻几近绝望的残疾人，在一个渴望光明却又惧怕阳光的午后，遭遇这样一种既纠结又痛苦的抉择。

我爸说："咋样，这是你娃上辈子积的德。多亲的女子，要不是家里成分不好，还有你娃的菜。毛子说了，你要是愿意，到时候，他给女子陪一对樟木箱子。"

高瘸子说："叔，就我这家当，我一百个愿意。就是，就是怕……你也知道，我……我是……积极分子。"

我爸说："狗屁，积极分子咋啦？积极分子也是人呀，也要吃饭拉屎，娶媳妇生娃哩。"

高瘸子面露难色，说："叔，你容我考虑考虑吧。"

村里的人，给我爸起了两个绰号。一个是"点子"，这是对我爸脑子活套，办法多的一种褒奖。这个绰号，年龄相当的人可以当着我爸的面在公共场合使用。另一个绰号是"牛眼"。不用解释，我知道这是对我爸脾气暴躁，遇事爱瞪眼的一种善意的称呼。但善意归善意，绝不能当着我爸的面说出来。否则，我爸的眼睛会瞪得更大，嗓门会更高，样子会更吓人的。

单说一件事，你就知道我爸的能耐了。前几年缺雨，连年歉收。社员们辛辛苦苦一年到头，一个工分才值八分钱。算完账，大部分人家都是一个黑窟窿：粮食分不到多少，还欠了生产队一屁股的账。面对这样的苦日子，我爸纠结了好一阵子。最后，他背地里派八叔和我三哥，带着两辆马车，到北塬上的矿区搞副业去了。当时，公社虽然不明确反对，但也没有人提倡外出搞副业。开始是两个人、两挂马车，后来发展到了五个人、五挂马车搞副业。八叔被我爸任命为副业队长。那两年，副业队的人也是吃尽了苦头，下了不少的苦力。拉炭、拉石头、运矿渣，矿区没人愿意干的脏活、重活，他们几乎干遍了。当年生产队的工值，从八分钱一下子跳到了七毛二。除了几个五保户，其他人家都拿到了红利。你不难想象，在杨家祠堂，也就是队部那个分红的晚上，社员们的情绪有多么的高涨。那天，我妈让我给我爸送饭，我好不容易挤进队部办公室的门时，却没有看到我爸的人影。问会计，会计说刚刚还在呢，问八叔，八叔说你到程寡妇家看去。我瞪了一眼八叔，扭身出了队部。尽管我相信我爸不是那种人，可回家路过程寡妇家时，我还是不由得瞥了眼程寡妇家虚掩的大门。我发誓，那一刻，只是一个像彗星一样快的念头在我的脑子里闪了一下而已。我的两只脚没有停顿。即使她家临巷道的那扇黑黢黢的窗户里，断断续续地传出来几声奇怪的声音，我也没有停滞脚步。也许我是出于好奇，只是稍微把行走的路径从巷道中间向靠近程寡妇家窗户的一侧拐了一下。屋子里，确实有个男人在说话，但不像是我爸。听声音，像是新巷的赵魁。

前些年，程寡妇的男人给她撂下一个女娃得伤寒病死了。不知道为啥，程寡妇没有改嫁，也没有招人。程寡妇家没有大门，只是用几根木椽，简单做了一个栅栏门。因为熟路，我倒退了几步，站在了程寡妇家的门口。我本想推门进去，可转念一想，黑灯瞎火的，要是撞见了不该见的场面多难堪呀。我思来想去，在程寡妇的大门口转了一会儿。犹豫间，我仿佛听见我娘在巷口叫我的声音。情急之下，我故意朝着程寡妇的大门，大声咳嗽了两声，然后，跺着脚回了家……之后很长一段时间，我一想起那天晚上的遭遇，心跳就会加速，就会感到一种从未有过的眩晕。

回到家时，还是没见我爸的人影。第二天，我下学回来，一进门就觉得家里的气氛不对。我妈苦着脸在做饭。我的两个哥哥像斗败的公鸡，一个个地耷拉着脑袋不说话。我二嫂见我进来，止住了话。在院子里，我好像听二嫂说什么，公社干部不公道之类的话。吃饭时，我问我爸呢，我妈用粗糙的手背抹了把眼睛，刚想说啥，二哥冲我喝道，快吃饭，哪那么多话。

后来，我才知道，我爸因为私自组织副业队被赵魁告了，说我爸带头搞资本主义。公社派人把我爸关禁闭了。虽说三天后，我爸被公社放了回来，但不能再当生产队长了。没几天，赵魁接替我爸成了队长。尽管如此，我爸在社员心里，还是一个很能干的队长。很长时间，大家嘴里说的队长，并不是赵魁，而是我爸。我想给人说赵魁和程寡妇睡觉的事儿，但始终没有找到合适的机会。

关于“牛眼”这个绰号，有过一个恶作剧式的笑话。有一年春天，县农机公司的一位业务员到村里来搞调研。在村口问正在吃饭的天顺叔，天顺叔嘴没离碗地说，你去找牛眼。业务员是个老成的中年男人，以为队长的名字就叫牛眼。进了村，见人就问牛眼家在哪。七拐八拐，东找西寻的，最后经人指点，来到了与杨家祠堂一墙之隔的大饲养组。那会儿，正是晌午饭时。杨木匠、赵有财、月季、黑蛋他大，当然还有我爸，正在饲养组谝闲。突然听到院子里有人大声问，牛眼队长在吗？刹那间，大家都没了声息，面面相觑，有的故作镇定，瞥一眼我爸，夸张地嚼着黄豆，有的干脆低头无语，两间房大的屋子里只有我爸“咕噜咕噜”的水烟锅子，在被烟熏火燎过的房梁间回响。到底还是月季反应快，边朝门口走，边朗声应道，大晌午的，哪跑出头叫驴。

我不姓驴，我姓马。我是来调研新式农机具推广普及情况的。这时，吃完饭的天顺叔也进了饲养组的大门。咋哩，还没寻着队长？一见天顺叔，月季嗔怪地说，好我的瞌睡叔，你就是怕事弄不大哩。天顺叔一脸的无辜，咋哩，我啥都没说呀。

大姐，牛队长在这不？

我爸知道是他的老伙计天顺叔在作怪，强压着肝火，冷冷地说，队长不在！月季说，有啥事给我说嘛。不行的，我们局长说了，这次调研，一定要跟队长当面说。话刚落地，我爸已经站在了屋门前，那你就给你局长说，牛队长到火葬场去啦。

村里很多人都有绰号，这似乎是乡里人的一种自娱文化。在紧张、繁重，甚至是枯燥的日复一日的日子里，乡里人相互取乐，也算是一种自我宣泄的方式。在这个千年古村落里，一个绰号往往代表抑或预示着一个人的性格和命运。也许，就是这种自娱自乐的俗文化才让这片土地有了些许丰腴的快乐。

天顺叔也有一个响亮的绰号。

天顺叔排行第八，村里的晚辈人都叫他八叔。他在村里是一个典型的乐天派，尤其深受娃娃们的喜爱。他逗村里的娃娃们，除了讲一些带荤腥的笑话，还有一个绝技：放屁。因为人胖，有天晚饭后，在娃娃们的怂恿下，他撇着八字步，从井把弯巷口一直到饲养组，他一步一个屁，黑蛋说是三十二个，我计的数是三十六个。黑蛋说不出声的软柿子屁不算。他走过之后，整个巷道都是臭的。像氨水池子泄漏了氨水一样熏人。杨木匠说，八叔屁多，是因为蹭吃饲养组的黄豆多。八叔除了睡觉，下地干活，几乎都在大饲养组那张从杨家祠堂搬来的烂圈椅里窝着。杨木匠还说，八叔的屁响亮，是因为八叔身体胖的原因。但这些都和八叔的绰号无关。

天顺叔，也就是八叔的绰号叫“瞌睡虫”。

对，没错，就是爱睡觉。但八叔的爱睡觉，在古城村，乃至整个芝川公社，也许都是独一无二的。不止一次，八叔在井台上，绞着轱辘打水，绞到一半时，双手握着轱辘，站在井台上睡着了，而且还打着呼噜。刚开始，路过井台的人见状，着实吓了一跳。急忙跑到跟前捉着负重的轱辘把唤醒酣睡的八叔。八叔一个激灵，说句没事。轱辘又接着发出“咯吱咯吱”的响声。时间久了，村里人都知道了八叔的“嗜好”，只要在旁边高声唤一声老八，或者八叔，他一个激灵，就清醒过来。听杨木匠他大顶劳伯说，有一回他和八叔放羊，他在前引导羊群，八叔断后，两个人相隔不到两丈。两人边说边走，一出村，沿着杏花村的沟边一直向西走。走到沟的西头，顺着一条小路，几十只羊浩浩荡荡地下到了沟底。在一条小河滩的草地上停了下来。其间，顶劳伯一直没停嘴，这时，他一扭头发现身后不见了八叔。心里一惊，忙沿原路往回寻找。上了沟，沿沟边走了大约一里地，远远地看见八叔一动不动地站在路边。走近一看，八叔竟呼呼地睡着了。

在古城东村，有一个腊月里排大戏的习俗。不知道从哪一年开始，东村人省吃俭用，竟然养活了几十口大戏箱。花花绿绿、长长短短的各种戏服、道具，能满足一般常见本戏的演出需要。八叔因为太胖，几乎没有他合适的戏装。除了有一年他饰演过一回孔明，多年来，他也只能在舞台一侧，敲敲锣，拍拍镲钹，要不就是当当剧务，拉拉大幕啥的。

爱唱戏，却没有机会。这大概是八叔一生最大的遗憾了。

但这并不妨碍八叔在田间地头，在赶马车的途中，摇头晃脑地吼一段戏文。尽管他只会那几句早已烂熟于心的戏文，但他却乐此不疲。

多年后，才听村里的赤脚医生说，八叔嗜睡，其实是一种病。诙谐、幽默的八叔在我的心里占有很大的位置。可以说，我三十岁以前，大智若愚的天顺叔简直就是我学习侍弄庄稼，甚至待人接物的生活导师。

高瘸子最终还是没有躲过杨毛子。一天夜里，高瘸子和他娘一块儿来到我家里。我爸盯着高瘸子说，你想好了，春莲可是死了男人结过婚的人。高瘸子他娘说，结过婚也没啥，结过婚的人知疼懂热地会过日子。我爸说，毛子还有一个心愿。我爸停住话头，“咕噜咕噜”地抽起了水烟锅子。高瘸子他娘说：“娃他叔，有话你直说呀。啥心愿？”

我爸左手端着黄铜水烟袋抽毕一锅子，右手拔起烟嘴虚掩着“噗”一下把灰烬弹在右手里。扔掉灰烬，右手又在水烟袋的烟丝筒里抠出一小疙瘩烟丝，准确无误地装进烟管里。我爸在做这一系列动作的时候，嘴巴也没闲着，同时把刚才吸进肚子里的那一大口烟雾徐徐吐出来。抽水烟锅子，讲究拿捏，讲究手嘴协调，讲究一口气的功夫——一袋烟，从吹燃纸媒到燃尽烟丝，从衔住水烟袋的长嘴到嘘出一口短气弹出烟灰，然后再慢慢吐出嘴里的烟雾，必须是一口气完成。而且装烟与吐烟雾必须同时进行，同时完结，中途不能换气，不然的话，不是烟锅子里的水被抽进嘴里，就是烟雾进到气管里，呛得人咳嗽流眼泪。

如果有客人，主人一般要先抽三袋烟，然后把烟装好与纸媒一起递给客人。这样就可以证明水烟无霉无毒无异味，客人可以放心使用。交递水烟袋时，主人要先把纸媒递给客人，以免让客人握着烟袋等火。

抽水烟，对烟丝要求高。过去农村大凡使用水烟锅子的人家，不是殷实人家，就是地主一类的乡绅。可以说，抽水烟锅子是乡村烟文化的最高境界，它是主人家境和心境高度统一的乡土文化的尤物。

高瘸子他娘等我爸吐完一口烟，说道："娃他叔，毛子有啥心愿？"

"也没啥。"我爸把半口烟吞下肚子，说，"就是舍不得他一生的心血呀。"

"啥心血？"显然高瘸子他娘没有听懂我爸的话。

我爸说："说白了，就是他给人看相看坟的那一套手艺。"

高瘸子说："满脑子封建迷信嘛。"

"你知道啥？！"高瘸子他娘瞪了高瘸子一眼，说，"你是娶人家女子，又不是娶女子他大哩。"

"娘，你不知道。"高瘸子说，"杨毛子想让我也当阴阳先生哩。"

高瘸子他娘瞥了高瘸子一眼，说："就你？！"

我爸说："大妹子，娃说得没错，毛子是这个意思。"

高瘸子他娘是个苦命人。娃七岁上，落下腿残疾的毛病。刚开始，她背着娃，跑遍了夏阳和邻县的医院。能找到的治疗小儿麻痹的偏方，她几乎用遍了。年轻时，给娃治病，她没少流汗流泪。男人是个老实巴交的农民，只知道卖苦力。这几年，眼看着村里的娃娃，一个一个地成了家。这个女人为高瘸子的婚事操碎了心。刚刚五十出头，头发都已经白了。

这一刻，这位被命运挤压得几乎绝望的农村妇女对人生已经没有了一丁点儿的奢望。捉襟见肘的日子，让她对迎面而来的每一枝橄榄，都充满发自内心的虔诚。

高瘸子他娘说："就依人家吧。"

"我不愿意。"高瘸子几乎是跳了起来，说，"我是积极分子，不能拜倒在一个富农的石榴裙下。"

"好娃哩，娘何尝不知道你要强。"他娘看了一眼我爸，有些凄然地说，"都怪娘和你大没本事，给我娃问不下个好媳妇。"

说毕了，他娘竟然当着我爸的面，"扑通"一下给高瘸子跪了下来。刚才涨红了脸的高瘸子，这一刻，脸色由酱紫又变成了苍白，嘴角由于激动在剧烈地痉挛。

"娘，大不了……我，我，打一辈子……光棍。"

高瘸子他娘没等高瘸子的话音落地，挥手就给了高瘸子一个耳光。我爸见状，坐不住了。急忙去拉高瘸子他娘，说："大妹子，起来说话。"

高瘸子他娘原先跪着，经我爸一拉就势一屁股坐在了地上。两手拍打大腿，小声哭泣，嘴里念叨起来：我的命好苦呀……我的命怎么这么苦呀？

"好了，哭哭啼啼的像啥样。按说是新社会了，婚姻自由了，那也不能由着性子来。你娘养你这么大容易吗？一个女人家。"事情闹到这一步，我爸发声了。他以生产队长的权威说："我把你两家的情况，捋抹了捋抹，觉得吧，也算是门当户对。要是没有别的事情，我看呀，这门亲事就定下了。"

高瘸子还想说啥，被我爸制止了。

我爸说，你上辈子积德了，走路捡了个大便宜。好些人想结这门亲戚，都没机会。当着你娘的面，你说说，你家里头有啥？是有镶金嵌玉的五彩蓝夜壶，还是有樟木箱子？就咱家那状况，你咋好意思扳扯。好娃哩，叔是看着你长大的。人心再强也强不过命！再说了，当积极分子没错，可高家的香火要靠你传哩。先把自个儿的日子弄顺了，再当积极分子不迟。叔给你说，有些事情拍拍胸就过去了。

稍顿，我爸说，杨毛子盯上你，是给你娃教本事哩。好好学，用些心思，光凭毛子劁猪剡羊、给牲口看病这一门手艺，都够你吃一辈子的。至于看坟算命，现在政府不兴那一套，说是封建迷信，要清算，要破除，我一百个赞成。人家毛子托我把话说明，我看呀人家也算仁义了。早早把话说明，省得将来怄气。后半生，有个干事，总不能一辈子放喇叭呀。

高瘸子和他娘走后，我家桌子上多了一包红糖。

我爸摇了摇头，说："作孽哩。"

当年底，杨毛子总算是给死了男人的女子找下了一个人家。高瘸子因为娶了富农的女子，最终入党的事儿算是黄了。但据黑蛋说，一开始就遭到高瘸子反对，被认定为封建迷信的那一套本事，没几年竟然被高瘸子全盘吸纳，手段比杨毛子还要高明几分。

这天，井把弯巷来了一个要灯影戏的人。

太阳刚下山，我从地里回来路过皂角树下，见要灯影戏的人已经开始搭戏台了。是个年纪不算大的男人，中等偏高的个头，长发，长一双挺神气的眼睛，高高的鼻子，小嘴巴。最惹人注意的，是这个男人的小嘴巴上留有一片像毛刷子一样的胡子。挺英俊的一个男人。台前还没有一个观众，只有四五个碎娃，围着戏台子追逐嬉戏。担心撞倒了木架子的英俊男人，不时大声制止这群疯狂的娃娃们。

这个时候我才看清楚，灯影戏的舞台其实很简单。一个用木质方龙骨制作的三脚架上，固定了一个像镜框一样的木框子，框子上包着一块普通的白布。在白布框后边，摆放了一盏高腰玻璃罩子煤油灯。那个男人打开旁边的一口木箱，从箱子里拿出两个带小木棍的皮影。看看天气还早，他就势坐在木箱子上歇息，边抽烟边等天黑。我走上前，问他今天演什么戏。那男人先是眯眼看我一眼，然后慢腾腾地说，群英会。我问打不打，他说打呀。

吃毕饭，我再次回到皂角树下。

天色已经暗淡下来。归巢的鸟儿在皂角树上扑棱扑棱地乱飞。树下，锃亮的罩子灯光只能照映到很近的几张脸。一切准备妥当，要灯影子的英俊男人用很浓的河南话，给大家介绍了简要的剧情。然后把罩子灯挪到白布框后边，转瞬间木框上紧绷着的白布顿然豁亮起来，像一块没有图像的银幕。刚才还在喧嚣的现场一下子安静下来，能感觉到人们的呼吸都被有意放慢了节奏，几十双眼睛盯着那块白亮的布框子，没有一个人说话。

演出开始了。

先是一声决然的吆喝，然后布框上出现了一个人影，边走边唱。一会儿，从布框的另一边又上来一个人影，几句道白之后，这个人开始伸胳膊蹬腿，不停地翻跟头。灯影戏没有乐队。要灯影戏的人全靠一张嘴。一会儿唱，一会儿说，一会儿伴奏。时而男，时而女，时而马嘶，时而是一阵儿刀枪相接的撞击声。

黑暗里，不时爆发出喝彩和掌声。

一晚上，我一句唱词也没听清楚。我甚至在演出的过程中，还打了一会儿瞌睡。散场时，我才发现，连我在内场子上一共就剩五六个人了。但要灯影戏的男人一直都很卖力，不曾有半点的懈怠。一个人，一台戏。我从内心敬佩这个有点帅的男人。

那一晚，要灯影戏的男人住在黑蛋家。

过了好几天，我才知道，黑娥跟着那个要灯影戏的男人走了。

第七章

进入农历六月，古城村的人再也坐不住了。连续几个月的干旱，村里塬上的麦子几乎绝收。水地的麦子，虽说见过一遍水，但也只有六成的年景。第二生产队的耕地，大部分在村西的塬上，损失要远远大于其他几个生产队。

这是王银海再次当队长后碰到的第一道坎：首先是人畜饮水告急。几乎村里的浅水井都见了底。井把弯巷的那口老井，打上来的水也已经变得浑浊了。喝一口，满嘴的泥腥味。田地里的机井，只有几口井能勉强搭水泵。搭水泵的井，每天也只能出两个时辰的水。人，没有了水吃。地，远远吃不饱。生产队的一百多头牲口，多亏了田地里的几口机井，但每天也只能饮到以往一半的水。要是田地里的机井没了水，后果不堪设想。路上的浮土掩过了人的脚面。收过麦子的水地勉强下了玉米种，但如果持续不见水，刚刚露头的嫩芽也会被发烫的干土烤死。塬上的耕地，用手刨一尺也见不着一星点儿墒气。

井把弯巷的老井本来水就浅。悠悠地用水，尚可维持。持续天旱后，井里的水位，陡然降落了一半。一只水桶下去，勉强能灌满一桶水。要是搁往常，保障本巷的人吃水不成问题。但收罢麦子，老天爷一滴雨不下，别说种玉米了，就是人吃水眼瞅着也是一天紧似一天了。等到其他巷的人，担着水桶拥进井把弯时，井里的水已经开始变浑了。天赐每天傍晚的任务，就是给院井里的瓮加满水。尽管家里离老井台不到二百米，但天赐每天顶多担两担水。只要瓮里的水过半，娘就不会嚷着让天赐担水了。倒进瓮里的水一天比一天浑浊了，经过一夜的沉淀，做早饭时，倒也不显得咋浑了。

水浑事小，最终这口老井，也像其他巷的水井一样，枯竭了。

家里少粮没油，可以将就。但没水，却是一天也没法过活的。正在人们束手无策之际，天赐有天路过老井意外发现，井里有了人的倒影——枯竭了三天的老井，又恢复了常态。当天夜里，井把弯老井台上的轱辘“咯吱咯吱”响起来时，不到半个时辰，巷道里就排起了长龙。队列中，除了本巷的人，多半是周边巷道的人。开始大家碍于情面，一视同仁，按着次序上台打水。但眼瞅着，排队的人越来越多，井里的水越来越少了。背地里，井把弯的人开始嘀咕着担忧起来。这口老井，要是再断了水，恐怕就得喝西北风了。王银海是队长不便出面，杨木匠就挑头，开始限制外巷人到井把弯来打水了。先是一天最多只能担一回水，到了后来干脆一桶水也不让外巷道的人打了。先是扯了井绳，但来的人干脆自带绳索。再后来，杨木匠选了几个人，轮流到井台上看守。同时，在井台上张贴了一张关于限水的布告。告示一出，你可以想象，比炸了油锅还可怕，说啥的都有。但事关井把弯近百口人和几十头猪羊、一百多只鸡鸭、十几条狗的生计，说就说吧，骂就骂吧，眼睛一闭，权当没听见。

天赐收工后，除了给自家打水，还负责晚上看井。

井把弯自从限了水，外巷的人大白天也不好再进巷打水了。少数胆大的人，只等夜深人静的时候，腰里缠着绳索，手里提着水桶，神不知鬼不觉地从井里提两桶水救急。因为这些人不敢使用轱辘绞水，就用手提，悄无声息的，并没有人知道他们的行迹。后来天赐偷懒，天一黑，就把家里的黄狗拴在井台边的树上。一本正经地给黄狗指着井，交代了一番，自己早早溜回去睡了。一天夜里，天赐听见黄狗先是一阵狂吠。后来，不知咋了，黄狗又发出一连串的哀叫。一个尿颤，天赐顿然醒来。在后院尿完尿，天赐心里又是一阵惶恐，提了根烧火棍，一个人悄然出了大门。

月亮上来了。

巷道里明晃晃的，像白天一样。天赐刚到巷道里，就听到黄狗低沉的吼声。天赐快走了几步，转过一个弯，看到老井台上一个人正在从井里提水。黄狗站在一旁龇牙咧嘴，想冲上去阻止，似乎又惧怕啥似的在一旁轻吠。

天赐几乎没咋犹豫，就冲了上去。

在离井台剩下丈把远时，天赐大喝一声，举着手里的烧火棍冲上了井台。提水的人一紧张，两手一松，悬在半空的一桶水掉进了井里。在听到天赐声音的一刹那，黄狗呼哧一下扑上去，咬住了那人的裤腿。脖子轻轻一甩，那人“啪”的一下蹲坐在井台上。天赐上去二话不说就是一顿乱打。尽管他手里的烧火棍很细，黄狗也只是撕烂了那人的裤腿，但等到天亮，他跟着他爸到大队医疗站时，眼前的一幕，还是惨不忍睹。偷水的人是一队的移民户，天赐不认识。除了那人的裤子被黄狗撕烂，头上、胳膊上也都缠上了纱布。除了当面道歉，当着躺在床上不住呻吟的伤者，天赐他爸又像小时候那样揪着天赐的耳朵，在天赐屁股上狠狠地踢了三脚。

那天之后，王银海下令取消了井把弯巷老井的限水，但每户每天只供应一桶水，直到旱情缓解。

这天，王银海摇醒了在饲养组的烂圈椅里打瞌睡的天顺，一块进了富农杨毛子家的门。杨毛子住杨家老祠堂的南厅房。因为四边有高大的房屋遮挡，一进杨家老祠堂的门道，尽管空气里充盈着酷夏尘土的味道，但依然能感到一股阴森森的凉气从脚底顺着两腿向上蔓延，让人不寒而栗。走到院井，两人正惊叹院井里用半截子瓮栽植的一株芍药花枝繁叶茂花蕊怒放之际，耄耋之年的杨毛子已经站在南房宽敞的屋檐下恭候了。

银海说："毛子叔的身子骨硬朗得很。"

杨毛子说："托政府的福，托队长的福。"

"哎呀呀，再不要酸啦，我的牙都倒了。"天顺性子急，耐不了烦说，"再不下雨，尻壕子都冒烟啦。"

杨毛子呵呵一笑，说："老八，你有啥法子？"

天顺说："我想到法院告老天爷去。"

银海说："毛子叔，我想……"

话还没出口，就被杨毛子挡了回去。我知道你想说啥，你想过没有，公社同意不同意你弄。你刚当队长时间不长，你这么做划不划算哩。银海说，这会儿顾不了那么多了。毛子说，多年都没弄了，扑通一河滩，要是取不来雨，你咋给社员交代呀。银海说，只能是死马当活马看了。再不想办法，明年又是个年馑。见队长如此态度，杨毛子使劲嘬了嘬没了牙齿的嘴巴说，听你的。

时值中伏。

太阳刚一露头，村西的土崖上就开始冒蒸汽。闷热的气息在巷道里肆意穿行。公鸡领着一群母鸡一边刨食，一边张大了嘴喘息。狗趴在地上，一动不动。裸露的碾麦场翻起无数块小泥片，鱼鳞一样，满场子的土腥味道。堆放在场边的麦秸垛子不时发出"叭叭"的炸响……

按习俗，杨毛子在东村挑选了七个年迈的寡妇，组织大家从各家各户收集了十几尊土地爷。然后把这些木刻或泥塑的土地爷，在碾麦场中央的碌碡上，摆放成一圈暴晒。烈日下，这七个老寡妇光着脚片，用新折的柳条抽打土地爷。嘴里不停地念叨：一年到头，就知道好吃懒做，不体恤百姓。天不下雨，地里的庄稼都干死了，你赶紧向老天爷求情，给我们下点雨。这些土地爷，平日里都被村人供奉在一进大门照墙上的窑龛里。

如此反复，这样的暴晒和鞭打持续了七日。七个老寡妇每人每天围着土地爷要抽打七遍，四十九下。每天一下不能多也不能少。也就是说，暴晒的土地爷要被这些年迈的村妇连续鞭打三百四十三次后，围坛才算结束。

第八天太阳出来前，东村挑选了八个家庭健全的男人，徒步出发前往百里外的救郎庙取雨。听老辈人说，禹山上有个车厢濠村，村边有一条沟叫救郎沟。沟坡上有一座救郎庙。传说，赵武百年之后被封为神仙，专门负责农桑事务。夏阳的老百姓为了纪念赵武，在当年赵武藏身的地方修建了一座救郎庙。

因为古城村有程婴和赵武的后人，而救郎庙又是后人给赵武修建的，加上禹山救郎庙祈雨灵验，所以古城村不知道从何年何月开始，遇到天旱，就不远百里到救郎庙求雨，而且每次都能实现取雨的愿望。

古城村与救郎庙有特殊渊源，村里的人只说取雨，不说祈雨。一字之差，蕴含着乡村传统伦理美德的基因——有恩必报，传承有序。基于这个道理，古城村取雨的人员也大有讲究：八个取雨的人，都要是村里德高望重、一言九鼎的人。按老辈人传下来的规矩，打令牌的人必须是程姓男人，抱水瓶的人必须是赵姓男人。开路先锋多是其他姓氏的男人。

围坛结束后的第二天，鸡叫头遍，杨毛子把取雨的八个人，还有在村里头接雨的负责人召集在村头焚香磕头后，便各自分头行动。天顺既是开路先锋，又是取雨的总负责。队长银海全权负责，杨木匠协助队长具体负责村里接雨、谢神事宜。

取雨，在古城人的心里头，是一件神圣的事情，仪式感很强。不论男女老幼，都是发自内心的虔诚。所有参与取雨的人，提前三天，要戒色、戒酒、戒荤臊。取雨的水瓶，洗了再洗，唯恐因为一丁点的不洁净影响了取雨。

先说取雨。

出了村口，一上寨子坡，取雨的八个人便排成一列前行。天顺打头，拿令牌的程家德居二，木牌上挂着一串铜铃铛，写着“取雨回避”四个大字。抱水瓶的赵九娃光着脚，包着头，排第三，其他人随后依次而行。一行八人，出村后，每走十步，原地踏行一步，接着又走十步，原地再踏行一步。如此循环反复，一路不能歇脚，一直要走到救郎庙。

经过十几个小时的长途跋涉，取雨的人终于进入白马滩地界。一路的风尘，一路的暴晒，八个取雨的农村汉子早已面目全非，乍看活像一队乞丐。他们无心浏览沿途的秀美风光，一门心思想着肩负的神圣使命。取雨，给这些熟稔稼穑的庄稼汉子坚毅的躯体内注入了一种叫自我皈依的虔诚。这种发自内心的虔诚，又使这项民间的祈雨习俗上升到了宗教般的信仰高度。

这时，一个三岔路口挡住了这帮取雨人的脚步。没有路标，没有村子，没有人认得去救郎庙的路。

天顺说：“估摸着，也快到了。”

程家德说："别走岔了，误了咱取雨。"

看看天色不早了，一行人正犹豫该走哪条路的时候，一条黄狗从身边跑过。天顺说，咱跟着狗走。有狗肯定有人。一行人跟着那条狗走走停停，停停走走，翻了一座岭，绕过一座山，转眼又走了十多里山路。在一道坡垴上，那条黄狗突然不见了，这时，一位老汉顺着沟沿走了过来。

天顺说："老人家，救郎庙咋走哩？"

老汉说："下了这个坡，拐个弯就是。"

说完，一阵风刮过，老汉也不见了。大家觉得蹊跷，下到沟底，看见不远处有一座寺庙。庙不大，山门是一座两层过洞牌坊。中间的门洞高大，两侧的门洞低矮一些。院子中央是三间大殿。殿后有一个小院，院内有几棵古柏。

天顺识字，见紧闭着的庙门上面写着"救郎庙"，吩咐大伙就地歇息，吃点干粮，养精蓄锐，明天一更进庙取雨。

山里的夜晚说来就来，刚刚还能看清楚大山的轮廓，转眼间就伸掌不见手指了。但入夜的山区却显得异常喧嚣。近处山坡的灌木丛中，蝈蝈和不知名的虫鸣声此起彼伏；远处的树林里不时传来夜莺，或者猫头鹰的叫声。黑暗里，偶尔还会有一两声狼嚎伴着暖暖的夜风从很远的地方传来，又飘向远方。湛蓝的夜空低垂着，西天的火烧云刚刚退去，闪烁的星星立马就布满了天空。明天还是一个艳阳天。干旱，同样威胁着大山里的一草一木飞鸟走虫，甚至野猪猛兽的生命。

赵九娃的双脚已经磨破。睡梦中，他在轻声呻吟。十几个小时的暴走已经彻底透支了这些取雨人的精力，他们头一挨地就睡着了。仿佛这大山里的一切都与他们无关。此刻，他们唯一的工作就是赶紧睡觉，赶紧恢复体力，涵养白天那股子不可摧毁的信念和虔诚。

天顺因为体胖，多年没有走过这么远的路，早已经是筋疲力尽了。看看大家都已经躺下后，他才在庙门旁开阔的地方生了一堆柴火。临走前，杨毛子和队长再三叮咛，白马滩这一带山里，不光有野猪，还有狼、有豹子，甚至还有黑熊出没。作为取雨的领队，他须臾不敢懈怠。

火焰，在炸裂中吸引来了无数扑火的蚊虫。一批又一批的蚊虫被烧煳烤焦，成了这一堆柴火的陪葬品。天顺握着一根木柴棍，一旦火烧到了手，他便起来添一些柴火。这种办法，既不会睡过头耽误了取雨的好时辰，又可以及时给篝火添柴而不至于火熄灭或受到野兽的袭击。尽管如此小心，天顺还是因为疲劳，让篝火熄灭了半个时辰。大约子时，月亮穿过厚厚的云层，给大地泼洒了一地银色的光芒。酣睡中的八个取雨人鼾声此起彼伏，招惹来了一头巨大的红毛野猪。这头足足有三百斤重的狼猪小心翼翼地慢慢逼近了不时说着梦话的赵九娃。这时，天顺猛地睁开了眼睛，看到这头红毛狼猪，一个鹞子翻身，大喝一声，吓跑了已经走到跟前的狼猪。

跑出老远了，这头狼猪还回过头来朝天顺这边张望。刚才天顺的喊声歇斯底里，一定也惊吓着了这头野猪。与此同时，几乎所有的人都坐起了身子，不约而同地问，咋啦？

天顺说，是一头野猪。说完，一抹脑门，手里一把冷汗。

陡然醒来的赵九娃说，咋啦？到时候了。

天顺说，我刚才做了一个梦。赵九娃说，啥梦？天顺说，我梦见一个白胡子老汉，对刚才给咱们指路的老人家说，老家来人了，把中门开开。我问老人家，神像后头的泉水还在不在？老人家呵呵一笑，说，在哩。我每天就吃那泉水哩。我还想问个啥哩，结果被那头野猪给搅和了。

说话间，大伙朝庙门一看，只见昨天傍晚还紧闭的中门，已经洞开了。一行人赶紧收拾停当，鱼贯穿过门洞进到院子里。借着月色，天顺推开大殿的门，一股浓浓的供香味道扑面而来。

赵九娃掏出布袋里的火香，点燃后插在神像前的香炉里。殿内的光线昏暗，大家根本看不清神像的模样。在赵九娃点香的时候，天顺转到神像后边，发现神像后边并没有围墙，两步外，紧挨着房檐有一棵古柏，树下有一泓亮光。天顺用手一探，只有浅浅的一层水。

天顺说："找到了，泉眼在这里。"

赵九娃抱着空瓶走过来一看，说："太浅啦，灌不上。"

众人一听急了，说那咋办？

程家德想起临行前杨毛子的交代，从怀里掏出一根柳树条拦腰折断，交给赵九娃一截，说："你把瓶子放下，走，咱俩到大殿里去。"

大家相跟着又回到大殿来到神像前。程家德和赵九娃用手里的柳条，一边轻轻抽打神像，一边嘴里说道：我们远乡百里地来，你也不念及旧情，给家里人下一些雨水，我们供你有什么用啊。你要是给我们下雨了，我们给你唱三天大戏。

如此这般一番周折，大家跑到殿后泉边一看，刚才还浅浅的泉眼处竟然注满了水，而且盈而不溢，等赵九娃灌满了水瓶，眼看着那一坑泉水又渗回到地下去了。

灌满了水瓶，赵九娃兴奋得差点跳了起来，程家德激动得流下了热泪。总之，这些历经磨难的庄稼汉的情绪这一刻都高涨起来。透过他们充满渴望与希冀的眼神，仿佛能看到秋后丰收的喜悦。但他们没有放纵自己，他们深知此刻在禹山山麓的那个村子里，有几百双眼睛盯着他们的一言一行，等待着他们给那一片干涸的土地带回老天爷的福音。所以他们恪守老辈人传下来的规矩，如同在神圣的殿堂上汲取圣水一样，恭恭敬敬，肃穆噤声，唯恐惊扰了雨水。

这时，月亮又藏匿到云层里去了。

担任先锋之职的天顺，看看天色说，你们在后边走着，我先行一步给家里报信去。说罢，拔腿出了庙门。

灌满了水瓶，也就意味着取到了雨。满满的欣喜，让剩余的七个人一下子抖落了来时的风尘，但没有人言语，按照来时杨毛子的嘱咐，这次执令牌的程家德打头，抱水瓶的赵九娃列第二。程家德把手里的令牌轻轻一摇，一串清脆悦耳的铃声立马飞出庙宇在山谷里回响。大家纷纷踢掉脚上的鞋，和赵九娃一样光着脚，借着朦胧的夜色鱼贯出了救郎庙的中门。

当最后一个人走出门洞丈余远，身后洞开的大门，又悄然关闭了。

取雨的沿途要经过三四个村子。因为取雨的人沿途不能说话，也不能与旁人搭腔，所以打前站的天顺，在经过村子的时候不停地大声喊道：取雨回来了，取雨回来了。这样，沿途路边的人一旦听到了铃铛声音就会退避三舍，但都会在自家的门墩上，放一些馒头，或者一碗水，给取雨的人享用。

按老辈人的说法，给取雨的人舍饭，老天爷能看到，会降下更多的雨水给人间万物。古城村取雨的一行人，在返回本村与接雨的人见面之前，吃喝不缺，但不会遇见一个人。

规矩之于乡里人，甚至高于法规。

夜幕下，古城村取雨的七个人逶迤在大山里，他们每走十步，执令牌的程家德就会摇响手里的铃铛。山里的路坎坷不平，布满凌乱的碎石子，这些光着脚片子的取雨者，都是深一脚浅一脚地艰难行走。虔诚，让他们失去了痛感。

月亮钻出了云层，给他们洒下一路光芒。

路边的草丛里，山谷的树林里，山坡的灌木丛里，昆虫组成了一个交响乐团，夜莺是乐团的指挥，它们一起在为这些虔诚的取雨者歌唱。

山风带着一股清新的味道，不时驱赶着取雨人身上的瞌睡虫。

归心似箭。

天亮时，取雨的一行人已经出了禹山的怀抱。隐隐约约可以听见附近村子里传来鸡叫的声音了。第一个路过的村子叫卫胡洞。村里人在各自的门口摆放了家里最好的吃食。几个人边走边猫腰拿了煮鸡蛋、熟洋芋和蒸红薯、蒸南瓜等吃食。程家德在取雨的七个人中，年龄最大。在经过第二个村子时，他开始跛脚了。他边走边抬脚拔掉了扎进脚掌的一根荆棘。但他每走十步的铃铛，却依然响亮毫不含糊。他知道，他的铃铛就是身后几个兄弟的精神支柱。只要有他清脆的铃铛声引导、开道，他相信大家伙儿会坚持走回村子的。此时此刻，这个已经步入天命之年的老农民知道自己肩头的责任，他不能让一个兄弟掉队，更不能前功尽弃，所以他的每一次摇铃，都特别郑重特别认真，生怕一次的疏忽影响了其他人的步调，动摇了其他人的意志。尽管一拐一瘸的，但他并没有流露出一丝一毫的懈怠。抱水瓶的赵九娃，是其他几个人重点保护的对象。而这时，昨天进山就光着脚板的赵九娃的两个脚底，早已经是旧伤摞新伤面目全非了。此刻，砂石正像刀尖一样，割着这个刚过不惑之年的庄稼汉。他一步一个趔趄，一步一个血印，他每迈出一步，都要付出巨大的体能。从昨天出发到眼下，他一直都在说服另一个自己，坚持，坚持，再坚持。有好几次，赵九娃都想放弃，哪怕就地歇息片刻也好，但他不敢松懈，他担心自己坐下去，可能就起不来了。临行前，他大给他特意叮咛，选他抱水瓶，是村里人对赵氏家族的信赖，也是赵姓人回报古城人的一个机会。其实，古城村取雨已经中断了快三十年了，其间，也曾遭遇旱灾，但没有人敢冒天下之大不韪，要不是有那么一点返销粮糊口，古城村都不知道要饿死多少人哩。这次取雨是秘密行动，没有人向公社报告，也没有在社员中大范围地宣传。只是在取雨的人出发后，才由二队队长王银海牵头，组织社员做好接雨的相关事宜。

离古城村大约还有十里路时，赵九娃一个趔趄，撞在了前一个人的身上，差一点摔倒。程家德看在眼里急在心上。见赵九娃被两个人搀扶着走，便使劲地摇摆着手里的铃铛。

晨风里，七个取雨的行者向着太阳升起的地方踽踽而来。

“雨回来啦，雨回来啦！雨回来啦——”

打前站的天顺，一进村就开始高喊。等他走到杨家祠堂见到队长的时候，他的身后是从各个家门涌出来的四五十个男人和女人。

这个被取到雨的欣喜所鼓舞的男人几乎是噙着热泪，和从杨家祠堂跑出来的几个队干部拥抱在一起的。共同的心愿，让古城村的人在这一刻消除了人与人之间的隔阂，就连有过矛盾的人也激动得拉起了手。

“雨，雨回来啦。”

消息像一只布谷鸟，很快传遍了古城村的每一条巷道，每一个家庭，每一个人，传遍了古城村的每一块土地，每一条沟壑，每一株禾苗，传遍了古城村的每一头牲口，每一只鸡，甚至每一只麻雀……

杨木匠带着锣鼓队和四十九名男女社员，头上戴着柳条头圈出村到五里之外的南阳村去迎接取雨的宝瓶。同时，王银海吩咐月季带着天赐组织人到九郎庙搭台待命准备谢雨；吩咐赵魁、黑蛋等一应人员在程家祠堂前按既定方案搭帐子设香台，准备接雨仪式。

安排停当后，王银海独自回到杨家祠堂。

这一会儿，往日里闹哄哄的队部格外安静。几天前，王银海参加了县里召开的三干会。县长在会上再三强调，阶级斗争很重要，农业生产耽误不得。荒了地，打不下粮食，老百姓会骂我们的娘，戳我们的脊梁骨。那天，这个庄稼户出身的县长讲到激动处，就把一只脚踩在板凳上，一只手掐在腰里。表面看，这个县长没有多少文化，但王银海很喜欢县长说话的样子。

这次讲话对王银海触动很大。尤其是县长最后的那句话，一直铭刻在这个被岁月的尘埃淹没的老游击队员心底。

不为老百姓做主，不如回家卖红薯。

说得多好呀。

就是这句普通的民间俚语，让这位二次出任古城二队生产队长的农民感到了一种温暖，一种久违的冲动。就像当年参加夏阳游击队一样，他的胸腔里被一种叫神圣的东西鼓舞着，久久不能平静。

面对持续的干旱，王银海想了很多。他不愿意让老百姓再受年馑的祸害，他没有公社曹书记那么多的大道理，他只知道，作为队长他不能看着地里的庄稼旱死，不能看着社员拿着玉米种子下不了地。作为一个农民，他深知土地就是农民的命根子，就是农民的生活和全部希望。那天，他和天顺走进杨毛子家时，尽管他有所顾虑，但富农杨毛子在那一刻的态度坚定了他取雨的信心。

雨是取到了。可到底天老爷能不能高抬贵手呢？说实话，王银海心里头还是七上八下的不踏实。

这时，杨毛子推门走了进来。

接雨的人，都没有见过老辈人取雨。连同杨木匠在内，他们都被眼前的情景惊呆了。夹杂在人群里的天赐，也是头一回见到这样的场景。晌午刚过，他们远远看到，在烈日下的光晕里摇摇晃晃地走来一队人。这些人风尘仆仆，衣冠不整，光着脚片子，拄着木棍，亦步亦趋，面目黢黑、清癯，刚隔了一天的光景，仿佛历经千辛万苦刚从地狱回来一般，几个取雨的人都失了形。

程家德看到接雨的队伍后，使劲地晃动令牌。那一串铜铃发出一连串清脆悦耳的响声。这铃铛仿佛黄钟大吕，唤醒了接雨的人们。

杨木匠大声喊：“敲锣鼓——”

几乎是在同一时间，大鼓、小鼓、铜镲、大锣、小锣蜂拥敲响。先是一曲舒缓的《摘豆角》，紧跟着又是一段激昂的《老鼠磨牙》。锣鼓声时而粗犷，时而细腻，叙说有声，敲打入怀。在铿锵明快的鼓乐声中，头戴柳条圈的四十九名男女社员拥着七名取雨的人继续前行。

锣鼓队紧随其后，一路上骄阳高照，鼓乐不断。

执令牌的程家德婉拒了接雨人员的搀扶，深一脚浅一脚地走在队伍的最前列。其他六个人分别被接雨的人员搀扶着，加快了步伐。赵九娃几乎是被两个小伙子架着回到村子的。

约莫半个时辰，取雨的队伍进了古城村地界。刚才还是晴空万里的天空，开始堆积起了云朵。眼看着，无数块云朵汇集成了几块偌大的云山。起风了，塬上的风带着一股凛冽从路边的沟底翻滚着掠过。头顶的云山在移动中慢慢地由白色变成了蓝色，又从浅蓝色变成了深蓝色，又从深蓝色变成了黑蓝色，又从黑蓝色变成了墨黑色。不一会儿，天空也失去了先前的明快，变成了一大块揉皱的画布，混沌而神秘。当这支取雨的大队人马走到村边的那一瞬间，天空一道闪电，紧跟着天际传来隐约的滚雷，一直紧随队伍的风开始卷起路旁的尘土和草屑。队伍里突然有人喊道："下雨啦！"

这时，强劲的风裹着雨点在空中肆意飞舞。一时间，整个村子都陷入了一种混沌之中。风紧跟着行进的队伍，穿过村庄来到村东程家祠堂前。接雨的帐篷搭建在村东程家祠堂前，按杨毛子的说法有二：一是程家这百年祠堂，有灵气，是文曲星下凡的地方；据程氏家谱记载，祠堂建于清朝嘉庆五年，是由程氏家族的女婿、清朝开国陕西第一位文科状元王杰出资重建的。二是这里视野开阔，毗邻大片芦苇，接地气。

接雨的帐篷就搭建在程家祠堂对面的一块空地上。旁边除了一片芦苇，都是平整的耕地。帐篷坐东朝西，棚内中央悬挂着一幅龙王画像。两边是十几尊土地爷塑像。棚的两侧立着两块木板。木板上贴了一副对联。上联是：金鼓齐鸣四野同欣甘雨降。下联是：旌旗飞舞万民共乐田禾青。

棚口是一张低矮的供桌。供桌上摆放着一应供品。棚前站立着几百名男女老少。每个人的头上都戴着一个柳条圈，在静静地等候着取雨的人。

队长王银海和几位队干部站在众人前有一搭没一搭地说着话。杨毛子站在程家祠堂的门前望着这群渴望雨水的乡亲。作为这次祈雨的总顾问，杨毛子心怀感慨，但由于家庭成分的缘故，他只能站在队长的背后见证这场神圣的取雨。

"雨回来啦——"

接雨现场，陡然安静下来。

几百双眼睛静静地注视着归来的取雨壮士。

这一刻，万籁俱寂。

只有那清脆的铃铛声仿佛天籁之音穿越世俗，从天外款款传来，主接人王银海率众默然跪在地上，几百双渴望雨露的眼睛，一刻也没有离开取雨的壮士们，没有离开过赵九娃怀抱里的水瓶。

风卷起尘土在空中飞舞。零星的雨点骤然加大，肆意地飞砸在地上，溅起一缕缕尘土。接雨的众人也不躲避，他们在享受这久违的雨点带给心灵的慰藉。

天色陡然变得昏暗下来。

程家德停下晃动手里的令牌，把牌子深深地插进土里。赵九娃把灌满泉水的瓶子，小心翼翼地放在帐篷前的供桌上，然后一下子瘫在了地上。就在他把水瓶搁在供桌的一刹那，一个闷雷在帐篷的上空骤然炸响。紧接着，一道闪电撕开昏暗的天幕，雨点连成了密密的雨线直直地落在干燥的地上，地面上很快升腾起一尺高的尘埃。跪在地上的人群开始骚动，但没有一个人挪窝。须臾，急促的雨线连成了一片，像打碎了天庭的水缸一般，雨水倾盆而下。这时，帐篷前像炸了锅一样，数百名接雨的村民把头上的柳条圈纷纷抛上天空，嘴里嗷嗷地喊叫着，用手掌迎接雨水，相互间嬉戏、打闹成了一片。

队长王银海眼眶发热，他已经弄不清楚，脸上流淌的是雨水，还是泪水。看着眼前忘情的村民，这位经历过战争硝烟洗礼的农民随着雨水的冲刷，心头豁然开朗起来。连日来的各种担忧顷刻间化为乌有。透过迷蒙的雨帘，王银海仿佛看到了遍野的玉米、豆苗、棉花、红薯、南瓜在迎风成长。一眨眼的工夫，先前裸露的原野，都变成了绿色的田野。玉米成林，长出了五彩缨子。豆苗碧绿，缠住了摘豆角人的双腿。茂盛的棉花树遮天蔽日，把大地灿烂成了一片银色的海洋。红薯长蔓，宛然一片紫色的浪漫，散发着甜甜的泥土的味道。田间地头的南瓜蔓，峥嵘万态，耀眼的喇叭花，招蜂引蝶，悄然生长出一地果实。

不能在我们手里头糟蹋了土地。生产队的土地在王银海的心里头，比亲大还亲。解放了，翻身了，有了自己的土地，王银海觉得农民这个时候才活出了自己的尊严。没有了土地，农民就是断了根的红薯蔓，没了家的要饭的，土地就是农民的命根子。农民就是这土地上生长出来的一片芦苇。有雨，有风，有阳光，就能成活，就能灿烂，就能生生不息。

“天赐，天赐。”天赐娘管天赐大叫天赐。天赐大管天赐娘也叫天赐。在古城村，年过半百的夫妻相互间，都是以大儿女的名字相互称呼。可天赐家却是个例外，以老小的名字相互称道。天赐娘说：“你可醒啦。”

混沌中，王银海觉得有人在摇晃自己。他想睁开眼睛，但两个眼皮子长在了一起，怎么努力都无济于事。他听到一个熟悉的声音在遥远的地方呼唤着自己。他感到四肢无力，浑身像散了架的马车瘫在了一片泥水里。他能听到四周有雨水淋漓的声音……

又过了很长时间，他感觉到有一缕温暖的阳光在他的眼睑和脸颊上来回走动，像一只百足虫一样爬来爬去，弄得他心里痒痒的。

他睁开了眼睛。

“我的娘呀。”天赐娘说，“你可把人吓死啦。”

王银海用眼睛环顾了一下屋内，看到老伴圈腿坐在炕沿上。杨毛子和大队医疗站的程大夫坐在脚底的杌子上，边抽烟边说着话。他想起身，却感到一阵头晕。再一看，自己胳膊上还扎着针。一个白色的盐水瓶斜挂在土色的墙上。他的脑子里快速闪过一个念头：自己病了。

几乎在同时，王银海恢复了记忆。他扭头一看窗外阳光灿烂，有一股带着潮湿的热气挤进窗户。院井里那棵高大的梧桐树的影子若隐若现，把照射在窗子上的阳光过滤成了一片碎花布。

天赐娘跳下炕沿，给躺在炕上的王银海倒了半缸子红糖水，说："你把你还当是年轻娃哩，你看那天多大的雨呀，也不知道躲一躲。"程大夫把一根玻璃棒递给天赐娘，说："夹胳肢窝里。"少顷，他看了看体温计说："不烧了。给吃点东西，歇上一晌，就没事了。"说完走了。

王银海说："我睡了多长时间？"

"三天。"天赐娘抽泣着说，"高烧不退，没把人吓死。"

"死不了。"王银海眼一瞪，说，"好啦，好啦。哭尿啥哩？"

"雨下了两天两夜。"杨毛子端着水烟锅子，走到炕口说，"九娃送卫生院了，就剩一口气了。"

王银海心里咯噔一下，说："这回呀，多亏有你。"

"也就你银海敢这样。"杨毛子说，"要谢，谢龙王吧。"

王银海恍然若悟，说："对了，啥时候谢雨哩。"

杨毛子说："早上搭台子哩。听巷里人说，晌午是《辕门斩子》。"

王银海说："不是说唱《秦香莲》吗？"

杨毛子说："唱三天哩，急啥。"

这时，贫协委员月季进了门，说："好叔哩，你可醒啦。"

王银海说："戏班来啦？"

"来啦。"月季说，"公社的曹书记也来了。"

王银海说："咋，看戏来啦？"

月季怏怏地说："不让唱戏。"

王银海眼睛一瞪，说："咋啦？！"

"曹书记说，不过年不过节的唱啥戏。说……咱这是……搞封建……迷信哩。"

王银海说："狗屁！天不下雨，他咋不来！别管他，只管唱。三天不够，唱六天！"

月季瞥了眼一旁的杨毛子，没吱声，扭头走了。

古城村在村东的三村庙，连唱了三天的大戏。戏班是杨木匠从河东请来的蒲剧班。每天天刚擦黑，邻近村子的人便早早收了工，搬了凳子在戏台下占好位置等着开戏。戏连唱了三天，所有的水地也晾得差不多了，只用了三五天的时间，大家就抢种完了旱地和水地的秋庄稼。

这天，刚吃过晚饭，高瘸子把王银海叫走了，说是公社曹书记又来了。从大队部到井把弯巷有一截子路呢，但高瘸子没有用高音喇叭叫唤，这多少让王银海觉得有些意外。

一场喜雨之后，井把弯巷那口老井，又恢复了以往的水位。每天叫个不停的轱辘，像一个年迈又充满活力的歌手，一遍一遍地吟唱着单调却让人百听不厌的乡谣。

中卷: 地

“地载万物……故教民美报焉。”
——《礼记·郊特牲》

第八章

赵九娃死了。

赵九娃是累死的。

赵九娃是为取雨而死的。所以，赵九娃的死，死得光荣，死得伟大。在公社卫生院，听了赵九娃死因的人无不为他的死唏嘘不已。他的死自然也得到了古城村全体社员的同情。赵九娃一咽气，我爸和月季就把赵九娃的媳妇巧珍亲自送回了家。死了男人的痛苦自然比普通人多了一份绝望。月季先是陪着巧珍流了半晌眼泪，接着我爸又安抚了大半天，反复说明，赵九娃的死绝不是一般意义的死亡。他是为大伙累死的，不仅仅是神圣的，而且是无私的。所以，作为家属，一定要保持足够的克制，千万不能玷污了九娃舍身为集体的精神。巧珍说，家里一颗多余的粮都没有，埋人的事儿队上要管哩。我爸一拍胸口满口应承，说，埋人不要家里操心，毕了，队上还要给家里补贴一百斤粮食哩。

赵九娃因为是非正常死亡，按乡俗，队上派人在村口芦苇边挑了一块地方，搭了一个临时的草棚子，赵九娃的灵柩就安置在草棚里。奇怪哩，人一断气才几天时间，两只脚就溃烂得不成样子了。血水淌了一地，刺鼻的臭味招来了无数的青头苍蝇。杨木匠提来半桶石灰，在地上撒了一遍又一遍。大伙集资给赵九娃买了一身蓝咔叽衣服。本来说好了，要给赵九娃买一双皮鞋的，但巧珍死活不依。说是九娃走呀，一定要穿她做的千层底鞋，要不以后到了那边连人也找不到了。鞋自然是穿不上了，但必须放在脚边。

那场喜雨之后，一直是阴天。满天的云朵一会儿变白，一会儿变黑，可就是下不来一点雨。没雨，也没风。闷热的天气肆意吸纳着大地的水分。远远看去，平坦的田野像开了锅的蒸笼从早到晚翻腾着水汽。已经破土的庄稼苗见风就长，眼瞅着，一片片绿意覆盖了裸露的土地。

按乡俗，赵九娃要在头七下葬。但遇上这鬼天气，一天也耽搁不成了。我爸和杨毛子、天顺叔、杨木匠、月季几个一商量，决定抓紧时间打墓，尽早安葬赵九娃。

但出殡前一晚上，发生了一件怪异的事情。

子夜时分，月到中天。

灵棚寂静而孤独。远处的村庄没有了白天里的喧嚣，就连往日里的狗吠也绝了声息。灵棚旁边的芦苇地里的青蛙这一刻仿佛才苏醒过来似的，开始了歇斯底里的鸣叫。周边的玉米地里被炙热的太阳烘烤了一天的蟋蟀，这个时候也开始了此起彼伏地叫唤。程家祠堂的老榆树上，一只猫头鹰发出了阴森的叫声。负责看守灵棚的黑蛋和杨木匠分别躺在两块门板上，门板就平搁在灵棚口的地方。本来我爸安排我和黑蛋看守灵棚的，但我娘死活不依。我害怕死人，更别说晚上了。

杨木匠说："黑蛋，该成个家啦。"

黑蛋不言语。

杨木匠知道黑蛋没睡着，知道黑蛋心里苦。黑老四被抓后，尽管还没有最后判决，但黑蛋心里清楚，欠债还钱，杀人偿命，枪毙只是早晚的事儿。黑娥跟着耍灯影戏的人私奔后，也没了踪影。本来就话少的黑蛋从此就更少言语了。除了下地干活，就是回家睡觉。不偷懒，也不多事儿，整个一闷葫芦了。

杨木匠说："滩子村老薛的女子，也不是说傻……就是人老实一些。"

黑蛋不言语。

一颗流星坠落在县河方向，天上留下一道白色的伤痕。黑蛋坐起来，想说什么，犹豫了一下，又躺了下来，门板发出一阵"咯吱"声。

杨木匠说："人一辈子，草木一秋。稀里糊涂的好，太较真了，累人哩。"

黑蛋幽幽地说："一个人利索，想干啥干啥。"

杨木匠说："憨憨娃，老黑家指望你传宗接代哩。"

黑蛋嘟囔了一句，被一阵风刮跑了。

这时，月亮躲进了云层，天色陡然暗了下来。一股不知从哪里来的风卷起残枝败叶，围绕着灵棚骤然而起，棚顶的芦苇席发出"啪啪"的响声。一眨眼，风又消失得无影无踪。月亮又钻出了云层，灵棚一片银灰。

杨木匠说，怪了，咋还起旋风啦。

黑蛋说，叔，你听……啥声音？

杨木匠侧身聆听了一会儿，觉得蹊跷，坐起身朝灵棚里瞥了一眼，"嗖"的一下感到头发都立了起来。他看到在灵棚中央盘着一条碗口粗的白蛇。蛇头离地一尺，朝着赵九娃的遗体缓慢摇晃着……

显然，黑蛋也看到了蠕动的白蛇。他瘫坐在门板上，双臂撑着门板，嘴巴半张着呆呆地看着灵棚里的白蛇。杨木匠示意黑蛋别动，静静地看着白蛇。光线暗淡的灵棚里银光四射，光影在灵棚的棚壁上肆意辉映。扑面的凛冽之气，让人毛骨悚然。

大约过了半个时辰，一阵风过后，杨木匠和黑蛋一个激灵，灵棚里的大白蛇不见了。恍然如梦的一幕让两个人不停地使劲地揉眼睛，他们怎么也不敢相信，刚才他们看到的大白蛇，是真实的一幕。

后半夜，两个人完全没有了倦意。

两个人一夜没合眼，一直坐到天亮。

接班的人一来，杨木匠带着黑蛋找到了杨毛子，刚好我爸也在。两个人绘声绘色地讲了他们昨晚的见闻。我爸说，你俩没事儿吧？没事儿，赶紧回家睡觉去，我们说正事哩。

黑蛋说："是真的！"

我爸看看杨木匠，说："真的？"

杨木匠无声地点了点头。

杨毛子说，这就对了。

我爸说："啥就对啦？"

杨毛子说，听老辈人说过，当年滩子村的人在救郎庙，见过一条大白蛇。他们当时想从救郎庙的中门进去，可推开门一看，一条大白蛇盘在门槛内，蛇头高挺着，怪吓人的。退出中门后，求雨的人又从偏门进到庙内，结果一滴雨都没有取回来。后来这事传开了。说是救郎庙只有古城村的人能取回来雨，其他地方的人都求不到雨。那条大白蛇，就是当年的赵公变的。

我爸说："越说越玄乎了。"

杨木匠说："你说昨夜里那白蛇，就是救郎庙的白蛇？"

黑蛋怯怯地说："一百多里路哩，咋可能。"

杨毛子说："咋不可能。也就一阵风的事儿。"

杨木匠说："对，对，就是。一刮风，白蛇来了，再一刮风白蛇就不见了。"

我爸说："那……白蛇……来弄啥？"

杨毛子慢悠悠地说："许是给九娃送行的吧。"

黑蛋一跺脚，"呸呸"连啐了几口唾沫，说，太瘆人啦。杨毛子在一旁掐了半天的手指头说，择日不如撞日，今天就是个好日子。

我爸说，好，我这就去安排。

赵九娃的丧事基本上是生产队给办的。

丧事办得简朴而隆重。东村三个生产队的社员能来的都来了。赵九娃因为是二队的人，所以我爸让饲养组杀了一头猪，焖了两大锅小米饭，招待亲戚朋友和帮忙的社员。第一生产队的人过意不去，就自发抱来了一些芹菜、韭菜、大葱和一袋子白萝卜。这样大的事情，自然少不了赵魁。多年来，只要谁家过事，不论是红事，还是白事，赵魁肯定是第一个到，最后一个走。如果需要晚上值班，赵魁也是责无旁贷。即使自家着了火，他也不会撂下手里的活计。赵九娃的丧事，按贴在墙上的分工，赵魁协助天顺叔总管丧务。但实际上，他什么事情也做不了。最终，他成了天顺叔的一个跟屁虫。但赵魁有一点颇得总管放心，甚至是信任的，那就是负责督促帮工的人，做好自家分内的事情。总之，赵九娃的丧事办得格外顺利。古城大队的老支书派高瘸子送来了花圈。此举陡然提高了丧事的规格。王银海觉得很有面子，赵九娃老婆出殡路上的哭声也格外高亢、幽怨、悲恸，让不少看丧的人唏嘘不已，跟着流了不少眼泪。赵九娃的丧事从某种意义说，已经超出了原本的范畴，成为古城村人在今后一个时期内显摆的话题。

事后，赵九娃的老婆带着孩子给我爸磕了三个响头，要认我爸为干亲。我娘坚决不让。说我大命里冲犯了太岁，不宜认干亲。认了，对娃娃不好。我不知道我娘说的是真是假，反正，那天赵九娃的老婆带着遗憾走了。赵九娃老婆在村里的名声不是很好。我问我娘，我爸是不是冲犯了太岁？我娘没好气地说，是太岁冲犯了你爸。我一脸的迷茫。尽管我一时弄不清我娘的真实意思，但我猜想，也许我娘知道了我爸在河东和那个女人搞暧昧的事情。即使我娘不知道，自那以后，我爸在我心目中的高大形象似乎已经变了味。有时候，我爸越严肃，我心里就越讨厌。

从庙前村朝庙回来后，很长一段时间里，我都在有意无意地回避我爸，甚至没有主动和我爸说过一句话。但一想起那个给我爸披红的女人，我心里别扭的同时却会陡然想起那个晚上的月季。每次想起这些，我开始是厌恶，后来竟然也莫名其妙地有了向往的心思。有时候，一想起这些说不出口的事情，就感觉我的胸口里充满了胀气，心脏咚咚地乱跳。有一回，我和黑蛋聊起了这种事情，黑蛋说，女人天生就是让男人弄的。男人和女人就像土地和籽种的关系，谁也离不了谁。黑蛋脸皮厚，说这种事情的时候，就像嗑瓜子没有一点羞耻的意思。有一回，他无意间说起了月季的屁股和奶子，看他陶醉的样子，我从心里鄙夷他，但在茅房小便时却发现裤裆湿了一大片。打那以后，我让我娘给我做了条短裤。在我们村，很多人和我一样，成家前是不穿短裤的。这倒没啥丢人的。因为夏天在县河里浮水，我们都是光屁股下河。顶多在河底抓一把泥抹在鸡鸡上。但自从那次湿了裤裆后，我开始穿短裤了。

也就是从那时起，我陷入了手淫自慰的纠结。

为此，我被焦虑缠身。

我开始面目蜡黄。我娘以为我病了，带我去了几次医疗站。每次程大夫都会问我一些稀奇古怪的问题，但每次诊断的结果都一样：没事。我娘看我的脸色，没有好转的意思，着急了又带我去看了中医。这一回，老中医给我开了一副打虫的草药。我捏着鼻子喝了三天中药后，竟然真的拉出了几条像蚯蚓一样的虫子。

从那以后，我的饭量大增，脸色也开始红润起来。

杨毛子担心的事情还是发生了。我爸再次被免职了。大队转达公社免去我爸队长职务的理由有两条：第一条是带领社员取雨属于封建迷信活动，性质恶劣，影响很坏。第二条是，社员赵九娃的死亡属于非正常死亡，我爸负有不可推卸的责任。

免职通知是大队老支书宣布的。

一天早上，在杨家祠堂前，二队的近百名社员正等着队长派活。老支书从杨家祠堂走出来，身后跟着我爸、月季和高瘸子。老支书口头传达完公社的处理意见后，让高瘸子把一张事先写好的黄纸张贴在杨家祠堂的墙上。黄纸上，清清楚楚地写清了公社罢免我爸队长的理由，但告示的落款却是古城大队党支部。

社员们听罢，一下子炸了油锅。

不分青红皂白，动不动就免职。天顺叔提议，找公社曹书记说理去。话一落地，就得到了大家的赞同。杨木匠、黑蛋几个说，说个鸟理，咱就是不换队长，看谁还把咱屎咬了。赵魁说，老支书把大家的意见转达给曹书记……一时间，杨家祠堂前乱成了一锅粥。

老支书见状赶紧制止。可刚刚享受到喜雨的社员，哪里肯听他的话。他越制止，现场的秩序越乱。高瘸子一看支书的嗓子都哑了，就跳上旁边的一块石头，挥动着双臂大声喊道："再闹事，就叫派出所了。"

骚动的人群骤然安静下来，但也仅仅就是三五秒的事情。有人说，马槽里咋多出你一个驴嘴来。"打瘸子！"黑蛋的一嗓子，像酵母一样陡然唤醒了人群的愤怒。人群再度骚动。我站在人群的最后头，始终没有说一句话。我知道，此时此刻，用不着我吱声。即使我吱声，估计也没有人听我的。但我不说话，至少可以保留我最后的一点尊严。

我爸一把拉下站在石头上的高瘸子。落地后，高瘸子一个趔趄，差点儿摔倒。人群一片哄笑。"打瘸子！"黑蛋扑上来，抡起了拳头。人群潮水一样涌来。月季护着老支书退到了门内。这时，我爸上前一步，"扑通"一下给大家跪了下来。这一举动显然出乎意料。一堆刚刚点燃的柴火被一盆冰水瞬间浇了个透湿。人群顿时安静下来。我站在边缘，仿佛都能清楚地听到有几十颗心潮水一般剧烈地撞击胸口的声音。慢慢地，这种剧烈的撞击变得舒缓起来，由最初的点状，变成了线状。我知道，我爸的这一跪化解了一场骚乱。但不知道为啥，我内心却萌生了一种期待，期待人群骚乱。

其间，月季做了一件她应该做的事情。她走出大门，把我爸拉起来。她什么话也没有说，只是深情地瞅了眼我爸。这一眼的深情，在那一刻，也许只有我捕捉到了。我爸面无表情，但我从我爸这面无表情的表情里，也看到了埋在心底的柔情。

月季就是这样，再冷酷的男人，也会被她的似水柔情感化。对，没错。我喜欢月季，就是喜欢她春风化雨一般的柔情。我只能用喜欢，但我十分厌恶这份纯净的柔情，被胡章娃和赵魁一类人的亵渎。

有时候，我一个人在想，要是我们队上没有了月季，我还会不会留在村里。会不会一心一意地跟在那些抽旱烟卷、吃大蒜不剥皮的男人们的屁股后边，学习作为一名农民应该会的全部手艺。我不敢想象，我害怕这样的梦幻现实的破灭。因为我知道，怀有这种想法的人，至少还有黑蛋。换句话说，在我们队上，几乎所有的男人都幻想抱着月季睡觉，但因为军属的光环，吓退了大部分男人的邪念。

“谢谢大家。”我爸跳上石头，大声说，“我王银海不在乎这个芝麻官，我接受公社的处理意见。”人群又荡起一小股浪花，我爸顿了顿，接着说：“我已经是土埋到脖子上的人了，不管谁当这个队长，我都没意见。但有一点，也算是给乡亲们，给古城的老少爷们儿提个醒。不管到了啥时候，千万不敢怠慢了土地。我说句掏心窝子的话，当年咱跟着游击队闹革命，还不就是为了当土地的主人？今天我当着老支书的面把话撂这，谁要是糟蹋土地，我王银海第一个不答应。”

老支书听到这儿使劲地拍手，月季的眼角噙着泪花。天顺叔、杨木匠、黑蛋一言不发，呆呆地看着我爸。好像他们不认识眼前的这个农村汉子，头一回听他讲话一样，脸上挂满了惊诧后的潮红，就连寡言少语的程寡妇也为我爸的激情演讲，拍红了手掌。

人群由骚乱演变成了沸腾。本来一个沉重的议题，这一刻，却变成了一个誓师会。“还是那句老话，土地就是咱农民的命根子。谁要跟咱抢夺土地，咱就和他干仗！乡亲们，没有了土地……这世上，也就没了咱农民立足的地方啦。今天公社撤我的职，我认了，但我没有错。”我爸咽了一口唾沫，说，“还是老县长那句话，当官不为民做主，不如回家卖红薯。我说完了，散了吧。”

老支书犹豫了一下，但还是紧紧地握住了我爸的手。赵魁挤出人群，走到我爸跟前说，点子叔，你就是被免了，我也认你这个队长。老支书瞥了赵魁一眼说，魁娃，你少在这儿添乱。赵魁说，我，我啥时候，添，添，添乱啦。一着急就结巴的赵魁，惹得大伙“哄”的一声笑了。

七月的乡村，满眼碧绿。古城村有一个传统，大凡房前屋后只要有一块空闲的土地，大家都会种上一溜南瓜或者黄花菜。要是地方太小，也会被勤快的主人栽上几棵茄子、辣椒，抑或黄瓜、西红柿之类的时令蔬菜。所以，七月是乡村最具生机和休闲的季节。几乎所有的庄稼和植物都处在生长期，无论是多半人高的玉米，还是各类瓜果蔬菜，它们或者拔苗，或者扬花，弄得整个村子都弥漫着一种青涩的味道。这种苦中带涩的气息，其实就是植物生长的味道。

我喜欢一个人晌午或者傍晚时分在田间地头的土路上瞎逛。为此，杨木匠笑话说，我是洋学生回家图新鲜哩！我不以为然。至少，我不会像他们那样浑浑噩噩、懵里懵懂，甚至稀里糊涂地过一辈子。奇怪哩，我就是喜欢闻土地的味道。喜欢触摸植物的绿蔓上的茸芽芽，扎扎的，像小时候摸我爸的下巴，痒痒的，但不会伤害我的手。尤其是那些粗壮的绿蔓散发出的青涩味道让我陶醉。有时候，晌午歇息的时候，独自躺在玉米地里享受那青涩味道给我的熏陶，烦乱的心思就会消失得无影无踪，像地里一群忙碌而有序的蚂蚁坦然而充实。这种快乐是无法言传的自足。

我能感受到我爸对我的期望。刚回到村里的时候，他希望我像杨毛子一样，成为一名能给猪、鸡、羊，甚至牲口看病、治疗的兽医。后来，看我对兽医不是很感兴趣，就希望我成为一个务农的全欢把式。尽管农业社的境况远不如从前，但我对务农，却表现出了异乎寻常的热情。

天顺叔不止一次地说过:不要小看天赐这货，是一块好料。是一块做啥的好料，天顺叔没说。我在家排行老小，我娘希望我能出息成一个公家人。我上大学没了希望，我哥倒是招工进了煤矿，但却因为一辆自行车被判了刑，给全家人丢了脸，抹了黑。所以，从那以后我爸我娘就不再提招工吃皇粮的事情了。因为二哥，招工一词几乎成了我们家里的禁忌。

对于那些一门心思想让儿女变成公家人的大人们而言，我心无旁骛地扎根农村，热爱土地的味道，成天价乐呵呵地无异于一个十足的傻子。傻子，有傻子的好处。没有人跟你计较，没有人算计你，相反，男人、女人不分老幼，都喜欢和我说话，和我搭工，都愿意把自己务农的绝活传授给我。如你所料，没几年工夫，我在村子里站住了脚跟，成了村子里少有的务农全欢把式。

夏阳县的地理面貌大致是这样一个格局:七山一水二分田。就这二分田，基本上都在县南。“南敦稼穑，北尚服贾。”明朝万历年间修编的《夏阳县志》就是这样概述夏阳县域经济格局的。打我记事起，媒婆说亲，给女方介绍男方时，除了要看男方家里的房子，就是小伙子本人的情况了。在农村衡量一个男人，是否正派能干，唯一的标准就是看你是不是一个勤于精于务农的好手。不是吹牛，在年轻一拨里边，我的手艺算拔尖的。就是在老一辈人口中，我也是有口皆碑的好把式。地里头的犁、耱、耙、翻等样样精通，摇耧、碾场、扬麦、赶马车样样拿手。尤其给我添彩加分的是每年的驯服牲口。这种活儿，在村里算是个老虎活。一般人不愿干，也干不了。当然啦，排一匹马的工分，至少要算十个工哩。应该说，最初是这种诱惑让我喜欢上了驯服牲口这事儿。要说复杂也不难，关键是要有足够的胆量和耐心。牛马这畜生也不是没有一点灵性。它认人哩。自从我学会了驯服牲口，队里每年排牲口，似乎都成了我的事情。

村里把驯服牲口叫排马，或者排牛娃子。

相比而言，牛娃子要好排一些，但也不省心。有两个环节是关键：一个是给牛娃子戴刹环。一个是套犁。戴刹环，就是要在牛鼻子上穿孔，然后戴一个铁环。鼻孔要是穿得不正，会影响牛犁地、拉耱的方向感。说白了，就是容易跑偏。一个牛娃子要是排不顺，就把牛这一辈子给毁了。在村里，干不了农活的牛的下场是很悲惨的。生产队是不会白养一头牛的，只能送到锅上——把牛卖给城里的人杀了卖肉。

排牛娃子需要性子孱的人。我是个急性子，队上就派天顺叔配合我。但天顺叔手软，怕见血，所以每次都是我弄。牛娃子长到一岁时，饲养员先给牛娃子的脖子上绑一根短绳，让光身子疯跑了一年的牛娃子适应一段时间。然后，选一个逢六的日子，太阳出来前开始驯服。就是每月的初六、十六、二十六都可以。为啥排牲口，要选逢六的日子，我没有深究过。我想大概是取顺溜的意思吧。那天，必须赶在所有牲口出圈前，在饲养组的牲口圈内，用硬饲料把牛娃子引到粪场上，然后把牛娃子的脖子牢牢地绑在木柱子上。失去自由的牛娃子自然会拼命挣扎，像一个被惯养的娃娃，撒娇，哭闹。其间，我会站在旁边不停地和它说话，恩威并举，但这一阶段仅限于言语，千万不能动鞭子。牛娃子，需要引导。我说过了，别看是牲口，它们是有灵性的。你必须心平气和地，用平等的心态与它们交流，耐心地用言语引导它们。让它们在一周内熟悉并掌握人们驾驭它们的语言。譬如:嘚，是前行。喔，是左行。咦，是右行。喂，是停止的意思。等到牛娃子把自己折腾得筋疲力尽以后，我才会走到跟前，边安抚边用胳膊遮挡住牛娃子的眼睛，用准备好的木棍以迅雷不及掩耳的速度刺穿牛娃子的两个鼻孔间的息肉。

木棍是我娘纺线用的老木帖。两头细尖，中间稍粗。这种木帖一般都是用铁梨木做的。时间一长，黑油发亮，像铁棍一样坚硬光滑，用老木帖穿牛鼻子不容易感染皮肤。当然，现在很多人家嫌木帖制作麻烦，都用铁棍代替铁梨木了。不等牛娃子再挣扎，我就把消过毒的铁刹环套在了牛鼻子上。戴了刹环的牛娃子需要几天适应。一开始，它会在木柱子上或者墙壁上磨蹭，企图蹭掉刹环，但一使劲磨蹭，它就会感到疼痛。所以，大约需要三天的时间，就可以套犁下地了。

找一块留茬地套上犁，还需要在刹环上系两条绳子。我扶犁把，天顺叔和一个饲养员走在两侧各拉一条绳子，牵着牛鼻子慢慢犁地。刚开始，初次套上犁具的牛娃子要么横冲直撞，要么拽着不动弹。这个时候，除了言语上的呵斥，还需要皮鞭的配合。经过一番耐心和意志的比拼，用不了两天，性子再烈的牛娃子也会回心转意服从我的指挥，最终成为一头合格的牛。

排高脚的危险性，要比牛娃子大许多。

就说排马吧。

马驹满一岁就可以驯服了。控制马的唯一手段就是戴在嘴里的铁叉子。排马首先要过套车关。刚开始，要把一匹幼马套到马车的辕内，可不是一件容易的事情。要给马脖子上套拥脖子，就需要先搭声，轻轻地抚摩马的额头，然后跟马说话。套好拥脖子，一般也需要一两天的适应。套马车的时候，同样需要选择一块开阔的地方。一个人肯定不行，需要两个人配合。指挥幼马倒退着进到车辕内，边和马交流说着话边把马鞍搭在马背上的同时，要在第一时间压下车辕，扣上后鞧，在幼马剧烈反抗前完成一系列的动作。

就是这样几个简单的动作，一般马儿至少需要反复十几次，甚至几十次才能完成。要是遇到性子刚烈的马，没有几天时间的反复操练，马车是套不上的。排马的难度还在后边。一旦给马套上了车，性情再温和的马都会被惊起，都会前尥后踢甚至咬人，都会甩开四蹄拉着装满土的马车毫无章法地疯狂奔跑。这个时候，皮鞭和言语交流毫无用处，只有站在车辕上牵着缰绳，任由马性左突右撞，甚至收起前蹄站立起来。这个时候千万不能惊慌，必须再用缰绳的松紧，慢慢地控制马车的速度。同时，还要使用规范的驾车口令，训导马儿。缰绳太紧了，马儿会悬空把我撂下车。缰绳太松了，马儿会低头随意转弯，会发生翻车事故。驾驭马车的口令基本上与排牛娃子的一样。不同的是，马车前行，用的口令是：驾！倒车的口令是：稍！

排马的危险性很大，但我倒觉得得心应手，不像人们说的可怕。再烈的牲口，到了我的手里都很乖，都很听话。天顺叔看我驯服牲口后，对我爸说，天赐这𡥧娃懂牲口的话，身上有一股奇特的味道，牲口一闻这味道就老实了。屁话，都是扯淡。照他们的说法，我不成牲口了？要说体会，我觉得吧，牲口既然是动物，那它就通灵性，像狗一样，你只要爱它们，它们就会听你的话。我敢说，不爱牲口的农民，不是一个好农民。

道理简单得很，你不爱它们，它们咋会听你招呼哩？

程玉喜现在是队长。

本来赵魁一心想当队长，但社员们在最后却选择了程玉喜。玉喜当过民办教师，有文化，能说会道，社员希望他能给大家带来福祉。刚开始，赵魁心里不服气，到处说程玉喜的坏话。可不到一个月，他就像从前那样成了队长的跟屁虫。程玉喜不睡觉，他不回家。见天守在队长家里，嘴上说是队长的旱烟叶子好，其实呀，骨子里就是想偷奸耍滑，不想下地出工，还想混个满工分。

我爸卸任后，大队老支书提议，让我爸当上了生产队的仓库保管员。对老支书的好意，我爸开始还有些逆反，觉得老支书这是在和稀泥哩，但最终还是被新任队长所感动。程玉喜在半月里五次到我家里来，要我爸接替顶劳伯当仓库保管员。

人经事，才能成熟起来。

我开始同情我爸，但我不知道怎样表达我的意思。我爸当了仓库保管员以后，话明显比以前少了许多。因为工作性质，他也很少到饲养组去闲聊。有一天，我突然发现，我爸走路时，开始驼背了。但我爸从来不服老。每天早起晚归，像士兵一样坚守在仓库。一个人坐在一张破旧的三斗抽屉前，发呆，或者听广播。有几次天顺叔、杨木匠想找我爸闲聊，都被我爸婉拒了。我爸说，天黑了来我屋喝茶、抽烟，管饱。很简单，我爸是嫌人说闲话。仓库不像饲养组，啥人都能来。我笑我爸，我爸给我娘说老人说得好：瓜地不提鞋，桃园不摘帽。我说人家是李子树。我爸说，李子、桃子，还不都一个样。说白了，我爸弄啥事都爱较真。

队上的仓库就设在杨家祠堂，和队部进出一个大门。队部占了杨家祠堂的两间北厢房，一间用作办公，一间成了会议室。剩余的五间门房和高大宽敞的东上房，都成了队上的仓库。门房仓库里，有两个一丈多高的粮囤，囤里全是麦子。沿墙壁蹲着三十多个半人高的瓮，瓮里盛满了自产的棉籽油。东上房里储存的全是玉米和黄豆。这些存储的粮油都是队里应急备用的物资。

顶劳伯原先是保管员。我爸接手后，顶老伯被派到寨子坡那个饲养组去了。老汉临走前，给我爸说了一句意味深长的话：银海呀，你不是当保管员的料。想想，我爸多要强呀，但他没有反驳顶劳伯，只是对着离去的背影苦笑了一下。

头一天进库房，我爸差点背过气去。长时间不通风，满房子的霉味刺激得人直恶心。“多长时间没开门啦。”我爸找来凳子，一一打开库房的十几个窗子，敞开大门，甚至还找来了一台手摇鼓风机，蹲在地上对着大门使劲地摇啊摇，直到摇断了手把，才一屁股瘫在地上。今年的麦子几乎绝收，秋粮还没有下来。我爸知道，队上至少有一半的人家揭不开锅了。这些储存的粮食，下半年就是社员的救命粮呀。真是作孽哩。多亏今年雨水稀罕，不然的话，麦子早霉了。想到这些，我爸就觉得心疼。

连续通了三天的风，库房内的霉味淡了。但我爸又发现仓库的墙角、粮囤上到处是密密麻麻的老鼠屎。墙角的老鼠屎好收拾，可要清理粮囤里的老鼠屎，麻烦就大了。队长说，给你派两个妇女帮忙吧，我爸说不要。那咋弄？老鼠屎我慢慢捡。你给我逮一只猫吧。队长说，成。说话间，我爸爬到高高的粮囤上，开始翻捡已经掺和到麦子里的老鼠屎。队长见状，说你慢些可不敢栽倒了。出门时，队长说，明天让月季来，也好有个帮手。

我爸没吱声。

第二天一大早，月季推开杨家祠堂大门的时候，我爸刚蹲在抱亭底下点着一根卷烟，我爸眯着眼睛慢慢地吞吐烟雾。“点子叔，早啊。”月季边关门边说。月季说话的声音不大，刚好让对方听到，仿佛一个高超的裁缝，制作一件罩衣精准无误，不浪费一丁点儿衣料。月季就是这样。说话的声音还是那么轻柔婉转，不用看，就能想象得到月季面带微笑的温暖与诱惑。

我爸说："来啦。"

月季说："来啦。"

我爸说："你不是到部队上去了嘛。"

月季说："前天回来的。"

我爸说："成家有些年了，也该有个孩子啦。"

月季说："……人家不想要……唉，我觉得……一个人……挺好的。"

我爸说："憨憨娃哩。"

月季沉默了。

我爸自顾自地抽烟，也不说话。宁静的杨家祠堂的院落里，只有烟火燃烧卷纸时发出持续的吱吱的声响。月季眼圈发红，低头不语。这时，太阳越过高大的建筑，把早晨的第一缕阳光投射在杨家祠堂抱亭的红柱子上。

显然，我爸今天的心情超好。在月季来之前，他已经把杨家祠堂院井的犄角旮旯清扫得干干净净，就连抱亭的木连椅也用抹布抹了一遍。这些正常却有些怪异的行为让我爸多少有些忐忑。仔细一想，这些年还是头一回单独和月季在一块。想到这儿，我爸的心跳明显加快。他为了掩饰自己的失态，幽幽地说："也没有多少活，就是老鼠屎太多啦。"月季宛然一笑，又恢复了以往的神态："你说弄啥，就弄啥。"粮囤一头带有自备的木梯，月季说，我先上。月季没有生过娃，身材还像个姑娘。粮囤的木梯第一格离地高，月季努力了两次，都没有成功。"帮我一下呀。"我爸上前轻轻地掐住月季的腰，刚想发力，觉得月季的身子像一团柔软的气囊，两只手又加了一成力气。月季却"扑哧"一声笑了，细声说："哎呀，笨死啦。捉屁股呀。"我爸犹豫了一下，眼睛一闭，抱起月季又圆又大的屁股，把月季推上了木梯。

丈二高的粮囤有两张炕席大。麦子离囤沿没有半拃高就满囤了。站在囤上，麦子埋住了脚踝。干黑的老鼠屎掺和在麦子里密密麻麻，看得人头晕。这时，月季一声惊魂的尖叫——一只老鼠从月季脚底的麦子里钻出来，翻过粮囤，"嘭"的一下掉在了地上，然后摇摇晃晃地逃离。我爸还在惊讶时，月季已经扑在我爸的怀里，惯性让两个人歪倒在粮囤上。我爸被月季抱得紧紧的。说不清是惊吓，还是紧张，将要窒息的一刹那，我爸的嘴被月季发烫的嘴严严实实地堵住了。失去思维，失去理性，失去时间，失去自我的两个人，也不言语，很快扭在了一起。

我推开杨家祠堂的大门时，月季正要出门。看见我，月季有些意外。她宛然一笑，算是和我打了招呼，我侧身进门，她与我擦肩而过，留下一缕淡淡的雪花膏的味道。回到家，我爸闷声吃了碗酸菜玉米面搅团，躺在门道的凉席上午休。面对我爸，我有一种犯罪的惶恐。尽管我无意间撞上了我爸与月季的偷情，但我却恨不起来我爸的放纵。我娘说，你给玉喜说一声，再给咱弄些返销粮。我爸沉思了好大一会儿才说，你先借点吧……这年景，揭不开锅的人多哩。我娘说，唉，这日子啥时候是个头呀。我爸乜斜了我娘一眼，说不要哭丧个脸，娃娃都看着哩。我娘怯怯地说，你能不能从库房……“放屁！亏你想得出来。”我娘的话还没有说完，就被我爸一斧头斫断了。我娘没敢再吱声，起身到黢黑的灶房里拾掇锅灶去了。

在我家，我娘每顿饭，都是等我们吃上了才开始端碗。有几次我看到，我娘的碗里，要不就盛一个碗底的饭，要不就是半碗稀汤。即使吃玉米面搅团，我娘也总是说，锅底的锅巴养胃。眼下，最让我娘操心的就是一家几口人每天的口粮。尽管如此，我娘对这苦楚的日子依然信心满满，对每一顿饭都投入了十分的感情，对每一粒粮食都充满由衷的敬意。也许因为我娘无怨无悔的付出，我家拮据的日子并没有显得十分的寒酸与悲怆。相反，这些被某些人夸张的乡村生活，不仅没有熄灭我对农村的热情，倒是给我眷恋脚下这块土地留下了无限遐想的空间。

第二天，我爸和月季正在粮囤上捡老鼠屎，队长程玉喜抱来了一只狸花猫。一进门，那只硕大的狸花猫喵地叫了一声，从队长手里挣脱，跑到粮囤后边去了。“这猫是借下的，先用着。等生下猫娃了，人家答应送咱一个。”我爸瞥了一眼那猫的身影，嗯了一声，算是对程玉喜的应答。

月季抬头说，“谁家的猫啊？恁肥。”

程玉喜看到月季满脸通红，说：“李家湾的。就是章娃他伯屋的。咋，厦子底下还恁热呀。”

我爸说：“今天入伏三天了，咋能不热哩。”

程玉喜说：“又不是在阳坡里，我看这屋里凉快着哩。”

月季低头说：“这库里不通风……太闷……”

程玉喜说：“噢……对了，明天公社开公判大会。你俩就不去啦，在家守着……曹书记点名要我去呢，我思摸这回恐怕有老黑哩。”

我爸突然说：“我也去。”

公判大会会场设在芝川初中的操场上。偌大的观礼台被临时改成了主席台，台前预留出了一长溜空地。平坦宽阔的操场上，公社武装部长指挥临时抽调的基干民兵用白石灰划出了若干个规整的长方块。操场入口、主席台，以及周边一带几乎是三步一岗，五步一哨，布满了戴红色臂章背长枪的民兵。这些从各个大队临时抽调的基干民兵天不亮就已经到位了。主席台两侧和操场四个角，都架有一个银灰色的高音喇叭。操场围墙上，贴满了五颜六色的宣传标语。从早上八点开始，操场上的高音喇叭就开始反复播放歌曲《大海航行靠舵手》。学校为了配合这次公判大会，停了课，早早地组织师生坐在了主席台正前方的一个方框里。看看时间还早，班级之间拉起了歌。一时间，高音喇叭声、学生的拉歌声、群众的喧嚣声，此起彼伏，嘈杂纷繁，随着操场上的尘土一起在天空激荡回旋。

整个操场都在喧嚣中战栗。

我和黑蛋走进会场时，大部分用白石灰画的方框里，都堆满了灰蒙蒙的人群。我俩找了一块有阴凉的地方，脱下一只鞋，坐了下来，一边抽着旱烟，一边静静地等待大会的开始。黑蛋一直情绪不高，我知道他心里的担忧。他本来不想来，是我怂恿他来的。该来的总是会来的，该面对的是回避不了的。我拿我二哥说事，让他学会超脱，蔑视世俗，努力把坏事变成好事。我这样说，黑蛋就急了，憋红了脸，说："狗屁，都成杀人犯啦，咋变成好事哩？你净糊弄我。"

我说："杀人犯咋啦？咱杀的是坏人。"

黑蛋欲说无语，愣愣地看着我。

"富农不偷挪界石，不破坏你屋的豆苗，你大会斫死他？"我接着说，"以我看，你大没错。就应该判狗日的赵富仓一个破坏庄稼罪。"

黑蛋沉默无语，脸蛋上挂着泪痕。他见我看他，用衣服袖子一抹脸，低声说："你说……会不会……枪毙我大……"不会，我不假思索地说道。

说完后，我也是一脸的迷茫。黑老四会不会被枪毙，我说了不算。我之所以这样讲，主要给黑蛋宽心。我知道，这个时候黑蛋最需要安慰，哪怕我满嘴胡言乱语，他也不会责怪我的。在古城大队，黑蛋是我唯一一个可以说心里话的人。我在心里把他当作朋友，我想黑蛋想的应该和我一样。

作为他的朋友，我有责任安慰他。

我说："走，咱俩到街道里逛逛去。"

"不了，我想看一下我大。"话刚出口，黑蛋已是泪流满面，肩膀也开始剧烈抽缩。我心软，见不得人哭，尤其是见不得男人哭。我边用手擦眼睛边轻拍黑蛋的肩膀。此时此刻，我觉得世界上任何言语都是苍白无力的。我能想象得到，此刻黑蛋的心里有多么凄惨。在他无声的悲恸里，一定糅合着痛苦、忐忑、困惑、无助、难堪，甚至绝望。想起二哥被捕时的情景，我紧紧地握住了黑蛋的手。那一刻，我能感受到黑蛋的身体在剧烈地痉挛。此刻的黑蛋，像一只折翼的白鸽，无助的情绪像阴霾一样，一层一层地包裹着这个孤独但要强的年轻人。

父亲被逮，姐姐私奔，让一个本就拮据的家庭几乎陷入家破人亡的绝境。命运之神给黑蛋带来的除了羞辱，还是羞辱。我想帮助黑蛋，但我一时却找不到好的办法帮助我的朋友走出羞辱的阴霾，走出歧视的阴霾，走向自我救赎、自我疗伤的道路。

我感到了一种无形的力量，这种无形的力量让我感到了窒息，这种窒息融合着泥土的芬芳，又让我心甘情愿地接受，甚至服从。我知道，这种力量来自我脚下的这片土地。

上午十点，公判大会开始。

静场几秒钟后，高音喇叭开始广播。一个人歇斯底里地喊道:押犯罪分子入场。紧接着，从主席台一侧，快步走出一队由公安干警持枪看护的犯罪分子。十几个犯罪分子一字排开面向群众，低头站立在主席台前。每个人的胸前都挂一个木牌，上边写着他所犯的罪行和名字。几千人的会场顿时骚动起来，像风刮过的鱼塘，一个涟漪刚消散，一个涟漪又起。喇叭里，另一个歇斯底里的声音开始宣布判决书。每宣布一个人的罪行，就会有两个公安干警扑上去摁倒犯人，一人一条胳膊，快速缠绕，也就十几秒的事情，就完成了逮捕令。被五花大绑的犯人，这个时候只能叉腿猫腰面对正义的人群了。

喇叭里每宣布一个犯人的罪行，会场就会掀起一阵骚动。绑完人，人群又会安静下来。人们在等待宣布下一个犯人的罪行。大部分犯人，在会场里都有熟悉的人。所以，遇到熟悉的犯人，坐在操场上的人，自然会议论纷纷，莫衷一是。有惋惜，有痛恨，也有同情的人。黑蛋他大，排在第五个。自从犯人进了场，黑蛋一直站在人群的后边。他看不清他大的脸，但他一眼就认出了他大。

那天宣判的犯人，没有一个死刑犯。

轮到宣判他大的时候，黑蛋再次伤心地哭了。旁边的人都用奇怪的眼神看他。谢天谢地，他大被判了个无期。黑蛋说，赐娃你说得对，我大死不了啦。

从此，黑蛋成了我的铁杆。

第九章

这年入秋，天赐被生产队派到铁厂去搞副业，一块去的，还有天顺、黑蛋和赵九娃的老婆巧珍。两挂马车，四个人。临出门，队长程玉喜指派天赐为生产队副业队队长。巧珍专职做饭，负责几个人的一日三餐。队上每人每天补贴一斤粮，每月每人补贴半斤油。

程玉喜给社员承诺，当年年底家家户户都要分红。社员要求不高，眼下一个工值九分钱，辛辛苦苦干一年，年底连给生产队的都不够，就别说分红了。连年干旱，粮食歉收。眼瞅着大家的日子一天紧似一天，但程玉喜对外出寻找出路还是心存顾虑的。弄不好，就会像天赐他爸那样被免职，甚至批斗。那天，程玉喜蹲在仓库的门槛上，一连叹了三声。他被纠结缠身，一刻也不得安宁。向老队长请教，却让王银海一度陷入了伤感之中。连着抽完三锅子旱烟，王银海盯着玉喜足足看了半袋烟工夫，然后如释重负地说，现在不比前些年啦，公社也是睁一只眼闭一只眼，不再喊着剁资本主义的尾巴了；更没有人上纲上线，说搞副业就是搞修正主义，就是反对社会主义建设；也不会有被判为现反的危险了。对往事，王银海很坦然。对也罢，错也罢，功也罢，过也罢，早晚都会成为过往云烟。只要问心无愧，一门心思给集体着想，夜里就不怕鬼敲门。即使吃了空柿子，也不怕肚子疼。

尽管道理程玉喜都知道，但他还是打心眼里敬佩王银海的胆识。当年王银海当队长的时候，偷偷地派人到铁厂拉石头，搞了半年副业，年底社员的工值从八分钱一下子涨到了七毛二。除了五保户，家家都有了分红。那一年，二队的社员可以说户户过了一个好年。但代价自然不小:公社通报批评了古城大队，老支书写了检查，王银海被撤了职。程玉喜原想给公社曹书记汇报一下，但最终没有汇报，是因为听了大队老支书的建议，才下定了决心派人外出搞副业的。

夏阳铁厂，在县城北部的黄河边，离县城大约三十里路。采矿区在十五里外的一条山沟里，沟叫杨家沟。副业队就驻扎在沟坡上的一个山村。山村叫杨家岭，只有五户人家。据说，祖上都是从河南来的难民。沟不大，最宽的地方也不过一里路的样子。沟里阳坡上，长满了茂盛的灌木丛。阴坡上，是一簇一簇的洋槐树。沟底有一条没有名字的小溪流，悄然流向山外。

几十年前，铁厂开矿石的爆破声彻底打破了杨家沟的宁静。

现在的杨家岭村已经成了一个热闹的小镇。有饭馆，有澡堂，有商铺，有车马店。经营这些门店的人大部分都是外来户。杨家岭的人不善经商，也没有经济头脑，最多只是做一些山货交易。譬如把一些自采蘑菇、猎杀的野鸡之类的山货卖给饭馆，或者与进山拉矿石的司机交换一些衣物和生活用品。天赐他们就租住在一个车马店里。三间房，一个月三十块钱。马车和马免费停放。

车马店离采矿区也就一里地，出门转个弯就到了。住在车马店的人都是来拉矿石的农民。天赐每天五点起床，到采矿区排队领票、装矿石，然后把矿石送到五里外的沟口。顺当了，一天能跑六趟。碰到下雨天，他们只能窝在屋子里发呆。因为铁厂的采矿点很多，都分散在方圆几十里山区。所以，铁厂的原料只有靠这些来自农村的马车把矿石从若干个山沟里源源不断地拉出来，汇聚在某个方便通车的料场。然后，再用汽车把这些矿石拉到黄河边的厂区。

杨家岭是个老料场。在这里拉矿石的马车少说也有三十几辆。一辆马车，一般情况下，一天挣三百元到五百元不等。这跟马车的大小和马的好坏以及每天跑的次数有直接的关系。后来，天赐得知他爸多年前就在杨家沟料场拉矿石，就住在他现在租住的这个车马店里。但天赐没有把话说透，他有意隐瞒了他和王银海的关系。

其实，老板也不知道他爸的名字。只知道他爸姓王，是古城人而已。

刚开了半个月的工，就下雨了。天顺建议天赐把一天三顿饭，改成了早晚两顿：“不出工，成天窝在屋里，吃多了都消化不了。”天赐没意见，可黑蛋的嘴就少不了嘟囔。黑蛋饭量大，夜里常常被饿醒。每顿饭，巧珍只吃半碗，把余下的都匀给了黑蛋。一顿吃一个半人的饭，黑蛋才勉强能吃饱肚子。不出工，黑蛋没事儿，就窝在巧珍的屋里，帮巧珍挑水、劈柴火。天顺瞌睡多，只要不出工，就是半躺在床头睡觉。天顺年纪大，主要是照料牲口和维修马车，有时候也到料场帮忙。

雨已经下了三天了。看样子，没有立马要停的意思。淅淅沥沥的一会儿大，一会儿小。雨的大小，天赐是根据四周雨滴落在灌木丛、野草和树叶上的回声判断的。山里的雨天和川道里不一样。川道里的雨天是混沌的，容易让人腻烦，但在大山里听雨是一种享受。因为四周的远山近峰，高低不同，山上的植被也同样是错落有致。所以，无论雨滴大小，传到耳朵里的声音同样是有高有低，有强有弱，有远有近，有大有小，像音乐一样好听。山里的雨天，大部分时间都是通透的，散发着植物清新的气息，甚至充满了诱惑人的神秘感。现在，天赐就坐在车马店一间马厩的石槽上，独自享受这场持续的秋雨交响乐。置身其中，他觉得自己被雨水一层一层地浸透，一遍一遍过滤，大脑一片清爽，胸口在被一种无形的力量不断填充、膨胀着。劳作的疲惫，往日的烦心事儿早随着雨水流走了。

两匹骒马在安静地吃着草料。枣红色的骒马，今年三岁。黑色骒马两岁。当年都是天赐排的。此刻，这两匹马有天赐陪着，都显得很安详，悠闲地甩着尾巴，偶然打一个响鼻。它们有一搭没一搭地吃着石槽里的麦草，并非饥饿所迫，而是在打发这无聊的雨天。天赐看看天色，天空无边无际，连一片杂质都没有，澄明里孕育着一线橙色的云霞。走出马厩，天赐沿车马店墙边的一条小路向旁边的岔沟走去。天空已经变蓝，但还在飘洒着蒙蒙细雨。小路弯弯曲曲，若隐若现，像一条蛇隐没在山坡的草丛里。没走多远，天赐的裤腿、鞋就被打湿了。他手里的搅料棍变成了他的拐杖。翻过一道梁，天赐掏出衣兜里的扎丝，开始在某个路边下套。尽管天下着雨，但他从潮湿的路面上，仍然能准确分辨出哪些是羊蹄留下的痕迹，哪些是狗爪留下的痕迹，哪些是野兔留下的痕迹。

套兔子，关键是下套。

有年秋天，天赐跟着他爸进过一次禹山。傍晚他爸把一根细细的铁丝，一头缠绕在某个土路旁的荆棘上，一头编一个小碗大小的活扣，耸立着。这样的铁丝圈，天赐爸一共下了十几个。天赐说，能套下兔子吗？他爸说，能。

翌日，天不亮天赐就被他爸唤醒。他懵里懵懂地跟着他爸，沿着昨天下套的路线，又走了一遍。丢了三个套子，他爸补下了几个套子。他爸说，兔子被别人捡走了。一旦兔子被套住了，是走不脱的。它越朝前使劲，套子会收得越紧。天赐一看铁丝没了，觉得他爸说得有理。余下的套子都在，但没有套下一只兔子。头一天失手，多少让王银海有些郁闷。第二天，鸡叫两遍，天赐隐约感到他爸出了门。也许是由于太早，王银海没有叫醒天赐。天赐醒来时，他爸正坐在屋门槛上抽烟。

天赐说："爸，今天咋样？"

王银海回过头，一脸的狡黠，说："你猜。"

天赐说："逮住一个。"

王银海摇摇头，说："不对，再猜。"

天赐说："两个。"

王银海只顾抽烟，使劲地咳嗽。这时，天赐觉得炕边的尿素袋，发出扑通扑通的声响。走过去打开一看，哇！天赐两眼瞪得像电灯泡子。袋子里竟然拥挤地囚禁着五只野兔。在咚咚的心跳中，天赐重新扎住了袋子。

天赐说："爸，今天下了多少套子。"

王银海说："一个没下。"

天赐说：“咋啦？”

王银海一脸困惑，天赐心跳了一下，以为出了啥事儿。刚想追问，他爸幽幽地说：“兔子，也是一条命呀。”原来，王银海收套子时，有一只兔子特别惊恐。他用手一摸，知道兔子快下兔娃了，心一软，就放了那只野兔。

回到车马店的时候，雨已经停了，但天赐的身上已经湿透了。天顺还靠在床头酣睡。天赐悄然换上干衣服，抱起湿衣服朝巧珍的屋子走去。门虚掩着，上了台阶，天赐刚想推门，却从门缝里瞅见黑蛋和巧珍抱在一起亲嘴，赶紧退到一边，背靠在墙上，心“咚咚咚”地跳个不停。尽管这样的事，天赐在心里早已见怪不怪，但遭遇这样的场景，依然让这个血气方刚，正值青春期的农村青年窘迫不已，仿佛在屋里缠绵的不是黑蛋而是自己。车马店的老董抱着一抱干柴火从身边经过，他也没有回应老董的招呼。此刻，空旷的车马店静得出奇，连一声鸟叫，一声虫鸣都没有。唯有从虚掩的门缝里，传来一阵又一阵粗重的喘息和两个人梦呓一般的言语。

干柴遇烈火，不燃才怪哩。一个男人死了快两年了，一个从没尝过女人味道的大小伙子，也难怪。何况巧珍刚四十出头，孩子也大了，寂寞与孤独可想而知。想要再找个合适的男人，也不是件容易的事情。黑蛋是天赐的朋友，他甚至比黑蛋自己还要了解黑蛋。他大受法了，无期徒刑，实际上比枪毙好不了多少。一辈子坐班房回不了家。他姐姐黑娥跟着要灯影戏的人跑了，丢人不说，几年了，音信全无，死活不知。黑蛋今年也三十了，三间破屋，家里穷得叮当响，连一件像样的家当都没有，但黑蛋为人憨厚、善良，除了能下死力气没别的长处。想想看，谁家愿意把女子往火坑里推。天赐想，要是巧珍再年轻上几岁，他俩在一块，倒是挺合适的。

天赐把湿衣服轻轻搭在台阶上，坐在一边，点燃了一支卷烟。猛不丁一口烟进了气管，天赐咳嗽了一下，忙用手捂住了嘴巴，硬是把一大口烟雾吞下了肚子。

很快，巧珍的门吱呀一声，拉开了一道缝。一会儿，黑蛋走了出来。见天赐一个人坐在台阶上抽烟，黑蛋走过来，在天赐身边坐了下来。

黑蛋搔了搔头，说：“雨停啦。”

天赐继续看着马厩，说：“停啦。”

黑蛋看见天赐的那一刻，还在犹豫是径直回到屋子还是走过去，坐在天赐的身边。从巧珍的门口走向天赐身边的几秒钟内，他心里猜想天赐一定知道了他在巧珍屋里所干的事情。带着尴尬，黑蛋硬着头皮还是坐在了天赐的身边。为了表明自己的镇定，黑蛋没话找话。听天赐的口气，似乎没有和自己继续说话的兴趣。黑蛋想也没想，伸手抢过了天赐手里的半截子烟卷。

天赐微笑着，扭头看了一眼黑蛋，没说啥。

黑蛋对天赐，又像是自言自语地说："待在山里头真好。不吵，不热，到处都是绿的，真美。"

已经过了晌午，天赐双臂后撑仰望天空，淡蓝色的天幕开始有了白色的云层。在云层的边缘，竟然洇出了一个金色的边框。一会儿，那道金色的边框扩散成了一大片越来越红的火烧云。太阳露了一个脸，又躲到云层后边去了。耸立的山巅倏忽间变成了一个巨大的剪影，像一把问天长剑突兀地从天赐的身后挺起。

黑蛋说，这山里的天像婆娘的脸，一会儿阴，一会儿晴的，让人捉摸不透。天赐说，这次出来你还学会骚情啦，变化不小呀。黑蛋说，屎，这叫啥骚情。你没见过女人骚情，那才叫骚哩。黑蛋似乎还沉浸在刚才的情境里没有出来。这让天赐再一次笃信，男人只有尝过了女人的味道，才能成长为一个真正的男人。否则，那充其量也不过是一个愣头愣脑的毛头小伙子而已。尽管天赐并没有与女人有过切肤之交，但他借用杨木匠的话，加上自个儿的思考，丰富了自己的一个观点。尽管这样的观点，由他嘴里道出，缺乏基本的说服力，但却得到了黑蛋的首肯。黑蛋的默认，让天赐颇为得意。

"我刚才做了一个梦。"天顺不知道啥时候已经站在了两个人的身后他说，"梦见咱那枣红骒马，一夜间变成了一匹白龙马。拉满满一车矿石，四个蹄子不着地，飞着走哩。"

天赐说："那不成神马啦。"

黑蛋说："那咱一天得挣多少钱呀。"

"恐怕要用草笼装哩。"天顺伸了个懒腰，说，"天终于晴啦。"

"天顺叔，你明天借把剪子，找个烙铁，把黑马的鬃收拾一下。长这么大，还没有剪过鬃哩。"天赐说，"天一热，汗出得簌簌的。"

天顺说："好。"

黑蛋说："咋，要烙铁弄啥？"

天赐说："熨你那懒筋。"

黑蛋说："说正经哩。"

"老辈人传下来的，头一回剪了鬃，要用烧红的烙铁，把马鬃熨一下，鬃头就焊住了。"天顺说，"这样长出的鬃像毛刷刷子，整齐、厚实，尤其好看哩。"

"和人一样，鬃一剪就算是成年马啦。"天赐说，"剪马鬃也算是骒马的成人礼吧。"

黑蛋说："是不是就能配驹啦？"

天顺说："你个㞞，想媳妇了吧？"

黑蛋连连摆手，说："谁想啦？我……没……想……"

这时，巧珍探出半个身子，喊："吃饭啦。"天赐一跃而起说，走，吃饭。天顺说，我咋觉得刚吃过呀。黑蛋说，啥呀？我早饿啦。

巧珍住的屋，也是厨房。一道布帘，把吃饭的地方和巧珍的床截然隔开。炉子盘在靠窗子的墙下，旁边用砖支着一块案板。不用的时候，案板就是饭桌。巧珍给每个人舀了一碗稀饭，放在案板上凉着。馍馍都是玉米面做的。因为是大家从各自家里带来的，所以大小、颜色、形状各异。案板上，一盘凉拌的胡萝卜丝，把几个人聚在了一起。

天顺不吃馍，但喝了两半碗稀饭。天赐饭量小，一顿饭也就是一个馍一碗稀饭。巧珍喝了半碗稀饭。天赐看到巧珍把笼里最大的一个馍，塞到了黑蛋的手里。黑蛋的洋瓷碗也比天赐的碗要大一圈。见状，天赐会心一笑。黑蛋鼓囊着嘴说，你笑啥呀。天赐说，饭好吃呀。

天顺说，是呀是呀，巧珍的手巧，拌的凉菜味道好，比我老婆调的好吃。回去后，一定要给你嫂子调教调教。巧珍笑着说："我可不敢，老嫂子的面擀得好，村里人谁不知道呀。"

黑蛋说："那你俩互相学嘛。"

巧珍踢了一下黑蛋，说："快吃你的饭，话真多。"

黑蛋说："那你踢我弄啥？"

巧珍的脸更红了，说："馍还塞不住你的嘴呀。"

天赐半真半假地说："明天让巧珍给你补一下。"

巧珍说："我拿啥补呀？奶奶早没啦。"

说完，巧珍先笑了。

见大家都在笑话自己，黑蛋因为嘴里有饭，说不成话，急得涨红了脸。

山里的天，黑得早。吃完饭，没一会儿，天色就暗了下来。淋了几天雨的山雀，这一刻却不肯歇息，集中在离车马店不远的某个树上叽叽喳喳的，闹腾个不停。山坡上，偶尔还有蝈蝈在歇斯底里地鼓噪。站在车马店的院子里，巧珍说，这山里和咱川道还就是不一样哩。

第二天早晨，院子里老榆树上的一群麻雀把天赐叫醒了。他见天还没亮，本想再眯会儿，可突然想起昨天下的兔套，便一个激灵跃起了床。天顺说，这么早你咋起来了。天赐应了声，但没理会天顺，抓起袄出了大门。山里的天像一个魔术师。出门前，天空还是一片铅色，刚进沟，山巅就有了太阳的身影。

雨后的清晨，阳光特别耀眼。山沟里因为没有污染，没有灰尘，早上的阳光都带着光束。因为山峰的阻挡，照射在沟底和山坡上的阳光显得格外有力。用手遮挡，抑或眯上眼睛，都能看到阳光照射大地的轨迹，似乎也能看到五彩缤纷的光谱。露水还没有全部下去，天赐挽着裤腿走上第一道山梁时，两只鞋已经被草丛里的露水打湿了。

站在山梁上，回望杨家岭，天赐心里涌出一种莫名其妙的心思。乡愁，对他而言，还是一个既陌生又黏稠的心思。这个小小的山村让他在一刹那想起了他的村庄，那个几乎让天赐每天都会有新发现的村庄。有生以来，天赐头一回出来这么久，一个多月时间，与家里断了所有的音信，他竟然心安理得地享受着眼前的一切。他用自己有限的想象力，想象着他娘，他爸，还有他的哥哥，在过去的一个多月里，哪怕是一个再小不过的细节……当然，他还想到了月季，这个间接地给予了他性启蒙的女人。

在天赐的心目中，这个女人既是熟悉的，也是朦胧的。多少次，他躺在炕上只要一闭上眼睛，月季软软的话语，温暖的浅笑，以及浑圆的身子就会如约而至，直到他泄了火。可一睁开眼睛，月季又消失得无影无踪像梦一样，只有回忆留在脑子的尽头。

转过弯，不觉间进了另一道山沟。第一个套子安然无恙，天赐半蹲下身子查勘了已经发白的山路，没有一丝野兔的痕迹。继续前行，没膝的荆棘丛甚至划破了天赐裸露的小腿。下一道斜坡，在一个只有几张炕席大小的平台边，一只惊恐不已的野兔看到天赐后左突右撞地挣扎着，试图摆脱脖颈上的束缚。本已不抱啥希望的天赐眼前一亮，连蹦带跳地扑了过去。

旁边的平台上是十几株碧绿、茂盛的罂粟，硕大的果子迎风摇摆。天赐知道，政府是不允许种大烟的。一旦被抓了，不枪毙，也要判刑的。他一边解兔子，一边用眼睛踅摸四周，发现不远处有一座土屋。倒提着兔子，天赐跳下一道荒芜的梯田，走到土屋跟前一看，四周荒草有半人高，屋顶早已破败不堪，只有裸露的木椽搭在土墙上，门框、窗框还在，但不见了门窗。四面的土墙倒很完整地矗立着。天赐猜测，这户人家搬走少说也有十年了。那究竟是谁种的罂粟？天赐想摘一个罂粟果回去把玩，也可以备急用。这时，从对面很远的山坡上传来一个男人的歌声：

上一道那个坡来哎哟哟哎，
下一道哎嗨梁哎哎，
想起了那个小妹妹哎哟哟哎，
好心慌哎嗨。
你不去那个淘菜哎哟哟哎，
崖畔上那个站哎哎，
把我们的那个年轻人哎哟哟哎，
心扰乱哎嗨……

天赐纳闷，在这里咋还有人唱陕北民歌哩。他犹豫了一下，没有走进罂粟地，沿原路返回。进了车马店，巧珍刚把早饭做好。天赐把野兔绑在巧珍屋里的床腿上，说让黑蛋把兔子杀了，后晌给大家改善改善。

黑蛋说野兔子肉要红烧，要多放辣子，不然会有草腥味哩。巧珍说，知道，知道了，赶紧吃饭，吃完了上工去。黑蛋说，天赐不是要我杀兔子吗？巧珍正色道，你上你的工，兔子我杀。黑蛋一脸的疑惑，闷头吃完早饭，套车走了。

天赐套车的时候，发现天顺把黑骒马的鬃给剪了。剪过鬃的小黑马，顿时精神了许多。走起路来，英姿飒爽，格外吸引同行的眼球。

一块儿住在车马店的一个人说："王师，你这马几岁哩？"

"刚两岁。"天赐瞥了眼那人的骡子，能比自己的马低一头，而且少说也有七八岁了。他说，"你这骡子腿脚还行吧？"

"唉，不瞒你说，我那屄队长，把青壮的牲口放在家里不让使唤。你说说，这么老的骡子，我咋忍心使唤哩。都是庄稼户，你说谁不心疼牲口？"那人慢腾腾地说，"他不心疼，我还不忍心哩。反正，每次我只装半车矿石，能挣多少是多少。"

天赐那天出门时，刻意走到了那匹老骡车的后边。

天赐和黑蛋晌午不回车马店。

在杨家沟拉矿石的人晌午都带有干粮和水，都是利用装车排队和运送矿石途中，吃两个馍，喝口开水，顶晌午饭哩。

开矿的工人是两班倒，但负责运输矿石的人，却是有时间点的。早上八点上班，晌午歇息半个钟头，后晌五点下班。拉矿石的马车也是参照这个时间表上下工。不同的是，早上七点半就要赶到料场排队、领票、装车，晌午不歇息。后晌点赶好了，能在五点前再装一车，等收工回到车马店少说也在六点半以后了。要是点背，一般在后晌五点以前就可以收工了。天赐和黑蛋的马快，一天能比其他的马车多跑两趟。每天他俩回到车马店的时候，天色已近傍晚。这个时候是院子里最热闹的时间。几百上千只麻雀聚集在那棵老榆树上聒噪，跑了一天车的赶车人分别坐在各自的门前歇息、聊天，等待黑夜的来临。

杨家岭村没有通电。听村里人说，当年开山的时候，村里与铁厂的人交涉过。刚开始，通过一阵子电，但没过多久又断了。原因很简单，线路铁厂给免费架了，但必须按月缴纳电费。说到钱的事儿，村子里没有人敢出面交涉了。

夜幕一降，整个杨家岭就消融在黑黢黢的大山里了。

村里唯一的照明工具就是煤油灯。

车马店也没有通电，但车马店有一盏马灯。一到天黑，店主就把马灯点着，挂在院子中间的一根拴马的木桩上。一年四季，风雨无阻。天赐说，这多浪费呀。店家说，浪费也得点，这是行规。店在灯亮，灯灭了，店也就没啦。天赐在心里笑，纯属扯淡，这算哪门子行规呀？

不过那盏马灯，倒是方便了天顺夜里喂马。

后晌饭是点着油灯吃的。

已经看不清对方眉眼了，巧珍才点燃挂在墙上的油灯。窗户没关，那宛若萤火一般的火苗，在麻绳灯芯的几次炸裂中获得了新生，摇摇晃晃，蹦蹦跳跳，终于扩散成了一片橘黄，柔柔地照射在每个人的脸上或者背上。

这摇摇晃晃的灯影，使这顿有肉的晚餐有了节日的气氛。肉自然是一大盆红烧野兔肉。为了犒劳大家，巧珍还从商店里打了一斤散酒。晚餐除了兔肉，就是半笸子玉米馍和一大锅绿豆小米稀饭。巧珍说，秋老虎吃人呢，多喝点稀的，补水哩。尽管如此，有了兔肉的诱惑，三个男人让碗里的高粱酒烧得手舞足蹈，废话连篇。天顺酒量大，自己连喝了三碗。黑蛋不胜酒力，喝了半碗，就开始吃兔肉，任凭天顺诱导，死活不肯再端酒碗。看看黑蛋没了希望，天顺又开始和天赐划拳。天赐只会老虎杠子，没几个回合，就败下阵来。半碗酒下肚，舌头都硬了。天顺有些失望地说，你俩碎㞞，喝酒像娘儿们，一端碗，就拉稀。巧珍一口酒不动，说天顺哥，酒喝得也差不离啦，你给咱唱两嗓子呀。

说到唱戏，天顺放下酒碗，一口气喝了一碗绿豆稀饭。然后说，想听啥？只管点。巧珍说，哥你就唱你拿手的吧。天顺说没事儿，你们只管点。黑蛋鼓囊着嘴说，唱《三岔口》。巧珍说，你傻呀，《三岔口》咋唱？天赐说，那就唱《三对面》。巧珍说，对，就《三对面》。唱包公那一段。天顺却说，好了，好了，今天喝酒了，我随便唱几句吧。

巧珍知道天顺只会唱几句《空城计》的戏文。天顺这样说，巧珍只是笑而不语。天顺清了清嗓子，果然还是那几句戏文。

> 听报众军遭险凶，
> 教人心中不安宁。
> 领兵直上西平地，
> 此去要破铁车兵……

吃罢晚饭，店主已经挂起了马灯。院子里，空旷而寂静。三个男人相跟着在马厩旁尿完尿，各自打过招呼，回到自己的屋里歇息去了。

天赐借着微弱的马灯给两匹马添加了两把硬料，轻轻拍了拍黑骒马的脸颊，说：“好好吃，明天还要出工哩。”

黑骒马连打了两个响鼻，头上下点了点，晃了晃耳朵，抖了抖厚实的鬃。同时，用一只前蹄刨了刨地。天赐说，知道，知道，我知道你剪鬃啦。本来天赐和黑蛋住一个屋，但今晚天顺喝了不少的酒，天赐决定陪天顺一晚。见天赐进了天顺的屋，巧珍顾不上收拾锅灶，一口气吹灭了厨房的油灯，拉上门，侧身进了黑蛋的屋。黑蛋尿完尿，摸黑进屋反插上屋门，摸索到床边正准备坐下，隐约看到床上有个人在翻身。这一惊，让黑蛋出了一身冷汗。刚想喊叫，嘴巴却被人捂住了。“喊啥呢？是我。”黑蛋一听是巧珍，两腿一软，瘫在了床上。

巧珍一丝不挂，就势趴在了黑蛋的身上。

“我的娘呀，你吓死人咧。”

巧珍也不搭话，三下五除二，脱下了黑蛋的衣裤。借着酒劲，黑蛋两条胳膊一发力翻身把巧珍压在了身下。一炉炭火烘烤着黑蛋的躯体，一股强烈的欲望在体内燃烧，他感到一个更强大的黑蛋离开了他的躯体，一头扎进了温暖的海洋里。

黑蛋醒来时，一摸身边不见了巧珍。他不急于睁开眼睛，细细回味着夜里的事情。他突然觉得，上帝是公平的。关住了一道门，又打开一扇窗子。他甚至笃信，巧珍就是上帝给他送来安抚他冷漠、麻木、绝望的心灵牧师，也是他生命里赖以成长的水草。他想起了昨天夜里，巧珍说他是她的一条鱼，一条游荡在她身体里的鲨鱼，专门吃她的心，让她不得安生又奈何不了他的坏鱼。

天大亮了。

“黑蛋，太阳照到屁股啦。”

院子里传来天赐的喊声。

黑蛋走出屋门的时候，车马店的老董和杨家岭的两个人正在院子的榆树下给天赐说道着啥。黑蛋端着饭碗走了过去。自从和巧珍好上以后，黑蛋不论遇到啥事儿，不管和他有没有关系，他都想掺和。即使被别人抢白几句，也只是呵呵一笑了事儿。

天赐说，黑蛋这是人逢喜事精神爽呀。天顺说，蛋娃有啥喜事，给叔说说。黑蛋说，啥喜事都没有。天顺看看天赐，又看看巧珍，一脸狐疑。巧珍转身进了屋，天赐说，走了，套车。

天顺眼睛一瞪，双手一摊说：“啥情况呀，这是？”

店家老董是个河南人，为人厚道，信奉和气生财、细水长流的经营之道，来杨家沟开车马店算来也有十几年了；与杨家岭的几户人家和睦共处，利益共享，深得村民们的信赖。很多初次来杨家沟的人还以为老董就是杨家岭的人。刚住进车马店的时候，天赐还觉得纳闷，对天顺说，这店主蹊跷。天顺问咋啦。天赐说，一个人经营这么个车马店，在这荒僻的杨家沟，一待就是十几年，咋过哩。可是，后来天赐慢慢发现，杨家岭有一个女人，隔三岔五地来车马店串门唠嗑。开始倒没觉得有啥，时间一长，天赐看出了门道。这个走路一摇一摆的女人和店主老董关系暧昧，非同一般。这俩人是一对野鸳鸯，露水夫妻。好在这天高皇帝远的地方，没有人管这种破事儿。

天顺说，你也别管闲事儿，出门在外的人都不容易。从此天赐留了个心眼。发现杨家岭的这个女人，每次都是空着手来，在老董的屋里待上一袋烟工夫，走的时候，手里头不是捏着一把大葱，就是端着一碗白面。有时候也会提一小壶醋或油啥的，反正绝少空手而归。

有天收工早，天赐脱了鞋在屋前的台阶上吃烟。这个女人一扭一扭地从老董的屋里出来。看了天赐一眼，夸张地哼了一声，使劲地扭着腰出了大门。天赐还是头一回这么近瞅这女人，论年岁倒不大，就是妖得很。

这天早上，村里一个瘦高个子的男人来找老董，听说店里住着一个会套兔子的人。老董连畔就把人带到了天赐跟前。原来昨天夜里，这个年轻时被粉刺毁了容的男人家里的十五只鸡被咬死了九只。天赐问是被啥咬死的。那人捋了把被劣等烟草熏黄了的两撇短胡子说，我看像是狼干的，可我媳妇说是黄鼠狼。

天赐扫了眼老董，说："杨家沟有狼？"

那男人说："没见过。"

老董说："看样子，不像是狼。"

"对呀。"和老董相好的那个女人也来了，"要是狼，早把鸡吃啦。"

天赐一看，明白了。黄胡子男人和这个女人是一家，应该是女人指使他男人通过老董来找天赐的。要不他咋知道天赐会套兔子，一定是老董告诉这个妖女人的。见到了出工的时间，天赐笑着说："老董呀，黄鼠狼又不是我养的，找我弄啥？"

"误会，误会了，王师。"老董忙不迭说，"老六找你呀，是想请你帮忙逮黄鼠狼哩。"

天赐说："逮黄鼠狼，你弄一个老鼠夹子不就行了。"

黄胡子男人说："不行呀，不管用。"

天赐说："咋啦？"

那女人抢着说："放俩哩，人家不踩呀。"

天赐想了想说："这样吧，后晌收工了，我过去看看再说。"

老董说，也对，看看再说。

那女人说，谢谢大兄弟啦。

老董挂上马灯后，天赐跟着老董弯弯曲曲爬上一段坑坑洼洼的石板路，在一个山坳里，找到了黄胡子男人的家。老董说，十几年了，他也是头一回进老六家的门。天赐心想，老董你真有意思，老六媳妇你都弄了，还说这种话。女人在门口等着，男人到邻居家串门去了。

夹子是天赐现做的。老董与铁厂的人熟络，找来了几根粗铁丝和细钢丝。夹子要比一般的老鼠夹子大，弹性也好，尤其是形状便于安装和隐藏。

女人说："咋要等到黑了，才放夹子？"

天赐说："这些东西，比狐子还精。放早了，就不来了。"

女人似懂非懂地点了点头，没再说啥。出了老六家的门，老董说，隔行如隔山呀王师，佩服，佩服。啥时候，老董都是一副生意人的谦恭。这一点，也让天赐由衷地钦佩。

暮秋。山里的傍晚空旷、潮湿、澄明。

天赐觉得杨家沟，一到黑了，除了雨天，夜夜都有星星和月亮。这里的夜像抹了锅底的黑灰，真的是伸掌不见五指。这里的静出奇的澄明，十步外仿佛都能听到一只蟋蟀的爬行。山村始终是大山的一部分。人、树、山、溪流、灌木丛、野兔、蝈蝈、山雀，一切的一切，每天都依照各自的路径在默默地生活、生长、发声，或者唱歌。有一刻，天赐在想假如自己生在杨家岭，那该有多好。他有点羡慕这里的宁静，羡慕这里的慢节奏，羡慕山里人的简单……世外桃源式的生活，让天赐心生嫉妒。但他不喜欢这里掺和着腐烂的味道，这也许是他唯一拒绝自己留下来的理由。

开山、采矿，还有包括他在内的外来人，打乱了这里的秩序。在回车马店的途中，天赐这样想。

一夜无梦。

清晨如约而至。一拉开屋门，天赐看到店主老董在院子里踅摸。见天赐起来了，老董凑了上来，欲言又罢的样子。

"有事儿，老董？"

"昨天夜里出事啦。"老董压低嗓门说，"把老六夹啦。"

天赐一头雾水，一时没弄清楚老董的意思。

老董说："昨天夜里，老六串门回来，进屋门的时候，咱放那夹子把老六的脚夹烂啦。"

天赐若有所思地说："不对呀，黑灯瞎火的，他跑鸡窝做啥啦？"

老董神秘地说："你说邪乎不，夹子咋就跑到他屋门口了？"

"啥？不会吧。"天赐盯着老董的眼睛说，"夹子又没长腿，会不会有人耍哩，把夹子搁他门前了。"

"绝对不会。"老董肯定地说，"咱走的时候，天都黑了。咋会有人晓得？"

天赐说："伤得重不？"

"脚倒没啥大碍，鸡也没事。"老董说，"邻家老周家的鸡，被咬死了两只。"

天赐说："这就奇怪啦。"

当天夜里，老董带着天赐在老六家的鸡窝口重新下了一个新地夹子。把之前那个夹了老六脚的夹子，让老六媳妇用热水泡洗干净之后，下在了老周家的鸡窝口。夜晚在众人的等待中，迎来了又一个黎明。

然而，在人们等待的一夜里，一切相安无事。

时间过得真慢。仿佛时针被人们的等待拽住了似的，大家觉得三天，犹如三个月一样漫长。就连天赐也忍不住借着夜色查看了两次地夹子。

然而，在人们刚刚缓歇了一口气的第四天夜里，又有一户人家的鸡被咬死了三只。老六家的夹子和鸡却安然无恙。邻居老周家的夹子和鸡同样安然无恙。

这究竟是个啥东西呀。

经过深入思考，天赐断定，咬死鸡的绝不是黄鼠狼，应该是一个有几分狡猾的野兽，它在与天赐斗智哩。躺在木板床上，天赐辗转难眠。他似乎意识到这个神秘的东西能揣摩到他的心思。好像有一双眼睛，一直在盯着他的一举一动，甚至连他的想法都能猜个八九。想到这儿，天赐不寒而栗。不会，应该不是。尽管天赐已经想到了那个神秘而残忍的对手，但最终他还是否定了自己的判断。

月到中天了。

天赐起夜的时候感到了一丝寒意。他突然意识到眼下已是暮秋，再拉不了几天矿石了。一旦下了雪，杨家沟的料场就停机了。也就是说，今年的副业也就告一段落了。

但他必须在撤离杨家沟之前，搞定这件让他丢颜面的事情。吃过晚饭，他就带着黑蛋和老董大张旗鼓地给杨家岭养鸡的人家，全部下了地夹子。他要全面布防，正面迎接挑战，绝不给这个神秘的对手一点可乘之机。

然而，在大家的观望中，一连五天杨家岭的鸡都安然无恙。又过了三天，一切照旧，鸡们依然平安无事。慢慢地，人们关注的兴趣淡化了。尤其是死了鸡的人家最初的愤怒像被一场狂风刮走了。

一切还没有开始就结束了。

这让刚刚起了兴头的天赐有些失望。料场已经通知结算了。离开杨家沟的日子进入了倒计时。由失望转向失落的天赐感到空落落的，一时困惑起来。天顺说，也许从一开始就是一场闹剧。可能就是一窝路过的黄鼠狼而已。

啥，路过?

一个轻巧的假设几乎掀翻了这个日渐强壮的汉子最后的尊严。不可能，哪有这么凑巧的事情。不可能！天赐不假思索地否定了天顺的假设。

但真相是啥?

天赐再次陷入了困惑。

眼瞅着山里的天气一天天变凉，有了早晚。开山的机械，也已经停了。料场的活，也是有一搭没一搭的。已经走了不少马车，天赐就等着厂里的结算了。一天没结算，天赐和黑蛋还在拉剩余的矿石。管理人员见天赐他们这样，就劝他们歇息几天，天赐说，闲着也是闲着，能拉一回是一回。那人笑了，说老王你这小伙不赖。天赐说，我就这命，也好不到哪去。

说完这话的当天夜里，那个困扰了天赐多日的神秘对手又出现了。

老六家剩下的六只鸡，都被咬死了。

这天一大早，老六媳妇哭哭啼啼地进了车马店。大声诅咒天杀的黄鼠狼，哭完了，骂完了，她开始央求天赐给她家的鸡报仇，一定要逮住那个该千刀万剐的野货。老董说，你也歇会儿，让王师静静想想法子。话刚落地，老六媳妇就喊道，“你屋没死鸡，你当然不急啦。”

老董呛了一鼻子灰，不再言语。

天赐沉默了半晌，说：“老董呀，有法子啦。”

老董说：“啥法子？”

“天机不可泄露。”天赐说，“去，把你屋里的钢丝、铁丝都给我拿来。”

老董留下一声沉重的叹息，转身拿东西去了。

天还没有黑，天赐就带着老董和黑蛋进了杨家岭村。

从老六家开始，把鸡窝周围的地方都用铁锹深翻了一遍，在鸡窝口下了一个普通的老鼠夹子。在新翻土里下了一个特制的地夹子，夹子用一根细细的钢丝拴在附近的树上，或者下了地锚。然后，把地面整理平整——把邻居老周家的鸡逮了一只，撂进了老六家的鸡窝。照这种做法，天赐给村里每个养鸡人家，都同时下了明暗两个夹子。

天黑时，一切准备就绪。

这天，星高云淡，月光婆娑。杨家岭村安详得像一个婴儿，脚下山溪静静地流淌了一夜，就连坡头老槐树上的那只猫头鹰也没有叫唤一下。老六家的人几乎一夜未眠，他们在等待擒获那个神秘杀手的时刻。

但是，啥也没有发生。

大早，老六媳妇提着一只煺了毛的母鸡来到车马店。天赐还没有起床。料场的活停了，天顺到铁厂厂部结算去了。老董把鸡送到厨房给了巧珍。巧珍说，这鸡能吃吗？老董说能吃。黑蛋帮着开了膛，巧珍就势炖了一锅土豆麻辣鸡块。天赐起来的时候，循着香味找到了厨房。

巧珍说：“你寻啥？”

天赐说：“啥饭？恁香。”

“你狗鼻子呀。”巧珍神秘地揭开锅盖，香喷喷的热蒸汽腾起一根气柱，直捣幔顶上，说，“鸡肉。老董给的。”

天赐说：“昨晚啥情况？”

“啥啥都没逮住。”老董走进来说，“就没来。”

天赐没吱声，独自思忖。看来是小看这神秘来客了。过去听大伯说过，打猎打的是心理。野兽没有脑子，但有直觉，有判断，甚至有攻击人的冲动。天赐想到了狗。狗既是猎人的朋友、保镖，也是对抗猎物的撒手锏。作为一个猎人，更多时候是与猎物比拼耐性，而不是枪法，或者其他手段。

当时，他以为大伯的疯言疯语，不足采信。现在看来，大伯是一个成熟的猎人，尽管他一半清醒，一半疯癫，但大伯的确有捕猎的天分。回去以后，一定再弄几条狗。天赐在心里头说道。

老董说：“王师，咋弄呀？”

“不急，慢慢等。”天赐吐掉嘴里的一块鸡骨头，狠狠地说，“不逮住这灰，我就不走了！”

入冬了，山里的夜晚来得特别早。

后晌五点钟刚过，天色就暗淡了。没有了拉矿石马车的喧嚣，杨家沟顿时寂静下来。半坡一声野鸡的啼叫也能传到很远的地方。连日来的死鸡事件，给这个本来安逸、自足的小山村罩上了一层诡异的面纱。山民们的心里或多或少地有了一丝不安的情绪。

一个神秘的野兽让这个世外桃源变得烦躁起来。

起风了。风卷起地上的枯草残叶，在逼仄的沟道里肆意飞舞。黑暗里天赐躺在床上，脑子里一片空白。忽然马厩里传来马的嘶鸣声。天顺说，怕要下雪了。天赐说，不行，明天你和黑蛋赶车先走，我随后就回来。翻个身天顺呼呼地睡着了。天赐心有牵挂，一时睡不着，还在想那几个地夹子的事儿。山里的夜风野蛮得很，像一头垂死挣扎的猛兽，一会儿一头撞在门上，一会儿一头撞在墙头，一会儿又撞在窗户上。躺在屋子的黑暗里，天赐不时能感受到山风受阻后发出的“嘭嘭”声，仿佛听到了山风寻死觅活的脚步声。

这时，马的嘶鸣声迭起。天赐披袄来到马厩，用手电筒查看一番，没有发现啥异常的情况。随手抚摩了几下马儿，又用言语安慰了一番，方才返回屋里。关上门，天赐一个寒战后，连打了三个喷嚏。

在天顺高亢起伏的呼噜声里，天赐挨到天亮才昏昏睡去。

“王师，王师。”

隐约间，天赐听到有人叫他。睁开眼一看，以为自己在做梦。刚一闭眼，又听到有人在剧烈地敲门。

“砰砰砰，砰砰砰。”

老董在门外说，“王师，快起来，逮住啦，逮住啦。”

一个激灵，天赐跳下床。

老董几乎是一路小跑，领着天赐进了老六家的门。

这时，天赐才发觉天空在飘着零星的雪花。不过，这些孤单的雪花一落在地上就融入了大地，地面只留下了些许的湿意。一只黄里透红的狐子蜷缩在鸡窝前的地上一动不动，两只迷离的眼睛惊恐地盯着围观的人群。天赐来后，这只比狗小许多的狐狸又把脑袋转过来，无助地看着天赐。天赐与狐子对视的一瞬间，心跳了一下，他从狐狸的眼睛里看到了哀伤，看到了绝望后的哀求。从狼藉现场，不难想象，昨天夜里这只狐狸被夹住后曾经做过剧烈的挣扎。天赐一拉绑在树上的钢线，一直蜷缩在地上的狐狸龇牙咧嘴地跳将起来，尖叫着，环视了一下围观的人群，然后又重新蜷缩在地上，一动不动。

那个特制的地夹子牢牢地夹住了狐狸的一条后腿。天赐说，要是夹住的是前腿，说不定早跑脱了。老董说为啥？天赐说，要是夹住了前腿，狐子就会咬断腿跑掉的，没有拉线和地锚，这么大的狐子，也会跑的。

说完，人群里一片唏嘘。

这唏嘘声里有对狐狸的逃跑伎俩的惊叹，也有对天赐智逮狐狸由衷的钦佩，但更多的还是对消除了威胁杨家岭安危后的坦然。但此刻，天赐的脑子里却产生了一个新的想法。他之所以没有贸然说出，是因为他断定他的想法不会得到这些山民们的拥护，反而会激起大家的义愤。

为此，他必须寻求同盟。他首先选中了开店的老董。他把老董拉到一旁，道出了自己的想法。

“啥？”老董一脸惊讶。这个天赐已经料到，说：“你想想，狐子可不比别的野兽，狡猾着哩，这东西的报复心可强啦。”

老董说：“怕啥呀？咱不是逮住它了嘛。还怕啥？”

“糊涂，你真糊涂呀。它不可能是一只呀，要是其他的狐子都来了，你还咋开店呀。”天赐低声说，“我倒没啥，明天一拍屁股走了，完了受祸害的是你呀老董。”

天赐的这番话，倒是提醒了老董。老董一思摸，觉得天赐说得有道理。可村里人不一定听他的话呀。这个热山芋让老董感到了难堪。正如他所料，当这个自以为能说会道的车马店老板把天赐的意思委婉地告诉给村民时，仿佛在油锅里倒了一瓢水，立马引起了大家异口同声的反对，甚至诘问。

老六媳妇说：“咬死了我那么多鸡，你给赔呀？”

老周说：“好不容易逮住啦，为啥要放？”

“弄死算啦。”老六说，“这张皮，能卖不少钱哩。”

“对啦，这狐子皮值好多钱哩。”老周说，“卖了给大家平分。”

“凭啥呀？”老六媳妇双手叉腰，摆出一副泼妇的样子说，“这可是在我屋里逮住的，凭啥给你分呀？”

老周显然有些惧怕老六媳妇，指着蜷缩在鸡窝里的那只诱饵鸡，低声说：“那，那还是我家的鸡呢。”

“啧啧，赶紧把你家鸡抱走。”老六媳妇想靠近鸡窝去捉鸡，没想到被那只狐子吓了回来，说，“省得让狐子咬死了，还说不清啦。”

初冬的晨风裹着雪粒扑打着人们的脸颊。和此事没有多大关联的人，缩着脖子开始散去。老六说，现在不是争狐子皮的事儿。放还是不放，赶紧决定。老六媳妇说，你脑子被门夹了，啥放不放的，不放，赶紧打死算了，省得有人还惦记着狐子皮呢。

风越来越大。雪粒变成了雪花，在漫天飞舞。地上背阴的地方，开始积累下了或多或少的雪粒。气温，一会儿就降了下来。

天赐说：“别老站着，先把狐子关起来吧，想好了再处置。”

老董说：“对，对，先关起来。”

老六说：“关哪儿？”

老六媳妇说：“就关咱家呗。”

“你有病呀。”老六压低嗓门说，“你见过谁家把狐子关家啊，你还嫌不够倒霉呀。”

“那，那关哪儿？”

老周说：“要不，先关老董那儿。”

老董说：“别，我还做生意哪。”

老六媳妇软绵绵地说：“董哥，这不都入冬了嘛，客人都走了。再说你那是车马店，又不住家，你怕啥呀？”稍顿，她瞥了眼老周，酸溜溜地说：“要是关别人家里，我和老六还不放心呢。董哥，你就依了吧。”

老董为难地看了看老六说：“老六，你的意思？”老六头一扭，装着啥也没听见。

“那好吧。”老董说，“走，到我那喝一杯暖暖身子去。”

老六媳妇扭着屁股一摇一摆向村下的车马店走去。

被擒获的狐子是一只母狐狸。天赐先用一只麻袋把在风雪中蜷缩的狐狸罩住，然后卸了狐子后腿上的铁夹子。几个人拽着麻袋角把狐子抬到了老董的车马店，扔在一个空屋里。这时，风逐渐小了一些，但雪花却密集起来，纷纷扰扰地下着，不一会儿地面就变成了白色。

才过晌午，天色就阴暗下来。

老六媳妇自然是今天的主厨，老董打下手。不到半个时辰，几碟小菜就端上了桌，一碟油炸花生米，一碟凉拌胡萝卜，一碟水果罐头，一小盆蘑菇炖鸡块。山蘑菇炖鸡自然是最后端上来的主菜。蘑菇是村民在山上采摘的，鸡块是老六家被咬死的鸡，酒是老董自己买的城固特曲。喝惯了散酒的老六，见酒是瓶装的，连说:“好酒，好酒呀。”

喝酒前，老董说，先莫急，让我把马灯点着。天赐说，今天就别挂了。老董说那可不成，这是行规。十几年了没落过。老董一边说着，一边起身照例给马灯添了油。不过，天赐看到，老董把马灯的油捻子拧到了最小，然后，冒着风雪把马灯挂在了院子里的木杆上。天赐年纪最轻，本想替老董去挂马灯，但被老董婉拒了。啥时候，都不能坏规矩。

一会儿，老董带着一身的凛冽进屋来了。他的肩头落了不少的雪花。酒过三巡，老六要和老董划拳。老董说，等会儿再划，我和王师说几句话。

老董说:“老弟呀，我走南闯北几十年了，啥人没见过？我看呀，你老弟可不是一般人，以后定有大的出息，老哥我认你这个兄弟了，往后呀，有啥用得着老哥的地方，你尽管言传，我董富贵绝不含糊。”

天赐端起酒杯说:“好，我敬你一杯。”

老董说:“啥话？！要敬，也是我敬你。”

老六说:“对，对，我先敬王师一杯。”

老周说:“王师，我也敬你一杯。”

天赐一连喝了三杯。说话时，明显舌头发僵，有点儿含混不清了。天赐说，不能再喝了，再喝就醉啦。说罢摇摇晃晃地站了起来，朝屋外走去。

老董说:“老弟，你没事儿吧？”

天赐摆摆手，没说话，出了门。

老六说:“老董，咱兄弟俩碰一个。”

老董犹豫了一下说:“来，整一个。”

老六媳妇说:“董哥，你说那狐子皮，能卖多少钱呀？”

老周说:“少说也得百儿八十的吧。”

老董说:“狐子吧，也是政府保护的动物，不好说。”

老六媳妇说:“那咱不说，政府咋知道。”

老董看了看半开的屋门说，你说的也有道理。老六媳妇说王师没事儿吧，恁长时间还没回来。老六说能有啥事，尿完了他就回来了。来，老周咱俩也干一个。过了一会儿，天赐回到了屋里。

老六媳妇说:“大兄弟，我敬你一杯。”

天赐说:“不敢再喝了。”说完趴在了桌子上。

几个人又喝了一阵子才散去。

第二天，天赐拉开屋门，眼前一片雪白。他向老董告别时，老董淡淡地说昨天夜里狐子跑了。天赐说，不是绑着嘛咋就跑了。老董拍拍天赐的肩膀说，也许这狐子命不该绝。天赐若有所思地点了点头，没言语。

雪还在下。

天赐踩着雪朝山下走去。身后的脚印不一会儿就被新落下的雪花掩盖了。天赐走出好远了，老董还站在雪地里，老董等到天赐的背影消失在茫茫的雪影里，才说："明年一定是个好年景。"

第十章

一大早，程玉喜就敲响了井把弯巷口皂角树上的铁铧，突兀的铁铧声唤醒了沉睡的村庄。进入腊月，村里的鸡呀，牛呀，狗呀，似乎也松懈下来，就连每家的烟囱也比往日迟缓了半个时辰，才袅袅吐出懒洋洋的炊烟。

入冬后，这出工的铁铧也像冬眠的长虫一样销声匿迹，没有响过。很多人都感到疑惑，这寒冬腊月的，队长敲犁铧有啥事儿?

“狗日的，这会儿才弄完。”

我在心里头骂道。我知道会计这一阵子在核算年终分红的事儿。前几天，队长碰到我的时候，捶了我一拳说，今年给你记头功啊。我估摸着分红的结算出来了，但我没有窃喜，依然淡定地说:“都是骒马的功劳。”

程玉喜说:“工值够一块了，哥给你戴花。”

按村里的辈分，我该把程玉喜叫叔。可这会儿，被一万五千块钱冲昏了头脑的程玉喜又给我当起了哥。那天我没接他的话头，径直走开了。

铁铧，再次被敲响。

这急促的钟声尖锐而单调，在深冬的村庄上空，像一条水蛇左冲右突，挡都挡不住，直钻人的耳朵。多年形成的规矩，敲一遍铧，是出工的号角。敲两遍铧，是在队部开会。敲三遍铧，是紧急集结。铧响了两遍，巷道里开始有了人们走动的声音。我站在院井里听到巷道里有人在说，结算的榜单贴出来了。不一会儿，杨家祠堂传来了锣鼓声。我爸没吃早饭就出去了。我在院井里磨蹭来磨蹭去的，就是不肯出门。一会儿看看绑在后院的狗，一会儿又给鸡窝里撒一把石灰，一会儿又蹲在院井台上，慢腾腾地卷一支旱烟卷，然后又从灶炉子里夹一块炭火点烟。

我娘一脸狐疑，说天赐呀，你今天是咋啦。我心不在焉地说，没事儿。我娘边收拾锅灶，边说，没事你咋不开会去?

我说:“我爸呢？”

我娘说："你爸呀，这会儿兴许在菜地。"

我娘说的菜地，其实是我爸在巷口碾麦场边自己开垦的一溜地。地不大，大约有一分半。一半种的是韭菜，一半种的是菠菜。地畔上，还点了几十棵白萝卜。自从卸任了队长，我爸几乎不再过问队里的事情，每天家里、菜地、仓库，三点一线，一下子跳出了繁杂的现实，过起了悠闲的日子。

尽管我爸与河东那个陌生的女人貌似暧昧，还与月季在仓库搞破鞋，多少影响了之前他在我心里的高大形象，但综合我爸这一辈子，我更多的还是钦佩。面对坎坷，不是每一个人都能做得到进退自如的。仅凭这一点，已足够我学习一辈子了。

但我知道，此刻我爸的内心很纠结。

几年前，我爸因为搞副业被免了职。时隔几年，同样是搞副业，队上不仅组织社员敲锣打鼓张贴大红喜报，而且还要给副业队的人披红戴花。尽管时代变了，可我看得出来，如此大的反差，我爸难免落寞，甚至惶恐。队长没敲铁铧的前几日，我爸就很隐晦地提醒我：出檐的椽头容易烂。

这道理我懂。

没到巷口，远远就瞅见了我爸的身影。我爸披一件蓝色的大氅，戴一顶黑毡帽，两只手套在衣袖里，凝视着村子南边大片的麦田，寒风摆弄着两只空空的大氅袖子。乍一看，像夏天谷子地里的稻草人，滑稽而呆板。他身边一簇簇枯黄的野草也在无序地摇摆。望着清瘦的田野，我黯然神伤，使劲地闭上了有些困乏的眼睛，然后猛然睁开，心底泛起一股草木一秋般的悲哀。在这淡淡的伤感里，我挺了挺脊背，大步朝杨家祠堂走去。

杨家祠堂门前聚集了不少的人。显然，在家里窝了半个冬天的人们，今天都很兴奋。有的人围在结算公示榜前指指点点，用指头掐算着自己的工值。一溜八张，大红纸赫然一贴，感觉有了几分年的味道。人们三三两两围在一块谝闲唠嗑，说东道西，不时哈哈大笑。有的人因为分不了几个钱，就独自蹲在一旁闷头抽着旱烟锅子。

杨家祠堂的院子里挤满了开会的社员。

我径直进了队部。

会计正端坐在桌子前拨打着算盘，给几个对自己工分有异议的社员重新计算着一年的工分数。办公室的炕沿上、椅子上都坐满了人。程寡妇为了一个工分与会计争吵起来。

程寡妇说："你这是欺负人哩。"

会计说："我咋欺负你啦？"

"你是吃柿子拣软的捏哩。"程寡妇显然动了气，高声说，"人家干半天，你给计一天的工，我咋就只计半天的工？”

会计不紧不慢地说：“球娃干了半天不假，可人家还有架子车呢。”

程寡妇仍然不依不饶地说：“我不管，反正你得给我补半天。”

会计不紧不慢地说：“不补。”

程寡妇突然厉声说：“你补不补？”

“凭啥？”会计不紧不慢地说，“赶紧走，不要在这胡成精了。”

程寡妇一看会计是油盐不进，愣了片刻，刚想拉开大闹一场的架势，被程玉喜一席话给将住了。

“婶子，你也是几十岁的人啦，多大个事呀，也不嫌人笑话。行了，你先开会，有啥事，完了再说。”

杨木匠说：“半天的工分嘛，少尿泡尿，就省出来了。”

程寡妇瞪了杨木匠一眼，低头出了办公室。

这时，程玉喜见我来了，就问会计准备好了没有。会计起身拉开身后的柜子，取出一个用绸缎被面挽成的大红花来，说：“时间差不多了，月季，把桌子摆好。准备开会呀。”月季把坐在办公室的人一个一个撵了出去，然后和会计一起从柜子里搬出一摞一摞的钱捆子，整整齐齐地码在横堵住门口的桌子上。

会计起身推开桌前的窗户，对着院子大声说：“不要说话了，现在开会。头一项，请队长讲话。”程玉喜站在抱亭的台阶上说：“我不是讲话。今天把大家吆喝来就一件事：分红！”有人起哄，有人鼓掌，嘈杂的杨家祠堂再次沸腾。程玉喜顿了顿低声说：“我当初上任，给大家的承诺，就是要年年分红。去年天旱，是天灾，我没有实现承诺。我在这里给大家道歉。”偌大的杨家祠堂，顿时鸦雀无声。

这时，某个角落里传来了一阵轻微的啜泣声。大家循声望去，是队长的话勾起了巧珍对赵九娃的思念。独自伤心的巧珍与大家的目光一接触，原先被抑制、被压迫的情绪一下子迸发出来。两年来的悲伤、委屈、思念拧在一起，在这一刻剧烈地撞击着巧珍。她感到腔子在膨胀，心跳在加速，不由得张开了嘴巴。她感到了窒息，她需要宣泄，否则，她觉得自己会昏死过去。

最初的啜泣变成了哭泣，变成了恸哭。

悲伤像一枚霰弹立马从巧珍身上弥漫开来，不少妇女开始抹眼泪。整个会场顿时被一种悲戚的情绪所笼罩。出现这种状况，大大出乎程玉喜的预料，他焊在那里，像一根木桩子一时不知如何是好。月季扶起巧珍进了队部办公室。杨木匠站起身说：“乡亲们，今天是咱二队的好日子，九娃兄弟在九泉之下，一定也很开心哩。”

这时，凝固的空气才开始复苏、流动，人群继而骚动起来。

杨木匠看了程玉喜一眼，坐了下来。

程玉喜说:“对，今天是咱二队的好日子。今年咱们队的工分头一次突破一块钱。这头功，要给副业队。没有他们的辛劳，咱说啥也分不了恁多钱。所以呀，经队上研究，决定给副业队每个人奖励一百块钱。”

一阵掌声，打断了程玉喜的讲话。

“今天，我们还要给王天赐披红戴——花！”

又一波热烈的掌声、喝彩声吞没了玉喜的讲话。我觉得自己的脸发热，脑袋嗡嗡地旋转起来。我都不知道是咋站起身，走过沸腾的人群，来到院子中央的抱亭下。在一波又一波的起哄声里，月季把一朵用绸子编织的大红花，斜绑在我的身上。

程玉喜说，“天赐，你也给大伙说几句。”

我说:“说啥？”

程玉喜说:“想说啥就说啥。”

“我想大家都过上好日子。”我想了想说，“都能找下媳妇，过美日子。就这，没啦。”

月季带头鼓掌，又是一片喝彩声。我瞅见黑蛋在人群里边鼓掌，边尖叫。

程玉喜说:“下边开始分红。”

会计站在窗子里边说:“都坐着不要动。叫谁的名字，谁起来领钱。不要急，少不下你的。”

我就势在程玉喜的旁边坐了下来。

看着乡亲们兴奋、激动的脸庞，我内心满怀喜悦。这一刻，我才发现我的一次小小的努力，竟然换来了大家发自内心的赞誉。我发现此刻的天，晴空万里，我的心情超好。我觉得眼前的每一个人都是那么善良，那么纯朴，那么可爱，那么亲切。眼前的掌声、大红花、喝彩声，头一回这么强烈地满足了我的虚荣心。

原来，虚荣是每个人都有的秘密。

小小的虚荣心，再次点燃了我对生活的深情。

这时，隔壁饲养组的老赵神色凝重地来到程玉喜跟前，说:“黑骒马不行啦。”

沉浸在喜悦之中的程玉喜，不耐烦地说:“啥叫不行啦？”

老赵迟疑了一下说，“快死啦。”

“放屁！昨天不还好好的嘛。”

程玉喜平时极少说粗话，纷纷攘攘的人群顿时安静下来。直到程玉喜走出杨家祠堂，大家才缓过神来，互相打听究竟发生了啥事情。

我迟疑了一下，也跟着出了队部。

饲养组就在杨家祠堂的南边。原先是杨家祠堂的跨院，后来一直是生产队的饲养组。房子都是后盖的砖混瓦房。院落东西走向，窄而狭长。大门朝南，正对着粪场。进了大门，正面是一座单坡水瓦房，与杨家祠堂的南厢房背靠背挨着。一溜六间，西边两间是饲养员住宿和存放硬饲料的地方。剩余的四间瓦房，是牲口的草料房。西侧，也就是进门左手，是小五间坐西向东的高脚牲口圈。队上的十几头马、骡子、驴，都在这里饲养。进门东侧，是一座坐南朝北的牛圈。在这贯通的十几间瓦房里饲养着几十头牛。在每一间牲口圈的背墙上，都开有数量不等的一尺见方的出粪口，而背墙外是一条宽敞的道路。这种格局，既方便出粪、拉粪，又利于牲口圈的通风。

走过饲养组狭长的院子，院落的东头是生产队的养猪场。

进了饲养组的大门，我就感受到了一种与以往不同的气氛，一种让人气喘的空气笼罩着饲养组。你知道的，牲口之于农民，无异于男人之于一个家庭的分量。尤其是高脚牲口，那更是生产队的心头肉。一个生产队拥有的高脚牲口的多少，是生产队长们聚集在一起时腰杆硬不硬的主要标准。换句话说，你也许会更明了一些。衡量一个生产队的家底，在某种意义上，就是看你有几挂马车，而非人，甚至耕地。

黑骒马发烧了。

白天，一盏昏黄的电灯泡显得苍白而乏力。尽管饲养员已经覆盖了厚厚一层干燥的黄土，但马厩里还是充溢着浓烈的马粪的气息。其他的牲口已经出圈，在粪场歇息。平时略显拥挤的马厩，这会儿显得空旷而宁静。

黑骒马的槽前，站着四五个人。

饲养员说，毫无征兆，从后半夜起他就发觉黑骒马开始发烧，而且一直高烧不退。先是把杨毛子叫来，捯饬了半夜，烧还是退不了。天一亮，又把公社兽医站的人叫来，又是打针，又是灌药，但还是没见效。

程玉喜听罢说:“啥病呀？”

“破伤风。”老赵说，“兽医站的人说，没……没救啦……”

“啥原因？”程玉喜一脸疑惑，瞥了眼杨毛子说，“好好的，咋就得破伤风哩？”

杨毛子瞅了一眼天顺，没吱声。

这时，黑骒马又开始了新一轮的颤抖。我用手轻轻地抚摩着骒马的脖子，黑骒马晃了晃头，对我表示亲昵。但我能感觉到，骒马已经无力抖动头部，无力抖动它自豪的马鬃了。当一颗硕大的水珠从骒马的眼睛里滚出眼眶的那一刻，我的鼻子一酸，眼前的骒马模糊起来，变成了一片黑云。

程玉喜说:“到底是啥原因嘛？”

饲养员老赵瞅了眼天顺和我之后，慢腾腾地说:“上个月，刚剪了马鬃。”

“不对呀……过去也是这么弄的呀？咋就伤风哩……奇怪了……”天顺边说，

边绕着骒马转了一圈。他既像是给队长说，又像是在自言自语。

杨毛子说:“照理，剪马鬃不会，也不应该得破伤风呀。”

程玉喜说:“那奇怪了……那咋办呀？”

自从我进了马厩，骒马的战栗就一直没有停歇。这时，骒马两条后腿开始发软，高大的身躯开始朝后倾斜。但骒马并不甘心，两条前腿还在试图保持站立的姿势……经过一番努力，骒马最终还是瘫卧在了地上。

老赵想把骒马吆喝起来，被天顺制止了。

“可怜的，连站的力气都没了。”

这一刻，骒马唯一挺立的就是它的头颅了。我蹲在马头旁，眼瞅着马那一双明亮、温顺的眼睛里，不时飘过一缕阴影，慢慢地暗淡下来。挺立的头颅，挣扎了一会儿，也侧伏在地上了。

最终，渐渐安静下来的骒马还是走了。

空旷的马厩，此刻显得愈加空旷。骒马的死亡，似乎也窒息了马厩的空气。没有人说话，只有饲养员老赵的啜泣声，在凝重的空气里传播……悲伤，一种发自内心的悲伤情绪，笼罩着在场的每一个人。

久久地，没有人愿意离开马厩，离开这匹刚满三周岁的小骒马，也没有人言语。长时间蹲在地上，我的双脚已经失去了知觉。我的脑子里满是小骒马顽皮的身影。牲口，尤其是高脚牲口，是通人性的。记得在排骒马的时候，我都不忍心鞭打骒马黑绸缎一般的躯体。往往是你刚把鞭子举起，它立马就温顺下来。也就几分钟的事情，它又会显出顽皮的本性。但它极其聪明，甚至会察言观色，一旦发现我真的生气了，它立马收敛起它的脾性，听从你的指挥……但此刻，这匹善解人意的骒马，却因为莫名的破伤风而毙命了。

谁之过？

难道真的是因为剪马鬃惹下的祸？

我一片迷茫。不知道为啥，我莫名其妙地想起了我爸。想起了我爸说的那句话：出头的椽容易烂。物极必反的道理我懂，但任凭我搜肠刮肚地思来想去，也找不到一个我与黑骒马的死亡有关的理由。

这时，饲养组聚集的社员越来越多。看着大家脸上怪异的表情，我恍然醒悟过来，但我还是不愿意承认，这个残酷的事实——骒马死亡，毕竟不是一件小事。这恐怕要比我爸被免职严重得多。或者说我爸被免职，与骒马的死亡是不可同日而语的。免职事关个人，可骒马的死亡，可能会上升为一个政治事件。想到这儿，我不寒而栗，心里不免惶恐起来。

果然不出所料。

吃后晌饭的时候，大队民兵连长胡章娃从天顺家里把天顺带走了。听到消息，我的脑袋“嗡”的一下蒙了。我顾不上吃饭，找到程玉喜家。刚端起饭碗的队长一看到我就说：“我也没法子。这事儿，总得有人担下。要不，我咋给大队交代？咋给二队的社员交代呀？”

我出门前，本来是想着来质问队长的。但听了队长的一番话，一时也没了主意，直挺挺地戳在人家的院井里，脑子一片空白。停了好长一会儿才说：“是我让天顺叔剪的，要担，也该是我担。”

“憨憨娃，你以为这是要着玩哩。”程玉喜放下碗筷说，“弄不好呀，要进班房哩。你争啥，赶紧回去。”

程玉喜的老婆当过民办教师，是我上小学时的班主任。这时，也在旁边劝说我，听你叔的，这种事少掺和也别管，你也管不了的。队上出了这种事，谁也帮不了。该说的话，你叔都说了，可人家章娃哪里听呀。人家说这事儿，没准还是阶级斗争新动向，是有意破坏生产呢。你看，大队都这么说了，咱还能说啥。末了，老师语重心长地说，“回去吧天赐，你是个好娃。你是我看着长大的，你是你们同学里头最有出息的，我一直这么给人说呢。”

天黑了，整个村子都被夜色吞没了。快过年了，但村子里一点儿也看不出年节的样子。天一黑，人们纷纷退回到各自的家里，早早关上了大门，一家人围着炕桌吃晚饭了。我不知道自己是咋离开队长家，又寻找到大队部的。程玉喜和他老婆的话都没有错，但不管咋说，我觉得今天晚上我都应该见上天顺叔一面。不然的话，我会内疚一辈子的。出门前，我娘怕我惹事，还再三叮咛，有话慢慢说，可千万不敢和人急。但我娘要是知道我要替天顺叔承担责任的话，我娘一定不会让我出门的。我了解我娘，尽管善良，但谁要是伤害她的儿子，她必定会像一只发疯的母狼一样，与敌人拼命撕咬的。记得小时候，在学校有人打破了我的头，我娘像疯了一样找到了同学家。当时，看到同学的娘给我娘回话、道歉的可怜劲，我心里头的委屈和头上的疼痛，早跑到爪哇国去了。

印象里，那是我见到过我娘唯一的一次发飙。

“天赐，你在这弄啥哩？”高瘸子从大队部出来，看到我站在门口，一脸的惊讶。

“我想见天顺叔。”

“咋啦？”

我简要给高瘸子说了剪马鬃的过程，又强调了骒马的死亡跟剪马鬃真的一点儿关系都没有。“冤枉人哩，你带我见一下胡连长吧，我给他说。”

“老胡早回去了。”高瘸子思忖了一会儿说，“人倒是在里头关着……可这个时候见人，不合适……这样吧，明天早上，你借家里人送饭的时机见一下，倒是有可能。”

“那今晚上能见上人不？”

“见不上！”

说罢，高瘸子把我拽离了大队部。一回到家，我娘忙把饭碗递到我手里。我爸半躺在炕头抽着水烟锅子。我边吃饭，边说了我的想法。我娘不等我说完，就坚决反对我要承担责任的事儿。我爸等我娘唠叨完了才说：“女人家，头发长，见识短。赐娃做得对哩，男人家就应该这样，顶天立地，不能怕事，更不能躲事儿。该承担就要承担。多大事情，拍拍腔子都能过去。”

我娘听我爸这么说，不再言语，却把纺线的车子摇得山响。呜呜，呜呜，呜呜——我爸实在受不了了，就说你这是纺线呢，还是作践人哩。我娘像一个娴熟的魔术师，并不接续我爸的话，继续让纺车高速转动着，手里的棉花条离开手心，就成了一根细线，缠绕在了飞速转动的线帖上。

细小的棉絮随热风在炕角飘飞。

“要是不穿袄，不穿鞋了，我倒想早睡呢。”我娘并没有停下手里的活计，赌气地说，“刚过几天安生日子，一个一个的就胡拽哩……老没老样，小没小样的……不知道想弄啥……”

见我娘生气了，我爸却呵呵一笑说：“人年纪大了，脾气反倒长了。”

突然，我娘停下了转动纺车的胳膊说：“小的不长记性，你跟着起啥哄？老二还没有出来呢，咋？你还要把赐娃再搭进去。”

屋里的气氛一下子紧张起来，我娘用衣裳袖子抹着眼泪。我爸“咕噜咕噜”地抽着水烟袋锅子，一言不发。我知道因为三哥的事，我娘心里有多苦。我轻轻地对我娘说：“娘，我二哥开春……就回来啦。”

“我可把话说到头里，死马的事情，你高低可不敢胡承头。你要是再有个三长两短的，这日子还怎么过呀？”我娘哭丧着脸说。

“知道了。”

我爸瞥了我一眼，没说啥，却把水烟筒的小盖盖得生响。我知道我爸的意思。我没吱声，扭头到南房歇息去了。

我娘纺线的呜呜声，一直响到深夜才歇息下来。

第二天，吃晌午饭时，我在大门口截住了天顺婶子。提着饭笼，在大队部的西厢房，我见到了天顺叔。一夜光景，天顺叔似乎衰老了许多。见我的一刹那天顺叔愣怔了一下，但很快又恢复了常态。

我低声对天顺叔说：“你对他们说，就说是我让你剪的马鬃。”但天顺叔却装着没听见的样子，大声说：“给你婶子说，下顿饭，少送些。吃不了，全糟蹋啦。”我刚想再说一遍，但两个看守民兵过来说，赶紧走，胡连长看见了要骂人哩。说话间，民兵连长胡章娃走了过来。我躲避不及，一闪身藏在了一棵榆树后边。

胡章娃说："把天顺带到办公室。"

两个民兵打开门，把天顺的手反捆到背后，送到西厢房最北边，也就是靠近大门的一间房子。我蹑手蹑脚地溜到后窗户边上，用唾沫把窗户纸弄破，悄悄地朝屋里窥视。

公社的曹书记、大队老支书，还有胡章娃三个人坐在桌子后边。天顺被两个民兵摁坐在桌前的椅子上。胡章娃凑在曹书记耳朵边，嘀咕了一会儿，回到座位上开始审问。

"是你给骒马剪的鬃？"

"是。"

"是谁让你剪的？"

"没有人。"

"你为啥要害死骒马？"

"我没有。"

"你还嘴硬，老实点对你有好处。"

"我没害骒马，也不想要啥好处。"

"那你说，骒马是咋死的？"

"兽医说是破伤风。"

"咋得的破伤风？"

"不知道。"

"上个月剪了马鬃，这个月骒马就得了破伤风，你还敢抵赖？！"

"我没有抵赖。"

"那你说，你为什么要害死骒马？"

天顺沉默了一会儿，说："以前都是这样剪的……我没啥说的。反正，我没害死骒马。要不相信，你可以让公安局的人来。反正，我没害死骒马。"

"你就认了吧。认了就放你回去。"

"我认啥？我啥都没干，你让我认啥？"

胡章娃猛地一拍桌子，厉声说："我看你是敬酒不吃吃罚酒。拉下去，给我吊起来打。"曹书记挥手制止了两个跃跃欲试的民兵，说："你说你没有害死骒马，那你能说说，好端端的一个骒马，咋就不明不白地死了。你要能说清楚，我立马放你回家。"

天顺想了想说："我不知道。"

曹书记说："你也知道，我们有的是时间。你一天不说，你就一天回不了家。事实就摆在那儿，不承认说不过去。这天寒地冻的，关你一月四十天的，你连年都过不了。"

“你也不用吓唬我，我天顺一辈子敢作敢当，走到哪儿我都不怕。天地良心，日月可鉴，我没害死骒马。我为啥要害死骒马呀？”

天顺越说越激动，其间有两次试图站起来都被身后的两个民兵摁了下去。胡章娃起身走到天顺跟前，也不说话，抬手就是两个耳光。天顺的嘴角，立马流下了鲜血。一直沉默不语的老支书说：“有话好好说，先不要动手。”胡章娃说：“对这种人，绝不能心慈手软。不打他他不知道马王爷长几只眼。”话出口，自觉失言，忙看了曹书记一眼回到桌子后边。

这时，我推开了办公室的门。

在一旁做记录的高瘸子，忙起身拦住了我说：“天赐呀，我不是说了嘛，下班了，我去找你，你咋跑来了。赶紧出去，没看见在开会呀？”说着，高瘸子极力把我朝门外推。我说我不是找你，我找胡连长。

胡章娃警觉地站起身说：“找我弄啥？”

我在被高瘸子推出门的时候说：“是我让他剪的。”

胡章娃说：“什么乱七八糟的，高文书？”

高瘸子说：“你别理他，找我呢。”

看看审不出啥眉眼，曹书记说他还有事先走了。天顺又被送回到之前关押他的那个房子。等胡章娃走了，我脱下身上的棉袄，央求看守天顺的民兵给天顺穿上。两个民兵面露难色，说胡连长临走时有交代：不准家里人给天顺送衣服。我隔着门，对天顺叔说你别怕，我不会让他们得逞的。

一连三天，胡章娃每天后晌都要审天顺叔。每次都问同样的问题。开始天顺叔还和胡章娃顶几句嘴，到了后来，连话也不说了，甚至眼睛都闭上了。急于立功的胡连长彻底被激怒了。即使把天顺叔送回关押的房子，也不让民兵给他松绑，也不让天顺叔坐下。实在站不住了，就让天顺叔蹲着，但不让屁股挨地。一挨地，民兵就踢天顺叔的屁股。

时值腊月，天寒地冻。厢房里又没生火，冻得实在受不了，天顺叔就在偌大的房子里转圈圈。审讯之后，胡章娃给看守的民兵下了死命令：不准天顺叔与外界接触。家里人送饭，只能送到院子里。年过半百的人了，哪里经得了这样的折腾。不到一个礼拜，天顺叔就病倒了。

高烧三十九度，天顺叔进入昏迷状态。

看守的民兵把天顺叔的病情报告给了胡章娃。胡章娃以为天顺叔要赖，进去摸了摸天顺叔的额头，热得烫手，吩咐民兵叫来了天顺婶。胡章娃对天顺婶说，天顺叔是个老顽固，要不是贫农，早拉出去枪毙了。他看看天顺婶两条腿在发抖，早被他的一番言语吓破了胆，又换了一张脸。

“婶子，要不是看在乡里乡亲的分儿上，我早把人送公社了。”胡章娃顿了顿说，“这样吧，我叔病了，就在咱医疗站看。完了，你把字一签。”

两天后，天顺叔病情稍有好转，又被送到大队部的西厢房面壁反省。那天，看着天顺叔半躺在一张椅子上，我对旁边的两个民兵说，人都成这样了，你们还不让人回家，会出人命的。两个民兵都是西村的人，不熟悉，但都认得。一个黑矮的中年人说：“兄弟，你赶紧走吧，让胡连长瞅见了，又该骂我们了。”另一个长得文文气气的小伙子好像和我二哥是同学，他把我拉到一边悄悄说：“你别在这闹啦，赶紧到医院找人验尸，一看不就清楚了。这个事儿弄不好，要判刑哩。”

一语摇醒了我。

出了大队部的门，我去找杨木匠。杨木匠家的大门虚掩着，杨木匠正在门道里用刀雕琢一块木头。走近一看，是一个木偶头。我知道杨木匠喜欢木偶戏，他想自己制作一套手执木偶。其实，他是看过那个河南人耍木偶戏后，才萌发的创意。农闲的时候，前边耍木偶，后边有人唱戏，肯定比河南人自演自唱要精彩。

“杨哥，你说黑娥去哪儿了？”

“我咋知道？”

杨木匠手巧，是个能人。但凡他见过的东西，就能想着做出来。这不，一入冬他就吆喝着要弄热闹。队长问弄啥热闹，他想了想说：“还是唱戏吧。”队长说，那得多少钱呀。他说用不了多少，今年咱就唱木偶戏。队长见他这么执着，就同意了他的想法。不过，要钱队上可没有，要人队上全力配合。杨木匠想都没想就同意了队长苛刻的条件。年底分红的结算出来后，程玉喜还是答应给杨木匠五十块钱置买唱戏所需。我掐指一算，离过年不到二十天了，就说：“人人还没刻好哩，过年来得及吗？”

“没问题。”杨木匠边刻木偶边说，“唱戏的人……是现成的。拉出来……就能上……哎，你今天咋有空了，有事？”

“你不是有个亲戚，在县医院吗？”

“不是亲戚。是我在山里头放牛时梁先生的女子。”

“就是那个地下党的女子？”

“是，咋啦？”

我把天顺的事情一五一十地给杨木匠叙说了一遍，最后特别强调，要是不找人化验，说不定要判刑哩。

杨木匠停下手里的活说：“有恁严重？”

“有。”

“做个化验，人家认不认呀？”

究竟管不管用，我也说不清。杨木匠放下刻刀说：“啥时候进城？”

我说："越快越好。"

阴天了，怕要下雪。借了杨毛子家的自行车，我俩悄然出了村。一上战备路，我带着杨木匠马不停蹄地朝县城驶去。

起风了。

我猫下腰，左右摆动着身子，使劲蹬脚踏板，车子像一支利箭在风中飞驰。可杨木匠坐在后边，还嫌不快，说："你娃蹬快些，还没娶媳妇哩，咋就蔫了？"

一袋烟的工夫，汗水就浸湿了我的后背。

听了杨木匠的叙说，作为老革命的后人梁大夫义愤填膺。一通电话帮我们联系好了公安部门的法医。翌晨，亲自陪同法医，在我的带领下找到了队长程玉喜。听了来意，程玉喜略感惊讶，但很快就带着法医来到了饲养组。

因为骒马事件还没有最后定性，已经僵硬的骒马，还存放在马厩的过道上。揭开盖在骒马尸体上的白色单子，梁大夫协助那个年轻的法医，对骒马做了一次全面、细致的检查。死了一周的骒马，躯体依然黑光油亮，乍看，仿佛一匹在阳光下假寐的骏马，让人心生悲哀。

乡村没有秘密。

法医一进村，消息就长了翅膀。因为自行车是借杨毛子的，所以，杨毛子是第一个到场的。紧跟着我爸、月季、赵魁、黑蛋、巧珍，就连程寡妇也来凑热闹了。十几个人，把马厩挤得水泄不通。梁大夫说，请大家都到外边去，不要影响工作。

程玉喜就把无关的人吆喝到院子里。但大家并没有散去，仍旧围在马厩的门口，静静地等候结果。

法医说："啥时候给马打的针？"

饲养员老赵挠了挠头说："没……打……针呀……噢，我想起了来，半个月前，公社给高脚牲口统一打过一次防疫针。咋啦？"

法医对梁大夫说："这就对了。"

程玉喜说："咋啦，大夫？"

法医并没有回答队长的追问，而是用手按了按骒马的脖子。这时，我才发现在骒马的脖子上，突起了一个核桃大的肉瘤。法医用手术刀熟练划开骒马脖子上的那个肉疙瘩，用镊子提取了一些腐烂的肉，装进一个塑料袋，封好，放进了医药箱。

法医说："应该是针口发炎引起的高烧。"

梁大夫说："等化验结果吧。"

送走梁大夫和法医，我跟着程玉喜刚在饲养组里坐下，大队民兵连长胡章娃、文书高瘸子一前一后，也来到了饲养组。

胡章娃说："人走了？"

程玉喜说："走啦。"

胡章娃说："咋说的？"

程玉喜说："回去才化验哩。"

胡章娃说："你叫的人？"

程玉喜看了一眼我说："家里人叫的。"

高瘸子说："结果啥时候出来？"

程玉喜说："不知道。"

胡章娃说："二队人还真有本事哩。结果出来了，赶紧告诉我，省得冤枉了人。高文书，咱走！"

人已经出了饲养员住的屋门，胡章娃却猛然回过身对着屋里说，以后弄事情，最好先打个招呼。

他说完，也不等高瘸子，自己扬长而去。

化验单是第三天梁大夫差人送来的。化验单装在一个书本一样大小的牛皮信封里。信封上，印有一行朱红大字：夏阳县公安局。程玉喜拿着信封，左看右看，迟疑了半晌，也没有贸然撕开信封。吃过晌午饭，他拿着信封来到饲养组。坐下后，程玉喜并没有急于打开信封，而是让黑蛋把杨毛子、月季、杨木匠等人，喊到了饲养组，然后他才当着众人的面小心翼翼地撕开了信封。

化验单很小，像是一张普通的信纸的缩小版。这么小的化验单，在那么一瞬间，让人对它的作用产生了怀疑。化验结果，只有手写的两行字，但是县公安局殷红的公章，让这一小片纸顿时变得厚重起来。

在程玉喜看化验单的过程中，没有人说话，甚至连呼吸的声音也被抑制到了最小的分贝。程玉喜看过化验单，没有说话，随手把单子给了旁边的杨毛子。杨毛子看罢，又把单子给了月季。月季扫了一眼，眼圈红红地说："这下好了。"一听这话，我悬着的心才"扑通"一下落了地。

饲养员老赵端出一碗炒黄豆，幽幽地说："弄清了，我也能过个安稳年了。"

从饲养组出来，程玉喜领着我亲自把化验单，送给了大队老支书。转身，老支书就让胡章娃放了人。胡章娃还想说啥，被老支书截住了。

老支书沉默了一会儿，动情地说："这次你们二队做得对。咱是社会主义国家，不要动不动就抓人，就打人，这不好。毛主席不是教导我们，凡事都要讲实事求是，讲方法嘛。玉喜，你当过教师，是个文化人，出了事情，我们不要怕。只要处理得当，方法正确，同样能把一件坏事情变成一件好事情。"

程玉喜说："惭愧呀，老支书。"

老支书说："玉喜，你回去以大队的名义，不，以我个人的名义，给天顺装上二十斤麦，灌上一斤油，让他啥也别想了，好好过个年。”

不知道为啥，我听了老支书的一番肺腑之言，原先激愤的心情顿时雪消冰融。但茫然、失望、落寞、孤独的复杂情绪却缠绕着我，让我在前行的路上几乎迷失了自己。我原以为自己已经长大成人，这一刻却像一个流失了大量钙质的人，连站立的力量都没有了。

第十一章

初五一过，古城东村就开始唱木偶戏了。去年腊月，二队从河东新绛县请了一个蒲戏教师。在夏阳县，有很多沿黄河的村子，人们都爱看蒲戏。蒲戏，又叫蒲州梆子，源于明朝嘉靖年间，因为兴起于河东蒲州而得名。与秦腔一样，都属于梆子戏。又因为与秦腔同为黄河流域的地方古老戏种，两者常常是同台演出，所以，蒲戏和秦腔又是一河两岸的姊妹戏。蒲剧梆子与夏阳毗邻的同州梆子，是山陕梆子的两个分支。在清末民初，蒲州梆子又派生了山西的北路梆子、中路梆子和河北梆子。同州梆子，在陕西又被称为老秦腔。

夏阳南部一带，坊间对蒲戏的喜爱甚于秦腔。蒲戏的唱腔，以梆子腔为主。辅助以昆曲、吹腔以及民歌小调等。梆子腔，属于板腔体，有七种基本板式。另有唢呐曲牌和丝弦曲牌三百多支。蒲州梆子的声腔特征是腔高板急，起伏跌宕，其音乐，长于抒发慷慨激越的情绪——与当地人的生活习性、语言有关。在演出中，演员大小嗓兼用，往往出现十度以上，或者两个八度的跳跃，行腔高亢奔放，富于激情。伴奏乐队，有文场、武场之分。文场以板胡为主，辅以笛、二股弦、三弦、二胡等。武场采用鼓板、枣梆、马锣、铙钹等。锣鼓经也十分丰富。

戏曲来自民间，是一方水土，一方人的精神桅杆。

因为蒲戏的这种慷慨激昂、粗犷豪放的特点与秦腔有着深层次的关联，所以在夏阳被民间普遍喜爱。请来的蒲戏教师姓马，早先在剧团待过，也就五十出头的样子，据说这个人的肚子里装着几十本戏文。因为杨木匠与他早有沟通，正月里的戏，不在舞台上演，要在幕后唱。开始老马觉得蹊跷，什么叫在幕后唱呀，后来听杨木匠一解释，说是给木偶戏配戏，才“噢”了一声，弄明白了是怎么回事。

但老马不干。

为啥呀？钱不少你的。

那也不成。

一旁的程玉喜明白了。他说，马老师是名家，让你排木偶戏，多有怠慢，但绝无冒犯之意。我们过去也排的是大戏，但今年我们想换个花样唱木偶戏。这叫返璞归真，但社员听不惯碗碗腔，所以就把你给请来了。

老马说，传出去不好。

杨木匠说，你尽管放心，我队上的人嘴紧着呢。

老马见这样说，也不好再推辞，只是摇了摇头说："你这搭人还有意思。"就这样，老马用半个月的时间，给古城东村赶排了三本蒲剧名戏：《杀狗》《赵氏孤儿》《窦娥冤》。直到月尽后晌，才告一段落。老马原本不负责演出，排完戏就走人，但月尽回家时，老马与杨木匠还是约定，他初五后晌一准来。这样一来，让杨木匠对老马的认真劲，唏嘘不已。

教师是请来的，可十几名演员都是杨木匠在古城东村精心挑选出来的。天赐想唱，但没有被选上。后来专门负责拉幕，同时兼职龙套衙役——帮腔助威。

戏台搭在村西土寨子下的土地庙里。这土地庙刚好在生产一队和生产二队的中间，方便社员看戏。天赐的幼稚园就是在这个被村里人叫作土垫庙的院子里度过的。为什么把土地庙叫土垫庙。村里人说法不一，但似乎都有一点道理。一种说法，是由于方言的缘故，大家把字叫转了。另一种说法是，这个土地庙至少有一半地基，当初是用土围垫起来的。后一种说法，比较靠谱。因为在土地庙大殿的南侧，大约十丈以外，是一道东西走向的砖石护坡墙。这道墙，最高的地方一丈有余，最低的地方也就几尺。也就是说大殿后边，呈半边弧形的平地是建筑师用青砖包裹石灰夯土砌起来的。离开地平后，用石条收口。

下了寨子坡，是一个三岔路口。左手朝北，过一片庄稼地，是生产一队的居住地。直走大约一箭地，进村拐一个小弯，就是生产二队的井把弯巷。朝右拐，向西有两条分岔的小路。向右向上，是通往土地庙的一条小土路。向左向下，是一条通向生产二队新巷和生产三队的路。

通向土地庙的小土路是在土崖半腰上开凿出来的通道。沿这条土路，越向前走，一侧的土崖就越高耸。走着走着，一座兼具山门的砖混木牌坊，就挡住了去路。这座明清风格的牌坊，高大耸立，大有一夫当关万夫莫开的气势。站在牌坊下，朝南俯视，整个生产二队的几条巷道一览无余。甚至连杨家祠堂大门上的铁钉，都能看得一清二楚。

穿过牌坊，是一个南北长、东西窄的院落。在院落的北边是三间献殿，坐北朝南，建在突出的土崖上。从院落上十几个台阶，就可到达献殿。殿内中间供奉着一尊彩色泥塑的土地神。两侧山墙上，是赵氏孤儿和劈山救母的精美壁画。

与牌坊正对的是一道红色砖墙。在砖墙的南头，有一棵高大茂盛的古柏树。在柏树葳蕤的树冠后侧，是一座孤立的明清风格的门房。与牌坊相比，这座门房显得有些低矮。乍看，与村子里普通人家的房子并无二致。但仔细看，它的建筑要比普通房屋的结构更讲究。青砖灰瓦的门房，是方椽重檐结构，有筒瓦滴水，有砖雕螭头。门道内，方砖墁地。就连两侧的墙壁，也是用小方砖贴面，中间嵌有砖雕图案。青石门墩上，是一副红色带钉帽的榆木大门。跨过足有一尺高的门槛，是比门外门道更长的一段墁砖平台。这段平台，两侧带有明柱，没有围墙，通透宽敞，像车站的站台一样，伸向幽静的院落。

整个土地庙，建筑在一个土崖半腰上，院落的布局，自然是依山势而成。但总的走向是东西长、南北窄。庙门坐西向东。进门后，南侧紧挨着庙门的是三间低矮的砖木厢房。大门正对的是大殿的东山墙。院落正北，是一长溜简易的瓦房。院子西头高台上是两间新盖的瓦房。房前逼仄的地方，有一个硕大的青石供桌。在院落正南是三间大殿。大殿高大宽敞，大方砖墁地。这大殿的奇特，在于一人抱的木柱一半包在墙内，一半裸露在外。檩条和两根悬空大梁，都是一人抱的独木。据大殿后边护坡墙下的石碑记载，这座土地庙始建于清朝雍正年间。

新中国成立后，东村的这个土地庙被改成了古城村的幼稚园。大殿和北房改成了教室，西边高台上的两间瓦房成了老师的宿舍兼办公室。大门南侧的厢房，是校长办公室和职工宿舍。

学校正月十五以后才开学。正月初六早起，社员们在杨木匠的监理下搭建好了舞台。演木偶戏的舞台，就搭建在院落西边的高台上。台子正中是一个青石供桌。这次杨木匠只是在高台前拉了一道幕布，演木偶的人只需半蹲在供桌上，就可以表演了。两个老师的宿舍正好成了配戏演员的后台。老马是初五后晌来的，正式演出时，老马出任舞台总监，专门负责配戏演员上下场的次序和衔接。杨木匠、程玉喜、王银海、月季四个人负责在前台表演木偶。

当初，众人之所以把地方选在土地庙，主要考虑是头年演木偶戏，看戏的人估计有限。但不承想，初六的第一场戏就爆了院。土地庙能下脚的地方，几乎都被看戏的人挤得满满当当。就连墙头、树杈上，都被孩子们占据。其实后边的人根本看不到木偶，更多的是在听戏。架在房脊上的两个高音喇叭声几乎覆盖了半个村子。猜测配戏的人，一时竟成了不少人听戏之中的话题。

这天，演的是《窦娥冤》。张驴儿刚唱了几句。一队的一个老年妇女说：

“这八成是瞌睡虫，你听唱戏，也跟拉风箱似的。”

“错啦。”

“那是谁？”

“三婆，是赵魁。杨巷富仓伯的娃。”

这时，蔡婆出场。一个年轻的媳妇，问刚才的老年妇女，说：“三婆，你猜这人是谁？”

老年妇女侧耳听了几句，说猜不出来，问："谁嘛。"

年轻媳妇说："是我温玉叔。"

老年妇女说："你这娃，咋还哄我这老婆子哩。"

年轻媳妇说："真的。不哄你。"

"这明明是个女人嘛，咋能是温玉？"

年轻媳妇一听，笑了。

"三婆，你不知道，我温玉叔，就是唱坤角的。"

老年妇女半信半疑，踮起脚，朝戏台瞅了半天，又盘腿坐了下来。

"这温玉唱得比女人还好听哩。"

《窦娥冤》是蒲剧的名戏，古城村几乎年年唱，大家对剧情了然于胸，甚至有的社员，没排过戏也能哼几句戏文。老人的一番感慨，赢得了旁边看戏人一致肯定。也许，后台的配戏比在舞台上唱戏压力要小一些。第一次给木偶表演配戏，固然有大材小用之嫌，但从教师老马到拉大幕的天赐，大家都从心里头格外看重这次独特的演出。尽管是个形式，但每场之间，天赐都要把幕布前的大幕拉上。下一场，只要乐队一打响板子，天赐又立马拉开猩红的大幕。

木偶戏，每天表演一场。一场一本戏。开始两天，都是晌午开始表演，天黑前结束。演出非常成功。不足的是，在表演过程中，很多社员看着木偶不过瘾，就跑到幕布两侧，直接观看后台配戏的演员了，现场几度失控。最后一天，杨木匠心血来潮，建议改在晚上演出。程玉喜又让电工在幕布前，现接了两个灯泡。王银海说，咱这木偶和华县的灯影戏不一样。人家是看灯影子哩，咱这是看木偶，放在黑了，恐怕不行。

老马说，用蒲戏配木偶戏，只有古城人能想得出来。

哦，对了。忘了告诉你一件事。古城村表演的木偶戏，当地人叫肘猴子。通俗一点说，就是表演的人，一只手上套一个木偶人，用手指控制木偶的肢体。演出时，表演者半蹲在幕布后，把双手高高举起。高度以露出木偶人为限。表演的人一边表演，一边演唱，比邻县的提线木偶要简便得多。过去主要是那些单枪匹马跑江湖的外省人，走街串巷谋生的手艺。可今年不同的是，表演者与演出的人分离，无疑增加了演出的难度。要是放在白天，配戏的人可以看着木偶唱戏。一旦放在晚上演，就难免张冠李戴了。

杨木匠的提议，不光配戏的人有意见，就连老马也是牢骚满腹。可埋怨归埋怨，晚上的演出依然照常。乐队的板子一敲响，所有人就像上了弦的钟表，各就各位，各司其职。

最后一天，演的是《赵氏孤儿》。因为这本戏与古城村有渊源，尽管演出改在了晚上，配戏的人一点儿也不含糊。顶着星星，丁是丁卯是卯，依然是字正腔圆，声情并茂。台下的观众更是目不转睛，心随戏走，时而鼓掌，时而喝彩。不少人在暗地里不知抹了多少同情的眼泪。

应社员们的要求，原定演三天的戏，要多演两场。可去年腊月，老马只排了三本戏。咋办？大伙说，那就把《杀狗》和《窦娥冤》再演一回。

白天演出，每次换场，天赐都要拉大幕。演出改在晚上，杨木匠让天赐把电灯拉灭就行。省了拉大幕，天赐把更多的精力放在了看后台配戏的人。戏如人生！看着那些拿惯了锄头镬把的庄稼人，有鼻子有眼儿地模仿戏里的人物，天赐无限感慨。戏里演的和现实里的情境一模一样，可集中起来在戏台上一演，还是让天赐备感陌生。有时候他置身戏外，觉得这些凄凄惨惨、悲悲戚戚的故事，离自己很远。有时候又觉得这些故事感同身受，仿佛就发生在自己的身边。一远一近，一虚一实，一喜一悲，一真一假，恰似一棵皂角树，在一年四季里的不同境况下的不同状态——天赐对自己的这个比喻很满意。想到这里，他的嘴角挂着一丝不易察觉的惬意。

尽管已经打了春，可正月里的夜晚还是寒气逼人。昔日就是在白天也难得喧嚣的土地庙，这一刻却让一台木偶戏搅动得熙熙攘攘，充满了节日的味道。在屋内蛰伏了一个冬天的人们，借着看戏，相互间打情骂俏，像准备结束冬眠的动物一样宣泄各自的情绪。但这种宣泄，很乡村，很原始，也很内敛。年老的人聚到一块，借戏文叙说往事，慨叹人生。年轻人碰到一堆，更多的是闲谝瞎聊，没有多少正经事儿。每到这种时刻，天赐就觉得自己很孤独。和自己一拨的人，大都早早辍学，虽然年龄相仿，但已经没有了共同语言。即使偶然聚到一起，三言两语也就没有了话题，彼此都觉得尴尬，日子久了，同伴间的童年情谊也就慢慢消减了。相互间的来往，自然也就少了。和年纪大的人在一起，天赐总觉得别扭，总像一个跟屁虫一样，没有人在乎自己的存在。不被重视，让天赐心里极具挫败感。高中毕业，似乎他学到的知识完全只能用两个字来概括：自尊。哪怕是一个细小的环节，都会刺激天赐的神经；哪怕是一件很小的事情，都会让敏感的天赐受伤，甚至一蹶不振，放弃初心。

敏感、脆弱、孤独，在很长一段时间里，都在困惑着天赐。让这个对乡村生活一往情深的年轻农民，在最初的几年里，始终在迷茫与困惑中寻求突围。他笃信，只要太阳照常升起，他怀揣的那个连自己都不甚明了的憧憬，就一定有实现的机会。

沉默和坚守，是天赐安慰自我的唯一方式。

为了避免难堪，减少失落，让心灵与庄稼一起自由生长，天赐能做的就是学会了独处。他像一个刚刚端起猎枪的新手，把自己隐藏在一片灌木丛中，冷眼观看着四周的人，在荒芜的原野上是如何生存、如何狩猎的。他需要经验，需要一个成长的向导。

这种渴望，唯一的选择就是等待。

在村子里，天赐可以称得上朋友的人，恐怕就要数那个大他好几岁的黑蛋了。可这一段时间，黑蛋的心思在巧珍的身上。巧珍点燃了黑蛋对爱以及对爱情的欲望。作为黑蛋的朋友，天赐尽管对爱情还不是很渴求，对爱情的理解，尚且有些懵懂，但他十分理解黑蛋的渴望。三十多岁的人了，在农村早过了谈婚论嫁的年龄。要不是碰上巧珍，他也许会打一辈子光棍的。

但不知道为啥，自从铁厂回到村子后，巧珍对黑蛋一直不冷不热，曾经的狂热似乎一下子降到了冰点。别说黑蛋，就是天赐也觉得不可思议，觉得女人像天上的云，说变就变，甚至比狗脸还快。为此，黑蛋的嘴唇上甚至生出了几个燎泡。很着急，他却无从下手。两个人的恋情，除了天赐，还没有人知道。也许不会有人想到，黑蛋和巧珍会相好……

这时，杨木匠在幕布前低声喊："天赐，天赐，关灯，快关灯！"

天赐挥手拉下了闸刀。

顿时，整个土地庙被黑暗吞没。台上台下，一片哗然，一阵骚动。后台配戏的两个房子，以及大门口的照明灯都被熄灭了。天赐也在黑暗中疑惑，他并不明白，为啥黑暗眨眼间吞噬了一切。黑暗里，杨木匠说："你个碎㞞，咋把总闸关啦。"天赐一个激灵，才从刚才的思绪里猛然跳出来。

一抬手，他又把刚才拉下来的闸刀，推了上去。

"啪嚓"一下，所有的灯又被唤醒。台上台下，又是一片惊叫。天赐他爸说："赐娃，你咋啦？"杨木匠说："关灯！"天赐才把幕布前转场的电灯熄灭。

再一次拉开幕布前的电灯泡时，电工走到天赐的身后说："天赐，你睡着啦？"天赐说："没有呀。"电工说："那咋啦？"天赐说："没事儿。你帮我看会儿，我尿泡尿。"电工说："你快些。"

天赐跳下土台，转身消失在人群里。

从电灯下来到黑暗处，天赐好几次踩了别人的脚。他原本想走到大门外，绕道去大殿后的平台上透透气。但走了不到一丈远，他改变了注意。转身又回到戏台一侧，试图翻窗子出去。黑暗里，他以为窗子关着，刚想推窗扇子，但尚未发力，窗子竟虚掩着。来不及细想，天赐趁人不注意，从窗子跳了出去。

天赐的幼稚园就是在这里度过的，他对土地庙十分熟稔。所以前门不畅，他的脑子里一下子就蹦出来一个点子：从窗户跳到后边的树林去。尽管墙外的地面距离这个窗户至少还有多半人高，但这个高度，对于现在的天赐而言，完全可以忽略不计。

来到庙后的树林里，仰视天空，似乎天色并没有院子里那么黑暗。透过树枝隐约可以看到，还有几颗星星挂在黑蓝的苍穹上。

这是一片洋槐树。枯萎的树冠，在天空的反衬下，露出几分峥嵘的面目。树林长在一面向阳的土坡上。土坡不是很陡，有的地方只是有几堆凸起的土包。由于雨水的冲刷，有的地方甚至还形成了一个一个长满荒草的平台。这个树林一面是高耸的土崖，一面是一道长满杂树的沟壑，这条沟刚好把土地庙和生产三队隔开。平日里，只有从土地庙大殿后边的院子，沿一条小路可以到达这个树林。

树林的所有权归生产二队。

身后，两只高音喇叭的声音尖锐而高亢。站在树林里听戏，别有韵味。尽管看不到杨木匠表演木偶，但配戏人的神态，却在眼前。看戏，尤其是看这种木偶戏，还真不如远远地听戏。仿佛一墙之隔的沸腾，与这夜幕下的树林，毫不相干。这铿锵的热闹仿佛来自遥远的地方，只是这寂静树林里一只普通的蟋蟀发出的乐音而已。

突然，天赐很享受这寂静的树林。他决定在这个没有月亮的夜晚，独自享受享受这带着几分荒野气息的树林带给他的愉悦。脚下凹凸不平，信步走过，荒草与树叶弥漫着浓郁的土腥味。半抱粗的洋槐林少说也有二十年以上的树龄了。星稀夜黑，树林里充满了未知的悬念。天赐在一棵黑黢黢的树干上释放了膀胱的压力。这时，一只隐身的猫头鹰发出一连串诡异的笑声，他觉得自己骤然起了一身的鸡皮疙瘩。他在心里诅咒这该死的猫头鹰，破坏了树林的祥和氛围。

戏还在唱。

蒲剧委婉、悠长的唱腔，并没有让天赐觉得嘈杂、闹心，反而增添了初春万物还没有苏醒过来之际大地的静谧。

这时，月亮出来了。

树林里一片碎影。一条蜿蜒如蛇一样的小路，映入了天赐的视野。借着月光，天赐发现这条若隐若现的小路，弯弯曲曲，一直爬上土崖与寨子坡相连接。沿着小路刚走出不远，天赐听到从树林的某处传来一阵窸窣声，他以为是自己的耳朵产生的幻觉，可仔细一听，在他的身后的确有人在低声说话。天赐急忙蹲下身，躲在一棵树后，他猜测一定是谁和他一样，尿急来树林撒尿了。他不想让人看见，看见他独身在这树林里闲逛。

远远看去，有两个身影在缓缓向前移动。天赐想离开这里，但一时无法脱身。身影在离他不远的地方停了下来。这个距离，天赐刚好看清对方的身形，但却看不清来人的眉眼。从体形看，是一男一女。天赐在心里“呸”了一声，心想这是咋了，这种事情咋老是让自己撞见。他不知道是晦气还是好事，但这种事情，只能烂在肚子里，是不能告诉任何人的。

没有人告诉他，但他觉得这是他做人的底线。

“黑蛋，咱俩不合适。”女人一开口，天赐就听出来这两个人是巧珍和黑蛋。知道了身份，天赐刚才紧张的心情，立马舒缓了许多。他干脆坐在地上，窥视两个曾经的伙伴，在这个月高人稀的树林里如何谈情说爱。尤其是好朋友黑蛋如何向大他十几岁的巧珍，表白自己……想到这儿，天赐得意地在心里笑了。

“咋不合适？”黑蛋显然有些不耐烦地说，“觉都睡了，还有啥不合适的。”

“滚，你个憨憨，谁和你睡觉了？”

“你咋这样嘛，还真是提上裤子就不认人了。”

“放屁，你再胡说八道，我不理你了。”

“不理拉倒。”黑蛋说，“大不了，我打一辈子光棍。”

“真的？你说的是真话？”

“……”

两个人沉默了一会儿，巧珍开始啜泣。黑蛋也不言语，用脚使劲地蹬了一下旁边的树干，说：“哭啥嘛。”

巧珍的啜泣变成了哭泣，声音一声比一声高。黑蛋说：“别哭了，让人听见了。”巧珍带着哭腔说：“我就哭，我就让人听见。咋啦？觉都和人睡了，还怕人听见了？”巧珍靠在一棵树上，边说边哭，能听得出来，越哭越伤心。天赐知道巧珍心里苦，可黑蛋依然不紧不慢地说：“不要哭了，好不好？”巧珍似乎犹豫了一下，但并没有停止哭泣，不过声音明显比刚才小了许多。

黑蛋走到巧珍身边，用手拍着巧珍的肩膀，说：“好了，不哭。”语气显然柔和了一些。巧珍肩膀一扭想躲开黑蛋的手，没想到被黑蛋揽入怀里。

月亮躲进了云层，天色一下子暗淡下来。

土地庙里的木偶戏，戛然而止。高音喇叭的电流声，尖叫了一下，却传来了电工的声音：“天赐，天赐，听到喇叭，赶紧到戏台来。快些！”

紧接着，乐队老程的板子又敲了起来。

天赐心说，尿泡尿都不叫人安生。叫个尿哩，还用上喇叭了。我也想走哩，可我这儿能走开吗？今晚上我就睡这，没有我难道戏还不唱了？说着天赐换了个姿势，靠在树上眯上了眼睛。

黑蛋说：“我想。”

巧珍说：“不行。我不干净。”

黑蛋说：“没事，我不嫌。”

“憨憨。”巧珍说，“今晚上月亮真好看。”

黑蛋幽幽地说：“再好看……也没有用……”

巧珍说：“你说啥？”

黑蛋说：“再好看，也没有你好看。”

巧珍说："咦，啥时候也学得油腔滑调的。"

黑蛋说："真的！"

巧珍仰望着月亮，说："我何尝不想呢，可……可是……"

黑蛋截断了巧珍的话，说："怕啥？"

月光下，巧珍明显发福的身材显得有些臃肿。她满含深情地盯着黑蛋。此刻，沉浸在爱意中的巧珍内心纠结。她既希望黑蛋放弃对自己的情感，但内心又放不下黑蛋这份单纯、执着、炽热的感情。可当她在儿子面前，试探性地流露出一丝渴望爱情的时候，今年十四岁的儿子断然掐灭了她的企图。我就是你的一切，你的后半生，我来养。我不会让任何人欺负你……那一刻，巧珍的心都碎了——为儿子的懂事，也为自己的苦命。

"备战不同意我改嫁。"

"那咋弄？"

"黑蛋，要不，我再帮你寻个女子。我比你大十三岁呢。"

"我不嫌。"

"我不想让人说闲话。"

"咱俩过哩，管恁多弄啥。"

"可娃不让我改嫁。"

"那我上门。对，我进你屋的门。"黑蛋说，"反正我就是要和你过活哩。"

巧珍对着月光叹了一口气，没有说话，只是紧紧地抱住了黑蛋。

月到中天时，木偶戏结束了。

刚刚安静的土地庙，一时沸腾起来。人群里的喊叫声，此起彼伏。喇叭还没有关，天赐听到电工在发牢骚。"天赐这屃娃，不知道弄啥去了。"杨木匠说："黑灯瞎火的，能弄啥？"电工神秘地说："哎，你说这货，现在弄啥哩？"杨木匠说："赶紧收拾，你媳妇等你哩。"

天赐会心一笑，仰望着一轮月亮。

程玉喜是被两只喜鹊吵醒的。院门还没有开，老伴在用笤帚扫院子。不知道从哪里飞来的两只灰喜鹊，在院子里的榆树上追逐、嬉戏，叽叽喳喳地叫个没完。忙乎了半个月，总算弄完了木偶戏，本想睡个懒觉，谁曾想却被两只讨厌的灰喜鹊扰了好觉。

老伴进到屋里，见玉喜已经披袄坐了起来，说大清早的叫个没完，是不是有啥喜事哩。"狗屁。能有啥好事？"程玉喜边穿衣裳边说。

"咣咣咣，咣咣咣。"这时，有人在急切地敲打他家院子大门的铁环。程玉喜有些恼怒地说："去看看，哪个讨债的，恁早敲门哩。"

程玉喜的老伴年轻时在村小当社办教师，在队上也算得上是一个文化人。平日里，待人接物有礼有节，与人说话总是细言细语。人前人后，与程玉喜也是客客气气，相敬如宾。大家也都知道，好强的赵老师心里不甘，有遗憾。她总觉得对不起老程家，没有给老程家生下个一男半女。但这并不影响她在队上的口碑，不当老师多年了，可队上的男女老少见了她，还叫她赵老师。

赵老师拉开门，见王银海黑着脸也不说话，径直进了门。走到院子里，兀自坐在一块夏天乘凉的石头上，对跟在身后的赵老师说："玉喜起来没？"赵老师说："石头凉，你进屋坐吧。老程起来了。"揭开门帘，进了屋，王银海见程玉喜穿戴好准备下炕，就站在屋子中间，说："出大事了。"程玉喜没听清，反问道："说啥？"

王银海低声说："出事啦。"

这一次，程玉喜听清楚了，顾不上穿鞋，就势坐在炕沿上，忙问，"咋啦？"

王银海说："库房进贼了。"

程玉喜说："啥时候？"

王银海想了想，说："就唱戏这几天。"

程玉喜说："丢啥了？"

王银海愤怒地说："狗日的，连麦带油，一块弄。"

程玉喜关切地问："丢得多不？"

王银海说："不少。我估摸麦有两袋，油约莫有十来斤。"

沉默了片刻，程玉喜说，"贼咋进去的？"

王银海一脸狐疑，说："锁好好的，门也没有撬过的痕迹呀。你说，咋就丢了？"

程玉喜说："那就奇怪了，钥匙在你手里，锁和门都好好的，那麦和油咋就丢了？说给谁谁信呀。"王银海一脸懊恼，但却找不到发泄的由头。任凭满腹的无名怒火在体内肆意燃烧。经程玉喜这么一说，王银海开始意识到了问题的严重性。

"那咋弄？"

"要先缓缓，反正丢得也不多。"程玉喜漫不经心地说。

"不能缓！"王银海急切地说，"再少也不能好过了贼娃子。"

程玉喜试探地说，"那你啥意思？"

王银海说："要不，给大队报案吧？"

村里发生盗窃案，可不是一件小事。不到一个时辰，大队老支书带着民兵连长胡章娃、文书高瘸子来到二队队部。与程玉喜、月季、王银海等人见过后，老支书说："这大过年的，你们不消停，也不让人安生。"

程玉喜说："你说怪不怪，门窗好好的，粮油咋就少了？"

老支书说："银海，你是不是弄错了？"

王银海迟疑了一下，说："我心里有数，麦子就是少了。"

胡章娃说："咋就少了？到底是丢了，还是……"

王银海说："丢了，肯定是被人偷了。"

月季说："库房里的粮油少了一点，都算正常损耗。"

王银海瞅了一眼月季说："你们这是咋啦？"

月季说："粮油损耗，也是正常的呀。"

胡章娃有点心烦，说："对了，莫在这儿捣嘴了，走，咱先去看看现场。"

老支书说："对，先看看再说。"

说罢，一行人尾随王银海逐一查看了几个库房，并没有发现任何蛛丝马迹。但经过仔细查看，麦囤上的确有一个明显的低洼，地上也有一些散落的麦粒。揭开油瓮盖子，倒没看出个啥，但在油瓮沿上和地上，确实滴有不少新鲜的油痕——奇怪的是，胡章娃仔细勘察过门窗门锁之后，并没有发现任何被撬的痕迹。

这咋解释？

在场的人都是一头雾水，满腹蹊跷。经过一番讨论后，大家都把目光投向了保管王银海。王银海也是一脸疑惑，说："别看我，我也不知道。"

程玉喜说："老王，你再想想。"

王银海没好气地说："粮食丢了，又不是我偷的，我想啥呀？"

程玉喜说："你看你，都半百的人了，咋还是这火爆子脾气？"

老支书说："玉喜说得对，你想想，最近有谁来过库房？"

王银海说："没有呀，过年都在弄木偶戏，我也是早上才发现的。"

胡章娃说："谁还有仓库钥匙？"

王银海说："没人。"

•

从正月十三开始，古城东村的锣鼓队又聚集在了杨家祠堂前。没有外村的锣鼓，古城的锣鼓依然火爆，依然精彩，参与的人不比唱戏的人少。从某种意义上说，东村的传统锣鼓已经成了这一方人劳动之余最大的娱乐活动。出村了，他们是一根蘸水的麻绳，严搒带劲，指哪儿打哪儿，一点问题都没有。可一旦在村子闹热闹，他们就把队员分成两拨对着打。输的一拨，凑份子买洋糖给大伙吃。

用杨木匠的话讲，这叫肥水不流外人田。

爱热闹的人，就图个热闹，出点血，心里头也滋润。

正月十三、十四敲锣鼓，十五扭秧歌、跑旱船，是古城村老辈人留下来的传统。这天吃过早饭，锣鼓队员各自拿着自己的锣鼓家什，从四面八方汇聚到杨家祠堂前。在村里不像出门，能用的锣鼓都被搬了出来，能敲的铜锣都拎了出来，能拍的镲钹都拿了出来。这样，大大小小、新新旧旧的锣鼓家什自然都派上了用场。杨木匠、王银海、程玉喜、杨毛子等人，别看年岁大了，可都还是锣鼓队的骨干成员。瞌睡虫天顺，自从骡马死亡事件后，深居简出，不再参与队上的这类活动。

杨木匠和王银海各领一队。程玉喜、杨毛子两个人各选一队，但同时又是竞赛的裁判。队员们靠抓阄确定。杨木匠、王银海分别站在桌子一边。凡抓到写“杨”字的纸蛋，就站到杨木匠身后，抓到写“王”字的纸蛋，就站在王银海一边。人员分配完后，以杨家祠堂大门为界，双方向后各退两丈远，列阵对峙开始比赛。比赛的规则是先敲文鼓，后打武鼓。然后，各选一人，比赛花鼓。最后是混合赛。按这样的比赛程序，每天打一场，直到正月十五,一共打三场。毕了，综合评定，看哪一队获胜。

第一天，刚开始热场，两队的锣鼓就白刃相见，互不相让。一袋烟过去了，也难分伯仲，弄得两个裁判束手无策，两个指挥面面相觑。最后，还是程玉喜吹着哨子，才把两队的火气压住。程玉喜说:“我看你们这是祠堂门前抡菜刀——吓先人哩。看把你们急的，才刚热场子，就沉不住气了。有神没神，一会儿再看你那两把刷子哩。记住了，心急吃不了热豆腐，慢慢来，不要弄那老狗上墙的事儿。”黑蛋大声说，咋哩？程玉喜说:“没后劲！”

大家哄笑。

比赛第一天，两个队打了一个平手。第二天，王银海一队，因为文武锣鼓编排巧妙，时时抢了先手，处处压着对方，所以胜出。最后一天，不知道是谁从杨家祠堂搬出了两张方桌。双方的鼓被搬到了方桌上。比赛开始还算平稳，到了末尾的混打阶段，两个队长兼指挥赤膊上阵，亲自抡起了鼓槌，再一次把两队的比赛，带进了白热化状态，比之前在河东庙前的朝庙还要激烈，还要紧张。

赛鼓犹如布阵。

杨木匠率先打了一通“小约契”的《南南南》，看似平缓，实际上暗藏玄关，等待时机，击杀对手。王银海柔中带刚，以《凤凰三点头》切入，以鼓应锣，意在扰乱对方节奏，伺机反扑。这时，只见杨木匠鼓槌一横，鼓谱马上转入以小鼓为主、节奏较快的《摘豆角》。显然，急促转谱让对方平缓的鼓点眨眼间淹没在了一种更快、更密、更强的节奏之中。硬拼是不行了，王银海把鼓槌在头顶绕了一圈，又打了一组花鼓点，伴随着一声“嗨”字转谱，只见队员们齐声喊了三声“嗨”，大鼓、小鼓、镲钹一个节奏，一起发声，仿佛老虎磨牙，仿佛千军万马势不可当。一时间，战马嘶鸣，硝烟四起，整个现场被裹入了一场短兵相见的白刃战。

杨木匠一队，不甘下风，一曲《挂灯》，小鼓、锣、镲交错响起，试图重新组织突围，但大势已去，被对方一曲《催催催》再次吞没……比赛，省去了“路调”，没有完全进入“大约契”，便在一片欢乐中戛然收官。

王银海一方完胜。队员们欢呼雀跃，用一曲《狗撕咬》庆祝自己的胜利。而对方的老少小伙子，像霜打的茄子一样，呆立在原地半晌回不过神来。直到月季安排晌午的跑旱船、竹马子，杨家祠堂前才又恢复了节日的生机。

在回家的路上，月季赶上了前边独行的赵魁。

“你把人害死啦。”月季低声说。

“咋啦？”赵魁一脸无辜。

“你说咋啦？”月季怒怼道，“不让你弄，你偏不听人劝。这下好了，可把事情惹下了。”

“没事，天塌不下来。”赵魁沉思了一会儿说，“你不要掺和就行。”

月季瞥了赵魁一眼，快走几步进了家门。

翌日，整个村庄还沉浸在年味里。井把弯巷头那个被岁月斑驳了的铁铧，终于发出了春灌的号角。

开工了。大地还没有完全醒来，热爱土地的农民按捺不住满腔的冲动，一个个在铁铧的敲击声里，扛着一把铁锹来到杨家祠堂前等待队长的派遣。因为是新年第一天开工，饲养组的人，除留下一个人照看门户，其余的人都来了。二队人多，男女劳力加在一块，一百大几十号人呢。人多自然就热闹。尽管昨天刚刚见过，可第一天的开工依然有说不完的家长里短，谝不完的逸闻趣事。

“对了，不要说话了。”程玉喜站在杨家祠堂的斜坡上，环顾了一眼密密麻麻的人群，说，“今天都十六了，年也该过完了。该唱的戏唱过了，该耍的热闹也闹完了。现在都把心给我收一收。”

现场渐渐安静下来。

“从今天开始，一定要赶在正月里，把水地的庄稼过一遍水。塬上的麦地，把粪都撒上，晚了，撒的都是土。”顿了顿，程玉喜又说，“还有，明天副业队就出门，赶在搭镰前回来。还是原班人马，再好好弄几个月，我就不信年底咱碗里头没肉，瓮里没面，肚子里头没有油花子。”

人群中一阵骚动，继而响起几声叫好声。

“浇地先从南岸十三亩开始。”程玉喜补充道，“黑蛋，你帮电工把水泵下到北岸大口井里。”说完，人群一下就散开了。

月季在饲养组门口说，队长，咋没见点子哥。程玉喜沉着脸，没吱声，等进了饲养组的大门，才低声对身后的月季说：“昨天夜里，大队叫去了。”月季追问了一句：“咋啦？”

程玉喜说："还不是丢粮的事。"

月季说："不是没人偷嘛。"

程玉喜说："对呀，可他死咬住说是丢了。"

月季说："唉，一辈子刚强，到头了，还要吃刚强的亏。"

"这哪是刚强的事情嘛。"程玉喜叹了一口气说，"该我倒霉。去年底骡马死了，今年倒好，刚开春又出了这档子怪事。"

月季说："不能怪你。"

生产队丢了粮油，因为没有发现被盗窃的证据，大队初步断定，这是一起监守自盗的案件。但不知道为啥，大队这次没有上报公社，而是把王银海悄然关押在李家湾一处民宅里。

当初从家里叫走时，天赐站在门道让胡章娃把话说清楚，凭啥抓他爸哩。因为天赐经历过骡马事件，知道一旦被关起来就被动了，所以死活不让大队把人带走。天赐说："我爸是保管，你们不去逮贼，抓我爸弄啥？"

"队上丢了粮，保管配合调查，有啥嘛。"胡章娃说，"要还你爸清白，今天还要看你屋呢。"

天赐说："看啥？"

胡章娃说："就是看看，看你屋有没有队上丢的粮食。"

天赐说："放屁！丢的粮食，咋能到我屋？"

胡章娃说："空口无凭，让民兵查一下，也好给大家一个交代呀。"

一直坐在炕沿上抽水烟袋的王银海，压着怒火，说："让他们看，咱心里没病，不怕吃空柿子。"随行的两个民兵，放下背上的长枪，在天赐家前前后后、内内外外，翻看了一番，没有发现有藏匿的粮食。

胡章娃说："都看到了？"

两个民兵说："能看的，都看了。没有。"

胡章娃说："一点粮食都没有？"

两个民兵说："只有半瓦瓮玉米面。"

胡章娃半信半疑，在院子里转了一圈，说："那就好。现在把老王带回去，协助大队调查。"一挥手，两个民兵带着王银海出了门。

关押王银海的人家姓高，是前些年从禹山迁来的移民。这个院子，原先是一个四合院。高家买来时，只剩下了两座厢房和一个简陋的大门。主家住在东厢房，王银海被临时关押在南厢房。房内没有土炕。王银海就把带来的被褥，靠墙铺在地上。好在脚底是用青砖墁过的，不是很潮湿。但没有幔顶，躺在地上能看到裸露的大梁和木椽。尽管这房子已经很久没有人住了，但屋内还能嗅到些许灶火的味道。

主家负责简单的伙食。王银海几乎与外界完全隔离。除了吃饭、上茅房，他能见到看守他的两个民兵外，其余时间都是他一个人独处。白天，这间大约有十平方米低矮的瓦房里，还有微弱的光线从破破烂烂的窗棂里照射进来。可一旦到了晚上，王银海只能通过窗棂遥望天上的星星了。没有灯光，只有簌簌的寒风破窗而入。开始还能坚持，挨到第四天的时候，王银海开始烦躁起来。他被关进来后，一直没有人和他说话。问看守的民兵，民兵也只是摇头，说他们啥也不知道。

第五天，胡章娃来了。一见面，王银海就问，你不是说让我配合调查吗？咋把我关在这儿也没人管啦？胡章娃说，大队正在调查。这样吧，从今天开始，你好好想一想，把你能想起来的事情都写下来交给我，这样对你有好处。王银海赌气地说，我写个屎呀，我又不是贼娃子，让我写啥哩，我要见老支书。胡章娃说，别着急老王，写好了就让你见支书。说完，转身走了。

胡章娃走后，王银海站在窗前，望着灰蒙蒙的夜空陷入了沉思。从参加游击队到抢运敌人的面粉，再到兄弟媳妇移情别恋，从第一次当生产队长到第一次被免职，再到第二次当队长第二次被免职，从仓库保管员到被关押……像放灯影戏一样，在脑子里开始无序上演。慢慢地，这些场景加入了一种柔软的基调，一个陌生的女人，一个朦胧的女人，扭动着身姿在他的记忆深处反复出现。

突然，一道电闪撕开沉重的夜幕。透过那瞬间的强光，他看见了一个女人的脸——月季，原来这个陌生的女人是月季。……哎呀，是月季，你说，我错了吗？你没有错，都是他们的错。不，都是我的错，我的错。不是你的错。是我的错，是我的错！

“嘭嘭嘭，嘭嘭嘭”……王银海被一阵急促的打门声叫醒。“咋啦老王！”“没事。”王银海一头冷汗，他坐起身，喘着气，脑子里一片空白。

一场梦，反而让王银海回到了现实。此刻，存留在他脑海里的唯一记忆就是月季，此刻仿佛就站在他的眼前，只要他一闭上眼睛，这个女人潮红的脸蛋就开始在他的脑子里晃悠，耳朵边就会响起她软绵绵的声音……这时，月过中天了，村子里某处已经有鸡在啼叫了。可王银海一点也预测不到，天亮后会发生啥事儿。

门被打开的时候，王银海还在昏睡中。

胡章娃和高瘸子坐在桌子后边，王银海迷迷瞪瞪地坐在前边的椅子上。身后站着两个民兵。胡章娃问一句，高瘸子记一句。但王银海并没有承认，或者悔改的意思。身后的民兵几次举起胳膊做出要打的样子，但都被胡章娃制止了。

胡章娃说：“老王呀，你到底把粮食弄哪去了？”

王银海说：“公家的麦，我一颗都没拿。”

胡章娃说：“那油呢？”

王银海说："公家的油，我一滴都没沾。"

胡章娃说："那你咋在这里？"

王银海说："被你们哄来的。"

胡章娃说："那就怪了，咋不哄别人，把你哄来了？"

王银海说："……"

胡章娃说："你还是说了吧，明眼人一看，就是你做下的嘛。"

王银海说："……"

胡章娃说："正月十七那天黑了，大家都在看戏。你在哪？"

王银海说："要木偶哩。"

胡章娃说："好，那你娃王天赐在哪？"

王银海说："拉大幕。"

胡章娃说："不错，王天赐是在拉大幕。可中途，他让二队电工帮他拉大幕。一直到戏演完了也没见他人。你说，他弄啥去了？"

王银海："他，他尿尿去了。"

胡章娃："你糊弄谁哩，一泡尿，能尿半晚上。说吧，是不是你把钥匙给了你娃，让你娃……"

"放屁——你，你胡说八道。"

胡章娃见王银海两眼瞪得像牛眼，充满了血丝，时刻都有决堤的可能。尽管有两个民兵守卫着，可胡章娃心里还是有些胆怯。尤其让他纳闷的是，如此明了的案情，王银海咋老是揣着明白装糊涂哩？高瘸子始终一句话也没有说，只在一旁做他的记录。回到屋里后，王银海满腔郁闷，半晌顺不过气来。这位被岁月的尘埃掩埋了的老游击队员被激怒了。让他困惑的是，他仿佛在一个漆黑的夜晚端着枪，却找不到射击的目标。尽管审他的是胡章娃，可他知道在胡章娃的身后，一定另有其人。是老支书吗？是，又不是。当初，可是老支书力荐他当保管的呀。凭多年的经验，王银海觉得事情远没有想象的那么简单。所以，他决定改变策略，不再从正面突围。此刻，他只想知道是谁在导演着这一切。

同样的审讯，进行了三次。面对每一次相同的问题，王银海要么不回答，要么就是一句简单的回应。但他还是不明白，他们究竟想干啥？

时间已经完全隐退了。在王银海的脑子里，只有这个低矮的瓦房见证着一切。他的身体唯一能够感知的，就是夜里不再被寒冷困扰了。院子里的一棵梨树，仿佛一夜之间缀满了白色的花瓣。一天早上，老支书披着一件蓝大氅出现在这个冷寂的院落里。见到老支书的那一刻，王银海竟然一时语噎，老泪潸然而下。这种场景老支书似乎早有预料，他把王银海叫到院井里，让两个民兵站得远远的，与他面对面地坐在椅子上，拉住他的手轻轻地拍了拍，说："老王，你也算是一个老革命了。

有些话我就不多说了。你不是党员，但我相信你，相信你有这个觉悟。现在呀，村子里很复杂，但你也不要怕，清者自清嘛，一切都会过去的。你记住一句话，我相信你。但也请你相信组织，相信党。一切都会过去的，都会过去的。”

老支书的一席话，让迷茫的王银海又看到了一线曙光。尽管这乍现的曙光还很微弱，但已经足以鼓起这个老游击队员对生活的信心。

第十二章

乡村的春夜静谧而喧嚣。因为安静，所以就连墙角旮旯一只小虫的走动、掐架、叫唤，都听得清清楚楚真真切切。空气里的泥土味渐渐被一种略带青涩甚至甜腻的味道替代。猫头鹰和狗永远是天上和地上的守夜者。往往是你一声我一声地交替发出，以此区别开了田野与村庄的不同。

我一直觉得狗的吠叫虽然烦人，但它能让人立马感受到村庄的烟火味。尤其是在傍晚。一个村子里要是没有了鸡鸣狗吠的动静，那也是一件恐怖的事情。走到巷道里，一座座黑黢黢的房子了无声息，跟鬼城一般，想想都瘆人。可全村的狗一旦都狂吠起来，整个村子也难得安生。

鸡叫头遍时，我被我家那只黄狗吵醒了，我以为黄狗遇到了袭击。黄狗是一只土狗，但很机灵，绝少跟风和无原则地乱叫一气。所以这天晚上，黄狗站在院子里狂吠时，醒来的一刹那，我的心剧烈地跳动起来。一定是出啥事了，要不然，黄狗不会这般没完没了地吠叫的。一睁眼，微白的窗棂上一片红霞。村子里不时有狗吠声传来。我来不及提上鞋，踉跄跑到院井里，村西半个天空都被染红了。看方位，应该是半坡碾麦场的麦秸垛子着火了。我站在院子里，距离寨子坡的碾麦场少说也有二百米远，但我能明显感觉到隔空而来的热浪，以及那肆意翻腾的火焰发出的“噗噗”声。

这时，巷道里传来人们走动的声音。看见我后，大黄狗又朝西“汪汪”地叫了两声，就不再乱吠了。垂下高耸的尾巴，一副讨好的样子，时刻跟着我唯恐我丢下它离开似的。我能感受到，这条年轻的家狗一定是被这突发的火灾吓着了。它已经被这种陌生的恐惧笼罩了——狗在很多时候的吠叫，其实是一种心里发怵的表现。火情就是命令呀，我边提鞋边在门道拿起一把铁锨，唤回黄狗，拉上大门，直奔火场。

巷头的铁铧敲响时，我已经上到半坡接近麦场了。这个碾麦场是队上最大的碾麦场。一年有百分之八十以上的麦子，都是在这里碾打成麦粒然后入仓的。同样，从入冬到来年搭镰新麦下来，队上的牲口小半年的草料都依赖这个麦场的几十个麦秸垛子。

人没有粮食了，可以拆借。可牲口一旦没有了草料，比人还要难缠。二队的牲口多，草料的需求量大，就是外借，也难以度过漫长的无草季。

搭麦秸垛子，是个手艺活儿。只有几个上了年纪的男劳力能够胜任。我试过一回，结果搭到一半时，垛子就散架了。麦秸垛子一般有两种形状，一种是圆形的，敦敦实实的，一座挨着一座，蹲在麦场四边。远远看去，像草原上的蒙古包，好看而且实用；一种是长方形的，黑蛋说像一座瓦房，我看呀，更像是城里一辆接一辆停泊的公共汽车。我爸不光是扬场的高手，也是搭麦秸垛子的能手。天顺叔、杨木匠，包括赵魁，死了的赵九娃，都是搭麦秸垛子的好把式。因为我搭过麦秸垛子，我知道，在众多的农活里，搭麦秸垛子绝对是一门手艺。因为每年就那么几天，平日里没有练手的机会，所以这门手艺在我们村子里还是蛮稀罕的。

搭麦秸垛子，一般是主搭人先用木杈把凌乱的麦草简单整理后围成一个圆圈，再用木杈把一些凌乱的麦草垫在圆圈的中央，与一圈的麦草衔接成一体。把麦草堆积到一尺高的时候，主搭的人拿一把木杈跳上去，站在麦秸垛子的中间。搭手的人一般都是妇女，其他的男劳力都去扬场，或者给麦子过磅入库了。她们用木杈把凌乱的麦草投到麦秸垛子中央，由站在麦秸垛上的人，再把一杈一杈的麦草匀称地分布在某个区域。在搭建的过程中，垛上的人要靠不停地走动，通过摇晃，达到夯实、夯稳麦秸垛子的目的。但有了相当高度后，就不宜再走动了。

圆形的麦秸垛子直径一般不到两丈。高度适宜后，站垛的人就开始收口。开始选用一些凌乱的麦草搭建垛顶。主体形成后，还要给垛顶投撒一些麦壳，用以密封麦秸垛子。撒完麦壳，站垛的人还要用手把麦秸垛子一圈，凌乱、飘浮的麦草薅下来。再用麦壳把麦秸垛子的一圈围严实，以防雨水流入，腐烂了麦草。到这里，一座麦秸垛子的搭建就算完成了。

长方形麦秸垛子，最大的好处是容量大，但对站垛的人要求更高一些。长方形的麦秸垛子，最短的也有四五丈，最长的一般不超过十丈。搭建时，一般一丈多就需要一个站垛的人，方法与搭建圆形的麦秸垛子相同。不同的是，几个站垛的人要齐头并进，不然的话，就会出现塌陷。

我赶到麦场时，已经来了不少社员。几乎每一个赶到现场的人，和我一样都拎着一把铁锨。麦场是在土寨子坡的半腰劈出的一个大平台上。几十个麦秸垛子比肩相邻。着火的几个麦秸垛子靠内，在高高的土崖下边。此刻，程玉喜正在指挥大家隔离火情，但汹涌的火焰已经离开了地面，像无数条火蛇一般，在空中翻滚、摇摆，几十丈高的火焰把天空映照得红彤彤的，比日出前的朝霞还要夺目。眼看着几万斤麦草化为灰烬，大家心急如焚却束手无策。

火焰在炙烤着天空的同时，也炙烤着社员的心。这场春天的大火让我再次明白了水火无情的真理，明白了人类在大自然面前的渺小与无助。

消防车赶到的时候，天刚麻麻亮。从县城赶来的消防车，一边走一边打听，终于找到了村子，但却走错了路。折腾了半晌，才开到失火的麦场。五个着火的麦秸垛子，已经所剩无几了。尽管大势已去，随车来的几个消防战士，还是从车上扯下水管，朝着火的麦秸垛子喷射了一阵子水。

火焰很快被压了下去。尚未完全点燃的黑麦草，经水一激腾起一大片黑色的烟尘。眨眼工夫，半个村子都被黑色的烟雾吞噬了。一阵呛鼻的煳焦味，很快在村子弥漫开来。

尽管距离火焰很远，但每个人都被烟熏火燎成了大花脸，像过年唱戏时的戏妆，相互惹得对方尴尬苦笑。

火，终于熄灭了。

牲口的几万斤草料没了。

深更半夜的，这火从哪里来的？

是人为纵火还是天火？

尽管没有人说出口，但所有的人都在心里头嘀咕着。程玉喜一天都没有吃饭，任凭赵老师咋劝说，都提不起一丁点儿的食欲。大队派治保主任带着两个民兵，挨家挨户地进门调查，搜集线索，寻找破案的蛛丝马迹。

公社勒令古城大队把二队麦秸垛子着火事件，放在一个蓄意破坏集体财产的高度，限时三天破案。大队老支书亲自坐镇，民兵连长胡章娃全天候待命，随时准备抓人归案。结果调查了三天，几乎没得到一条有用的线索。村口的老程媳妇说，那天夜里她起来尿尿，看到我大伯从寨子坡上下来了。

这是一条重要的线索。

在第一时间，治保主任把我大伯带到了大队老支书家。我大伯一见老支书二话没说，“扑通”一下跪在了老支书跟前。“你行行好，把我兄弟放了。我兄弟不是坏人，你把我兄弟放了。”我大伯边说，边给老支书磕头作揖。

老支书一看急了，冲着治保主任说：“你长没长脑子呀，你逮老疯子弄啥？真是胡闹。”治保主任一脸委屈地说：“有人瞅见……”老支书没好气地说：“有人说他杀人了，你信吗？”

“火是我放的……看他们还敢不敢再乱逮人。”当天夜里，我大伯悄悄对我说。我的神，你这不是添乱嘛。那一夜，我借故把我大伯滞留在我家，让他陪我闲聊说往事。我说过的，我大伯是一个疯子，一会儿清醒，一会儿疯癫。这两年，年纪大了，多半时间都是疯疯癫癫的。尤其是村里谁家过事，我大伯几乎成了大家逗笑取乐的对象。好多次，我在某个角落里，看着大伯被人调侃，他却一副乐呵呵的样子，我就想哭，但却哭不出来。想大伯的一生，我有时会迷失自我。常常感叹人生一世的无常，感慨草木一秋的虚无。我也时常在心里自问，大伯这疯疯癫癫的大半辈子，有过真正的快乐，抑或有过真切的痛苦吗？

我笃信在我大伯的心里是有爱的。只是他示爱的方式与常人不同罢了——世上的疯子都是这样。他的疯癫只是对外人而言，一旦面对自己的亲人，他总是在试图掩盖自己的疯癫。尽管他的努力往往是事与愿违，但我们不能视而不见他的这种努力，这种挣扎，这种身不由己的亢奋。我还坚信，是亲人，都会有心灵感应的。

那一夜，大伯似乎一直很清醒。他给我讲了很多村子里的逸闻趣事。有些我听我爸说过，有些事情却是头一回听说。尽管我大伯颠三倒四，但我依然听得津津有味。

杨毛子是古城村的一个传奇人物。我大伯的讲述，竟然是从杨毛子开始的。我大伯说，杨毛子蹲过监狱。我问啥时候，我大伯说他当保长那会儿。这倒让我有些意外。见我一脸的疑惑，大伯接着说道，有一天傍晚，负责打扫村公所的人告诉杨毛子，后晌有两个当兵娃用牲口车拉了几卷子洋线放在院子里了。杨毛子思忖了一会儿问，干啥用哩？不知道，可能是架电话用吧。杨毛子说打条子了吗？没有，啥手续也没有。杨毛子噢了一声，说你回去吧。

当天夜里，杨毛子安排了两个人神不知鬼不觉地把几捆子洋线给卖了。第二天一大早，两个兵娃子找到了杨毛子，要昨天放在村公所里的洋线。杨毛子一听，故作惊讶地说，啥洋线？我没见到，你给谁了？有啥凭据？一连串的诘问，把两个当兵的噎在了那儿，半晌回不过神来。两个年轻的兵娃子，见保长这么说话，一时也没了主意。尽管一再强调昨天后晌，就放在村公所院子里了，杨毛子不紧不慢地说，年轻人说话可要讲凭据呀，可不敢信口雌黄，冤枉好人啊。

最后，两个兵娃子把杨毛子弄到了夏阳县政府。面对县长，杨毛子更是一推三不知，死活也不承认是他偷卖了洋线。县长说，这洋线可是紧缺物资，盗窃或者贩卖，都是违犯国法的事儿。你好好掂量掂量，想好了告诉我。说完，让人把杨毛子关了起来。

那后来呢？

啥人有啥命哩。高义听说过吧，就是咱邻村那个国民党的大官。当时好像是西京市的市长。他有一个哥哥，在家里伺候老娘。就是这个叫高天的哥哥，和杨毛子是结拜兄弟。既然是兄弟，杨毛子落难，高天自然不会不管。刚好高天娘去世，高义回来奔丧。高天借机给他弟弟说了杨毛子的事儿。高义一听，断然拒绝。说既然是犯了国法，我咋管，一语截了他哥的话头。入事的前一天，夏阳县的各界名流都来探望高义，看看丧事还有没有需要帮忙的地方。当时，一应人物都站在院子里，高义问旁边执事的人，各项事务都准备好了吗？执事的人说，都准备妥当啦。高义又问礼房的人都到齐了吗？那执事支支吾吾地说，就差执笔的杨毛子还没有到。高义巡视了一下在场的人说，这个杨毛子好牛皮呀，到现在了，还不露面，是不是还等着我去请呀，说完拂袖而去。在场的人面面相觑，纷纷打探谁是杨毛子。夏阳的县长一听高义的话带了味道，当下就慌了，转身派人回到县里放了杨毛子。

杨毛子从县府出来直接去了高天家，在礼房一坐就是七天。送完高天娘，县长也没有再找他问话，他就径直回到村里继续当他的保长。丢洋线的事儿，也就不了了之了。

不知道咋的，话题又扯到了老支书身上。我大伯一脸狡黠，说老支书原来姓赵，现在姓朱，叫家昌。原来，老支书的老家在开封府。新中国成立前，他大得伤寒死了，他娘带着他沿铁路一直往西走。他们听人说陕西没遭灾，有胆识的人不愿意走，就扒火车。胆小的人就沿着铁路线向西走，走着走着，有的人就一头栽到地上起不来了。到了最后，能过黄河的顶多也就半数人。老支书跟着他娘走到潼关时，遇到了大雪。饥寒交迫，实在走不动了，娘儿俩就钻进铁路下边一个排水管子里过夜。那时候，老支书也就八九岁的样子。夜里西北风裹着雪花呼啸着，鬼叫唤似的，能吓死人。吓归吓，但要命的不是风，是狼。那些年狼多，成群成群的。人没吃的，狼也是，饿得心慌。所以那狼看见人，就不想走了，瞅见落单的人，就扑上去咬。

那天夜里，走了一天的老支书早早就在他娘的怀里睡着了。到了后半夜，他娘看到排水管的两头尽是绿影子，明晃晃的，像墓地里的萤火虫一样多。他娘知道他娘儿俩被狼群盯上了。因为下雪，潮湿的管子里依然很亮。他娘瞅了一圈，也没有看到一块石头。只好脱下脚上的一只烂鞋，紧紧地捏在手里，和狼对峙了几个时辰。天亮了，狼群还没有走的意思。他娘就用鞋拍打水泥管道，本想吓唬一下狼群，没想到，管子外边的狼群竟然冲着他们嗥叫起来。被吓醒的老支书见状，两只眼睛瞪得睁圆，连哭都不会了。

狼群在管子外嗥叫，他娘儿俩在管子里喊叫救命。

不知过了多久，他们听到头顶上有人边喊叫边敲打铁轨的声音。过了一会儿，狼群走了。一个穿铁路制服的中年男人，把他娘儿俩带到附近的一个小房子里。再后来，他娘就跟了这个男人，他也跟着姓了赵。

因为出身苦，老支书干啥都往前奔。他早早就入了党，成了村干部。开始还好，干部都听他的话，可他大死了以后，老支书又改回了朱姓。在村子里，大家多少有些怨言，有些看法，他改回了本家姓，自然也就成了咱村的外来户。你别看村干部们面上嘻嘻哈哈的，其实呀，早就有人想把老支书弄下台了。要不是有公社领导撑腰，他早就当不成支书了。

“就凭这呀？”我说。

我大伯看着我诡异一笑说：“咱村人，倒不至于那么不厚道。”我说，那为啥？我大伯反问了我一句说：“为啥？”说完，刺溜一下，划着了手里的火柴，把半截子旱烟卷点着后，长长地吐了一口烟雾。为啥？还不是因为他管不住他底下的。

“啥嘛。”

“就是他裤裆里的东西。”

见我一脸的惊愕，我大伯又压低嗓门悄悄说：“他和大队医疗站的小白菜是老相好。”这我知道，大队医疗站春生媳妇，人长得亲，背地里男人们都叫她小白菜。可让我惊讶的不是这个，而是整天疯疯癫癫的大伯，他是咋知道村里这些事情的。我试探着问大伯，我大伯眯眼一笑，说：“我肚子里头呀，东西多着哩。”

在得到我的保证后，大伯又给我道出了一个惊天的秘密：老支书在村里有一个私生子，这个私生子不是别人，正是民兵连长胡章娃。

我想知道更多的细节，但我大伯死活不吐口，还说你知道一点就行了，知道的多了，没啥好处，说不定还会惹事哩。尽管我大伯危言耸听，但说实话，这个秘密多少还是让我有些吃惊。

月过中天。

鼓噪了一天的蛐蛐，也渐次歇息了。夜深了，可我一点睡意都没有。我鼓动着我大伯再给我说说。他问：“说啥哩？”我不假思索地说：“说咱屋吧。”我大伯说：“说咱屋啥？”“过去呀。”尽管我大伯嘴上说你今天咋啦？不想让我睡觉了，但还是开始了他的讲述。

咱屋呀，在过去可是一个大家族。咱屋有地，有马车，有长工，有短工，在咱井把弯巷就不用说了。在咱村里也是数一数二的大户。我说：“那咱屋咋还是贫农呀？”大伯迟疑了一下，说：“唉，我爸，就是你爷，年轻时好赌，还抽烟，没几年家道就败落了。”

唉，你婆可是大家闺秀呀。她娘家爸，就是你老姥爷，在南塬上那可是十里八乡的名大夫。听我爸说，我奶开明得很哩。尤其是新中国成立前夕，我奶鼓励我爸参加游击队，给夏阳游击队提供庇护一事，更是让我对我奶的身世充满了好奇。尽管已是深夜，可我大伯一提起我奶，我身上的瞌睡虫一下子就没了。因为担心遗漏了某个细节，我索性起身坐在枕头上盯着大伯。

我知道我奶生前在村里人缘好，给很多人家接生过孩子。但要说我奶的娘家是一个悬壶世家，我倒是头回听说。可我大伯说，要说世家倒也不是，不过，你老姥爷家的事情的确让人蹊跷。

“你就别卖关子啦，快说呀。”

我大伯挪了挪身子，让高大的躯体半倚半靠在墙角上，然后“刺啦”一声，又划着了一根火柴，屋内的幽暗被一团火焰瞬间点亮。不知道啥时候，他的嘴角噙着一根旱烟卷成的喇叭筒。火柴熄灭时，一股浓烈的烟从我大伯的嘴里喷出，紧接着是一阵剧烈的咳嗽。

平日里，我大伯似乎并不嗜好旱烟。但有时候，他在给别人家帮忙时，耳朵上会夹一支，甚或两支廉价的纸烟，但绝少看见他吸烟。所以，当我抢过他嘴里的喇叭筒烟卷放进我的嘴里时，大伯并没抗拒，只是起身爬到炕口，在炕脚底下重重地吐了一口浓痰。等咳嗽平静后，才又返回炕里半倚半靠在墙角上开始他的讲述。他说，这世上有些事情很邪乎，但不能不信。不信，轻的破财，厉害的败家哩。就拿你奶她娘家来说吧，好好的一个家道让她爷给糟蹋了。还是老话说得好，人狂没好事，狗狂挨砖头。所以啊，赐娃，人不能狂，就是得了势，更不敢胡张狂。

咋哩嘛，神神道道的。我有些烦大伯的絮叨。

可大伯并不理会我，接着说道：听我娘说，她娘家早先也很穷。有多穷？据说她老爷死后，家里人都没钱安葬，买不起棺材，请不起乡邻一顿饭。无奈中，她爷只好用一张烂席子，把她老爷一卷，塞进梁山半腰的一个土窑，然后，用烂砖头封了窑口。她爷自小爱打拳，她老爷死后，她爷跑到河南跟一个队伍上的人学武，快四十岁的时候，中了一个武举人。一年秋里，她爷衣锦还乡，召集村里人从傍晚一直吃喝到第二天鸡叫头遍。看看在座的邻里，没有了谝闲的兴趣，一个个东倒西歪醉意缠绵体力早已不支。这时候，她爷道出了心里多年的愧疚：这次省亲，一定要重新安葬我大。

见我疑惑，我大伯说，在咱这里要翻埋老人讲究很多，弄不好会给后人带来霉运。俗话说得好，富不迁坟，穷不移门。当时，就有村里一位老先生说，孝心可以鉴日，但当初草葬老人，也是无奈之举，老人不会责怪，晚辈也不必愧疚。现在既然动了此心，可以请戏班来给老人献唱三日。这样既可让逝者安息，也可敬慰乡梓，一举两得，何乐不为。

别看我大伯念书不多，但说起往事来，像演戏一样，拿捏得一套一套的。此刻，至少我大伯已经不再是平日里那个疯疯癫癫的老人了。尤其是大伯的讲述不断变换角度，但故事脉络清晰可辨，全然不像一个疯癫之人的思维。

你奶她爷，一个自小离家荣归故里的武举人，哪里听得下村人的劝告。天一亮，就带着几个人上了梁山。秋天的梁山灌木葳蕤，几个人拿着铁镰、铁锨找了半晌，才找到被一簇野芦苇虚掩的土窑。

你奶她爷担心别人惊扰了他大，轻手轻脚地用手扒开了当年干垒的砖块。打开土窑后，扑棱棱从土窑里飞出来一对白鸽子。两只白鸽，在天空里盘旋三圈后飞走了。惊魂未定的众人，这个时候才发现土窑口的野芦苇，那些白色的长根须交错盘亘，把武举人父亲的席卷托举着悬在半空。再看武举人的父亲，像刚刚下地回来，来不及更衣，蜷缩在席卷里歇息一般安详，一脸的平和。

看到这场景，连武举人在内也都瞠目结舌，面面相觑，不知所措。就在武举人跪下的时候，大家眼瞅着那些交错的芦苇根，慢慢地舒展开来，把悬空的席卷缓缓放在了地上，然后又缓缓地缩回到土里。

这奇幻的一幕，在半袋烟的时间里结束。等大家回过神来，好像经历了一场梦境一样。回到村子里，没有任何人相信他们所说的一切。

半年后，你奶她大独自回到了村里。说他大有一天练武时被一个突然断了把手的石锁砸在头上要了命。他大刚过百日，他娘也殁了。他大往日里的朋友，没有一个人露面。他只好一路乞讨，回到村里。

那一年，你奶她大才十二岁。

这时，一只老鼠在用纸糊裱的幔顶上跑过。蛇和老鼠是我在村里最不待见的两种动物。但世界上有很多时候都是这样：你越不待见的东西，往往会反复出现在你的视野里，让你不胜其烦，但又无奈无助。

老鼠，就是这个样子。

几乎每天深夜，我家幔顶上都会有老鼠光临。有时候是一只，有时候是两只，甚至更多。除了贸然跑行，还会叽叽喳喳地弄出一些响声来。

起先我会大声呵斥、恐吓，或者用扫炕的小笤帚砸幔顶。开始那些老鼠们还会有所收敛，但时间长了，它们顶多会停顿、迟疑一两秒钟，然后会更加肆无忌惮地在幔顶上疯跑。中间有一段时间，我还用弹弓夹着钢珠打过老鼠，但收效甚微。结果完整、漂亮的幔顶被我打成了莲蓬。

还是刚才的那只老鼠，这会儿又跑了过来。

我大伯说，老鼠没记性，连狗都不如。最好的办法，就是在洞口放药。这法子让我想起了套野兔。

后来呢？幔顶上的老鼠歇息的时候，我追问道。

十二岁一个娃娃，孤苦伶仃的，能弄啥？开始左邻右舍还帮衬着。东家送一瓢米，西家给一件袄。可日子要一天一天过的，这样下去也不是个法子。一个远房亲戚没有儿子，就让人说合，让你奶她大过继给他们家顶门。别看我老姥爷人小，一听说要过继给别人家顶门，死活不依。无奈之下，他辞别了乡亲，一个人沿着铁路一路向西，靠要饭糊口。

你奶说，她大当时就一个念头：铁路的尽头一定连着城市，人多的地方，就不愁吃喝，就有穷苦人活下去的机会。至于铁路尽头那个城市，叫啥名字，有多少人，他不管。就这样，我老姥爷沿着铁路，从春天走到秋天，又从秋天走到了春天。那些天，他白天在铁路附近的村子里要饭、歇息，天一黑，他就沿着冰冷、沉默的铁轨一直朝前走。夜里他不敢在荒野里打盹儿，他害怕狼会吃了他。有时候，他会在火车的灯光里手舞足蹈大声喊叫，一阵狂奔。等呼啸的火车像一阵风一样刮过身边时，他会趴在旁边的荒草中，闭着眼睛，一边喘息，一边在心里猜想火车司机变形的嘴脸和恶毒的诅咒……

无疑，这种危险的恶作剧式的小把戏，是一个十二岁少年对童年最深刻的致敬。

走进兰州，纯属巧合。

我大伯说，有一天，我老姥爷实在走不动了，就爬上了一辆拉炭的火车。火车像发疯的野兽在荒原上狂奔。有好几次，他都险些被强劲的风拉扯下敞开的车厢。后来，他把自己埋在炭堆里，外边只留一个脑袋。有时候，他也会把脸紧紧贴在炭堆上。这样既不怕风刮又可以取暖，感觉像在被窝里一样舒坦。就是因为这种温暖的舒适，让我老姥爷一觉睡到了兰州。

我老姥爷读过书，知道兰州这个地方。

出了火车站，我老姥爷站在黄河边觉得很亲切。因为站在他老家的村边上，也能瞅见远处的黄河。尽管他头一回到兰州，但并没有太多的陌生感。因为识字，我老姥爷很快就谋到了一份差事。在一家戏楼里，当跑堂小厮，顺带跟着师傅学茶艺。

很快，我老姥爷就博得了师傅的欢心。但我老姥爷却喜欢上了唱戏。一来一往地，又背地里拜了师傅，这个师傅每天就在茶楼里唱堂会，是个老须生。见我老姥爷爱戏，又识文断字，所以就收了老姥爷为徒。再后来还把自己的女儿，许配给了老姥爷。没几年工夫，老姥爷就唱红了兰州城，成了远近闻名的秦腔名角。名气大了，接触的人自然也就多了。后来，一个知名的老中医给了老姥爷一个专治伤寒的偏方。再后来，老姥爷开始有意接触结识了一批当地的名医，唱戏之余，开始研究医术。也就三五年工夫，我老姥爷在梨园圈内，成了一个不挂诊的名医。他看病不因循守旧，胆大心细，集纳各家之长，形成了自己的一套诊治思路。

有了这种手艺，老姥爷就动了回乡的念头。他是一个念旧、感恩的人。师傅去世后，他就带着家眷回到了夏阳老家。他回家的理由只有一个，那就是回报当年乡亲们对他的恩情……

我娘把我叫醒时，太阳已经一竿子高了。我一看身边早没了我大伯的踪影，急忙跳下炕，边穿鞋子边问我娘我大伯的去向。

“恁大的人了，还能丢了？”

"他人在哪儿？"

"一个疯子，能在哪？"我娘见我着急成这个样子，一边收拾炕，一边说，"还不是在李家湾呢。"

我没顾得上洗脸，一口气跑到了李家湾。一拐过小树林，就远远地看见我大伯一个人坐在李家湾的碾麦场上。

四月的乡村，已经完全褪去了冬季的荒芜。整个村庄都蛰伏在一片嫩绿里。村子四周的麦田也变成了绿油油的地毯。一只公鸡领着一群母鸡，在潮湿而温润的麦场的边缘地带觅食、徜徉。我刚走进麦场，坐在碌碡上的大伯就转过身来说："赐娃，你来弄啥？"

我平息了一下气息，说："大伯，你一个人坐这弄啥哩？"

"嘘——"我大伯瞥了一眼巷口的一家大门，压低嗓门神秘地说："你爸就关在这屋里。"

"你咋知道？"

"我都看到了。这个门里不停地有民兵进哩，出哩。"

这时，那个一直紧闭的大门，"咯吱"一声打开了。胡章娃对跟在身后的一个背枪的民兵，交代几句走了。那个民兵警惕地看了看四周，退回门内，"咣当"一下又关上了大门。

有那么一刻，我甚至觉得我大伯的疯癫是装出来的。从昨天夜里，到眼下这十几个小时，我觉得我大伯的脑子是清醒的，而且是智慧的。但一看到大伯邋遢的样子，我又不得不承认，眼前这个在村里人眼中疯疯癫癫了大半辈子的老人一半是清醒的，一半是混沌的。甚至在大部分时间里，他的世界被一种奇幻的无序引导着。尽管这样的状态，我是极其排斥的，但我必须接受，接受这无序背后的亲情。是的，是浓烈的亲情让一个疯疯癫癫的老人坐在这个冰冷的石头上，在这个乍暖还寒的春天的早晨用他独特的方式守护着自己的兄弟。

"赐娃，我想黑了把你爸救出来。"我大伯看着大门说。

我的天哪，真不敢相信，这话是从我大伯嘴里说出来的。我以为我听错了，一脸惊愕地看着大伯的脸。大伯的两只眼睛已经有些混浊了，但却流露出一种坚定的神色。我在心里为我大伯喝彩，难怪我爸平时对大伯百依百顺呵护有加，从不让别人伤害他。

血浓于水啊！

擦掉镜子上的雾气，我的头脑渐渐清晰起来。不由分说我拉起大伯的衣袖朝回走，我知道眼下我无论如何，纵使千言万语也不会说服大伯。因为我可怜的大伯在这一刻是混沌的，是无序的。当天晌午，我找了一个借口，把大伯送进了禹山——当年杨木匠放牛的那个姓梁的先生家里。

当然是以我爸的名义。

有些事情不是我能掌控的，但我要尽我最大的能力保护我的大伯。大伯似乎也明白我的意图，在我告别那个宁静的山村时，大伯望着那条大沟说，连翘花快开了，到时候满山满沟都是金黄金黄的，像做梦一样，再也不用东躲西藏地捉猫猫了。

我走出老远了，回头一看，大伯还站在沟边朝我瞭望。

离开地面的麦子见风就长。一不留神，麦子过了膝盖。古人真会安排，在川道里搭镰前的农历三月二十八日，专门给等待夏收的农民设立了高神殿庙会。这个庙会，刚好处在夏阳城南片的中部，澽水河西岸的战备路边。

高神殿供奉的是土地神。神殿建在战备路西侧一个独立的土岗上。每一回进城，路过这里仰望神殿，总觉得那座古色古香的大殿悬在半空里。听老人说，每年入夏，高耸的神殿里就会传来公鸡打鸣的声音。还说只要鸡叫了，当年的麦子一定丰收。每年的庙会，其实就是祭祀神鸡的。因为在川道，几乎每家的照墙上都开有神龛，龛内都敬奉着土地爷爷。还有人说，因为我们这一带的农民太不把土地爷爷当神敬，所以土地爷爷就把自己的一只鞋子放在人来人往的一个土岗上，变成了一只大公鸡，让来来往往的人当神仙一样供奉。别的不说，单就神鸡衔石一事却是事实。澽水河从禹山流经县城，一路向南，不过二里地就到了高神殿。澽水河从高神殿到流入黄河，大约还有五里地。澽水河以高神殿为界，上游河道怪石林立，大大小小的卵石俯首可见。而一过高神殿，河道里满目细沙，水草涟涟，连一块石头的影子也难觅踪迹。据说，是神鸡怕石头摧毁了堤坝，毁坏了庄稼，用嘴巴啄碎了石头……因为灵验，四乡八村的农民利用每年夏收前的空闲，集中到高神殿土岗下请来戏班，给神鸡唱戏。当然，除了社祭，这个庙会还是方圆十几里的农民购置农具、互通有无的农贸集市。

因为要买一把割麦子的镰刀，黑蛋早早就约我一块儿赶会。因为我爸的事情，我本不想去，可黑蛋死乞白赖地硬是拽着我出了村。

赶到高神殿的时候，已经快晌午了。庙会围绕高神殿土岗，稀稀落落地扯了有一里地。因为紧挨着战备路，散漫的人群几乎堵塞了交通。过往的车辆，只好小心翼翼地在人群中缓慢通过。

庙会南边狭长的碾麦场上，是骡马市场。向北，穿过一条巷道，是农贸市场。市场临时占用的是村里的巷道。巷道两边的地摊占用了一多半的路面。有的地方，中间只能勉强走过一个人。在一个专卖农具铁器的地摊上，黑蛋买了一把镰刀后，又把我拽到了巷道尽头。看他神神秘秘的样子，我心里觉得蹊跷，这个大我七八岁的好朋友自从和巧珍好了以后，整个人都脱胎换骨了，之前邋里邋遢的样子不见了。每天脸洗得勤快，头发梳得顺顺溜溜，走路也不再趿拉鞋子了。

我常想，爱情的确是一个魔杖。它不比书本的力量小，它不仅可以改变一个人不良的习惯，也可以让一个人对生活增加无限的热爱。黑蛋就是活生生的例子，就是一个被爱情滋养后对生活萌发了激情的青年。在城里人的眼里，像黑蛋这样的爱情——我权且称之为爱情，也许是微不足道的，甚至是畸形的，但对于黑蛋这样的青年却是弥足珍贵的，像一杯烈酒。

此刻，黑蛋正被这杯烈酒炙烤着、折磨着。他的爱情还没有得到巧珍的完全许可。其实，今天他拉我上会，就是想给巧珍买一件礼物，希望我给他参谋参谋。我以为这是黑蛋突如其来的想法，他说他早就想送巧珍一件礼物了，只是没有机会，也没有想好究竟送一件啥样的礼物比较合适。可对于黑蛋的这种困惑，我也是一头雾水，一片茫然。

我说："你俩究竟到啥程度了？"

黑蛋："啥啥程度？该弄的都弄了。"

"你就知道弄。"我一听笑着说，"人家同意嫁给你啦？"

黑蛋憋了半天说："一会儿说行，一会儿又说不行。"

我说："是不是她娃……不同意？"

黑蛋警惕地说："你咋知道的？"

瞎猜的。我总不能告诉他，那天夜里我偷听了他和巧珍的谈话。就是大队把我叫去审问我那天夜里的去向，我冒着被当作贼娃子的危险，也没有把我看见他和巧珍约会的事说出来。我知道，一旦我在那样的场合，说出他和巧珍的关系，会是怎样的结局。

"要不，你找个人，到巧珍家正儿八经地提亲去。"

"我想过，可巧珍不让。"

"为啥？"

"她怕丢人。"

我无语了。我理解巧珍的心情，尽管他俩有这样那样的理由，但毕竟巧珍要大黑蛋十几岁哩。巧珍有顾虑，情有可原。可这层窗纸，需要一个外人去点破。我建议他找杨木匠出面，不然的话这样偷偷摸摸下去，也不是回事儿。黑蛋说，等等再看。在一个花布摊前，黑蛋停了下来。卖布的妇女嗓门很大，唯恐集市所有的人感受不到她的热情。

"……给谁看哩。给娃，还是媳妇？来，来，看这边，昨天刚从省城进的货。的确良，你摸摸，又光又结实……"

那女人的话还没有说完，黑蛋脸上的红晕早已漫到脖根。他扯了一下我的衣襟，慌忙逃离了布摊子。

“你跑啥呀？”

“你不嫌丢人？”

“那有啥？咱光明正大的，又不是当贼娃子。”

“你声音小些。”

“你还买不买东西？”我故意说道。

“买嘛，可买啥好哩？”

“要不，给巧珍买件花袄。”

黑蛋定眼看了我一眼，说：“对，听你的，就买袄。”挑来挑去，最终黑蛋花一块八毛钱，给巧珍买了一件碎花的确良衫子。他听巧珍说过，现在时兴穿的确良衣裳。卖成衣的是一个中年男人，他用一张包糖果的方纸包好衣服后，又用一根纸绳扎好，才递到黑蛋手里。买完衣服，黑蛋用剩余的钱请我在地摊上吃了一碗羊肉饸饹。回去的路上，黑蛋不停地换手，生怕捏坏了纸裹着的衣服。但我能看出来，此刻黑蛋走路的脚步明显轻松了许多。

麦塄口，整个村子都浸在久违的麦香里。吃罢后晌饭，我坐在院台上发呆。院井里那棵从屋檐下斜刺刺疯长的梧桐树，枝叶繁茂，夕阳里散发出一阵又一阵青涩的味道。我娘在院井中央点燃了一堆陈年麦壳熏蚊虫，浓郁的烟雾瞬间弥漫了整个院井。刚刚下过一场小雨，院井潮湿的地面经过阳光暴晒，像鱼鳞一样翻起无数土皮。院井西侧，十几盆菊花郁郁葱葱，长成了一道绿栅栏，给光秃秃的院井里平添了几分绿意。

我爸喜爱菊花。从秋季一直到来年开春，我家院落里都会有无数朵五颜六色的花怒放。看着绿意浓浓的菊花树，我的眼泪悄然跌落。我娘每天进进出出，忙忙碌碌，表面上看不出啥，可我娘一到黑了，就不停地唉声叹气哩。每天早起，我娘都会拿一块炭在厨房的墙上画上一道。开始我没注意，后来才发现我娘的这个秘密：她是在记录我爸离开家里的日子。

掐着指头算了算，我爸被隔离审查已经快一百天了。没留意，我娘啥时候也坐在院台上歇息，与我一南一北，隔着丈余的院井，在烟雾缭绕的这个傍晚相互注视着。我二哥出狱后，经人介绍，到距家很远的一个山村做了上门女婿。尽管我二哥的后半生有了着落，但我娘时常会一个人坐在大门口的上马石上看着巷口发呆。尤其是我爸出事后，我娘的话明显少了许多。即使非要说不可的话，我娘也把句子尽量压缩到最短，能一个字说清楚的，就不说两个字。她把家里发生的一切不幸都化作了沉默，把满腹的屈辱和不快都消磨在忙碌之中。我知道，尽管我娘只是一个普通的农村妇女，但她的襟怀却像县河的流水一样绵长。逆来顺受的姿态让我娘始终处于旋涡之外。过去，我总觉得我娘的性情有些懦弱，但经过几件大事以后，我觉得我娘是村里少有的贤妻良母。

“天热了，你爸最怕蚊子咬了。”我娘像是自言自语，又像是对我说，“不知道有没有人给他熏蚊子。”

“你放心。”我给娘撒了个谎说，“我给老支书说过。”

“你啥时候见的老支书？”我娘急切地问道。

我迟疑了一下，说：“好几天了。”

“他咋说的？”

“他说我爸没问题，过几天就回来了。”

“真的？”

“真的。”

我说这些话的时候，不敢看我娘的脸，一直低头在地上用一根木棍拨弄一堆黑蚂蚁。听不到我娘的声音，我才抬起头来。我娘定定地看着我，一脸的愠怒：“你在哄我。”“没有，是真的。”可我的声音，到最后连我都没有听清楚。

天色黏稠起来。

铅色的天空灰蒙蒙的，让人透不过气来。院落里，一片寂静。不知从哪里传来一阵老鼠叽叽喳喳噬咬的声音。

这时，有人敲门。

铁环撞击大门铁钉的声音，急促而响亮。我娘犹豫了一下，起身走向大门。我家的大黄狗恶名在外，没有主家出现，不熟悉的人是不会贸然推门进院的。我娘刚走到院井里，刚才不知道在哪里歇息的黄狗，已经跑到了我娘身后。老黄颇通人性，只要有主家在场，是绝不会攻击陌生人的。看守我爸的民兵受大队民兵连长委派来通知我娘，我爸的审查结束了。

“人啥时候回家？”我娘急切地问。

“明早……”民兵说。

说话间，老黄突然发飙，扑着要咬门外背枪的人。那个本来就心怯，手一直拉着门环的民兵见状，忙拉上了大门。“明早，到李家湾高家来接人。”民兵隔着大门喊。

这天夜里，我娘早早吹灭了油灯。第二天天刚麻麻亮，我娘就喊我起床。我走到李家湾高家大院时，大门还关着。我试着推了推，里边一点动静都没有。巷道里也没有人走动。我就势蹲在门墩上，卷了一个喇叭筒。烟快抽完的时候，大门开了。我一下跳下石头，开门的民兵吓了一大跳。

“我来接我爸。”

“哎呀呀，我的妈呀，心脏都让你吓出来了。”开门的民兵拍着胸口夸张地说，“人在西房哩。”

推开虚掩的屋门，我爸光着上身侧躺在脚地的被褥上。他听见门响，睁开眼睛见是我，多少有些意外。但瞬间，这种意外的惊讶就消失了。我爸先躺平身子，然后才用胳膊吃力地撑起上身，坐了起来。

“你咋来啦？”

“接你哩。”

我爸想站起来，可努力了一下，没有成功。我上去想搀扶我爸，但被我爸推开了。这一次，我爸一只胳膊顶着墙，一只手撑着地，才把高大的身躯站了起来。这时，我才发现我爸的两个手腕发紫发黑，有明显的捆绑痕迹。握着我爸的手，我早已是泪流满面不能言语，紧紧地抱住我爸失声痛哭。自从朝庙回来，我还是第一次这么亲近我爸。我的举动似乎也让我爸多少有些意外。我能感受到我爸在我抱住他的时候，身子剧烈地颤抖了几下。尽管我从未与我爸有过正面的冲突，但我能明显感觉到，我爸心里明镜似的，知道我对他有意见，甚至厌恶他放纵自己的行为。但此时此刻，我的这个拥抱，至少让眼前这个刚刚经历了一百多天无端审查的老人，感到了莫大的欣慰。尽管他曾经经历过战火的洗礼，经历过比这种审查更残酷的考验，甚至有过生命危险但依然视死如归的壮举，但这一刻，我对我爸的这个拥抱，对老人而言，无异于父子间前嫌冰释后的狂欢，仿佛父子间的这个拥抱，消减了我爸几个月来的屈辱。

“爸，咱回家去。”

穿上袄，卷好被褥，我搀扶着我爸颤颤巍巍地走出了高家大院。

回到家后，我爸几乎一言不发，躺在炕上一直假寐。偶尔有人来探视，我爸也只是睁开眼睛，看一眼来人，就又把眼睛合上了。我娘忙前跑后地支应着亲朋好友的慰问，说一些感谢之类的寒暄话。杨木匠、天顺叔从我爸回家后，一连好几天，都坐在我家陪我娘说话。黑蛋、巧珍、杨毛子、程玉喜、程寡妇来的时候，都拿着东西。有的是一包红糖，有的是用手帕包了几个鸡蛋。程玉喜给我爸拿来了一条工字牌卷烟——我知道这种牌子的卷烟是我爸的最爱。

月季大概是第三天来看我爸的。她走起路来，还是那么轻盈，说起话来，还是那么柔软。她给我爸拿了一条纸烟。说是她丈夫探亲时带回来的，放在家里也没人吃，所以就给我爸拿来了。一旁的杨木匠打趣地说，我还没有吃过这种牌子的纸烟哩，能不能让哥先吃上一根，过过瘾。月季软软地说，就你嘴馋，你没吃过的纸烟多着呢。我娘面软，见杨木匠这么说，就随口说，吃，吃两根都行。月季说嫂子你别管他，我杨哥啥没见过，人家不稀罕这烟，说着玩哩。月季站在狭小的脚底一边说话，一边瞅着我爸。也许是听到了月季的声音，我爸一直合着的眼睛一下睁开了。在那一瞬间，我发现我爸的眼神里掠过一丝笑意。尽管这笑意转瞬即逝，可我还是发现我爸看到月季后脸上明显有了暖意，而且眼睛没有再合上，一直淡淡地看着月季。

“点子哥……你受罪了……”

我爸静静地看着月季，没有说话，眼睛泛着亮光。

“对……不……起……”

尽管月季的声音很小，但屋子里的人都听得清清楚楚。大家都觉得月季是一个重情义的人，谁也不在乎她说些啥话。直到月季红着眼圈离开我家，我娘还在默默擦着眼泪。

对我爸的审查没有结果，也没有定性，就这么不了了之了。后来才知道，我爸被关的那些日子遭了不少的罪。因为不配合大队的审讯，胡章娃让民兵把我爸吊在房梁上，也不打，也不骂，一吊就是半天。胡章娃要我爸承认，他当保管是老支书特意安排的，丢粮事件也是老支书一手策划的。见胡章娃这样胡咧咧，气得我爸把一口痰吐到了胡章娃的脸上，这下可惹怒了胡章娃，他当着两个民兵的面，打了我爸一个耳刮子。此后，我爸一句话都没有再说过。后来老支书堵住胡章娃说，我爸要有问题交给公社，要是没问题，赶紧放人。胡章娃看看也审不出啥眉眼，就顺坡下驴放了我爸。

狗日的，不得好死。我在心里暗暗诅咒胡章娃。

尽管请大队医疗站的大夫，给我爸吊了一个礼拜的针，但我爸还是没能吃上新麦，就含着满腹的冤屈走了。我娘竟然一滴眼泪都没有流，我娘记住了我爸临走时的叮嘱:好好活，替我把娃抚养成人。我没有娶媳妇成家，竟成了我爸临终的牵挂。

七七一过，我娘原先青灰的头发一下子全白了。

这天晌午，打麦场熙熙攘攘，格外喧嚣。几乎全队的社员都来了，叽叽喳喳地站在堆积如山的麦堆子前等着分口粮。来的人手里都抱着几个装麦子的布口袋。我和黑蛋几个负责装麦、过磅，月季、会计负责核数、登记。杨木匠协助队长在一旁招呼大家，负责维护现场秩序。

尽管每天都要见面，可一碰头社员们总有说不完的话头子，尤其是那些妇女聚到一块总有聊不完的家长里短。她们手里捏着鞋底，一边说话一边穿针引线。年龄大些的妇女们最看不惯年轻媳妇的这种做派，在一旁默不作声，要不就是撇嘴、翻眼，一脸的不屑。男人们因为不让抽烟，基本不说话，拎着口袋静静地排着队，一步一步地往前挪着。

这种场合，杨木匠最喜欢和队上的大姑娘小媳妇嬉闹了。这不，你看杨木匠脱下一只鞋，拿鞋底在赵魁媳妇玲珍的屁股上拍了一下说，哎呀，赵魁不在家，你这屁股咋这紧哩，边说边跑到别处去了。玲珍哎呀一声，扭头一看是杨木匠，就把怀里的口袋往地上一撂，像一头母豹子追了过去，身单力薄的杨木匠瞬间被玲珍撞翻在麦堆上。众人一片欢呼，玲珍一不做二不休，一个饿虎扑食用魁梧的身躯把杨木匠压在了身下。顿时，现场乱成了一锅粥。“脱了，脱了。”大家喊叫着，怂恿玲珍扒下杨木匠的裤子。玲珍见大家起哄，却起身拍了拍手说，算了，这回饶了老怪。要不晚上，我姐不让老怪上炕咋弄？

说话间，杨木匠又响亮地拍打了一下玲珍的屁股，然后光着一只脚跑远了。玲珍还想去追，却被队长程玉喜拦住了，只好捡起杨木匠落在麦堆上的那只鞋狠狠地向杨木匠砸去。“对了，对了，也不嫌羞，该你了。”赵魁媳妇也不吱声，“噔噔噔”跑回队列里，抱起自家的口袋朝我跟前一提说，兄弟，给嫂子装。

因为我分不开身，我让我娘先回去了。等到给大家把口粮分完，已经是后晌了。看看大家都走了，我对从桌子后边站起身的会计说，现在给我屋分吧。会计看了一眼队长，低声对我说，你找一下大队，人家不让给你屋装粮。

为啥呀？

还不是你爸丢粮那事儿。

把剩余的麦子装袋、过磅并送到仓库后，天已经快黑了。从杨家祠堂出来，我没有回井把弯巷，而是穿过新巷，抄小路向大队部走去。我估摸这会儿老支书应该还在大队部。无论如何，我得讨个公道。我爸丢粮的事情，既然没有结论，那就不应该不给我屋分口粮。

老支书的屋门关着。我拍了几下，里边没反应。正疑惑间，高瘸子过来了。问我弄啥，我说找老支书。他说老支书在胡连长屋里说事哩，要不先到他屋里等会儿。我说，不了。径直朝胡章娃的办公室走去。

高瘸子见我匆忙的样子，有些不放心，就跟了过来。说啥事嘛，这么急促？我想问一下老支书，凭啥不给我屋分口粮？高瘸子一听，连蹦带跳地站在我前边，拦住了我的去路，反复叮嘱我说：“你有话好好说，千万别气躁。”高瘸子比我大不了几岁，可这小子啥时候都表现得既老成又狡黠。

这时，老支书正从胡章娃的屋里走出来，看到我后一愣怔，但马上又面带笑容地说：“这不是天赐吗，你弄啥哩？”

“赵伯，凭啥不给我屋分口粮？”

“这是支部的意见。”

“我爸的事，不是已经完了吗？”

“还没有结案，”一旁的胡章娃抢着说，“还在调查阶段。”

“麦丢了，又不是我爸偷的。”

“你爸是保管，找不到贼娃子，你爸就要负责任，”胡章娃说，“没判刑，就不错了……”老支书打断了胡章娃的话头，说：“天赐啊，你爸的事，已经了了。口粮的事，我们再研究研究。”

“人都死了……”我强忍着悲痛，说，“不给我分一颗粮，让人咋过哩？”

“你说啥？”

“一斤麦都没给。”

“老胡，这是咋回事？”老支书一脸惊讶，说，“支部决议不是说先给百分之五十的口粮？咋一斤粮都没给人家，这到底是咋回事呀？”

胡章娃支支吾吾地说：“对这种人，就不能心慈手软。”

老支书一跺脚，说：“放肆，你咋能私自变更支部决定？老胡，你越来越过分了。你这样下去，会很危险的。”

胡章娃诺诺地说：“这也是大队长的意思。”

“胡闹……简直是胡闹。”老支书气吁吁地说，“高文书，你去给玉喜说，明天就给天赐屋把口粮装了。”

“好。”高瘸子刚想转身离开，胡章娃大声说：“不能给！”

这时，大队部的院子里，已经围聚了十几名村民。老支书说，胡章娃你想干啥？胡章娃说，丢粮事小，背后的阴谋可不小。一听这话，我隐忍了多日的愤怒，瞬间转化为燃烧的火焰。

“姓胡的，你嚣张啥哩？”我故意气他说，“你也打听打听，看看是谁给胡家栽的苗。”

胡章娃果然气炸了肺，嘴里嘟囔着扑上来给了我脸上一拳，打得我一个踉跄，鼻子一酸，立马有一股温热的液体流了下来。我用衣袖一抹，冲上去，抱着胡章娃一块滚倒在地上。趁他还没有反应过来，我翻身骑在胡章娃的身上，抡圆了胳膊狠劲地猛抽他耳光。抽打了一会儿，觉得不过瘾，见身边有几个半截子砖头，随手捡起一块，朝胡章娃的头上拍去。顿时，胡章娃像杀猪一样号叫起来。

老支书一看事情弄大了，忙吩咐高瘸子和几个民兵把胡章娃抬到隔壁的医疗站，又连推带骂地把我送出了大队部。临分手时低声叮咛我，口粮的事你不要管了，最好出去躲几天。躲，躲哪儿去？再说了，躲得了初一，躲不了十五。不怕他，我才不跑哩。老支书说好汉不吃眼前亏，听伯一句劝。你也看见了，是他先打我的，怕啥？老支书见说服不了我，躁了，你个娃，咋恁犟哩？滚，赶紧给我滚……滚得越远越好……我都走出老远了，还听见老支书在原地一边跺脚，一边唉声叹气。

我知道打村干部是啥后果，可我忍无可忍，我早就看不惯这个人了。一个民兵连长想抓谁就抓谁，想打谁就打谁，看见年轻媳妇就流口水，腿软得路都走不成了。这样的屃人，早都该挨打了。可我娘一听我把民兵连长给打了，吓得不行，带着哭腔说：“我的小祖宗呀，你还让不让人活呀？”

我没有给我娘说，老支书要我出去躲些日子的话，不然的话我娘连觉都睡不着。第二天早上，两个民兵把我堵在了家里。不由分说，在我家院井里当着我娘的面，把我绑了起来。黄狗见状，扑上来咬住了一个民兵的裤腿。民兵使劲抽腿，没想到却被黄狗一拖，摔倒在了地上。另一个人一时慌了神，朝天空放了一枪。黄狗被枪声吓得刺溜一下跑到了后院。尽管我没有反抗，但我娘却反应激烈，差点把老命给了民兵。多亏邻居的大嫂相劝，我娘才停止了哭闹、拉扯。不光我觉得意外，就连绑我的民兵也觉得蹊跷，我娘这个在村里出了名的老好人，怎么一下子变得像一只母老虎，让人觉得格外惊诧。

好事不出门，坏事传千里。我打胡章娃的事儿，昨天夜里就传遍了古城村，甚至邻村熟络的人也都听说了。别看平日里胡章娃张狂得失了形，但对这件事说啥的都有。咋看，说啥，我都不在乎，唯一觉得内疚的是辜负了老支书的一片好心。

关我的地方，就是以前关过天顺叔的屋子。空荡荡的，啥也没有。不过，屋子西墙上有一个不大不小的玻璃窗子。窗外，是一块篮球场大小的菜地。菜地的西边是一道土墙。我知道，土墙外边有一条通往村外的土路。屋门一关，玻璃窗子就是我唯一瞭望天空的地方。我被关进来后，我娘每天给我送两顿饭。第三天，胡章娃头上缠着绷带，身后跟着几个民兵走进了关我的屋子。我以为他要报复我，让民兵美美地打我一顿。我有这个思想准备，他们进来时，我从地上站起来调整好呼吸，等着即将到来的暴风骤雨。我自以为，我的身板还能承受得起三拳两脚的打击。但情况并没有照我的思路来，胡章娃进来后，盯着我看了一会儿，也不说话。民兵搬进来一张椅子，他一挥手，让几个民兵退出了屋子，然后自己把屋门反锁上。看架势是想和我单练，但我又想错了。胡章娃把椅子冲着我，手扶住椅子背，低声说，来，坐这。我犹豫了一下，没动。胡章娃嘿嘿一笑，说："咋啦？你娃连我都敢打，这会咋㞞了？"我一听这话，走过去，一扭身坐在了椅子上。

谁怕谁。

"看在和你哥同学的分儿上，我不和你计较。"我知道，这一刻怒火一定在胡章娃的胸腔里燃烧，但他强忍着，装出一种满不在乎的样子说："但你得给我说实话。"

显然，胡章娃内心十分纠结，甚至有些难以启齿。他在屋里踅摸了一圈后，站在我面前说："我的事，是谁给你说的？"

啥事？

"我的身世。"胡章娃迟疑了一下，说，"谁给你说的？"

一听这话，我知道我大伯的话并非空穴来风，只不过在村里鲜有人知而已。或者说，从来没有人当面质疑过他的身世。我问过天顺叔，但天顺叔对此也是含糊其词，没有一个肯定的说法。年轻一茬知道这件事的人就更少了。至于胡章娃对于自己的身世知道多少，我一时也无法判定。

啥身世？

别装啦。说实话我今天就放了你。呸，哄谁呢？但此刻，我可以判定，对于胡章娃的身世，他本人并不比我知道得更多。我在犹豫，在纠结，有好几次差点说出了实情。我心里觉得，老支书就是胡章娃的亲大，因为两个人的长相有太多相似的地方，甚至说话走路的神态都有神似的地方。

但我没有说出真相。

最后，懊恼的胡章娃撂下一句“你等着坐牢吧”，结束了对我的盘问。临出门时，踢了我一脚，拖着椅子走了。

狗日的，关我的屋子里连油灯也不给点。太阳一落山，屋子里漆黑一片。原想着关我两天就放了，没想到一个礼拜都过了，还没有让我回家的意思。没有被褥，连坐的地方都没有。天一黑，我就心慌，我就想我娘。门外看管我的民兵，坐在过廊的院台上叽叽咕咕地说话，一句也听不清楚。我觉得无聊透了，看窗外，也是一片漆黑，只能看到远处树、房屋、土墙的轮廓。别看夏天天黑得晚，可一旦说黑，一下子就黑透了。等到月亮上来的时候，窗外的菜地满地银辉。一畦一畦的高低错落，分不清哪是菠菜，哪是韭菜，哪是茄子，哪是辣椒。用木棍支起的豆角架和黄瓜架影影绰绰，看上去像一个个站立在黑暗中的夜行人。因为是老屋，站在屋里，能清晰地听到窗外菜地里蟋蟀们此起彼伏的叫声。

不知道过了多久，瞌睡虫慢慢地爬上了我的眼睛。这几天我都是这样熬到最后，坐在墙角里一闭眼就到了天亮。这时，我听到一个来自太空的声音在呼唤着我。尽管我在努力挣扎，可我还是睁不开眼，直到屋门被轰然推开，我才在一道刺眼的光柱里灵醒过来。

你和谁说话哩？

我睁开了眼，大脑里一片混沌。

民兵用手电筒把屋子里照了一遍，在确认没有其他人之后，才骂骂咧咧地拉上了门。门外两个民兵犯起了嘀咕：见鬼了，我明明听见屋里有人说话哩。另一个人说，你是不是做梦哩。眯一会儿吧，听说明天要把这货送到公社去。

不一会儿，一切又恢复了寂静。被弄醒后，我却没了瞌睡。咋努力，一丁点睡意都叫不回来了。

“咚咚咚，咚咚咚……”

这时，我听到有人在敲窗子。以为是幻觉，起身一看，吓我一大跳。月光下，我大伯用一条毛巾裹着头，站在窗台下向我招手。我小心翼翼地拉开窗户，一股潮湿的凉气扑面而来。

“你咋回来啦？”

“快，赶紧走。”大伯站在高高的窗台下，急促地说。

“到哪去？”

“快些，天亮了，就走不成啦。”

我翻出窗子，骑在我大伯的身上悄然落了地。借着月光，我学着大伯猫腰穿过菜地，来到西边的土墙下。墙有一人半高，要想轻易翻过去，也不是一件容易的事情。我大伯跪在地上，低声说“上”。我犹豫了一下，踩着大伯的脊背爬上了土墙。我本想站在墙头拉我大伯一把，没想到我大伯早有准备，踩在墙根下的一摞砖头上一发力翻过了墙。

这时，我听见身后有人喊叫，天赐跑啦，天赐跑啦……我大伯拉起我的胳膊，穿过土路向村外跑去。

很快，夜色把我和我大伯吞没了。

第十三章

十三亩地，是生产二队的菜园子。十三亩地，是一个地名。这块地夹在南岸和南[illegible]之间，是二队水地里的白菜心子。不知道从哪一年起，十三亩地就一直是二队的菜园子。

没到过古城村的人，自然对这些耕地的名字有些费心思。

古城村西高东低，巷道都是天然的排水渠。每次下完雨，东村几乎一半的雨水都要经过巷道流出村子，在村东，也就是二队饲养组南边，汇入一条人工水渠，然后一路向东，流经程家祠堂，进入村东的芦苇地。这条排水沟，少说也有一人深，有丈余宽。村里人为了便于耕作，就把沟南的一大片地命名为南岸。村子南边有一条叫大渠的季节河。这条河发源于禹山，是二队与三队耕地的界河。平时只有一小股流水，可一旦进入了汛季，雨水就会注满河道一直向东，流入县河。大渠河的堤坝高大平实，南堤从东到西五里许，有一行碗口粗细虬枝横生树冠茂盛的柿子树。北堤平整宽实，早已成了一条生产路。从北岸堤坝到二队菜园子，大约有一里地。当地人把菜园子以南、大渠河以北的耕地叫南塄。菜园子往南的耕地一共两层，一层地比一层地大约高出两尺。川道里，这几百亩地固然没有山里的梯田那么大的反差，但远远看上去倒像人的双眼皮一样起伏。

要是收了玉米，站在饲养组大门口能一眼看到菜园子的房子。出了饲养组，走过排水沟上一个用十几根木椽架起的桥，向南沿一条窄窄的生产路走不到两箭地，左拐沿着一条水渠走到尽头，有一座独立的瓦房。这间低矮的瓦房前，是一个用木椽搭建起来的草棚。简陋的草棚与瓦房的房檐连在一起，浑然一体，可以遮阳，但不能挡雨。在瓦房的东侧有一口水井，井台上长年搭着一台抽水的软管水泵。瓦房和井台加起来，也就半个宅基地大小。作为菜园子的大本营，除了冬季，这里每天都很红火。两个专门侍弄菜园子的老汉，像警察一样盯着每一个到这里帮工的社员。眼下正是秋天，菜园子四周全是茂密的玉米地。正值受粉期的玉米郁郁葱葱，把偌大的菜园子包围得严严实实。大都是低矮植物的菜园子，一圈都是高耸的玉米林。风过处，婀娜的玉米缨像万顷碧波上涌动的浪花。方方正正的菜园子，反倒成了秋天里这千亩绿涛波浪中一块低洼的草坪了。

菜园子的瓦房坐南朝北。菜地正面自西向东，分别种的是茄子、豇豆、黄瓜、洋柿子、韭菜、西葫芦、辣椒等。背面自东向西，种的是菠菜、白菜、莲花白、菜瓜子、大蒜、大葱、笋瓜等。井台周边，种的是南瓜。瓦房子前后爬满了丝瓜蔓。这会儿是一年中菜园子最诱人的季节。几乎所有的菜品都进入了采摘季。站在菜园子瓦房前的凉棚下环视菜园子，那葳蕤、葱郁的枝叶间挂满紫色果实的茄子树，那如绿瀑一般缀满青藤的豇豆架，那像玛瑙一样镶满枝干的洋柿子，那一畦一畦茂密、青葱的韭菜地，那纽扣似的齐齐整整地镶嵌在大地上的莲花白鳞次栉比，以及那紫色的豆角花，黄色的南瓜花、黄瓜花、菜瓜花，白色的辣椒花、韭菜花、丝瓜花遍地绽放，清香一波连着一波沁人心脾。

显然，要种植恁大一个菜园子，两个年过半百的半截子老汉是忙不过来的，尤其是进入采摘季。相对于其他庄稼，各色蔬菜的管理至关重要。拔草、间苗，打芽子、掐顶的活儿，一项也耽误不起，一旦错过了时机，疯长了菜苗，这一季的菜地就算白忙活了。菜园子的程山找了两次队长，程玉喜才把巧珍、黑蛋、程寡妇三个人派到菜园子干活。给菜园子派人，不像其他活路。出工的人既不能太贪、嘴馋，还要踏实、肯干活。基于这种考虑，巧珍、黑蛋和程寡妇自然是最佳人选了。

在菜园子干活，最大的特点是：要在阳坡里出工。比方说，打芽子、掐顶、拔草呀，必须要在太阳地里弄。为啥？天越热，被掐了顶，打了芽子的蔬菜的裂口越封合得快。拔下的草容易枯萎，被烈日晒蔫了的杂草也就不会再生了。在菜园子帮工，越是晌午，地里的活越紧巴。

这天，吃罢晌午饭，几个人按事先的约定，早早来到了菜园子。程山把活路一分派，自己进了菜瓜子地。其他几个人，也都分别进了洋柿子地、黄瓜地和茄子地。一到雨季，几种挂果类蔬菜好像赶班车一样，浑身上下充满了生机，往往隔一天，枝杈间就会冒出无数的新芽子。看似轻便的活路，就算干惯了大田的人，一天下来，也是腰酸腿痛胳膊发困一点儿也不轻松。

约莫在菜地里打掐了一个时辰，程寡妇因为有事儿回家去了。黑蛋对一直猫腰在茄子地掐顶的巧珍说："歇一会儿吧，我的腰都快断了。"

巧珍站直了身子，看了一眼远处的瓦房子说："再弄一会儿，到地头了再歇吧。"

黑蛋在洋柿子地里伸着腰，打着哈欠说："真不是人干的活……比拉架子车、出牲口圈还累人。"

"你弄啥都这样，不知道悠着一些，急啥嘛，今天弄不完还有明天呢。一天是一天的活路，工分也不少你的。”巧珍知道黑蛋干活实诚，心疼地说，“要不，你先歇去，我一会儿就来。”

“要歇一块儿歇。”黑蛋说，“你不歇，我也不歇。”

巧珍见黑蛋这么说，也不再坚持自己的意见了。她看了看瓦房子，又看了看身后的玉米地，说：“要不，咱就在玉米地头歇歇吧。”黑蛋说听你的。说着，两个人一起离开了菜地，找了一块干燥、背阴的地方坐了下来。

刚入伏，晌午的田野里倒不是很干燥。因为刚刚下过一场雨，太阳一晒，整个大地像蒸笼一样潮湿而闷热。远看阳坡里菜地上空，有升腾的潮气幻化成令人眩晕的光波。葱绿的玉米油光闪亮，散发出浓郁的青涩味道。地里的蟋蟀们不甘寂寞，此起彼伏叫唤个不停。

本来准备了一肚子的话，可一旦肩挨肩地坐下来，黑蛋的脑子里却是一片枯竭，一棵绿色的青苗都逮不住。自从两个人一先一后坐在这里，黑蛋一直低头在地上涂鸦。他觉得自己已经把要说的话都说给了巧珍，剩下的事情就是等待巧珍给自己的答复了。这一刻，在这个空寂的大晌午，单独面对自己心爱的女人，黑蛋反倒平静了。他还没有学会打破这种尴尬的方法，他只能低头，等待巧珍来敲破这层比鸡蛋壳还要脆薄的壁垒。巧珍瞥了眼黑蛋，似乎并没有顺着这个比自己小一大截子，但一直痴迷着自己的小伙子的意思。她在等，她一直在等。她甚至不知道自己在等啥。是时机，还是某个人。巧珍时而清晰，时而模糊。黑蛋的心思她一清二楚，但她还是在等。也许，她在等一个她自认为成熟的机会。

“天真闷呀。”憋了半晌，黑蛋终于发话了。他瞥了一眼巧珍，侧身从裤腰里，掏出一个包裹说：“给。”

“啥呀？”巧珍的目光掠过茄子地一直看着光波里的瓦房子。但似乎又什么也没有看，茫然中有些迷离。她快速瞥了眼黑蛋手里的包裹，然后又把目光收回继续看着远方。

黑蛋取下包裹上的塑料袋，然后把一个纸包塞到巧珍怀里，说：“给，你打开看看就知道啦。”

巧珍无声地打开纸裹，见是一件碎花的确凉袄，心下一喜，正色道：“哪来的？”

“买的。”黑蛋凑上去说，“专门给你买的。”

“不信。”巧珍故作严肃地看着黑蛋说，“你啥时候买的？”

黑蛋脸一红，说：“早买了，一直没机会给你。”

巧珍说：“怕舍不得吧？”

黑蛋说：“舍得。你试一试，看大小合适不？”

巧珍扑哧一笑，说：“你憨憨，大白天的我咋试呀？”

黑蛋嘿嘿一笑，说：“又没人看，怕啥？”

巧珍说:“你不是人？”

黑蛋愣了一下，说:“我，我又不是外人。”

巧珍说:“咱俩啥关系呀，又不是一家人。”

一看黑蛋涨红了脸说不出话来，巧珍又低声“咯咯”地笑了起来。黑蛋看时，只见巧珍的眼角里噙着泪花，感觉到自己的整个脸已经不是热而是发烫了。见巧珍笑得停不下来，黑蛋也跟着干笑，他觉得自己尴尬至极。但突然间巧珍打住了笑，低声说:“跟你说笑呢……谢谢你……我喜欢这颜色。”

“那你赶紧试试，看合身不。”见巧珍有些犹豫，黑蛋起身拉起巧珍进了玉米地。两个人猫腰跑到玉米地深处，巧珍甩掉黑蛋一直拽着她衣袖的手说:“对了，就在这吧。”巧珍背过身，脱下身上的蓝咔叽布袄，快速换上新衣服，一看不大不小刚好，宛然一笑说挺合身的。浅色的碎花的确良袄，显得巧珍的肤色白里透红，尤其是胸部，鼓鼓地挺了起来。

拽住衣襟，巧珍抬起头含情脉脉地问道:“好看吗？”以前，黑蛋每一次约会巧珍都是在黑夜里，大白天面对面地端详巧珍还是头一回。在这个午后的玉米地里，在黑蛋热切的眼里，巧珍无疑是世界上最漂亮的女人了。但在这个只有小学文化、老实质朴的青年农民心里，任何赞美的言语都是苍白无力的，何况在他的脑子里，根本就找不到一个赞美女人的词语。此刻，唯有一股热力从丹田扩散到全身，热血瞬间迷离了他的双眼。他嘴唇干燥，呼吸急促，他觉得自己的躯体陡然膨胀起来。他用脚蹬倒了身边的几棵玉米，脱下身上的白色粗布袄，连同巧珍脱下的那件蓝色咔叽袄一块儿铺在了地上，他把自己的脸紧紧地贴在巧珍的胸前，两手半搂半抱起巧珍的屁股，而巧珍这个被黑蛋重新唤醒情欲的中年女人，已经把自己完全交给了黑蛋。在慌乱的挣扎、呻吟中，她再一次消融了自己。她觉得自己在这个空寂的午后，已经随着地头树枝上纺织娘那一声声歇斯底里的叫声飘向了远方。

这一刻，没有一丝风，只有令人窒息的燥热，某处偶尔有蟋蟀胆怯地发出一声低吟。黑蛋透过玉米枝叶，一直在仰看天空，没有一只鸟飞过，甚至连一丝云彩都没有瞅见。天湛蓝湛蓝的，看得黑蛋眼睛直流眼泪。慢慢地，天空、玉米叶一起在他的眼睛里变得模糊起来。此刻，他不想动弹，他担心任何一个细小的举动，都会破坏眼前这美好的氛围。他想永久留住这一幕，他心里明白，这午后的疯狂已经过去，他在等候巧珍。眼角的泪水，跌落到耳朵里发出巨大的声响，他忍不住动了一下，又动了一下，那颗跌落的眼泪并没有被他甩出耳轮，而是继续跌落堵在了耳孔口。陡然，他觉得田野里至少有一半的声音与他隔绝。黑蛋不得已抬起了左手，这时他感觉到裸身躺在旁边的巧珍动了动身子。黑蛋说，腊月里咱俩把事办了吧。巧珍没有搭话。他又说，办了事，就不用偷偷摸摸了。巧珍还是沉默。他继续说，要不我让杨木匠找你公公，把事情挑明了。巧珍说，不急。咋能不急嘛，黑蛋说。巧珍边穿衣服边说，再等等，我有办法。黑蛋又说，你娃还是不同意？巧珍轻轻地拍打着衣服上的泥土说，我还没给娃说呢。

看着巧珍走出很远了，黑蛋才坐起身。

从菜园子回到家的时候，天已经黑了。因为是最后一天帮工，所以几个人熬了一会儿时间，把剩余的一点活儿干完才离开菜园子。临走时，菜园子的程山把大家叫住，说大家辛苦了，带一点菜回去给家里人吃。说罢，变戏法一样从瓦房子里拎出来三份已经分好的洋柿子、菜瓜子、辣椒和几个茄子。进村的时候，因为不在一个巷道住，黑蛋把手里的包袱塞到了巧珍的怀里。

夜里儿子备战回来时，巧珍已经睡了一觉。傍晚巧珍回到家，一看儿子的书包在院台上放着，不见儿子的踪影。正想到巷道里去叫，却听见邻居在说，邻村今天晚上放电影。她猜想，明天星期天儿子一定是看电影去了。尽管备战进门时，轻手轻脚，但巧珍还是醒了。黑暗里，巧珍问备战啥电影。备战说了声打仗的，然后摸索着躺下了。月亮还没有上来，屋里一片漆黑。不一会儿，备战就睡着了。巧珍听着儿子匀称的呼吸声，却一时没了睡意。男人死后，婆婆在她跟前不止一次地试探过。但她一直没认真想过这个事儿。再嫁，还是招人。过去巧珍都没有考虑过。原本想守着儿子打发后半辈子，可谁曾想，黑蛋却闯进了她的生活。让她原本宁静的日子起了波澜。巧珍知道婆婆的心思，婆婆希望她招赘一个男人过日子，把孙子养大，好延续赵家的血脉。可巧珍觉得别扭，真要再找男人，利利索索地嫁人算了。她不想让自己的后半辈子过得太累太复杂了。可自从有了黑蛋，巧珍却犹豫了。嫁吧，黑蛋家穷得叮当响。她倒不是嫌弃黑蛋，她是舍不得她辛辛苦苦积攒下来的这个家。尽管只有两座普通的瓦房，但毕竟是一个安乐窝。把黑蛋招进赵家吧，巧珍又于心不忍，觉得对不起黑蛋。所以，每次黑蛋催促她的时候，她心里着实矛盾，把心思说出来，又担心伤了黑蛋的心。尽管黑蛋几次都说他要入赘赵家，但巧珍知道，黑蛋那是赌气的话。巧珍娘家门口就有一个现成的例子。男人因为车祸死了，给媳妇撂下一男一女两个娃。那一年，媳妇还不到三十岁。没了男人，媳妇就动了改嫁的心思，没想到公公婆婆死活不依。闹腾了几年，媳妇最终拗不过婆家招了个男人。开始过得还算平安，但没几年婆家的人就开始欺负入赘的男人，弄得两口子也有了间隙。后来，男人找了个借口，就再也没有回来。所以打心眼里，巧珍是不情愿黑蛋走入赘这条路的。但她对事情的发展，心里一点底都没有。纠结就像这沉重的夜幕一样，让巧珍再一次失眠了。

这时，月光透过窗棂，给黑黢黢的屋里投射下一片模糊的亮光。巧珍心里想，明天一定要把自己和黑蛋的事情告诉儿子。儿子已经大了，有了自己的思想。她不想在这个问题上让儿子难堪，或者娘儿俩闹别扭。在巧珍的心里，儿子的支持比啥都重要。

天大亮，巧珍才开了院门。

儿子起来的时候，她正在洗衣服。她手里正拿着黑蛋给她买的那件碎花的确良袄。儿子说：“娘，那袄是不是黑蛋送你的？”巧珍一惊，盯着儿子，迟疑了一下说：“不是。”

儿子说：“你骗人。”

“咋说话呢。”巧珍把袄拧干晾在院子里的铁丝上，走到院台边说，“来，过来坐下，妈和你说个事儿。”

儿子站在原地没动，说：“我都看见了。”

巧珍眉头一皱，说：“你看见啥啦？”

“啥都看见了。”儿子犹豫了一下说，“你心里头明白。”

见儿子这么说，巧珍一阵懊恼，竟一时没了话。两个人就这么戳在原地一言不发。几只老母鸡在院子里咕咕地叫着四处觅食。等心绪平静下来，巧珍刚想把自己和黑蛋的事情告诉儿子，没料到，儿子却撂下一句“你和黑蛋的事我不同意”，就跑出了院子。

巧珍不明白儿子为什么这么大的火气。但赌气跑到巷道里的备战却是满腹的羞辱。他同样不明白，他娘为啥要这样。难道没有男人，就不能过日子了吗？他不是已经长大了吗？娘为什么要忽视自己的存在呢？出了院门，他在巷道里盲目地奔走。昨天他在玉米地里撞见的一幕，像幻灯一样不停地在脑海里闪现。他和一个同学借着学校午休到菜园子偷吃洋柿子。两个人坐在玉米地把偷来的洋柿子、黄瓜摆在地上，正准备开吃的时候，听到了黑蛋和巧珍的声音。开始两个人以为碰到了一对搞破鞋的野鸳鸯，趴在地上不敢吱声偷窥了好一会儿。后来，备战认出了他娘巧珍，脑子里轰的一下，后脑勺像被人扇了一巴掌似的，差点儿昏了过去。这一幕，让这个还处在懵懂期的少年感到了莫大的羞辱，他丢下同学，丢下偷来的洋柿子和黄瓜，头也不回地跑出了玉米地。那个趴在地上正看得津津有味的同学，看见备战仓皇逃离，以为是看菜地的人追来了，也顾不得拿走地上的洋柿子和黄瓜，紧跟着猫腰跑出了玉米地。

备战抬头一看，自己咋到了土地庙。今天过星期庙门关着，他索性一屁股坐在柏树下。在这里，能清楚地瞭见他家的屋顶。他家院子里那棵榆树上的喜鹊窝，让他一眼就能认出自家的房子。前几年，要不是他大阻止他，备战早爬上树，把那个用无数小木棍搭建的喜鹊窝给拆了。他大说喜鹊是益鸟，能给家里带来喜庆。说完这话的第二年，他大就死了。备战现在有些后悔，当时真不该听他大的话，要是把喜鹊窝拆了，说不定他大还不会死哩。想到这些，备战在心里说，大，我娘不要我了，我该咋办呀。说完把头埋在两个胳膊上，伤心地哭了起来。

这时，杨木匠路过土地庙，见备战独自个儿坐在树下哭泣，心里一酸，说："备战，你咋啦？谁欺负你了。"备战抬起头，两只眼睛又红又肿，哽咽着摇了摇头，起身走了。看着备战的背影，杨木匠叹了一口气说，没大的娃怪可怜的。

这天后晌，巧珍从地里回来看到婆婆在扫地，问婆婆备战回来没有，婆婆装着没听见，一边扫门前的巷道，一边对着一只母鸡骂道："你个不要脸的东西，男人才殁了几天，就耐不住了。"路过的人笑着说，五婶呀谁又惹你了。巧珍的婆婆说没人惹我，我骂这些害人的鸡呢。一天到晚，叽叽嘎嘎的，一见着个公鸡就骚情呢。

巧珍臊红了脸，扭身进了自家的大门。从院门到厢房的一段路，她趺趺撞撞进了屋，反插屋门后，巧珍用被子裹住脸放声大哭。她觉得自己正处在一个湍急的旋涡中间急速下坠。身体和意识都在失重的虚无中随风冲撞，不一会儿就遍体鳞伤面目全非了。到处是讥笑、嘲讽的面孔，但所到之处都是熟悉而陌生的目光。

巧珍和黑蛋相好的事，被一场淅淅沥沥的大雨冲刷淡了。一天后晌，晴朗的天空好像谁扳倒了染缸，蓝靛的液体倾盆而下。眼瞅着天空由淡到浓，变成了一个染布的大缸。须臾，由大缸流出的黑水呼啸着，铺展开来占据了天空，把天空压得很低。站在古城东村的土寨子上，仿佛一伸胳膊就能抓一把黑云。约莫傍晚时分，雷电交加，但任凭雷击电闪风扯，也没能撕得开乌云的笼罩。它们一齐败下阵的时候，天开始落雨。

雨，淅淅沥沥，像过筛子一样不紧不慢，一下就是三天。第四天，雨终于停了。但井把弯巷头那个落寞的铁铧又急促地响了起来。

涨水了。

在大家的记忆里，这么大的水至少有几十年没见过了。先是巷道里的水过了膝，哗哗地淌进了饲养组前的排水沟。汇到沟里的雨水，又哗哗地流进了村子东边的芦苇地。村南大渠水势更大，浑浊的洪水挟带一股冷气，铆足了劲朝前奔涌。

此刻，身披各种雨具的程玉喜、杨木匠、月季、赵魁、黑蛋等几十号人聚集在大渠河与县河交汇的堤岸上。县河的水已经涨满了河道，拥挤的河水缓缓地向前涌动。大渠河的洪水超出了平日的水位逼近了桥面，从县河河道一边看，小桥的圆拱洞像抽水管道一样蓄满了水向县河里喷。尽管这里的雨已经停了，可河道的水位还在不断地上涨。排洪不利，一旦大渠河堤崩溃，河岸北边的数千亩农田，顷刻间就会成为汪洋大海。

赵魁、黑蛋等人主张刨开南堤，把洪水排到堤外的芦苇地里去。杨木匠说那是杀鸡取卵的做法，而且后患无穷。他主张炸掉小桥，让水直接流入县河，认为这才是长久之计。但赵魁说要是黄河倒灌呢？县河的水势必回流到大渠河，后果一样严重。那不光是损失庄稼的事儿，也有可能威胁到村子的安全。杨木匠说我何尝不知道呢？可几十年了，从没出现过那样的事情。

这时，天空又飘起了蒙蒙细雨。

大家把目光一致投向了队长程玉喜，等待他的定夺。程玉喜把头上雨衣的帽子推到脑后，又来来回回地勘察了一番水势，然后一手叉腰，一手指着即将收割的玉米说："咱就赌一把。"

啥赌？

炸桥！

大渠河的洪水，随着一声巨响，像一头发狂的蛟龙腾空跃起后，又一头扎进县河。一座新中国成立前就有的砖拱小桥，转眼消失在浑浊的洪水中。眼前的危机似乎在慢慢消解，但在回家的路上，每个人的心里都忐忑不安。大家都清楚，洪水的威胁并没有彻底消除。

大家光脚踩着泥泞进村的时候，雨又下大了。整个村庄在雨里变得朦朦胧胧，像一艘偌大的方舟停泊在海滩上，随时准备着起航。

夜幕降临，黑暗吞噬了村庄。似乎农田里的蟋蟀都跑到了村子里。房前屋后的犄角旮旯里、杂草丛里、院井的某一个角落里，甚至屋子里的椅子底下，都传来蟋蟀清晰明脆的叫声。而在空旷的田野里，在村庄外围有积水的地方却是青蛙的世界。悠长、高亢的蛙鸣声此起彼伏，这种四起的蛙鸣似乎在缩小包围圈，离村子越来越近，让村里人不由得产生一种不真实的感觉，仿佛置身于江南水乡。

总之，这种奇妙的喧嚣的秋夜在古城村是不多见的。然而，在这听似安澜的夜幕下，正在酝酿着一种更大的威胁。这种威胁像一只伏地而来的蛇，正在一步步逼近这个有着千年历史的村庄。

时大时小的秋雨，淅淅沥沥地又下了一夜。

天赐走后，他娘一个人独居老宅。这天，她刚拉开大门，几只绿色的青蛙竟然瞅空儿跳进了院子。年近六十的她吓了一跳，心下觉得蹊跷。她站在门墩石上一瞅满巷道都是水，"嗖"的一下，恐惧爬上了她的后脑勺。这时，她看看天气还早，大部分人被雨水淋了一夜还没有起来。她从十八岁嫁到井把弯巷，还是头一回见到这么大的水。惶恐中，她拿起小擀面杖使劲地敲打手里的洋瓷脸盆，嘴里不停地喊着：涨河了，涨河了。

井把弯巷从头到尾总共不到两百米长，却紧紧凑凑地居住着三四十户人家。大清早经天赐娘一闹腾，除了西头的五保户程瞎子，其余人家都在惊讶中打开了大门。不多时，有人敲响了巷头的铁铧。

程玉喜吩咐月季，带几个小伙子赶紧通知各家各户朝土寨子上转移。天赐娘在院井里正发怵，因为需要带的东西太多了，她一时拿不定主意先拿哪些物件走。尽管这个院子里没啥值钱的东西，可节俭了一辈子的她，一件家具，抑或农具，都舍不得扔下。黑蛋一进门，见天赐娘在院子里徘徊，急促地说："三婶，你踅摸啥哩？赶紧走，晚了怕来不及啦。"

天赐娘说："那这屋里咋办呀？"

黑蛋说："哎呀，三婶，拿几件衣服，再拿一些吃的，赶紧走吧。东西值钱，还是命要紧呀？"

天赐娘说："你说这赐娃走了都快一年了，是死是活也不知道。"

黑蛋说："没事，恁大的人还能丢了。"

天赐娘环顾了院子一圈，说："这可咋办呀？"

黑蛋拉起天赐娘的胳膊，一边向外走一边说："怕啥？有我哩。"但他能感觉到，此刻这个孤独无助的老人的内心充满了恐惧。因为扶着老人的胳膊，黑蛋能感觉到天赐娘浑身在不停地发抖。

站在村西土寨子崖畔上鸟瞰村庄，程家祠堂以东到县河的数万亩玉米地，几乎是一夜之间变成了一片汪洋。远远看去，洪水已经淹没了玉米地，只有些许的草缨子在水面上荡漾。即将收割的玉米，转眼化为泡影。为此，不少人开始咒骂天公，咒骂这该死的洪水。天赐娘心里惊慌得厉害，就坐在土寨子朝阳的土墙下，哆嗦着从衣襟里掏出一把剪子来。黑蛋吓了一跳，以为天赐娘心里一时想不开要寻短见，刚想去制止，却见天赐娘又从衣襟下掏出一沓纸，黑蛋知道天赐娘手巧，会剪窗花。每年腊月，天赐娘都会用写对联的大红纸，剪很多窗花送给门口人。什么喜鹊登枝啦，鱼跃龙门啦，年年有余啦，连枝梅啦，还有牛呀、马呀等，在天赐娘的手里剪啥像啥。此时此刻，看到天赐娘从怀里拿出剪子，黑蛋心里又扑哧一笑，心想，都这会儿了，天赐娘还有这心思。他就过去坐在天赐娘对面，默默地看一把剪子在老人手里翻飞跳腾，看纸屑在老人手指间飞舞，又像雪片一样散落在地上。一袋烟工夫，天赐娘开始在膝盖上铺展自己的作品。在天赐娘手里，是一幅稚拙的连体娃娃，三个娃娃手拉手并排站立在一起，刚好和天赐娘手里的窗纸一样高，满满当当的没有浪费一点纸张。黑蛋心想，天赐娘手真巧，可惜天赐连一个喜鹊都不会剪。天赐娘一次剪了三张一模一样的窗花，可让黑蛋蹊跷的是天赐娘今天剪的娃娃，不是用红纸，而是三张黄表纸。

黑蛋说："三婶，你剪的啥呀？"

天赐娘说："纸人。"

黑蛋更疑惑了，说："剪这弄啥用？"

天赐娘起身，把三张黄色的连体娃娃一张挨着一张，用小木棍并排别在面对村庄的土墙上。然后双手合掌，对着天空念念有词。

黑蛋说："三婶，你这是弄啥呢？"

毕了，天赐娘说："给老天爷说话呢，让他不敢再下雨了。"

这个时候，身后传来一片喧嚣。大白天的无数青蛙齐声鼓噪，在阴沉沉的天空下给整个村子笼罩上了一种不祥之兆。杨毛子是被人背到土寨子的。这一刻，他半躺在一张芦苇席上抽着烟锅子一言不发。程玉喜、杨木匠、天顺、月季、黑蛋、赵魁等人围坐在一圈，有的人默然看着杨毛子抽烟，有的人低头不语，有的人喟然长叹。队上的其他人则三三两两地聚集在一堆闲聊。没到上学年龄的碎娃们被各自的父母制止住刚安宁了一会儿，又开始了疯狂的嬉闹。突然，赵魁媳妇玲珍高嗓子问程玉喜："队长，今天记工分不记？"这一问，让所有的人都把目光都投向了程玉喜。

杨毛子一阵剧烈的咳嗽。程玉喜看了一眼赵魁没说话，又收回了目光。赵魁没挪窝，扭头呵斥道："就你淡话多。"

玲珍也不甘示弱，说："咋啦？要早把南岸刨开了，这会儿咋能坐在土寨子看西洋景哩。"

赵魁呼哧一下，起身扑到媳妇跟前扇了她一记响亮的耳光。玲珍愣怔了一下，旋即呼天抢地一屁股坐在地上干号起来。平日里相好的几个媳妇，忙上前劝说玲珍……

洪水是在第五天开始回落的，但刚露出玉米棒子，浑黄的洪水就不再动弹了。涨水前还是一片绿色的玉米，只有短短的几天工夫，此刻像失血的病人一个个耷拉下了枝叶，枯萎成了一片黄色的秸秆。植物的生命比人还要脆弱，一场洪水就提前结束了一种植物看似茁壮的命运。从土寨子回到村里后，杨毛子由于惊吓，一口痰没吐出来，人就走了。等到家人发现时，杨毛子的手脚已经冰凉，一场洪涝竟然要了杨毛子的命。

送完杨毛子，地里的洪水还有半人深。眼瞅着洪水一时半刻退不下去，程玉喜就开始组织社员抢收玉米。可齐腰深的水，根本进不了地。咋办？程玉喜让杨木匠找了几十个空汽油桶，两个一组，用木椽绑在一起当船用。两个人一组划着油桶子掰玉米棒子，大约半个时辰替换一次人。其他人和妇女们负责在地头运送玉米棒子。不到半个月，二队的几百亩玉米就收获完了。尽管玉米的颗粒，还不是很饱满，有几块地的玉米手一掐还是一包白水。嫩归嫩，但总比撂到地里头好。在随后的一个月里，队上的人家，基本上一天两顿吃的都是煮玉米棒子。

可怕的不是玉米歉收，是水地的小麦在霜降前种不到地里去。麦种下不了地，意味着明年的夏粮就要绝收。二队的小麦主产区都在水地，即使旱地的麦子再好，也避免不了年馑的威胁。

过了一遍水的村落，一下子变得荒芜起来。巷道，麦场，房前屋后，到处是一派萧条的景象。就连井把弯老井台上的青苔，也变得灰头土脸的没有一点生机。

赵魁媳妇不见了。

腊八刚过，玲珍就离家出走了。之前，没有发现一丁点儿征兆。先一天，她还给赵魁和几个娃做了一锅腊八粥，第二天早起人就不见了。离家时，只带了几件换洗的衣服。家里仅有的几块钱，赵魁揭起炕席一看，一毛不少。赵魁以为媳妇去了娘家，可等了两天还是不见踪影。直觉告诉赵魁媳妇走了，不会再回来了。但他还是央求几个人，到镇上，到县城，到亲戚家找了一遍。一周后，杨木匠说，不行给大队说一声吧。赵魁沉默了半天，悲哀地说："说啥呀，还不够丢人哩。"从此，赵魁像变了一个人似的，每天坐在巷道里一坐就是一天。媳妇走后，赵魁让大女子红霞停了学，专门在家带两个弟弟，兼带负责一家四口人的吃喝拉撒。这个年仅十二岁的孩子，担起了家庭主妇的责任。

玲珍就这样莫名其妙地在人间蒸发了，谁也不知道她究竟去了哪里，赵魁不去追寻，村里自然也没有人去追寻。不到半年，人们已经淡忘了这个女人的失踪。即使闲聊，村里也很少有人再提起赵魁媳妇了，好像村子里从来就没有过这样一个人似的。就连赵魁也不再存有任何的幻想了，没有了幻想，人心也就死了。一个死了心的人，无异于一具行尸走肉，对周边的事物，对拮据的日子，也就彻底失去了兴趣。

一天，队长程玉喜实在看不过眼了，找到赵魁说："一个大活人，咋就不见了？"赵魁头也没抬说："叫狼叼去了。"程玉喜心里头抽了一下，眼前的这个蓬头垢面的男人也不过四十来岁，可猛一看倒像是快六十的老人。才半年光景，先前那个光鲜、幽默，甚至有几分狡黠的小伙子，转眼就被生活的不幸磨砺成这样一个迟钝的人了。他迟疑了一下，说："魁子呀，要不，咱报案吧。一个大活人，咋能说不见就不见了？"

"不能报案！"赵魁差点跳起来，冲着玉喜说。

"咋啦？"玉喜一脸的疑惑。

赵魁只顾低头抽烟，不再言语。这时，贫协委员月季走进了赵魁的院门。看见月季朝自己走来，赵魁眼里闪过一道亮光，但很快又黯淡下来。月季走到跟前时，他下意识地用手指捋了一把凌乱的头发。

月季说："抽空把头理一下。"

赵魁说："嗯。"

月季说："看你那尿样……三条腿的蛤蟆不好找，两条腿的女人多的是。"

程玉喜也附和着说："就是的，千万可不敢把娃耽误了。"

月季说："两个碎娃呢？"

赵魁迟疑了一下，用下巴朝屋里一指，说："在屋哩。"月季不放心，进到屋里一看，炕上只有大娃在睡觉，说："碎的呢？"

赵魁沉默不语。

月季急了，说："你好好说，碎娃呢？"

赵魁不言语，只顾狠劲地抽烟。月季一把夺下赵魁手里的半截子旱烟卷，摔到地上，又用脚发狠地踩了几下。看到一向温和的月季脸红脖子粗地给赵魁发飙时，程玉喜一脸惊愕。他不知道月季哪来这么大的火气，更不清楚月季为啥发这样大的脾气。

程玉喜说："月季，有话好好说。"

月季说："对这种人有啥好话？"

程玉喜见月季的眼圈都红了，忙说："到底咋啦？你把我都弄糊涂了。"

月季指着赵魁，无奈地说："你问他。"

一直沉默的赵魁低声说："我的事，不用你管。"月季说："虎毒还不食子呢，你倒好，把娃卖了。你说你还算是人吗？你简直……简直……猪狗不如。"对于月季的呵斥，赵魁也不反驳。只是不停地说："我咋弄嘛，我咋弄嘛。"这时，程玉喜才明白了事情的原委，听月季说赵魁把碎娃卖了，他心里也不是滋味。

程玉喜说："你把娃卖给谁了？"

赵魁低头说："山西客。"

月季说："再苦，也不能把娃……卖了。"

这时，赵魁的女子红霞背着半袋子东西回来了。看到院子里有人，红霞把布袋子放在院台上说："大，我回来了。"

赵魁瞅了一眼布袋子，没吱声。

月季说："红霞，你弄啥去了？"

红霞说："姨，我大让我买面去了。"

赵魁抬起身，把一只布鞋朝女子甩去，说："就你话多。"月季制止住赵魁后，问道："你知道你大把你弟送人了？"

红霞说："不是送……是……卖了。"

月季说："卖了……多少钱？"

红霞瞥了眼赵魁说："一百块……我大说，不卖碎娃……我家人都得饿死。"

月季说："你咋不给姨说呢？"

听月季这样说，红霞突然哭着说："我娘不见了，我大不让给人说……怕麦收了，队上不给我娘分口粮了。"

程玉喜说："你呀，真是的。你知道不，卖娃也是犯法哩。"

赵魁说："我的娃……我想咋，就咋……谁把我尿咬了。"

玉喜、月季面面相觑，一时没了话。

农历腊月二十三是洞洼古庙会。尽管老街上的人几年前已经陆陆续续地搬迁到了战备路西边，但古庙会还是在早已荒芜的老街上举行。这个古庙会，算是周边农民祭送灶君爷回天庭说事的社祭，但没有人记得老街曾经有过一座庙宇。这个年头最后的一个古会，源于何时也没有人能说得清楚。到了年关，尽管都是当地的农民赶会置买一些年货，添置一些日常家用的物件，但设点摆摊的人却很杂芜，有夏阳县境内的游商小贩，有周边村里出售自己农产品的农民，也有不少外乡人，甚至还有河东的山西客来兜售他们的农产品。自然到了年关，在这一天的洞洼古会上，也少不了穿梭在人流中间乘机掏人腰包的贼娃子。

老街与古城东村毗邻，很多商贩把地摊已经摆到了程家祠堂一带。古会与其他地方的庙会别无二致，兜售的都是农村人生产、生活的必需物品。其实，古城人稀罕的不是古会方便，而是这一天人多热闹，像过年一样让人兴奋不已。在当地有一个习俗，大凡过会，四乡八里的远近亲朋都会在这一天上完会到村子里熟识的人家里做客。主家自然要盛情款待，酒肉伺候一番。所以每年的这一天，在古城东村几乎家家有客，人人有酒喝。今年这天，迎来送往忙碌了一天的古城东村人，却被一件意想不到的事情震惊了激怒了。

土地庙里的石拱桌丢了。因为幼稚园放寒假了，程玉喜安排人准备月尽的祭祀。月季、黑蛋那天一进庙门，就觉得少了啥，可一时半会儿又说不上来。等到杨木匠来时，他俩一说自己的不祥之感，杨木匠就傻了。

祭神石供桌不见了！

消息比风还快，立马传遍了东村。

土地庙在东村人的心目中就是神殿，土地爷就是东村三百八十户人家心里的神。每年月尽的民祭就是在这里期盼来年风调雨顺，五谷丰登，人畜安宁。这里是村里人寄托一年希望的地方。是谁？遭天谴的，也不怕天打五雷轰，把土地庙里的供桌偷走了。大家都在心里咒骂，都在关切地追问。

尽管队上当时就报告给了老支书，老支书又指派高瘸子查看了一番，又连夜报告给了公社。但大家还是不清楚，那么重的青石供桌，是咋被搬离土地庙的？这个谜，直到供桌被追回，东村的人也没有揭开。第二天，县公安局就派来了两个人。第三天，赵魁被县公安局的人带走了。第四天，月季也被叫到了公安局。因为丢了供桌，月尽的祭祀临时搬来了杨家祠堂里的一条核桃木供桌。负责组织社员的月季那天却没有出现在祭祀现场。一时间，关于月季的各种猜测漫天飞舞，说啥的都有。直到正月初六月季回到村里，才从公社传出一点消息，说月季与石供桌一案没有关系，但与之前二队丢粮有关。一池浑水越搅越浑了。社员们绞尽脑汁，也没法把丢失石供桌和丢粮这两件风马牛不相及的事情联系在一起。

案是破了，但石拱桌却没要回来。偷石拱桌的贼娃子是几个山西人，其中就有花一百块钱买走赵魁碎娃的人。娃已经转手了，一时追不回来。赵魁是同伙，负责引路、放风。石拱桌是在腊月二十三的晚上，用一辆牲口车拉走的。临走时，山西客给了赵魁一百块钱，算是感谢。但后来公安局的人给赵魁的定性是赃款，因为这赵魁被判了三年。据说，青石供桌是在河东的一个旅社找到的。经专家鉴定，古城东村土地庙丢失的青石供桌是明朝的老物件，是国家文物，要集中保管。尽管高瘸子和程玉喜在县里软磨硬缠地争取了一番，但石供桌最终还是被县文化馆拉走了。东西没要回来，连一张收条也没有人愿意打。高瘸子对负责破案的同志说，石供桌不给了，回去不好给村里交代呀。后来，程玉喜见公安局的人不理他们的茬，就试探着说，那你们叫大队的贫协委员月季弄啥呢？那个收了高瘸子一包纸烟的人说："弄啥，你们一点都不知道？"

程玉喜和高瘸子摇头说不知道。那个人犹豫了一下，压低嗓子，有点神秘地说："多亏她是个军嫂，要不也得判。"到底啥事嘛，高瘸子问。那人说作风问题，和赵魁搞破鞋。两个人一听这话，脸都变了形。

程玉喜说："咋能？"

高瘸子说："同志，你真幽默。"

见两个人不信，办案的那个人拉开抽屉，拿出一个普通的牛皮纸本朝桌子上一撂，说："你俩看看。"高瘸子说："啥嘛？""询问笔录。"高瘸子瞥了一眼程玉喜，拿起了那个卷着角的本子。

询问笔录一共记了二十多张，记的全是赵魁和月季的事情。赵魁的笔录占了一多半。从头一页到第五页，是赵魁如何与山西人勾搭盗窃东村土地庙明代青石供桌的内容。剩下的都是他偷队上粮食，与月季相好的事儿。从笔录的第六页开始每张都有详细的记录。有些地方，看得高瘸子脸热。

从公安局出来，高瘸子和程玉喜回到村里时已是傍晚时分。尽管天气寒冷，天色黯淡，但村子里依然像白天一样喧嚣，每一条巷道里都充满了过年的味道。土地庙丢失供桌，以及月季被叫去配合调查的事情被大家暂时搁到了脑后。正月初六，月季在村里人吃晌午饭的时候一个人回到了村里。其实，在月季回村之前，有关她的传闻已经传遍了全村。人们在惊愕之后，更多的是惋惜。

程家祠堂路东是一片葳蕤的野生芦苇。稀稀疏疏的芦苇地，在不经意之间不断拓展着自己的地盘。从最初的一小片，如今已经蚕食了周边不少的农田，占据了大口井以南一亩多的耕地。现在从大口井抽出来的水要进入任何一块农田，都必须穿过这片芦苇。地下水从井口到流出芦苇荡这一段水路，有四五十米长，都是用水泥加固过的渠道。每年开春，村里的女人就大包小包地背着换季的衣物来这里洗涤。

这天，艳阳高照，清风摇曳。月季抱着一堆衣物来到大口井的时候，芦苇下的水渠两侧已经有七八个女人在洗衣服了。要是放在过去，月季的出现一定会点燃一个小小的高潮。大姑娘、小媳妇，就是比月季大的中年妇女也会热情地和她打招呼，主动调整位置，把月季让到她们中间来。月季不光人长得亲，而且她的一举一动，她的衣着打扮，都是这些淳朴的农村妇女们心目中的偶像。平日里，妇女们都喜欢和月季接近，月季似乎也很享受这份来自身边的信任。但眼下的情形却让月季尴尬不已，走也不是，留下也不是。先前还在嘻嘻哈哈大声说笑的女人们看到月季后，所有的人都噤了声，更没有人主动和月季打招呼。没有了嬉笑声，身后的芦苇荡里啁啾的鸟鸣声此起彼伏。月季和大家打了个招呼，在芦苇深处找了一个位置低头洗衣。好长一段时间，在芦苇的阴凉下，只有飞溅着浪花的井水夹带着一股来自地下的温热，在宽大的渠道奔涌着哗哗地流向田野。

湍急的水流让洗衣的女人们窒息。终于，一个中年妇女打破了死寂，但她的话题显然没有引起大多同伴的共鸣。很快，这渠道上的空气又开始集结，凝固成了一片沉默。此刻，月季的脑子里一片空白，她在机械地揉搓着一件衣服。她知道，因为她的出现，让这个本来充满快乐甚至放肆的场所，一下子变得冷寂无聊起来。她使劲地揉搓着衣物，使劲地抡着手里的棒槌，想尽快离开这个让别人尴尬、让她羞耻的地方。尽管旁边洗衣的女人们把嗓音压到了最低限度，但月季依然能感受到那些女人正在议论着自己。“饱汉不知饿汉饥，换你试一试，别站着说话不腰疼。”月季在心里说道。这已经是这个表面文弱、心地善良的女人最恶毒的话了。她很想大声呵斥一顿眼前这些淳朴并有些愚昧的女人，但此刻，她已经没有了这样的勇气。她只能用一声重重的叹息安慰自己脆弱的心灵。过去，月季一直以为自己的内心很强大，不依赖丈夫，同样可以生活得很好。但此时此刻才意识到，自己其实很脆弱，根本经不起风吹雨淋。尤其是眼前，这些普通的农村妇女的一个冷漠、轻蔑，甚至鄙夷的眼神，就已经击溃了她曾经自以为是的优越感和她最看重的自尊。其实，她连一层薄薄的窗户纸都不如，一丁点儿唾沫星都能让所谓的自尊瞬间破裂。可人一旦没有了自尊，与圈内的猪牛，笼内的鸡鸭又有啥两样呢？

离开水渠不远，身后就爆发出一阵哄然大笑。

“真不要脸，想男人想疯了。”

“回去把你老汉看紧些，不要让婊子给祸害了。”

“操你的心，我老汉不是那种人。”

又是一阵放肆的哄笑，月季一个踉跄，差点儿被地上的一块土疙瘩绊倒。在村口，几个年老的妇女看见月季过来，都停下手里的活计，也不言语，都盯着月季看，好像在看一个怪物似的。月季尴尬地微笑着向这些老人们打招呼的时候，却从那一双双混浊的眼睛里读出了鄙视、冷嘲和惋惜。尽管没有人发声，但这种无情的冷漠让月季的后背都感到了一股寒气。在并不漫长的巷道里，这个古城村的贫协委员头一回体会到了被人唾弃的落寞。在祥和的余晖里，月季把自己裹得严严实实，唯恐有一丝风，一缕阳光，透过厚厚的土墙，窥视到自己的内心。

人间四月天，除了早晚需要一件夹袄外，其他时间，天气已经完全热了起来，屋里的温度就是晌午也要比屋外低些许。自从被县公安局叫去询问后，月季十天半月才出一次屋门。鉴于她的情况，队上也没有人和她计较。记工员问程玉喜怎么给月季记工分。程玉喜瞥了记工员一下眼说，你说咋记呀，照旧!

这一天，队长程玉喜带着杨木匠、巧珍，推开了月季家的大门。门并没有上闩。这是一院老宅。程家几个兄弟陆续成家，搬出去另立门户了。老人过世后，这个狭小的四合院就留给了在外当兵的小儿子，也就是月季的男人。平日里，这个百年老宅里也就月季一个人居住。月季住在门房里，南北厢房都空着。西房是月季的厨房兼柴火间。站在这个阴冷、寂静的小院子里，程玉喜心里一阵悲切。一砖到顶的明清建筑，虽经百年风雨剥蚀，但依然看不到一点斑驳的老态。从这个普通的四合院，依然能看到老程家二门当年的鼎盛与奢华，但眼下却嗅不到一丝人居的气味。

这时，从很远的地方传来一缕若有若无的戏腔声。开始程玉喜还以为是错觉，杨木匠指了指屋门紧闭的东房，巧珍说是月季。月季的嗓子好，扮相也俊俏。每年村里排戏，月季自然都是主角。三个人相互看了一眼，朝东屋走去。走到东屋的窗户前，屋里传来月季凄婉的唱腔。尽管声音压得很低，而且断断续续，但依然让人心生悲凉。杨木匠说，好好的，咋唱上《杜十娘》了。

昨日你尚且山盟海誓，
今日你摇身一变口是心非。
你说什么家庭声誉诚可贵，
你道什么锦绣前程入春帏。
十娘我出身卑贱有何罪，
你害得我呀，
茫茫天地无处归。
我这渔家女与你这贵公子难以匹配，
怨只怨这人世间情义如水，
十娘我百年长恨诉与谁，
我把你这狠心的贼呀……

唱着唱着，月季哭起来。巧珍推开门的那一瞬间，月季吓了一跳，指着巧珍说，你这负心的人怎敢来见我，看打，说着把一把扫炕的小笤帚扔了过来。巧珍头一歪，刚好砸在程玉喜的胸脯上。

“月季，是我。”巧珍说。

“你也不是什么好人，你走开。”月季还沉浸在戏里，一时出不来。杨木匠说坏了，这娃疯了。程玉喜这才注意到月季身上穿着一件粉色的戏装，站在土炕上，两只兰花手放在胸前，呆呆地看着站在脚底的人。

“妹子，队长看你来啦。”巧珍把月季拉着坐在了凌乱的炕沿上。月季一哆嗦说，该说的我都说了，咋还找我呀。说着，蜷缩到了炕角里不敢正视程玉喜。程玉喜说月季，我是你玉喜哥，我来看看你。月季说你哄我，说好了不给人说的，你哄我哩。

直到几个人走出这座老宅，月季一直沉默着，一句话也没有说，但在送他们出门，月季准备闭门时，巧珍却看见月季的眼角里噙着泪花。

杨木匠说送咱们时，月季清醒了。

走到杨家祠堂前，几个人分手时程玉喜说巧珍这几天你不要上工了，陪陪月季。巧珍哽咽着，重重地点了点头，没说啥。

翌日，井把弯巷头的铁铧敲响之后，大约半袋烟工夫，月季走出了家门。巷道里，到处是准备上工的人。一丝不挂的月季，脖子上挂着一双布鞋，一手拿着洋瓷脸盆，一手拿着一个洗鞋的刷子，边走边敲，嘴里说着“上工啦，上工啦”。穿过井把弯巷，来到杨家祠堂前。看到有人追她，就一边跑，一边敲，一边喊。刚刚走出家门的人，都被眼前的一幕惊呆了。没有人知道发生了啥事儿，只感觉到眼前闪过一道白光，像风一样眯了眼睛，整个魂魄都随着那一道犀利的白光被带走了。像潮水一般，伴随着低沉的骚动，从不同方向朝杨家祠堂涌来。很快，这触目惊心的一幕被巧珍等几个妇女扯下了帷幕。

巧珍用自家身上的那件碎花的确良袄裹着月季的下身，把两只袖子反绑在月季的后腰上，几乎是推着把月季送回了家。在回家的路上，月季亢奋地敲着手里的脸盆，像谢幕的演员一样依依不舍地走出了大家的视线。

奇怪的是，整个上午大家都低头忙碌着，甚至在歇息的时候，也没有一个人提起月季的事情。每个人的心里，这一刻都有一个结。但谁也说不出来，这个结是怎么绑起来的，该咋解开。月季裸奔这件事，直到很多年以后，村里人也少有人提起。即使偶然有人说到月季，大家也都会小心翼翼地绕过这个话题。换句话说，月季裸奔这件事，是古城东村人的一个痛。

巧珍把月季送回家，大队医疗站的医生给她打了一针，月季就安静地入睡了。看看没啥事了，巧珍在夜里十一点钟才回到家里。

两天后，有人在村东芦苇边的大口井里发现了月季的尸体。敞开的大口井，直径超过了五米，像一轮镶嵌在大地上的月亮，把古城东村最亲的女人带走了。有人说，每月十五明月当空的时候，芦苇荡里就会传来一个女人唱戏的声音。

杨木匠说月季进不了程家祠堂，自然也不愿意离开村子。

第十四章

下雪了。珊瑚一样的雪花，在天空里毫无章法地上下飞舞。这是今年冬天的第一场雪。

天不亮，我走出那孔低矮的土窑时，没风，也没下雪。等我和媳妇背着行李，踩着石头走过洛河，又翻过一个高高的土岗，走到战备路边等车的时候，天色已经透亮。一股风从宽阔的河道里蹿起，卷起荒野上的枯草围着土岗四处冲撞。从蒲县到夏阳城，每天只有一趟班车。要是到了冬季，大雪封了路，班车就停发了。等车的地方不是一个站，我怕司机看不见我们，一脚油门过去了，就把行李撂在路中间。这样，就不会误了车，回不了家了。

风，越来越大。

站在荒野里，身上有棉袄、棉裤裹着，倒还不觉得冷，但两只脚却抵御不了寒冷的侵袭，一会儿就开始疼。我和媳妇为了不耽误班车，袖着手，以搁行李的地方为中心，沿战备路向不同的方向慢跑，各跑出五十步，又转身向回慢跑。这样，即使车来了，至少有一个人能在第一时间看到。跑了几十个来回，还不见班车的踪影。媳妇说，车怕是过去了。怎么会？我打听过了，冬天早上八点才发车呢！放心吧，耽误不了。嘴上这么说，可心里我比媳妇更焦急。今年，回家这根藤蔓从内向外已经爬满了我的身体，尽管我对回村的后果做了最坏的打算，但亢奋的表面下依然是忐忑的躁动。看着媳妇像一个土球一样在空旷的战备路上滚过来滚过去的，我心里五味杂陈。如今我也是有家有室的人了，以后不论面对啥样的情势，都要万事忍为先。成家了，就不能再让我娘担惊受怕。当然，也不能让我媳妇跟着我受累。

班车一个急刹，涌起一片尘土。司机从窗子探出头来，骂道：“日你×，你把行李撂路上死呀！”车启动后，我给司机发了一根纸烟，用冻僵的手划了三根火柴，都没有给司机点着噙在嘴边的纸烟。

司机说：“你手抖屎啥哩？”

我说：“冻木啦。”

司机乜斜了我一眼，拨开我的手，从衣兜里掏出来一个汽油打火机。等车驶上一段平坦路面，他腾出一只手，把打火机在胸前一划，打开火机的铁盖，然后看也不看，又在大腿上一划拉，小小的铁砂轮与火石剧烈摩擦后飞溅出一片火花，火花引燃了旁边一簇被汽油浸过的棉纱，一股橙色的火苗陡然跃起。纸烟点燃的时候，发出一阵奇妙的声响。在惊叹司机点烟技术娴熟的同时，那一股小小的火苗也让我的心里嗅到了一缕带着汽油味道的温暖。刚刚坐好，从一片氤氲的烟雾里传来司机的声音：

“在啥地方下车？”

“古城。”

“莫急，早着呢。”

这辆破车，比蜗牛还慢。从一大早走到晌午才翻过桥头河沟，哼哼唧唧地爬上十八盘坡，在一个孤立的站牌边停了下来。一车的人，男男女女都用厚厚的棉衣服把自个儿包裹得严严实实，只留了两只眼睛告诉旁边的人，他还是一个活着的动物。靠后的一个车窗少半块玻璃，旷野的风嗖嗖地往车厢里灌。车一停稳，“啪嚓”一声，车门被一阵风雪推开。司机拍打着引擎盖，大声喊，“想尿尿的，赶紧下去”。说完，自己推开车门跳到地上。紧跟着，车厢里骂骂咧咧的，陆陆续续地站起了尿尿的人。我和媳妇也相跟着下了车。

雪还在下。

放眼看去，荒野之上一片混沌。收获过的田野和远处的荒山一样，裸露着赭色的肌肤，此刻显得开阔而荒芜。战备路上，似乎只有我乘坐的这辆红白相间的班车。下车尿尿的人不用司机分配，男人们都集中站在停车的一边尿尿，女人们都跑到战备路的另一侧去了。看着不远处，半隐在一道土崖后的村落，看着那高低错落的瓦房，我的眼圈竟然一热流下了几滴眼泪。回到座位上的时候，媳妇问我咋了，眼睛咋红红的？我扭头看着窗外的原野说风大，眼里进沙子了。

尽管路上的车很少，但车子的速度却越来越慢。随着车身的颠簸，瞌睡虫渐渐爬上了我的眼帘……

一声尖锐的枪声从身后的黑暗里带着呼啸在我脑后炸响，声波快速在我头顶的天空里传开。几乎是在同时，我和大伯趴在了地上。身下是一块空地，准确地说应该是一块留茬地。趴下去后，疏松的黄土一下子就被身体压下去一个坑。那些追我的民兵从我身边跑过时，两根雪白的手电光柱像毒蛇的舌头一样从我和大伯身上掠过，却没有发现趴在地上的大伯和我。

我趴在地上闭目屏息一动不动，唯恐发出声响引来民兵的围追。在这个喧嚣的夏夜，我只能真切地感受到急促的心跳，以及紧张带来的惶恐。大伯仿佛感受到了我的恐惧，不时在旁边低语：莫怕，莫出声。此刻，大伯的话无异于定海神针，一下子舒缓了我的呼吸。我的身边有一个神奇的老人在指导着我。想到这儿，我忐忑的心情渐渐平息下来。我嗅到了土地的芬芳，听出了虫鸣的婉转，头一回感受到了原野的夜色这么美好。要不是大伯催促，我也许会一直趴在地上，享受这夏天原野的惬意。

“快走，月亮上来了。”

“撵咱的人哩？”

“转到那边去了。再不跑，就走不了。”

跟着大伯一会儿爬上，一会儿跳下，感觉身后村子里的声息渐渐弱了。我一屁股坐在地上，气喘吁吁地说：“我跑不动了……歇一会儿吧。”

大伯回身望着远处的村子，如释重负地说：“这帮孙子，是要下黑手呀，连枪都敢开了。赐娃，你没事吧？”

“我没事……往哪里跑呀？”我在黑暗里道出了自己的疑虑。说实话，我缺少在夜里行走的经验。此时此刻，我的心里一片茫然，既不知道该朝那个方向跑，也不知道这件事情该如何收场。大伯果然厉害，他似乎听出了我的担忧：“赐娃呀，好汉不吃眼前亏。到现在了，也不要想那么多了。先出去躲一阵子再说。等过了这阵子，我去寻你。”

我说：“寻我？你不和我一块走呀！”

大伯说：“记住，我不寻你，你千万不要回来。”

月亮出来了。刚才还是一片混沌的大地，这一刻渐渐清晰起来。这时，我才真正意识到了问题的严重性。这突如其来的困境让我束手无策。这也是从学校回到村里以后我遭遇到的第一件难缠的事情。

“我一个人，咋弄？”我几乎是带着哭腔说。

“看你这屄样，哭啥？天塌不下来。”显然，大伯对我此刻的表现有些失望。他指着远处说：“从这儿下去，就是战备路……你顺着战备路一直朝南走。南边山少，村子多。能走远，就走远些……找个合适的人家帮帮工，咋也能吃饱肚子……人家要问你，你就说家里兄弟多，吃不饱饭，出来混口饭吃……记住，千万不敢说你打人的事。”说毕了，大伯揭起衣襟，从怀里掏出来一个馍塞到我手上。

别过大伯，沿着一个陡峭的斜坡，我深一脚浅一脚地绕过一簇又一簇酸枣刺，一会儿蹲下身子滑下土崖，一会儿跳下半人高的土塄儿，大约一袋烟工夫，我下到了战备路上。回首一看，大伯还站在土岗上。尽管看不清大伯的眉眼，但我能感受到大伯热切的眼神在这个无风的夏夜传导给我的力量。按照大伯的吩咐，我沿着战备路向南疾速走去。走出半里地后，我感到有两只虫子在脸上慢慢爬行，痒痒的，用手一抹，原来是两滴眼泪。这是我没有想到的，我会以这样的方式逃离我的村庄。但我知道，这眼泪，除了眷恋，更多的是对未来的担忧。

朦胧的月光下，孤独的战备路，像一条冬眠的响尾蛇了无生趣地横亘在天地之间，一动不动。我在努力克制自己不要胡思乱想，努力把精力集聚在两条腿上，但我还是感觉到公路两侧的草丛里，以及稍远一些的田野上，不时传来虫鸣与动物走动的窸窣声。我知道，在这喧嚣的夜幕下隐藏着许多意想不到的危险，但此时此刻，我唯一能做的只有快速行走，或者用慢跑来平息黑暗带给我的恐惧。这时，在离我丈余的地方，一只野兔慌慌张张地穿路而过，蹿入一片豆子地。紧接着，那片稠密的豆子地里，扑啦一声，一只野鸡尖叫着飞向黑暗深处。我知道，是我匆忙的脚步声惊扰了那只野兔，而那只落荒而逃的野兔又惊起了一只歇息的野鸡。很快，一切复归平静。但我咚咚跳动的心脏却一时平静不下来。面对这混沌博大的夜晚，我觉得自己渺小得连一只蛐蛐都不如。更不要说，如何面对一只狼了。想到狼，我突然觉得有必要武装一下自己。环顾左右，似乎没有啥现成且可手的东西供我选择。又朝前走了半里路，看到路边有一棵细细的柳树。扳倒后，费了好大劲，才用脚踩断树干，制作了一根很结实的手杖。有了这根柳树棍，心里一下子踏实了许多。有了安全感，陡然觉得战备路两侧草丛里的虫鸣也变得可爱起来了。我竟然想起了多年前村里的铁花，想起了铁花绽放的那一刻人群尖叫的场景。那些乍现乍隐、无比灿烂、晶莹耀眼的铁花带给我的惊喜一辈子也忘不了。这样走着，我又期望再次有一只野兔，或者野鸡乍现。但我的心愿直到月亮被云层吞噬、天色暗下来也没有如愿以偿。随着黑黢黢的夜色而来的，是我的疲惫。平日里，这一带我没来过。我也不知道眼下走到了哪里。凭感觉，我觉得自己应该已经走了有三四十里路了。也就是说，眼下我还没有走出夏阳县境。那么，一旦我就地歇息，就随时有被抓回去的危险。但我的确走不动了，两条腿像绑着沙袋一样，每次只能迈出一小步，两个眼皮子沉重得像灌了铅水往下沉。这时，前边不远处传来鸡叫的声音，一个村子的轮廓进入我的视野。我不由得加快了步伐，我想起大伯说过的话，没出县境前，不要进村子，不要和陌生人说话，尽量绕着村子走。尽管天还没有亮，我还是快速通过了一个不知道名字的村庄。但在经过一块菜地时，我随手拽了一把青辣子，三个茄子。青辣子不是很辣，就着甘甜的生茄子吃却别有滋味。大伯临别时塞给我的馍，也许是在弄柳树棍时丢失了。但有了三个生茄子进肚，再加上青辣子，刚才的倦意不见了，头脑也变得清醒了。

天亮时，我已经翻过了桥头河沟，走出了夏阳县境。这个时候，我才想起来，几年前我来过这里。当时，我和我爸拉了一车炭，在这里换过粮和红薯。在沟边的那个村子，我歇了一会儿脚，又开始了逃亡式的跋涉。这种跋涉，没有目标，没有目的地。我就像一支拉满弓、向天空射出的箭镞，只有筋疲力尽后，才会坠落在某个地方——这也许就是命，生来就注定的命。每个人都是一支离弦的箭镞，不论你射向哪个方向，最终都是要坠落的。这种既定的轨迹，都不是箭镞能决定和左右的。有时候，箭镞坠落的地方，也不是拉弓人所能决定的。离弦的箭镞一旦射向了天空，就已经陷入了一种宿命。

离开夏阳县境以后，我的状态轻松了许多。看上去，我不再像是一个逃亡的人，倒像是一个出来散心、走亲戚的人。走了一夜的路，我已经厌烦了在战备路边的行走。重新出发前，我给自己大致定了一个方向。我不想再在那些似曾相识的村庄边消磨时光了，我渴望在一个陌生的环境里历练自己。这样的话，我就可以终结我已经厌烦了的沿路行走了。站在桥头河沟畔，向西瞭望，在视野的深处是一道巍峨的山峦。我在心里揣测，这道巍峨的山峦，也许和我家西边的禹山一脉相连。想到这儿，我甚至把我逃亡的目的地也定在了那座大山里的某个地方。有了目标，我及时调整了行走的方向。穿过那个歇脚的村庄，我从清早开始，从一片玉米地走到一片黄豆地，从一片高粱地走到一片谷地，从一片红薯地走到一片棉花地，从一片苜蓿地走到一片萝卜地，从原地走到沟地，从田间走到荒原。一会儿爬上，一会儿跳下，裤腿先被露水打湿，又在不经意间被荒野的荆棘挂破。沿途在庄稼地里，我遇到过野兔、野鸡、松鼠、知了、蛐蛐。在灌木、草丛里，遇到过山雀、菜花蛇、壁虎、螳螂、蚂蚱、蝈蝈、马蜂窝等在田野里生存的几乎所有的动物、昆虫。晌午时分，盛夏的阳光格外强劲，很多植物，甚至野草，在阳光持久的照射下，都显出了疲惫的状态。我一口气走过大片大片的田野，走上一个逶迤的山坡，这是一座石头山。山坡上，稀稀拉拉地长着一簇一簇的野枸杞。在大小石头间，长满了一种酷似韭菜的野草。在高高低低的灌木野草间，盛开着红色、白色、黄色、紫色的野花。这些花朵，有大有小，有圆有扁。这里的景色，比夏阳城里的公园还要美。

爬到半坡，我坐在一道残破的石头墙下，边吃萝卜边欣赏眼前的美景。刚才在路过一片水萝卜地时，我随手拔了两个殷红的水萝卜。拧掉葳蕤的绿叶子，用衣襟擦掉泥土，塞进怀里。这一刻，这个一半红一半白、水分多而脆的水萝卜，让我想起了月季。剥掉萝卜的一层厚皮，里边的瓤子脆甜可口，一口下去，满嘴的水分。吃了不到一半，我又想起了月季。我看见月季微笑着，一丝不挂地向我走来。我觉得好奇怪，这荒郊野外的，月季咋也在这里呀……一声羊咩弄醒了我。我睁开眼睛时，一只白色的奶羊就站在我的旁边。它一边轻声叫唤，一边疑惑地看着我。瞬间，我的大脑里一片空白。我不知道我在哪里，这羊是从哪里来的。我以为我还在做梦，就起身用手摸了摸那只奶羊的胡须，奶羊并没有躲开我的抚摩，嘴里轻声叫着，还不停地摇摆着它那短小的尾巴。一切都是真实的，我大致看了一下，在山坡上有二十几只羊。但我没有看到放羊的人。多亏这是一群羊，我在心里嘀咕，自责自己的疏忽、大意。我暗自庆幸，刚才站在我跟前的是一只羊而不是一匹野狼，但心里还是不免有几分后怕。

“小伙子，你是弄啥的？”

这时，一个略带沙哑的声音从我的头顶传来，我一翻身从地上站了起来。一个和我大伯年纪差不多的老汉，拄着一根细长的羊鞭，圪蹴在一截子石头墙上。不等我说话，那老汉又开了口：“看样子，你不是我这儿人。”老汉的眼睛还挺毒。看看老汉并无恶意，我长舒了一口气说：“叔，我是夏阳人，想走近路，到山里去呢。”

老汉眯眼看了我一会儿，说：“你就顺着这城墙，一直走，翻过山，就是洛河。过了河，就到山底下啦。”

“城墙，这是啥城墙？”我环顾了一下四野，拍着眼前的石头墙说。

“听人说，好像是……魏城墙。”

“魏城墙？”我惊讶道，“我村子南边，也有一段魏城墙。不知道是不是一回事？”

“不知道……”话还没有说完，老汉一声拉长的呵斥，跳下城墙追了过去。原来，有一只羊跑到山坡下的豆子地里去了。这时，一片硕大的白云飘到了头顶，把山坡上的太阳光遮挡住了。顿时，山坡上一下子暗淡下来。我按照放羊人的指引，顺着这道用石头垒在山脊上的城墙，一直向山上走。与其说是走，不如说爬行更确切些。快到山顶的时候，野枸杞少了，就连野草也连不成一片了。裸露的石头面目狰狞，我手脚并用采取迂回的方式才爬到山顶。站在光秃秃的山巅，眼前是一道开阔的峡谷。一条看不到头也看不到尾的河流，像一条大地的血脉安静地流淌着。峡谷西侧，是一道高耸的土崖。山脚下，沿河道是一大片滩地。在土崖半腰，有一个山村。在一片一片茂盛的树冠里，隐隐约约地能看到一些大大小小、高低不一的土窑洞。在我的脚下，却是一片凌乱的河滩。河道上，布满了大大小小的石头。迎着风，我拽着低矮的灌木枝小心翼翼地下山。乍一看，山顶到河滩，也就几十米高，但山势却很陡峭，平日里很少牛羊光顾。下到一半时，裸露的山体上只有少量的野草，没有了灌木枝，我只能望河兴叹了。就势圪蹴着歇息了一会儿，只好原路返回。因为要从这里下到河滩，几乎没有可能。可问题来了，刚才下来的时候是拽着灌木枝下来的，现在要往上爬可就不那么容易了。因为长时间的行走和饥饿，我早已是疲惫不堪。每向上爬行一米，都需要付出很大的努力。太阳已经坠落到对面那座更高更大的山后了，河滩一片灰暗。身后，河对岸的山村，偶尔传来几声狗吠和鸡们进窝前的喧嚣。我像一只壁虎，靠着替换手脚，一点一点地向山坡上爬行。这时，不知从哪里飞来一只土蜂，在我脑袋上盘桓——我领教过这种土蜂的厉害。记得小时候，几个人在村北的沟里给羊割草，有个同伴不小心触碰到了一个隐藏在野草里的蜂窝。好家伙，当我陡然听到一阵巨大的蜂鸣时，我那个同伴带着哭腔已经跑出几丈远了。一股黑色的旋风，紧紧地追随着他。同伴边跑边哭，另一个同伴见状，也跟着在河边跑。很快，他的身后也聚集起了一小股黑色的旋风。这个时候，我才陡然明白过来发生了啥事。但我没有跑，而是脸朝下趴在地上。后来，我在河滩的浅水里，找到了我的那两个同伴。一个人已经面目全非了，满脸红肿，眼睛都寻不见了，嘴巴肿得说不出话来。另一个人也是满脸疙瘩，看着吓人。我的后背、屁股也不知道被土蜂蜇了多少下，只觉得整个后背都在发烧、发胀，但比起我的两个同伴，我已顾不上疼痛，顾不上哭了。说真的，我被眼前的一幕吓傻了，像一阵风一样跑回家，把两个同伴的大人叫到了北沟的现场。尽管那次遭到土蜂袭击并没有给我和我的同伴留下啥后遗症，但给我却留下了刻骨铭心的教训。开始是一只土蜂，现在是两只土蜂，轮番在我的耳畔嗡嗡叫着。我想在我的附近一定有一个土蜂的老巢，它们这是在警告我。想到这儿，我的脚下一滑，整个人就靠一只手悬挂在一簇灌木枝上。随着身体下坠的惯性，我的手指被强行掰开。两只手在身体下坠的过程中始终在挣扎着，试图抓住一晃而过的灌木枝和野草，但每一次的努力都没有成功。我的身体开始在陡峭的山坡上翻滚着，跳跃着，向河滩飞去。开始，我的脑子里还有一种自我保护的意识，但这种意识很快就在一种眩晕中开始坠落，直到这种意识化为一片浮云，与大地融为一体，由下坠变成飞翔，像一只鸟儿一样，振翅划过脑海……

“你做梦啦？”坐在我身边的是我媳妇，她轻轻用肩膀撞醒我了。我以为车到站了，懵里懵懂地站起身，我媳妇一把拽住了我的胳膊。我一个激灵，清醒过来。扭头一看，刚才在我睡觉的时候，车上已经有不少人下车了。剩余的几个人，都在用疑惑的眼神盯着我看，我赶紧坐下。“你做啥梦了，一惊一乍的？”我说，没啥，快到了吧。媳妇说，鬼知道还有多远。

雪还在下，似乎越下越大了。车窗外，雪花已经覆盖了荒芜的大地，已经看不到裸露的黄土了。天气似乎也没有早上那么寒冷了。我心里一热，用身体轻轻地把媳妇拥挤在车厢上。“挤啥呀？小心点。”几天前媳妇告诉我她怀上了的消息后，我大脑里跳出的第一个信号就是，要带着媳妇回家。因为听了我对我家的描述，连县城也没有去过的媳妇，没怎么犹豫就答应了我的请求。倒是我的丈人丈母娘哭哭啼啼了好几天，因为拗不过我媳妇，也就勉强同意我带着他们唯一的女子离开洛河，回到遥远的古城村去。说遥远，是因为两位老人谁也没有到过夏阳县，甚至在他们生活的那个小山村都没有一个人知道，在这个世界上还有一个夏阳县。至于古城村的诸多历史，对那些淳朴的山里人而言更是闻所未闻了。

昨天后晌，我丈人和我丈母娘并排坐在大窑的火炕沿上。我和媳妇并排站在窑地上。我发现两个老人穿的袄裤，甚至布鞋，都是过年时才舍得穿的衣服。我原想，在我们临走前，老人一定有许多叮嘱要说，没想到，我丈人只是说了句：等娃大了，一块回来。我丈母娘自始至终，一句话都没说。只是眼圈红红地看着她女子。对于两个老人这样的要求，我不假思索就爽快答应了。因为两位老人有恩于我。可以说，我的命，一半是我爸和我娘给的，一半是我丈人和丈母娘给的。

那天，我睁开眼睛的时候，眼前是一张女娃的脸，但随即就消失了。我的左腿动不了，头生疼，像要裂开一样难受。我的两只胳膊还可以自由动弹。我在疑惑中，努力梳理着、回想着存留在脑子里最后的记忆。隐隐约约地，我想起了我被困在山坡时情景……这时，一缕阳光从窗棂上射进来。我应该是躺在一个窑洞的土炕上。随着我的意识的回归，一股浓烈的酸菜味道扑鼻而来。一个女子惊喜的声音再次撞击我的耳膜。“娘，醒了，人醒了。”我听到，一个年老的女人的声音从高处传来。“快叫你大，这下可好了。”很快，我听到了一阵杂乱的脚步声，从窑顶一直响到窑口。脚步声在窗前稍作停顿后，虚掩的窑门被推开了。“你醒了？”一个并不高大的身躯，因为挡住了从窗户射进来的太阳光，所以我眼前一片黑暗，在第一时间，并没有看清楚来人的眉眼。来人坐在炕沿上，侧身看着我说：“娃呀，你可醒了。”随后进来的几个人，也都侧身站在一边静静地看着我。我适应了好大一会儿，才从那几张陌生的脸上读到了一种惊喜。说话间，又进来一位穿戴整齐的老者。先前坐在我身边的老人起身，让过这位老者说：“你腿断了，头破了，多亏了文大夫。”听这话，我知道，给我疗伤的应该就是眼前的这位老者了。

老者从我的头部一直到脚，认认真真地查看了一遍说：“好好养伤，都好着呢。”毕了，他转身给旁边的人交代了几句，转身走了。

我第一眼看到的那个女娃，叫文红英，比我小两岁。后来我知道是她大傍晚在洛河边饮牛时发现了坠崖的我，把我背回窑洞的。结果牛跑了，找了几天才寻到。拾到牛的人还索要了她大十块钱。为了给我治伤，她大卖掉了她家一只羊。她大说，救人是积阴德，花钱是买福报哩。在我养腿伤的几个月里，主要是文红英伺候我的起居。搭救我的人，叫文炳财，是文红英的父亲。文老汉快六十了，就红英一个女子，一家三口人，有两孔窑洞。我养伤的地方，原本是红英住的窑洞。我到他们家后，红英只好到别人家借宿。为此，我多次表示歉意，但红英也好，她大也好，坚持要我住到腿利索了再挪地方。面对这善良的一家人，我时常因为自己的欺骗而感到内疚。即使我说明了逃亡的原因，也不会有人给胡章娃或者公社通风报信，但我始终没有这个勇气。直到两年后的洞房之夜，我才将我逃亡的真相，含含混混地说给了我的媳妇。从红英的脸上，我没有看到一丝惊骇。相反，她嫣然一笑，腼腆地说，我就知道你是个好人。原来，她大早已猜想到我之所以背井离乡栖居山村，必定有隐情。但究竟有多大的隐情，有好长一段时间，都是红英家里人，甚至全村人猜测的话题。最后，文炳财决定把女子嫁给我，还是我媳妇下的决心。

她说，她相信她的直觉——我不是一个坏人，但我媳妇没有把握说服她的父母。她在一个没有月亮的晚上进了我的窑洞。我睡觉死，红英进了窑，我也浑然不知。自小我夜里睡觉都是一丝不挂，所以那天夜里红英压在我身上后，我以为我在做梦哩。我没有半点犹豫，翻身就把红英死死地压在身子底下了，任凭她挣扎、呻吟，甚至喊叫。也许是红英的喊叫，惊动了山村的寂静。等到红英她大推开窑门的一刹那，我才像一只忘情的风筝陡然落地。那一刻，红英把我压在她的身下，用唯一的被子把我俩包裹得严严实实。外边，只留下她的一个头。她大进了窑，大约有十几秒钟，一声没吭，最后，长叹一声，一跺脚，退出了窑门。

这个悬挂在土崖半腰的山村，叫文家庄。一共有十一户人家，都姓文。虽然没有家谱，但早先都是一个先人。据说清朝时，从京城逃难而来，其他的情况一概不知。但这个神秘的先人却给后辈人留下了一个吃饭的金饽饽——用洛河滩的澄泥制作一种叫埙的乐器。这种陶埙，平底，像秤锤。祖上规矩，这个看家手艺，传男不传女，而对于外来人的我而言，更不可能学习制作埙的手艺了。自然，我媳妇红英也没有资格学习。每年春季，村里人都会集中时间到洛河滩挖泥巴。春天的泥巴储放到秋天，经过沉淀，然后做成埙。现在文家庄做的埙全部卖给了省城的一个雇主。一个埙挣五分钱，但约定不能在埙上刻制文家庄的图章。年底，村里按人头分红。做埙的过程完全保密，甚至周边的山里人都不知道文家庄的人还会做埙这门手艺。一百多年了，文家庄烧制陶埙的手艺只有少数人会。

我和红英出于好奇偷窥过加工泥巴，但看不到做埙的过程。一天后晌，闲来无事，我怂恿红英陪我一块去看做埙。起先红英不愿意，后来禁不住我的软磨硬泡，我俩借着月光，用她大的放羊铲在做埙的院墙上打了一个小洞。白天用一只眼偷看做埙，但那次只看到两个人在院子里加工泥巴。他们先把春天囤的泥巴用一块白布过滤后，倒进另一个池子沉淀三天，然后把整块的泥巴砌成方块，抱到窑里做埙。我觉得，他们加工泥巴，就像我老家人做豆腐一样，把泥巴里的杂质过滤掉，用去了性子的泥巴捏成一个一个的泥埙，再用柴火在小小的土窑里烘烧三天。与我老家烧砖不同的是，灭火后，不用凉水灌。这样，出窑的陶埙黄亮黄亮的，捏在手里像婴儿的手一样细腻、柔润，用手指轻轻一弹，声音清脆，回音绕耳。用文大夫的话说，文家庄人做的埙，能吹出像山雀叫唤一般的山歌。

遗憾的是，祖上传下来了做埙的手艺，却没有把吹埙的技法给后人传下来。据说是怕后人学会了吹埙，泄露了做埙的事。这也是最令我感到蹊跷的地方：文家庄的人不会吹埙，却能做出世界上最美的陶埙。

车下司马坡的时候，雪停了。

下了坡一里地，就是芝川街道。沿着战备路向北再走三里路，就是我阔别了三个年头的古城村。班车下到坡底时，透过车窗望去，高高低低的土崖上到处都是一层落雪。战备路两侧的小树林就像我们村的棉花地，密密的枝叶上挂满了雪白的棉花瓣。路上车少，黑色的路面已经积攒下了厚厚的一层雪花。远远看去，像是谁在地上胡乱撒了一层尿素一样，让人看着欣慰。随着车身的摇晃，我仿佛看到了来年的麦浪在一波接着一波地翻滚。

我媳妇是头一回出山。川道里的风景，包括空气里的味道，与洛河边的山村相比截然不同。她的两只眼睛显然不够用了，脑袋像拨浪鼓似的转来转去，一会儿惊叹一眼看不到头的麦田，一会儿又感叹雪天里某个村庄一座连着一座的瓦房……眼前的景观远远超出了我媳妇的想象。对于住惯了土窑，出门不是下沟、就是上山，祖辈日出而作日落而息的山里人而言，这一切都无异于进入了一个完全陌生的世界。这一切于我而言，尽管充满了久违的亲切感，但我内心却是五味杂陈甚至有些忐忑不安。几年前，用砖头打破了民兵连长的头，无异于捅了马蜂窝。三年过去了，村里的情况一点儿我都不知道。我娘身体好吗？我出走后，胡章娃难为我娘了吗？从离开洛河边，我在心里就做了最坏的打算，不论出现啥情况，我都要勇敢地去面对。绝不逃避，绝不装尿，要不就连媳妇都会看不起我的。也许我媳妇已经看出了我此刻复杂的心情，但她不知道如何去宽慰我。她只是不停地用肩膀轻轻地推撞我的肩膀，低声在我的耳边说："我大说了，没有过不去的河，也没有翻不过的山。"

我心头一热，强装笑脸看了我媳妇一眼，没说啥。我这个媳妇，算是白捡的。不仅没有花一分钱，我丈母娘还给我倒贴了一身衣服。所以呀，我媳妇有一次开玩笑说，我是她娶的男人。我说，什么呀，你是你大给我付的工钱。我媳妇一听，竟然哇哇地哭了。从那以后，这样的玩笑话，我没敢再说过。我知道，红英是一个认死理的人，只讲大道理。班车停在了古城村口时，车上除了我和我媳妇，就是司机了。雪停了，不知道从哪里来的风格外的强劲，卷起路边的荒草，夹带着雪花直往人的脖子里灌。

班车像一只红绣虫，慢慢地消失在雪地里了。我背起行李在前边走，我媳妇一只手拽着我的棉袄后襟小心翼翼地跟在我的身后。走到土寨子坡头时，一个身穿翻毛羊皮袄的人从土寨子的土墙下快步走了过来。

"赐娃，真是你呀。"

是大伯。我撂下行李跑上去，抱着大伯无声地流下了眼泪。几年不见，我大伯明显苍老了许多，花白的胡须在寒风里遮住了下巴。我认识他头上的那顶毡帽，那是我爸在世时戴过的帽子。

"这么冷，你在这弄啥？"

"我踅摸着，你该回来了。"

“我娘好吧？”

“好，好，都好。”大伯说，“你娘成天唠叨，让我去寻你哩。这下好了，你回来了，你娘也不用再操心了。”

听大伯说一切都好，我长吁了一口气，感觉一切都过去了。见我还想说啥，大伯拍着我的肩膀说，你跑了，大队把我叫去，问你去了哪搭。我说，我咋知道，人不是被你们抓了嘛，咋还问我要人哩？你走没多长时间，大队就把民兵的枪收了。老支书说，从今往后，再也不允许民兵抓人了。民兵打人，也是犯法。现在呀，那胡章娃也没人怕了……大伯的一席话，像一把笤帚一下子把沉积在我心头的阴霾打扫得干干净净。

这时，我突然发觉大伯在和我说话时不停地用眼瞥着旁边。我赶紧把红英拉到大伯跟前，说：“我媳妇，叫红英。”我过去给媳妇说过，我有一个疯子大伯。红英见眼前的这个老汉，虽说邋里邋遢的，可并不像她想象中的疯子，所以红英看着一脸慈祥的大伯，犹豫了一下，说：“大伯。”我大伯边答应，边眯眼打量我媳妇。从我大伯的表情上，我读出了一种狐疑，一种狡黠，一种惊喜，一种得意。下了寨子坡，一拐进井把弯巷道，我大伯背着我的行李卷走在前头。经过皂角树下时，连声对人说：“我赐娃带媳妇回来了，我赐娃带媳妇回来了。”走进井把弯巷的那一刻，我的心跳陡然加速，攥着的手心聚了一把汗水。巷里的人，在和我打招呼的时候，都用眼睛瞟着我身后的媳妇。红英从下车开始，都一直用手牵着我棉袄的后襟一言不发，红着脸，半低着头，踏着小步子跟在我后头。

几百米的巷道，走了一袋烟工夫。我看到男人就发一支纸烟，见到妇女、孩子就发一颗洋糖。还没到我家门前，手里的一包大雁塔就散完了，一个空盒盒也被身后跟着的几个碎娃抢了去。我娘已经知道了消息，连围裙都没有来得及解下，就跌跌撞撞地跑到巷道里来了。我娘站在大门口远远地瞅着我，一边向我招手，一边用手背擦着眼睛。等走到了跟前，我娘在围裙上抹了抹手，拉着我媳妇高兴得合不拢嘴。她眼角亮闪闪的，噙着泪花。我娘也老了，身体越发瘦小，头发越发稀少了。眼角的皱纹很深，也很长，似乎把我娘整个脸颊都拽走了形。我媳妇的手被我娘拉着不肯松开，我娘嘴里只是反复说着“回来好，回来好”，再没有其他的话了。此刻，也许只有我能读懂我娘的心思，但我一句话也说不出来，眼泪已经模糊了我娘。我拽着我娘的手跪在了地上。我媳妇见我跪下了，也跟着跪了下来……

这时，井把弯的大人和碎娃都拥到了我家门前。还是我大伯打破了这个悲情的局面。“赶紧呀，让娃娃回屋吧。”不一会儿，黑蛋、杨木匠、程玉喜、赵老师、天顺叔，还有一帮子与我家亲近的媳妇们都到我家来了。一进门，我和媳妇在我娘的屋里跟杨木匠说着话，我娘像魔术师一样转身端来了两碗葱花荷包蛋。那几天，每天我娘都是用大锅烧煎水，然后在锅里放几把红砂糖，专门支应看望我的乡亲们。看着我娘忙碌的身影，我有些不忍，让红英帮衬我娘，可是我娘一听急了说，忙了一辈子了，这几天就累死我了？红英怀着娃，眼下最最打紧的事情就是安胎，不能动了胎气，要不以后生下的娃不机灵。尽管我娘这样说，我媳妇每天还是咬着牙早早起来，跟着我娘一块用一把小笤帚扫完院子，扫巷道。每天都要用小簸箕清除一小堆浮土。临回家前，她娘给她叮嘱过，一定要和婆婆相处好，不然的话，她都没脸见亲家母。我丈母娘知道红英任性、脾气大，懒于家务，所以老人也对我说，希望我看在红英大救我的分儿上替他们照顾好红英。

第二天傍晚，我提着我娘准备的纸扎来到了我爸坟前。原本想让红英一块来，见见我爸，也让我爸看看媳妇，可我娘怕红英动了胎气，没让红英跟我一块看我爸。上了土寨子坡，过战备路向西一路是慢上坡。站在战备路看西边的台塬，每一条沟的两边，前些年都被队上利用农闲季节整饬成了一个巨大的千层饼。到了冬季，一层一层大小不一的梯田裸露着黄色的肌肤。黄昏里，沉默如泥的梯田像一尊失血的野兽，静静地等待着夜幕的降临。我爸的坟在一道高墹下，坟头遥对着芝川口——这是杨毛子带着高瘸子给我爸看的穴口。说是墓地背靠禹山，脚下是连绵不断的梯田，远处是县河流入黄河的地方。主后世富贵，子孙满堂，良田万顷。我爸的坟是新扎的坟地，之前我家挨着战备路那个百年老坟地里，祖先们已经肩并肩，挤满了那个不规则的边角地。我爸过世后，族里的几门长子长孙协商，天下没有不散的筵席，从我爸这一辈开始，各自择地，重新开辟新坟地。尽管这样，逢年过节，族内各门后人上坟，也还是先到祖坟，再到自家的新坟，最后还要到族内其他人家的新坟去祭拜。离开祖坟，和兄弟们分户单过日子一样，大家的心里别有滋味。很长时间我的心里都转不过弯来，像被人掏空了似的，有些失重。

残阳如血。

我爸的坟茔孤独得像一棵独立的柿子树。迎春花凋谢的枝条泛着黛绿，枯萎的野草随风摇摆，像一面面旌旗在夕阳里发出低沉的呜咽。我把铁锹撂在一边，用手拔掉我爸坟茔上的荒草，又用手捧土补上了坟茔被雨水流失的地方。弄完这些，天色已经暗淡下来。几丈地之外，天地之间的万物都变成了一幅幅剪影，傀儡一样伫立在原野上。我跪在我爸的坟前，点燃了带来的冥纸、冥钱、冥衣。慢慢地，火团越燃越大，在空旷的原野上，在暗淡的夜幕下，跳动的火苗接通了我和我爸的心灵。

爸，我回来了。爸，你的冤屈，抻展了。狗日的赵魁被法办了。可怜的月季死了，连程家祠堂都没进。挨刀的胡章娃，也张狂不成了。爸，我给你把媳妇带回来了。你媳妇叫文红英，人长得喜庆。还有，爸，明年你就有孙子了。我娘说，从后边看，红英不显怀，一准是个男娃。

一张张冥币在跳动的火焰里变成了灰烬，向空中飞去。纸火熄灭后，留下一地黑色的灰烬，连同我一块被浓稠的夜色吞没了。我坐在我爸的坟前，一句话也不说，静静地陪着我爸看星星。耳畔，只有荒草被风吹动的窸窣声，以及远处村子里的狗吠。

省长来古城村了。

这个消息，无异于一声惊雷，给初春的古城村带来了勃勃生机。破五后，村里人大都还沉浸在过年的懒散里。这天一大早，程玉喜亲自敲响了井把弯巷口的铁铧，半个时辰后，社员才陆陆续续地来到杨家祠堂。程玉喜很生气，嫌社员们磨磨叽叽，钟响了半晌人才到齐。大家议论纷纷，说啥的都有，但玉喜不予理睬。

“今天开这个社员大会，很重要。明天省长要来咱村，重点是查看咱东村去年的灾情。接公社通知，大队老支书要求，今天必须把巷道，把一切公共场所弄干净，来一次彻底的大扫除，以崭新的面貌迎接省长的视察。所以呀，今天全天的任务就是大扫除。具体分工，女劳力打扫巷道，男劳力拉垃圾。都听清楚了没有？”

“队长，啥叫公共场所呀？”黑蛋说。

“比如说，碾麦场、饲养组、队部……”程玉喜说。

“我屋院子，算不算？”黑蛋说。

“你咋不说你那屁股蛋子？”程玉喜厉声说，“你娃少成精，赶紧干活去。完了，看我咋收拾你。”

众人哄然一笑，散了。

后晌，大队文书高瘸子夹了一卷子五颜六色的标语来到杨家祠堂。程玉喜安排黑蛋和巧珍一块儿把写好的标语贴到各个巷道里去。黑蛋拿着标语去寻巧珍，巧珍打好糨糊，递给了黑蛋，但不和黑蛋到巷道贴标语去。

黑蛋说：“咋不去？”

巧珍说：“不想去。”

黑蛋说：“为啥？”

巧珍说：“不为啥。”

黑蛋郁闷，说：“地球离了你还不转了。”说罢，一个人贴完了几十张标语。但给记工员报工分时，犹豫了一下，还是把巧珍的名字报了。

潮湿的巷道，扫过一层浮土白光白光的，到处散发着泥土的温馨。不瞒你说，这也是我喜欢农村的一个因素。走到哪儿，脚下都有我家院井里的味道。其实在我心里，村庄就是一条条高低不平、坑坑洼洼、宽宽窄窄、长长短短的泥土巷道，就是碾麦场，就是饲养组。多年以后，这些温暖的印象在我的脑子里依然历历在目，像一盆四季不衰的塑料花常擦常新，永不凋谢。

这天刚吃过早饭，锣鼓队就在杨家祠堂前敲响了。锣鼓喧天，一阵紧似一阵。巷道里人声喧嚣，像过年一样热闹。“嗵嗵嗵”的鼓点，震得榆树上的喜鹊“喳喳喳”叫个不停。

省长到村里的时候，几乎所有的锣鼓队员已经是大汗淋漓了。在这个乍暖还寒的初春，省长被眼前的场景震撼了，说，看到群众这种精神面貌，他很欣慰，也很感动。尽管洪灾淹没了我们的农田，淹没了我们的家园，但淹没不了我们实现四个现代化的信心。

听了省长的表扬，我们把锣鼓敲得山响。黑蛋个二杆子，敲破了一面铜锣。杨木匠也是个老烧包，经不起别人给他戴二尺五，敲断了两根鼓槌不说，还带头脱掉了棉袄。省长见状，忙拾起杨木匠撂在地上的棉袄给杨木匠披上。借杨木匠穿棉袄的间隙，省长手痒痒，拿起鼓槌也敲打了一番。总之，那一天的迎接工作得到了公社的表扬。

临走时，省长语重心长地对陪同的地区行署和县乡领导说，我们常说，再苦不能苦孩子，我看呀，我们再紧，也不能亏欠了群众。听省长这样说，地区行署和县上的领导面面相觑，一时拿不准省长是啥意思。正疑惑间，省长说，你们看看，你们闻闻，这里的环境，已经不适合群众安居了。

“力争在今年汛期到来之前，完成群众的迁居工程。”

省长的决定，赢得了在场所有人的赞誉。话刚落地，掌声、锣鼓声再次响起。直到省长一行的车子上了寨子坡，大家才陆陆续续散去。

很快，县上的文件下来了。

根据灾情和大队的意见，确定古城东村两个生产队的二百九十户人家为动迁户。省上用以奖代补的方式，在动迁户迁入新居腾出老宅基地时，由省财政一次性给每户补贴六千块钱。

大队老支书按县上的文件要求，让高瘸子用红纸出了两份布告，一份贴在一队王家祠堂前，一份贴在了杨家祠堂大门一侧的墙上。布告上，同时把确定的二百九十户动迁户的名单附在后边向社员公示，同时高瘸子还在大队的高音喇叭上宣读了动迁户名单。

动迁名单一贴出来，一下子搅乱了村子里的平静。

布告上明确要求，动迁户要在年底前把老宅基地交给队上统一复耕。公告无异于一枚臭弹，但就是这枚引而不发的臭弹让古城村的人陷入了一种尴尬的境遇。为啥？乍看，这是一件好事。可对于东村的人来说，大部分人关键是兜里没钱。想想看，即便就是把老宅子拆了，再盖到土寨子以西的新村，那也需要一笔不菲的钱呀。国家的补贴要等到交了老宅基地才给发呢。远水不解近渴。所以对于动迁户而言，这等好事就是一个烫手的山芋。而对于其他生产队的人而言，尤其是那些毗邻二队的住户，以及住在村子东边的人，就不仅仅是羡慕了。他们的房子去年也被水淹了，门前的巷道里也被淤泥灌了，但政策就是这样。

布告贴出的第二天，贴在杨家祠堂门前的布告被人撕了。这个大胆撕公告的人不是别人，是大队的民兵连长胡章娃。虽说这两年，民兵连长这个头衔没有前几年显赫了，但毕竟还是大队的领导之一。所以，胡章娃撕公告的消息，像一则特大号外迅速传遍了古城村。

先前，对于动迁布告有异议的人，这会儿也都噤了声，静观事态的变化。而胡章娃无疑是一个可以对抗布告甚至改变布告某些细节的人。尽管很多人不喜欢胡章娃的所作所为，甚至厌恶这个人，但很多人出于不同考虑，对胡章娃撕布告一事也就暗认了，包括我在内，我心里也有自己的盘算。老支书带着文书高瘸子来到杨家祠堂的时候，胡娃子把一长溜的大红布告纸撕得满地都是，猛一看还以为是刚刚放过一挂万字头鞭炮哩，一地的狼藉。围观的群众稀稀拉拉地站了一大片。程玉喜把老支书让进队部，忙给老支书倒水、点烟，但就是不对胡章娃撕布告的事儿发表意见。老支书进了杨家祠堂，一屁股坐在炕沿上狠劲地抽烟，一言不发。一边喝水的高瘸子润了润嗓子，低声说："程队长，到底咋回事？"

程玉喜瞥了眼老支书，说："没咋。"

高瘸子说："没咋，他为啥撕布告？"

程玉喜无奈地摇了摇头，没吱声。老支书说，玉喜呀，你去把章娃叫进来。玉喜站在队部办公室门口，说："叫胡连长进来，老支书叫呢。"转眼，胡章娃摇头晃脑地走进了杨家祠堂，在经过我身边时说，你㞞回来了，我头还疼呢，你说咋弄？胡章娃说话的时候并没有停下脚步。在他穿过人群准备进队部办公室门时，我嘟囔了一句，打得还是轻。尽管我的声音放到了最低，但还是被胡章娃逮到了。他站住脚，扭头恶狠狠地盯着我看了几秒钟。那一刻，我做好了最坏的打算，只要胡章娃敢动手，我不会还手，但我会把他是老支书的私生子公之于世，让全村人都知道这个秘密，让这个不可一世的人在村里头丢尽脸，抬不起头，像一条野狗一样没人待见，但我的企图落空了。我看见愤怒在胡章娃那一双生硬的黑眼里一晃而过，紧绷的脸颊痉挛了几下，又恢复了平静。他用手狠狠地指了指我，没吱声，扭头进了门。

对于我的冒犯，杨家祠堂院子里的人群一阵骚动。有人在低声喝彩，有人在鼓掌起哄。黑蛋说："怕他个㞞。"有人嘘了一声，说："听听，看说啥？"几乎所有的人像潮水一样，无声地涌向队部的门窗前。现场的每个人，都侧耳捕捉着从屋内传出来的任何一点动静。

"有啥事，不能好好说，非要撕布告？"老支书低声慢语地说。

"不公平。"胡章娃说，"大队出的布告，不公平。"

“都是县里文件上说的，有啥不公平的？”大队文书高瘸子说。

“不公平，就是不公平。不管是谁说的。就是天王老子，也得讲道理吧！也得讲实情吧！总不能不顾老百姓的死活，仗着官大权大强奸民意吧……”

“够了。”老支书打断了胡章娃的话，“你净瞎说啥哩？你不要忘了，你还是个党员，还是个村干部哩。你听听，你都说了些啥？你现在的觉悟怎么连一个社员都不如？”

“觉悟？觉悟是个屎。”胡娃子说，“觉悟能当饭吃？”

“放肆。”老支书被激怒了说，“胡章娃，你不要忘了自己的身份。”

“我现在就辞职。不就是个民兵连长，你以为谁稀罕呀。”

老支书有心脏病。高瘸子见老支书的脸色由红变成了白色，一会儿又转成了黄色。他以为老支书犯病了，忙上去要从他兜里掏药，被老支书摆手制止了。程玉喜把桌子上的水缸子，递到老支书手里。愤怒的情绪已经扰乱了这个老党员，此时此刻，他真想上去打胡章娃一个耳光，但理智告诉他不能这样做。他唯一能做的，就是在心里对自己年轻时的荒唐感到后悔不已，一次的放纵给自己种下了终生的懊悔。他不止一次地给章娃娘说过，好好和章娃说说，不要结怨太多了，对乡亲们和善一些，在运动中不要抢风头，争高低。可这个冤家，哪里听得下别人的劝？公社某些领导偏偏就欣赏这种人。这既让老支书心急、担忧，更让胡章娃为所欲为，飞扬跋扈。对这个不能相认，更不能公开的孽子，老支书悔恨交加，既痛恨他的所作所为，又不忍心免了他的职务。胡章娃，几乎成了老支书后半生的软肋。

“有啥意见，你说嘛。吵吵有啥用？”高瘸子说。

“那好，我问你，”胡章娃说，“去年发大水，我屋是不是进水了？”

“不错。”高瘸子思忖了一下，说，“水是进了你屋。”

“那移民咋没我的名字？”胡章娃说。

“政策是省上出的，范围是县上划的，这个名单也是公社核的。”高瘸子见胡章娃说这个，两手一摊说，“咱大队只是落实，没这个权力呀。”

“我不管。”胡章娃头一扭说，“没有我的名字，你这事就弄不成。”

见这架势，高瘸子瞥了一眼老支书，对程玉喜说：“让大家都散了吧。明天你召集一下，先在你二队开个社员大会。有话在会上说，同意不同意，大家拿主意。完了，咱也好给上边一块反映。”

程玉喜说：“好。”

开春后，一件让我十分尴尬的事情不仅使我蒙羞，也让我娘难堪。尿炕本来算不了啥，哪个碎娃没尿过炕？所以，大家早已经见怪不怪了。印象里，我十来岁的时候，大概上小学四五年级吧，有一阵子我几乎每天夜里尿炕。一尿炕，我娘就打我屁股。用羞人的话，骂我。骂着骂着，我娘就笑了，说你再懒，再尿炕，将来大了连媳妇都说不下。每次看着褥子中间湿了一大片，我都觉得不好意思，可我就是控制不住自己。每次尿炕，蒙眬中我都觉得自己东跑西跑地寻到了茅房。可刚一尿完，被子就被我娘揭开了。我娘骂我，说你咋恁懒呢？我说，我起了呀。我明明寻到茅房了呀。我娘指着被我尿湿了的褥子说，你寻了，那这是咋回事？我无语。我娘找到大队医疗站的大夫。大夫说，碎娃尿炕，很正常，过一阵子就好了。我娘说我娃都十岁了呀。大夫说，那也正常，有的人成家了还尿炕呢。

一语成谶。

当年医疗站那个老大夫的话被我不幸命中了。开始我媳妇倒没咋责备我，以为是我太过劳累所致。趁我娘不注意时，把尿湿的褥子悄悄晾晒在后院。天气好了，褥子一天就晒干了。要是遇到阴雨天，褥子一天也晒不干。不干就不干吧，问题是我有时候会接二连三地尿炕。前一天的褥子还在后院的树上搭着。夜里，我又尿了一炕。这一下子，惹怒了我媳妇。她不仅拒绝再给我晒湿褥子，还和我闹事儿。说我有病，哄了她。

隔三岔五，我俩都要吵架。开始我还忍着，觉得难以启齿，是自个儿理亏，怪不得媳妇。媳妇唠叨几句，也就忍了。可架不住她天天闹，一闹就嚷嚷着要回娘家，我一听这个就急了。说，要不是你怀了娃，我早就扇你了。红英原本也是气话，可一听我要给她动粗，哭闹得就更凶了。本来安静的日子，开始变味了，变得让我心浮气躁了。有一次，我甚至还动手打了红英一下。尽管很轻，但红英有半月不理我。我娘其实早就发现我尿炕了，但我媳妇不说破，我娘就装着不知道。一看我俩吵架，我娘就可劲地骂我、打我，说我没良心，不会疼媳妇，不像个男人。见我媳妇止了哭声，又赶紧哄我媳妇，直到我媳妇说，娘我没事了。我娘才会离开我屋。

在红英告诉我娘说我尿炕之前，我娘从来没问过，我俩为啥闹事儿。对晾晒在后院的湿褥子，我娘更是充耳不闻，视而不见。直到有一天，红英含蓄地告诉我娘，说我可能有病。我娘故作惊讶地说，啥？赐娃病了。啥病呀？

红英羞涩地说："尿炕哩。"

我娘哈哈一笑，说："娃呀，那算啥病呀？"

红英说："恁大人，咋还尿炕哩。"

我娘说："你黑了让赐娃少喝些水，夜里叫他两回，慢慢就好了。"

红英说："娘，你知道天赐尿炕呀？"

我娘迟疑了一下，勉强一笑，说："我咋不知道……我刚进门那几年，你爸也尿炕呢……男人家出力下苦，夜里，你操心些……慢慢就好了。"

尽管我娘这样说，但我娘私下里通过高瘸子还是给我找了一个先生。因为高瘸子给我娘说，像我这种情况算不上啥病，可能是家里有啥地方不对了。需要找个人，捯饬一下就好了。我娘说，你不是懂这个嘛，你到家来捯饬一下吧。高瘸子说，我不行！都是自家人，我不能哄自家人呀，要是我丈人在就好了。一天晌午，高瘸子带着一个又黑又瘦的高个子老汉进了我家的大门。高瘸子见我们一家人正围着小桌子吃饭，说来得早不如来得巧呀，吃啥好东西呢？我娘说高文书来了，这年头呀能有啥好吃的。高瘸子说，这是老范，范先生在南塬上可是大名鼎鼎的先生啊。黑了白天地忙，找他看屋的人多得排不上队。不光看风水，中医也是家传。我娘忙招呼两个人朝桌子上坐，高瘸子说他吃过了，不用管他。我娘单给那个范先生煮了几个葱花荷包蛋，又用壶里的热水冲了一壶花茶。见来了生人，我媳妇就起身到厨房里去了。范先生一边吃着荷包蛋一边用眼睛瞥着我媳妇的背影。

我说："老高，今天咋有空了？"

高瘸子说："可不嘛，一大到晚，有忙不完的烂事儿。平时呀，大队部就我一人值班，这不，我这一出来，大队部就得上锁。"

我说："咋，有事？"

高瘸子说："这不嘛，前几天你娘让我帮忙，把老范找来，给你屋看看，看看有啥地方不对。"

我说："看啥？我屋咋了？"

我娘在厨房里高声说："好是好，可这几年，咱屋出的事还少呀。赐娃，你赶紧吃。吃完了，让范先生给你看看，把把脉。"

听到这儿，我似乎明白过来了。这个留一撮山羊胡子、戴一顶瓜皮帽的老汉，原来是我娘请来给我看尿炕的先生。但我总觉得高瘸子不大靠谱，仔细端详了一番这个高深莫测的范先生，猛然发现从他进屋到现在竟然一句话都没有说。我心想，范先生不会是一个哑巴吧。在我的印象里，干他们这一行的不是瘸子，就是瞎子。反正与正常人不一样。我正思摸着，范先生放下了碗筷，用手掌抹了把嘴，说："把手给我。"我一愣，忙伸出一条胳膊给他。"左手。"我又把另一条胳膊，伸到了老范的跟前。"老范，你先看，我在大队部等你……没办法，谁让咱干这大队的事。"高瘸子说完，挥挥手走了。

老范用两根指头摁在我的左手腕上，半晌一言不发，完了说："带我看看院子。"我带着老范从前院转到后院，然后又出门绕着我家老宅转了一圈。最后，老范站在我屋西南角的猪圈边，指着墙根说："这儿是不是栽过一棵树？"我心下一惊，他要不说，我早都忘了。我爸在世时，南墙下的确有一棵梨树，一棵比胳膊还要细的梨树。我说："早叫我爸斫了。"老范慢悠悠地说："树是斫了，可树根没烂。去，把树根刨出来。"我半信半疑，挖了两尺多深，才挖出来一根锨把粗细的树根。果然，几年前被我爸斫了树身的这个梨树根，不仅没有腐烂、坏掉，而且像新埋下去的树根一样，水分饱满，根须发达。面对这个像一棵野山参似的梨树根，我娘、我媳妇和我都觉得蹊跷，唏嘘不已。

老范从厨房里抓了一把炉灰撒在潮湿的树坑里，说:“先把坑填了。后晌鸡回窝了，把这个树根埋在你家后院。”眼瞅着我把树坑回填完了，老范才重新坐回到小桌子前。“老嫂子，把你媳妇叫来。”老范又给我媳妇把了半晌脉，然后从兜里掏出来一绺黄纸，用水笔在上面画了一个像人又不像人的符，压在了草席的西南角我的被褥下。

捯饬完，我娘给老范拿了一包红糖、两块钱。临出门时，老范对我娘说:“老嫂子，我看你也是个实诚人。娃这病，应该不难治。要不出意外，等后院埋下的梨树根发芽了，你娃的病就好了。”听老范这么说，我娘忙不迭地向老范道谢，低声说:“等娃病好了，我要好好谢你哩。”

送走了老范，我媳妇问我娘，范先生说得准不准呀？我娘正色道:“信就灵。”见我娘一本正经的样子，红英转过身对着我吐了吐舌头，做了一个鬼脸，一副不以为然的样子。

第十五章

乡村的春天来得迟，却走得早。麦苗刚刚离开地面，天气陡然就热了起来。天赐家的大黄狗独自趴在碾麦场一隅，脑袋耷拉在两只前爪上，漫无目的地看着不远处麦秸垛下一群觅食的鸡和栖息在麦秸垛子四周的麻雀们。麦场边的一排钻天杨在阳光下闪着绿色的亮光，刚刚由嫩绿变成碧绿的树叶持续发出“哗哗”的响声。一条生产路隔开了钻天杨和碾麦场。碾麦场紧挨着生产路，整齐地摆放着十几个碌碡。开会的人就三三两两地坐在碌碡上、场边的麦壳上。有的人干脆脱下一只鞋塞在屁股底下，也有不少的妇女从家里带来了小凳子、用玉米皮编织的圆形草垫子。天赐娘屁股底下垫着一把扫地的笤帚。男人们聚在一堆闲聊，但就是没有一个人提及搬迁的事儿。女人们有的手里纳着鞋底，与旁边的人边说着话边“哧哧”地穿针引线；有的端着碗在拣小米，准备着后晌的饭；待嫁的姑娘们聚在一块低声说着私密的话，不时响起一阵欢快的笑语。某个媳妇怀里的伢伢子娃偶尔也会爆发出几声歇斯底里的哭泣声，但很快就会被他娘的奶头塞住小嘴巴。一只老母猪带着十几个有黑有白的小猪娃哼哼唧唧地从井把弯巷出来，没有一丝的畏惧，沿着场边的生产路，穿过人群向村边的小树林走去。一直蛰伏在麦场一隅的大黄狗“呼哧”一下起身，摆着一路碎步朝猪群跑去。显然，大黄狗的这一举动吸引了所有人的注意力。没有人吱声，只有黄狗经过鸡群时引起了鸡们一阵惊慌。叽叽喳喳的麻雀也“呼”的一下飞到了路边的钻天杨上。黄狗目的明确，直奔一群快乐的猪们。黄狗站在老母猪的前头汪汪叫了两声，截住了老母猪。小猪娃们似乎并不畏惧大黄狗，一个个走过老母猪围在黄狗腿边，相互嗅着、嬉戏着。黄狗摇着尾巴，只是象征性地低头用嘴巴碰了碰小猪娃们，却一个劲地朝老母猪吠叫。老母猪显然有些不情愿，迟疑了片刻，又掉头往回走。小猪娃们见老母猪向井把弯巷走去，纷纷撒欢追上老母猪，优哉游哉地穿过人群向前走去。

大黄狗见猪们进了巷道，又若无其事地回到先前歇息的地方。天赐看大会一时半会儿开不了，就起身跟在一群猪的屁股后边回家去了。

“三婶，这一窝猪娃啥时候出槽呀？”

“麦收完。”这头母猪还是天赐爸在世时逮的猪娃子。前几年，天赐打了人，跑了。天赐娘唯一的收入，就是一年一窝的猪娃子。所以这头母猪就是天赐娘的摇钱树。平日里，天赐娘也舍得喂，在吃喝上从不亏欠这头猪。这头母猪呢，也不含糊，一年一窝，一窝至少也能下十来个猪娃子。杨木匠说，这母猪是老天爷派来替天赐行孝的。天赐一听这话，心里也生出无限感慨。按常理，猪娃子一般四十五天出槽。可天赐娘厚道，哪一窝猪娃子都要喂足两个月才舍得卖掉。天赐家的猪娃子，一到集市上就格外抢手。不光猪娃子的个头大，皮光毛顺，人见人爱。买天赐娘的猪娃子，大都是附近村里的老顾客。他们知道，天赐娘早早就让猪娃子断了奶，吃上了猪食。他们家的猪娃子不挑食，好养。养猪的人都知道，十几个猪娃子一天的食量可不是一个小数目。多喂半个月，至少要多吃百十斤麦麸。但天赐娘不那么认为，她总觉得猪娃子晚一些出槽，到了别人家适应快，好养活。在她的眼里，这些活蹦乱跳的猪娃子，就像自家的孩子一样可爱，让人怜惜。今天，天赐娘见大家伙都瞅着自家的猪娃子眼热，心里暖洋洋的，比吃了一勺子蜂蜜还甜，一脸自豪地说：“收完麦，就足俩月了。”

“三婶，给我留两个黑伢猪。”天顺媳妇说。

一旁的巧珍，停下手里的活计，说：“妈呀，你不嫌费事呀，一下养俩。”天顺媳妇，慢悠悠地说：“两个好养。”

“伢猪多费事呀，到时候还要劁猪呢。”

“你懂个屁，嫂子明年恐怕要给娃娶媳妇哩。”在当地，只有黑色的伢猪，才能在娶媳妇或者嫁女子的时候祭祖。所以，杨木匠骂巧珍时，巧珍才恍然大悟，一声不吭地保持沉默。要是放在平时，就巧珍的嘴巴早反击杨木匠了。

“先喂下，省得到时候再寻猪。”天顺媳妇对巧珍说，“你还不赶紧给娃喂个猪？”

“我那货，早呢。”巧珍怏怏地说。

“早啥哩？”杨木匠凑过身子，低声说，“备战还要再等两年，那你和黑蛋不能再等了。”

旁边的几个人也都附和着说，对，对，是不能再等了。巧珍的脸“唰”的一下红到了脖子上，刚想申辩，队长媳妇赵老师自告奋勇地说：“都啥年代了，还那么封建。等收完麦，我给你俩当证婚人。”见赵老师这么说，巧珍也不好说啥，只是一个劲地在用手一根一根地拽着场边刚刚冒出地面的麦芽子。

这时，靠近麦秸垛子一边的男人窝里，不知道为啥，突然一片骚动吸引了整个麦场人的眼球，不同方位的人都朝那里看去。在持续的起哄声里，新巷的赵俊才腼腆地站起了身。赵俊才是九娃的侄子。小时候倒还正常，可上完小学后大家才发现，这个眉清目秀的小伙子脑子有些麻达。说傻也不傻，可就是有些与众不同。但俊才嗓子好，打小就爱唱歌，而且是个人来疯。不论啥时候，谁让他唱，他都不会推辞。俊才记性出奇的好，一块从邻村看完电影，在回家的路上俊才就会唱电影的主题歌了。这一点让所有的人都为之惊叹，唏嘘不已。但更多的时候，俊才分不清场合。那一年，九娃因为取雨殁了命。出殡的当天，有人起哄让俊才给他大伯唱一首歌。俊才当真站在九娃的灵柩前，为他大伯唱了一首《英雄赞歌》。圆润浑厚的歌喉让在场的所有人为之动容。一歌唱罢，又有人提议，再来一首。大家的喝彩激发了这位热爱文艺的农村青年的满腔热情，俊才清了清嗓子，又唱了一首电影《柳堡的故事》的主题歌《九九艳阳天》。刚唱了几句，俊才就被他大扇了一个耳光，还不知道自己哪里错了。年近三十了，俊才还没说下媳妇。之前，有人给俊才的父母提议，用他女子给俊才换亲。结果亲没换成，俊才的妹子，却看上了那个不情愿嫁给俊才的女子的哥哥。俊才的父母，开始死活不同意，但拗不过女子，只好让了步，但俊才的媳妇一直却没有着落。尽管媳妇没着落，但俊才的歌一直还在唱。

“唱一个。”有人起哄说，“来，呱唧呱唧。”不少人跟着鼓起了掌，俊才犹豫了一下，说：“我给大家唱一首《让我们荡起双桨》。”

这次，几乎所有的人都给俊才鼓起了掌。

大队老支书、高瘸子来的时候，俊才已经在唱第二首歌了。高瘸子本想让俊才停下来，却被老支书举手示意制止了，两人就近坐在碌碡上听歌。唱完歌，大家意犹未尽，还想继续让俊才唱一首外国歌曲。这时，高瘸子起身，说：“请大家安静一下，现在开会。下边，请老支书讲话，大家鼓掌欢迎。”

老支书披着一件洗得有些发白的蓝咔叽大氅，起身走到人群中间，环顾了一下，说：“大家都来了吧？”老支书见队长程玉喜点头，接着说：“今天咱们在二队，开一个库区移民动员大会……”话音刚落地，人群里陡然一阵骚动。叽叽喳喳的议论声一下子淹没了老支书的声音。骚动持续了十几秒钟，老支书手心朝下，轻轻按了几下，说：“静一静，大家先不要着急，等我把话说完，大家再说。”

“有啥说的嘛，把补助款赶紧给我们，要不，我们拿尿盖房子呀。”

“补助款，是按户，还是按人头呀？”

“宅基地还没划哩，咋搬哩？”

“没钱不搬！”

…………

会场一下子乱了套。队长程玉喜一直闷头坐在碌碡上一言不发。老支书几次用眼瞥他，他都装着没看见。老支书抬高了声音，说：“家有家规，国有国法。大家都是明白人，不要说那些没道理的话。我呢，长话短说。县上要求东村二百九十户赶明年开春全部搬完，公社要求咱们务必在三个月里完成搬迁任务。完不成的，不给发移民补助……就这，没有商量的余地。”

这时，天赐起身说：“移民补助，到底是按人头，还是按户呀？”高瘸子说，当然是按户呀。天赐看了他娘一眼，见他娘一脸的疑惑，犹豫了一下，吞吞吐吐地说：“那我……和我娘……就算……两户。”

高瘸子说：“天赐呀，你啥时候分的家？”

天赐说：“刚分开。不信……你问我娘。是吧，娘……”

高瘸子看了老支书和程玉喜一眼，说：“天赐呀，咱可不能乱说啊。”

天赐一瞪眼，说：“谁乱说了？”

高瘸子一见天赐瞪了眼，就低声说：“你媳妇还没上户口哩，你咋就闹着要分家呢。你娃还有良心没有？”

天赐说：“咋了？没上户口就不能分家了？”

这时，天赐娘起身走了。会场一时又陷入了无序。队长程玉喜瞅了眼老支书，低声说：“好了，不要胡闹了。文件上说得清清楚楚，移民补助，是按院子计算……政策大家都明白了，就按大队的安排，各家各户及早动手，明天队上就组织人在塬上给大家划宅基地……散会。”

月亮像一只熟透的柿子软软地挂在夜空上。月光很弱，夜色很浓。黏稠的夜色紧紧地包裹着软软的月亮。看上去，月亮的四周只有一圈均匀的亮光，往外扩便渐渐淡化，被黢黑的夜色吞噬。在这个初夏的夜晚，随着几声狗吠和牛哞，整个古城村一转眼变成了一幅对比度极高的窗花。蛐蛐们蛰居在院井的某个地方，趁着湿润的夜色扯着嗓子在唱对台戏，略带沙哑的声音被淡淡的月光传得很远。大黄狗一声不吭，头朝大门方向趴在院台上假寐，两只被剪了梢子的耳朵坚挺着，不放过院子里甚至周边地带一丁点儿异常的声响，准备着随时出击。猪圈里不时传来母猪半睡半醒的哼哼声，猪娃子寻找奶头子撒娇的唧唧声。这是一个充满祥和与自足的夜晚，但院子里的主人们却难以入眠，甚至心事重重，就像这高悬的月亮一样迷离中满含着忧伤的气息。

天赐娘失眠了。躺在南房炕上，眼前一片漆黑，唯有窗户上透着一层微弱的亮光。吹了油灯有多半个时辰了，油灯芯子残留的油气还在屋子里弥漫。尽管合着眼，可她翻来覆去的就是睡不着。听着院子里寂静中的喧嚣，脑子里乱乱的理不出一个清晰的头绪来。晌午开会时，天赐的一席话，让这个纯朴、善良但内心执着的农村妇女一下子失去了素有的镇定。女子大，自然出嫁得也早。三个儿子，老大在老伴儿去世前就分开单过了，二娃因为手脚不干净受过法，当了上门女婿。老三娃，也就是天赐，也不是个省油的灯。因为打了民兵连长，出去躲了几年。几年里音信全无，但天赐娘一直在心里笃信，天赐早晚会回来的——等待天赐几乎成了天赐娘生活的精神支柱。老伴含冤去世后，她把全部的希望都寄托在了天赐的身上。老伴在世时对她说过：大娃生性懦弱，扶不上墙，能把自家的日子过好，就算烧高香了。老二人倒是聪明，但心思没用到正道上。自己毁了自己的前程，怨不得别人。老三天赐，人聪明，上过学，懂大道理，但就是脾气倔，性子坏，容易惹事，但也能成事。天赐爸反复交代老伴，以后呀，你就跟着天赐过……唉，一声长叹，让天赐娘没了主意。尽管天赐没有在她跟前说过要单过的话，可她还是愁啊。她知道，这个话也许是媳妇的意思。因为尿炕，自知理亏，拗不过媳妇，才用分家平息媳妇的怨气。还有一种可能，天赐就是想多领一份移民补助款，才在会上那样说说而已。

不管咋想咋说，天赐娘都赶不走内心的落寞。漆黑的夜色，静谧的夜晚，不安的内心，让天赐娘挨到鸡叫头遍时，也没想出一个可以说服自己的理由。但在这个一辈子站在男人身后、站在这个家庭背后的女人心里，始终生长着这样一个信念：为了娃们的幸福，她随时可以牺牲一切，包括荣誉，包括自尊，甚至是自己的生命。因为在她孱弱的躯体内，始终有一个信仰：嫁鸡随鸡嫁狗随狗。家庭的荣辱与孩子们的成长就是她一生的牵挂，尽管她从未这么明确地表露过自己的心迹。

这个美好的夏夜，同样在这个充满祥和与自足的老宅内，躺在北房土炕上的天赐以及身边的媳妇也是辗转难眠，五味杂陈。两人分被而眠，尽管都闭着眼，也没说话，但彼此都知道对方没有睡着。透着亮光的窗棂，天赐觉得自己的心情仿佛也被这幽暗的月光分割成了无数僵硬的小方块。他晌午在社员大会上的一番话无异于把一块石头投进了池塘，激起了一个大大的涟漪。但天赐知道，这涟漪绝不是小时候用石块在水面上甩出的一连串涟漪那么美好、那么动人，甚至可以赢得伙伴们的喝彩。当他娘起身离开麦场的一刹那，天赐的心猛地跳了一下，随即又重重地抽缩了几下。那番话原本只是一个问题而已，但他万万没有想到，一个无中生有的问题却像一把利剑深深地伤害了母亲，也伤了自己。天赐不是一个善于沟通的人，散会后，他几次试图给娘解释一下，但他发现他娘一直在回避，或者巧妙地婉拒着天赐的解释。匆匆吃罢后晌饭，天赐娘喂过猪，叮嘱天赐别忘了关闭大门就回屋歇息了。而媳妇红英似乎也有话要问他，但他能感觉到红英几次都是欲言又罢，似乎到了嘴边的话又咽了回去。想到这儿，天赐感到了尿急，犹豫了一下忙掀开被子下到地上，摸索着找到尿盆。尽管他半蹲在地上，但尿尿的声响还是很大。自从那个范先生来过之后，天赐娘几乎每天都要到后院去看那个深埋的梨树根。直到有天，从地下冒出一簇嫩黄的芽子，天赐娘的脸上才绽放出难得一见的笑容。天赐娘害怕谁不小心伤害了那幼稚的树芽，用树棍围着树坑，编织了一圈篱笆，并隔天用碗给树芽浇一次水。树芽离开地面长到一尺高的时候，天赐娘从天赐媳妇晒褥子的频次，判断出天赐尿炕的次数明显少了。现在，树芽已经长成了树苗。天赐尿炕的事儿，也绝迹了。天赐打心里佩服那个留着山羊胡子的范先生。过去，他根本不相信游走在乡间的阴阳先生，觉得这些人都是农村不愿意劳动、怕吃苦、专门拿一些神神道道的事儿吓唬人的骗子。可眼下他似乎才真正理解了那些山里人，为啥那么尊重那个文先生的缘故。尿完尿，重新回到炕上，天赐决定天亮了一定要给娘解释一下。分家单过的事儿，只是他在会上的一个即兴说法而已。这样想着，天赐很快就有了睡意。睡前，他扭脸瞥了眼身边的红英，感觉媳妇的呼吸已经平息下来，以为红英已经睡着了。想着再过几个月，自己就要当爸爸了，心下一松，打了一个呵欠，很快就进入了梦乡。

其实，红英还没睡着。她只是有些倦意，但在几分蒙眬里她的意识却是清晰的。自从跟着天赐回到了古城村，红英经过一段时间的调整很快就适应了这里。尤其是婆婆善良，待她也好，把她当女子看，让红英备感欣慰。之前的种种猜疑与担忧在一天天淡化，现在几乎变成了一个个愉快的日子。很长时间，她都忘记了给父母写信。天赐家虽谈不上殷实，但比起村里的其他人也算过得去。总而言之，红英对眼下的生活不能说完全称心如意，但至少是知足的。可天赐白天在社员大会上的一番话，让红英觉得莫名其妙，甚至一片茫然。她几次想问天赐，但见婆婆和天赐都没有再提分家的话题，她也就没再吱声。天赐排行老小，若真分了家，婆婆一个人咋过呀？大嫂为人乖戾不好打搅，刚强的婆婆肯定不会与大哥一起过日子的。但天赐突然撂出来的一番话，吃惊的不仅是自己，一定也让婆婆伤了心。尽管婆婆不会责怪天赐，但红英心虚呀。村里人猜测天赐的想法一定是媳妇的意思。再说自己快坐月子了，分了家，谁伺候月子呀？大老远把亲娘亲大叫来伺候月子，还不叫村里人笑话死了。况且，娘也是不会来的。伺候月子事小，让村里人笑话事大。想到这里，红英觉得有必要和天赐谈一谈，既不能让婆婆误会了自己，也不能让天赐使性子做出出格的事情来。

“天赐，天赐，你醒醒。”红英轻轻地推了天赐几下，看看天赐哼哼了两下，反倒拉起了鼾声，心想，你倒好，随便放一炮，把人家弄得睡不着，你自个儿却呼呼的像死猪一样叫不醒。借着微弱的月光，红英见天赐吧嗒着嘴，睡得正香，一时又动了恻隐之心。但一想到大队文书那一脸的惊讶，红英的呼吸立马急促起来。她在天赐宽阔的后背上使劲地掐了一把，随着一声惊叫，天赐一下坐了起来。

“咋啦，你掐我弄啥？”

“我问你，你真想和娘分家？”

“分啥家？唉，还不是想多要一份移民补助嘛。”睡眼惺忪的天赐又溜进了被窝。

“那你跟娘商量过没有呀？”红英凑到天赐耳边问。

“商量啥？又不是真分家，有啥商量的。”天赐清醒了一些，扭脸问媳妇，“你不睡觉，问这弄啥？”红英没有吱声，只是定眼看着天赐。天赐被媳妇看得心热，一翻身钻进了媳妇的被窝。

“那假分，也是分呀。”红英一把推开了天赐滚烫的身子，“你傻呀？小心娃。”

“明天我给娘说说。”天赐说着身体又靠了上来。

“咋说？”

“该咋说就咋说呗。”

红英没吱声，天赐接着说：“都俩月没亲热了。”

红英看着漆黑的幔顶沉默无语，天赐侧躺着把身体紧紧地贴在媳妇的一侧，脑子里却不时闪跳出月季的脸。媳妇的一句话，一下子把天赐拉回了现实。

“你真想分呀？”

一句普通的问话，不知为啥却让天赐打了一个激灵。天赐知道，此刻的红英一定还沉陷在白天社员大会上。尽管那只是自己的一番随机提问，没多少实际意义，但从红英今晚失眠，以及这句带有明显试探性的问话来看，天赐感到自己的一句无心的话，使本来简单的事情变得复杂、严肃起来了。

天赐说：“分开了，能多领一份钱哩。”

红英说：“那娘谁管呀？”

天赐说：“咱管呀，谁管？”

“厉害啥？”红英一侧身，给了天赐一个后背，嗔怪地说，“睡觉。”这一刻，天赐哪里睡得着呀。他伸出胳膊搂住了媳妇。

月光终于冲出云层，透过窗棂投射到漆黑的土炕上。一只猫头鹰带着一声凄厉的啸叫划过村庄上空，飞到田野里去了。

“当当，当当。”天赐娘喂猪时习惯用铁勺子敲磕石槽子。这尖锐的敲击声唤醒了酣睡中的天赐和媳妇。两人收拾停当时，天赐娘已经把早饭做好了。随着袅袅升腾的柴烟，过油的葱花带着一股清香弥漫在这座老宅的院井里。酸拌汤就小菜是天赐打小就爱吃的早饭。在饭桌上，天赐刚想和娘说说昨天的事儿，没想到他刚开口就被他娘掐断了。

“赐娃呀，娘现在还动弹得了，还能管自己。你说得对，是娘疏忽了。这样吧，你今天就和红英一块到街道上去，给你俩置买一些锅碗瓢盆啥的。我呢，一会儿去寻杨木匠，让他帮你在院台东头砌一个吸炉子。给，这是娘这几年攒的一点钱。”天赐娘说着从腰里掏出一个手帕包裹，打开手帕把一摞子钱放在饭桌上。“你俩结婚时，娘也没给你钱，这五百块钱，就算是娘给红英的一点礼行吧。”包括红英在内，天赐咋也没有想到，娘会在早饭时做出这样一个举动。天赐“扑通”一声跪在了他娘的面前。天赐娘继续说道，“红英呀，你大老远地来我们家，你放心，以后要是天赐敢欺负你，你就给娘说，看娘咋拾掇他。”

一家三口人，都哭成了泪人。

“娘啊，我错了……我不和你分家……我不要移民款了……我只要娘……”天赐像小时候做错了事情一样，拉着娘的手边哭泣边说道。这一刻，天赐才发现娘的手已经不再是他小时候牵引的那只手了，当年那只柔软的大手已经变成了一双粗糙得像后院那棵枣树皮一般干枯的老手了。在他的不经意的摩挲中，这手上不时有暴起的肉皮刺痛他的心。此刻，一种带着愧疚的疼痛感直抵天赐的内心。过去，娘对他的呵护、疼爱以及无私，甚至自私的包容让天赐幡然醒悟，他对自己一时的自私与任性后悔莫及。

“傻娃儿，猪娃子大了，总是要出槽呢。咱只是分开过日子，又不是见不着面了。听娘的，吃完饭到街道上去。娘腿脚不灵了，要是早上几年，娘就替你置买好了。”天赐娘见红英还是哭泣，就说：“好娃呢，可不敢动了胎气。你放心，就是分开了，娘一样给你伺候月子哩。”

“娘，我不想分。”天赐说。

“我和你大哥商量过了，北房就给你俩。”天赐娘说，“等我老了以后，南房也是你的。唉，你看我这脑子，大队不停地让搬呢，要是住不成了，你就把房子都拆了，在塬上盖一座新房子，给娘留一间住就行了。娘也住不了几年了……可娘还没给你看过娃哩……娘还想抱孙子哩……”

这一天，天赐娘给天赐说了很多话，很多他不知道的事情。自从那天以后，尽管三个人还在一个锅里吃饭，但在名义上天赐已经和娘分家了。天赐觉得自己一下子长大了。原本和娘分家是因为移民款，但分开后天赐也没再向大队申请额外的移民补助。虽然和娘分了家，但直到娘去世天赐也没有让娘单独过一天日子。这些都是后话。这也是许多年以后天赐引以为豪的事情。在村里，很多人并不知道，天赐曾经还有和他娘分过家这件事儿。

古城村的老城墙早没有了。村子东北一带的荒野上唯一存留下的就是几百米长、一丈多高的一座夯土墙。荒芜的土墙下宽上窄，尽管经过了两千多年的风吹雨淋，但这些泛着白骨一样筋道的土墙，至今仍然能让人感觉到一股凛然之气。土墙宽的地方有两丈有余，高处最窄的地方少说也有一丈宽。其余的城墙，不知道是被人一点一点挖来垫了牲口圈，还是被某个朝代的人推倒复了耕，谁也说不清楚。前几年省城来的考古专家来这里做过一次调查，结论是这段残留的土墙，的确是春秋时期古城的北城墙。同时，县政府还在村口栽了一个古城古国的青石碑。但打那以后就再也没有人提起保护土墙的事了。之后，这段土城墙又成了生产队垫牲口圈取干土的土场子。当地人把这一截子古城墙不叫城墙，叫土城子。

城墙顶以及两边一丈多地一入夏就长满了酸枣树和野草，遍地都是白色的、蓝色的、紫色的、黄色的、红色的野花。一直到霜降野草枯萎之前，这里是野蜜蜂、蝴蝶、蚂蚱、蛇、野兔、蝈蝈、壁虎和蚂蚁们的天堂福地，就是到了漫长的冬季也还是羊群的天然牧场。小时候，天赐逃学，就经常一个人跑上城墙玩耍。一个人枕着书包、仰望着蓝天白云、老鹰飞翔，嘴里咀嚼着草茎细细地品咂野草淡淡的苦涩的味道。有时候，蹲在地上看蚂蚁搬家也是件很有趣味的事情。城墙离学校有一里多地。躺在城墙上，能清楚地听到学校上课和下课的铃声。一般情况下，悠扬的放学铃一响，天赐便起身从城墙往家走，到井把弯巷口刚好与下学的同学相遇。上学去时，天赐同样是一出井把弯巷就斜剌剌地穿过一片田野，直奔土城子去了。天赐读的第一本课外书《虾球传》就是在城墙上读完的。这是天赐娘让天赐买盐时，天赐少称了一斤盐在供销社悄悄买的。可以说，少年天赐的许多梦想都是在这座远古的城墙上开始的，这一切美好的往事如今都变成了遥远的记忆。但在这美好记忆的背后，依然跳跃着一颗对这片土地的挚诚爱心。也许，就是这样一颗离不开这片土地滋养的心，让天赐在以后的若干年里像一条忠实的看家狗一样守护在这里，直到生命的最后一刻，他才松开紧握的手让自己的灵魂飞向古城以外的地方。

天刚下过一场大雨。

从饲养组到土城子那儿要经过一截子低洼地段，这段路毗邻一片湿地，长年泥泞。天赐每次赶车路过这里都要甩几次鞭子，因为驾辕的黑骡子一见到水就胆怯。骡子不像马干湿不分，如履平地。天赐头一天从土城子拉了十几车干土，都铺垫到这里了。所以，马车再过的时候，尽管路面还是软软的，但黑骡子不至于再胆怯或者尥蹶子了。这天一大早，天赐赶着车走到一半的时候，驾辕的黑骡子突然前蹄蹭地使劲地往后退，头高仰着一个劲地嘶鸣，一步也不愿朝前走了。黑骡子的怪异差点把坐在辕头上的天赐颠下车。情急之下，天赐一摆缰绳拉紧了刹车，借势跳到了地上。黑骡子依然刨着地，一晃一晃地仰着头惊恐地嘶鸣着，竭力朝后退避着什么。天赐百般呵斥、安慰住黑骡子后，走到车前查看情况。

“真是怪了，好好的，这骡子是咋了？”

天赐站在路边的硬塄上勘察了半天，也没发现什么异常，心下不免觉得蹊跷。天赐知道，这些牲口，尤其是高脚牲口有时候比人还灵。只要有一丁点儿的怪异，它们都会有反应的。自从范先生来过他们家之后，天赐心里信服了阴阳先生那些神神秘秘的说法。

疑惑间，天赐觉得自己的后脑勺上一阵发凉，头发“嗖”的一下全都竖了起来。刚才还烦躁不安的黑骡子此刻却安静下来，不停地打着响鼻。这时，天赐看到眼前的地面上陡然钻出来十几条大小不一的蛇。这些土黄色的蛇长的有三四尺，短的也有两尺多。它们钻出地面后稍微犹豫了一下，就纷纷滑向路边的草丛。路面上，留下了十几个土洞。一转眼，黑骡子安静得像一头牛，悠闲地甩着尾巴，刚才的恐惧逃离了，眼睛里飘拂着一片蓝天白云。

马车拐过一个大弯，穿过两畦玉米地，土城子就挡住了去路。七月的土城子，像一座绿色的屏障静静地矗立在村子北部。绕过一道壕沟，天赐把马车停放妥当后，选了一处土墙头，抡起镢头就刨，干涸、坚硬的夯土在跌落的同时，散发出一股淡淡的甜味。天赐一边刨土墙，一边想象着两千多年前那些被抓来筑城的民夫在烈日下挥汗如雨，饿着肚子，挨着鞭子，唱着打夯歌，流着辛酸泪，等到城墙垒起来了，一个一个的壮汉子却被累倒了。而如今，自己却在朗朗天空下用镢头一下一下地毁坏着他们的血汗之作。天赐还在心里边猜想，这个土城子也许在当年抵御过敌人，也许还没有来得及发挥作用就被强大的秦国给灭了。时过境迁，土城子已经成了一道多余的土墙，最多只能供那些文化人发发感慨，无病呻吟一番罢了。想到这里，天赐脸上露出了一个苦笑。古代人是这样，现在的一些事情又何尝不是这样呢？命运弄人，不留痕迹呀。

不一会儿，天赐已经是满头大汗了。

这时，从天边飘来一阵隐隐的雷声，紧接着平地里起了风。刚才还一片祥和的土城子、田野上，也都起了波浪。敞亮的天空骤然暗淡下来。像猎狗撵兔一样，天边的雷声一个跟着一个，从远到近一路炸响。等雷声跑到土城子上空的时候，天空已经堆满了乌云，地上的风头子带着尾巴在田野上四处冲撞。眼瞅着雨来了，天赐脱下身上的袄披在黑骡子背上，自己眯着眼躲进了土城子上一个窑洞里。他前脚刚进这个放羊人挖的土洞，雨水就像准备好了似的“哗哗哗”地落了下来。从外看，这个土洞很浅，也就一米多深，刚够一个人猫腰蹲着。可天赐进洞后，才发现这是一个带拐的深洞。洞有半人高，他擦着一根火柴，猫着腰慢慢向洞内摸索。等到手里的一根火柴棒烧完，他估摸着走了不到一丈远。这个土洞进到土城子中央后又向右一拐，顺着土墙的走向一直向前伸去。洞内很黑，有一股浓郁的土气。天赐划亮第五根火柴的时候，他感到有些气闷。他就势蹲坐在地上歇息，就在他的屁股刚准备挨着洞底时，突然“咯吱”一声，一个硕大的肉球从两腿间逃走。陡然，天赐觉得浑身的血液都冲上了脑门，眼前一片亮光，一下子瘫坐在了地上。那是一只老鼠。老鼠又惊扰了一群栖息在洞内的蝙蝠，噼里啪啦的一阵慌乱。天赐忙用手护住脑袋，蝙蝠从他的头顶飞到土洞的另一处黑暗中去了。

天赐壮着胆又划着了最后一根火柴。他决心走到头，看看这洞内到底是个啥样子。这个时候，天赐猫腰加快了步子，他要在最后一根火柴棒烧完之前走到洞子尽头。但他的愿望落空了，刚走出了几步，微弱的火苗就被他身体产生的风给熄灭了。顿时，眼前是一片黑暗。原地站了片刻，等眼睛适应了眼前的黑暗，天赐又摸索着向前挪步子。走了不到一米远，天赐的脚被什么东西绊住，整个身体一下子扑倒在地上。洞底一层干燥的浮土扑了天赐一脸，天赐在黑暗里摸到了一个冰冷的东西。

没有了火柴，天赐转身猫腰向洞口走。尽管没有了照明，但出洞的路是熟路，没多长时间，天赐就看到了一片白光。出了土洞，雨已经停了。天空一片湛蓝，阳光穿过云层肆意洒射在大地上。天赐一看手里的东西，原来是一只铜鸽子。刚刚经历了一场暴风雨的黑骡子，见到天赐现身后，晃动着脑袋向天赐发出几声短促的鸣叫。天赐扯下骡子背上的湿袄，使劲拧干了雨水，用湿衣襟把手里的铜鸽子擦干净。然后，用湿袄包好铜鸽子系在车辕上。从早上到晌午，天赐一口气拉了十八趟土。看看堆起的干土足够垫两天的牲口圈了，天赐才卸了马车。

匆匆吃罢后晌饭，天赐把高瘸子和杨木匠、黑蛋、程玉喜几个人叫到了饲养组。早来的人见天赐神神秘秘的，问有啥事，天赐倒沉得住气，说等高瘸子来了再说。高瘸子进门时，大家已经等了半个时辰了。一进门，高瘸子就嚷嚷着天都黑了，咋还不点灯，靠这发不了家。经高瘸子一提说，大家伙才猛地醒悟过来，赶紧催促着让饲养员点亮了挂在半墙上的柴油灯。冰凉的灯芯一见火，接连炸了几下响，才看见一团橘黄的火苗颤抖着燃起来。顿时，昏暗的屋里才豁亮起来，几张有些倦意的脸在弥漫的烟雾里显露出来。

“啥事呀？快说。”高瘸子屁股一挨椅子，就猴急猴急地说。

“你不来，屃货还不说哩。”

“赶紧，有屁快放。”

天赐在大家期待的眼神里把自己白天遇到的事情一五一十地给大家讲述了一遍。听完天赐的陈述，大家都陷入了沉思，没有一个人吱声。这时，高瘸子突然说:“那铜鸽子呢？”天赐起身出门，从停泊在院子里的马车辕上解下包裹铜鸽子的湿袄返回屋内。在众目睽睽之下，天赐小心翼翼地把袄放在桌子上慢慢解开。油灯下，被天赐擦掉灰尘的铜鸽子满身泛着绿光。这时，天赐这才看清楚，这只铜鸽子脚下踩着一块踏板，鸽子头微微上扬，短粗的喙由两片薄薄的铜片组成。两只翅膀似乎也能活动。翘起的尾巴，短而丰满。这时，高瘸子摁亮了手里的电筒，大家惊叹地发现，铜鸽子的两只眼睛似乎还在上下闪动。

“这是一只古代的青铜鸽子。”高瘸子说，“从外观看，除了做工精细外，倒看不出有啥稀奇。过去，我倒是在古书上看到过铜鸽子的记载……”

这时，端放在桌子上的铜鸽子发出一连串的“咕咕”声音。这短促清晰的叫声，让在场的所有人毛骨悚然，瞠目结舌。高瘸子再次摁亮了手电筒，只见铜鸽子的两只眼睛上下闪动，两片长喙一张一合，两个翅膀一上一下地移动。那一连串的“咕咕”声就是从铜鸽子的嘴里发出来的。

“咋回事？这东西咋还会叫哩？”

“是谁刚才动哪儿了？”

“没有呀，谁也没动呀。真是怪了，这鸽子不是个祥物。”

"老高，你不是懂嘛。这到底是咋啦？"

"天赐，你赶紧把鸽子送回去。"

在场的所有人都被天赐拿回来的铜鸽子吓着了。几乎所有的人都担心这只铜鸽子会给大家带来不祥，甚至祸害。见大家一时乱了阵脚，天赐似乎也感觉到了一种紧张，伴随紧张而来的是莫名的惶恐。这种惶恐很快又变成了一种压力。因为屋内光线昏暗，别的人没发现此刻的天赐面色发白，两眼呆滞了。

"莫急，莫急，让我想想。"高瘸子在屋内拍着后脑勺踅来踅去说，"让我好好想想。"突然，他一拍手说："对，对，这种鸟，不，这铜鸽子，其实就是古代人为专门预测地震设计的。"看看大家一脸疑惑都盯着他看，高瘸子迟疑了一下，说："啊不，不对……这么说，要地震？"说完，他又否定了自己："要是有地震，公社应该有通知呀。这样吧，你们先把铜鸽子收拾好，不要给外人说。记住啊，千万不敢给社员说可能要地震的话。记住了！这是纪律，谁说了，是要负法律责任的。"说毕了，高瘸子转身出了门朝大队部走去。

大家见高瘸子一脸凝重的神色，一个个也严肃起来，觉得事情有些严重，就纷纷起身散了。临走时，程玉喜叮嘱大家："记住了，媳妇也不能说。"天赐见大家各自低头出了门，忙起身拽住程玉喜问这鸽子咋弄？程玉喜迟疑了一下，说："你先拿回去，明天再说。"

"要不，就搁饲养组。"天赐说。

"这不停地叫唤，叫得人瘆得慌。"饲养员瞥了眼铜鸽子说，"这么金贵的东西，你还是弄走吧。"

"我媳妇快生娃了，放……家里，不好。"天赐说。

"高瘸子不是说了嘛，这鸽子是报地震的，又不是啥怪物，怕啥？！"程玉喜生气地说。天赐见程玉喜这么说，也不好再坚持，可要他把铜鸽子拿回去，又怕这隔一会儿就"咕咕"叫唤的铜鸽子动了媳妇的胎气。饲养组牲口多、命硬，即使有个啥，也不会有啥妨碍，就说今晚上我不回去了，就在饲养组住。程玉喜撂下一句"随你吧"走了。

一晚上，铜鸽子搅和得天赐和饲养员都没有歇息好。天亮后，天赐迷迷瞪瞪地帮着饲养员把所有的牲口牵出圈拴在晨光里的粪场上。正准备回去歇息一会儿，高瘸子带着几个陌生人喊住了天赐。

"天赐，铜鸽子呢？"

"咋了？在饲养组哩。"天赐问。

"你来，来。"高瘸子快走了几步，赶上前边的几个人说，"我介绍一下。这就是拾到铜鸽子的天赐，王天赐。"毕了，又对天赐指着一位低个子、谢顶的中年男人说，"这是县文物局的金局长。"指着旁边穿夹克衫的年轻人说，"马科长。"马科长指着两位老人说，这两位是咱县上的文物专家。“走，咱看看去。”

没有了柴油灯的光芒，白天伫立在桌子上的铜鸽子反倒显得黑不溜秋的，没有了昨天夜里在油灯下熠熠生辉的样子。几个人围着桌子反复观察，似乎并没有看出眼前这个精瘦的铜鸽子，有啥稀奇和独特的地方来。县文物局的金局长瞅了眼高瘸子没说啥，自个儿出屋在院子里点燃了纸烟。见金局长一脸的不快，高瘸子涨红了脸，不停地说，不对呀，昨天黑了，这鸽子不停地叫唤呢，这会儿是咋哩，咋一声不吭了。马科长和两位专家分别戴上了白手套，小心翼翼地把铜鸽子拿到门口亮光的地方仔细揣摩，不时交换着意见。一旁的高瘸子焦急万分，忐忑不安。昨天傍晚，他离开饲养组回到大队部先给老支书做了汇报，老支书起先对啥铜鸽子倒不甚关心，可一听说这铜鸽子能预报啥地震，老支书心里一跳，说你别瞎咧咧，这可不是闹着玩的。你先给县文物局报告一下，看看人家咋说。于是高瘸子连夜把电话打到了城里。今天一大早，文物局的金局长听了值班人员的汇报，就急忙带着专家到了古城村。可是眼前的这个制作精美的铜鸽子并不像高瘸子说的那样神奇，这多少让金局长有些失望。

“来，天赐，把凳子搬到院子里来。”高瘸子踅摸了半晌，觉得自己应该做点啥。金局长以为高瘸子要他坐，就摆了摆手。高瘸子又对马科长说：“马科长，你把鸽子放在凳子上看吧，这里亮堂看得清。”马科长犹豫了一下，还是跨过门槛，把手里的铜鸽子放在了门前的凳子上。

早晨的阳光带着暖暖的颜色直射在凳子上，铜鸽子身上的绿锈在阳光下晶莹透绿，像一个充满生机的神秘使者，让在场的人眼前一亮。这时，一直沉默的铜鸽子两只圆而空洞的大眼睛又开始上下闪动，两只欲飞的翅膀也配合着眼睛上下移动，随着短喙机械的张合，发出清脆的“咕咕”声。

“叫了，叫了。”高瘸子如释重负，忘情地拍着手，对在一旁抽烟的金局长说，“看看，鸽子叫唤了，我没瞎说吧……”不等高瘸子说完，金局长扔掉手里的半截子纸烟，半蹲在凳子旁不眨眼地盯着铜鸽子看。等铜鸽子停止了叫唤，金局长说，这样吧，铜鸽子我们带走了。高瘸子愣了一下，说，“带走？那，那给大队打个条子吧，我也好给领导说。”

“打个收条，行。”金局长脸上堆满了笑意，上前跟天赐握了个手，说，“回去，我们还要再鉴定一下。谢谢你，小伙子。”

天赐还是头一回跟局长握手。几个人都走出饲养组一截子了，他还沉浸在一种莫名的落寞里。他一时也弄不清是因为铜鸽子被人拿走了，还是因为其他的原因。此时此刻，他的头晕晕的，身体却像被人掏空了一样，有一种恍惚不定的失重感。最后，还多亏粪场上一连串响亮的驴叫声，才唤醒了一时丢了魂魄的天赐。

"各位社员，请注意。各位社员，请注意。刚刚接到公社的紧急通知，经有关部门观测，近期夏阳南部可能要发生地震。请各位社员务必在今天天黑前，全部撤出村子。经大队研究决定，每个生产队集中在一起，在开阔平坦的地方迅速搭建防震棚。务必确保每一户、每一个社员安全及时撤离村子。强调一下，地震比老虎还厉害，可不是闹着玩的。各生产队一定要落实责任，要有防大震，长防震的长远打算。不能有凑凑合合的临时想法，要确保每个人安安全全地渡过这次震灾。"几年前的唐山地震村里人还记忆犹新，但社员们总还觉得地震离古城村是一件很遥远的事情。大约十天后，村里人刚刚吃过晌午饭，高瘸子嘶哑着嗓子，又在大队的高音喇叭上反复播放了公社关于预防地震的紧急通知。

狼来了。要地震了。整个村子，一下子陷入了惶恐之中。先前的猜测、犹豫、徘徊、侥幸心理一下子跑到爪哇国去了。几乎所有的人在听完高瘸子颇具煽动力的广播后，两条腿都软了。

天赐似乎已经淡忘了铜鸽子的事儿。听完广播，他心里一阵慌乱，耳畔仿佛又响起了铜鸽子"咕咕"的叫唤声。但让他觉得蹊跷的是，这只铜鸽子是谁藏在土城子的土洞里的。更让这个年轻农民不解的是，一只铜鸽子是咋知道要地震的。县文物局的马科长后来还来寻过天赐一回，详细了解了天赐捡到铜鸽子的过程。据马科长说，据省上专家鉴定，那只精巧的铜鸽子是汉朝的，属于国家一级文物。为了表彰天赐，马科长专门给天赐送来了三十块钱的奖金和一张奖状。

天赐在学校里从没得过一张奖状，没想到在他二十四岁的这一年却领到了一张县文物局的奖状和三十块钱的奖金。开始，天赐还不好意思给媳妇说，红英知道后，硬是把那张小小的奖状用糨糊贴在了土炕边的墙上，说这样每天一睁开眼就能看见奖状。天赐说，看见又能咋？又不能当饭吃。红英一撇嘴，说，你就知道吃。她每天看着这奖状心里踏实。肚子里的娃每天看着这奖状，将来长大了，一定像他大一个样得好多奖状。说不定还能考上个大学，当上国家干部呢。见红英这样稀罕这奖状，天赐也就默认了媳妇的观点。可这一切，还没有完全落地，那可怕的地震却真的要来了。

地震让这个千年古村一下子失去了往日的从容。所有的人都失去了往日的矜持，所有的巷道都喧嚣起来。先是饲养组一百多头牲口浩浩荡荡地穿过井把弯巷，爬上土寨子坡，过了战备路，被饲养员分别用篱笆圈在了一块刚刚出过红薯的地里。紧接着，人们从不同方向背着大包小包朝土寨子坡涌来。天赐背着被褥，一手搀扶着他娘，一手拉着生产在即的媳妇也加入了撤离村子的人群。从井把弯巷到土寨子也就一里多地，要是放在平常，最多十分钟就到了。可这天，天赐一家人，却用了大半个小时才进了土寨子。黑蛋一个人，没啥可拿的。大队广播一完，他就到了巧珍家。备战住校没在家，他帮巧珍把两个大大的包袱背到了土寨子。

天黑前，老支书带着一帮子人在村子的巷道里走了一遍。在确认没有落下一个人后，老支书又逐个在每个生产队的集结点看望了群众。在土寨子巡查时，有人问老支书地震啥时候来。老支书一脸苦笑，说我要是知道地震啥时候来，我就不让它来了。毕了，老支书对群众说："大家要有防大震的思想，要做好长期防震的心理准备。今天黑了，大家先凑合一晚上。明天，每家每户都要搭建防震棚。据公社领导讲呀，国家预测这次地震尽管没有唐山的厉害，但也不可轻视……上级已经有明确指示，今年春节前，都不允许返回村子。也就是说，今年我们要在这个土寨子里过冬了。"

老支书的一席话，让即将降临的傍晚显得愈加凝重。夕阳的余晖泼洒在土寨子残垣的土墙上，像喷洒的一片血迹一样，给这个千年古寨子笼罩了一层不祥的氛围。二队的一百多户几百口人，东一堆西一堆的，把这个偌大的土寨子塞得满满的。随着夜幕的降临，这个矗立在村子西侧的土寨子很快就沉默在浓重的夜色里了。

第二天早晨，土寨子是被遗留在村子里的公鸡们唤醒的。没有了炊烟，清晨的村落显得潮湿而落寞。天赐娘早早就醒了，一个人端坐在潮湿的褥子上，看着四周红红绿绿、花花白白地躺了一地的人，忧愁像一只蚰蜒在她躯体内慢慢地爬行。说不出的恐惧，道不明的担忧，让这个孤独但坚强的老人头一回感到了一种无奈与无助。尤其是当她得知天赐拾到铜鸽子后，心里头更是莫名的忐忑。她一时还弄不明白，这场要来的地震与天赐拾回来的铜鸽子究竟有没有啥关系？她闭目祈祷，对着刚刚从村落升起的太阳默默祷告：这次地震与天赐的铜鸽子没有一丁点儿的关系。如果真的是天赐从土城子拿回来的铜鸽子给乡亲们带来了这场地震，她愿意舍了老命给老天爷赔礼道歉，让天赐把铜鸽子送回土城子。"唉，这个娃呀，打小就不让人省心。"

太阳照进土寨子的时候，天赐才睁开眼睛。他躺在地上，用心仔细感悟着大地的谶语，有一种接通大地的踏实的感觉。天赐知道，固然大家伙没有表露出来，但他从社员们的眼神里还是读出了怨怼。从黑蛋的嘴里，他得知不少人对他贸然拿回来的铜鸽子心存疑虑，甚至有人背地里觉得就是那只该死的铜鸽子给古城村带来了这次地震。"扯尿淡，净胡说哩。"尽管嘴上不承认，但天赐心里还是有些忐忑。

简易防震棚是按原有巷道布局的。进了土寨子的土洞门，留下了一个大约两分地大小的空地。左手是井把弯巷的几十户人家的窝棚，右手是杨家巷，中间是新巷和其余零散的住户。规划好棚基后，各家各户开始搭建窝棚。除老人、碎娃外，人们纷纷走出寨子下了坡。寂静了一夜的村落又有了些许的人气。程玉喜见天赐娘还端坐在地上闭着两眼嘴里念念有词，犹豫了一下，盘腿坐在天赐娘旁边的褥子上。天赐娘说，队长忙去吧，我老婆子没事儿。程玉喜心里一惊，天赐娘一直闭着眼，咋就知道是他？正思忖这事儿，天赐娘又说，我耳朵灵着呢，说完呵呵一笑，睁开了眼。

“三婶，你好福气呀。”程玉喜说，“快当婆了。”

天赐娘轻声叹息了一下，说：“猪比娃争气……成天给你惹事哩。”

“说啥哩，我叔那些年，帮衬我屋的还少哇。”

“天赐也没给我说，那铜鸽子……真有那么神……”

“也没啥，该来的总会来的，和天赐没关系。你老把心放下，等着抱孙子吧。”程玉喜知道天赐娘的担忧，不等她把话说完就把话岔开了。

这时，返回村子的人陆陆续续回来了。刚刚清静了片刻的土寨子又喧嚣起来了。人们有的背来大捆的玉米秆，有的抱着被褥，有的扛来木椽，有的担来了水，有的抱着麦秸草、背着麦壳，开始准备搭建窝棚了。不到晌午，土寨子里就搭好了近百个防震窝棚。这种直接搭建在地上的窝棚像一个大写的A字。先用几根木椽扎好框架，然后用玉米秆整齐地摆在木椽上，用加了麦秸、麦壳的泥巴涂抹在上边。等泥巴晾干后，再把用谷子秆编成的草帘子搭在窝棚上。窝棚接地的地方，都用湿土培砌了一圈坚实的土坎。这种土坎，既是棚基，也是天然的排雨水阳沟。一个类似远古人的栖居地赫然展现在人们的眼前。这些亲手搭建窝棚的人也被自己的劳动所感染，纷纷聚集在寨子里那块空地上点燃了一堆柏树枝。因为巧珍和黑蛋都是一个人，所以搭建窝棚时就只搭建了一个窝棚。两个人的事情，大家也都知道了。当天夜里，在赵老师的提议下，人们借着篝火给两个人举办了一个简单的婚礼。黑蛋给每个人散发了一个早就准备下的洋糖。天赐带着一帮子年轻人把两个人围在火堆前，逼着黑蛋背着巧珍绕火堆转了九圈。开始巧珍死活不配合，闹洞房的人也不理会巧珍，只是一个劲地用笤帚把打黑蛋的屁股。黑蛋百般求饶，几个年轻人置之不理，只是打得更重了。年轻人边打边说，别求我，要求就求巧珍呀。无奈之下，黑蛋背着巧珍左一圈右一圈地围着噼噼啪啪燃烧的柏树枝转圈圈。转慢了，还要挨打。等到黑蛋背着巧珍转完九圈后，两个人早转晕了头，一屁股瘫坐在地上，半天站不起来。这时，天赐大声问，还要不要看新节目？围在火堆一圈的人们纷纷说要。天赐让人搬来一把椅子、一个杌子，自己跳上椅子，从兜里掏出一个柿子，柿子把上绑着一根红绳。让黑蛋和巧珍两个人站在杌子上——他们先把巧珍架上杌子，让黑蛋后上。杌子小，两个人只有相互抱着才能在上边站稳。刚开始，黑蛋不肯上去。闹房的人，就可劲地用笤帚把敲打黑蛋的两只脚背。黑蛋像踩在烧红的烙铁上一样不停地交替抬着脚，躲着飞舞的笤帚把。看看躲不过去，巧珍只好嬉笑着把黑蛋拉上了杌子，两个人抱在一起。天赐手提着红绳把柿子悬空吊在两个人面前，让两个人用嘴巴咬吊在空里的柿子。两个人要同时咬着柿子才算过关，咬不住就用笤帚把敲打黑蛋的脚面。两个人反复追咬，也不得要领。后来，巧珍小声说，憨憨，咱俩一块咬。黑蛋说好。看到柿子停在了两个人面前，见巧珍瞥了他一眼，就把眼睛一闭使劲凑了上去。结果“啪”的一声，他的嘴巴磕在了巧珍的牙齿上。原来天赐见两个人的嘴巴同时凑了上来，手腕一抖把柿子提了上去。如此这般，两个人反复了三次，才过了这一关。

婚礼一直闹到深夜才结束。天赐和队上的几个小伙子等黑蛋和巧珍进了窝棚，又悄然潜伏在窝棚外偷听窝棚里边的动静。因为只隔着一层薄薄的泥巴，窝棚内两个人任何一丁点儿的窸窣声都听得清清楚楚。巧珍问黑蛋：“疼不疼呀？”黑蛋不吱声，爬到了巧珍身上，巧珍在黑蛋屁股上轻轻拍了一下，说：“你急啥呀？”黑蛋还是不吭气，用嘴巴在巧珍的胸前寻找着，但再一次被巧珍用手推开了。“你说，娶了我，你后悔不？”

不一会儿，黑蛋的呼吸粗重起来。巧珍的呼吸也随着黑蛋的呼吸开始急促起来。随着喘息的加重，搭在窝棚上的干草也跟着颤抖起来。

村子里，不知道是谁家心急的公鸡叫头遍了。天赐家的大黄狗一直跟着天赐，见天赐从黑蛋窝棚边的地上爬起来要回自家的窝棚，站在土寨子上，对着村落伸长了脖子，向着夜空长啸一声。然后，跟着天赐又回到自家的窝棚前，蹲坐在一旁假寐。两只耳朵监听着周边的任何一点儿可疑的声响。在回棚的路上，天赐突然想起了小时候唱过的几句歌谣：

公鸡撵，母鸡跑，一跑跑到烂草窑。
公鸡鸰，母鸡叫，翅膀拍，低脑（头）摇。
一个鸡蛋，就成了。

冬天是随着一场大雪来到土寨子的，但地震却像一个顽皮的碎娃在和人们捉迷藏，一直不肯现身。蜗居在窝棚里的人们，一方面渴望地震快些来，好结束这种野人般穴居的日子。另一方面却希望地震永远不要降临。等待中的恐惧和焦虑像一种无形的魔咒夹裹在飞舞的雪花里，笼罩在土寨子的上空，后又悄无声息地散落在每一个人的身上。天赐家一共搭建了两个窝棚。天赐娘住一个，天赐和媳妇住一个。一天傍晚，天赐媳妇突然呻吟起来，一个劲地抱着肚子大声呻吟。天赐娘掐算的日子，生娃还有十天哩。村里的接生婆冒着飞雪来到土寨子时，天赐媳妇因为疼痛汗水已经湿透了她的头发。借着微弱的油灯光，接生婆查看了一番说，哭啥哩，羊水还没有破呢，再忍忍吧。天赐娘叫来帮忙的两个本家侄媳妇在一旁雪地里已经点火，烧好了一大锅煎水静静地等待着伢伢娃的降生。也许都是过来人，旁边的几个妇女都在冷眼看着呻吟中的红英，没有人说话。唯有旁边的天赐像一只被困的黄鼠狼转过来转过去，把手都搓红了。

雪还在下。

夜幕已经完全降临了。夜空黑里透着蓝光，凝重而冰冷。整个土寨子都被雪花铺盖了。白茫茫的夜空里，红英生娃的呻吟似乎已经转成了一种歇斯底里的喊叫声，在混沌的土寨子上空回荡着。尽管这种肆无忌惮的喊叫声只能传出几丈远就一头跌落在雪地里了，但蜗居在土寨子里的每一个人都听到了红英生娃的喊叫声。

大约半个时辰，天赐家的窝棚里，传出来一串伢伢子娃清脆的哭声。天赐娘一直双手合掌，立在一旁对老天爷祈祷着。听人说是一个男娃后，她急忙转身，挤进了狭小的窝棚里……

天亮时，雪已经停了。

人们爬出窝棚，踩着有些泥泞的雪地纷纷来到了天赐娘的窝棚前，给天赐娘祝贺道喜。尽管天赐娘一夜没合眼，一脸的疲倦，但脸上始终堆满了笑意。道喜的人给天赐媳妇拿来了鸡蛋、红糖或者挂面一类的营养品。

接二连三的喜事，似乎冲淡了地震带给人们的恐惧。不知不觉间，人们在这个千年古寨子上已经度过了六十多天。两个月来，人们白天回村喂猪、喂鸡、喂羊，收拾院落。晚上又纷纷回到土寨子里来，像散养的鸡群慢慢适应了这种生活节奏。可眼看着进了腊月，见大队还没有要大家搬回村里的意思，腊八节一过，人们开始筹备过年。土寨子里没有条件，人们自然还是天一亮就回村蒸馍、捏馄饨、打扫房屋，天黑了又返回土寨子里来。

小年的前一天，大队老支书领着一帮子人来到土寨子。一进土洞门，几只狗见有生人来，就站在空地上对着来人狂吠起来。队长程玉喜听见狗叫，钻出窝棚，见是大队和公社的领导来了，忙喝住狗，把领导们迎到空地上。

“一大早来，有啥事儿？”程玉喜见大家神情凝重，忙问道。

“昨天夜里，五队有两户……回村了。”大队老支书面无表情地说。

“我们都在这儿，你看。一百一十八户，一家不少。”

“你们队，都好着吧？”一位中年男人问。这个人玉喜见过，是公社的一个啥干部，但他不知道叫啥名字。

“好着呀。腊月里呀，我们队上还有两宗喜事哩。”玉喜说。

“喜事？啥事情呀。”那个人脸上飘过一丝疑虑。

“天赐媳妇生了个大胖小子。黑蛋和巧珍结婚了。”玉喜道，“你说，是不是喜事连连呀？”

“哦……”那个人若有所思地说，“我知道这个天赐。先前打了民兵连长，后来又带回来了一个没有户口的媳妇。至于黑蛋结婚这事儿……我咋不记得……他们是啥时候领的结婚证呀？”

见程玉喜一脸困惑，老支书对玉喜说：“这是公社管计划生育的葛领导。”见老支书这样介绍自己，姓葛的干部又补充道：“民政干事，算不上啥领导。”

在下坡去村里查看的路上，程玉喜才知道，昨天夜里夏阳南部发生了一场不大不小的地震。西村倒了十几间房子。五队偷跑回村的两户人家一死一伤，被公社通报批评了。玉喜听后，张开的嘴半天合拢不上。

“我咋一点儿感觉都没有呀？”

“你要是住在村里，就有感觉了。”老支书没好气地说。

几个人从井把弯转到新巷，再从杨家巷回到杨家祠堂前勘察了一番，没发现倒塌的房屋。正说着，会计从新巷气喘吁吁地跑到了玉喜跟前，犹豫了一下，凑在玉喜耳朵边小声说了几句。玉喜一听，脸上顿时变了颜色。

“嘀咕啥哩？”老支书说。

“土地庙倒了。”玉喜若有所失地说，“土地庙昨天夜里全倒了。”

“啥？”老支书说，“真是怪了，恁结实的房子咋倒了？”

说完，一行人急忙向半坡的土地庙走去。

第十六章

古城村的六月，到处都弥漫着麦草的味道。阳光下，大片的田地翻涌着金黄的麦浪。一眼看不到头的麦田，晃得人头晕。几乎所有的人都被眼前的麦香陶醉了。刚进入阳历六月，气温就骤然升高。火辣辣的太阳晒得人眼花缭乱。在这龙口夺粮的关键时刻，除了不能下地的病人，不能行走的碎娃，村子里所有的人都拿起镰刀下了地。能割麦的加入割麦的队列，能装麦车的跟着马车装麦子。有架子车的人家用架子车运送割倒的麦子。会扬场的老把式抡起了木锨。就连村里的小学校也都放了假。老师带着一群大大小小的碎娃们跟在拉麦子的后边拾麦穗，或轮流扛着染红了缨子的铁头矛子在碾麦场站岗放哨，检查进出麦场的大人们身上装没装洋火或者打火机。

作为队上的主劳力，我的任务自然是吆马车拉麦子。一趟一趟地从田地里把割倒扎成捆的麦子运到半坡的碾麦场。连日来，每天从早上七点到晚上七点，一个对时都在赶拉割倒的麦子。晌午，有时连饭也顾不上吃，就着两个青辣子啃两个馍，喝几口热水就算晌午饭了。晚上碎娃闹夜，哭得人连一个囫囵觉都睡不好。一天下来，两条腿都是软的。回到家，连饭都不想吃，倒头就睡着了。

一九八二年的这个“三夏”，对所有古城村的社员而言，是持续了三十年的农业社的最后一个夏收。对我们这一茬子人来说，农业社是温暖的，也是我们全部的精神寄托。有时候，在我的心目中，农业社是我的归宿，比家庭更让人眷恋。

记忆总是美好的。

每年夏收，队上都要举办一个简短的开镰仪式。那天，队长程玉喜把割麦的镰刀斜别在后腰上，站在小红马的车辕上对着南岸大片熟透的麦田，心情复杂地对已经列好阵，等待开镰割麦的社员说：“今年是个好年景……大家要咬紧牙关，不能让一穗麦散落，不能让一块地遭雨，跟老天爷赛一场跑，看谁腿快，手麻利……”巧珍见玉喜腻腻歪歪半天不发号令，就催促说，快些呀，时间全让你糟蹋了。玉喜迟疑了一下，接着说:“大队要求……收完麦，就分地分农具……实行联产承包制。”

刚刚沸腾的麦田，一下子蔫了下来。

早在大队的广播里就听说了国家要把耕地、牲口、农具啥的，一并分到每家每户的消息。但在大家的心里中央的决策似乎离古城村很遥远。然而，此刻要分家这个消息从队长程玉喜的嘴里说出来，仍然不啻为一个晴天霹雳。一只布谷鸟在麦地头的杨树上陡然发出一串“先黄先割，先黄先割”的啼叫。

开镰——

玉喜大吼一声，跳下马车，站在队列的第一个，搂起麦秆割下了一九八二年的第一镰，也是他在农业社的最后一镰麦子。巧珍等几个割麦的快手都分插在队列的中间，转眼几个人在厚实的麦田里就给大伙割出了几道窄长的通道。其他人沿着几条通道呈阶梯形很快就拉开了距离，像是一只巨大的怪兽在蚕食麦子一样，眼看着从地头向远处慢慢推进。被割断的麦秸裸露着新痕，散发出一阵清新的湿气。陡然空旷起来的麦田里，整齐地排列着一行行大小均等的麦堆。十几挂马车一字排列在麦地边的路上等候着。我的小红马打着响亮的喷嚏，把脖颈上的铜铃摇得山响。这串黄铜铃铛是我爸给我留下的唯一念想。只要出车，我都会给驾辕的牲口戴上这串铜铃。也就日尿怪了，任何一匹高脚，只要一戴上这串黄亮黄亮的铜铃，就显得格外兴奋，就连走路的步子都显得格外轻快。

从这一天开始，似乎没有人再提起分地的事儿，但凡能下地的人都来了。小黑马事件后，这两年一直在家养身子的天顺叔也来到田间帮着装车的人，给散落的麦子打捆。队长玉喜说，叔，你回屋歇着吧，别累坏了身子。天顺叔把眼一瞪说:“我又不是泥捏的，风一刮就散伙了。”说完，又半跪在地上扎麦捆。噎得程玉喜半晌回不过来神。我边装车边低声说，我天顺叔欢实着哩。你不让老汉弄，明年地一分，想弄连机会都没了。程玉喜正色道，就你娃话多，赶紧拉你的麦。

半个月里，古城村几乎没了白天黑夜之别，不论男女老幼，每天甚至不用队长派活，比任何一年的夏收都井然有序。看着大家这般投入，队长程玉喜有些于心不忍，每天除了组织社员割麦、碾场，还要不停地劝歇，生怕累坏了谁。大家这般拼命，玉喜心里头明镜一样，尽管大家不说，他也知道大家都很珍惜这最后的夏收。作为一队之长，程玉喜一想起分地这事儿同样是闹心。尽管大家的心里都憋屈着一股莫名的火焰，但几百亩麦子却格外顺利地入了仓。

收完麦子，包产到户自然被提到了议事日程。

好端端的，为啥要分？一部分人持不同意见。但大部分人还是觉得分了好，说大锅饭，养下的都是懒人。分了田地，分了牲口，各人操各人的心。也有的人说，地不亏人，你咋待它，它就咋待你。一时间，众说纷纭，莫衷一是。

我呢？可以说是忧喜参半。既然国家让分，多数人也赞同，就必然有分的好处。再说了，眼瞅着这两年不少人动了心思想单干，觉得几十年了，农业社热闹归热闹，可总不能让大伙饿着肚子忙活。花钱的事儿，就更别提了。能看得出来，不想让分开的人，除了家里缺少劳力的人家，就是个别懒散惯了不愿出力的人。

尽管这样，古城村第二生产队还是率先成立了一个包产到户工作小组，小组成员都是大家选出来的群众代表。我也是小组成员之一。按会计出的布告上的说法，我是监督员。遇到不公平的事情，可以一票否决。说起来，我的权力很大哩。可我知道，我充其量不过是聋子的耳朵样子货。包产到户工作小组开始并没有我，是黑蛋几个人吵吵着，硬是让我进了包产到户工作小组。工作小组的组长是程玉喜，副组长是大队文书高瘸子，成员有天顺叔、杨木匠、会计老赵、巧珍和我。

地好分，农具难弄。

经过商量，我们就先弄好分的。地都是老辈人留下来的，几乎每个人都熟知水地、旱地每一块耕地的脾性，没啥好挑拣的。我们头一宗要做的事情，就是重新丈量每一块地的亩数，按每一块地的肥瘦、远近把所有的水地和旱地分为一二三等。把这些事捣鼓清楚后，专门给社员发了榜。

因为这些事儿没有牵涉到户，所以社员的意见不大。只是对个别地块的等级有些异议。经过沟通，分地很快就进入了第二步。工作小组的人，白天晚上不休息，连轴转。按全队人头水旱搭配，地的好坏，也就是等级和拟分配耕地的大小相结合，很快就拿出了分地方案。方案出来后，已经是深夜了。玉喜安排会计连夜把分地方案用毛笔誊写在大红纸上。临走前，再三叮咛老赵，天一亮就把方案贴在队部门口的外墙上。

月亮已经老高了。整个村子都睡着了。巷道里白花花的，像一条平静流淌的小河。被月光投射在水面上的树影子，倒像是一道道鳞波。没有鸡鸣，也没有狗吠。睡着了的村子宁静、高远，还有几分神秘。在井把弯巷口分手时，玉喜突然叫住我说：“赐娃呀，你明天起早些，在队部盯着，看看社员有啥意见没。有啥事儿，你先给咱记下来。毕了，咱再商量解决……还有，谁要是有意见，你先好好给人家说，千万不敢和人吵架啊！”

进了井把弯巷，我一下子清醒了许多。刚才在队部的倦意都被如水的月光漂洗干净了。看着身边一座座睡着了的瓦房子，我的心情像被啥东西戳了一下似的有一种隐约的刺痛。我深深呼吸了一下，能清晰地感觉到一股爽朗的空气。没几分钟，我竟然觉得我快要被月光融化了。夜风，月光，还有偶然的昆虫的叫声此刻穿过我的身躯，但我感觉不到一丝的疼痛，甚至不适。此刻，我唯一的知觉，就是觉得自己的身躯随着我的目光在自由自在地飞翔。

我所熟悉的村庄在我的身后变得虚幻起来，像童话里的世界一样遥不可及，但充满了诱惑。我变成了一个陌生的外来人，站在村口，站在巷头，独自眺望，渴望遇到一个我熟知的人。

我想喊叫，可我能分明地感觉到我的嗓子已经有些沙哑了，始终一句话也没有喊出来。我失声了。环顾空旷的原野，看不见一座瓦房子，恐惧锁住了我的喉咙。我在奋力反抗、挣扎中看到我家的那条大黄狗站在不远处看着我，轻吠着向我示意。我想走到大黄狗的跟前，可我朝前走一步，黄狗就后退一步。我向前走两步，黄狗就向后退两步。我向后退一步，黄狗又朝前进一步；我俩之间始终保持着丈余的距离。见黄狗这样，我很生气。想找一块砖头，捣这狗日的东西，但四下里啥也没有。我只好顺手脱下一只鞋，狠狠地朝黄狗扔去。

好奇怪呀，我的鞋子在空中飞得很慢。那可恶的狗竟然不跑，也不躲，还对着我笑，说出了一句让我惊讶不已的人话：都啥时候了，你还这样子呀？

这时，我被我媳妇推醒了。

我睁眼一看，太阳都老高了，一股橙黄的光线透过一个破了纸的窗棂，直直地照射在我的被子上。等我清醒过来，猛然想起队长的叮嘱，一掀被子翻身下了炕。“你咋不叫我呢？”红英一愣，说，你睡得恁香，叫你弄啥呀？我一听，气不打一处来，大声呵斥她。红英一脸无辜，低声说，你看你一大早的大喊大叫的，当心把娃弄醒了。我满腹怨气，用毛巾胡乱擦了把脸正准备出门，红英说，饭在锅里熥着哩，你吃了再走。我娘这两天到我姐家去了，每顿饭都是红英抽空做下的。一个碎娃几乎占据了红英的两只手。进了灶房，我揭开锅盖一看，竹箅子上盛着两个玉米面馍馍和一个紫红色的红薯，箅子底下是麦子稀饭。看到这些吃食，心底泛起一股温暖。“咔嚓”一声，我嘴里的红薯清脆而甘甜，红薯是生的。这让我陡生了一种可怕的念头。自从那个阴阳先生到我家里捯饬之后，我尿炕的历史算是终结了。可红英生完娃，整个人儿却变得敏感了，时而语无伦次，时而又颠三倒四，与先前相比判若两人。

我娘也觉察到红英的变化。我娘私下里问过我，红英当姑娘时是不是向我隐瞒了啥。我说不可能，恁长时间，我看红英都好好的。我娘说，那这是咋啦？是啥东西把娃缠住了。见我娘一时也没了主意，我就给我娘道出了我的疑虑。不会是那个范先生画的符有啥吧？那一刻，我的脑子里想到了一直压在我屋里炕上草席下的那张黄纸条。

不会吧。说到了范先生，我娘的底气显然也不足了。我提议，把那个黄符撕了。我娘失声道，千万不敢。撕了神符，老天爷会不高兴的。尽管我娘坚决反对撕掉那一绺黄纸，可是，为了我媳妇，我还是背着我娘从草席下取出了黄符。但我没有撕，我把那张窄窄的黄纸夹在一本历书里。尽管我的草席下没有了被范先生附了魔咒的黄符，但我媳妇的症状并没有好转，甚至每况愈下。想到这里，我嘴里的生红薯顿时变得苍白乏味，味同嚼蜡。有时候，我甚至在想，要真是因为那张黄符把我媳妇给弄神经了，我宁愿尿炕，宁愿被红英小看，也不愿意看到红英被魔咒折磨。面对红英，我有一种难以释怀的负罪感。

这时，我听到有人在巷道里叫我。我趿拉着鞋子穿过院井，在经过猪圈时，老母猪趴在圈门上朝我使劲地哼哼。早起还没有喂猪，我边向巷道走去边喊红英喂猪。红英在屋里嘟囔说，人还没吃哩，它等下吧。开了院门，赵俊才站在巷道上。他不敢敲门，是因为害怕我家的大黄狗。此刻静卧在院台上的黄狗，一直是恶名在外。

“天赐，队长叫你哩。”

我的心跳了一下，却明知故问：“咋哩？有啥事儿？”

“有人撕榜了，队长叫你快些去。”说毕，嘴里叽里咕噜地哼着一首外国歌，转身走了。

杨家祠堂的门前聚集了不少的人，远远地就能听到人群的喧嚣。走到跟前时，见队部的大门紧闭着。会计老赵与黑蛋在人堆里你一句我一句地辩论着。大门两侧的大红纸被撕得七零八落的。我没有急着现身，而是站在人群的最外圈静观事态的发展。因为会计老赵辛辛苦苦用毛笔出的分地方案被人撕花了脸，不少人在残留的纸片上试图寻找自己的名字。有的人找到了名字，却不能看到完整的分配地块，骂骂咧咧地喊着要见队长。有的人找花了眼，也没能如愿。尽管会计老赵费尽口舌，也没能让情绪激动的社员安静下来。

显然，黑蛋是眼下这种焦灼情绪的点燃者。此刻，他的声腔甚至成了人群骚动的开关。我知道，很多人心里憋屈，倒不一定是因为看不到分地方案。根本的症结，应该还是对生产队“散伙”一事不理解，觉得前途一片茫然。黑蛋的声音一高，人群里响应的呼声也就随着升高，他的嗓门一小，大家的情绪似乎也就平息了许多，情绪忽高忽低的人群潮水一样，此刻已经淹到了会计老赵的脖颈了。

“胡球弄哩，哪有这么分的？”黑蛋高亢的情绪终于恢复了理智。

“你有意见，可以提嘛。你撕了榜，算啥事嘛。”老赵肯定一夜没睡，眼圈乌青，像被谁杵了两拳似的，满腹委屈地说，“一百多户，几百亩，成千块地，一笔一笔地写到红纸上，你以为容易呀？你说撕就撕了。你，你咋能这样啊？”

“你能胡写，还怕人撕呀？”黑蛋一脸的浑劲。

“你当着大伙的面说。”老赵很认真地掏出了本子和笔，摆出一副谦恭大度的样子，“你有啥意见，当着大家的面说出来。我回头一定把你的意见带给工作组。”

黑蛋说：“那我问你。”

老赵说：“你说。”

黑蛋说：“我大是不是二队的人？”

老赵说：“是呀。”

黑蛋说：“那怎么不给我大分地？”

老赵一时语噎了，低头只管在本子上快速写着，同时示意黑蛋继续说下去。好几年了，大家把黑老四都遗忘了，难怪黑蛋急了。

黑蛋说：“黑娥，是不是二队的人？”

老赵说：“是呀。”

黑蛋说：“那分地咋没我姐的份儿？”

老赵说：“你姐是哪一年……不见的？”

黑蛋说：“你是会计，你不知道呀？你从哪一年不给我姐分粮，难道你忘了？我看你就是成心的。你就是一个十足的狗腿子。”

黑蛋说着说着，嗓门又高了起来。窘态十足的老赵，讪笑着说：“对了，对了，不说了，你的意见我知道了。”毕了，又对着人群大声说：“还有啥意见，都说出来。我好一块儿给工作小组反映呀。”

“榜都撕了，说啥呀？”

“别再啰唆啦，赶紧再写一张吧。”

会计老赵急中生智，从衣兜里又掏出几张信纸，回身站在大门旁的门礅上，对着人群大声说：“大家静一静，我先给大家念一遍。”

骚动的人群顿时平息下来。

“水地人均五分，旱地人均七分。程天顺，五口人。水地，南岸七分地。小河口一亩二分地。东滩六分地。旱地，高墹上一亩六分地。浅子弯一亩二分地。后沟七分地。杨天恩，三口人。水地，南岸五分地。东滩一亩地。旱地，浅子弯一亩二分地。高墹上九分地……”

“杨天恩是谁呀？”有人大声问。

“憨憨，杨木匠的官名。”有人说。

老赵重重地咽了一下口水，说：“我念的时候，大家不要乱说话。”少顷，又接着念了起来。

“赵魁，三口人。水地，十三亩地八分。南壕七分地……”

“人口不对！”有人高声截住了老赵的话音。众人循声一看，是赵魁。

“赵魁哥，你啥时候回来的？”黑蛋惊喜地问。

“叫叔。”赵魁故作嗔怪地说，“昨天夜里到家的。”

“叫啥叔，就叫哥。”一旁的巧珍纠正道。赵魁见巧珍认真的样子，一时窘在那里，不知道说啥好。巧珍见赵魁一脸蹊跷，又笑着说：“我俩现在是一家人。”赵魁猛然醒悟过来，带着几分戏谑的口吻，笑着说：“那可不行，不能乱了辈分。这样吧，你叫哥，让黑蛋叫叔。”

“放屁。”巧珍说，“狗嘴里吐不出象牙，想得美。”

众人哄然大笑。

“赵魁，啥时回来的？也不到我这儿报个到。”老赵朗声说。

“这不刚进门嘛。”

“你说啥不对了？”

“我媳妇还没有死哩，你咋就给除名了？”

人群里一阵骚动，但很快又安静下来。会计老赵说，你这事儿，跟黑蛋说的一回事，等回话吧。说毕，老赵又开始给大伙念分地方案。

见大伙的情绪稳定下来，我悄然抽身离开了杨家祠堂。我没回家，直接到队长程玉喜家。听了我的讲述，玉喜哥思忖了片刻，嘱咐我立马和高瘸子一块儿去见一下老支书。

杨家祠堂的夏夜，寂静闷热。院井里的抱亭子遮住了一大片天空。站在门道与抱亭的甬道上，湛蓝的夜空，只能看到很小的一块。没有月亮，只有稀稀拉拉的小星星在夜空深处眨着眼睛。一盏大瓦数的电灯泡挂在抱亭的飞檐下，招来无数蚊蝇、飞蛾围着灯泡盲目飞舞。一只猫头鹰缩栖在祠堂东房的屋檐下，无声地转动着眼珠子，看着抱亭下一堆人在激烈争论。

“活不见人，死不见尸的，分啥地呀。”会计老赵激动地道出了自己的观点。

“照理说，这几个人都是咱队上的。”杨木匠分析说，“这次分地呀，应该给人家分。要不，以后真的回来了咋办？”

“啥咋办？”老赵说，“到时候，可以从队上预留的百分之五的机动地，给他们再分嘛。”

“我同意分。”天顺叔说。

“我个人持中立态度，但服从组织决定。”高瘸子尽管是大队的文书，还是工作组的副组长，但他的身份却是杨毛子的上门女婿。他的话既有原则，又不得罪人。这小子，别看腿瘸，心眼可不少，粘了毛比猴子还精明。

“上边说了，分了地，三十年不动。”队长程玉喜是大队指定的组长，他见大家意见不一致，就重申了这次包产到户的一些政策，“人老了，不减。新生的娃，新娶的媳妇，也不给分地。至于队上的机动地，还有其他用处。”说毕，又指着巧珍和我说：“你俩咋不吭气呀，说说吧，你们是啥意见。”我瞥了眼巧珍，示意她先说。

“这事吧，牵扯到了黑蛋，我也不好说啥。只要按政策弄，我都没意见。”巧珍学乖巧了。她的一番话，和没说一样。队长又把目光投向了我。我看了看杨木匠，又看了一眼高瘸子。灯光下，两个人面无表情，多少让我有些失望，倒是玉喜用鼓励的眼神看着我。

“一户多分几厘地，也富不到哪儿去。少分几厘地，也穷不死。我看呀，户口在的都给人家分上。”

我说完这话，会场一时陷入了沉默。大约凉了半分钟，程玉喜划着了一根火柴，点着了一直捏在手上的旱烟锅子。随着袅袅升起的烟雾，整个杨家祠堂的空气仿佛凝固了一般，一片死寂压迫得每个人都在用长长的呼吸调整着自己的气息。

半晌，程玉喜在抱亭的围栏上轻轻磕了磕烟锅子，说：“大队的意见是，各队有各队的实情。既然要分，就得尊重社员的意愿。大家都是社员选出来的代表，我相信大家。刚才呢，大家都讨论过了，各人也都亮明了各人的意见。现在看来，这个意见呢，还不是很统一。老赵，你给咱弄几个纸条，咱也弄一回不记名投票。各人写各人的意见，最后是啥结果，就是啥结果。”

“那不行吧，要是不给分地，社员这一关就过不去。”杨木匠说。

“投啥票呀，干脆举手吧。”天顺叔说。

“也好，那咱举手表决。”玉喜说，“同意分地的，举手。”

队长的话刚落地，大家都先后举起了手。高瘸子见大家都举起了手，犹豫了一下也举起了自己的手。会计老赵一直低着头，用余光估摸着大家都举完了手，他才抬起头，用疑惑的眼光挨个把大家看了一遍，两只手纠缠在一起犹豫着。程玉喜并没有急于发声，他在等待老赵，他不希望最后的决定还有代表反对。他甚至在用探寻的目光盯着这个白天受了莫大委屈的老会计。他知道，如果今天这个坎老赵过不去，随后的麻烦会更多，更难缠，也更纠结。见大家都举手在看着自己，老赵又迟疑一会儿，脸上硬是堆出一点笑意，才犹犹豫豫地举起了自己的一只手。

“好！全部同意。那就麻烦老赵，今黑了，再加个班，明天一早起把新的分配方案贴出去。”程玉喜一脸轻松地说，“天赐，你到大队供销社给老赵买两瓶罐头夜里吃。”

“买一个肉罐头啊。”老赵对我叮咛道。

三天时间，除留下少量的机动地以外，我们就把队上的几百亩水地和旱地全部分配到了各家各户。分完了地，工作组的几个人又日夜兼程，事无巨细地把仓库的粮油、牲口、农具、马车，甚至饲养组的房屋等集体财产重新登记造册，评估作价。用十天时间拿出了古城二队，除杨家祠堂外的集体的总资产名录。然后，又按人均资产，出台了一个分配方案。

最终，会计老赵写在红纸上的财产计有：账上余款一百二十块、麦子一千六百四十斤、玉米两千斤、棉花六十斤、菜籽油二百一十五斤、黑豆三百六十斤、黄豆一百八十三斤、豇豆四十斤、绿豆八十一斤，四轮拖拉机一辆，高脚牲口四十五头，其中，马二十四匹、骡子十三头、驴八头、牛六十三头，马车十九辆、牲口劳动的各种物件三百六十一件、瓦房二十八间、铁马槽十一个、石头牛槽十五个、麦秸垛子十九个、牲口混合饲料六百三十斤、架子车两个、小型三轮推土车两个、耙五个、耱七个、犁三十一个、播种机一台、木耧七个、机井九口、水泵六台、电机三台、竹扫把六个、铁锨九把、花袱子三十个、缰绳二十条、刹绳十一条、扬风机两台、木锨十二把、口袋三十条、供桌两个、方桌六个、水轱辘一个、水桶四个、扁担两条、被子、褥子、单子各六条。

老赵给所有的物件都用纸条编了号。我负责给东西分类，粘贴编号。别看这事儿不累人，但却花费了我俩好几天时间。等把这大小一千多件东西分好类，贴上编号，我的腰都直不起来了。

尽管前期麻烦，但后期分配却要容易得多。那天，每家出一人，在杨家祠堂前排队抓阄儿。每个纸蛋上有两个数字：一个是物件的编号，一个是物件的价值。除了粮油，其他东西都分类摆放在饲养组两个开阔的粪场上。在队部前，抓完阄儿，在会计老赵的桌子前登完记，就可以拿着字条到粪场上去寻自己抓到的东西。很多人最终都是根据自家应该分的钱数自由搭帮，合伙结对。抓到粮油的人好办。抓到牲口或者东西的人，就不一定可心。有的几户人家合伙分到了一头牛。有的合伙分到了一匹马。还有的人抓到了牲口，可嫌牲口麻烦，想要钱，就私下里与人协商，把牲口转让给了别人。我本想把小红马抓到手，可没想到打开纸蛋蛋一看，和队长程玉喜合伙抓到了一头牛。我使惯了高脚，看见慢腾腾的牛就着急。但也没有别的法子，方案是大家事前同意的。那天，来采访的县报记者说，我们二队的分配方案，简单明了，合理公平，在全县都具有示范意义。后来，听人说，第二天我们队就上了报。多年以后，每次想起这件事，我自己都不由得挺直了腰杆，心里头挺自豪的，觉得这是我一生里最难忘的二十天。忙忙碌碌，紧紧张张，就我们几个人，明目张胆地把一个生产队给分了，给弄散了。有时候，我一个人在心里想，我们究竟算是好人，还是算坏人哩。

啥是示范意义？我不懂。但作为这次生产队分家的监督员，我可以拍着胸脯说，从头到尾，大家都很公平，凡事都有商量，没有人搞特殊，更没有人占大家的便宜。相反，工作组的人都是最后才抓的阄儿。

那天，回到家已经是深夜了。我刚躺下准备美美地睡上一觉，却被一阵急促的敲门声弄醒了。我娘站在院子里，隔墙问是谁，一个女人的声音，说是公社的，找我有事。等我借着月光打开大门，看到狭窄的巷道上停放着一辆拖拉机。十几个人不由分说推开我拥进了院子。半夜里，一下子十几个人闷头冲进我家，也不言语。我娘见状，腿一软一屁股跌坐在院台上。她以为我又在外边惹下了祸。惊恐未定之际，一个中年男子自我介绍说，王天赐咱们又见面了。我定眼一看，站在我面前的这个男人，就是去年冬天防震时见过的那个啥干事。

我长舒了一口气，走到我娘跟前，对我娘说："娘，没事。你回屋睡去吧。这些人都是公社的人。这是狗干事，我见过。”

“不是狗，是葛。诸葛亮的葛。”那个中年男人，立马自我介绍说，“大婶，我过去是公社民政干事，现在负责计划生育。我们今晚来，是寻你媳妇哩。”

人群里唯一的一个妇女，补充说：“这是咱公社分管计划生育的葛社长。”

“啥？找我媳妇弄啥？”我一头雾水，以为是寻我呢。我在反问这个人的同时，不由得瞥了眼我屋里的窗户。我知道，我媳妇此刻一定在窗户内听着我们的谈话。

“王天赐，咱打开窗子说亮话。你结婚，没办手续，没领结婚证。我打听了，你媳妇呢，是外县人，没把户口迁过来。没户口，那就是黑户。你和一个黑户结婚，这是违法的。你俩生下的娃，上不了户口，将来也是黑户。你这样做，已经违犯了我国的婚姻法。已经给咱公社的计划生育抹了黑，拖了后腿。这些事我都可以理解。但理解代表不了政策呀。”

慢慢地，我急促的呼吸平息下来。大概弄清楚了这帮子人，晚上闯进我家的缘由，底气渐渐升腾上来。“啥政策？我就一个娃，咋就违犯计划生育了？”

“你是小子娃，还是女子？”那个看不清年龄的妇女说。

“小子娃。”我没好气地说。

“国家号召，只生一个好。你头胎是小子娃，就要计划生育。”那妇女说。

“咋计划？”

“做手术。”

“给谁做呀？”

“你媳妇。”

“行。明天再说吧。”

“那不行。白天下地哩，只有黑了才能逮住人。把你媳妇叫起来，跟我们一块回公社。手术很简单，完了，再把人给你送回来。”

我娘一句话也没说，只是一个劲地叹息。我把我娘扶回南屋，又进了我的北屋，红英缩在炕角瑟瑟发抖。我那不足一岁的娃在一旁睡得正酣。见媳妇这般恐惧的样子，我不忍开口。刚才院子里的对话，红英听得清清楚楚。她乜斜着我，颤颤巍巍地说：“我不去，我不做手术。你给公社人说，打死我，我也不做。”

无奈，我皱着眉头把我媳妇的身体情况，低声说给了院子里人。那个妇女和那个葛社长，咬了一会儿耳朵，低声对我说，“不做肯定不行。这样吧，我们商量了一下，你媳妇不做也行，但你必须做。”

“我？我咋做呀。我又不是女人。”

“男人也行。”

“咋做？”

“结扎。”

结扎？我听人说过，就是把男人给劁了，像太监一样。想到这儿，我下意识地看了看院子西南角的猪圈，想到了猪娃出槽时，都要把猪娃劁了，才拉到集市卖掉。心下不由得一乐。“屎，人和猪都一样了，也能劁了。”

“王天赐，你正经些。”葛社长呵斥道。

“你要是做了，村里给你装一百斤麦。”那妇女接着说。

“我要不做哩？”

“很简单，要不逮人，要不罚款，你自己挑。”葛社长平静地说。

“逮人？逮谁呀。我媳妇是神经病，你要逮，赶紧些，我正愁没人管哩。”

“那就罚款！”葛社长提高了嗓门说。

“没钱！”我也不甘示弱。这时，我家那头老母猪从猪窝里哼哧哼哧地走到圈门口，对着院子里的人吭吭地叫着。

“没钱……没钱，把猪拉走。”

“你敢！”一听说要拉猪，我血管里的血液顿时往头上顶。这头老母猪，可是我娘的命根子。前几年，家里没吃的。我娘自个儿舍不得吃，也不让老母猪饿肚子。可以说，老母猪给我屋立下了汗马功劳。我在想，要是没了猪，我娘咋活哩？“谁敢拉猪，我打断他的腿！”说着，我随手摸了一把铁锨，像一个披甲御敌的战士一样站在猪圈门前。

“作孽呀，真是作孽啊。赐娃，你干啥呀？”我娘光着脚冲到我跟前，夺下了我手里的铁锨。我娘知道我的脾气，她用拳头捶着我的身子，说：“你想干啥呀？人家黑灯瞎火的老远来，也是公事呀。你犯啥浑。你咋越大越不懂事了？”数落完我，见我的情绪稳定下来，又对被我唬住的葛社长说：“你们不要和他一般见识，他打小就是个不登眉眼的东西。那，那你们把猪拉了，还要逮人呀？”

“老人家，人就不逮了。明天让你媳妇到公社卫生院来，先戴个环，过一阵子再说吧。”那个妇女说。

“你们几个愣着弄啥呀，快，把猪弄到车上。”葛社长恼怒地说。可话音刚落地，他一个趔趄，哎呀一声跌倒在地上。在他跌倒的同时，老黄狗已经跑到我的身边对着院子里一片慌乱的人狂吠不已。狂吠的狗叫声吵醒了睡眠里的碎娃。随着碎娃的啼哭声，红英也在屋里嘤嘤地哭泣着。夜幕下，这个古老的院落里一时乱了套。巷道里也传来了不明就里的话语声。葛社长的裤腿被黄狗撕烂了。庆幸的是腿肚子只有几个牙印，并没有被咬破。他咧着嘴起身拍了拍身上的土，强压着怒火呵斥着，让随行的人硬是从猪圈里把老母猪弄上了车。黄狗追着拖拉机，一直狂吠，直到拖拉机消失在黑暗里，黄狗才悻悻地跑回家。

我娘边关大门，边自言自语地说：“唉，多亏猪娃子出槽了……”没有了老母猪，我娘的心思全部转移到了我媳妇和碎娃的身上。背着我，我娘又央求高瘸子，把那个给我看病的范先生请到了家。范先生给红英把完脉，又让我媳妇躺下，说摸摸肚子才好确诊，红英死活不依。范先生用目光向我娘求助，我娘装着没看见，说娃不让看就算了。最后，范先生又从兜里掏出一绺黄表纸，在煤油灯上燎了燎，嘴里念叨了几句谁也听不懂的话。然后，把黄表纸在煤油灯上点着，把纸灰揉碎用半碗热水冲泡后，让红英一口气喝下了肚子。平日里，我娘最信这些了，见范先生如此这般一番后，就怯怯地问，这娃是咋啦？范先生说，不干净的东西附身了。净过手，范先生盘腿坐在炕上，边吃我娘烙的油层馍，边和我娘拉着家常。我娘说，我孙子还没大名哩，你给娃起个名字吧。范先生沉思了片刻说，你这娃属火，命里缺金。水生木，木生火，火生土，土生金，金生水。水呢，又可克火。火能克金。那就叫木头吧。木克土，土能生金。从那天以后，我娘不再把我娃叫狗蛋了，开始叫木头了。可没叫几天，杨木匠对我娘说，啥狗屁先生，你把娃叫啥不行，非要叫个木头。啥是木头，那不就是榆木疙瘩么。我娘一听这话，觉得杨木匠说得在理，又把娃叫狗蛋了。后来，给娃上户口时，还是赵老师给我娃起了一个官名，叫平安。

那天夜里之后，我媳妇的身体状况一天不如一天。她一会儿站在院台上对着空落落的猪圈发呆，一会儿又在村子里抱着娃到处踅摸，边走边嘟囔，见人就问见没见老母猪。开始，村里人还真以为我屋丢了猪。后来，大家都知道是红英的脑子出了毛病。也有人说，是我大伯把疯子病传给了红英。我刚开始很恼火，慢慢地也就习惯了。自从没了老母猪，我娘除了一日三餐，还要时刻盯着我媳妇，生怕红英走远了找不到家。说实话，红英有时候是清醒的。她尽管丢三落四的，但对娃绝对呵护有加，绝不允许任何人伤害娃。娃小的时候，是她成天带着娃在巷道里、在村里，走动玩耍。后来，娃慢慢长大了，能跑会说话了，她就默默地跟在娃的屁股后头，娃到哪里，她跟到哪里——这习惯一直延续到很多年以后。一个曾经温馨的家庭，一个热火朝天的大集体，现在变得冷冷清清，支离破碎，我对未来的日子失去了以往的热情。像一个被村庄里的树枝，或者旷野里的高压线挂断了绳的风筝，在清秋的天空上彷徨、徘徊，一下子失去了飞翔的动力和方向。

分完地，村子里一下子安静了许多。整个秋天，巷头皂角树上的铁铧再没有响过。几枝新发的枝丫很快掩盖住了那个黑黢黢的生铁片子。掰完玉米棒子，大片的玉米地不再像过去那样齐整了，一溜一溜的责任田一片狼藉。有的很快就割倒了玉米秆，有的任由枯萎的玉米秆在秋风里飒飒林立。有的人在空旷的田野上一个人抡着镢头刨挖玉米根。有的人吆喝着牲口在犁地，或者拽着牲口尾巴站在木耱上平整土地。有的人是单干，有的人家合伙用一头牲口。劳力多的人家，自然收割得快些。劳力少的，自然要等到有牲口的人家有闲了，才能端着草料，借用人家的牲口。没有高脚的人，只能用架子车把带皮的玉米棒子一车一车地往家里拉，一抱一抱地把堆在地头的玉米秆朝村子里背……季节不等人，没有人敢耽误了种麦的日子。从收完秋到种麦，大约只有二十天的时间。要是等到了霜降，麦种下不了地，那就要空轮一年。忙乱归忙乱，集体分家后的第一年立冬前，二队塬下塬上裸露的田野都被一片片绿茸茸的麦苗所覆盖。

牲口分到家户后，很多人不适应，甚至不会饲养。种完麦子，芝川街道上的骡马市场红火起来。尽管种地离不开牲口，很多人家还是把牲口牵到市场上卖掉了。他们对即将到来的漫长冬季有一种恐惧。家里没有专门的牲口圈，没有过冬的草料。他们宁可拿出几十斤玉米，去借别人家的牲口，也不愿把牲口拴养在门道里。因为牲口怪异的味道改变了不少人家的生活习惯。我呢，从我爷那一辈起，我们家养的都是高脚。即使有牛，也是给长工们使用的。井把弯王家的男人都是急性子，只与高脚牲口打交道，没有那份耐心伺候慢腾腾的牛。所以种完麦子，我做主把牛让给了队长一家，他给了我六十块钱作为补偿。没有了牲口，我把家里的几件牲口套具都一块送给了程玉喜。我娘知道后，尽管嘴上没说啥，可我知道，我娘心里多少有些不舍。

没有人敲犁铧，我的生物钟一下子也紊乱了。太阳老高了，我还赖在炕上。我娘在院子里一遍一遍地叫。开始，我娘一叫，我就赶紧起来了。可没多久，尽管我娘每天都会准时站在我的窗子前叫我，但我几乎每天都要挨到晌午饭时才出屋。冬天是这样，即使开了春，我对地里的活计一下子也失去了兴趣。因为家里三块零碎的土地加在一起，也不过三亩多地。习惯了吆马车，习惯了在大片田地里劳作，这几块小小的田地根本拴不住我的心。加上红英时好时坏的身体，我也没有了之前的心情。我干脆把地里的所有活计都撂给我娘和红英。但我也没有闲着，我又把我小时候养狗的兴趣拾了起来。我每天后晌一般都会带着黄狗，扛着火药枪到田野里，在黄河滩或者北沟去打野鸡、打兔子。有时候运气好了，每天都会有收获，哪怕是一只斑鸠，一只灰喜鹊。到了夏末兔子繁殖的季节，在黄河滩的黄豆地里一天能打到三四只野兔。老天爷真是公道，荒野里的这些野生动物与家养动物截然不同。譬如说兔子，家养的兔子温柔脆弱，遇到一丁点头痛脑热的就一命呜呼了。家兔一出生就是一小疙瘩肉球，粉红色的小兔子身上只有一层稀疏的短茸毛。出生后一周到十天左右，身上的毛发才能遮住粉色的肉体。野兔就不一样了。在兔妈妈肚子里，这些即将诞生的小兔子已经和成年的野兔一样，耳朵、皮毛，甚至连蹄爪上的脚指甲都长成了。那天刨开一只野兔的肚子，看到那些胎死腹中的兔娃，我的心揪了一下。打那以后，我不再在夏季猎杀野兔了。野鸡少，也不容易捕获。只有到了秋天，在北沟一带的灌木丛里，才会偶然打到几只。有了新的爱好，我自然成了家里的一个闲人，一个住在村子里却不大愿意下地干活的懒人。

黑蛋吆马车不在行，对牲口也不稀罕。他个头低，唬不住牲口还穷讲究，嫌弃牲口身上的味道难闻。但黑蛋爱捣鼓柴油机，在村上也是名声在外。尽管开拖拉机没几天，黑蛋却对那些机械很感兴趣。真是怪了，小学没毕业的黑蛋捣鼓起拖拉机却得心应手。不光开得好，还会一些简单的维修。有一回，我看到黑蛋在饲养组粪场边的树荫下，把拖拉机上的柴油机拆卸了一地。用半盆柴油，一件一件地擦洗。我骂黑蛋是倒财子，好好一个柴油机给他拆得七零八落的。黑蛋瞥我一眼也不恼，嘿嘿一笑，说："你个憨憨娃，我这叫换季保养。"见我一脸疑惑，边擦洗着手里的一块疙瘩铁，边慢悠悠地说，"不懂了吧？别看你懂牲口，会务弄驴呀马的……对这头铁牛，你娃可是门外汉……"

"啥嘛，我看你咋能把这一地的零件都装上？"瞥了眼一旁被黑蛋掏空了内脏的拖拉机，我担忧地说。

"把心放在肚子里。"黑蛋用手背擦抹了一下鼻涕，手上黑腻腻的柴油抹在了腮帮子上。他努了努嘴，又用衣袖擦了一下，结果半个脸都成黑的了。稍顿，说："你娃信不信，我闭着眼，都能把这些零件装好。"

"吹牛，你就胡吹吧。"我根本不相信黑蛋有这两下子。

"咱俩打赌，你敢不敢？"黑蛋停下手里的活说。

"你要装上了，我叫你一声大。"我不假思索地说。

"说话算数？"黑蛋说。

"谁不算数，谁是王八蛋。"我说，"那要是你输了呢？"

"我输了……我把你叫爷。"黑蛋说。

"真的？"我说。

"真的。"黑蛋说。

我转身看了看四周，一个人都不见。大晌午的，没有人愿意出来晒太阳。我担心黑蛋要赖，就提议添加了一个条件。

"咱得找一个证人。谁输了，要在人多的地方叫。"

"行。"黑蛋说。

这时，杨木匠和队长程玉喜、程寡妇几个人说着话从新巷出来，朝饲养组走来。我挥手示意把他们叫到了粪场子这边来。树荫下，几个人听了我俩的话一笑而过，但对黑蛋能闭着眼安装好柴油机倒是有几分好奇。在大伙的怂恿下，黑蛋从兜里掏出一条毛巾蒙住眼睛，开始摸索着把散落在地上的零件一件一件地往拖拉机上装。你还别说，黑蛋用了大约两袋烟的工夫，竟然把柴油机装好了，发动着一试，运转正常。大家一阵掌声，算是对黑蛋的褒奖。黑蛋一脸柴油，像唱戏的包公一样，堆满了得意的笑容。

我也为黑蛋刚才精彩的演示大声喝彩。黑蛋收起笑容，认真地说："天赐，你说话可得算数啊。"

见黑蛋要和我算账，我转身就跑。黑蛋见状急了，脱下一只鞋朝我丢了过来。

多亏我反应快，头一侧，黑蛋的那只臭鞋擦肩而过。我顾不上狼狈，拼命跑回了家。这次队上分东西时，黑蛋找到我，说我上次要赖，这次一定要帮他。我一头雾水，问帮啥？他说想要拖拉机，让我想想办法。

“拖拉机？你要那弄啥？”我说。

“这你别管。”黑蛋说。

“大小东西，都要抓阄儿哩。我咋帮你呀？”我说。

“我不管，反正你得帮我。”黑蛋的口气不容商量，志在必得。

“纸蛋蛋，都是老赵一手弄的。谁也没办法捣鬼。”我无奈地说。

“你恁多鬼点子，再想想，看有啥办法。”黑蛋说。

“真的没办法。”我实话实说，“我是监督员……眼瞪眼，都看着呢。”

“真没办法？”黑蛋还不死心。

“没办法。”我说。

“那只能靠运气了。”黑蛋说。

“就那烂车，”我试图开导我的好朋友说，“说不定，还没人要哩。”

黑蛋瞪了我一眼，说：“听人说，赵魁也想要哩。”我不置可否，我确实无能为力。看着黑蛋失落的背影，那一刻，我的心空落落的像一个被喝完了烈酒的空瓶子。后来，我背着黑蛋，也曾试图在老赵做阄儿的时候在拖拉机的纸蛋上弄点手脚。但老赵贼得很，只让我帮着他写了半晌纸片，在揉纸蛋时他不让任何人参与，说是队长有交代，出了问题唯他是问。老赵本来就胆小怕事，有了队长的严厉叮嘱，老赵就更谨慎了。没有机会作弊，我只能在心里向老天爷祈祷。不知道是我的祷告起了作用，还是黑蛋的命好。抓阄儿那天，黑蛋、程寡妇和赵俊才三家都抓到了拖拉机。

程寡妇拿着纸蛋蛋，咒骂老天爷瞎了眼，欺负她孤儿寡母，让她抓了个没用的拖拉机。黑蛋眼快，当场拿过程寡妇的纸片说，程婶我给你退钱，你把阄儿给我。黑蛋的举动，把程寡妇感动得噙着泪花连声说谢。赵俊才对拖拉机也不感冒，见黑蛋现场收了程寡妇的纸阄儿，忙找到他婶婶——巧珍，主动把纸阄儿让给了黑蛋。

有惊无险。

黑蛋如愿以偿。为了给程寡妇和赵俊才退钱，由我做中人，高瘸子买了黑蛋的院子，从杨家老祠堂搬了出来。黑蛋和巧珍把铺盖卷一抱，搬回到巧珍原来的老院子去了。

忙完地里的，黑蛋和巧珍两口子起早贪黑，抽空在邻村的砖窑上给城里的工地拉砖。听黑蛋说，一块砖，能挣五分钱。一天拉三回，能挣五十多块哩。除了加油、修车、吃饭，一年下来，说啥也能落个几千块。对这样的日子，巧珍很知足。

尤其让黑蛋高兴的是，巧珍怀上了黑蛋的娃。

我媳妇病了。盛夏的一个晌午，红英住进了公社的卫生院。打去年冬天起，红英的身体就莫名其妙地消瘦、胸痛、咳嗽，一直低烧。开始我没在意，以为是感冒了，就一个劲地劝红英吃去痛片。可是收完麦子，我娘发现我媳妇咳嗽时，不光有痰，还有猩红的血丝。我娘害怕了，担心我媳妇得了啥不好的病。没等我赶集回来，就央求黑蛋用拖拉机把我媳妇送到了卫生院。

每月农历逢九，是夏阳城的集市。一般情况下，我都会选择一个人进城，先在南关吃一碗羊肉饸饹，然后慢悠悠地穿过老城的青石路，出北门，在牲口市上胡乱转悠。有时候，我会长时间蹲站在一旁，看着那些经纪人把手伸到衣襟下或者草帽下与牲口主人捏着手指讨价还价的场景。我觉得很温馨，甚至会一个人笑出声来。毕了，我还会走过熙熙攘攘的人群，到最北边的狗市上逛一圈。尽管我没有买狗的计划，但我喜欢看集市上各种各样的狗。过去我只知道家养的土狗，逛了几回狗市还真是开了眼，长了不少关于狗的学问。狗市紧挨着猪羊市场，在一块荒芜的空场上。中间是一个麦秸垛子，围着麦秸垛子站着或者蹲坐一些牵狗的男人。几乎每个人手里头都系着一条大小不一的狗。还有用铁丝笼子，囚着一些威猛的大狗和刚刚出窝的狗娃子。有普通的土狗，有牧羊犬，有金毛狗，有小型猎狗腊肠，有德国黑背，有专门撵兔子的细狗，还有一些我叫不上名字的宠物狗。

那天，我一进村，就有人把红英住院的事告知了我。我连家都没回，扭身抄小路跑到了公社卫生院。从井把弯巷到卫生院大约三里路。我大步穿过高高低低的田野，跌跌撞撞地走过半条街道，在一个狭小的病房里，找到了躺在病床上打着吊针的红英。病房里，没有医生，也没有其他的病人，只有屋顶的吊扇在“咯吱咯吱”地转动着。我径直走到床头，这时一直闭着眼的红英睁开眼睛，看了我一眼，两张眼皮微微地颤抖了几下，又无力地合上了。看着面目消瘦的红英，我陡然想起了临回村前我丈人丈母娘对我的托付，耳畔甚至响起了红英站在窑背上爽朗的笑声。回到古城后，我几乎疏忽了红英，忘却了这个远离父母死心塌地地跟我过日子的女人。她如今病成这样，一个人躺在这陌生的病床上，被无尽的孤独和恐惧笼罩着。这时，从红英闭着的眼角流出来两滴泪水。也许，此刻的红英是清醒的，她也许有一肚子的话想对我说，就像当年在她家的窑洞里那样，趴在我的肩头叽叽嘎嘎地有说有笑。我蹲在地上，凑到红英的跟前，轻声唤着“英子，英子”。但红英的眼睛并没有睁开，眼角却一直淌着泪水。我眼前的红英、病床、葡萄糖瓶子、墙壁、屋顶，一瞬间都变成了一片朦胧的白色。耳畔只有输药管里传来药水越来越响的轰鸣。不知道过了多久，我下意识地回头一看，我娘两手抱着一个暖水壶一脸愁苦地站在门口默默地看着我。

“娘，红英咋啦？”我起身问。

“肺病。”我娘说。

这时，进来一个穿白大褂的女医生。她用手弹了弹输药管，说：“等会儿，药快完了，到办公室叫我。”我问医生，我媳妇得的病严重吗？医生白了我一眼，没理我。临出门时，女医生用她那一双好看的眼睛，对我说，“以后有病，要及时看哩。不要等到人起不来了才来。能省几个钱？钱重要还是命重要！”说完，“噔噔噔”地走了。我站在原地，一直等到女医生的皮鞋声完全消失了才回过神来。

一天三瓶，连续打了半个月的吊针。每天早上，我娘都会从芝川街道的羊肉铺给我媳妇提一碗羊肉汤。红英枯黄的脸上终于见到了一丝红润，游离的眼神也开始专注起来。病情稍有好转，红英就背着我娘跑回了家。医生见我娘可怜，也没有过多地责备，又给我娘嘱咐了一番，才给我媳妇办了出院手续。从那次病愈之后，别看我媳妇平日里有些痴呆，对身外的一切都表现出了莫大的冷漠，但唯独面对我娘时，红英的眼神里才会流露出一片温情。除了我，红英只听从我娘的吩咐。对其他人的话，红英要么不予理会，要么恶言相对，一副凛然不可侵犯的样子。村里人说，红英和我大伯一个样儿，都是揣着明白装糊涂的人。

每天面对红英这样一副傻傻的样子，我的心像三伏天怀里揣了一疙瘩冰——从前心凉到了后背。可以在院子里独自疯跑的平安让我在几近绝望的荒野上，似乎又看到了一线希望，一个可以活下去的理由。但我的心思依然懒得理会地里头的诸般活计，撵兔子几乎成了我每天唯一要做的事情。

我的日子越过越窘迫，越过越没有了先前的尊严，但黑蛋的日子却是一路光明，芝麻开花节节高。我有时怀疑老天爷是不是吃了偏食，在有意为难我。即使这样，看着黑蛋的红火日子，我还是打心眼里高兴。在砖窑上，黑蛋和巧珍拉了两年砖，挣下了一疙瘩钱，他们想趁着年轻再辛苦几年把门房盖起来。一天夜里，两口子提着一网兜香瓜对我畅想了他们的未来。好几次，我都看到巧珍用眼神示意黑蛋，可都被黑蛋用其他话语挡了回去。能看出来，他俩找我有事，要么不会拿着东西来看我的。可看着在一旁哄着平安睡觉的红英，我一时弄不明白黑蛋和巧珍的意图。“黑蛋，咱俩是朋友，有啥事，你也别掖着。”黑蛋见我捅破了这层纸，嘿嘿一笑，说：“也没啥。我这两年和巧珍给人家拉砖，挣了一点钱，你要是急用，尽管开口。”话音刚落地，巧珍瞪了黑蛋一眼，说：“说正事儿，赐娃也不是外人，你绕啥嘛。”

“你得帮帮黑蛋。”巧珍见黑蛋开不了口，自己开了腔，“你看我怀着娃，也帮不上黑蛋的忙……黑蛋呢，想买一辆大车……你也知道，一个人跑运输肯定不行。”

我还是一头雾水，笑着说：“要钱，我可没有。”

“不用。”巧珍放低了声音说，“我掰着手指头数了数，在咱队上也只有你俩好。你帮黑蛋，我一百个放心。”

“可我咋帮你呀？”我说。

“你帮黑蛋联系一下，叫黑蛋到铁厂拉矿石去。”巧珍说，“你跟车，我们按月给你发工资。行不？”

巧珍说完，黑蛋看着我等我表态，这个我倒没想到。我瞥了一眼端坐在炕上的红英，又看了看熟睡中的平安，一时不知道咋说。巧珍似乎看出了我的意思，说：“你放心，平安和红英，还有三婶，有我呢。”

好吧。我接受了巧珍和黑蛋的邀请。至于每月的工钱，我倒不是太在意——我也想改变一下我的生活状态，干点事，挣一点钱，补贴家用。自从公社拉走了我家的老母猪，家里的经济就断了来源。好歹，我出去挣一点，也好让我娘省省心。

想到又要去那个遥远的山村，我的心竟然有了几分期待。

第三天，黑蛋让人捎话，把我叫到了他家里。一拐进杨家巷，远远就看见一辆新崭崭的蓝色卡车停放在黑蛋家门口。走到车跟前，见黑蛋正撅着屁股，在驾驶楼里擦拭方向盘。我绕着卡车转了一圈，这个庞然大物散发出一种冷漠的钢铁之气，全然没有一驾马车让人心里盛满悠闲的田野味道。等我抽完一根卷烟，黑蛋才从驾驶楼里跳了下来。

“咋样？”黑蛋搓着两只手说，“昨天后晌弄回来的，国产‘青海湖’，今年的新款。少说一回也能拉五吨。”

“这得多少钱呀？”我说。

“也不是太贵。”黑蛋边洗手边说，“一万六。”

“一万六？可以呀，老黑。”我惊讶地说，“这两年挣了不少哇。”

“什么呀，我借了一万元。”黑蛋说。

“借？从谁那借的？”我说。

“基金会呀。”黑蛋压低了嗓门，伸出两个指头说，“……驴日的，黑得很……就这，还是巧珍让老支书搭的话。说是一万，拿到我手里……也就七千五……”

“啥呀，乱七八糟的。”我一句也没听明白。

“你呀，啥都不知道。”黑蛋神秘兮兮地伸出四个手指头说，“这是行情。还有要这个的。”见我还是不明白，黑蛋说，“回扣，都要回扣哩……人家不白给你办事。”

“利息呀？”

“你是真憨，还是假憨呀？”黑蛋急了说，“回扣是回扣，利息是利息。”

“你才真憨哩。你不会不借了……”

“不借咋弄？借你的，你有吗？”黑蛋说，“还不借……多少人想借，人家都不给哩……要不是巧珍缠着老支书，人家认我个㞞……”

“得，得，你本事大……你不怕肚子疼，你认。说吧，叫我弄啥？”

“我想明天走。你收拾好了没？”

“我没啥收拾的。”

春天的杨家沟满目青翠，暖暖的阳光透过路边的树枝洒在车身上，像给卡车披上了迷彩装。路旁沟底哗哗流淌的小溪带着积攒了一个冬季的热情，唱着欢快的山歌向山外跑去。

卡车在宁静的山路上快速行驶，不时有拉着矿石的汽车呼啸着擦肩而过。坐在驾驶楼里，看着窗外一晃而过的山石、树木、野草、飞鸟，心里有说不出的亢奋。眼前这一切的一切都是那么熟悉而亲切，仿佛我是一位久别的游子回到故乡，眼眶里盛满了因为激动而涌出的泪花。真是怪了，当年在这里搞副业时，都没有这种感觉。这次回来，竟然对这里的一草一木都充满了新奇。看来，我是一个念旧的人。这倒是我过去没有发现的一个特点。我爸说过，一个男人念旧不好，娘娘气太重了，干不成大事。想到这里，卡车嘎吱一声，摇晃了一下，停在了老董的骡马店的院子里。车刚停稳，老董就迎了上来。

“咦，咋样，我说过的。你老弟可不是一般人。”老董一嘴河南话说，“你瞅瞅，鸟枪换大炮了。”

我跳下车，紧紧地握住老董的手，说：“这回呀，老黑是掌柜的。这车是老黑的，我得听他的。”黑蛋见我这么介绍，脸涨得通红，捶了我一拳，说，老董呀，别听他瞎掰。老董的气场强，一开口，我和黑蛋都说起了河南话：“我俩住哪间？”

“老地方。”老董说，“昨天都给你俩拾掇好了。”

“哟，大兄弟，你来了？”这时，杨家岭村老六的媳妇穿一件很艳的裙子，扭着腰从老董的屋子里走了出来，“几年不见，大兄弟还是这么俊呀。”

“哪里呀，我娃都几岁了。”因为之前有过接触，尽管我不喜欢，甚至厌恶这个妖里妖气的女人，但我觉得这个女人也不容易。我不是同情她，是可怜：“几年不见，你倒是比过去还年轻了。”

“你听听……你看人家王师多会说话。”老六媳妇一扭头，问老董，“董哥，我是不是老了？”

老董尴尬一笑，说：“赶紧呀，进屋。饭我都弄好了。”

下卷: 人

"天时不如地利，地利不如人和。"

——《孟子 · 公孙丑下》

第十七章

站在芝川口回望，古城村那些高高低低的瓦房错落在台塬与川道衔接的地方。据《夏阳县志》记载，古城村因为曾经是少梁国的都城而得名。自西周以后，尽管朝代更迭，但古城村这个名字却一直没有变更过，它是夏阳县最古老的村名。省城一位勘察过梁国遗址的专家认为，古城村这个名字之所以没有变过，有两个原因。一个是这个地方的名气太大了，历史积淀太深厚了，没有人敢冒天下之大不韪。改村名相当于干了一件没文化的事情。另一个原因是这里发生的所有故事都太遥远了，编修县志的人懒得去改村名了。改与不改，无伤大雅。改与不改，似乎也并没有影响这个古村落的日出日落，影响古城人一代又一代的繁衍生息。

从风水上看，古城村背靠禹山，脚蹬平川，视野里有濛水，有东塬，有芝川口。换句话说，就是四季日照充足，万物有河水滋养，四周有台塬御寒，有渡口导气，是一块适合人居的宝地。但最终还是没有拗过大自然的任性。正所谓成也萧何败也萧何。当年濛水成灾，多亏了杨戬的神箭射开了芝川口。而眼下，却因为黄河水倒灌，濛水河像一个习惯了慢慢咀嚼的胃被这突如其来的大水撑破了。带着胃液的洪水，从地上地下打乱了这座千年古村落的静谧。过了水的村子开始有了衰败的气象。

这年开春，被搁置了几年的老村落复耕规划又被拿到了桌面上。原本简单的问题却因为十几户人家的滞留，让老支书失了眠白了发。生产队解散后，老支书找到公社领导，以年纪大了为由，想辞职。公社领导想了想说，老赵呀，你干村里的事，少说也有几十年了。老支书补充说，二十六年了。公社领导说，对呀，你是咱公社最老的支书了。按说，你也该退下来享享清福了，可你们村不像其他村子，人口多，情况也复杂。我来咱公社这五年，你们村没有发展一个党员。没有合适的嘛，老支书说。公社领导提高了嗓门说，那就更应该培养呀……你有合适人选吗？老支书思忖了一下，说，没有。公社领导起身在屋子里转了一圈，用手轻轻地捋了捋头发，说，你们村那个民兵连长，对，就是那个胡章娃咋样？老支书迟疑了一下，说，不咋样。

窗外的一棵柳树在初春的早晨舒展着修长的腰身，一串串嫩绿的柳枝给日渐萧条的大院平添了几分妖娆。看着伫立在窗前的公社领导宽阔的后背，古城村的老支书一时摸不着领导的意图，但沉默的后背已经足够让这个当了快三十年村支书的人困惑了。尽管胡章娃与他有着私密的血缘关系，可要把一个大村子交给这样一个人，老支书于心不忍，也不放心。不论从人品，还是为人民服务上看，章娃都不是合适的人选。可从刚才领导的话里，古城村的老支书还不至于傻到听不出公社领导的意思。但他不会也不能纵容这样的苗头肆意生发。他犹豫再三，最终还是拿出了一名老党员的胆识，他已经做好了豁出去的最坏打算。

“章娃不适合。”老支书说。

“老赵呀，我们要相信年轻人，要给年轻人一个成长的机会，而不是打压，更不是意气用事。”公社领导摆出一副语重心长的姿态说，“据我所知，章娃同志的党性还是有的。他对工作的热情也是高涨的。这样的同志，我们不培养，不扶持，就是我们的失职啊！”

“他当民兵连长时，群众的意见就很大。这样的人一旦当上了村支书，非闹出乱子不可。”老支书义愤填膺地说，“我比你了解这个人，可以用，但不能重用。”

“看来，你对胡章娃同志的成见，还不小呀。”

“天地良心，我个人对胡章娃没有一丁点儿意见。”

“好了，今天我也不和你争这个了。”公社领导说，“你要辞职，我个人不反对。但你必须把老村子宅基地的复耕问题解决好。要不，我是不会签字的。”

从公社大院出来时，眼看着就是晌午了。他抬头看了一眼明晃晃的太阳，觉得天旋地转差点儿摔倒在地。看到空旷的街道上挤满了各色各样的人，他才恍然记起，今天初四了，街道里逢集。老支书没有急于回家，他随着熙熙攘攘的人流在街道上自由游走。多少年了，他很少像今天这样一个人独自在集市上闲逛。街两边，一个挨着一个的地摊让人眼花缭乱。除了兜售老鼠药、塑料盆具、各色花布、尼龙袜子、拖鞋、各种铁器农具、自产的菠菜、韭菜、过冬的白菜，就是隔不远，夹杂在其中的卖荞面饸饹、油糕、羊肉糊饽的摊子。他一边跟着人群转悠，一边还要不时地回应人群里某个熟识人的招呼，或者他向熟识的人打声招呼。老支书在集市上转悠了个把时辰，一直转悠到肚子发出咕咕的抗议，才选了一家饸饹摊子坐下来，屁股一挨凳子，他才觉得两条腿有些发硬，弯不过来了。

卖饸饹的小两口热情地招呼他坐下，先递给他半碗热汤，说叔你先喝口汤，暖暖身子。他这才认出卖饸饹的是东村老程的儿子和媳妇。

“叔，你想吃热的，还是凉的？”老程媳妇问。

"来一碗水鸡子。多放些芥末，辣子也多弄些。"老支书说。

"你一个来上集呀，我婶呢？"老程媳妇到底年轻，三下五除二就把一碗搅拌好的荞面凉饸饹放在了老支书的跟前。"叔，你吃一口，看看还缺啥不？"

"就是这个味道。"老支书用筷子把一小撮细长的饸饹送进嘴里后咀嚼了几下问，"你大身体还好吧？"

"好，好着哩。这不，一会儿都闲不住。"老程媳妇边给人抓饸饹边说，"前几天，硬是和我娘闹了一回，非要跟着我兄弟到河南打馍去。我娘不让，你猜咋了？还绝食呢……"

听完了，老支书一愣，也跟着老程媳妇哈哈笑了起来。

前几年，按照公社土地所的批复，古城村给每个移民户规划了一院宅基地。也就是说，都是按一个娃给划的院子。有两个娃，甚至三个娃的人，如果再需要宅基地，村里规定需要自己掏钱买。刚开始时，一个两分地的院子只要五百块钱，但后来一个同样大小的院子涨到了一千五百块。尽管宅基地的价格涨了三倍，可想要宅基地的人反而有增无减。轮到被大队动员、搬迁的十几户人家时，不仅没有选择的余地，就连地段不是很好的地方，一个院子少说也要两千块了。

这次搬迁的十几户人家都不在省上移民政策的范围里。换句话说，这些搬迁户都享受不到省财政下拨的六千元一次性移民款。本来这些人的心里就不大顺畅，再加上宅基地价格的上涨，可谓火上浇油，一下子激起了这些人的怨气和怒火。

胡章娃，就是其中的一户。

一天后晌，高瘸子硬着头皮把大队印制好的搬迁宣传单一家一家地送到散落在老村落的十几户人家，并给每家每户都提出了搬迁的最后期限。送毕，又绕到大队部给老支书做了汇报。

十天过去了，还是没有一丁点儿的反应。老支书不放心，又把高瘸子叫来问了一遍。高瘸子誓言旦旦地说，一家都没有落下，全送到了，话也说到了。老支书说，那咋没反应呢？不大正常。你再去看看，到底是啥情况。高瘸子只好又颠颠地跑了一圈，最后一家是李家湾的胡章娃。高瘸子远远地看见胡章娃蹲坐门口的石头上端着碗吃饭，人还没到跟前就高声说，"老胡，吃啥好吃的哩？"胡章娃见高瘸子一拐一瘸地朝自己走来，哼了一声，没搭理高瘸子，自顾自地刨着碗里的饭。

"胡连长，吃啥哩？那么香呀。"高瘸子喘着气说。

"香个屎。"胡章娃使劲地把筷子横放在碗上，气呼呼地说，"你们能不能干点人事？"

"咋啦嘛，老胡？"高瘸子一脸无辜的表情，但毫无底气地说，"你有啥话，说嘛。"

“啥话？兔子急了，也咬人哩。”胡章娃说。

“你有啥冤屈，尽管说。”高瘸子说。

“说个屎。说了，也不管用。”胡章娃说。

“你有啥话，我给领导捎回去。都是乡里乡亲的，置啥气呀。”高瘸子一屁股坐在胡章娃对面的门礅石上说，“老辈人不是说了嘛，气大伤肝。你老胡也是当过村干部的人，啥事没经过呀。”

“你别给我戴二尺五，我知道轻重。”胡章娃口气平和了许多说，“三十年河东，三十年河西。老高，你娃机灵些，别傻乎乎的让人当枪使。”

“说的是。”高瘸子点头说。

“啥事？你说吧。”

“也没啥，还是搬迁的事。公社催得紧，领导的意思想让你带个头。”

“狗屁领导，他有本事，他来给我说呀。”

高瘸子见胡章娃油盐不进，又开始耍蛮，强忍着一口气，一时没了言语。他闷头思忖着，该如何打破僵局说服胡章娃。胡章娃见高瘸子蔫在了那儿，不免动了恻隐之心。他觉得高瘸子也挺不容易的，腿脚不好，可脑瓜子好使，尽管歪点子多，可人倒不坏，心一软，说，“是这，你也不要为难了。你回去给老东西说，搬，我搬。至于其他人，搬不搬，我可管不了。”

“行。我回去就安排人，给你划院子。”

老支书是在一天后晌被两个穿警服的小伙子带走的。当时，正逢饭时，巷道里人多，很多人都看到了这一幕。出门时，老支书戴着手铐。尽管用一件袄搭着，可那明晃晃的手铐，依然在暗淡的傍晚格外夺目。

老支书出事了。

古城村的掌门人被公安局逮了。

一时间，这个消息迅速地传遍了古城村的大街小巷，传到了每一个家庭每一个人。开始很多人以为是讹传，与老支书亲密的村民认为是造谣。直到几天后才尘埃落定。老支书被抓的消息终于被公社派出所的民警坐实了。但究竟是啥原因被逮的，民警也是三缄其口，讳莫如深。只是在村里就村上在责任田上划院子，村民购买宅基地等事项找了几十户人家，又是谈话又是记录的，折腾了好几天。尽管民警没有透露一点消息，但有心的村民从民警调查的方向及谈话的内容还是揣摩出了一些端倪——老支书被抓，一定与宅基地有关。

没几天，老支书的老伴从李家湾到大队部边走边骂，边骂边哭，诉说老支书几十年的苦劳。一群半大不小的娃娃，一些爱看热闹的媳妇，远远地相跟着义愤填膺的老婆子。偶然路过的某个男人会停下脚步安慰老婆子几句。老婆子见不时有人安抚自己，嗓门陡然升高，一时间哭声、骂声、诉苦声、碎娃们的吆喝声、围观者的附和声以及巷道里的鸡鸣狗吠搅在一起，汇成了一座流动的戏台子。主角不变，戏台子和观众不时在变化。古城西村的某天晌午，被一种冷漠的表情包裹着。没有同情，只有事不关己的围观。这场久违的骂街，最后还是被杨木匠终结了。这天到大队医疗站看病的杨木匠见一群老老少少围着一个年老的妇女指指点点，议论纷纷，平日里最厌恶看这种热闹的杨木匠这次也是奇怪了，竟然走过去，站在人群的外围想探个究竟。没想到从人墙的肩膀头朝内一瞅，见是老支书的老伴在哭诉，心下一紧，忙拨开人群，扶住已经不能自制的老婆子。

“老嫂子，你这是咋啦？”杨木匠急切地问。

“不知道是哪个没良心的……给公安局告黑状呢……说你哥，私自卖院子……还说啥，毁坏青苗呢……”老支书的老伴，一把鼻涕一把泪地拉着杨木匠的手又对着人群骂开了。“把你妈日了的，我老汉没黑没明地给村里忙活哩……到头来，还叫自家的狗咬了……你娃敢给公家写信……咋没种站出来？净说我老汉坏话哩……你狗日的……你妈生下你……就是个缩头乌龟……”

从老婆子的哭骂里，杨木匠初步弄清了缘由：有人给县上写信，告了老支书的黑状。说老支书在各队预留的机动麦田里，私下里给社员划院子。老婆子说着说着，就想骂人。越骂越伤心，越伤心就越想骂街。杨木匠见老婆子人都气歪了，快七十的人了，担心出事，就连拉带扶地把老婆子送回了家。

从老支书家出来，杨木匠本想返回去到医疗站看病。可走到李家湾西口时碰到了胡章娃。尽管大队的民兵连解散了，可胡章娃照样穿戴得整整齐齐，像是刚理了发，一副悠闲自得的样子。

“叔，你这是弄啥去了？”

“我……”杨木匠想说把老支书的老伴送回去了，但一想到这个货不登眉眼，一个劲地跟老支书杠劲，话到嘴塄口又咽回去了。“也没弄啥，随便转转。这一向，你在哪儿发财哩？”

“咳，你再不要糟蹋你侄娃子了。啥都没弄，整天闲得就差学驴叫唤了。”胡章娃一副谦逊的样子，“走，走，叔，你老难得有闲……约日不如撞日。今天是老天爷特意安排的。走，咱叔侄俩，好好地谝一谝……”

说毕了，不由分说，胡章娃把杨木匠拉到了他家里。一进门，就高嗓子喊媳妇赶紧弄俩菜，他要美美地和杨叔喝两杯。媳妇闻声从厢房里出来见过杨木匠，又转身进了灶房。杨木匠一根带把纸烟刚吸完，章娃媳妇就在厅房的小桌子上摆上了四碟菜。杨木匠瞥了眼，见是一盘炒鸡蛋，一盘油炸花生米，一盘水果罐头，一盘午餐肉。杨木匠心想，这㞞货今天设下这桌菜，心里头又不知道要啥歪点子哩。但一想到老支书此刻还在看守所里，就强迫自己端起了酒杯。

“这瓶绵竹大曲，还是女婿给买的哩。”

"章娃，说吧，有啥事儿？"酒过三巡，杨木匠说。

"没事。"胡章娃话锋一转，说，"叔，我有啥事，你肚子里比我亮堂……叔，你在咱东村，啊，不，你在咱古城村，怎么说也算得上德高望重了。你的话，没有人不听的……"

杨木匠端起酒杯自个儿呷了一口，见胡章娃言顾左右不入题，就端着酒杯静静地看着胡章娃，说，"章娃，你到底有啥事呀？"

"真的没事，就是高兴。"

"有啥可高兴的？"

"你侄子我，终于可以出一口恶气了。"

杨木匠知道他说的是老支书被抓的事，但他还不能确定就是这货告的状。要真是那老支书也太可怜了，被自己的娃告了，也算是老天爷对他的惩罚吧。对于自己作的孽，老支书也只能死扛着，挨个肚子疼。其实前几年，胡章娃和老支书闹得厉害，杨木匠曾侧面不止一次地暗示过老支书干脆把事情挑明了，都一把年纪了，怕啥呀？可老支书对此总是三缄其口，把一头银发摇得像拨浪鼓一样让人摸不着底。自从那年天赐打过胡章娃之后，胡章娃是老支书的私生子，在古城村已经是公开的秘密了，恐怕就瞒了胡章娃一家人。尽管胡章娃也曾听到过一些风言风语，但始终没有得到证实。半瓶酒下了肚，杨木匠在心里盘算着，今天给这二杆子货把话挑明了，省得他再咬着老支书不放。

"章娃，你说实话……是不是你告的状呀？"

"啥？我，我……不是我呀。"胡章娃一脸的不自然。杨木匠见状，心里已经有了结果。心想，即便胡章娃没告，这事儿，他也脱不了干系。"真的，不是我……来，来，喝酒。"

"真的不是你？"

"叔，我今天真的高兴。"尽管胡章娃是破锣嗓子，有事没事的，他却总爱唱两嗓子。杨木匠在村子里是出了名的戏迷，尽管唱不了戏，但哪回村里弄热闹，也少不了杨木匠。"叔，我给你唱两句……我刚从洋戏盒子里学的……豫剧，《朝阳沟》。"

"你会唱豫剧？"

胡章娃没有理会杨木匠的诘问。起身，站在屋中央，闭眼，使劲地咽了一口唾沫，酝酿了片刻，开了嗓：

亲家母你坐下，
咱俩说说知心话。
自从孩子离开家，

知道你心里常牵挂。

…………

胡章娃刚唱了几句就卡了壳。嘴里开始胡嘟囔，杨木匠笑哈哈地说，坐，坐下，喝酒。你娃也就是这水平了。要说唱戏呀，还得看叔的。说着，杨木匠借着酒劲儿把胡章娃拉回到凳子上坐下，自己起身低声开了嗓：

王朝马汉喊一声，
莫呼威，往下退。
相爷把话说明白，
见公主不比同僚辈，
惊动凤驾理有亏。
猛想起当年考文会，
包拯应试中高魁，
披红插花游宫内，
国母笑咱面貌黑。
头戴黑，身穿黑，
浑身上下一锭墨，
黑人黑相黑无比，
马蹄印长在顶门额。
三宫主母有恩惠，
她赐我红绫遮面额。
叫王朝与爷把红菱取，
三尺红绫遮面额，
走上前去双膝跪，
愿公主赦臣无罪责……

“唱得太好了，叔，你比演员还唱得好听哩。”不知道啥时候，胡章娃的媳妇进了屋，一个劲地在一边鼓掌，“来，叔，我敬你一杯。”

“不敬！咱俩走一个。”说着，把杯子在空里一晃，自己脖子一仰，把酒倒进嘴里，“章娃，叔唱得咋样？”

“好……不愧是老行家。”胡章娃伸出一个大拇指说。显然，因为酒精的原因，舌头在嘴里已经开始发直。“叔，老侄……再敬你一杯……”

胡章娃还想说啥，被媳妇拦了回去。

“章娃，你不是要给叔，说啥嘛？”

“说啥？啥也不说……喝酒……”

章娃被媳妇瞪了一眼，激灵了一下，说：“啊，对……对，我有话……要说。”

“那你说呀，叔等你呢。”章娃媳妇接着说。

“叔，你听我说……啊，不，我给你说。”此刻，酒精开始在胡章娃体内发酵，“叔，我，我……想，弄支书。”

“啥？你想弄支书？”杨木匠知道，这些年胡章娃不停地寻老支书的事，就是想把老支书弄下台，他来当支书。现在生产队散了，杨木匠知道，胡章娃还一直在暗地里活动公社的领导，但还是头一回当面听胡章娃这样说。“想当支书，好事呀。可我又不是领导，我没法帮你。”

“啥呀？叔，是这。”章娃媳妇打断胡章娃的话头，说，“你不是在东村的人缘好嘛。你给东村的几个队长说说，再开党员会时，把章娃选上。”

“嗯，我明白了。”杨木匠若有所思地点了点头，盯着胡章娃一字一顿，有板有眼地说，“这么说，给县上写信，告老支书卖院子、毁坏青苗的一定是你了？”

胡章娃迟疑了一下，说：“就是我不告他……他也该下台了……占着茅坑，不拉屎……那个老东西，早都该滚下台了……”

“放屁！”杨木匠腾地一下站了起来，训斥道，“胡章娃呀，胡章娃，以前我知道你浑，可我还不知道，你是这么一个不登眉眼的东西。”杨木匠拍案而起，让胡章娃两口子一下子傻了眼，像木桩一样戳在那儿，眼珠子一动不动，张开的嘴巴半晌合拢不起来。杨木匠腾地一下又坐了下来，下意识地搓了搓手，借着酒劲说：“章娃，我也不怕得罪你了，今天我把有些话挑明了。这么多年，你一直和老支书面和心不和，一直在背地里捣蛋，给老支书难堪，可你想过没有，老支书啥时候和你计较过？哪一回不是老支书忍了再忍？你娃呀，良心让狗给吃了。你斗啥哩，你知道老支书是谁不？”没等胡章娃回答，杨木匠又接着说，“我给你说，胡章娃呀，那是你大，是你老子……你俩呀，也不知道是上辈子结下的啥冤……”

杨木匠的一番慷慨陈词犹如一把长矛瞬间击穿了胡章娃，胡章娃的媳妇目瞪口呆。关于自己男人的出身，这个总爱打听家长里短、传播小道消息的农村妇女，之前也曾风闻过一些闲言碎语，说她男人是他娘做姑娘时生下的野种，后来给自己招了一个山里汉。这种极具侮辱性的传闻一度让章娃媳妇在村里尽失颜面，尽管没有实证，但在心理上她已经比巷道里的女人们矮了一截子。无风不起浪呀，杨木匠的一席话显然已经接近真相了。她没有理由不相信这一切，尽管这一切来得太突然。尽管她一直以来也在渴望真相的到来，但此刻她却没有勇气接纳这个早已没有意义的真相。此刻，她像一只被霜打了的茄子，一下子瘫坐在门槛上。

此刻，尽管胡章娃硬撑着，拒绝这个迟来的真相，但他还是像被一个蒙面人当头一棒，一阵眩晕后，瘫坐在地上。他想过喊叫，想过逃跑，可两只脚像长在地上一样。

“胡说！”

“我一把年纪了，哄你弄啥！”

“你咋知道的？”

“你大说的。”

“还有……谁知道？”

“就我一个……原本，我也不想多事，想把这个事儿，带到棺材里去……可没想到，你个尿娃，要把你大送到没风的地方去。我不能，不能眼睁睁地看着你犯浑。”

胡章娃黯然神伤，一声叹息，把头低垂在裤裆里一言不发。见状，杨木匠接着说：“你大为你这事，肠子都悔青了。早先，他想认你，可你娘死活不肯。后来，你大了，你大又没底气认你了。也不知道是咋了，这两年，你大心里纠结，他想在老之前让你知道这事儿……但他万万没想到，是你亲手把他送进了班房……唉，冤家哪……”

“这会儿想认了……哈哈，我又不是……一口气吹大的……”沉思了好大一会儿，胡章娃长长地吐了一口气，对在一旁抽噎着抹眼泪的媳妇呵斥道：“哭啥哩，又不是你大死了，你哭啥哩？”媳妇被无端一顿辱骂，赌气扭身到院子里去了。胡章娃一愣，随手脱下一只鞋朝媳妇砸了过去。

“章娃，你松松手……放过你大吧。要不……你会后悔一辈子的。”杨木匠听人说了，老支书的事情可大可小，只要举报人不再追究，就能大事化小，小事化了，可要是胡章娃咬着不放，就难说了。弄不好，是要判刑的。“过了今年，你大也是七十的人了……”

“活该！他死到监狱里才好哩。”

“你……你混账。”杨木匠没想到胡章娃会是这个态度。他把手里的酒杯往桌子上一蹾，本想站起来，没想到两个膝盖呼啦一下把满目狼藉的小桌子掀翻了。这个场面，是杨木匠是没有料到的。他看着满地的盘子、剩菜，愣了一下神，腿一抬跨过四腿朝天的小桌，噔噔噔出了大门。临出门前，气咻咻地撂下一句“你娃会后悔的”，径自走了。

“唉——”胡章娃双手抱头，蹲在地上。

天赐和黑蛋第二次进沟时是春天。是一簇一簇的迎春花把杨家沟的几架山染黄，也是沟底的溪流钻出冰床开始欢笑的季节。但两个人身上还是过冬的衣服。乍暖还寒，山里的春天本来比川道里的春天来得就晚一些，至少要差半个月的光景。

所以，等两个人感觉到了热，想到要换衣服的时候，已经到麦塄口了——天赐一个人，回村拿了几件换季的衣物，就匆匆返回杨家沟了。回家前，天赐专门从山上给娃逮了两只叫蚂子，又用野草秆学着编了一个拳头大的叫蚂子笼。这种会唱歌的叫蚂子，其实就是蝈蝈。一到夏天，向阳的山坡上、草丛里，到处都是这种嗓子沙哑的绿蚂子。这种叫蚂子，川道里自然稀少。所以平安一见，就喜欢得不得了，睡觉都要红英把叫蚂子笼挂在窗棂上，说是叫蚂子一叫唤，他就能看见大了。家里的几亩麦子，天赐娘和红英就能应付了。黑蛋家的地去年已经给俊才家种了。黑蛋不要俊才出一毛钱的租金，但俊才要替黑蛋缴清当年的公粮。村里在外打馍的人也都不种地了。黑蛋只是关心怀娃的巧珍，对地里的活计早不操心了。因为有贷款，尽管黑蛋不言语，但天赐能看得出来，黑蛋有压力，时不时地夜里说梦话，也多次提到贷款的事儿。因此，进沟几个月，除了雨天，天赐几乎天天和黑蛋一块儿早出晚归，连晌午饭也不歇息，都是抽空啃两个玉米面馍，喝一碗热水。后晌收工回到车马店的时候，老董已经把院子里木杆上的马灯点着了。天赐说，董老板会过日子，这么多年了连个电灯泡也舍不得用。老董嘿嘿一笑，说不是舍不得，一个几十瓦的电灯泡，一年烧不了几块钱。主要是灯泡不耐用，也没那个必要。再说了，电灯泡哪有这马灯的味道。啥味道？天赐一脸困惑。不等老董开口，黑蛋说，啥味道？还不是咱那柴油的味道。老董见黑蛋这么说，脸一红，尴尬地说，黑蛋呀，你挺厚道的一个人，你可不能这么拐着弯地骂叔啊。再说了，这马灯一年能烧你几两油呀！还不够你每天洒到地上的油哩。

过去生产队搞副业时，马车拉矿石，主要靠人装车。现在黑蛋的“青海湖”一趟就能拉四吨多。靠人装车，显然是不行了。一天几趟，主要是靠石料场的机械装车。一开始，人家因为过去的情谊，没有直说，只是磨磨叽叽地推诿，后来干脆以厂规为由停止了给黑蛋装车。结果，天赐和黑蛋两个人哼哧哼哧地装了一天的车，身上的老棉袄都被汗浸透了，回到住处时人都散架了，第二天，两个人的黑袄全花了脸，白色的汗碱一片一片地绣在棉袄上。老董见状，哈哈一笑说，“你俩这是要演戏呀？”

天赐说：“沟里凉，都几月了嘛，棉袄还脱不下来。”

老董说：“杨家沟没有夏天，要等到阳历七月，才敢穿单褂子。”

黑蛋说：“老董呀，你给找两个人。”

“找人弄啥呀？”

“装车。”

“装啥车呀？”

“装石料。”

“料场不是有机械吗，咋还要寻人呢？”老董问天赐。

“人家不给装了。”

“咋啦？”

“不咋。就是不给装了。”

老董思忖了片刻，一拍手，说：“你俩没给人家吧？”

黑蛋说：“给啥？”

老董说：“给啥？给钱呀。这天底下，哪有白干的？”

天赐说：“都给了两条纸烟了。”

老董说：“嘿，这都啥时候了，你还以为是前几年呀，给人家撂几盒烟，就打发了？时代变了，现在只认钱了。”

黑蛋说：“那不是他的工作嘛。”

老董说：“你是真傻，还是装的？那几个人我都认识。靠那几十块钱工资，咋能养活得起老婆娃哩。”

天赐问：“那咋办？”

老董说：“啥咋办？按规矩来。”

黑蛋问：“啥规矩？”

老董说：“一吨料，给人家抽一块钱。这是行情。”

天赐说：“真够黑的。”

黑蛋沉默。

老董说：“身骨子要紧，钱是个王八蛋。”

黑蛋说了声谢谢，就和天赐相跟着上了车。看着那辆蓝色的“青海湖”屁股后头冒着青烟出了大门，老董摇了摇头，回屋里忙活去了。

连阴雨，没完没了的秋雨。杨家沟的几面山坡到处都是湿漉漉的，雨滴轻软地击打着茂密的枝叶，不时发出节奏均匀的沙沙声。沟底的溪水反而喧宾夺主，远远地就能听到“哗哗哗”的流淌声。在这个多雨的季节，杨家庄安静得像一个处子，一声不吭任凭雨水的洗礼。就连往日里聒噪的蝉，此刻也歇息下来。整条沟道，只有老董的车马店里那座用青砖垒起的大烟囱，还在细雨中升腾起一股浓浓的白烟，也就是这股子炊烟延续了一条沟的生机。天赐窝在床上，从敞开的屋门看着一股白烟袅袅冲上天空，心里生出一种莫名的落寞。他陡然想起了洛河边那孔土窑，想起了动不动就咯咯大笑的红英，想起了和红英的第一次……想到红英因幸福而泪流满面时的情景。那无声的热泪伴随着红英十个手指甲的嵌入，两行酸酸的眼泪从天赐变形的脸颊上滴洒在红英白皙的脸上、嘴里。天赐并没有想到红英会嫁给他。至少他在当时没想到会娶红英为妻。

有了第一次、第二次、第三次……都已经顺理成章，就像一场演出直接去掉了正剧前的加演。他俩的偷情直到某一天被红英的父亲撞见，才仓促收场。那天，红英她大回来寻找一本年历，推开窑门，太阳光直射在两个赤条条的裸体上。老汉被眼前的情景惊呆了。这种场景，也许已经超出了他的想象。他退出土窑的一刹那，天赐和红英才幡然醒悟过来，才弄清楚几秒钟前所发生的一切。尽管天赐一而再再而三地让老人蒙受了耻辱，但红英在随后的几天里只字未提。倒是红英娘，因为弄不明白红英大唱的是哪出戏，猛然间，要把红英嫁给天赐。红英娘边给红英准备新被褥，边用疑惑的眼神问过红英两次。可红英也只是一句话，不知道，我听我大的。见红英头回这么乖顺，弄得红英娘的心里七上八下地直犯嘀咕。

可命运弄人呀。

好好一个人，咋就变成了这样呢？天赐在心里诘问。内疚与亏欠像一对孪生子，替换着啃食天赐的心。最后，天赐把这一切都归咎为老天爷对他的惩罚。也许，他早该回去看看那两个孤苦伶仃的老人了。

“你咋啦？”黑蛋斜躺在对面的一张床上，急切地说，“你咋哭了？”

“没事。”天赐抹了把脸，说，“可能是看白烟，看久了。咋了，不睡了？”

黑蛋一脸疑惑。

这时，天际浮出一大片红色的云霞。天还下着雨，强劲的红霞映照得车马店一片辉煌。雨地里的卡车上落满了柔软的夕阳。

“真是怪了，下着雨，还出太阳。”黑蛋说。

“这叫太阳雨。”天赐说，“天要晴了。”

“晴朗了，也出不成车，雨把路基都泡软了。”黑蛋说，“你不是会套兔子嘛，明天要是天晴了，你到山上给咱套兔子吃。”

“咋啦？想吃肉了？”

“可不嘛，肚子里一点油水都没了。”

“行，明天给你解解馋。”

“解啥馋？”

“你想解啥馋？”突然院子里传来一个女人的说话的声音。黑蛋嘿嘿一笑，一脸狡黠地说：“兔子就行。”听声音，天赐知道是杨家庄老六的媳妇来了。山里的水养人。几年不见，这个女人的脸蛋还是那么细嫩，白里透红，像一个野山梨一样诱人。圆实的屁股，细细的腰身，丰满的胸，比当年的月季还勾人。尤其是这个女人长着一双会说话的眼睛，火辣辣的，看得人浑身发烫。听口音，不像是北塬人。一口南腔北调的普通话，天赐听不出是啥地方的人。黑蛋见天赐入神的样子，神秘兮兮地说：“赐娃，让哥给你撮合撮合，咋样？”

红霞已经褪去。潮湿的气流一波一波的，被无形的风送进屋里。此刻，连一只知了，或一声鸟叫都听不到了，耳畔只有细雨落在野草上沙沙的声响。天赐平躺在床上，像小时候手里捧着一个纸盒，看着十几条由黑变白的蚕爬在桑叶上蠕动。一转眼工夫，一片桑叶就被几条蚕吃得只剩下裸露在外的细细的像毛细血管一样的叶梗。每天下课后，甚至听着老师的课，天赐也会打开纸盒看着那些蚕宝宝一天天地长大。后来，他不再打开纸盒，而是把纸盒凑到耳朵边仔细听，听蚕宝宝啃食桑叶发出的美妙声音——天籁一般的声音让天赐聆听了蚕宝宝成长的快乐。一旦那些美妙的声音消失了，说明蚕宝宝开始吐蚕丝，开始用白色、黄色、褐色，或者粉色的蚕丝，把自己严严实实地包裹在一个一个椭圆形的茧里。天赐闭眼冥想，要是有一个大蚕把一座山包裹起来，那该多好……不知道过了多久，天赐被一个突兀的声音唤醒。天赐睁眼一看，雨，还在下。

“大兄弟呀，起来，起来吃洋芋了。”老六媳妇端着一个洋瓷碗，碗里盛着几个冒着热气的蒸洋芋，笑嘻嘻地站在了屋里，“这鬼天气呀，再不晴，人都要发霉了。”放两张床，屋里就剩下一个狭窄的过道了。老六媳妇站在两张床的中间，像一个卯榫里揳进了一个木楔子。屋里顿时显得臃肿而堵塞。女人两手捧着洋瓷碗，身子转了一圈，也没有找到一个可以放碗的地方。因为在这个临时的屋子里，根本就没有配置桌子或者椅子一类的家具。无奈，女人只好把天赐的被子朝内推了推，把碗放在床沿上。两个赤膊躺在床上的男人被女人身上独特的味道所陶醉。天赐耸了耸鼻尖，夸张地嗅了嗅屋里的味道，知道是这个女人身上的雪花膏的味道。

“闻啥？你是狗鼻子呀？”

“天赐的鼻子，比狗还灵哩。”黑蛋打趣说。

“给，刚出笼的洋芋。”女人挑了一个最大的洋芋，哈着气，麻利地剥了皮，递给被窝里的天赐，“可绵了，雨前头老六刚从坡地里挖的。”黑蛋缩在床上，大声说女人偏心，他也要吃没皮的洋芋。女人笑嘻嘻地把碗里最小的一个洋芋，递给黑蛋说，“你是老板，你吃个碎的。”

“你还真偏心。”黑蛋接过洋芋蛋蛋，一下子塞进了嘴里。被洋芋塞满的嘴里显然没有了多余的空间，黑蛋的牙齿尝试了好几下才把洋芋蛋蛋咬破，然后费劲地把嘴里的洋芋分几次咽下了肚子，含混不清地说，“你是不是看上天赐了？”

“狗嘴里吐不出象牙，你净瞎说吧。”天赐同样含混不清地反驳道。

“啥？”女人哈哈笑着出了门。临出门时，扭身瞥了天赐一眼，说，“赶紧呀，锅里的玉米糁子还热着呢。”

黑蛋抻着脖子，朝院子里瞅了瞅，幽幽地说：“你说，这老董不会吃醋吧？”

“你要怕老董寻你，把洋芋吐出来还给人家，不就踏实了。”

“啥话嘛，我是怕你挨挫。”

山里头很美。

雨一停，明晃晃的太阳就把一架一架的山头照射得五颜六色。山坡上的灌木丛亮晶晶的，闪着白光。野草叶子经过雨水的刷洗碧绿碧绿的，散发出浓郁的醒神明目的馨香。沟底下，若隐若现的溪流清澈见底。几只白鹭站在水浅的地方，一动不动地凝视着远方。

阳光下，远处的山峦升腾起一片朦胧的雾气。某个山坡上，不时传来一两声野公鸡呼唤野母鸡“咕咕、咕咕”的叫声。近处，茂密的树丛里也不时传出山雀婉转的啁啾。低处野草里，憋了好几天的蝈蝈也开始了鼓噪。这种在大山里略显单薄的叫声，每当天赐走到近旁时就会戛然而止。天赐的脚步刚一离开，它们就又开始了不知疲倦的鸣叫。有几次，天赐故意放慢脚步，但还是被隐藏在草丛里的蝈蝈发觉。他前脚刚走过某处草丛，蝈蝈的叫声就从身后响起。他不转身，悄然后退几步，等接近了蝈蝈的安全距离时，这种带着潮气的叫声又会戛然而止。天赐有意试了几次，都是如此。有一次，天赐想探个究竟，看看这些谨慎的蝈蝈到底藏在哪里。蹲下身子，天赐发现这些和野草一个颜色的蝈蝈感受到威胁时，它们先是屏气噤声，如果威胁没有解除，就会无声地快速爬行，离开原来的草丛。一旦受到袭击，两条粗壮的后腿就会发力，连跳几下，钻进另外一片草丛。天赐已经是有娃的人了，可置身在这雨后空旷的大山里，依然抑制不住内心的亢奋，走在山脊上，走在山坡上，都会对着山谷喊叫，喊叫声像一只皮球在几架山之间荡来荡去。天赐就像一个顽皮的孩子，对着狭长的山谷不停地喊叫，然后，像一个将军一样双手叉腰，带着胜利的笑容等待远山的回响。

在山坡沿途兔子出没的路上，天赐一口气下了十个套子。茂盛的野草，已经把一条羊肠小路吞噬得只剩下一条弯弯曲曲的白线了。天赐手里拿着一根木棍，两边野草上的露水打湿了他的裤腿。下完兔套，天赐坐在沟底一块大石头上歇息。太阳正毒，天赐原本想把湿过膝盖的裤子脱下来，铺在石头上晒干。可解开裤带，才意识到自己没有穿裤衩。无奈，他只好脱下袄把眼蒙住。光着膀子先是脸朝上平躺在石头上，把两条腿分开让当头的太阳暴晒自己。约莫晒了半个时辰，他又翻身趴在石头上晒。连日来的阴雨天，走到哪里，都是一股子霉味，难得这样一个好天气。像翻烧饼一样，天赐如此这般在石头上肆意袒露，在这个荒芜的山沟里无拘无束，享受神仙般的惬意……转过一个山头，迎面是一大片草坡。绿色的草丛里开满了红色的山丹花、黄色的野菊、紫色的勿忘我，还有一些不知名的小花朵在山风里轻轻摇摆。平安笑着，在前头跑，娘步履蹒跚地跟在平安身后边叫边追。顽皮的平安手里捏着一大把野花，头也不回地跑下了山坡。媳妇红英一直微笑着，袖手站在一旁看着平安疯跑、跌倒，无动于衷。看着娘着急的样子，她同样是无动于衷。天赐生气了，走过去，在红英的屁股上狠狠地踢了一脚，红英趔趄了一下也没有生气，依然微笑着看他一言不发。天赐说，你个傻子。红英笑着说，对呀，我就是个傻子，你不知道吗？天赐弯腰脱下一只鞋，想拿鞋底打红英，可就是打不着。而且每打一下，红英就向后移动一步。每次天赐的手都是在空中划一个弧线，红英那张始终微笑着的脸在向后移动的过程中变得越来越模糊。后来，就连红英整个人都消失在一片烟雾里。天赐大声喊叫红英的名字，但他的喉咙已经干涸了，一点声音都发不出来。眼看着红英在自己的眼前消失，天赐觉得很蹊跷。陡然间，他觉得自己的耳朵奇痒，忍不住用手去挠。痒痒像跟人玩捉迷藏一样，东躲西藏，忽来忽走，飘忽不定的痒痒终于惹怒了天赐。天赐故意放松警惕，不予理会。然后趁痒痒麻痹的时候，一把捂住了耳朵……

伴随着一声惊叫，挥手间，天赐抓住了一只手。这只软绵绵的手，猛地把天赐揪回到了现实里。天赐忽地一下，拉下蒙在眼睛上的衣裳。刺眼的光线，让他的眼睛刚一睁开又快速闭上。就是那么一瞥，天赐看清楚了。是一个女人半蹲在他的身边，见他陡然醒来，不仅没有躲开，而是用身体替他挡住了刺眼的太阳光。天赐感觉到一种浓烈的雪花膏味道离自己越来越近。平躺在石头上的天赐，一下子失去了挣扎的力量。一个滚烫的、软绵绵的女人挤压过来，天赐的呼吸陡然急促起来。

天赐知道，此刻压住自己的女人是老六的媳妇。昨天这个女人送洋芋的时候，天赐就差点失控，要不是黑蛋在场，天赐也许会把这个女人压在床上。这一切来得太突然了。天赐连说一句话的机会都没有。女人更像是一头饥饿的野兽，不顾一切地扑了上来，柔软的大嘴紧紧地封住了天赐的嘴巴，身体压住天赐……

天赐的手掐着女人的腰，女人扭动了几下就开始喘。天空飘来一片云朵，遮住了太阳的光线，一块巨大的阴影正好笼罩在天赐躺着的大石头上。

远处，一只成年的野鸡“呱呱呱”地叫着，从一片谷地里惊起飞向山坡上的灌木丛。沟底的溪水无拘无束地流淌着，绕过这块大石头向前流去。距离石头不远的地方，陡然响起一片蝈蝈的喧嚣。

女人躺在天赐的身边，一句话不说。等呼吸平稳后，天赐拉下搭在脸上的袄问:“你叫啥？”

“红莲。”女人说。

“叫啥？！”天赐一惊。

“红莲。”女人手搭凉棚，从手指间看着太阳说，“红太阳的红，莲花的莲。”

“差一个字。”天赐说。

“啥差一个字？”女人问。

“我媳妇叫红英。”天赐说。

女人沉默。

“你娘家，是哪个村的？”停了好长时间，天赐对着天空说。

女人沉默。

"你姓啥？"天赐说。

"杜。"女人用山西腔说。

"你是山西人？"天赐侧过身子，一脸惊讶的表情。

"别看我。"女人用手轻轻地把天赐推回原位，用山西腔说，"是，我娘家在山西。五台山你知道吧。我家离五台山不远。"

"你咋嫁到这儿啦？"天赐说。

女人停顿了一会儿，说，"人贩子把我卖到这里的……眼看着十年了。头几年，我还想着跑回去，现在嘛……不想了。跑啥嘛……哪里不是一样过活……我娃都十几岁了。"

"你过来，不是才十年嘛，咋娃都十几了？"天赐问。

"唉，你不知道。我原先好了一个人……挺着个大肚子，谁敢要我呀？我认识个走南闯北的人，央求人家给我远远寻个人家……唉，谁知道，那人把我卖了。"女人说："是个女娃，今年虚岁十二了。"

天赐一时没了话。他觉得身边的这个女人也是个苦命的主，和他一样，也算是同病相怜了。他想把自己的故事说给红莲听，但犹豫了半晌，还是没有开口。女人匆匆穿好了衣服。

天赐和女人一前一后，边走边说着话儿。女人见天赐一直闷闷不乐的样子，要天赐给她说一个笑话。天赐想了半天，给女人讲了一个老掉牙的段子。说，有一个老汉，爱和老婆骚情。一天夜里串门回到家里，见女人圪蹴在灶火底下，正撅着屁股给灶火里添柴火，就用脚踢了女人一下，女人瞥了他一眼，挪了挪身子让过老汉，没吱声，继续拨弄灶火。老汉见女人没反应，心里想：今天是咋啦？咋爱搭不理的？想着就猫下腰搂住女人的头，在女人的脸上重重地亲了一下。没想到，女人站起身，把头巾一抹，低声说："大，是我。"老汉一看，认错了人。就红着脸说，"娃呀，我知道是你，人家外国人，不都是一回家见人就亲嘛。"

天赐还没讲完时，红莲已经笑得上气不接下气了。天赐嘿嘿一乐，谦逊地说，我不会说笑话，这是听村里人说的。

红莲喘着气，说："你还不会说呀，你要再会说了，还不出人命啊！"

第二天，因为要出车，天不亮，天赐就进了山。在第一个下套子的地方，天赐被眼前的情景逗乐了。一只肥大的野兔蜷缩在一丛灌木下惊恐万分，见到天赐后，"咯咯"叫着，冲突了几次，见无济于事，就把脑袋一歪躺在地上装死。天赐扑过去一把按住野兔的脖子，野兔疯了似的猛蹬后腿。天赐手腕一阵发麻，等制服了兔子，才发现胳膊上被野兔蹬出了三条殷红的血痕。尽管没有出血，但血痕变成了三道突起的血棱。天赐用铁丝缠住野兔的后腿，然后倒提着兔子继续前行。在昨天他和红莲亲热的地方，另一只野兔被铁丝套吊在塄塄上，已经死了。从现场看，这只兔子一定经过了一番剧烈的挣扎，但不幸的是这个套子系在一道塄畔边，所以兔子惶恐中跌落塄下，因为窒息而死。天赐把两只兔子挂在木棍的两头，像挑夫一样把一只活兔子和一只死兔子挑下了山。

太阳出来时，几架山头一片红光。五颜六色的射线直直地照射在山坡上。天赐这时才发现，一场雨给漫山遍野的灌木丛涂上了一层色蜡。太阳光一照，向阳的山坡变成了一幅红黄相间、色彩艳丽的油画，背阴的山坡上的草木清一色的橘黄。一阵山风迎面而过，天赐不由得打了一个寒战。杨家沟没有夏天，秋天也来得早。刚过大暑，山里就有了早晚。回到车马店，天赐把那只活着的野兔子给了老董。又借着黑蛋擦车的当口，三下五除二地剥了那只死兔子的皮，开了膛，然后才换下湿裤子和黑蛋一块儿上了料场。

从此，天赐隔三岔五地就会独自进山。黑蛋觉得蹊跷，说天赐呀，你要是累了就少些进山，我都快被野兔吃伤了。天赐看也不看黑蛋一眼说，自从有了机械装车，省人多了。套一只兔子，给铁厂的工人，能卖五块钱哩。黑蛋说，是吗？我咋发现老六媳妇，最近也爱进山了？天赐说，人家进山，关你啥事儿呀？没看出来，你还真会操心哩。黑蛋边开车边说："兄弟呀，你和老六媳妇……不会有啥事吧？"

"我俩能有啥事。有事，还能瞒过你那狗眼呀。"天赐看着路旁快速向后跑去的树林说。黑蛋一脸疑惑，但又不知道咋说。他可以肯定的是，近来天赐的确变化不小。可究竟啥变了，黑蛋一时还琢磨不准。"你嘀咕啥哩，好好开车吧。"

"听说，铁厂要裁人了。"黑蛋说。

"老张不是说，给一部分人放假……没说要裁人呀。"天赐说。

"好好的，放啥假嘛。"黑蛋说。

"说是美国人不要咱的钢铁了。"天赐说，"老张说，铁厂一天要亏好多钱哩……真搞不懂，炼的钢越多，亏得就越大……啥道理嘛。"

"不会……也放咱的假吧。"黑蛋说。

"小心！停，停住。"满载石料的"青海湖"，摇晃了几下终于停了下来。车刚停稳，天赐就跳下驾驶楼去搬落在路中央的一块石头。在车上看，这块石头并不大。可走到跟前一看，少说也有百十斤重。天赐用脚蹬了蹬石头，石头纹丝未动。看来，要挪开这块石头，搬是搬不动了。天赐弯腰抓住石头的一边，想一下一下地把石头翻到路边去。可没想到，他一发力，石头竟然像长在地上一样纹丝不动。黑蛋把头伸出驾驶楼说要不要我下来，天赐摆了摆手，表示不用。天赐心里蹊跷了，这么块石头，竟然搬不动了。再一发力，那块石头才陡然起身被天赐一口气翻了七八个过，挪到了路边。上了车，黑蛋用疑惑的眼神看了天赐一眼，没吱声。天赐拍打着手，说，"老了，连一块石头都搬不动了。"

“老个屎。”黑蛋说，“你少捣鼓两次，就有劲了。”

天赐看了黑蛋一眼没吱声，脸上掠过一丝苦笑。铁厂的高烟囱像一个老烟鬼，大口大口地吐着白色的浓烟。出了沟，路上的车多了起来。每一辆车就是一把扬尘的扫把，拖起一大股又黑又浓的烟尘。天赐赶紧摇起车玻璃，“青海湖”一个劲地加油，车身颠簸着冲进了厂区那个空旷的料场。

这个国营铁厂把方圆十几里的山、河流，还有村子弄得五抹六道的，可并没有人出面制止。因为正是这个铁厂给周边偏僻落后的村庄带来了商机，让这一方水土一方人的腰包里有了钱。谁要是制止铁厂生产，那就是要断当地人的财路。

北原上的人过去靠山，现在吃铁厂。

一周后，料场的老张代表厂部通知黑蛋，拉完这个月到厂部去结算。厂子的效益不好，要大面积放假、裁人。料场自然也要停一半的车。此前黑蛋已经有了思想准备，接到通知后，并没有太大的反应。

“停就停吧，又不是停咱一家。”黑蛋说。

老支书回来了。他在看守所被关押、审查了四个多月，终于回到了古城村。不过他最终还是以毁坏青苗罪被判了六个月，缓刑一年。也就是说，尽管老支书的人是回来了，可在法律意义上，他还是一个戴罪之人。这样的话，他的村支书是保不住了。这样的政治谢幕，老支书自然不甘心：一分钱没装进自己的腰包，没有给自己，包括自己的儿女多划一分一厘宅基地。在麦地里划宅基地，还不是为了尽快安顿老村子移民户吗？尽管老支书有一百个不理解，可在高墙内的一百二十八个日日夜夜还是让这个老党员平息了内心的怨气。

黄昏，老支书在老宅的巷道的拐弯处遇到了伫立凝视着自己的老娘。狗娃——娘喊着老支书的小名，远远地招着手。多日不见，娘又憔悴了许多。老支书又惊又喜，拉着娘的手一个劲地问娘，这些日子到哪儿去了？娘说，放心吧，娘好着呢。你也该歇息了，几天不见，头发咋都白了？老支书拉着娘的手凝噎无语，早已是泪流满面了。他像小时候那样用衣袖擦了一把脸上的泪，想再次拉着娘的手时，娘却不见了。惊恐中，老支书对着空旷的巷道，大声喊了一声：“娘——”

这时，老伴叫醒了他。他睁开眼一看，屋内一片漆黑，知道自己刚才是在做梦，用手一摸，脸颊上的泪痕已经干了。天一亮，老支书扛了一把铁锹，到西沟看娘的坟地去了。

西沟的玉米刚刚收过，新割的镰痕，似乎还在淌着玉米秆过剩的汁液。潮湿的土地一片狼藉，七零八落的玉米叶，荒芜的野草，以及地头还没有来得及拉走的玉米秆。蹒跚其间，老支书感慨万千。他是把玉米籽埋到土里时被带走的，进出间恰好一季玉米。跪在娘孤单的坟茔前，老支书老泪纵横，无声抽泣。

哪有犯了法的人当村支书的道理?

胡章娃就是咬着这个理找到公社领导的。那天后晌，胡章娃骑着一辆破旧的自行车，进了公社大院的门。看门的老汉见胡章娃的车子后边带着两个鼓鼓囊囊的尿素袋，袋子里晃晃悠悠地伸出一条羊腿。心下疑惑，看样子不像一个村干部，把脸一沉不让胡章娃进门。

“你找谁？”

“我找领导。”

“你有啥事？”

“我是古城村的。我找……”

“我没问你哪个村的，我问你有啥事？”

“我……我找高书记。”

“高书记不在。”

“那我找杨社长。”

“杨主任到村上去了。”看门的老汉不耐烦地说，“真是的，你也不看几点了。”看门的老汉见胡章娃没有走的意思，接着说，“领导哪能是你想见就见的？你想咋就咋，那你不成领导了？”

胡章娃费了好大劲才把自行车的后撑子撑好。没想到看门的老汉又开了腔:“你这是弄啥？快，快，利索点，把车子推开。”胡章娃无奈，又把车子摇摇晃晃地推到大门外。因为车子负载着几十斤羊肉，大门外的土路坑坑洼洼的，找不到一块平地。他怎么挪移，车子都立不稳。最后，他灵机一动，把车子推到大门一侧的墙跟前，车头一歪轻轻靠在了墙上。然后，他向看门老汉走去，可走出没几步，车子“啪”的一声倒在了地上。胡章娃跑过去把车子扶起靠好，再次走到看门老汉跟前。

“老家，我是古城村的民兵连长。”胡章娃掏出一根纸烟，递给看门老汉说，“快十五了，我给领导送羊肉哩。”

“你咋不早说哩？”看门老汉接过烟别在耳朵后边，又把手伸了过来。胡章娃愣了一下，赶紧又递上了一支烟。老汉这才把烟噙到嘴上说:“进去吧，高书记在办公室呢。”

胡章娃连声道谢，推起自行车进了公社大院。老支书回来后，他有好几个晚上没有睡好觉。说实话，和老支书暗地里斗了十几年，胡章娃没占过上风。前几年，县上统一撤销村里的民兵连，胡章娃彻底结束了自己在古城村的政治生涯。胡章娃觉得是老支书在背后搞鬼，联络其他干部借机把他踢出了村班子。可几年来，胡章娃一刻也没有熄灭重返古城村政治舞台的梦想。随着时间的推移，他的心思越来越重。眼下，他已经把老支书当作了他实现梦想的最大障碍，甚至是眼中钉、肉中刺。一日不拔掉这个阻碍他前进的碉堡，他就一日不得安生。为了排解他心中的忧愁，胡章娃唯一的办法就是独自在家里喝酒，一个人借着酒劲唱戏。刚开始，媳妇以为他想当干部想疯了，担心他钻了牛角走火入魔，就把嫁出去的女子叫回家和她一块劝说。可胡章娃像是吃了秤砣，铁了心的样子——油盐不进，一门心思想当村干部。面对女子的苦口劝说、开导，胡章娃说："不要说了，当村干部是大一辈子的理想。"媳妇和女子面面相觑，一时没了说辞。

眼看着就是中秋节了，胡章娃杀了一只自家的绵羊。媳妇以为是男人想好好过一个节，尽管有些心疼，但一想男人最近心境不好，也就没有再叨叨啥。可没有想到的是，当天后晌，胡章娃却把整只羊，甚至连羊下水一块要用车子驮到公社。媳妇看挡不住，就说羊肉送给领导，把下水给咱留下吧。胡章娃说："现在呀，城里人爱吃羊下水，比羊肉还稀罕哩。"

那天，胡章娃离开公社大院时，天已经黑透了。出门时，看门的老汉主动和他打招呼，胡章娃装着没看见，骑着自行车出了公社的大门。

第十八章

“砰——”

一声沉闷的枪声在河道里响起。一只野兔像一个芭蕾舞演员一样，在一束白色强光下高耸着两只耳朵，收起前爪半蹲在麦地里，挺直脖颈聆听田野的风声。枪响时，一双圆溜溜的大眼睛一动不动，流露出一丝茫然的惊恐。几秒钟，也许更短，这只土黄色的大野兔轰然倒地，两只短粗的前爪在空中无力地刨动了几下，瞬间就变成了一种本能的痉挛。这束强烈的白光是从我额头上的矿灯发出的。

紧跟着老黄，我跑到野兔跟前时，枪口上还残留着一缕刺鼻的火药味。老黄扑上去用两只前爪按住侧躺在地上挣扎的野兔，长长的嘴巴磕碰了一下野兔的身子。颇具狩猎天赋的老黄狗对付野兔之类的弱小猎物时，明显表现出了大材小用的敷衍。在确认野兔死亡后，老黄就讨好地踅摸到我的身边，张开大嘴巴呼哧呼哧地喘息。等我把兔子装进布袋后，老黄就无声地跟随在我的前后逛荡，用鼻子寻找猎物遗留下来的蛛丝马迹。多年的狩猎经验告诉老黄，在猎物没有出现之前，它必须保持肃静，积蓄力量，一旦发现猎物，务必在第一时间审时度势，对猎物实施突如其来的围追堵截，或者直线追击。一般情况下，我不会主动与老黄交流，它也不会盲目声张分散我的注意力。尽管老黄只是一条普通的家狗，但在它的潜意识里已经具备了一条专业猎犬的素质。

这就是老黄讨人喜欢的地方。

空旷的河岸像一条蛰伏在大地上的怪兽，黑黢黢地蜿蜒在川道辽阔的夜幕下。县河的水瘦得几乎要断流了。历年淤积的泥土在宽敞的河道里，积淀下厚厚的一层泥沙。已经变得十分孱弱的河水，像一滴水珠在挂满雾水的玻璃上犁出一道弯弯曲曲浅浅的水痕。沿着与大地缠绵的水道，长满了葳蕤的野草。浅水处，是一层泛着亮光的墨绿的水苔。沿途没有恶臭的味道，也没有水鸟的翻飞。河道里淤积的河泥，形成了一片一片极不规则的平台。村里的有心人把这些不规则的河道地开垦出来，种上了庄稼。

月亮上来了。

河道的麦田裸露着一条一条细长的地畔。一畦一畦的麦苗，碧绿碧绿的，远远看上去，很像是一行一行黑色的虎斑纹路。行走在深一脚浅一脚的麦地里，偶然能听见河水清晰的流淌声。由于国际钢铁市场萎缩，县铁厂裁员放假，我和黑蛋回到了村子。黑蛋很快又到邻村的砖厂拉砖去了。巧珍快生娃了，黑蛋希望我还能和他一块给城里的工地送砖。在铁厂时，我答应了黑蛋。可一回到村里，我又改变了主意。先不说人工装砖是一件十分累人的活路，单就装砖本身这件事，似乎并不适合我——昔日风云一时的车把式，如今沦落成了一个靠体力挣钱的苦力。传出去，简直就是一种耻辱。井把弯王家的男人再不济，也不至于混到这样一个下场。当然，我的这种心思是不能说给黑蛋的。我担心伤了黑蛋的脸面。

“说好了的事情，咋又变卦了？”黑蛋的质问中满含着怨气。在生产队时，黑蛋搭工只和我一块。为人厚道的黑蛋，这么多年已经习惯了对我的依赖。在他单纯的心底，觉得和我在一起不会吃亏，更不会被人捉弄。“咋了？嫌工钱少，还是我有啥对不起你了？”

“你多心了。”我一脸真诚地说，“你知道呀，原先在蒲县时，我的腿摔坏过，不能吃力。”

黑蛋接受了这个事实。在砖厂没干几天，他就把“青海湖”改装成了翻斗车，专门给砖厂拉土——这样就不用再寻帮手，一个人就可以应付了。我呢，再次回归原野，成了一名职业猎手。除了白天到周边田野荒坡上打野鸡，几乎每天晚上前半夜都要带着老黄到县河一带用土枪打野兔。土枪是在铁厂当钳工的表哥给我改造的。一次偶然的机会，我得到了一支十六毫米的土枪管。这根大约一米五的无缝钢管曾经是一位农村老猎人的武器。这个老猎人在我从学校回到村里时已经过世。枪管是他的孙子卖到废品站后，被我大伯花八块钱买回来的。配好枪托后，我又从公社的锅厂淘来了一大包黄豆大小的铁砂。火药是大伯提供的信息，我从南关一个黑市买的。底火的黄色炸药，市场上自然没有卖的，我只能用鞭炮里的炸药。一切就绪，这杆土枪的杀伤力究竟如何，我心里没底。一天晌午，巷道里空无一人，大伯悄悄带着我到村边的碾麦场试枪。为了掩人耳目，出村时我用一条被单把枪包裹得严严实实。碾麦场的西侧，是一道十几米高的土崖。大伯用铁锨在离地一人高的地方，铲出了一张饭桌大小的平面。他又分别在二十步、三十步、四十步的地方画了一道线。我呢，在一旁按别人教我的法子，先在枪筒里灌进一定数量的火药，再装十粒铁砂，用一团纸塞住枪管以防铁砂滚出。装底火，是最后一道程序。先用指甲铲一点黄色炸药，倒进枪管底部的底火坑里，放好撞击搭扣，然后将打火扳机拉起别在扳机钩上。准备停当，我小心翼翼地把枪口朝上呈四十五度，递给大伯。

“给我弄啥？你打。”大伯凶巴巴地说。

“我不打。”此刻，我手里的这杆沉甸甸的土枪像一根刚刚出炉的铁条，整体通红，尽管不烫手，但却散发出一股慑人的力量。谁也不清楚，下一刻从它的嘴里会吐出啥惊天动地的乾坤来。我倒不是胆小，而是陡然间对这杆亲手缔造的土枪感到了一种从未有过的陌生。我从心底里排斥这杆土枪，于是说道：“大伯，你打吧。我……没打过。”

“看你那屄样。”也许，大伯从我呆滞的眼神里的确看到了我的恐惧，才低声说，“我……我也没打过。”

“啥？你也没打过。”有那么一瞬间，我从大伯浑浊的眼角里瞥见了一丝少见的惶恐。尽管我有些失望，但我还是咬牙说了一句硬气的话：“……我打！你站远些。”几年以后，大伯面对迎面而来的野猪两腿发软，而我却扬起铁叉奋起反击，将野猪和铁叉一起推向深沟，大伯瘫坐在地上说，赐娃，从你头一回打枪，我就认定你是一个天生的猎人。

空旷的打麦场上，连一只鸟也没有。伫立在场边的几十个麦秸垛子，沉默如大地一般。这时，天空上飞过一群鸽子。大伯说，打兔子和打鸽子一般，机会只有一次，来不得半点犹豫。我站在潮湿的麦场上，不时调整着站位。我学着电影里的样子端起土枪，留一只眼睛瞄准。大伯说，土枪不用那么瞄，只管看枪口就行。我深深地吸了一口气，用呼吸平息着“咚咚”的心跳。大伯说，这么瞄，兔子早跑得没影了。我又长长地吸了一口气，然后慢慢吐出，在胸膛里的气息接近丹田时，眼睛一闭扳动了枪机。离眼睛最近的打火扳机，像一支离弦的火箭瞬间炸响，火光一闪，随着一声轰响，迎面一只无形的手猛烈推打了一下我的右肩。十粒铁砂留下一缕青烟射向土崖，在土崖上溅起了一小片土尘。十粒铁砂在二十步的距离，射击面或者说杀伤直径大约是一尺半的样子。大伯问，你没事吧？那一刻，整个人，除了发蒙外，唯有右肩内侧的肌肉有些隐痛，但我没有说给大伯。我装好枪，后退十步，再次端起了土枪。大伯说，扣扳机的时候不能闭眼。有了第一次的射击，至少在心理上我从容了许多。第二次扣动扳机时，我没有闭眼。机头在叩燃炸药的一瞬间，通过底部一个细小的孔洞引燃了管内的火药。枪管内火药的反冲力，使得底火坑在炸响的那个瞬间形成了一片强烈的火光。这猛然的火光，就像黑暗里巷道某处陡然炸响的爆米花机子，惊天动地，煞是惊心动魄。我感到右眼被强光刺激后的酸痛，眼泪潸然而下。大伯说，火药会从底火坑钻出来伤人哩！你把眼睛眯上。十粒铁砂在重新铲平的土崖上又留下了一个直径一米以上的杀伤面。

大伯说，“你再打一回，看看四十步，是个啥样子。”

站在大伯画好的线上，我明显有了一种开阔的感觉，有了一种远距离打击猎物的从容感。握着这杆微微发热的土枪，一种发自内心的豪气再一次点燃了我体内对狩猎的欲望……大伯说，十丈以外打枪，枪口最好跟着兔子走几步再打。我凝神屏息，两腿分立，把土枪斜握在胸前。土崖上被铲平的新土白生生的，像一轮新月悬挂在我的枪口上。一声闷响后，白色的月亮被一片陡起的土尘淹没。因为有了显然的距离感，铁砂需要在尘嚣中飞行一到两秒，甚至三秒钟，所以第三枪铁砂的覆盖直径超过了两米。在接下来的几次打猎中，野兔像一个魔术师，一次又一次从我的眼皮子底下逃走。准确讲，是从我的枪口下成功逃生。这多少让我有些沮丧。我大伯认为，出现这种情况有不同因素。譬如时机，譬如风速等，属于正常现象。

我不这么看。

有很长一段时间，我黑天白日地琢磨如何提高土枪的命中率。在随后的一个多月里，我几乎放弃了用土枪打野兔，改换成用狗撵，或者下套子。但川道里不像山里头，野兔的行踪几乎没有规律可循。下套子的胜算几乎为零。而老黄撵兔子，则必须与人配合，或者与其他的狗一起，才有可能撵到一只野兔。为此，我徒步跋涉，一边撵兔子，一边到百里外的渭河流域的渭城一带，考察一种古老的狗种——细狗。这种狗，形体枯瘦，后腿奇长，肌肉发达，起速快，耐力好，短毛，细腰，大耳朵，长嘴巴，长着猪一样的尾巴。这种细狗配合能力奇强，一般三五条一组，集体围剿野兔。只要发现野兔的踪影，几乎没有哪只野兔能幸免逃脱细狗们的围剿。

我带着老黄在渭河滩参加了一次撵兔子。那些走路像踩着高跷的细狗，有一搭没一搭地跟在各自的主人身后，一旦发现目标，就会从不同方向奋身跃起，冲向极力腾跳拼命飞奔的野兔。远远看去，细狗一改平日里的温顺，在空旷的田野上两条前腿在地上轻轻一刨，颀长的后腿使劲一蹬，前后腿便始终交错在一起，在身体悬空的状态下快速向前飞翔。尽管老黄已经竭尽全力，但始终在细狗身后两丈之外步其后尘。一场围猎在主人们“喔喔”的吆喝声中不消几分钟便戛然结束。

应该说，细狗撵兔子比风还要快。但细狗身价超贵。一方面，我没有能力购买几条细狗；另一方面似乎细狗并不是很适宜在丘陵、台塬地带围猎。细狗只能撵兔子。这种狗不具备和凶猛猎物撕咬的能力，譬如说野猪。

无功而返。

一种莫名的焦虑像一只隐藏在衣缝某处的虱子，每到夜里，或者我歇息的时刻，就会折磨我。我知道，我狩猎生涯遭遇了一个致命的打击。因为焦虑而衍生出的烦闷，几乎影响了我的正常起居。我娘见我一天闷闷不乐的样子，几次问我原因。你知道，我娘这种毫无帮助的关心，只能激起我更大的烦躁。我媳妇见我这样，自然也是一言不发，熟视无睹。我看红英对我的苦闷视而不见，更是怒中生火，气不打一处来。红英对娃稍有不慎，轻则我破口大骂，严重了，就对红英拳脚相加。看到我的沉沦，我娘当着我的面抹过几回眼泪。

有一天，在铁厂上班的表哥到家里来看我娘。说起我，表哥见我娘一脸的苦楚，不免心生凄然。我知道表哥是钳工，闲聊里，我说起了我有杆土枪。表哥拿过枪一看，说，“枪管的口径太大了，撵撵麻雀还可以。打兔子，肯定不行。”

“那咋办？”我说。

“我家里刚好有一根十二毫米的钢管。”表哥迟疑了一会儿说，“不过，我那根管子太短……这样，我给你改造一下，保管你满意。”

“咋改造呀？”我说。

“简单……把两根管子接起来就行了。”表哥轻松地说。

“真的！”我喜出望外，当即就把土枪交给了表哥，说，“你把枪拿上，过几天，我到厂里找你去。”

“不用。弄好了，我给你送过来。”表哥淡然说道。

尽管我对表哥充满了希望，但我内心还是有些疑惑，倒不是对表哥的技术，而是对改造后的土枪，我没有一个感性的认知。表哥倒是一个利落的人，没几天，就把改造过的土枪给我送来了。这支比一般出售的猎枪长出一大截子的土枪一露面就让我张大了嘴巴。这种突兀的惊艳早已超出了我的预料。表哥不愧是一个八级钳工。他依照正规猎枪，把我原先的土枪彻底改头换面，让我的土枪变成了一支集合了土枪与猎枪特点的火枪。

表哥还给我买了十个弹壳，一大盒专用底火。看着这杆脱胎换骨后的火枪，我激动得流下了眼泪。表哥笑了，说：“好好过自家的日子，比啥都好。”

看着表哥远去的身影，我痴迷打猎的心似乎动摇了一下，但很快又恢复了常态。我不能让表哥失望，我要用这杆独特的火药枪一洗我连日来的沉闷。我知道，我的心属于辽阔的原野。家里的一亩三分地能留得住我的人，但拴不住我的心。扬场的把式固然永远是碾麦场主角，但同样少不了夜间看场，白天收拾农具的人。同理，农村是一个大世界，一个主宰万物生灵的祭坛，等到那些务农把式退场后，广袤的庄稼地、茂盛的植物就需要猎手，需要具有天地精神的猎人来对付野兔、獾、野猪之类的动物对庄稼的祸害。

时值隆冬，县河宽大逶迤的西堤护岸两侧简直就是一个天然的狩猎场。护岸上密不透风的蒿草、河道上枯萎但茂密的蒿草丛都是白天野兔子藏身歇息的地方。一旦夜幕降临，众鸟归林后，潜伏了一天的野兔子就会三三两两地钻出草丛进入麦地里果腹。

野兔，不是一种群居的动物。

除了哺乳期，所有的野兔子都是独来独往，绝少结伴而行。也许，这正是危险无处不在的现实逼迫所为。这种动物几乎每时每刻都会保持高度的警惕，野兔的寿命一般都超不过三年。对此，我没有深刻地研究过。但我笃信，大自然既然造就了野兔子，那么就会留给它们足够的生命长度。

我娘常说，老天爷是公平的。每个人的头顶都有一盏神灵的明灯，所以谁也不要想哄老天爷。就说人吧，你一出生，你的灯里有多少燃油，都是老天爷给你预备好的。一句话，每个人都有自个儿的命。命长命短，那都是你前世积的阴德，由不得人的。

土枪始终被我置于胸前呈四十五度，因为这样一个姿势是最便于在最短的时间里端起枪进入射击状态的。绑在额头上的新式矿灯，刚刚充足了电。一道白色的光柱像一根探棒在辽阔的麦地里快速扫描，雷达一样随着我行走的步子起伏。大黄狗卫士一般，时而在前，时而在后，低头翕动着鼻翼，寻找着猎物的蛛丝马迹。黄狗一旦发现了猎物，就会原地等我，并用低沉的哼叫暗示提醒我。我的矿灯光柱一旦罩住了野兔，黄狗就会屏住呼吸，弯曲四肢，半伏在地上目不转睛地盯住猎物。生性敏捷的野兔子受到强光的照射后，就会原地耸立一动不动，静观事态。我始终认为，野兔的眼睛一旦受到强光的照射，就会瞬间失明。但强光一旦关闭，野兔就会撒腿逃离。

月光，被一片云层遮挡住了。

大地霎时暗淡下来。我拉了拉大衣领，顿时觉得一股来自脚下的潮气漫上身来。黄狗没在原地等我，而是返身回到我的身边，嘴里哼哼唧唧的，让我好生纳闷。我头上的强光倏然间停在了一条黑色的躯体上。在强光的照射下，这条尖嘴、大尾巴的黑色动物在光柱里蠕动着身子，反射出一道又一道白色的光芒。我不由自主地站住了脚，挺着脖颈，生怕头一动会让这个不明猎物走出光柱，循迹暗夜。尽管“狐子”这个名字，在第一时间蹦进了我的脑壳，但我还是以最快的速度端起了土枪。

没错，借这只猎物在光柱里抽动鼻翼的几秒钟里，我再次坚定了我最初的判断。这次被我的强光罩住的就是一只罕见的黑狐子。在乡里，狐子不受大多数人的待见。也许，因人与狐子邂逅的机会少的缘故，大家并不十分厌恶狐子，甚至在有意无意之间回避与狐子的交集。大凡猎人，一般也不猎杀狐子。觉得猎杀狐子不吉祥，甚至晦气。而狐子呢，似乎也在回避与猎人遭遇。即使偶然邂逅，也都是井水不犯河水，各走各的。那么，这只黑狐子，要么是一只幼狐，要么就是根本就把我没有当猎人看待。想到这里，我不由得恼羞成怒，下意识地扳动了枪机。

机头“啪”的一声脆响在寂静的旷野里回荡。光柱里的黑狐子竟然安然无恙，它还在原地转动弱小的身子，还在用尖长尖长的嘴巴嗅着四周的味道。

哑弹。

我迅速扳下枪机，再次叩响扳机。

“啪”，枪还是没有发出沉闷有力的轰响。

疑惑间，我坚挺着脖颈，保持着光柱的照射。熟练地退出哑弹，又摸索着装进了一颗新弹，以最快的速度端起了枪。这时，黑狐子似乎已经弄明白了自己的处境。它冲我站着，两只眼睛泛着诡异的光芒一动不动。在旷野里，与我无声地对峙着。

我能感觉到，我的呼吸开始急促起来。

我不假思索地再次扣动了扳机。

“啪”，一声极其清脆的声响，带着金属与金属的撞击声，在漆黑的田野上空游丝一般向前滑去，无声地跌落在麦地里。此刻，我仿佛听到了大地呼吸的声音，听到了远处村庄的喧嚣。

我低下头，发现完好无损的弹壳静静地躺在枪膛里。我的心，轰然跳动了一下，“啪”地合住了枪体。等我用白色的光柱在漆黑的麦田里寻找时，已经不见了那只黑狐子的踪影。

我一气之下站在原地，对着黑狐子刚才站立的地方再次扣动了扳机。“轰”的一声，枪管口一片火光，铁砂带着沙沙的落地声传到我的耳朵里嗡嗡作响，半晌消退不了。

这时，黄狗朝着夜空狂吠了几声。尽管声音传出很远，但最终还是跌落在黑黢黢的麦田里。月光透过稀薄的云层，挣扎着把银色的光芒照射在我脚下这片寒冷的大地上。我头上的矿灯恍惚了一下，麦田重新进入光柱时，夜幕下的原野传来一声凄厉的叫声。一只猫头鹰从地畔上的一棵榆树上扑棱棱地飞到河道里去了。

远处村子里的灯光在这个无风的冬夜里若隐若现。我和黄狗穿过一片又一片麦地深一脚浅一脚地向村子走去。那只在我眼皮子底下悄然逃逸的黑狐子不停地在我的脑海里闪现。日尿怪了，弹壳好好的，咋就打不响了呢？难道真的像老人说的那样，狐子都是仙，它会使障眼法。这狐子千万打不得，它只要不日弄人，就算是一只好狐子了。

走近灯光时，眼前却是一片稀稀疏疏的杨树林。旁边有两个连畔的鱼池，在微弱的月光下，波光粼粼，幽静而安详。今年是个暖冬，眼看着就进腊月了，鱼池的水还没有结冰。尽管杨树上的树叶已经凋零，可在这隆冬的夜晚依然可以听到从树林里不时传来的哗哗的声响。那若明若暗的灯光是从鱼池边的土坯房的窗户上射出来的。那一抹橙色的光线透过一块花布软软地投射到鱼池的水面上，晃晃悠悠的。远看，就像是村子里傍晚错落在树枝房屋间的灯影。

黄狗踩着碎步，绕着土坯房跑了一圈，最后选了一处墙角尿了一泡尿，又跑回到我的身边。这个鱼池是赵魁几年前接手承包村里的。媳妇出走后，一直杳无音信。赵魁的女子带着碎娃在村里住。赵魁则常年住在鱼池的这半间土坯房里守着两个鱼池。赵魁在监狱里，结识了一个古董贩子。出狱后，赵魁白天到附近的村子里四处转悠，收买古董、旧家具，有时几天也不到鱼池来。结果投放的几万尾鱼苗，不到一年，就被人钓的钓、捞的捞，弄完了。血本无归，每年还要缴纳一百多块钱的承包费。但赵魁收古董已经上了瘾，一天不出去转转心里就憋屈，就痒痒。廉价从村子里收来，转手卖给山西客。据说，一年下来，赵魁存了不少的钱。可他还是舍不得丢掉鱼池，他从外地雇了一个女人给他看守鱼池。没多长时间，村里有人看见赵魁和那个女人住到了一起。

月到中天了。

土坯房子里的灯光还亮着，窗户里不时传来时高时低的说话声。日怪了，我今天是咋啦？我已经是第三次借着月色回到赵魁的鱼池边了。白天，电充得饱饱的矿灯，此刻已经睁不开眼了，像一只精疲力竭的走兽，终于连灯泡里细细的钨丝也不发红了。几圈下来，我的两条腿也拉不动了。看着窗户上的灯光，我腿一软，手拄着土枪一屁股坐在一个被遗弃的树墩上。黄狗则蜷缩在我的脚下，把嘴巴刺在厚厚的树叶上歇息。月光下，我摸索着点燃了一根纸烟。刚才因为心急，又反反复复地走了半夜，贴身的衣服早已经汗湿了。这会儿一歇脚，浑身冰凉发冷，不住地打着寒战。这时，我正准备起身走人，土坯房里刚刚熄灭了的灯光又亮了。

“讨厌……困死了，都几点了……开灯……弄啥……”

“那不行。”是赵魁的声音。

“……”

我的倦意一下子没了。我忽然想起了红莲，想起了红英。我命里的这两个女人命都不好，都是苦命的女人。红英是我的媳妇，她的命似乎掌握在我的手里，可又似乎不在我的手里。红莲的命运多舛，尽管和我没有多大关系，但想起来我还是有些感伤。我内心对她们的苦命，更多的应该是怜悯，而不是内疚，或者愧疚。就拿此刻在荒野之上，在这间土坯屋里与赵魁鬼混的女人来说，尽管我不知道她叫啥，她是哪里人，她在老家有没有男人，但我还是从心底对她的命运充满怜悯。

土坯屋的灯再次熄灭时，我离开了鱼池。

这一回，我让黄狗走在前边。我对村子的大方位似乎有一个基本的判断。脚下的麦地在月光下静如处子。每走一步都能听到土地被踩压时发出的清晰的声音，但田地的这种声音传导给我的却是一种往日里被我忽视了的快乐的感觉。

在一片麦地与另一片麦地接壤的地方，需要翻一个一尺高、两尺宽的土塄。长长的土墈上有一排胳膊粗细的榆树，地上长满了荒芜的野草。黄狗通过时，惊动了野草里的一只野兔子。不等我反应过来，兔子跳跃着在开阔的麦地里留下一串白色的飞尘，很快就消失在了黑暗里。黄狗扭身追撵了一气，又无功而返。折腾了大半夜，我早已没有了打兔子的兴致。面对黄狗高亢的情绪，我凶巴巴地吼了一句，黄狗豁然止住了忘形疑惑地看着我。我本想抬腿轻描淡写地踢黄狗屁股一脚，没想到脚下一滑，整个人失去了平衡。为了保护背在肩上的土枪，我一个猛翻身，把枪挪到了胸前。屁股和背实实在在地磕在坚硬的土墈上。“咚”的一下，最先感到震撼的不是屁股，头像被人猛烈磕碰了一下似的眼前一阵白光，紧接着又是一片昏暗。黄狗以为我要暴打它，躲到半丈远的地方。见我一屁股跌倒在地上时，又蹦跳到我身边用嘴巴不停地在我的身上、脸上、手上拱着。我索性躺在潮湿的地上，瞪圆了眼看着深蓝的天空，看着朦胧的月亮。

这时，耳边响起一声悠扬的鸡鸣。

我以为是幻觉。推开在我耳边磨蹭的黄狗，侧耳又听到了一声鸡叫。急忙起身，夜雾散去，村子隐约的轮廓映入我的视野。我顾不上尾骨的刺痛，趔趄着走进了清晨的井把弯巷。一进巷道，见我娘拄着扫把站在老宅的大门口，一动不动地凝望着巷口。我的心一热，不由得加快了脚步，像一个多年未归的游子，三步并作两步站在了我娘的跟前。

“娘，你恁早就起了？”我说。

“你一黑了没回，我咋睡得着呢？”娘说。

“我是大人了，你不用操心。”我说。

“唉，你啥时让人省心过？”娘见我一身泥土，一边给我用手拍打背上的泥土，一边说，“夜黑了，巧珍生娃了……”

“男娃女娃呀？”我问娘。

“唉……也不知道是咋了……难产……”我娘像是自言自语，又像是对我说，“你去看看咋样了……怪可怜的……”

我把枪靠立在大门后，红英端着尿盆子刚出屋门，见我急吼吼地连门也没进又要出去，以为出了啥事，她随手把尿盆子放在院台上，快步跟到了巷道里。我娘见红英撵了出来，说，没事儿。黑蛋媳妇夜黑了生娃呢，赐娃去看看。红英噢了一声，扭身进了院子。走出老远了，娘在我身后喊，没事早些回来。

一进杨家巷，我就感到了一种异样的气氛。

黑蛋的大门口，聚集着十几个男男女女，熟悉和不熟悉的面孔。从铁厂回来后，黑蛋不放心把车停在巷道里，就把原先的院门拆了，在临巷道的院墙中间开了一个大门。这样，每天收工后，就能把车直接开进院子。进了敞开的大门，院子里站着几个陌生人在跟黑蛋说话。第一感觉立马告诉我，这是一个不祥的预兆。一脸沮丧的黑蛋见到我后，眼圈一下子红了。我能看出来，他在努力克制着自己。他不想在我面前，更不想当着这些陌生人的面流下悲伤的眼泪，或者做出有失尊严的举止来。我娘说巧珍难产，可能是伢伢子娃没有保住，但我没有敢贸然说出。

“没事。”我轻轻拍了拍黑蛋的胳膊，用眼瞥了一下屋里，故意轻描淡写却又明知故问，“咋啦，伙计？”

这一问，似乎捅到了黑蛋的伤心处。黑蛋一声长叹，圪蹴在地上，双手抱住了头，从此一言不发。这时，程寡妇小跑过来问蹲在地上的黑蛋：

“保大人，还是保娃呢？”

“保大人！”黑蛋头也没抬地说。

院子里的气氛顿时紧张起来。显然，站在院子里的几个陌生人，是巧珍娘家的人。听黑蛋这么说，几个人对视了一下，快点凑到了屋门口。一道低垂的棉门帘挡住了屋内的一切，也给院子里所有关注巧珍的人平添了些许悬念。女人生娃，男人家是不能进屋的。看着圪蹴在地上的黑蛋，我有些不忍，但我又不知道该如何用言语安慰我的这位憨厚的好朋友。此刻，我唯一能想到的就是，与我的朋友一起默默地承受这种无常的煎熬。我点燃了一支纸烟，无声地塞到了黑蛋的手里。黑蛋犹豫了一下，接过纸烟狠命地咂了几口，但一丝烟雾也没有从他的嘴里出来。黑蛋的这手绝活曾经让我甘拜下风，但此刻我看到的却是黑蛋的内心恐惧与无助。

这时，程寡妇又气喘吁吁地跑了出来。

“……大出血……大人……怕是，不行了……你进去看看吧……”

黑蛋迟疑了一下，扔掉手里的烟，疯了似的进了屋。不一会儿，屋内传来女人绝望的哭声。那是巧珍娘家妹子和嫂子的哭声。院门口的一大堆人，一下子拥进了院子。屋内屋外，一时哭乱了场。

巧珍走了。

这个中年女人在享受了自己迟来的爱情后，却因为难产带着遗憾结束了自己苦命的一生，把悲痛的种子种在了黑蛋的心里。从此，让这个刚刚享受到甜美爱情的人再次跌入了人生的冰窟窿里，一蹶不振。

在随后的半年内，黑蛋没有出过车。

为了让他早日从悲伤中走出来，我隔三岔五地叫着黑蛋和我一起到塬上、河滩到处游荡，一块儿打兔子，打斑鸠，打野鸡，一块儿在北沟下套套兔子。即使找不到猎物可打，我俩就趴在地上打柿子树上的灰喜鹊，练枪法，找乐子。这期间，我又用先前黑蛋给我发的工钱买了两条土狗。所以你想想，我俩每次带着三条狗，浩浩荡荡地在田野上逛荡、打猎，是一件多么威武而又快乐的事情。

初春的北沟，还是一副冬季的模样。沟底成片成片的杏树裸露着黑黢黢的枝干。脚下，是一畦一畦被枯枝凋叶覆盖的菠菜，或者油菜苗。朝阳的山坡上，一层一层的麦苗稀稀疏疏的，紧贴着地面。阴坡上，荒芜的灌木丛密不透风，足有一人高的野蒿几乎塞满了沟底白水河的河道。唯有荒草下的涓涓河水，给这个只有两三里长的浅沟平添了一缕生命的色彩。杏花村，就在北沟最深的地方。这条白水河，就是从杏花村边一个石缝里流出来的。出了沟，在滩子村北一直向东流进县河。与其说白水河是一条河流，还不如说是一个溪流更准确一些。因为白水河一年四季的水量都很小，而且绝少受雨季的影响，啥时候都是一副不紧不慢的样子。河水清澈见底，偶然也能看见几条不足一寸长的梭子鱼，在有水洼的地方游弋。似乎一出北沟，沿途两道高大的河堤有些喧宾夺主的意味。到了天旱的季节，河水流经滩子村边的地方几乎每天都有很多人抱了衣物在洗涤。印象里，这似乎是白水河唯一的作用。我也没有考证过，白水河是不是夏阳南部县河最短的支流，但有一点可以肯定，那就是这条小河很古老，最少也有几百年的历史了。

这天晌午，我带着三条狗和黑蛋一前一后进了杏花村。

“叔，你咋来啦？”在一个青砖门楼子前，有人和黑蛋打招呼。黑蛋一时想不起来眼前这瘦弱的小伙子是谁，一脸疑惑。小伙子倒很坦然，腼腆地说，“咋啦，你都忘了？那年……我和赖狗，一块偷你队上的西瓜哩……”

这么一说，倒是黑蛋尴尬地笑了。

“是你呀。你叫……”

“蒋虎。”

“对对，蒋虎。不好意思呀。”

“什么呀，我没好好谢你哩，给我面子。”蒋虎拉着黑蛋的手说，“走，走，进屋。歇歇脚，喝口水。”

我背着枪带着狗已经走出老远了，见黑蛋和人打招呼，看那热乎劲好像是遇到了老熟人；可印象里黑蛋在杏花村没熟人呀，跟着进了那座高大的砖门楼子，才知道原来是遇到故人了。

蒋虎招呼我俩坐下，又支使媳妇去叫赖狗。黑蛋见状，脸上的表情陡然紧张起来。不一会儿，鼻尖上就沾满了细小的汗珠子。我借蒋虎出去倒水的间隙用脚轻轻踢了黑蛋一下，说：“你咋啦？”

黑蛋压低嗓门说：“你说这屄货，不会叫几个人来，把咱俩捶一顿吧。”

“他敢！”说着，我瞅了眼立在旁边墙上的土枪，“放心，一会儿，看我眼色行事。”

黑蛋使劲地点了点头，但我看到黑蛋端水缸子的手在微微发抖。听见蒋虎进屋的脚步声，我顺手操起枪，故意打开弹仓，把一枚黄亮黄亮的弹壳从枪膛里取出来在腿上擦了擦，又重新塞进了枪膛，然后，左手扶着枪身朝上一送，“啪”的一下，枪身和枪托合在了一起。

“好枪呀，哥。”蒋虎说。

“还行。”我腾出一只手，比画着说，“三十米，就打麻钱这么大一块。”

“我大原先也有一杆土枪，”蒋虎说，“顶多二十米，能打草席那么大一片。吓吓雀儿还行。打兔子，门都没有。”

“你大还是大队长？”我说。

“我大过世了。”蒋虎嘿嘿一笑，抹了把头发说，“现在，我接我大的班了。”

这时，一个年过半百的老人跟着蒋虎媳妇走了进来。蒋虎媳妇说，赖狗进城了。我给他媳妇说了，人一回来就赶紧过来。蒋虎说，别啰唆了，赶紧擀面去。对了，先弄俩菜，我们先喝着。打发走媳妇，蒋虎才对一直站在一旁的那个老人说：“不要走，一会儿陪我这俩朋友喝一杯。”

“客人是哪个村的？”

“古城的。”蒋虎说，“忘了介绍，这是咱村的会计。”

“鄙人姓焦，焦赞的焦。会计不假，不过已经退了。”老人尬笑着，伸过了一只手，“那咱是邻村，欢迎，欢迎。”

虚惊一场。

看这架势，一时半会儿走不了。我瞥了眼黑蛋，黑蛋会意，马上提着一只野兔，走了出去。蒋虎起身挡住了黑蛋。我说，都是自家兄弟客气啥？让你媳妇给咱一红烧。拿回家，我也是吃呀。蒋虎立马说，好好，那我不客气了。说着，接过野兔，进了灶房。边走边叮咛焦会计，我去杀兔子，你先陪客人说会话。

“没麻达。”焦会计说。

没想到，在杏花村还遇到了这样一位颇有些古风的老先生。我在心里猜测，焦会计在村里大概和杨毛子在古城一样读过不少的书，而且见多识广。果不其然，焦会计开场就给我和黑蛋讲了秦腔戏《三滴血》的故事。这个戏，我看过。据县上考证，戏里说的那个杏花村，就是北沟里这个长满杏树的山村。戏里遭难的李遇春自然也就是杏花村的人。

酒过三巡，焦会计指着黑蛋说：“我看这位客人印堂发暗，一定是遇到了啥不顺心的事情。”黑蛋灌下一小杯酒，刚想开口说话，却被焦会计抬手制止了。“你先不要言传，先听我说。说对了，你点头。说错了，你就摇头。”

黑蛋说：“好。”

焦会计说：“你是独子……你家人有牢狱之灾……你刚刚殁了媳妇……嗯，你命犯五鬼，今年要特别小心哩。”

“焦会计，你给看看，咋样才能躲过去？”我说。

“这个不好说。”焦会计说。

“在村里，我们都叫他半仙哩。”蒋虎端着半铝盆野兔肉走了进来，说，“明天你到古城村去一下，给黑叔捯饬捯饬。”

第二天一大早，焦会计独自进了古城东村。在几条巷道里转悠了一圈后，在黑蛋家的大门口停了下来。他也没有向任何人打听，径直敲开了黑蛋家的大门。我昨天晚上没回家，就住在黑蛋屋。迷迷糊糊中，黑蛋披了袄去开门。我在窗户上瞅见焦会计一进门就说：“黑兄弟，你这门是啥时开的？”

黑蛋说，“有大半年了。”

“那就对了。”焦会计看了看停在院子里的车说，这车是你的？见黑蛋点头，他神色紧张地说：“赶紧拆了。”

黑蛋说：“咋了？”

焦会计说：“要不拆，还要出大事哩。”

我从屋里跑出来，说，“有恁厉害？”

焦会计说：“你这个院子呀，坐西北，向东南。在卦象上，是乾宅。开巽字门好。我在坡头上看了看。咱村的地形西北高，东南低，住家开中门，把一个好端端的吉宅变成了绝命。南为离卦，伤女主……”焦会计云里雾里的一通话，让黑蛋一时慌了神。我因为先前领教过杨毛子和范先生的掐捏本领，虽然我对焦会计的话也是一知半解，但作为黑蛋的朋友，我的心还是紧巴了一下。我瞥了眼黑蛋，见黑蛋半张着嘴巴，一副发呆的㞞样，就用手捅了一下黑蛋。黑蛋一激灵，说：“那咋弄呀？”

“村里土地庙开的就是中门呀。”我说。

“没错，也就寺庙，还有公家的大门，有开中门的。住家，谁开谁招祸。”焦会计思忖了一会儿，说，“没别的办法。你这院子，只能在东南角开门。”

“不是说移门倒灶吗？”我试探着说，“能不能把灶火挪一下？”

焦会计说：“你看这院子，灶火咋挪哩？没法弄，只能移门。”当下，焦会计给黑蛋选了一个移门的吉日。三天后，天一亮黑蛋在院子里放了一挂鞭炮，叫人把南墙推倒，重新拉了一车新砖，在原先老门的位置上，新垒了一个大门。竣工的时候，我在黑蛋新门前的巷道上放了一挂万字头的火光鞭炮。那是一个傍晚，炸裂的鞭炮大约持续了三分钟。昏暗的巷道顿时被烟雾堵塞。火光像闪电一样把周边的树、房屋、院墙，以及看热闹的人群映射得一片雪白。第二天，天麻麻亮时，新巷很多人都被黑蛋家轰隆的汽车引擎声唤醒了。

古城村支部改选，是在初夏的一个晚上进行的。原定于后晌六点开会，可高瘸子在喇叭上喊了三遍，各生产队的党员才稀稀拉拉地凑到一块。开会时，已经是晚上八点了。我是入党积极分子，也被通知到会。尽管只是列席，可我还是头一回参加村里这样的会议。

会议是在大队部召开的。因为人多，会议室门外的明廊上也三三两两地坐了好几个人。公社的高书记带着党办主任具体组织大队支部的改选。开会前，高瘸子照着党员花名册点名。据我计数，五十八个党员，至少有二十个人没到场。点完名，高瘸子看了一下端坐在主席台上的高书记，他原本想探寻一下，看看高书记是否可以开会。高书记端着一张国字脸，看不出一点儿表情。拥挤的会议室里鸦雀无声，空气里弥漫着浓烈的烟草与汗臭的混合味道。高瘸子见高书记一言不发，也轻轻地合上花名册；打开会议记录，拿起水笔，低头在本子上写着啥。

会议室的空气一下子不流通了。坐在门口内侧的我，仿佛能听到自己心跳的声音。我瞅了瞅，发现几乎所有的人都在凝视屏气，摆出一副幸灾乐祸的样子。这时，“噗”的一声，一个响屁打破了会议室凝固的空气。紧接着“哄”的一下，所有人都笑出了声。

一时间，各种各样的笑声交汇在一起，从会议室敞开的门窗飞向了夜空。有的人笑得前仰后合；有的人捂着肚子，笑得两眼都是泪花；有的人捂着嘴，想努力克制自己，可最终还是笑出了声。高瘸子起身，本想呵斥这些不严肃的人，但被高书记用眼神制止了。

“高文书呀，”高书记等大家的笑声尘埃落定后，环顾了一下会场，说，“为啥有那么多人没来呢？”

高瘸子边翻看花名册，边吞吞吐吐地说：“这些人，都没在家。都出去打馍去了，联系不上。”

高书记说：“老朱同志咋也没来？”

高瘸子说：“老支书身体不好，要我给你请个假。还说，组织有啥决定，他都没意见。”

“过去，在农业社的时候，我们古城大队还是不错的。可现在大家看看，连一个党员大会都这样子，其他的工作就可想而知了。要再不改选呀，大队的天，不知道会变成啥颜色哩。”高书记顿了一会儿说，“同志们，我这绝不是危言耸听，支部改选之前，我们先集体学习一下党章，重温一下，我们当初入党时的誓言。大家在学的过程中，对照一下，看看你的心，变了没有？看看你的思想，变了没有？还是不是当初入党时的你？……今天，参加会议的，除了正式党员，还有几个入党积极分子。我也希望，大家通过今天的学习，别的不说，先要严肃一下党的纪律。决不能各想各的，各干各的，一定要听招呼，按支部的决定办事。”

坐在一旁的公社党办主任见高书记端起了茶杯，就干咳了两下，开始念党章。党办主任的嗓子真好，大约念了半个时辰，连一口水都没顾得上喝，而且声音和开始一样高亢、洪亮，连一点儿沙哑的意思都没有。也许是因为无趣吧，很多人开始抽烟。不少人眯着眼开始打瞌睡。不一会儿，会议室里就已经是烟雾缭绕，咳嗽声不断了。我伸出头一看门外，门外的人，尽管没有人说话，但都在低头闭眼养神，有一个西村的人还不时发出响亮的鼾声。我索性坐在地上，眯上了眼睛。我被旁边人推醒时，党章已经学完了。高书记正在讲话："好了，时间关系，我就不多说了。下边，开始选举。"

公社党办主任接过高书记的话茬说，大家知道，咱们村主要是因为老支书年龄原因，不再适合担任大队的支部书记了，所以呢，经过公社党委研究决定，对古城村的党支部进行改选。这次改选，主要是选支书。这个人呢，要有一定的干部工作经历，要有工作魄力。年龄呢，最好是五十出头……刚才呢，高文书已经给每个人发了一张纸，大家把你信赖的人名，写在纸上就可以了。啥，不会写？请旁边的人代劳一下。外边的人都进来，进来趴桌子上写。一直坐在高书记对面，才入党不久的胡章娃，大声问："写两个人行不？"

高书记愣了一下，眉头紧紧地蹙在了一起。但很快，又松懈下来，说："只能写一个人，写两个人的票无效。"

胡章娃大声说："知道了。"

尽管公社党办主任再三强调，选票要独立填写，但会议室内还是一片骚动。左顾右盼的，交头接耳的，静观不语的，高声借笔的，甚至还有轻手轻脚地走动交流的。总之，在接下来的几分钟里，几十个人，除了我们几个入党积极分子，都在无声的忙碌中表达着自己的意愿。

高瘸子在狭隘的会议室里来回穿梭了几次，才把每个人手上的纸片收拢到一起。整理后，发现少了三张。高声询问后，见无人应答。就按票数多少，列了一张汇总，得票最高的是大队长朱顶劳。公社高书记接过汇总表一看，脸色沉沉地说："不对，结果不对，重选！"

高瘸子一脸迷茫，看看高书记，又看看党办主任，以为自己听错了。迟疑间，高书记又说了一句"重选"。高瘸子这回听得真真切切，但他心里不免犯了嘀咕。程序没啥问题呀，结果都是一张一张算出来的，也没问题呀。尽管高瘸子开动大脑，但还是不得要领。重新发完纸条，高瘸子拿起笔犹豫了一下，在选票上还是写上了朱顶劳的名字，他觉得刚才一定是其他人的选票出了问题。在收选票时，我对高瘸子笑了一下。高瘸子低声问，"笑啥哩？"

我小声说："还得选一回。"

高瘸子眉头一蹙，说："净瞎说。"

果不其然。

公社高书记看了一眼结果，把老脸一沉，说："人不对，再选。"

顿时，会场一片骚动。

高瘸子瘸着腿在人堆里艰难地迂回走动。有人大声说，多麻烦，干脆多发几张，省得你来回跑多不方便。公社党办主任说，严肃点，少讲怪话。集市一般的会场才渐渐平静下来。

天已经完全黑了下来。天上的星星眨巴着眼睛，给这个渐有些凉意的夏夜增添了几分高远。拿到选票，几乎所有的人都在观望，都在思忖。显然，大家已经明白了公社领导的意思，但一时半会还拿捏不准，究竟写谁，才能散会。我能看出来很多人的心思和我一样，已经失去了开始的耐心，都在心里渴望能尽早回家。

高瘸子这回是真的犹豫了。

他心里一片茫然，弯曲的拇指顶在牙齿间啃咬着。另一只手倒捏着水笔在桌子上轻轻敲击。一旁的胡章娃用胳膊碰了一下他，小声说，“你今天咋啦？脑瓜子咋不灵光了。”

“啥意思嘛？”高瘸子嘀咕道。

“写哥呀。”胡章娃挤眉弄眼地说，“哥最合适了。”

高瘸子巡视了一下会场，想想也对。眼下，不像前些年了，大家都忙着过自己的日子，哪有心思谋这事儿。倒是胡章娃这种人，把当官看得比啥都重要。没咋犹豫，高瘸子就写上了胡章娃的名字。在收选票时，高瘸子多了个心眼，把每个人的票都看了一下，很多人这回写的都是胡章娃。也有不少人写的是自己的名字。这倒是高瘸子之前没有想到的事情。

这一回，公社党办主任让我和高瘸子一块统计选票。前两次的结果，我不知道。这回得票最多的是胡章娃，是十八票。朱顶劳，是十二票。高瘸子第三，是七票。我按得票多少的顺序，把三个人的名字快速写在一张纸上，递给了公社党办主任。主任看了一下，没说啥。顺手又把那张纸递给了旁边的高书记。一直沉默的高书记一看结果，脸上头一回露出了笑意。

“这回对了。”高书记带着浓重的鼻腔说，“这才是群众的意愿……我宣布，胡章娃同志高票当选古城大队党支部书记。大家鼓掌祝贺……”

也许是太晚的缘故，大家的掌声并不十分热烈。随后，又任命朱顶劳为古城大队副支书，高瘸子为古城大队支部委员。胡章娃在表态时说：“我不会让大家失望，我要紧紧跟随在公社党委和高书记的身后，把古城的事弄好。让一部分人先富起来，让社员们的日子一天比一天美。”

多年以后，我还记得，头一回列席党员大会，走出大队部时头顶繁星，深一脚浅一脚走回井把弯巷的心情：沮丧，落寞。

天不亮，古城村的花车早早赶到了县城南关。在濠水河望河楼下等待编队，统一进城。朦胧的晨曦里，巍峨的望河楼像一只欲飞的河鸥，伫立在濠水北岸边的一块磐石上。此刻，南关街道上行人稀少，两侧的门店还没有开市。站在望河楼下，能清晰地听到濠河水哗哗的流淌声。

国庆节，县上搞花车游行。要求每个公社选一个致富村，组织一辆花车，参加国庆当天在县城的游行。古城因为有一个村砖瓦窑，因为有运输专业户黑蛋，因为有一大批人常年在外打烧馍子，所以公社最后认定古城村在致富方面走到了其他大队前面。县南的几十个村子，至少有成千人这几年靠一张打馍的铁鏊走南闯北，在某个城市的大街小巷里安营扎寨，专卖夏阳的芝麻烧饼。这些人，有的三五一拨，有的父子搭帮，有的夫妻成对，组合不拘一格。背一张铁鏊，在当地旧货市场买一个废弃的汽油桶子，稍作加工，改成一个蜂窝煤炉子。据说，生意好的，一天能卖三袋面。想想看，一斤面打十五个烧饼，一个烧饼五毛钱，一天下来，收入可观啊！每年开春，都有外出打烧馍子的人悄然盖起了水泥现浇的平板房。但更多的人像候鸟一样，春出冬归，家还是原先的家，并没有致富发迹的模样。尽管这样，没几年工夫，夏阳县的芝麻烧饼，几乎覆盖了国内的大部分省份。这种饼子最大的特点就两个字：酥、香。酥，是因为在和面时，一般都会加入鸡蛋。有了鸡蛋的作用，面粉就会变得蓬松、香脆。烧饼的香，还来自撒在烧饼表面的芝麻经过高温烘烤之后，在入口时生发的清香。一烙一烘一捂，少量的花籽油，让十几层，甚至二十多层的烧饼，经过一番烙烘，就会摇身一变，成为一道颇受城里人青睐的美食。

尽管黑蛋家里遭遇了不幸，但那辆“青海湖”的确给他带来了财运。几年下来，黑蛋已经是远近闻名的万元户了。这次县上要搞花车游行，公社高书记第一个就想到了古城村，想到了运输户黑蛋。事情安排下来后，胡章娃专程上门找到黑蛋。要黑蛋从大局出发，无论如何都要腾出几天时间，代表古城大队，不，是代表芝川公社去参加这次国庆花车游行。那天黑了，我刚好在黑蛋屋里谝闲，黑蛋听了胡支书的一番话后也不言语，只管闷头吸烟。

“黑蛋，你现在可是咱大队的致富典型，你可不能给我下软蛋啊！”胡支书焦急地说。

闷了半晌，黑蛋吞吞吐吐地说：“工地上……这几天……活紧得很。恐怕……顾不上，怕耽误你的事……”说完，黑蛋也不看胡章娃一下，起身要出屋。胡支书急了，刚想挡住黑蛋。黑蛋说：“我去一下茅房……尿一泡，又跑不了人……怕啥……”说着，人已经出了屋，走到院子里了。隔着窗子，还能听到这㞞货在嘀咕。

“天赐，你忙啥哩，一天也见不上你个人？”胡章娃目送黑蛋出了屋，对我说。见我一副懒散的样子，他不等我言传，说，“你还是入党积极分子哩，也不见你写思想汇报……”

“写那管屎用？”我说，“我现在不想入了。”

“你现在弄啥哩？”

“也没啥事。”

“还打兔子？”

“打哩。”

“唉，多好一个苗子……可惜了。年轻时，我最信服你爸了。像你爸那样的人，全大队……找不出第二个人来……你爸，点子多，本事也大。能人……”

我没吱声，划着了一根火柴，点燃了噙在嘴角的旱烟卷。炕窑里，跳跃的油灯像要熄灭似的火焰越来越小了。屋子里，渐渐暗淡下来。我圪蹴在炕上，用剪子剪掉灯芯上的黑结，快要熄灭的灯火跳了几下，像被人拉长似的，由豆大的一点变成了一团燃烧的火焰。刚刚暗淡的屋子里，立马又亮堂起来。

这时，黑蛋回到屋里。

“再紧，也要腾出几天。”胡章娃急切地说，“我在公社给人家拍了腔子的，你现在给我掉链子，让我咋给高书记交差？”黑蛋还想说啥，让胡支书把话给截了回去，“好了兄弟，啥话都不要说了。你就权当是给叔帮个忙。行不？”

“那花车咋弄呀，我可没弄过啊！”黑蛋面露难色地看了我一眼。

“你只管给咱把车开好。”胡支书思忖了一下说，“花车让杨木匠和天赐弄。费用……大队掏。你的车，不白用。一天给你补贴三十块。”

“太少了。”黑蛋说，“还有人呢？”

胡支书把脸一沉，嗔怪道：“给叔还搞价哩。不说了，一天给你四十。人呢，给你记十个义工。”我在一旁起哄说，那我呢？胡支书说：“少不了你的。”

花车的创意，是杨木匠出的。我呢，主要是跑跑腿，传个话。拿着杨木匠开的料单，到城内、到芝川街道买个零碎，毕了，就是给杨木匠打打下手。

“青海湖”装饰出来后，变成了一艘船。两边船舷上，一边画的是一片盛开的棉花朵和一串串黄澄澄的玉米棒子，一边是冒着白烟的大烟囱、忙碌的砖厂。旁边是一男一女两口子在卖烧馍子的摊子。身后有一个人来人往的大门。我说是学校，因为画的人太小了，像一群碎娃，可杨木匠坚持说是工厂。靠边的地方，画的是一辆大卡车，一个咧嘴憨笑的小伙子脖颈上搭着一条毛巾正趴在车头上擦车。这显然画的是黑蛋，可黑蛋却说咋看都像是雷锋叔叔。突兀的船头，原来设计的是悬挂一个用两丈红绸子绾出来的大红花，可胡支书说，古城村的富裕离不开舵手，执意要弄一幅大照片。绾好的大红花只好挂到了高高翘起的船尾巴上。车厢上，自然搁的是东村的一面大鼓。

为了保持花车的新鲜感，胡支书连夜安排人用条纹塑料布加工了一块巨大的帐子。出村前，把花车蒙得严严实实。胡支书和杨木匠挤在司机楼里，我和锣鼓队的几个人坐在车厢里。远看，像一辆超载的货车。谁也弄不清楚，这条纹布下包裹的啥东西，更想不到在这严严实实的车厢里还蜷缩着七八个大男人。

天，是被人吵亮的。

最先喧嚣的是濂水河上的毓秀桥。两辆花车在桥上发生了剐蹭，双方各不相让，先是相互指责，紧接着成了谩骂，最后动了手。要不是现场维护秩序的警察出面，不定会出啥乱子呢。等桥上的骚乱平息下来，我一转身，惊讶地发现有一团火，不，应该是一大片火，在静静流淌的县河上燃烧。眼瞅着这片火光在慢慢扩大，一会儿就烧到了毓秀桥上。从侧面远远地看上去，这座古老的石拱桥像一条从水里拱起的龙脊，浑身湿淋淋的，透着一股寒气。这景象大约持续了半分钟，昏暗的河面开始由暗变亮。先前猩红的火光渐渐收起，变成了一片眩晕的光束。河水在这片变幻的光束里也变得欢畅起来。杨木匠见我出神地看着河面，说："赐娃，你知道这桥是谁修的？"

我下意识地摇了摇头。

"咋，你知道？"

"听人说呀，这是清朝一个姓刘的大官出钱修的。"杨木匠说。

"这得多少钱呀？"我说。

"二十八两银子。"杨木匠说。

"不会吧。"我说。

"可能清朝的银子贵吧。"旁边的胡支书半开玩笑地说，"现在呀，二十八两银子，屌事都弄不成。"

"哎，你说得不对。"俊才说，"银子再不值钱，弄几回屌事，肯定没问题。"

胡支书一怔，随机反应过来。用手掌拍了一下俊才的后脑勺说："就你屄是个生子。除了胡咥，你还会弄啥？"

见旁人在起哄，我说："莫吵了，让杨木匠说。"杨木匠年纪最大，见多识广，嘴里噙着旱烟锅子，嘿嘿笑着，说："毕了吃羊肉泡，一个人给我掬一疙瘩肉。"

"没麻达，只要你不嫌把你吃着了。"黑蛋说，"快说。"

杨木匠把旱烟锅子从嘴里拿下来，吐了一口痰，意味深长地说："建这桥，不要说二十八两银子，看二百八十两银子咋样。"

"你不是说二十八两银子嘛。"我说。

"没错，是我说的。"杨木匠说，"这姓刘的，是北原人，在外地做官，每次回来都要坐船过河。后来，就自个儿掏腰包，用五年时间修了这么一座石头桥。"杨木匠咂了几口烟，接着说，"桥修好后，这姓刘的大官，担心家里人为难老百姓，就让河两岸的二十八个村的乡绅，每人掏了一两银子，把这桥呀给买下了……也算是这姓刘的大官给家乡弄了一件好事。”

听到这儿，大家不约而同地吐了一口长气。

“这桥，没用一根钉子，一瓦刀灰，一点儿木头。”杨木匠见大家若有所思的样子，接着说，“你看看，全是用石条干垒的。”黑蛋说，那还不塌了。杨木匠顿了一下，并没有理会黑蛋的说法，说：“你猜猜，这桥几百年了，好好的。为啥？”他见一圈人大眼瞪小眼，一个个头摇得像拨浪鼓，接着说，“全是用熬好的糯米汤灌的缝。”

“太厉害了。”我说。

“你看，这桥有九个洞，大小都不一样。”俊才指着毓秀桥说，“咱小河口桥，才一个窟窿。”

大伙儿哄笑着，一起涌进了离毓秀桥头不远的一家羊肉馆。门面不大，在南关开店少说也有几十年了。临街的半间，一个吸式灶炉子上支着一口乡下杀猪才会用的大铁锅。锅里放着一些羊骨头，满满一锅白汤翻滚着。白色的雾气带着羊肉的清香，撩拨着过往行人的胃口。临锅是一个大大的枣木案板。一个腰里系一块白色围裙的中年男人站在案板后边，专门负责给碗里分抓切好的羊肉。一个腰粗膀圆的中年女人在桌间来回穿梭，接客端饭，拾碗收钱，有条不紊。每张方桌上摆着一碗羊油辣子、一小罐盐、一小壶柿子醋，散放着一把筷子。夏阳古城有七十二条宽窄不一、纵横交错的巷道。据说，当初之所以开了七十二条巷道，取的是孔子有七十二个圣贤学生的意思。这古城的房子都是上百年的青砖灰瓦的明清建筑。临街清一色砖木混合两层楼房。下边全是明柱插板商铺，柱子上都挂有木刻的对联。上边住人，抑或是储存货物；临街一律的木格子窗子。街道从南到北几里长，都是用整齐的石条铺地。为了保护这古香古色的老城，县上早早就下了通牒：房屋不论公私，一律不让拆，也不能盖新屋。所以前几年，从这七十二条巷道里分蘖出来的人，又在城北塬上新盖了一些房子，新辟了不少的街道。

南关一带是个旱码头。每天，南来北往的人都会在这一带歇脚、吃饭。所以，南关成了夏阳城一个最繁华热闹的地方。羊肉店是个老字号，生意自然兴隆。刚一开门，四五张方桌前就坐满了人。我们八九个人在靠门口的地方，挤在一张方桌前等饭。看得出来，那个忙忙碌碌的女人既是服务员，也是女主人。见我们人多、拥挤，就把我和黑蛋两个调剂到了邻桌。羊肉上来后，女人用一个木制的方盘子，给我们端来一盘子手掰干馍片搁在桌子上，说：“先给你们拿了二十片馍，吃完了再拿。”

因为是一碗一碗地炮制，邻桌的人吃完起身时，我们的羊肉才陆陆续续地端上来。一只大大的粗瓷碗盛了大半碗的清汤。碗底藏着四五疙瘩新鲜的羊肉，碗口漂浮着一撮碧绿碧绿的香菜和葱花。果然是老字店，汤鲜肉嫩，入口以后的味道更是醇厚绵长。打个嗝，满嘴都是清香的味道。因为有约定，每个人的羊肉端上来后，都要给杨木匠夹了一疙瘩肉。尽管大伙有些不大情愿，但都给了。胡支书除外。显然，这举动引来了旁人的眼光。杨木匠见状，忙说：“我这不算丧眼噢。”

一桌子人纷纷说：“不算，不算。”

第十九章

秋天的夏阳县，是最宜人的季节。

县城雄踞二十里川道的北端，与南头的梁山遥相呼应。川道里，除了散落的村庄和一条战备路外，就是濂水河两岸肥沃的田地。尽管耕地不多，但都算得上是白菜心式的水浇地了。眼下，沿途都是果实累累，金黄遍地，等待收获的庄稼。飘香的玉米林，圆鼓鼓的莲花白，绿茵茵的青菜，惹得过往的行人忍不住站在地头与在地里劳作的主人拉呱几句，也许是已经说了很多遍的客套话。逶迤的西塬上，一片一片的花椒树、果树、核桃树，到处飘溢着欢声笑语。尽管这些外来客操持着南腔北调，但一个笑脸就足以表达他们对好年景的褒奖。高耸的东塬上，同样是椒红果香，满眼秋色。在县城以北的崇山峻岭中，每一条沟道，每一道土梁，每一面山坡，都被茂盛的花椒林染红、陶醉。据《夏阳县志》上说，北塬一带的花椒早在六百多年前就已经名闻天下了。而像一条长蛇一样，弯弯曲曲，深深浅浅地从北向南，穿行在川道之中的濂水，与这丰腴的川道此刻的心情有些不一样，全然没有这田野、这原野、这山地的恣意，而是褪尽了雨季的戾气，静悄悄地从忙碌的田野旁流过。尤其是国庆这天，当所有的人停下手里的活计，放下挽起的裤腿，抖落身上的泥土，从四面八方涌进城里看花车挤热闹之际，更显得有些落寞了。

这时，街道上的行人已经是熙熙攘攘摩肩接踵了。从南关望河楼到北关的圆觉寺门口，短短的两三里路上，从乡下赶来看花车的各色男女早把这条弯弯曲曲的古街道拥挤得水泄不通。这条贯通南北的街道是夏阳老城的主街道，也是最繁华、最热闹的一条古街道。街道上，除了国营的几个大商场之外，大部分都是私人开的各种店铺。先前说了，南关一带，主要是各种吃食。街面上，除了羊肉馆、饸饹摊子、面馆、蒸馍店等，就是一些兜售各种水果的地摊儿。进了正街道，除了占据中间部位的百货公司、五金公司、糖酒烟草公司、新华书店、电影公司、土产公司等国营单位下属的各大门市——像代表夏阳商贸形象的苏式建筑百货大楼、像集夏阳食品大全的副食商店、像号称西北土特农副产品博览会的土产门市等之外，剩余的门店就更是五花八门了。有开粮店的、理发店的、香油坊的、纸扎店的、鞭炮礼品店的，有劳保用品店、体育用品店、家用电器店、婚纱礼服店、寿衣店、纸张文具店，有男装、女装、童装、鞋店，以及毛巾、手套、头花等各种服饰专营店，有专门收购、出售古董的门店，有蛋糕房，有鱼虫花鸟店，有公共澡堂，有自行车行，有摩托车专营店，有打印部，有代写诉状店，等等，不一而足。离花车游行的时间尚早，一年难得有空的农民借此机会从南向北，或者由北向南，一个门店一个门店地逛。也许，他们有很多人并没有采买东西的计划，但所有进店的人都摆出了急切购物的神情，甚至还要与商家有板有眼地做一番讨价还价。沿街两旁的商家，也都拿出了各自的看家本领，使出了浑身解数，悉心接待每一个进店的客人。商家们宁可多说几句话，也不愿流失任何一个商机。由于有了自行车和摩托车掺杂在人群里的缘故，本来就不宽绰的街道很快就开始拥堵了。

俗话说，十里乡俗不同。在黄河中游右岸这块南北五十里的原野上，祖辈生活着四十多万汉族、回族等民族的后裔。这些人的血管里，或多或少地都流淌有游牧民族的基因。不论是从南塬、西塬、东塬、北塬，还是来自川道、峪道、塬上的人，陡然间汇聚到一起来，就像从不同源头奔涌而来的山洪汇集到一起后，由于冲撞碰击瞬间发出的喧嚣一样，让人目不暇接，耳不够用。各种腔调、各色语气、各类人群，几乎都在这一条古街上，同时发出了自己或高或低、或强或弱、或文或野的声音。任何一个置身其中的人，都会生发出这样的感慨："我的娘，恁多人。"

游行的主会场，设在一片古建筑的中央。那里有一个不大不小的广场。活动启动之后，三十五辆花车与几十个秧歌队将穿越老城和塬上的新城。县上的本意是想通过游行这样一个群众性活动，掀起全县人民致富奔小康的高潮。明确要求各公社要思想重视，精心准备，节后县上要统一讲评，选出三个优胜公社，给予物质奖励。至于奖啥，文件上没说。但胡支书在临出村前的讲话里再三强调了这一点。还说，要是评上了，大队给每个人奖励一百块钱，二十个义务工。冲着这个承诺，参加游行的锣鼓队员，个个暗自铆足了劲儿。

游行还没有开始，古城大队的花车，还像养在深闺的女子迟迟不肯抛头露面。一溜儿停在街道边等候的七八个花车，造型大同小异。不是简单地用几块木板把车包裹起来，四面画一些花鸟，写几句很时髦的口号，就是用几根木椽，在四轮拖拉机上搭一个平台，上面摆一些玉米、红薯之类的农作物，站几个打扮得花枝招展的女娃。女娃手里挑着一个红红的大灯笼。灯笼上写上"喜"，或者"福"之类的大字。这些花车因为没有包裹，所以过往的行人一目了然。有的花车跟前，连一个观看的人都没有，显得冷冷清清，像被人遗弃了似的在一旁默默地等待着进城的号令。

也许是由于蒙了一块条纹布的缘故，几乎所有过往的路人都会停下脚步，对古城大队的这辆花车指指点点。好奇心大一点儿的人，甚至会走到车跟前，用手掀起一角条纹布窥视究竟。站在一旁的黑蛋和天赐就会不厌其烦、乐此不疲地说一句："别着急，一会儿有你看的。"

上午九点半时，街道上的人流稍有消退。陡然间，被无数陌生的脚步踩踏之后的古街道上，残留下了一些人为的垃圾。乍看，颇有些狼藉的意味，但天空里依然能嗅到节庆的味道。

天赐说："你说谁一天扫街哩？"

黑蛋说："专人扫哩。"

天赐说："我宁可到地里头抡一天镢把，也不愿意弄这事。"

黑蛋说："咋哩？"

天赐说："反正我不弄。"

黑蛋说："咋哩嘛？"

天赐说："多丢人呀。"

黑蛋说："嘿，就你那屃样，还怕丢人？想弄，怕你娃也没这命。"

天赐说："咋哩？"

黑蛋说："干这活的，听说不是领导的媳妇，就是领导他大。反正都是吃商品粮的。你说，能轮上你娃不？"

天赐若有所思地"噢"了一声，不再言语，圪蹴在一旁边抽烟，边呆呆地看着不时从身边经过的人。这时，一个中年妇女一颠一颠地走到天赐和黑蛋跟前停了下来，挡住了天赐的视线。天赐心想这人日怪哩，那么宽的街道，哪里不能站，非要立在人家眼皮子底下。他刚想发作，没想到那中年女人先开了腔。

"喏，一块钱。"那戴红袖标的女人操着一口河南腔说。

"去，去，没钱。"黑蛋以为是遇到要饭的了，不耐烦地说，"你说你一把年纪了，弄点啥不行，非要……"

"两块！"河南腔明显加重了语气。中年女人先从裤兜里掏出一个红袖标戴在胳膊上，然后又从衣兜里掏出一本票据本，"嚓嚓"撕下两张，递到天赐和黑蛋跟前说，"随地吐痰，罚款两块。"天赐下意识地用脚踩住了地上的痰迹。黑蛋一时有些发蒙，还没有弄清楚眼前的情况。那中年女人见两个乡下男人一脸疑惑，就借机扯了扯袖标。天赐这时才看清楚，女人胳膊上的红袖标上赫然印着两个黄字：协管。

"唾唾沫……还罚钱……"天赐的口气，明显软了下来。

"拿着。"女人居高临下地说，"这是城里，不是你们乡下，想吐就吐。快些，拿钱。我忙着哩。”

“没钱。”黑蛋低头一边抽烟，一边嘟囔，“吐痰……农村尿泡尿都没事儿……”

“一、二、三……”女人并没有理会黑蛋的怪话，而是大声说，“一个烟头三块，你俩跟前一共是五个烟头；三五，十五块。”顿了顿，女人又说，“加上吐痰，一共是十七块。算了，给你打个折，拿十五块。”

“啥？你抢劫呀？”黑蛋忽地一下站起了身，瞪着眼说。大概这个戴红袖标的女人，每天都要遇到很多像黑蛋这样的人，所以对黑蛋的如雷暴跳并没有觉得意外，甚至不屑一顾。看也不看黑蛋一眼，又“嚓嚓”一连撕下了好几张罚款收据。“你叫唤啥？不交罚款，咋了？你想进派出所了说话。”一听说要进派出所，黑蛋的声音立马低了下来：“太多了，我没恁多钱。”

一直半坐半圪蹴在街边的天赐见状，怕把事情弄大了，忙起身赔着笑脸说：“师傅，我俩真不知道城里有这规矩，你就行行好，高抬贵手，饶我俩一回。以后不敢再乱吐痰，乱撂烟头……”

“不中！”女人头一摆，眼睛上挑，瞅着房檐说，“一分钱都不能少了。”

这时，一直在一旁站着的胡章娃走了过来。

“咋回事？吵啥哩吗？”

中年女人打量了一下胡章娃，哼了一声，仍然不依不饶。手里捏着一沓票据，摇晃着，催促道：“快点掏钱呀，我忙着哩。”

“有话好好说嘛。”胡章娃说。

“你是谁？”戴红袖标的女人，瞥了眼胡章娃说，“少管闲事。该弄啥弄啥去。”

胡章娃被红袖标呛了一鼻子灰，欲言又止。黑蛋一抹鼻子，说：“这是我胡支书，我领导，你和我领导说。”女人又瞥了眼胡章娃，鼻腔里发出一声不屑一顾的“哼”声。天赐见一时难以脱身，扭头看了看四周见并没有人关注他们，心下顿时坦然了许多。

“你说不让抽烟，不能吐痰，你啥地方写了？”

“放屁！”红袖标一听，火了，“你咋不在你屋炕上吐痰哩？这是城里，不是你乡下，你想咋就咋。”

“你啥态度？”胡章娃说，“别得理不饶人。乡下咋了？农村人也不是吓大的。有事说事，别拿城里吓唬人。”已经忍了半天的胡章娃，终于逮住了一个机会，吐出了心中的懊恼。黑蛋见状，也跟着起哄说：“对，农村人也不是傻子，谁想欺负就欺负。”胡章娃用眼神止住黑蛋，说：“好了，给你十块，多一分都没有。”说毕，捋起袖子，看了一下手表，对黑蛋和天赐说：“你俩快些，把帐子扯了，该进城了。”

“那可不行。”戴红袖标的女人说，“领导有规定，票撕了，一律不能退。谁退，谁垫钱。”

“没时间了。行，给你钱；不行，你看着办吧。”胡章娃一挥手，从上衣兜里，掏出来一张十块钱，伸到女人跟前说，“耽误了游行，你负责呀？”

女人犹豫了一会儿，还想拒绝，但见胡章娃没有了一丁点儿商量的余地，就悻悻地说：“你这是让我为难哩……我还要垫钱……”边说边沉着脸收了钱，转身消失在街道的人流中。

此刻，尽管街道上的人已经稀少下来，但和平时比，人还是很多。别说过花车，就是一般的大车，要经过这一条繁华街道，也不是一件轻松的事情。更何况是加了宽度的花车。

“胡支书，人太多了，恐怕过不去。”黑蛋站在司机楼的踏板上，踮脚看了看熙熙攘攘的老街道，面露难色地说道。

“过不去也得过。”胡章娃等天赐几个把花车上的条纹布扯开，叠好，塞进车厢。吩咐天赐和俊才两个年轻人，为花车开道：一人拿一根细竹竿，走在花车头两侧，用竹竿把看热闹的人往街道两边吆喝。早上刚刚吃过羊肉泡馍的锣鼓队员，纷纷爬上花车，站好位置，个个摩拳擦掌，跃跃欲试，只等胡章娃一声令下，他们就会把体内积蓄了半晌的蛮劲使唤在锣鼓家什上。

撤掉条纹帐子的花车，首先以独特的整体造型——一艘扬帆的大船赢得了不少的眼球。尤其是悬挂在大船前，那张两米宽、三米高的彩色照片引来了街道上所有人的注目。照片上，古城大队支书胡章娃站在一片棉花地头，手指着远方。站在一旁的大队长朱顶劳披一件单袄，佝偻着背，双手叉腰，凝视着胡章娃所指的方向。身后是一片枝头挂满棉桃，足有半人高的棉花树。花车像一只负重的大船，以极其缓慢的速度行驶在人海之中。时而急促，时而高亢，时而轻缓的锣鼓声一浪高过一浪，在街上拥挤的人群中跌宕起伏。六个锣鼓手头上都包着一条白羊肚子手巾，漂白的单袄上绑着一根猩红色的宽腰带。杨木匠这次没有执鼓槌，而是拎一面小锣，背朝前，面朝后，坐在花车司机楼顶，用小锣指挥着锣鼓的节奏。相比之下，随后紧跟进城准备到广场集结的几辆花车就显得格外冷清。要不是前边有古城大队的花车开道，其他公社的花车也许寸步难行。因为陡然而起的锣鼓声，让这条本来就已经很拥挤的古街显得更加喧嚣。不明就里的人顿时骚乱起来，从不同方向急速向几辆花车聚拢过来，潮水一般，不时掀起一个又一个波涛。远远看上去，古城大队的这辆花车就像是在众人的簇拥下缓缓流动。

船上的锣鼓手们竭尽全力，拿出了看家本事，街上沿途的人都不约而同地把目光凝聚到了悬挂在船头的巨幅照片上。坐在司机楼内的胡章娃透过在照片上抠出的两个圆洞，看到人头攒动的街景，看到街边的人对着花车指指点点，连日来的忙碌劳顿一时烟消云散。尽管耳畔翻滚的锣鼓声很快就被看热闹人的喧嚣声吞噬，但胡章娃的内心还是被一种少有的亢奋所陶醉，所激励着。

这时，一名气喘吁吁的警察拦下了花车。

“咋啦？”胡章娃问。

“叫你的锣鼓停下来，不要敲了。”一脸虚汗的警察说。

“咋啦吗？”胡章娃问。

“叫你停下，你就停下，哪来那么多废话！”年轻警察怒吼道。

黑蛋见状，猛地踩下了刹车。花车一个趔趄，像触礁的航船一样停了下来。胡章娃推开车门，站在踏板上，好不容易才让几近疯狂的锣鼓声们住了手。

“警察同志，到底咋啦？”沸腾的锣鼓声安静下来，胡章娃对警察的行为百思不得其解。

“不要再敲了。”警察已经恢复了往日的冷峻，说，“再敲，非出人命不可……赶紧走，把车开到广场上去。”

车上车下的人都听清楚了警察的呵斥，面面相觑。人群里的喧嚣随着锣鼓的消停也就安静了瞬间，就又喧嚣起来。

“敲呀，咋不敲了？”

不知道是谁在人群里喊了一声。顿时，花车四周至少有几十个人都在高声喊叫：“敲呀，快敲！不要停……别理他，敲吧，快敲呀……”现场一时陷入失控状态。胡章娃见状，“嗖”的一下，后脑勺的发根立了起来。这个自称天不怕地不怕的男人，头一回面对如潮的人群感到了恐惧。

“歇一会儿，到了广场再敲！”

说毕，缩回司机楼，让黑蛋踩下了油门。但刚刚聚拢到花车前的人群，像一疙瘩羊油辣子跌入沸腾的臊子锅后，一时半会儿还融化不开。天赐和俊才手里的细竹竿已经折了腰，看热闹的人群半推半就，才勉强让出一条窄路。

花车像一只蜗牛，行驶的速度甚至还没有行人的速度快。尽管维护秩序的警察叫停了锣鼓，但从那两个眼睛一般的圆孔，胡章娃还是感受了路人对花车的关注。他甚至已经开始盘算，回去之后，公社高书记表扬他时，他至少要表达这样一个意思——只要给他老胡一根棍，他就能把禹山翻个过。

对了，他还要让那个该死的老支书看看，啥叫拔头彩！

古城村，只有他胡章娃才能让社员有好日子过。

在几个警察的指挥下，花车终于拐进了通往广场的书院街。这条街道，是夏阳县城最古老的一条街道，至今还保留着一些历史遗址。像子夏讲过学的文化土堆、司马书院等。由于这条街道上的商铺比较少，花车行进的速度明显加快了许多。

没几分钟，花车就驶进了广场。

偌大的广场上人山人海，彩旗猎猎，歌声飞扬。看时间，离游行大会开幕还有一会儿，但大部分花车和秧歌队、社火队，已经站在了预定的位置，静静地等待着大会的开始。

黑蛋按一个戴红袖标男人的指引，把花车开到广场西侧，一个用白石灰画好的方框里。车身刚刚停稳，胡章娃就推开车门跳了下去。

这时，从临时搭建的主席台上跑过来一个人。胡章娃站在原地，等这个中年男人快到跟前时，快步迎了上去。这个人他见过，是政府办的主任，去年跟县上领导到村里来过。“张主任，我们没晚吧？”

“你是哪个大队的？”

“我们是古城大队的。”

“你们公社的高书记在哪儿？”

“不知道。”

“快，把你这照片，撤下来！”

“咋啦？”

“你是村支书？”

“是。”

“你就是个二货。”

“咋啦嘛，这是？”

“赶紧，把照片弄下来！”

“这……”胡章娃满腹疑惑。他不知道张主任咋恁大的火气，但他从张主任涨红的脸色似乎能看出来，此刻张主任是真的很恼火。至于为啥，他还弄不清楚。他能感觉到整个广场上的人，都把目光聚拢在他身后的花车上。有人指指点点，低声议论，有人在哈哈大笑。

这时，公社的高书记从一侧的人群里跑了过来。

“对不起，张主任，我来晚了。”

“你这个书记，是咋把的关？你看看你的花车，你们想干啥？”说罢，转身走了。高书记扭头一看，顿时傻眼了。

“胡章娃，你个㞞货。你脑子进水了你，赶紧，把这照片弄下来。”

“你不是同意吗？”胡章娃委屈地说。

“放屁！”高书记鼻子都气歪了，说，“我啥时候同意把你那㞞像弄上去的，啊？”

“我电话里给你说……你还表扬我哩。”胡章娃说。

“二㞞，你真个是二㞞货。”高书记一愣，低声咬牙切齿地说，“你是给我说过，要弄一张大照片，可谁让弄你了。”

“咋啦嘛？”胡章娃吞吞吐吐地说，“古城大队不弄我弄谁呀？”

公社高书记见几个人在花车前踅摸来踅摸去，一时半会儿无从下手。他气急败坏地上去伸手把照片撕了一个大口子。天赐一看，笑了。高书记一把撕的口子，刚好在胡支书的裤裆上。

“笑，笑尿哩。”高书记没好气地呵斥道，“成事不足，败事有余。就知道给我捅娄子。回去，看我咋收拾你。”

胡章娃像一只被霜打了的茄子，脸色一阵青，一阵白，一阵紫，在回去的路上，一句话也没说。黑蛋小心翼翼地问，“胡支书，那车钱还给不？”

胡章娃站在村西战备路上，朝着一棵柳树刺了一泡尿，说：“给，为啥不给？每个人，额外再多给你们记十个工！”说话时，一阵风恰好经过，吹散了胡章娃的尿柱子。“噗”的一下，他的手背上、裤裆、脚面上被尿湿了一大片。胡章娃使劲地跺了跺脚，干燥的柏油路上顿时留下了两个清晰的脚印子。

车上的锣鼓又响了起来，惊得在路边野草里觅食的一群麻雀陡然飞起，带着枯萎的草屑，叽叽喳喳地飞到远处的大树上去了。

当了十个月零九天的大队支书胡章娃尽管被公社免了职，但他在夏阳县却出了大名。尽管“花车事件”受到了县上的通报批评，公社的高书记也被调离了芝川，但很多年以后，胡章娃对当年的“花车事件”还耿耿于怀。既然是古城大队的花车，那大队支书自然就是最大的干部。既然是最大的干部，那挂他的相片有啥错哩？

被免职后，胡章娃甚至还把这笔账记在了老支书的头上——没有老东西在背地里捣鼓，公社也许还不会免他的职、罢他的官。据说，胡章娃直到咽气，对这件事情都没有释怀。

有苗不愁长。

有一天，天赐娘对天赐说，下个月，该给平安下抻了。天赐掐指一算，可不嘛，平安今年满十二岁了。日子过得真快，转眼间平安都上五年级了。他看着愣头愣脑的儿子，说：“平安，你长大弄啥呀？”

平安歪着脑袋，想了一会儿，说：“跟你一样，打兔子呀。”

天赐笑了，说：“好。到时候呀，爸给你买杆新枪。”

“好啥好呢。”一直在旁边听天赐父子说话的天赐娘，侧着耳朵说，“我孙子好好念书，将来呀，准能吃上商品粮。可别像你爸，戳一辈子牛屁股。”

“娘，你回屋歇吧。”天赐说。

“咋，嫌弃娘了？”稍顿，天赐娘摸索着扶墙，颤颤巍巍地从凳子上站起身。平安见状，咚咚咚地跑到奶奶跟前，背对老人站定。天赐娘伸手搭在平安肩头，平安挺腰慢慢向前挪步。快到南房屋檐下时，天赐娘大声说：“别忘了，给平安下抻。”

“知道了，娘。”

天赐娘的眼睛去年冬天突然瞎了。傍晚时，天赐娘还特意关了鸡窝门——邻家的鸡接二连三地被黄鼠狼咬死了。天赐娘找到杨木匠，让杨木匠拾掇好了多时不用的鸡窝门儿。好好的眼睛，等到天亮时却啥也看不见了。从此，把黑夜永远留给了自己。

娘眼睛瞎了。

天赐找到大哥天禧。天禧从老宅搬出去后，在战备路以西给自己盖了一座瓦房。天赐从外边回来后，天禧也就很少下坡了，娘就一直和天赐一块儿过活。井把弯王家家大业大，尽管没正儿八经地分过家，但风风雨雨几十年，家里也没啥可分的了。日渐破落的老宅，与村里新建的房屋相比，也失去了先前的气派与殷实。天赐娘因为不放心天赐，这些年几乎把所有精力和财力都用在了天赐身上。天禧总觉得娘偏心老小，心里多少有些怨恨。尤其是天赐回来那一年，天禧盖门房还缺几百块钱，媳妇知道娘喂猪攒了一些钱，就怂恿天禧向娘要钱。哪怕是借也行，但天赐娘不等天禧开口，就回绝了大儿子的事。说他爸在世时，给她有交代，就是砸锅卖铁也要把赐娃的婚事办了。她存的一点钱，是给赐娃结婚用的。回到家，媳妇见天禧空手而归，一脸的不快，嘴里嘟嘟囔囔了几句，天禧当时脸上挂不住，就和媳妇动了手。天禧媳妇是典型的刀子嘴豆腐心。本来也就是随口说说而已，没想到却挨了天禧的打，当夜就赌气回了娘家。从此，天禧的心里就结下了一个疙瘩。天赐对发生的这一切事情并不知情，但天禧对天赐的态度也就变得十分冷淡，全然没有了早年的融洽。天赐心里有愧，觉得前些年，自己外出躲避全仰仗大哥大嫂照顾娘，所以即使大哥对娘心有不悦，凡事天赐也都把大哥推让在前，唯恐失礼。娘即使有一百个不是，也不是儿女们可以妄加评议的，天赐自小就记住了这句话。他觉得杨毛子尽管是富农，是黑五类，但杨毛子的很多话还是有道理的。这一点，也正是天赐打心底敬佩杨毛子的地方。

平日里，娘有个头疼脑热的小病，天赐就做主延请大夫了。可这次娘的眼突然失明，而且头痛得厉害，天赐觉得必须告知大哥。这天后晌，天赐来到了天禧家。天禧刚放下碗，正坐在院台上抽烟。别看兄弟俩，一个在坡上，一个在坡下，也就一里地光景。可平日里，兄弟俩却很少见面。天禧见天赐进了院门，以为娘有啥闪失了，心里一惊，忙起身。可听天赐的口吻，并没啥急事，就长出了口气，从屋里拿出一个板凳，放在院台上示意天赐坐下，随手从兜里摸出一根带把的纸烟，递给天赐。天赐也不推辞，接了烟，自个摸出火柴，点了烟吃。

这时，天禧媳妇从灶房里端着碗出来，见天赐来了，说："哟，赐娃来了。"不等天赐言传，天禧媳妇又说："你吃了没？"当年，天禧媳妇进门时，天赐才几岁，所以天赐对大嫂一向很尊重。天禧媳妇呢，把天赐是既当兄弟看，又当儿子待。至少在天赐成家前，两个人的关系一直很融洽。天禧媳妇见天赐吃过了，就又转身进了灶房。不一会儿，用一块抹布垫着，端出一个大号洋瓷缸子，放在天禧和天赐中间的院台上："让茶捂一会儿再喝。"

天赐看了大嫂一眼，算是打了招呼。

“娘眼看不着了。”天赐说。

“咋哩嘛？”天禧说。

“好好的，睡了一觉，就看不见了。”天赐说。

“看没看？”天禧说。

“到医疗站看了几回。”天赐说，“光点眼药水，不管用。这几天夜里，娘头痛得睡不着。”天赐喝了一口天禧从大洋瓷缸子里分倒出来的酽茶，说：“我想到县上给娘看病去。”

天禧思忖了一会儿，说：“恁大年龄了，咋看呀？”顿了一下，天禧说：“你回去时，到医疗站买几片去痛片……娘，一点儿都看不着了？”

“一点儿都看不着了。”天赐见大哥这般态度，心里很不舒服，眼泪噙着泪花，低头沉默了半天，才带着哭腔说，“哥，你抽空去看看娘……”

“我这几天忙，没空。”天禧迟疑了一下，说，“回头，让你嫂回屋去看看。没事，死不了人！你哭啥哩嘛？”

“天禧，你咋说话呢？”天禧媳妇在一边停下吃饭，问天赐，“赐娃，娘是啥时候看不着了？”

“有几天了。”天赐说。

“我没钱。”天禧说。

“钱你不用管，我有呢。”天赐说。

“天禧，娘年纪大了，有病不敢拖。”天禧媳妇说，“不行了，我明天和赐娃一块到城里头给娘看看去。”

“就你能！”天禧说，“你能你去。”

“咋啦？”天禧媳妇反驳道，“你忙，你忙你的大事吧。我可不想叫人骂我忤逆，在屁股后头戳我的脊梁骨。”

“放你娘的狗屁！”天禧把手里的茶缸子摔到院子里，恶狠狠地说，“我是忤逆……我就是忤逆！咋啦，谁把我尿咬了？你看看，天底下有几个老人像她那样的。”

天赐闷着头出了天禧的院门。天禧媳妇叫着“赐娃”追送到大门口，对着天赐的背影，大声说：“不怕，有我呢。明早儿，我和你一块去。”

翌日，天刚放亮。天禧媳妇敲开老宅的大门时，天赐正在南屋里给娘穿罩衣。出门时，红英也跟着出了大门。天赐说，你去弄啥？你在家看门。晌午了，给平安把饭弄得吃了。红英一直站在大门口，眼瞅着几个人出了井把弯巷。

陪天赐娘一块看病的还有杨木匠。但事情不凑巧，禹山老梁的大女子休假回乡下了。杨木匠唯一的熟人没寻着，就带着天赐到门诊楼后边的法医区，找到了当年到村子里给小黑马尸检的那个医生。时间长了，医生似乎也记不大清楚了。但听了杨木匠和梁主任的关系，就热情地接待了他们。结果很快就出来了——脑瘤。

天赐娘的病情已经到了晚期。

“咱县上做不了开颅手术。老人年纪大了，建议保守治疗。”一个戴老花镜的专家对天赐说，“回去到药铺，给老人买一点大烟壳，头疼时，放到嘴里嚼着……给老人弄些好吃的……”

天禧媳妇说：“大夫，我娘……还能……”

医生摘下老花镜，思忖了一下，说：“从片子看，最多一个月。”

听了医生的一番话，天赐顿时觉得天旋地转，身体被人掏空了似的，心里边空荡荡的。他不敢想象，没有娘以后的日子，会是咋样的一种生活。他机械地跟着几个人，慢慢腾腾地出了医院的大门。在医院门口，天禧媳妇一眼就看见了站在大门一侧的红英：“咦，红英你咋来啦？”

“我咋不能来？”红英冷冷地说。

“能，能来。”天禧媳妇赶紧改口说，“走，咱一块回去。”

天赐娘听说天赐媳妇来了，站住脚，说：“你来了，娃咋弄呢？”

“上学去了。”红英说，“娘，你没事吧？”

“我能有啥事？”天赐娘嗔怪道，“我说没事吧，非要来。看看，白花钱了吧。”

“娘，不能那么说。”天禧媳妇说，“检查一下，咱心里就踏实了。”

“婶婶，你就当是旅游呢。”杨木匠说。就是的，权当是旅游呢，天禧媳妇搀扶着婆婆附和道。

“哈哈，我一个瞎眼婆，能旅个啥游。”天赐娘幽默地说。

“赐娃呢？”天赐娘突然问。

拿着病历，一直默默跟着后头的天赐说：“我在哩。”稍顿，又说，“娘，走，我带你坐一下电梯去。”

“啥？”

“电梯。”

“坐那弄啥呢？你净知道胡花钱。”

“人家不要钱。”

“那坐电梯，能弄啥？”

“十几层高的大楼，一按电钮，‘嗖’一下子就上去了，和坐飞机一样，快着呢。”

说着，几个人簇拥着天赐娘，进了医院旁边的一幢大楼。这个大楼，是夏阳县城第一座高楼，比黑蛋院子里的那棵老榆树还要高。听黑蛋说，这楼内有饭店，有宾馆，还有唱歌、洗澡的地方。进了电梯，天禧媳妇明显感觉到婆婆有些恐惧，胳膊微微发抖，就说：“没事，娘，和坐轿子车一样。”

开电梯的女子，柔柔地问，“请问，你们到几楼？”

天赐犹豫了一下，说：“十八楼。”

电梯车厢轻轻摇晃了一下，开始向上爬升。天赐娘说：“这和坐飞机一样，往天上飞呢。”

杨木匠说：“婶婶，你坐过飞机？”

天赐娘呵呵一笑，说：“没有，我想哩。”

旁边开电梯的女孩，“扑哧”一下笑了，说：“老太太真幽默。”

电梯走到九楼时，停住了。门打开后，进来一个人。电梯到十一楼时，那个人走出了电梯。电梯门关住后，又开始上升。天赐娘说：“这电梯好，在半空里还能上人下人。”

天赐娘的话把大家都惹笑了。

说话间，电梯抽噎了一下，顿住了。电梯门“唰”地打开了。开电梯的女子说：“十八层到了。”

“女子，你这楼，一共有几层？”天赐说。

“二十五层。”女子说。

“那我就到二十五层。”天赐说。

“叔，二十五层不能住，只能唱歌。”女子说。

“我不住，也不唱歌。”天赐说，“你只管走。”

“叔，你到底弄啥呀？”女子用夏阳话说。

天赐见女子是本地人，犹豫了一下，说：“是这……我刚给我娘看完病。我娘……眼看不着了……她，她没坐过电梯……”开电梯的女子，若有所思地看着天赐娘，抬手摁了一下电钮。电梯颤颤巍巍地合上了门。“麻烦你了。”天赐不好意思地说。

“没事。”女子低声说。

电梯在每个人的心里又开始向上攀升。

在到达二十五楼的十几秒钟里，电梯里没有一个人言语。狭小的空间里，只有一盏杯子口大小的射灯投下一缕昏黄的光束。电梯里传来鼓风机的声音，一股凉爽的风从电梯顶的某个地方直接喷射到天赐的身上。天赐觉得，这电梯像被谁踩了一下刹车似的，摇晃了一下就戛然而止了。转眼，那两扇铁门又豁然打开。

“二十五层到了。”开电梯的女子柔软地说。

“对啦，对啦。”天赐娘说，“今天也算开洋荤了。走，咱回去。”

“娘，你头昏不？”天禧媳妇说。

“不昏。”天赐娘说。

电梯开始下降，中途停了两次。到一层时，车厢里已经挤满了人。出了电梯，来到喧嚣的街道上。天赐娘说："还是走在地上踏实。"

从大楼里出来，几个人陪着天赐娘走下一面长长的陡坡，又穿过熙熙攘攘的老城街来到了南关。

这时，天禧媳妇突然说："哎，红英咋不见了？"

"下坡时，还在后头跟着哩。"杨木匠说。

"丢了才省心哩！"天赐说，"不让来，她偏要来。"

"好娃呢，人要讲良心。"天赐娘说，"你可不敢胡说。"

"丢不了。她能寻着来，就知道咋回去。"在毓秀桥头，天赐把大家带进了一家羊肉糊饽店。天赐知道娘喜欢这种吃食，也知道娘的口味偏辣。"掌柜的，有一碗多放些辣子、香菜！"

小时候，家里买不起羊肉，天赐爸就花很少的钱从杀羊人家里弄回来一些羊油炼成油坨坨。天赐娘在玉米面里掺和些许黑面，先用铁鏊烙成饼，再切成丝。挖一疙瘩羊油，放一些葱花、蒜片、辣椒面、香菜，然后用一小勺米醋炝锅后，把切好的饼丝放到锅里烩煮。想想看，倒入米醋的瞬间，一股香喷喷的气味直蹿鼻子。尽管还是让人胃酸的玉米面，但因为有了羊油的滋润，原先干硬的玉米面饼就变成了柔软、可口的一道佳肴。尽管没有一疙瘩羊肉，但隔三岔五的羊油玉米面糊饽，已经让不少人流口水了。

"娘，你看味道对不？"天赐说。

天赐娘没吱声，她先用鼻子嗅了嗅，自言自语地说："嗯，香菜不对。"这时，走过来一个掌柜模样的老年男人，站在桌子对面，俯下身子，对着天赐娘慢悠悠地问："老嫂子，香菜咋不对了？"

"这香菜，没见过霜，都是那塑料薄膜里的东西。"天赐娘用筷子在碗里挑了一下，把筷子头塞到嘴里咂了咂，说，"这辣子出锅时，醋少了。"稍顿，又说，"这是柿子醋……还是米醋香啊！"

"哎呀呀，老嫂子，你是行家呀。就凭你这几句，你这碗饭，我请了。"

"那咋行呢？"天赐娘腼腆地说。

平安的下抻仪式，是在土地庙举行的。

土地庙二门前的柏树，此刻苍翠得像一大簇蜡花。因为几天前的一场小雨，树下落了一地的柏树叶。乍看，这些细琐的绿叶，像是从铺地的砖缝里长出的草芽子。一进土地庙的山门，就能嗅到这棵虬枝横生的老柏树雨后散发出的馨香。这种青涩的味道，让所有参加平安下抻仪式的人，走进山门牌楼，不由自主地都要翕动几下鼻翼。因为孩子们放了暑假，整个土地庙显得寂静而空旷。

进了山门牌楼，向右拐，走一丈多远，攀登十二阶用砂石条垒砌的台阶，是一个有两分地大小的墁砖平台。紧接着，就是供奉土地神的三间瓦房。房子坐北向南，四扇花格雕版木门已经不知去向。站在平台上，就能看到供奉在屋子中央的土地爷塑像和两边两尊造型低矮的塑像。左侧的一尊是财神，右侧的一尊是关公。尽管塑像身上的色彩有些斑驳，但塑像眉目间的肃穆，仍依稀可感。近些年，东村大凡谁家的娃要下抻，都会到土地庙来祭拜。大人们都希望自家的娃，打少年起就能顺风顺水、平平安安。这天天不亮，天赐大伯胳肢窝夹着扫把就来到了土地庙。年纪越来越大，天赐大伯的疯癫也越来越严重了。老汉清醒的日子，自然也就越来越少了。侄孙下抻，是一件大事儿。尽管天赐没有告知大伯，但疯老汉还是起了个大早。在他一半清醒，一半模糊的记忆里，平安是井把弯王家为数不多的男丁之一，是王氏家族繁衍生息的一粒种子。因此当初平安学走路时，天赐大伯就让天赐娘给平安的后脑勺上留下了一个小辫子。长到八岁进土地庙学堂时，又特意用一截队上那匹枣红公马用过的老缰绳，可着平安脖颈做了一个用红洋布包裹的圈子。这种抻，在村里习以为常，见怪不怪。但平安后脑勺上那根细长的小辫子却时常成了同学们戏耍的道具。几个顽皮的男娃经常趁平安不注意，陡然拽一下平安的辫子，然后在大家的哄笑里逃之夭夭。为此，平安先是回到家哭闹，要娘把辫子剪了。后来慢慢长大了，知道剪辫子没有希望后，就开始用武力反击那些侵犯他、戏耍他的生小子。为此老师没少批评他。对那些揪拽他辫子的同学，平安依然采取了决绝的态度。不是打破了同学的头，就是打歪了同学的鼻子。有一段时间，天赐娘隔三岔五地被老师叫到土地庙。要不是天赐娘竭力阻拦，说不定红英早把平安的小辫子剪了。当然，多亏了天赐娘的人缘好，脾气也和善，要不村里人早寻到家里来了。在乡村大人们的潜意识里，给娃娃下抻，也算是娃娃的又一次新生，一次真正开始成长的契机。

天大亮时，天赐大伯已经把供奉土地神的三间瓦房、神前的平台、上平台的台阶打扫得干干净净，连一根柴火棒都寻不见。他圪蹴在平台一边，刚点着一根旱烟卷，黑蛋扛着一个炕桌，提着祭拜的香炉进了土地庙。跟在黑蛋身后的红英，提着一篮子菜粟，拿着一把火香，悄无声息地进了山门。紧接着，天赐把一只黑山羊拴在土地庙山门牌楼的斜柱子上，开始张罗摆放供品。平安见大人们都在忙活，就圪蹴在黑山羊跟前，从兜里掏出一小把炒黄豆，一边一颗一颗地喂黑山羊，一边捋山羊长长的胡须。这只半大的黑山羊刚刚冒出两个褐色的弯角，是杨家岭老六媳妇红莲送给平安的礼物。那天，黑蛋开着车和天赐专门到杨家岭去拉羊。在夏阳，黑山羊稀缺。倒不是说黑山羊有多金贵，除了给村里的娃娃下抻用，北塬一带星罗棋布般的大小煤窑，每月初一、十五都要祭拜山神祈求山神庇护财源滚滚时也用。祖上传下来的规矩，祭拜要用当年的黑山羊。据说，曾经有的窑主偷奸耍滑，用锅底黑把白山羊染黑，冒充黑山羊，结果招惹了山神，事故不断，人财两丢。所以呀，北塬的窑主就长年派出人在全县范围里四处高价收购黑山羊。可想而知，没几年时间，夏阳的黑山羊竟然成了紧缺货。村里人自然拼不过那些腰缠万贯、财大气粗的窑主们。慢慢地，给娃下抻的人就少了用黑山羊祭拜土地的讲究。天赐气盛，凡事都好争个彩头。也为了给瞎了眼睛的老娘一点安慰，就提早给杨家岭的老六媳妇捎信，无论如何，也要帮他一个忙，给娃弄一只黑山羊。红莲还真不含糊，可是那天，当天赐把买羊的钱塞到红莲手里后，红莲嗔怪地把钱甩在了天赐的胸前。天赐一愣，看着满地的钱，一时傻了眼。一旁的黑蛋，乐了。他把黑山羊弄上车厢，绑好，说："我到老董屋里抽口烟，你俩看着羊。"说完，向天赐做了个鬼脸，走了。

尽管山里的气温不高，但八月的杨家沟，早已是满眼苍翠，鸟语花香了。天赐下意识地看了看周边，见四周除了鸟叫和流水的声响，连一个人影都没有，猫腰捡起地上的钱，塞进裤兜。抬头看时，红莲已经坐进了"青海湖"的司机楼。天赐刚拉住车门，就被红莲一把抱进怀里。尽管四周无人，但天赐心有余悸，脸紧紧地贴着红莲的胸，听到的却是自己咚咚的心跳声。红莲也不言语，一把拉下自己的单裤，趴在了座位上。天赐见状，脑袋里一片空白。天上的云，带着山风在山峦上快速飘移……他感觉自己趴在一朵白云上，从杨家沟的溪流边冉冉升起，从一个山头，飘向另一个山头。身子下的溪流、山村、灌木丛、山峦、野兔、野鸡、黄鼠狼、蚂蚱、蝈蝈，都在飘移中悄然变小，渐渐远去……红莲开始无声地哭泣，泪水浸湿了座位上的布套子。等到意识重新回来时，汗水已经淋漓了天赐的前胸后背。红莲转身，再次紧紧地抱着了天赐。两个人像跌落池塘的水鸭，浑身湿漉漉地黏在一起，久久不愿分开。

直到"青海湖"开出老远了，天赐从后视镜里，看到红莲还站在一片树林边挥手。黑蛋轻轻捅了天赐一下，天赐才发觉自己脸颊上有两行清泪。他心紧了一下，脸上飘过一缕惶恐，他感到了一种莫名的恐惧。他心里明镜似的，知道这种露水夫妻不过是一时的兴起，可是，当他在后视镜里看到那个越来越模糊的红莲时，心里却陡然泛起一种别样的感觉，一种类似生死别离的滋味。"青海湖"颠簸了一下，后视镜一片模糊。等到池塘水面的涟漪退去，老天爷仿佛关闭了魔镜，天赐从后视镜里啥也看不到了。黑蛋瞥了眼天赐，用警惕的口吻说："伙儿，你不会当真吧？"天赐没吱声，双手抱胸，歪在一侧，合上了眼。黑蛋停了一会儿，像是自言自语，也像是对天赐说："出了杨家沟，就当啥也没发生过……"

一声羊咩，把天赐拉回土地庙。

黑蛋在杨木匠的指导下已经摆好了供品。小桌上，几个粗瓷碗里分别装满了谷子、大豆、玉米、小麦、红薯等五谷杂粮。碗的后边堆满了自家种的西红柿、茄子、黄瓜、莲花白等蔬菜。旁边的那个花皮西瓜、甜瓜、苹果，都是黑蛋从街道上买的。在桌子前边的平台上铺着一块蓝布，布上摆放着杨木匠的一个三条腿的镀铜香炉和两个双层烛台。

天赐见一切准备停当，走到娘跟前，说:“娘，都弄好了。”

“开始吧。”天赐娘双手合掌，微微低下了头，嘴唇开始翕动。天赐转身走到香炉跟前，从兜里掏出洋火点燃了一根蜡烛。正准备点另一根蜡烛时，高瘸子气喘吁吁地跑进了土地庙。

“等一下，”高瘸子说，“给娃下抻，咋不说一声？”

“你不是打工去了嘛。”天赐说。

“都回来几天了。”高瘸子说着，展开了手里捏着的一卷红纸。天赐一看，是一副对联。“黑蛋，赶紧呀，帮我把对联贴上。”黑蛋把手里的黑山羊临时交给一边的杨木匠，接过了一绺红纸。“反了，反了，你那是下联。”

“没有糨糊，咋弄呀？”黑蛋说。

“用唾沫呀。”有人喊。

“那可不敢，土地爷生气了，可不得了。”天赐娘说。

“那咋弄？”黑蛋问。

“你俩一人站一边，手拿着……”杨木匠说，“事情急，土地爷不会怪的。”

“哎，咋没横批？”

“憨娃，祭拜土地爷，不要横批。”

高瘸子拿着上联，站在右边。黑蛋拿着下联，站在了左边。从墨色看，这对联是高瘸子早起刚刚写好的。这时，天赐才看清楚对联的内容。上联是:少年当有凌云志。下联是:不负男儿身七尺。

“祭拜开始——”杨木匠说。

天赐引导平安点燃了一根火香，然后退到原处，平安开始跪拜土地爷。天赐拉着黑山羊站在平安左边，红英端着一个方方正正的红漆木盘子站在平安右边。其他亲戚、朋友、乡邻都静静地站在两侧。平安一身过年的新衣服，“扑通”一下跪在地上，给土地爷磕了三个响头，起身，转过身，对着天赐。天赐揭开盘子里的一块红布，拿起一把崭新的王麻子剪刀，把拴羊的绳头踩在脚下。小心翼翼地剪断了平安脖颈上的抻圈。又拨过平安的脑袋，“咔嚓”一下剪下了平安后脑勺上的辫子。放回剪刀，天赐把剪下的抻圈和半尺长的辫子一块放到铺在地上的蓝布上。没有了抻圈子，没有了长辫子，平安觉得轻松了许多。他用手摸了摸后脑勺嘿嘿笑了。

这时，杨木匠打开手里的书。

杨木匠朗声念一句，平安跟着朗声念一句:“弟子规，圣人训。首孝悌，次谨信。泛爱众，而亲仁。有余力，则学文。父母呼，应勿缓。父母命，行勿懒。父母教，须敬听。父母责，须顺承。冬则温，夏则清。晨则省，昏则定……”

此刻的平安，并不能全然理解《弟子规》的含义，但在这个晴朗的清晨，随着杨木匠机械的朗读，平安的内心还是被一种少有的庄严感所鼓舞。一老一少、一浊一清、一高一低的朗读声，顿时变成了一种宗教般的肃穆，久久回荡在土地庙，回荡在古城村的上空。

读完《弟子规》，天赐把黑山羊拉到山门外。几个人摁着，天赐从方盘子里取来一把一尺长的杀猪刀，用手摸了摸羊的胸口，“扑哧”一下，把刀子插进了羊的身体里。黑山羊挣扎了一阵，很快就叫不出声了。等放完了血，天赐拽着一只羊耳朵，麻利地割下羊头，摆放到香炉后的小桌子中间。然后拉着平安，一家三口一块给土地爷磕了头，又给两侧的亲戚、朋友、乡邻行了礼。最后，三个人又对着天赐娘磕了头。尽管天赐娘看不着，但老婆子听到平安叫她时，还是激动地流下了眼泪。她拉着平安的手，嘴里忙不迭地说：“平娃呀，快快长，婆等着抱重孙子哩。”

一帮子人走出土地庙时，太阳已经一竿子高了。安静了一夜的村子，也奏响了千篇一律的生活圆舞曲。鸡鸣、狗吠、牛哞、羊咩，此起彼伏，错落有致。

天赐收拾完祭拜的一应物件回到井把弯巷时，黑蛋已经把黑山羊杀好，放进了沸腾的大铁锅。两天前，天赐请人在院子西头的桐树下临时盘了两个吸炉子，预订下了新巷西头的河南担——河南担的大名叫杨树高。旧社会，他爷挑着一条扁担，从河南落户到了古城东村。从他爷爷起，村里人都习惯把他们家的男人统称为河南担。打十三岁起，杨树高就跟着他大给村里人做席。起初，杨树高纯属为了吃嘴。说是帮厨，恁小一个娃，顶多能帮着主家剥剥葱、捣捣蒜，啥也干不了。捋起袖子，那竹竿粗的胳膊连菜刀都拿不起。好在杨树高他大打小就觉得自家是个外来户，凡事就教育子女，遇事谦让，与人为善，从不与左邻右舍争强斗气。尤其是树高大，更是少见的老好人。谁家有个大小事务，他宁可放下自家的活路，也要到主家帮把手。他人也实诚，帮工从不挑肥拣瘦，偷奸耍滑。往往都是第一个来，最后一个走。没几年，树高大的人品就得到了村里人的赞叹。据说，树高爷过去在河南老家就是个厨子。尽管树高爷并没有把厨艺传给树高大，但树高大似乎一开始就对做席口情有独钟，表现出了一个乡村厨师独有的禀赋。他能做夏阳的“十三花”席，也能做几道河南的菜，尤其是一道清炖栗子鸡块，很受乡里人青睐。家里殷实点儿的，他能做席。贫困户，他粗粮细作，精打细算，巧配拙搭，总能给村里人带来新奇，也能让主家和亲戚满意。也许是遗传，杨树高打小就辍学，跟着他大给村里人帮忙。几乎每个菜，他大都会夹一筷子，让杨树高品尝。没几年时间，当初比案板高不了多少的杨树高，转眼长成了一个大小伙子。十八岁就代替他大配菜，抡炒瓢了。不足二十岁，杨树高已经是古城东村赫赫有名的厨子了。不论谁家有红白喜事，都开始以各种理由邀请杨树高主勺做席了。为啥？用村里人的话说，杨树高他大岁数大了，活路不利索了，而杨树高身强力壮，手底下出活，做出的菜也是老少咸宜。在继承传统上，杨树高稍逊他大，但在创新与花色上却更高一筹。杨树高是他大一手带出来的厨子，被冷落、被后浪拍倒在沙滩上的杨树高他大似乎并没有太多的愤懑，甚至失落。相反，他对这种看似尴尬的局面，反倒多了一分欣慰。开始，老汉还跟着儿子一块儿做席。后来干脆金盆洗手，彻底退出了这一行。即使有个别老户邀请他去，老汉也会给主家极力推荐杨树高……转眼三十年过去了，当年的毛头小伙子已经变成了一个和他大当年一样后背微微驼起的老厨子了。遗憾的是，河南担的儿子坚决拒绝继承父业。宁可背着铺盖卷儿到外边风餐露宿打烧馍子挣钱，也不愿意守在家里给人做席口，挣一点微薄的糊口钱。尽管父子俩为此争得脸红脖子粗，但儿子打死也不愿意跟着他学厨子。这多少让河南担有些沮丧，日渐衰老的脸颊上明显挂满了一种从未有过的挫败感。

尽管如此，在杨树高的心里，当厨子就是他一辈子的事儿。眼下哪怕一个月，一年没有几家人邀请他去做席，但他对老祖宗传下来的手艺还是舍不得荒废。只要有人请他，他都会一如既往、尽心尽力地给主家谋划。前几天，井把弯巷的天赐娘打发天赐向河南担预订席口、定日子时，河南担没打绊，满口应承了天赐的邀请。而且，第二天早上就把过事所需的物品单子和晌午做席的菜单一并送到了天赐家。天赐把菜单念给他娘。他娘没听天赐念完，就忙不迭地说："不念了，不念了，你杨叔做事，还能有岔？"

"老嫂子，你就把心放到肚子里吧。"河南担说，"菜单都是按老规矩给你开的。错不了，社会再变，老规矩还是要讲哩。"

天赐娘点了点头，说："你和你大像一个模子倒的一样。"

河南担说："再咋说，咱也不能糟蹋手艺呀。"

"你听听，赐娃，"天赐娘说，"你得向你叔学哩。"

天赐拿起桌子上的单子嘴里应着，抽身出了屋门。走到巷道了，他还能听到他娘和河南担开心的笑声。河南担是按十个席口给天赐开的料。天赐在县城南关早早地就置买完了东西，他本来想在南关吃一碗羊肉再回去，但一摸兜里的钱，只好作罢，断了吃羊肉的念头，只给娘提了碗羊肉糊饽，就背着两袋子东西走路回到了井把弯巷。

自明清以后，夏阳因为乡村的民居形制大都按皇城形制摆布，所以素有"小北京"的美誉。就拿庭院来说，夏阳人叫院井，和北京城的形制一样，与天庭上的格局遥相呼应。把中规中矩的长方形庭院又叫天井。不论家道如何，不论家里有几座房屋，夏阳人都会把院井建起来。因为院井的实用价值，就是存水。山主贵，水主财。一个家庭有了院井，才能聚财。天赐家的老宅，是井把弯巷最古老的院落。最早的一座厢房，据说是天赐的老爷在清末建造的。院井自然也是按古法设计的庭院。从东房的滴水前五寸，到西头猪圈跟前，大约是三丈。从北房院台前到南厢房院台，大约一丈二尺宽。刚好并排摆放两张八仙桌。院井深约八寸。院井地面，全用老砖墁过。老砖的走向，与院落的坐向一致。天赐家的这座老宅，是典型的“蟹窝形”院井。这种院井靠院门一头窄，另一头宽。宽窄相差三寸。意思是，要把一切过路的财物、吉祥气，都留聚在家里。

尽管这种形制的院落在古城村还有许多，但井把弯王家的这座百年老宅历经百年风雨，依然焕发出了一种独特的禀赋，让所有前来恭贺平安下抻的客人感慨不已。这种感慨源自老宅的一砖一瓦，源自老宅的一石一木。尽管老宅的许多地方都露出了岁月的斑驳，但那些精美绝伦的木刻砖雕，那些稳如磐石的明柱暗槽，都成了吃席人热议的话题。天赐家的老宅几乎成了井把弯巷人的集体记忆。因这老宅不少人勾起了已被淡忘的故人、旧事。

这天，按年纪、辈分，杨木匠和程玉喜被天赐聘为礼房的执事。炉头自然是杨树高。井把弯的几个媳妇负责给杨树高打下手、洗碗、端菜。天赐的大伯自告奋勇承担了烧水，给客人供给茶水的事务。红英娘家因为路途遥远，天赐没有告知。这天的客人，除了天赐娘的一些侄子、侄女，剩下的就是井把弯巷的邻里和天赐的朋友了。往日里，冷冷清清的老宅子一下子充满了人间的烟火味。沸腾的大铁锅把带着调料味道的蒸汽氤氲成了半院子的肉香。来来往往的男女老少像过年一样，每个人的脸上都洋溢着久违的喜庆。十张八仙桌，两个四面风炉子，让这个百年老宅焕发出了春天般的气息。简朴而热闹的一天，一直持续到傍晚才在一声牛叫中偃旗息鼓。天赐因为不胜酒力，早早就被他娘劝回屋歇息去了。黑蛋不善言语，帮助红英收拾完院子，是最后一个离开天赐家的人。看看天色已晚，天赐娘关了大门，对在院子里踅摸的红英说，“忙了一天，你也歇息去吧。”

红英说:“娘，我不乏。你赶紧回屋吧。”看着娘进了南屋，红英坐在院台上如释重负。此刻的红英是清醒的，也是满足的。她不知道如何表达自己的心情，只是对着西天火红火红的云彩，想起了百里之外蜗居在洛河湾里的文家庄，想起了她娘她大，还有那一孔承载着她青春的土窑。想起了她第一次见到天赐时自己莫名心跳的样子。想起了那个结束她少女时代的夜晚，想起了她大站在窑门口被怒火焚烧得扭曲的脸……月亮上来时，红英才摸索着上了炕。

月光透过窗棂，把一缕微弱的白光柔柔地照射在土炕上，照射在熟睡的平安的脸上。尽管天赐睡在土炕边，但他的鼾声就像家里灶房的那架桐木老风箱一样，“呼哧呼哧”地带着哨叫。今夜，天赐的鼾声让红英倍感兴奋。她摸索着把旁边的平安挪到窗台边，麻利地脱下身上所有的衣服，一丝不挂地钻进了天赐的被窝，紧紧地贴在天赐的身上。

翌日，天赐被平安推醒时，太阳已经一竿子高了。

“爸，爸！快起呀，我婆死啦。”

酣睡中的天赐懵里懵懂地听平安在炕头喊叫，但他的眼睛被一束直射的光线照耀得睁不开。他越是努力，眼前越是一片恍惚。他用手背揉了揉眼，低声呵斥道：“咋啦？叫唤啥哩？”

“我婆死了。”

天赐忽地一下光着身子坐了起来，发红的眼里暗含着凶煞之气。

“你说啥？！”

“我婆死了。”

“你再说一遍！”天赐拢了拢被子，把裸露的下身盖住。

“我婆死了。”

平安的话还没有说完，天赐一抡胳膊，“啪”的一下给了平安一个响亮的耳光。平安趔趄了一下没有摔倒，却“哇”的一声哭了。天赐的怒火更大了，大声呵斥，说：“一大早的，你净给我胡说！看我不打断你的腿。”说着，做出要下炕的样子。平安生平头一回挨天赐的打越发委屈，高声哭叫着“婆，婆啊”地跑到南屋里去了。天赐嘴里骂咧咧地想拿红英出气，一掀被子，早没有了红英的影子。刚想躺下再眯一会儿，却听到平安在南房里歇斯底里地哭泣：“婆啊，你睁开眼呀，我不让你死，婆呀，我不让你死……”好像一股电流击穿了天赐的脊背。他的脑子一下清醒了许多。他觉得平安不像是在顽皮捣蛋，便提上裤子，光着膀子跳下炕，连鞋也没有顾得上穿，踉跄跑进娘住的南屋。揭开门帘进去一看，平安站在炕边轻轻地摇晃着躺在炕上的娘。他两条腿一软，眼前一阵眩晕。这时他才意识到，他娘也许是真的殁了。他扑上去，用手一摸娘的手还有一丝余温，但已经没有了鼻息。他看了一眼已经哭成泪人的儿子，半跪在土炕边，拉着娘的手放声恸哭起来。在天赐的思想里，娘是他唯一的精神支柱，是他活着的唯一理由。在这个秋天的早晨，他依赖的娘撒手归西，丢下他到阴曹地府那个未知的世界去了。尽管天赐已过而立之年，但此刻的他觉得这个世界已经到了末日。没有了娘的呵护，他对未来的日子充满了恐惧。很快，眼泪掺和着鼻涕如漫滩的洪水一般，彻底击溃了这个倔强的男人。

悲痛犹如原野的寒风呼啸着，撕扯着天赐的躯体。几近昏厥的天赐，一次又一次被悲伤击倒。他的哭泣，他的悲痛，像这个世界上最强劲的瘟疫，感染了闻讯赶来的每一个人。不少人流着眼泪，开始按乡俗给井把弯这个最受人尊敬的老人剪头发、沐浴、穿寿衣。天赐被众人连拉带扶地拽出南房时，那个被村里人认为是疯疯癫癫的红英已经在南房边那棵梧桐树下哭成了一团。每一个穿过院井的人见状都会抹一把鼻子，叹息一声。

天禧媳妇来了。

天禧没有来。

天赐娘的娘家侄子进门时，已经快晌午了。在天禧媳妇的张罗下，一应事务已经准备停当。娘家侄子在狭窄的南屋里烧了炕沿纸，在村里人的帮衬下，把天赐娘的遗体挪到了东房宽敞的明廊里一块特意准备的床板上。天赐带着家人在大门口的巷道上，给娘烧了一个纸驴、一个纸童，好让娘的亡灵骑着毛驴去遥远的天堂。

天赐等燃烧的火焰渐渐变成了一堆灰烬，趴在地上磕了一个响头，带着哭腔，说:“爸，我娘来了……你在路口，把我娘接一下……”

趴在地上的孝子们，顿时又哭成一片。

第二十章

安顿好娘的遗体，我借着夜色去请大哥。

往日里走惯的巷道，这天却异常坎坷。没有月亮，只有稀稀拉拉的几颗星星，嵌在铅蓝色的苍穹上眨巴着眼睛。偶尔有谁家的灯火，从虚掩的大门缝，从倒塌的土墙头，若隐若现地辉映到空寂的巷道里。村道里，尽管一片混沌，但却被一种乡村的气息浸淫得没有一丁点儿的恐惧。偶尔的一声狗吠，抑或喧嚣，像一阵夜风一样，被这沉沉的夜色吞没得干干净净，了无痕迹。

娘落炕后，我脱下丧服，把长长的白孝搭在脖颈上，悄然出了井把弯巷。大哥没有说，我也能猜得到，大哥是想在送娘这个节骨眼儿上要挟我一下，希望我能答应他的要求，让他把东房拆了去盖他的门房。大哥的这个意思，是通过旁人捎给我的。当时，我没拒绝，但也没有答应大哥的要求。我不是一个不通情理的人。我知道我大哥日子过得紧巴，孩子又多，但我还是懊恼大哥，在这个节骨眼上给我提出这样的要求。要是放在平时，我也许会看在兄弟一场的情分上，答应他尽管有些过分的要求。我娘在世时，曾在我和媳妇跟前明确说过“老院子的房，老大一根椽都不给”。我知道我娘生我大哥的气，是因为送我爸时，因为分亲戚的礼物时，我大哥嫌我娘把一块绿色绸缎被面从他的名下抽了去。为了这块被面，我大哥和我娘怄了半年的气。我大嫂和我娘极少正面冲突，都是怂恿我大哥跟娘叨叨。我娘生我大哥的气，一半是嫌我大哥懒惰，一半是嫌弃我大哥啥事儿都听媳妇的。尽管我从未介入这种纠葛，但我心里明镜一样清楚大哥心里一直有一个结。一个让他耿耿于怀无法释然的死结。他总觉得我娘偏心，凡事都在袒护我。这个结让大哥本就狭窄的心胸显得愈加逼仄，甚至左右了他的脾性，成了他性格中无法走过的沼泽地。像一只本就单薄的蚊子不慎被粘在了一块带胶的纸板上，想飞飞不起来，想歇息一会儿又难以蹲身。这种尴尬的心境，让大哥在村子里陡然失去了很多人缘。但我从心底里敬重大哥，可大哥对我的尊敬，似乎时刻有所提防。我的任何对兄弟之情的努力，都会让大哥亢奋，甚至惶恐。我的努力无形中对他形成了威胁。这种怪异的结果曾一度让我无所适从，迷失在亲情里。成家后，尤其是有了平安之后，我开始调整自己，试图让自己在这种迷失里重获新生。说实话，包产到户在打乱乡村节奏的同时，却缓解了我迷失的痛楚。由于有娘守着老宅，由于长时间在原野追逐的缘故，我已经走出了曾经的迷失，已经适应了在新的环境里生存的法则。但娘的突然去世，却让我有些茫然。

走到村西土寨子口时，我回身瞭望。我打心眼里惊叹乡村之夜这种巨大而无形的融合力。多么宏大的喧嚣，多么杂乱的躁动，人一旦投入乡村这个容器里，都会消失得无影无踪。我时常在想，村里的年轻人为啥都爱往城里跑呢？那些钢筋水泥建筑单调、冷漠，哪里比得上乡村这般丰腴，这般安详。城里的那些时髦的东西，只会让人想入非非，只会让人迷失方向。这绝不是我保守，不是我落后。我爸曾经说过，人和庄稼一样，需要阳光，需要土墒，需要呼吸。人和人是不能比的。每个人都有一块适合自己生长的自留地。离开了这块地，走到啥地方，都会水土不服的。所以我觉得每个离开乡村的人，最终都要回来的。尽管每个人回来的方式不同，就像地上的水最终都要流入大海一样，都会变成一捧黄土，与自己的祖先融合在一起，静静地等候自己的子子孙孙。有些人，即使骨殖回不来，那他的灵魂一定会回到这里的，这大概就是我们农村人的轮回。

村里信佛的人不多，但很多人都笃信人一旦死了，好人会驾鹤西去，到天堂里享受另一种生活。坏人则会从奈何桥上跌入万丈深渊，到阴曹地府为阎王老爷当牛做马。尽管村里人的这种观念缺乏事实的支撑，可又有谁能说得清楚人死后会遭遇怎样的境遇。白天，在我家那座百年老宅里，我不止一次地听到这样的声音：天赐娘，真是好人呢……天赐娘，肯定会得到好报的……天堂里，早给天赐娘准备好了位子。此刻，脱掉丧服，站在这与往日无异的夜空下，像无数个外出狩猎的日子一样，我并没有觉得有啥特别或者怪异的地方，尽管我娘眼睛瞎了，啥也看不到了。但我总觉得娘此刻一定手扶着墙角，站在大门口，静默地望着巷口方向，等待着大黄狗的出现。

这时，一声歇斯底里的狗吠在村落上的低空回旋激荡。回到现实的我，这才意识到，今天，就在几个小时之前，那个最疼我最放心不下我的老娘已经走了，把一个被悲伤浸透了的夜晚留给了我，让我独自在这黑黢黢的世界里彷徨、哀伤。

娘……我边走边叫出了声，尽管声音很小，小得连我也听不清楚，但干涸了一天的眼眶，此刻却早已是泪泉奔涌了。

我站在一个低矮的大门前，有节制地叩响了一只冰凉的铁环，尖锐的铁器声换来一阵茫然的狗吠。大门内，没有一丁点儿反应。我从大门前退回到巷道里，仰着脖颈朝院子里喊叫了几声，院子里依然没有回应。我把耳朵贴在大门上，聆听了一会儿。觉得院子里似乎有人在走动……又使劲地叩响了冰凉的铁环。“哐哐哐”的叩击声，并没有在这个忧伤的夜晚留下丝毫的痕迹。

我无功而返。

此刻，整个村子都被沉重的夜色淹没。我返回井把弯巷回到娘身边时，见大嫂跪坐在对面的干草上微闭着眼，对身边的喧嚣充耳不闻。大嫂睁眼看我时，眼睛里满含着期待，但也只是那么一瞬，带着亮光的期待之眼又暗淡下来。我媳妇别看平日里疯疯癫癫的，语无伦次，可此刻，在昏暗的灯光下，她双膝跪在娘的床头，不停地在娘的身体上空左右摇晃着手里的一根干草，嘴里念念有词，仿佛在替熟睡中的娘驱赶蚊子。我知道，在我这个痴呆的媳妇的心里，娘是她的救命恩人，比她的亲娘还亲。我知道，在我媳妇的心里，我娘并没有死，只不过像往常一样睡着而已。我要是不制止她，也许她会像一个机械人一样一直跪在娘的床头，替娘驱赶蚊子。“红英，过来歇一会儿。”红英头也没回，仍然在继续她的动作。“我不乏，歇啥哩，蚊子这么多，把娘咬了咋弄呀？”我知道会这样，我也懒得再管她。可红英一番疯疯癫癫的话，却引得在场的十几个男男女女，大大小小的孝子们抽抽噎噎，嘤嘤凄凄地哭成了一片……在接下来的时间，我一直沉默无语，瞪圆的眼睛一直定定地盯着娘的嘴角发愣。娘的这张像是多年前和我爸一块上集时在镇上的照相馆照的。尽管是黑白像，但从娘嘴角的微笑里，依然能看到娘的善良。也许，只有我知道，在娘善良的背后有一种无怨无悔，一种执着，一种刚强在支撑着娘的一生……杨木匠走进院子时，其他孝子都已经暂时离开娘在院子里忙碌了。我独自歪倒在娘的灵前打盹儿，没有人叫醒我，大家知道我一夜未眠。

“啥情况？”杨木匠坐在被临时当作礼房的南房里，关切地问。

“没见人。”我耷拉着眼说。

“没见人？”杨木匠好像没听懂我的意思。

“门反锁了。”我打了个哈欠，说，“叫不开……”

“㞞！”杨木匠说，“这狗日的，他想弄啥？”杨木匠见我坐在炕沿上闷头抽烟，顿了一会儿说，“是这，叫我去看看，天禧这货，他到底想弄啥？”说毕了，从身后炕上的纸箱里拿了一盒纸烟，唉了一声，出了院门。约莫过了半个时辰，杨木匠把我和红英叫到了礼房。离开娘之前，我瞥了眼大嫂。大嫂肯定知道杨木匠叫我和媳妇是啥事儿，也就一低头装着啥也没看见，跪坐在一堆干草上默默守着娘的遗体。

这会儿的南房，早注满了呛人的烟雾。四五个男人，边抽烟，边谝着闲话。杨木匠把几个闲人吆出了南屋，只留下了他和玉喜两个人。

“我见天禧了。”杨木匠开门见山，不容置辩，“天赐你俩听着，今天不管三七二十一，还是三七二十四，咱总不能让村里人看笑话。你哥说了，滩子村的老薛给娃说了个对象，两家大人都没啥意见，两个娃也换了礼物。前几天，女方也看过屋了。女子她娘提了一个条件，就是后季结婚，要天禧把门房盖上。你哥说，等送完你娘，让他把东房拆了，给娃把媳妇娶回来。”

“就这？”我问。

“就这！”杨木匠刺啦一下，划着洋火，点着了一根纸烟，“你俩给个痛快话……行，还是，不行！”

“我没意见。”我赌气说。

杨木匠见我同意了大哥的要求，跳下炕沿，“我去叫天禧。”

“不行！”红英突然说。

正准备出屋的杨木匠，被我媳妇的一句话定在了屋门口。

“你说啥？”杨木匠一脸的疑惑，在他的记忆里，我媳妇充其量不过是一个会说话的植物人而已。因为间歇性的疯癫，红英在村里人的眼里就是一个人而已。而此刻红英如炬的目光直逼杨木匠的灵魂，让这个年逾花甲的老汉瞠目结舌，一时窘在那里。南屋的空气有那么两秒钟仿佛凝固一般，但很快就被院子里一声啼哭打破。听声音，我知道是我姐来了。眼见着杨木匠咽了一口唾沫，喉结在干瘪的下巴底下上下运动了一下之后，把一双尽管有些浑浊但依然有神的眼睛转向我，用探寻的眼神盯着我，等我给他一个最后的答案。

其实，红英决绝的态度也出乎了我的意料。尽管她的反抗，也许无可厚非，但在这个节骨眼儿上，却点燃了我的火爆脾气。我抬腿一脚，把红英蹬倒在地。娘殁了，如果大哥不进门，没有人抱瓦盆，一定会惹村里人看笑话的。作为井把弯王家的男人，以后咋在村子里过活呀。说一千道一万，就是把老院子都给大哥，我也不能让娘带着遗憾去见我爸。

“我娘说了，老院子的一根棍，也不能给人，都要留给平安，咋啦？娘刚闭眼，你就把娘的话忘了？”红英斜躺在地上，断断续续地说。尽管她的眼里不时闪现出对我拳脚的恐惧，但她还是完整表达了自己的意思。

“马槽里哪多出你个驴嘴。”我的怒火一半对大哥，一半是无名火。可此时此刻，此情此景，我除了对红英，还能对谁发火呢？平安不知道啥时候也跟着进了南屋。见我对红英发火，吓得“哇”的一声哭了起来。“哭！哭！哭啥哩？”我本来想骂，平安是哭丧哩。可一想，对呀，我娘不在了。娃哭，也是应该的。马上改口，“要哭，到你婆跟前哭去！”

平安被我骂出了南屋。杨木匠也拉起了地上的红英。

“咋弄呀？”杨木匠说，“要不，你俩再商量商量。”

“商量啥呀？再商量，黄花菜都凉了。”我气咻咻地说，“就依他……明天，该搭灵堂了……耽搁不起啦……”

“给天禧说一下，这事儿，能不能缓一缓再说？”一直保持沉默的程玉喜插言道。

“说啥哩嘛。”杨木匠一脸的无奈，“这货非要说对了，才来嘛。”

“娘眼看不着了，不见他人影儿。这会儿倒好……打劫哩……和土匪一样。”话粗理不糙。此刻的红英头脑清晰，说出的话像砖头一样，捣得人上不来气，“爱来不来……不来，才好……反正，我不同意！”

“有你个尿事呀。”尽管我觉得红英的话在理，可此刻我觉得她是在给我添乱，“这个家，是我当还是你当？”

“反正我不同意。”红英头一回这样跟我说话，“他这是欺负人哩。”

红英的话音还没有落地，我一个耳光扇了过去。红英一个趔趄，一屁股坐在了炉子上。她松开捂着嘴的手，一缕鲜血流出嘴角。红英使劲一吐，一颗白牙从一团黏稠的血迹中滚出来。红英歇斯底里地哭出了声：“打，你打死我也不同意！”说完，红英又放声哭诉起来。“娘呀，你看见了吗？你娃把我往死的打哩……娘呀，你睁眼看看吧，你娃把我牙打掉了……娘啊……你咋走了呢……你走了，谁管我呀，娘……你可怜，可怜你这没人疼的娃呀……娘……”

红英撕心裂肺的哭诉，让在场的人都流下了辛酸的眼泪。我一跺脚跑出南屋，趴在娘的尸体前号啕大哭。为啥哭？因为红英哭出了我的心声，哭出了我的恓惶，哭出了我的憋屈。那一刻，我感到这世上没了娘，就像一个家被生生地抽走了木柱子，眼睁睁地看着一座百年老宅轰然倒塌而束手无策。我感到这世上没了娘就像做梦一样，一转身就找不到回家的路了。

大哥的话，最终还是没有说下来。

红英说，我要是答应了大哥的条件，她就去死——看她那样，那眼神，我头一回感到了恐惧。尽管红英时而疯癫，但我不能让平安小小的就没了娘。杨木匠也看出了我的纠结，他又去了两次大哥家，但大哥就一句话，我不答应给他东房，他就不进老院子。眼看着事情陷入了僵局，我大嫂私底下回了两次家，但依然劝说无效。大嫂的劝说，更激起了大哥的逆反心理，态度比先前更强硬了。礼房的人轮番说服，大哥一概不允。后来，斡旋的人连大哥的门都进不去了。大哥的固执引起了村里人的愤懑。有的人觉得大哥在小题大做，借题发挥。矛头对的不是我，而是我娘。到了第三天，大嫂实在无法容忍村里人的闲言碎语和冷嘲热讽，回去跟大哥吵闹了一场，回娘家去了。当天晚上，等帮忙的人大部分回家歇息后，我借故出了井把弯巷，再次站在了大哥的大门前。月光下，两扇斑驳的榆木门，显得有些落寞。以至于那个长满铁锈的大铁环在我手里叩击包贴在门上的薄铁皮时，已经没有了最初的尖锐声，像一个孱弱的老人上气不接下气，发出的声响几乎连自己也听不清楚了。尽管两个侄子此刻守在他婆的身边，但我知道，已经被孤立的大哥此刻正在经历着众叛亲离的痛楚。这种痛楚此刻像一把生锈的钢锯，也在刺啦刺啦地锯着我的心。说实话，因为红英的身体状况，这些年尽管我成家单过，但在我心里大哥大嫂还是我这个大家的主心骨。我还能体会到大哥的痛楚，还在自觉不自觉中依赖着大哥大嫂……我也知道，如果在这个关节口，不能够与大哥和解，那么后半生连兄弟也做不成了。

从墙头能看到大哥院子里有灯光。但任凭我敲打门环，大哥始终没有回应我的话。娘不在了，连大哥也要与我决裂了。我仅存的最后一线希望，也随着大哥院子里灯光的熄灭彻底破灭了。双重的打击，把我推进了一口田野上的枯井。任凭我呼天唤地，连一根求生的野草也找不到。我像一只迷失的羔羊，深一脚浅一脚地被一阵骤风刮回了井把弯。进门时，院子里一片忙乱。陡然的秋雨不仅没有冲走我身上的困惑，反而加重了我的痛苦。

"现在咋弄？"我一时没了主意。

"听了蝲蛄蛄叫，庄稼还是要种的。"杨木匠说。

在南屋，杨木匠、程玉喜、黑蛋、赵魁等几个人围着我，征询约请龟子的事宜。龟子就是乐人，专门在葬礼上吹吹打打的那些民间艺人。此刻，我早已方寸大乱，脑子里一片空白，对丧仪的这些事务，哪里还有啥建议。我给众人深深地鞠了一躬，恳请大家费心，并全权委托杨木匠做主料理我娘的丧事。经过一番讨论，几个人最后商定，要把老太太的丧事给办得轰轰烈烈、体体面面。一方面是顾念我娘在世时的德行，另一方面是不能让人看笑话。对此，我用沉默表达了我的态度。

黑蛋说："老太太在世时对我不薄，我把河东的戏班子请来，给老太太唱一天戏……也让老太太乐和乐和。"

"现在时兴洋鼓洋号，把城里的民间艺术歌舞团叫来。"赵俊才在敞开的窗子外边说。

"太吵了吧……"杨木匠的话音未落，赵魁却拍桌而起，吵啥呀？热闹呀。杨木匠看看一直沉默的玉喜，希望玉喜能支持自己的说法。没想到，程玉喜却朗声说，行啊，越热闹越美。叫！杨木匠见大家都赞成，也只好同意了大家的意见。扭头对一直站在窗子外边的赵俊才说："你现在就进城，让洋鼓洋号今黑了就来。"

第四天，家里开始布置灵堂。有了灵堂，整个院子一下子显得庄严肃穆起来。来来往往的帮忙人，也换上了一副与往常略有差异的表情：矜持中稍有夸张。

入事了，孝子们反倒清闲下来。一切事务一股脑儿都推给了帮忙的人。孝子唯一的工作，就是跪在灵堂两侧静静地陪着娘，一起慢慢地等待出殡的那一天——头七。尽管我和娘已经阴阳两隔，尽管娘的肉体已经冰冷僵硬，可我并不觉得守着娘有多么恐怖……我娘的像被镶嵌进了一个高耸的神主纸牌楼。神主楼最高一层，是一座兼具民间和神殿特点的对开门。门的上方是两条腾飞的金龙，大门两侧明柱上写有一副对联。上联是：花开锦绣照青云；下联是：春满乾坤来紫气；横批是：万古流芳。最下面一格内，是我娘的那张黑白像。供桌上，除了神主楼，一个镀金香炉，一对高脚烛台，还有八个干果碗。供桌前悬挂的是我姐手工刺绣的一幅素面中堂。神主楼两侧站立着一对半人高穿紫衣服的男女童子。童子的脸部惟妙惟肖，神色庄穆，看着让人陡生怜悯惜爱之情。我娘此刻像往日里午睡一样，静静地仰卧在神主楼之后的一块床板上——也许大家已经接受了这个事实，也不像开始时那般悲伤了。见一时没有亲戚朋友来吊唁，分左右跪守的男女孝子，干脆就一屁股坐在灵堂内的干草上聚拢在一起，低声说着一些与我娘有关或者无关的话题。我跪在供桌一侧闲聊无事，无意间研究起这座高大森穆的神主楼来。这座神主楼的外形就像常见的墓碑。可有趣的是，设计者竟然脑洞大开，把人们想象中的阴间世界如此形象地表现出来。也许在那边和人间一样，鬼神们也有七情六欲，也有酸甜苦辣。要不怎么这神主楼的外形会呈圆弧形，和活着的人一样，会崇拜人的生殖器呢？想到这里，我伸手打了自己一个巴掌。我为自个儿在这个时候的胡思乱想感到愧疚。

入事第二天，发生的这件事让我和大哥间的隔阂升级了。大哥在他家的院子里，也搭建了一个灵堂专门支应大嫂娘家的亲戚。这个怪异的行为彻底暴露了我和大哥之间的矛盾。尽管这个所谓的矛盾是大哥的一厢情愿，但空空如也的灵堂在古城村也算是开天辟地、空前绝后的手笔了。自然，大嫂也从娘家回到了村里。两个茫然的侄子一脸无奈地回到那个虚设的灵堂。矛盾的公开，就意味着亲情的决裂，意味着兄弟间的对抗。对此，我那时而清醒时而疯癫的媳妇根本意识不到个中厉害，只是一味地捍卫眼前的这个历经百年的老宅。她像一个哺乳期的母狗一样，三尺以内不容任何一个威胁存在。哪怕是一个潜在的未知的风吹草动，她也会露出一对长长的獠牙，喝退来者，我不知道，红英的这种本能的反抗算不算母爱，但无形中还是左右了我的判断。

尽管大哥采取了如此决绝的方式，终结了我们之间的沟通，但他的这种极端举动，并未停滞我娘丧葬议程的进行。相反，他的这种非常行径激起了一帮主事者郁积多日的愤懑。大家心照不宣，纷纷把这种愤懑转化成了一种激情，一种动力。众人像在农业社时那样各司其职，把一个普普通通的丧事办得有条不紊，热闹而不喧嚣。看到众人这样卖力，我有那么几秒钟都快要忘了这是我娘的丧事，差一点儿，也要撸起袖子加入到帮忙的人群里。可以说，这是我见过的最隆重的丧事了。在我娘出殡的前三天，每天的助兴活动都安排得满满的。每天傍晚开始，从城里请的那些穿得像外国人一样的青年男女，打着洋鼓，吹着洋号，唱着最流行的歌，吸引了一院子看热闹的人。就连平安也没了困意，几个小时一直站在灵堂的一把长凳上，看那些人的表演。白天呢，给村子里教戏的老马，从河东带来了一个戏班子。每天一个本戏，连演了三天。事后，我才知道，我娘出殡的那天，戏班子演的本戏是蒲剧《杀狗》。这出戏，说的是一个媳妇不孝敬婆婆的事儿。古代有一个姓曹的大官，为了给娘尽孝，辞去了官职，回到家一门心思伺候老娘。但他的媳妇却不贤惠，好吃懒做，常常虐待婆婆。一天，她趁丈夫外出打柴，一个人在家里大吃大喝，不让婆婆吃喝。曹官人回来后，很生气，与媳妇好言相劝。媳妇反而无理取闹，曹官人一怒之下，要杀媳妇。追打之间，媳妇跑到婆婆屋里求饶。曹官人心里的气没处撒，就一刀砍下了自家看门狗的脑袋。尽管杀的是狗，但媳妇早被吓破了胆。从此改变了态度，一家人和睦相处，一时在乡里传为佳话。由此，很多人联想到了我大哥大嫂。

出殡那天，井把弯巷显得格外狭窄。尽管阴着天，刮着风，飘着雨点，但看热闹的人群仍然挤满了长长的巷道。入殓起丧后，尽管龟子们纷纷拿出了看家的本事，把一管管唢呐吹得撼天动地、如泣如诉，但看热闹的人群仍然不依不饶，高喊着要吹破天表演一段双唢呐。请来的乐人是夏阳县南片著名的班社。领头的人有一个绰号，叫吹破天。至于这个长得五大三粗、黑脸、平头的中年男人叫什么，鲜有人知。但这个人吹唢呐的本事，我见识过，的确了得。那年队上送赵九娃时，就是请的这个班社。那天，就是这个吹破天，先是站在一张方桌上，嘴角噙着两把唢呐，嘴里含着一个哨子，半仰着身子，两只手把两把唢呐朝着天空，时而高亢，时而悠扬，时而低沉，时而激昂。两把唢呐，一会儿齐响，一会儿重奏。嘴里的那个看不见的哨子，竟然也能在两把唢呐歇息的时候发出像鸟叫一样啁啾的声音。巷道里，几百个看热闹的人拥拥挤挤的，都那么仰着脸瞅着那两个小小的铜喇叭发呆。就在众人失神之际，吹破天让人在他的头顶放了一只空碗，小心翼翼地上到方桌上的一把椅子上站定，把先前噙在嘴角的唢呐塞进了两个鼻孔里，然后，嘴、鼻共用，唢呐、哨子同响。好像有一百只鸟叫声回旋在村道的上空。眼下，在众人的怂恿下，吹破天再次登上了方桌。

然而此时此刻，我已经没有了当时的心情。看着娘清瘦的脸上挂着淡远的笑意，我的心像拽着一个秤砣在空旷的原野上下坠，一种破碎的痛在我体内沿着经络缓慢行走。日子刚刚露出了头，娘却走了。入赘的二哥，尽管没有再上讣告，但二哥此刻哭得让人心碎，旁边看热闹的人直抹眼泪。平安对他婆的感情最深。他见大人们哭得惊天动地、撕心裂肺的，自个儿看着婆的相片，一口一个婆地哭叫着。自从我娘咽气后，红英一直都很清醒，清醒得让人有些恐惧。几乎所有的人都已经习惯了这个平日里少言寡语、一脸呆板的女人，而此刻思路清晰，哭诉抑扬顿挫有板有眼的另一个红英，的确出乎所有人的意料。我暗想，莫不是我娘的去世刺激了红英的某根神经，一下子竟恢复了正常。若果真是这样，那一定是我娘放心不下我，附身红英来照看我的。想到这儿，我的心抽得更紧了，以至于浩浩荡荡的出殡队伍再次起程时，我在两个人的搀扶下才能勉强从地上爬起来，踉踉跄跄，颤颤巍巍地跟着引魂幡走走停停，停停走走，亦步亦趋。

几十个碎娃在起丧前已经把所有的纸扎抢到了手，早早地站在井把弯巷口等待着丧舆。根据纸扎的大小，到了坟地，他们可以领到一毛或者三毛钱不等的酬劳。出殡队伍逶迤了一百多米长，负责控制行进速度的赵魁吆喝着，把停留在井把弯巷口等待丧舆的碎娃们又朝前吆喝了几十米，黑蛋和俊才抬着的神主楼，面对孝子们稳稳地放在巷口。随后的龟子们自然分站两侧，对着如林的铭旌护卫下的丧舆引颈鼓吹。随着歇斯底里的唢呐声，跪伏在丧舆前的女孝子们又开始了新一轮的哭诉。此刻的男孝子大都没有了起丧时灵柩离开家时的悲恸，大都哭丧着脸，把悲伤化为无声的啜泣。此刻，我的脑子里早已是一片空白。阴沉沉的天空下，只有如丝的悲风卷起尘埃，从我的躯体刮过，我觉得我成了一个透明体，一具有形无神的行尸走肉，我的灵魂、我的意识此刻一定是随着我娘的魂魄在去往天空的路上……这时，旁边一个中年女人走到我身边说，赐娃呀，你想哭就哭出来，别憋坏了身子。

四把唢呐齐鸣，如泣如诉，婉转凄凄。像一只孤独的野鹭在荒芜的沼泽地里引颈低吟，把满腹悲伤定格为一片萋萋的芳草地。可我不会为娘哭丧，只有眼泪像开裂的水管一样扑簌簌地往下淌。这无声的悲痛像一把烧红的烙铁在灼伤我的同时，也炙烤着我身边那些善良的邻居。我娘就要远行了，我满腹的话语该从哪里说起呢？要说的话太多了，我找不到开口的话头，找不到开口的缘由，我开始后悔，开始自责。要是平日里我多陪娘说说话，也许就不会有此刻的尴尬，此刻的无语，此刻的遗憾了。但一切都晚了，一切自责、愧疚、悔恨、都无济于事，都将成为我后半生无法弥补的伤疤。

唢呐停了。

龟子们围在一张方桌前开始唱戏。因为时间关系，出殡路上的戏都是短小的折子戏。而且这些折子戏都是亲戚，或者朋友，给龟子们五块钱为我娘送行点的戏——从家里到出村，一般要逗留三次。每次都会唱两个折子戏。很多随出殡队伍在村道里游行的乡邻，为的就是听戏。四五个龟子，站起来是吹鼓手，坐下来又是戏里的角色。主唱自然还是吹破天。

我也爱戏，但远没有杨木匠痴迷。恍惚里，在激越的板弦之间，我听到了一个熟悉的嗓音。抬头一看，原来杨木匠站在人群里有板有眼地开唱了。人群里，不时传来喝彩的掌声。他唱的是《辕门斩子》里的一段：

> 忽听得老娘亲来到帐外，
> 杨延昭下位去迎接娘来。

见老娘施一礼躬身下拜，
问老娘驾到此所为何来？
老娘怒气冲冲愁眉难解，
莫不是为宗保这不孝的奴才？
…………

今天，于我而言，是一个悲伤的日子，但对于跟我娘没有任何血缘关系的众人来说，却是一个难得的放松的一刻。人在一世，就像黑天白日一样，每个人都会有这一天。我爸、我娘、我、红英、平安，谁都不能例外。就像玉米，长够了一百天，你不收割都不行，它自个儿先就枯萎了。

我想起我娘常说的一句话：人这一生呀，都是老天爷定好了的。善也罢，恶也罢，强势也罢，懦弱也罢，命数到了，你不走都不行。可我爸嫌我娘啰唆，啥命不命的。这世上，没有过不去的坎儿，天大的事，拍拍胸脯就过去了。

我没有我爸的气场。

思忖间，我瞥见了放在我娘灵柩上的那个瓦罐，那个灵柩出门时烧纸的瓦罐，那个本应由长子抱着的瓦罐。此刻，却被搁置在我娘的棺木上，孤零零的像一个被遗弃了的物件。起丧时，主事的杨木匠要我抱着瓦罐，说不能让你娘看见王家连一个抱瓦罐的人都没有了，更不能让村里人看井把弯王家的笑话。但我不容置疑，几天来头一回表露出了我的固执——我对大哥的回归，还留有一线希望。一旦我代替大哥抱起了这个象征着某种传承的瓦罐，那就真的割断了我与大哥握手言和重归于好的纽带。

一声轰然的锣响，结束了巷口的祭奠。

四把唢呐，吞吞吐吐、断断续续地响了起来。刚才瘫坐在地上做短暂歇息的孝子们，听到唢呐声，又打起精神，按次序整整齐齐地跪在地上，等待继续前行的号令。

这时，围在龟子四周的人群一阵骚乱。刚刚齐整，吹响行进曲调的唢呐戛然而止。拥挤、凌乱的人群悄然后退，像是在躲避一条钻出地面的蟒蛇一样，硬是在本就狭窄的巷道上腾出一片空地。

大哥一家人身穿孝衣，从天而降。他们的出现，像外星人一样引起了哗然。我心里一喜，觉得事情竟然在无序中有了转机。我从丧舆架子上，抽出预先准备的几根麻秆走到大哥跟前。大哥穿过空地，一身缟素地站到神主楼前。杨木匠见状，以为大哥要跪拜祭奠娘，一挥手，四把唢呐拔地而响。哀婉凄约的唢呐声，眨眼间，把众人游离于主题的情绪立马又拽回到井把弯巷眼下这个拥挤但却充满悲情的氛围中来。但大哥在娘的遗像前，只是稍作停顿就直奔丧舆，抱起灵柩上的烧纸瓦罐，在众人疑惑之际，朝地上奋力一摔，那个西瓜大小的陶罐瞬间炸裂。半罐子灰黑色的纸烬，犹如黑色的鹅毛撒落一地。随着翩然飞落的纸灰，还有我的心，还有众人失声的惊愕。

“天禧你疯啦！”

咋了嘛，这是？

…………

最先反应过来的是大嫂和两个侄子，他们对大哥如此唐突的举动显然也缺乏必要的准备。在大家的惊恐之中，大哥风一样返身回到神主楼前，一把推倒了神主楼。

“天禧！你想弄啥？！”杨木匠大喝一声，试图唤醒几近疯狂的大哥。但此刻的大哥两眼充血，像一只困兽气急败坏地用脚踩踏着歪倒在单桌前的神主楼。“黑蛋，打这个忤逆！”

话音尚未落地，黑蛋、俊才、赵魁，甚至两个妇女也加入了殴打的人群。很快，大哥被掀翻在地。愤怒的乡邻，近身的抡拳踢脚，外围的口诛叫骂。两个侄子也加入了痛打大哥的队伍。大嫂像一团泥巴一屁股瘫在地上呼天抢地。整个井把弯巷，顿时炸了锅。我像一截子木头呆立在一旁，欲哭无泪。

唢呐声陡然响起。

吹破天撂下手里的板槌和竹板，左右开弓，同时从两个龟子手里抢过两把唢呐，一声吆喝，跳上方桌。顿时，带着凄厉之风的唢呐声抑扬顿挫，穿越人群，在巷道的那棵皂角树冠上跳跃。唢呐像两个苦命的舞者，用激昂的情绪演绎人间苦乐，又像是一群被惊起的鸟群呼呼啦啦，叽叽喳喳，带着旋风在巷道的上空回旋。

满巷道的骚乱，经过唢呐声的过滤渐渐平息下来。我惊魂未定，跟着送葬的队伍重新上路。把我娘送出村时，我一直两眼发直，脑子像灌了一瓢糯米粥一样停止了转动。直到把我娘的棺木缓缓放进那个毗邻我爸的墓穴，我才恢复了知觉，趴在一棵花椒树下号啕大哭。这个时候，我才意识到人这一生，其实并不比一只野兔长久。野兔从被狗发现的那一刻起，到被狗扑倒在地，尽管还有一番最后的挣扎，但都无济于事，并不能改变死亡的结局。往往在被狗追赶的那几分钟，是一只兔子最辉煌的时刻。尽管四肢的肌肉已经膨胀到了极限，尽管在逃命的途中，野兔集中释放了自己全部的智慧与伎俩，但死亡似乎早已是它逃脱不掉的宿命。此刻，众人开始回填我娘和我爸的墓道。透过如雨点一般落下的泥土，我看到我娘随着那升腾的尘土化作一缕烟雾，冉冉升空。我爸紧跟其后款款而行。几年不见，我爸并没有多大的变化，身体硬朗而伟岸，步履坚定而急促。相反，我娘的身体却变得格外轻盈，像一只美丽的画眉，在空旷的原野上蹦蹦跳跳，一会儿，就把我爸丢在后边……

我醒来时，天色已晚。十五瓦的电灯泡散射出一屋子的橘黄。

“妈呀，你可醒了。”红英说，“你把人都吓死了。”

送走娘的那个傍晚，我是活泛过来了，可在以后的很长一段时间里，我一直处于一种死亡或者休眠状态。那天之后，我竟然没有一次梦到我娘。我本想，一定是我娘在那个世界里生活得很惬意。要不，我娘咋一个梦也不给我托呢?

三天之后，我拖着疲软的身子走进后院的茅房里。红英站在茅房边说，震学媳妇跳井了。我抬头一看，红英的两只手沾满了面粉。她一定是在灶房里突然感应到了，才顾不上洗手，跑到后院把这个消息告诉我的。红英不止一次地表现出了特异功能——先知或者遥感。开始我以为她是在胡说，可后来，经过验证，红英说的跟事实并无差错。譬如，去年冬天，红英说赵魁的鱼池着火了，火势很大，把房子都烧完了。我当时并没在意。因为她一直在我的眼皮子底下，她咋知道?随后，我见到赵魁说起此事时，赵魁一脸惊愕，说：“哥被那个女人坑了。他妈的，不光偷走了我的全部积蓄，还一把火烧了我鱼池的房子。”“好好的，咋就把房子烧了？”“唉，别提了……她嫌哥把她女子睡了……烧了好……也省得我再瞀乱了。”从那以后，我知道红英的天眼开了。我每次出去打兔子，她都会不经意地说一句“小心崴了脚”或者“兔子急了也咬人哩”。结果，我不是真的崴了脚，就是被垂死的野兔抓伤了手。但我却觉得，我之所以受伤，都因为红英的乌鸦嘴。她要是不瞎说，也许我就不会这样。尽管我拒绝了红英的善意，但对这个傻媳妇的预言，我还是心有余悸的。每次打猎出门前，我都会不经意地瞥一眼红英，以期从她迷离的眼神里得到一点神谕。红英因为惧怕了我的拳头，所以每次只要与我的眼光对视，她都会迅速躲开。看到她这个样子，我心里反倒会平添几分怒火，几分矛盾的懊恼。渴望与失意的纠结，加剧了我对红英的粗暴。少则恶言呵斥，动辄拳脚相加，眼看着红英的病情在一天天加剧。

井把弯那口老井远近驰名。谁家添了丁，夜里都会在老井台的神龛里用砖块压几张黄表纸，祈求老天爷的保佑。在村里，每年腊月里祭祀老天爷，众人都会到老井台来，认为井水与天河相通。不知道从哪一年起，这个不成文的乡俗就这么不声不响地传了下来。在我们村，大家公祭的就是老天爷和土地爷。以前我说过，井把弯的这口老井通灵异。也奇怪了，几乎每年都会发生一两起跳井事件。跳井的多是本巷的媳妇与自家的男人，或者婆婆吵嘴、闹事，一时想不开，就哭喊着“我不活了”，独自跑到老井来。眼看着身后的家人追撵了来，寻短见的人一闭眼，拽着井绳“咕噜咕噜”地下了井。像一只盛满了水在井口不慎失手了的水桶重重地坠落，溅起一片冰凉的水花——井里水不深，顶多也就淹到人的半腰。一心寻短见的妇女很快就会像一只落水鸡一样，被随后赶来的众人打捞上来。但这种有惊无险的游戏会给井把弯的人带来一阵子的惊恐。寻短见的人需要有足够的勇气。即使拽着井绳，但在快速坠落黑暗跌入井水的一刹那，同样会产生巨大的恐惧。前些年，我在铁厂搞副业时，遇到过一个在铁厂干活的外地女人。她说，早年她跟邻居为了一只母鸡闹意见，结果反被自家的男人打了一个耳刮子。她一时想不开，就跳了鹰头崖。她们村前是一条清水河。河对岸有一座不大不小的山头，向河道凌空伸出。远远看上去，这个山头就像一只卧着的老鹰在河边喝水。鹰头下的河道，宽阔而平缓。浅浅的河底都是墨绿色的石板，连一根水草都没有。这个叫鹰头崖的地方，视野开阔，崖畔除了一些灌木野草，几乎三面凌空。十里八乡寻短见的人，神差鬼使地都会把了却生命的地方选在这里。据那个中年女人说，那天，她大晌午的一个人，迷迷糊糊地上了鹰头崖。当她移动脚步走到崖边时，她仿佛听到一个声音在耳边轻轻叫唤……当她的一只脚离开山崖的一刹那，她的脑子陡然豁亮起来。但一切为时已晚，她本能地伸手抓住了崖边的灌木，但无济于事，整个身子像一块沉重的石头迅速坠落。对面山坡上的村子在眼前一晃，就消失在一片白色里。身子在空中磕磕绊绊地翻了几个过，“啪”的一声眼前一黑，啥也不知道了。后来，她躺在医院的病床上清晰地记得，自己在离开山崖的那一刻，就已经后悔了，但直到她离开老家，离开那个男人，也没有把藏在心底的这个秘密告诉任何人，我算是第一个听她说起此事的人。

我娘走后，我的心思越来越重。红英的一番疯话竟然勾起了我几年前的记忆。现在，一提起死亡，我的心就会莫名地疼痛，就会想起我娘。所以，没等红英说完，我随手拿起一块土疙瘩砸向红英。红英今天倒挺机灵，一歪身子，竟然躲过了我的土疙瘩。“滚，赶紧弄饭去。”“人怕不行了。”红英似乎对我的冷漠感到气愤，撂下一句话走了。看着红英跑回前院的背影，我想起了某只脱离羊群的羊，挨了我一鞭子后，落荒逃回羊群时的尴尬。震学是我的堂兄。尽管我用土疙瘩撵跑了媳妇，但我心里还是打起了小鼓。

秋天，我家的后院潮湿而丰腴。门房前的那棵一抱粗的枣树，满目疮痍，粗粝的树干上只有几枝新生的枝丫。尽管早过了它的兴盛期，但一树的枝叶在晨光里依然生机勃勃。茅房后的那棵高高的构树挂满了果实，几十个核桃大小的红绣球缀满了树枝。记得小时候，这些长满红色芽子的果实是我最爱吃的野果子。奇怪的是，随着年龄的增长，儿时的许多爱好都被岁月淹没了。后院中间那棵从院子里移栽过来的梨树，现在已经有铁锨把粗细了。看着这棵神树，我的心陡然一跳，又想起了媳妇刚才的疯话。我刚刚端起饭碗，平安从大门外跑进了院子。

“爸，我南院娘跳井了。”

“捞上来了没有？”我问。

“送卫生院了。”

“人没事吧？”我迟疑了一下问。

“木匠伯说，命悬一线哩。”平安学着杨木匠的戏腔说。

“人咋去的？”我扒了几口饭问。

“我伯把我南院娘搁在骡子背上，他牵着去哩。”

我一听这话，心“咚咚”地急跳了几下，撂下饭碗，出了大门。等我从野地里一口气跑到芝川街道上的卫生院时，震学哥已经把断了气的嫂子拉回村子了。我马不停蹄，又原路返回。

听人说，我堂嫂从井里捞上来时，已经死了。

她不是拽着井绳下去的。因为当时老井台上的轱辘上没有井绳，井绳被人临时借去了。堂嫂气急之下跳下了井。谁承想，今年雨水多，井里的水位高，堂嫂是被井水淹死的。因为没有井绳，耽搁了打捞时间，等把人捞上来时，堂嫂已经没一点儿知觉了。

看着躺在那里的堂嫂，看着几个年龄尚幼的娃娃，看着被懊悔折磨得憔悴无比的堂兄，我匆匆离开了堂兄家。在回家的路上，我又想起了那个死过一回的外地女人。我不知道，堂嫂在离开井台坠向黑暗的那一刻，有没有后悔过？当我在院子里看到红英坐在院台上发呆时，我陡然有了答案：所有寻短见的人，包括我的堂嫂在内，他们一定后悔过。只是覆水难收，无力回天罢了。

村子里有一种说法。村里一旦死了人，在头七如果还有人死亡，那么，至少还会有六个人紧随其后。也就是说，死人尤其是老人，是有周期的。这种现象究竟有啥道理，似乎没有人能说得清楚。但这种规律却是被无数事实证明了的。对此，大家心照不宣，只是绝少有人说出而已。就像魔咒一样，每个人面对它的时候，除了照顾好自家的老人，也会有人扳着指头掐算，某某死了，现在就数某某年龄最大了，言下之意，好像接下来要死的人就该是某个年龄最大的人了。

可堂嫂才四十出头，不应该算数的。但堂嫂的死却给井把弯巷罩上了一层诡异的面纱。按老规矩，走起路来颤颤巍巍的杨木匠，指派我从东向西每家收了两块钱的份子钱。因为死了人，又外加了一碗白面。让高瘸子掐算了一个黄道吉日，由我、黑蛋、杨木匠和震学哥四个人组成了洗井队。只要有人寻短见跳了井，事后，井把弯巷的住户都要凑份子，请人帮忙洗井。把井里的水一桶一桶地吊上来，把井里的淤泥一桶一桶地挖出来。洗井的人中间，至少要有一个人是寻短见人的家人。洗井还有一个不成文的条规：平日里谁家掉到井里的水桶、铁锚之类的东西，一旦被打捞上来，一律归洗井的人。洗井，说白了，不外乎有两个意思：一个意思，消除吃井水人心里的疑虑。另一个呢，就是消除晦气。

听老辈人讲，自从有了这口老井，井把弯就没有断过寻短见的人。自然，洗井也就成了与其配套的一种仪式。堂嫂跳井之后的第二天，杨木匠就把洗井的事儿交给了我，因为井把弯巷的几十户人家一天也离不开这口老井。所以，按老规矩，震学哥安顿好家里的丧事，忙里偷闲也参加了洗井的仪式。祭祀用的供桌、香炉都是现成的。仪式所需的供鸡、供酒、供香，按惯例自然都是震学哥家里准备的。

天麻麻亮，巷道里空无一人。我就把供桌、香炉面向东摆到了井台上，把洗井需要的耙子、铁铲、水桶、绳索等一应物件一一摆放在井台一侧。看看天色尚早，就蹲在井台的石阶上卷了一支旱烟，静静地等候其他人。一只体形硕大的狸猫半蹲在固定井轱辘的石柱上，轻声细语地喵了一声。一根旱烟还没有吸完，震学哥用一个红漆方盘子端来了准备好的供品。朦胧中，被悲痛灼伤的震学哥一脸憔悴，胡子拉碴的，人一下子衰老了许多。

这时，一声高亢的鸡鸣撕开了井把弯巷昏昏的迷雾。东方开始泛白，我点燃了供香。随着袅袅腾空的香烟，井把弯巷子东口的天空有了鱼肚白。眼看着，朝阳像一张渔网罩住了天际。天空由淡淡的橙色变成一片深红，光芒最先进入井把弯道东口。杨木匠从点着供香开始，嘴里就开始念叨一句话：老天爷保佑洗井大吉。反复念了九九八十一遍。等太阳跳出远处的崖头时，温暖的光芒正好照射在老井台上。顿时，供桌上的祭品活泛起来。杨木匠带着我们几个跪拜，说声“起”之后，用牙掰掉酒瓶盖子，用酒在供桌前画了一道弧线，飞跃而出的白色液体夹带着一股刺鼻的酒精，在早晨的霞光里闪烁着五彩的斑斓，彩虹一般跌落在井台的石条上。然后，他咕嘟咕嘟地倒了小半碗酒，嘬嘴喝了半口，“噗”的一下，用嘴吹酒在洗井的工具上。

毕了，我端起盛鸡的盘子分给大家。震学哥接过杨木匠手里的酒瓶子倒了半碗酒，脖子一仰一饮而尽。他又倒了半碗，递给黑蛋。黑蛋犹豫了一下，也是脖子一仰，一口气喝干了半碗酒。见我给大家分完了鸡肉，他把半碗酒递给我说：“赐娃，你多费点心，代哥把大家招呼好。”

杨木匠说：“行了，震学，你回吧。家里少不了你。”

我说：“放心吧，哥，你赶紧回吧。”

黑蛋说：“我头个下井。”

洗井用了两天。堂嫂出殡的当天，杨木匠在井台上放了一挂鞭炮，宣告洗井结束，各家各户可以正常吃水了。从此，老井台上的木轱辘又开始“咯吱咯吱”地叫唤了。井台边，又有了女人洗衣浆被时开朗的笑声了。

一口老井，牵动着井把弯人的欢喜与忧患。

大概是堂嫂过于年轻的缘故，她的意外死亡，村里人似乎并没有给予太多的关注。人说殁就殁了，像碎娃过年玩耍的氢气球，不小心“嘭”的一下炸裂了，顶多在地上留下几片破碎的残片，就啥也没了。顶多在炸裂的瞬间，给人留下一丁点儿恐惧。这种恐惧像风一样很快也就烟消云散了，但这种恐惧，于震学哥而言并没有消失，而是转化成了一种悔恨，一种刻骨铭心的愧疚。有一天傍晚，我在井台上遇到了震学哥。送走堂嫂，大女儿因为嫌弃他，负气离家出走，儿子几乎与他断绝了交流。一时间，成了孤家寡人的堂兄陷入了众叛亲离的泥潭不能自拔。悔恨、孤独，甚至绝望，像一条毒蛇肆意地吞噬着这个善良的男人。因为婆媳间的内讧，因为他的恶言相向，平日里争强好胜的堂嫂被催命鬼迷了心窍，寻了短见。她呢，一了百了了，可把堂兄煎熬成了一个枯萎的山药蛋蛋，全没了先前饱满的元气，甚至连延续自我生命的勇气都丢失了。那天，在井台上，我连喊了几声“哥”，堂兄才从呆板的情境里苏醒过来。相隔几日，堂兄的鬓角已然花白，前后恍若两人。看着堂兄眼睛里迟钝的忧伤，我的心像撒了把胡椒面似的剧烈地抽缩、痉挛。娘的死与堂兄的痛也许不同，但堂兄的痛却是具有穿透力的一种灼伤。

看着堂兄木讷的表情，我突然对人的死亡有了一种豁然的达观，就像一个漆黑的屋子里陡然拉开了窗帘，屋外耀眼的阳光直射进窗棂，在昏暗的屋子里插入了一块光明的木楔。不光是眼睛不适应，尤其是心里边对过去的一切骤然起了怀疑，对自个儿的日子失去了活下去的自信。送完娘，红英的脑子又恢复到了过去那种神神道道、疯疯癫癫，时而呆若木鸡，时而癫狂痴笑的状态。说白了，眼下的红英比我娘在世时更痴呆，更疯癫了。平安走到哪里，她就跟随到哪里。平安到学校里上学，她就站在学校大门口某棵树下远远地等待平安下课。刚开始，平安对他娘的态度还算温和，可是后来有一天被同学取笑之后，平安对红英的异常行为非常反感，就像训斥黄狗一样训斥他娘。有时候平安急躁了，也会捡起一块土疙瘩，象征性地向红英扔去。红英不急也不恼，只是讪笑着，自说自话，说一些谁也听不懂的话。有几次平安出门时，特意在外边反锁了大门，可到了学校后在不经意的转身中，平安还是在操场边看见了娘的身影。小小的平安无奈中似乎已经习惯和默认了娘的这种异常行为。

我觉得我娘的死，正如老人说的那样是上了天堂，是一生一世修来的福。但堂嫂的死亡，却不尽然，还给堂兄留下了巨大的伤害。我甚至在想，同样是死，为啥结果不一样呢？大概是因为堂嫂太过年轻，还没有经历完人生的苦难，就像那个孙悟空一样经过了九九八十一难之后，才能取到真经。堂嫂未完的苦难，只有留给我的堂兄了。我知道，尽管我的想法有些怪异，但再找不出比这更能让我心安理得的理由来了。

我娘在世时说过，人到这世上就是来受苦受难、受难缠、受纠结的。我当时还小，不懂娘说的啥意思，以为娘是在哄我玩哩。经历了堂嫂的死和堂兄的颓废，我似乎明白了我娘二十年前那几句话的含义。眼下，没有了娘的庇护，在经历了一番纠结，一番苦闷之后，我竟然觉得受苦受难成了我活下去的唯一理由。人的命，有时候连一只麻雀都不如。有了这样的认识，我开始调整自个儿的心态。我要像一个穿戏装的演员一样，一旦上了台，就要忘却台下的世俗，忘却自我，一门心思地扮演好角色，全身心沉浸在虚拟的世界里——用我大伯的话说，人这一生，就是一台戏。我要回到十年前，回到农业社时期，把农村当成我的戏台。我别无选择，我没有那些一门心思往城里跑的人的勇气。当然，不是我不敢，是我不愿意离开古城这块土地。尽管在我的身上，已经没有了我爸那一辈人对土地的依赖，但我还是觉得我的命根子就在古城村。就像那水葫芦一样离不开水，哪怕是一池污浊的死水。我清楚地知道，一旦进了城，我就会变成一条游走在荒野里的狗，一条找不到窝的野狗。瞅着没到过年就穿着红红绿绿、奇奇怪怪的衣服，在村子里招摇过市的男男女女，我总觉得别扭。看着趴在院台上的黄狗，我甚至觉得我就是变成一条狗，也要像黄狗那样从从容容，滋滋润润地当一条古城村的狗。

大伯越来越老了，就像巷头的皂角树满眼枯萎了的黑枝梢，枝叶间挂满了干瘪的黑皂角。走起路来像一条坏了后腿的狗，半天都挪不出井把弯巷口。就连瘫坐在巷口皂角树下大磨盘上的几个略比大伯年轻的老人，也替大伯担忧。“老汉怕是吃不上新玉米了。”每每听到这样的言语，我嗓子眼里总是冒着酸水。“这老汉命硬……”尽管如此，我还是每天都在心里默默地给大伯祈祷，希望大伯长命百岁。尽管大伯疯癫的时间远远大于清醒的时间，可我还是觉得大伯不仅仅是井把弯王家，甚至是古城村最睿智、最先知的哲人。面对老友们的讪笑，大伯总是佯装嗔怒，说：“生死簿上没老少！”

就在大伯说过这话的第二天早晨，杨木匠家传来了一声歇斯底里的哭叫。“大呀，大——”撕心裂肺的哭声，撼动了井把弯每个人的心。在埋完我堂嫂不到十天的某个早上，比大伯小十岁的杨木匠死了。

据杨木匠的老伴说，杨木匠先一天夜里睡觉前喊着心烧，喝了半瓢凉水，夜里还到后院尿了一泡尿。太阳一竿子高了，老伴不见杨木匠下炕，就站在炕底下揭开被子，一摸杨木匠的脚冰凉。再一摸头，人还暖和着，还有一丝热气。但就是叫不醒来。老伴叫来娃和媳妇，娃一摸他大的额头，就“哇”的一声哭了。说：“娘，我大殁了。”

杨木匠是古城村的戏胆。打农业社起，他一直都是村里的娃娃头，爱热闹，更爱弄热闹。他年岁大了，但玩心不减。他弄起热闹，不分白天黑夜，舍得力气，更舍得钱财。用杨木匠的话讲，没有东村的父老乡亲的奶汁，就没有他的今天。所以呀与其说是给大伙服务，弄社火，还不如说是他在报恩哩。自然，性情温和、玩心超人的杨木匠之死，要远比村里一般人的死影响大。当天晌午，杨木匠的死讯已经传遍了古城东村的家家户户，牵动了古城东村男女老少的神经——年岁不大，咋就走了。几个爱看戏的老婆子听说比她们还小两岁的杨木匠死了，在历数杨木匠往事中，几次忍不住落了老泪。程玉喜、黑蛋几个人，鼓动着要给杨木匠唱戏。有的说，请河东的戏班子。有的人则主张村里人自己唱。最后，程玉喜在征询我的意见时，我思忖了片刻，说:“还是请一班木偶戏吧。”

没想到，我的提议得到了大伙的一致赞同。为啥？大伙说，道理说不上来，只觉得这木偶戏适合老杨。但究竟杨木匠和木偶戏有啥相通的地方，在场的人，没有一个能说出个子丑寅卯来。这个似乎并不重要。重要的是，大伙觉得请邻县的提线木偶给杨木匠唱三天戏，才配得上杨木匠，才符合杨木匠的脾性。原本黑蛋要独揽唱戏的费用，但大伙不同意。说你黑蛋这些年挣下了钱，但给杨木匠唱戏不能让黑蛋一个人出血。在几个老戏骨的倡议下，古城东村每个人给杨木匠出一块钱。自然，古城西村也有不少人匿名送来了份子钱。杨木匠的家人，看到村里人如此这般地重视杨木匠的葬礼格外感动，当下表示等送完了杨木匠，就把家里珍藏了几十年的两套唱戏用的银饰凤冠、一件手工刺绣龙袍戏装无偿捐给村里。杨木匠的葬礼变成了古城村的村葬。出殡那天，尽管飘着细雨，但除了外出和下不了炕的人，东村几乎所有的人都放下手里的活计，到井把弯巷送杨木匠来了。那天的雨越下越大，给杨木匠送行的人没有一个中途退场的。孝子们在巷道中间哭，两旁的人跟着啜泣。开始时，杨木匠的灵柩由十六个小伙子抬着。后来因为巷道狭窄，围观送行的人多，有人提议，撤了杠子大伙一拥而上，把杨木匠的灵柩托举起来出了村道。

杨木匠的葬礼轰动了夏阳县，尤其是在方圆几十里的村子里传说了大半年。两年后，我有一次在西塬上打兔子，一个老汉听说我是古城村的，就问起了杨木匠出殡的事儿。我说，就是雨大，人多。用丧舆抬，路滑不好走，就用人胳膊抬。路窄的地方，就把灵柩举过头顶……不等我说完，那老汉截住我的话头，说，听人说，你们村那个杨木匠可不是一般人。打小就没了娘，是靠吃百家饭长大的。后来，他在禹山上放牛时，救过一只黑狐子。他死后，被他救过的那只黑狐子派了一群小狐子，化装成一帮小伙子进村把杨木匠的棺材抬到禹山上，找了一块风水宝地给埋了。听那老汉的一番话，我当时只觉得后脑勺发冷。我对那老汉说，事情不是你说的那样。可那老汉把眼一瞪，说，咋不是呀？人都那么说哩。后来，老汉见我执着不肯信服他的话，就开始怀疑我的身份。“小伙子，你到底是哪个村的呀？”弄得我哭笑不得，赶紧离开了那个山村。

送完杨木匠，程玉喜差人把我叫到他家里。那天，我在玉米地里逮了一只狗獾。我安顿好几只狗，拎了一疙瘩獾油进了玉喜家。队长媳妇过去是我的小学老师。赵老师说，刚好她娘家的一个媳妇被油锅烫了胳膊，这新鲜的獾油正好派上用场。我说，獾油是经年的好，我家里还存了一罐。说罢，转身回家把埋在后院子里的獾油挖出来抱到了玉喜家。赵老师满心欢喜，一个劲地道谢，给我倒了水，抱着油罐子出了大门。

“快坐下。”程玉喜说。

“有啥事哩？”我问。

玉喜迟疑了一下，说：“你看是这，咱井把弯一个月里，死了三个人。昨天呀，有几个人提议呀，要我牵个头，弄个啥仪式，驱驱鬼，赶赶晦气。要不呀，说不定还要死人哩。我呢，想了想，还是由你牵头，咱呢，再弄个仪式。”

“这管用吗？”我问。

“信则灵。”玉喜说，“老辈人都这么弄过。”

“那好，听你的。”我喝了口茶水说，“咋弄呀？我可没弄过。”

说话间，高瘸子推门走了进来：“这好弄！找一只大红公鸡，买几串子鞭炮，就行啦。”我领教过阴阳先生的厉害，既然高瘸子这么说，自然我心里也就踏实了。

“啥时候弄呀？”我问。

程玉喜瞥了一眼高瘸子，说：“越快越好。”

高瘸子说：“我看过了。明天是农历二十六，煞北，冲龙。适宜祭祀和斋醮。要不，咱就明天晚上吧。”

太阳刚刚落山，参加驱鬼仪式的几十号人各自从家里拿了五谷杂粮，在村西的土地庙祭了土地爷，然后全都窝在土地庙的院子里等天黑。古城村的东边是开阔的农田，自然没有鬼神栖身的地方，只有西边是荒芜的黄土塬。塬上沟壑多，灌木茂盛，地形复杂。村子里大部分人家的祖坟墓地都选在某个向阳的皱褶里。驱逐鬼魅，自然也要给这些孤魂野鬼找一处立足安身地方，所以驱鬼仪式的起点就选在了井把弯巷的东口。

月亮上来时，一直窝在土地庙里的一帮子人悄然返回井把弯巷。在巷东头，程家祠堂后边，黑蛋按事先的吩咐先点了三个二踢脚，接着又放了一挂万字头的鞭炮。高瘸子接着鞭炮的声响敲了三下手里的铜锣。噼里啪啦的鞭炮声炸醒了周边上架的鸡、进圈的牛、入栏的羊、沉默的狗。突兀的锣声带着鞭炮的激烈，惊得我手里的大红公鸡咯咯乱叫。驱鬼仪式在深秋一个暗淡的夜晚，就这样借着月光拉开了序幕。按老辈规矩，今天夜里，井把弯的每户人家出一个男丁，举一个火把，其余人天黑后关紧门窗，熄灭灯火，守在家里，不能出声，更不能出门。驱鬼队伍从巷东头程家祠堂开始，到巷道西口那棵老皂角树下止步。几十号人，浩浩荡荡，威威武武，口吐厉言，在噼啪作响的火影里走走停停，停停走走。每走九步，黑蛋就点一个二踢脚。在二踢脚炸响的同时，高瘸子就挥手“咣”的一下敲响手里的铜锣。众人接着锣声在原地跺一下脚，嘴里发出一声低沉的吼声。队伍走到了九十九步，黑蛋就放一挂鞭炮，高瘸子就敲三下铜锣。举火把的人低声吼一声，同时还要集体跺两下脚，像过去驱赶谷地里的麻雀一样，把各路妖魔鬼怪驱赶出井把弯巷。

从月亮上来开始，一直到凌晨鸡叫头遍，我们每隔一个时辰就要从东向西驱赶一次鬼怪。等到天亮太阳照进井把弯巷时，几乎所有参加驱鬼仪式的人都像稻草人一样，失去了生命的灵光，呆呆的，就剩一口气了。用程寡妇的话说，再好的小伙子也招架不住一晚上的折腾。据说，驱鬼这活计劳神费力，伤人元气，不比男人在女人肚子上折腾省力气。打那以后，井把弯巷至少有八年，没有死过一个人。尽管我大伯两条腿不好使唤，但还是活过了九十岁才无疾而终。在我的印象里，大伯是井把弯活得年岁最大的人。

第二十一章

坐在石头坝上，天赐在等待夜幕的降临。

这道用铁丝网包裹起来的石坝，整整齐齐地横亘在这里至少有二十年了。不规则的石头被一张粗粝的铁丝网牢牢地罩着，像一头伏地的长龙斜剌剌地趴在疏离的树林里，呵护着身后的村子。很多年前，被传说中的二郎神一箭射穿的豁口，排泄了川道里的山洪，赶走了水怪，但也给古城村留下了威胁，一种来自黄河水的威胁。在农业社时，为了防止河水倒灌，附近的几个村子分段包工，用两个冬天完成了这道大约两公里长的石坝。

此刻，石坝被无际的绿色簇拥着。白森森的石坝在四周田野的映衬下，显得愈加醒目。几条狗慵懒地趴卧在石坝下干燥的沙土上，或闭目养神，或摇头晃脑，打量着周边的草木。端坐在地上的大黄狗，因为脖颈上系着一根精致的皮绳，紧靠着天赐。从它的残缺的右耳、伤痕累累的脸颊和两条前腿看，这条已过中年的大黄狗显然在它的狩猎生涯中经历了若干次的残酷厮杀。狩猎的经验，无畏的搏杀，让大黄狗顺理成章地成了头狗。一旦狩猎开始，天赐的角色就会自然发生转换——由猎人转化为观众。经验丰富的头狗会在荒芜的原野上发现猎物行踪，并通过不同的叫声部署众狗们围追堵截。其他几条狗尽管也和黄狗一样，都是普通的土狗，但经过天赐的训练后，个个都是围猎的好把式。一见到猎物，眼珠子都充满了血色。不论猎物是啥，都是敢于扑杀、撕咬的主。跑得快，胆子大，不怯场，体形魁梧，敢下口，既是成为一个猎狗的先决条件，也是天赐选狗、驯狗的终极原则。这几条狗都是天赐省吃俭用，从狗市上、同行手里高价淘来，专门用来围猎野兔和獾的土狗。威名在外的狼狗并不适合围猎。因为一旦到了关键时刻，那些精明的狼狗们看到龇牙咧嘴疯狂反扑的猎物，没有一条狼狗会舍命扑咬猎物。它们充其量也只是与猎物保持一定的距离，围住猎物无助地吠叫。猎物十有八九会借机逃离。土狗就不同了，它们天生愚笨，不计后果，只要有机会，它们就会扑上去与猎物血腥撕咬，直到主人赶到，它们才会退到一边，用绯红的长舌头舔舐流血的伤口。黄狗之所以能在一群陌生的狗中成为头狗，是因为每次围猎，它都是第一个扑上去咬住猎物，死也不松口，给其他狗创造了围猎的机会。

这两年，天赐的狩猎已经不限于野兔了。巷道里、麦场上的家鸡只不过是早年练习打猎的对象。自从被人寻上门之后，天赐给自己立了一个毒誓，今后绝不再动一根鸡毛。他听从了大伯的规劝：要想当一个猎人，首先不能祸害人。从一个用火枪打野兔的农民，成为一个让人尊重甚至流芳后世的猎人，天赐知道绝非易事——与猎物斗智斗勇一决高下，并不是一件轻而易举的事情。尽管当猎人，现在还只是天赐一个朦胧的心愿，但就是这个朦胧的心愿已经足以让天赐对未来的狩猎充满了期待。有了这种期待，在所有的狩猎活动中，天赐和跟随他风餐露宿、南征北战的土狗们一样，穿梭在密林中、田野上、沟壑间、山川里，甚至荒芜的村庄，像出征的士兵热血沸腾，更像一支待发的利箭尖锐敏捷，但又不失沉静。

眼下，正是围猎獾的季节。

夕阳下，广袤的河滩地被一条内流河分割成许多块墨绿色的地块。过了防风林，就是一大片一大片的花生地、棉花地和豇豆地。随着太阳的下坠、光线的缩短，在澄明的天空下，眼前的黄河滩地像一大块调色板，墨绿色地块开始由浅绿变向深绿，最后沉淀成了一片黯然的苍茫，只留下像破碎的镜片一样的内流河，在苍茫的河滩上孤独地闪烁。在这期间，寂静的防风林里不时有野兔跑过。跃跃欲试的狗们见天赐紧紧地拉着大黄狗脖颈上的皮绳，既不撒手，又没有追击的口令，一个个焦急万分地在原地转圈、刨地，发出一阵阵低沉的哼哼声。天赐不想因为一只野兔耗费狗的体力。狡猾的獾只有等到日落后，才会钻出黑暗的地洞，祸害庄稼。

夜幕降临。

天赐身后的县河岸边，是一片连着一片的玉米地。太阳刚刚坠落，月亮就露出了婀娜的倩影。尽管还没有感觉到月光的妩媚，但玉米地成熟的馨香就已经扑鼻而来。四五条狗再次开始骚动。天赐依然稳坐在石坝上。尽管他的心跳已开始加速，他的烟瘾也开始发作，但他要像一个老练的猎人一样磨砺自己的心性。他努力做了一个深呼吸试图平息自己的呼吸，并从衣兜里捏了一小撮旱烟末凑到鼻子底下嗅了嗅，然后塞进嘴里慢慢地咀嚼，以缓解由于紧张带来的焦虑。他不能让一丝烟雾泄露影响黄狗的嗅觉。

等到天空全部暗淡下来，地上的内流河反衬出了月光惊艳的妩媚。天赐从背上的包裹里掏出黄澄澄的玉米面馍。吃完主人的赏赐，几条狗习惯性地翕动着鼻翼，似乎在告诉天赐，它们已经做好了围猎的准备。天赐熟练地解下黄狗脖颈上的皮圈子，轻轻地拍了拍黄狗的脑袋，说了声“去吧”。黄狗带着其他的狗离开石坝，离开主人，呈扇形边跑边嗅着脚下的一草一木，向河滩地纵深奔去。

天赐安戴好矿灯，拾起身边的铁矛子跟在狗的身后，很快就消失在苍茫的黄河滩地里。约莫半个时辰，天赐听到黄狗在内河边轻声叫了两下，他知道这是黄狗在招呼其他几条狗向它靠拢准备过河。天赐能明确感觉到，其他几条狗在月光下向黄狗集结的声响。不时有野鸭扑棱棱地从内河边的草丛里惊起，又扑棱棱地降落在不远处的黑暗里。狗们无须绕行，“扑哧扑哧”地一个个蹚过了浅浅的内河。天赐不敢贸然过河——他知道这浅浅的内河中潜藏着致命的危险，尤其是两侧杂草丛生的湿地，更是步步惊心。即使一个极小的软坑，都可能吞噬一个人，甚至更大的物体。天赐一边用手里的长杆铁矛探路，一边沿着蜿蜒的河流寻找过河的路径。他拧亮固定在额头上的矿灯，一道白色的光柱，随着他行走的节奏在苍茫的河滩上移动。月亮上来后，水草里与湿地上立马成了青蛙和一些不知道名字的昆虫的乐园。远处黄河湍急的主流持续地发出低吼，但空寂的河滩并不怎么让人觉得恐惧。走在宁静的内河边，天赐倒像是一个检阅河防的将军，所到之处无不受到蛙虫们的欢迎。因为安静，野草丛里的虫鸣才显得格外高亢。因为开阔，水洼里的蛙鸣才显得格外的悠远。

夜幕下，天赐行走得极为谨慎，脚下的草垛、凹凸不平的湿地依然让他的跋涉充满了艰辛。有几次他都被某个密集的草丛羁绊住了脚踝，以致马失前蹄，差点趴在地上。要不是有手里的长杆铁矛做拐杖，他至少要与潮湿的河滩地亲密拥抱两次。黄狗与它的同伴们早已消失在内河对岸的原野上。远离了狗们，天赐一时慌了心，乱了神。他不知道从哪里过河，才不至于与狗群失联。究竟是从身边蹚水渡河，还是继续前行寻找一处安全的地方过河。犹豫间，他抬头望了一会儿月亮，又无助地环顾了一下四周。他根据身后远处突兀的土崖的暗影，判断他现在的位置。很快，他辨明了方位，知道自己距离石坝大约已经走出了三里路的样子。初步确定了狗群的大体位置后，天赐走到一处较为干燥的地方，拧灭了额头的矿灯。站定摸索着掏纸，捏烟，卷烟，划洋火，点烟。一根喇叭筒卷烟还没有抽完，内河对岸响起了黄狗熟悉的狂吠。天赐抬起左脚在脚底上摁灭烟卷，拧亮额头的矿灯，选了一处河面狭窄的地方，赤脚蹚水过了河。

循声赶去，天赐磕磕绊绊地穿过一片低矮的花生地，进入了一大片齐膝的棉花地。枝叶交错，棉桃乍开，天赐像游进了一个花的池塘，越是着急越迈不开步子。起先，他试图用铁矛拨开枝干交错的棉花树，结果越拨越乱。眼看黄狗熟悉的吠声向黄河主流岸边远去，于是天赐改变了通过棉花地的方式，他连跑带跳费了九牛二虎之力才跳跃着跑出了棉花地。接下来是交替呈现的花生地和豆子地。等他气喘吁吁地快要赶到黄河岸边时，黄狗那熟悉的吠声却又转到了身后一侧的一片高耸的庄稼地里。“妈的……”天赐在心里骂了一句，又转身追了上去。等到近前一看，原来这片高耸的植物是一块玉米地。河滩的玉米远没有县河两岸的玉米葳蕤、稠密，但这高高低低的玉米地显然延缓了猎物的威胁。站在地边，天赐能清晰地听到狗在玉米地里急促的喘息与行走声。

月亮穿过一片云层，给河滩洒下了一地银白。

为了不干扰狗们寻找猎物的行踪，天赐拧灭了额头的矿灯。为了能在一个更大的视角里观察这块不是很大的玉米地，天赐向后退了几十步。稳稳地站在一片花生地里，手执铁矛，时刻关注着玉米地的情况。

朦胧中，天赐看到黄狗像一架机械的扫雷器一直低头在玉米地里来回寻查。天赐对黄狗充满了信任。头狗，一般是梢狗。顾名思义，即最先发现，或善于发现猎物的头狗。站在距离好几丈的地方，天赐都能感受到狗群在寻找猎物气味时发出的夸张的鼻翕声。天赐猜测，这个猎物也许不是一只獾。那又能是啥东西？这黄河滩地上，白天也不外乎就是野兔、野鸡、野鸭、黄鼠狼、刺猬、老鼠一类的动物。黑了天，也就剩下獾了。前些年，有人见过狼，但极少出现。就是胆小、谨慎、神出鬼没的獾，也只是人们常见的猫獾而已。体型稍大的狗獾、猪獾，一般只会在靠近村子的庄稼地里出现。獾不像其他动物，身上总携带着一种独特的气味。尽管这种动物谨小慎微，但只要它走过的地方，总会留下身上奇特的味道。狗群围猎獾，就是靠跟踪獾留下的气味捕获猎物的。一般情况下，一个头狗的嗅觉神经要比普通狗的嗅觉神经灵敏很多倍。狗鼻子能在复杂环境里分辨出两百多万种气味。

“汪、汪”两声狗吠后，天赐看到一个黑影闪电般冲出玉米地，贴着地面向开阔的花生地飞来——这应该就是狗群追逐的猎物了。来不及细想，天赐靠本能投出了铁矛。黑影见状，在距离天赐一丈多远的地方陡然掉头向西奔去。这时，黄狗叫唤着跑出了玉米地向猎物追去。显然，速度不是黄狗的优势。其他几条狗在跑出玉米地确定猎物方位之后都撒开四蹄，展开了月光下的追逐。尽管是在晚上，河滩上还是很快飘起了一阵尘雾。这一堆陡然而起的沙土像一片云朵，跟随着追逐猎物的狗群在河滩上流动。

这是一只狗獾。

因为体型稍比一般的狗小一些，所以这场生与死的赛跑一时难以分出伯仲。一条白色长毛土狗和那条长着四个白爪子的黑狗，显然在速度上占有绝对的优势。几分钟后，尽管黄狗竭力奔跑，但它在追逐的狗群中已经从最先的前列退到了最后一名。可黄狗没有放弃追逐的信心，一边奔跑，一边发出急促的吠叫。天赐拧亮了头上的矿灯，白色的光柱穿过潮湿的滩地，穿过飘移不定的沙尘，像一支巨大的魔臂始终跟随着猎物，给奋力追逐的狗群指引着围猎的方向。也许是天赐的矿灯光柱干扰了狗獾逃生的注意力，眼瞅着，狗群与猎物的生死距离在一点点缩小。在领跑的第一方阵中，一白一黑两条狗并驾齐驱，整个狗身已经与地面形成了两条并行的直线。然而，白狗就要咬到猎物的瞬间，那只夺路而逃的狗獾陡然一个急刹车，在地上滚了两圈后，又抬起身子向南跑去。两条靠前的狗冲出两丈之后才刹住脚步，返身追赶逃离的猎物。这当口，黄狗一声狂吠，率先扭身从一侧出击猎物。转眼间，原先落后的几条狗，变成了追逐猎物的第一方阵。这种急速的转换，显然是狗獾没有想到的。黄狗的侧击，显然再次打乱了狗獾逃命的节奏，犹豫间，黄狗已经箭一般贴近了狗獾。这时天赐的矿灯光柱，正好与狗獾奔跑的方向形成了一个直角。在强光的照射下，狗獾奔跑的速度显然受到干扰有所减缓。狗獾的命运就在这刹那间发生了变化，在它眨眼回避强光的同时，被强大的冲击波扑倒在地。就在它企图起身的时候，黄狗的牙齿已经紧紧地咬住了它的后胯，两条坚强有力的前腿死死地按住了它的身子。甚至在它翻滚的过程中，这种突降的袭击也在跟随着它的身体翻滚……等它完全清醒弄明白眼前形势时，至少有三条猎狗围了上来，堵住了它的前路。挣扎、反击、似乎都无济于事……看到天赐跑到了跟前用铁矛牢牢地钩住了猎物，黄狗才松开了嘴巴。其他几条狗在天赐的呵斥下也都一一松了口。

猎物已经奄奄一息了。

这是一条灰白色的狗獾，尖嘴巴，碎耳朵，尾巴短小，四蹄朝天，短粗的腿上都长着锋利的蹄爪。看样子，这条狗獾少说也有二十多斤，保守算也能卖五十块钱。天赐在心里默念道。在刚才激烈的搏杀中，至少有一条狗的脸被狗獾抓伤。黄狗的一条前腿也一瘸一瘸地在原地打转。在狗们原地休整间隙，天赐用铁矛的尖头头划开了狗獾的肚子。他像一个技术娴熟的外科医生，三下五除二就掏空了狗獾的肚子。时值中秋，河滩的夜晚还散发着丰腴的微醺，在夜风下，狗獾的胸腔蒸腾出撩人的热气，一种带着血腥味道的恶臭让天赐的心里陡然泛起一阵胃酸。一大坨热气烘烘的内脏当下就成了狩猎勇士们的夜宵。黄狗分食了狗獾的心肝肺，剩余的肠肚等下水很快就被其他的几条狗吸食得干干净净。

天赐用地上的沙土擦拭干净手，把猎物装进背上的粗布袱子。没有了内脏的拖累，十几斤重的猎物，对于天赐这个正值而立之年的西北汉子，无异于穿了一件翻毛羊皮大氅而已。看看天色尚早，天赐带着几条狗沿内河朝南走。他隐隐约约记得，在下游某个地方有一座桥——承包内河滩地的人用十几片废弃的脚手架木板临时搭建的简易桥。

天赐的腿因为早年骨折过，而且落下了病根，十几年过去了，一到阴雨天，左腿就隐隐作痛。骨头像被浸泡了很久一样发酸发困。更烦人的是，由此产生的焦躁顺着血管很快就会传遍周身，招惹得整个人都会烦躁起来。所以呀，自从娘去世后，天赐慢慢也学会了照顾自己。不到万不得已的时候，他是不会赤脚下水的。即使在夏天也是如此。

深秋的河滩，满目丰腴。尤其是这个被秋色浸透了的夜晚，空气里到处弥漫着醉人的醇香。脚下的沙土长满了植物，负重的天赐每走一步都会留下一个深深的脚窝。松软、潮湿的沙土地自从被混浊的河水漫过之后，立马变得肥沃起来。从一大片一大片葳蕤的庄稼地头走过，天赐的心里头竟然也有了一个地道的庄稼人见到禾苗时的战栗。尽管这些年天赐生疏了农田里的活计，但早年跟着他爸在生产队练就的十八般手艺却像冬眠的蛇一样时不时地探出头，用撩人的舌头挠一挠天赐的某根神经，让他时刻记得自己还是个农民。如今，在别人的眼里，他就是一个靠打猎谋生过日子的二流子农民。尽管如此，天赐对自己的生活依然充满了自信。尽管这种自信充满了无奈，但在天赐的头脑里有这样一个底线：打死，也不离开村子。尽管眼下的村子早已不是他自小熟识的村子，但天赐心里就认一个死理：儿不嫌母丑。再变，也还是当年他所热爱的村庄，再变，也还是他赖以生存的土地。

坚守自己的底线，也不是一件容易的事情。为此，天赐经历了一次次阵痛与挣扎。有的是自己内心的纠结，有的是与儿子平安的对立。这些看不见、摸不着的对峙与较量，让天性敏感的天赐感到了巨大的困惑。天赐不是一个认死理的人。生产队解散了，当年成圈成圈的牲口没了，大片大片的水浇地栽上了树苗，虽然后来被公社强行砍伐了，但此后人们似乎对种地失去了兴趣。这些土地有的被胡乱撒上了一把籽种，结果草比庄稼长得好。就这样，昔日大片大片上好的水地眼睁睁地撂荒了。他至今都弄不明白，城里有啥好的？还有啥能比这实实在在的土地更适合农民的？可村子里能走的人差不多都走了。后来他才知道，村子里出去的人无一例外地都选择了打馍——一种芝麻烧饼。不同的是，他们只是选择了不同的城市而已。几年下来，有的人推倒了老宅子盖起新房子，有的人出去时一个人，过年回来时领回来了媳妇，甚至连娃都有了。这些村里的男女劳力像候鸟一样，一开春扑棱棱纷纷飞了出去，年终时又回来，年复一年。天赐很快发现了一个不算秘密的秘密：不少年轻人尽管到了腊月里衣着光鲜地回来了，过了正月十五又衣着光鲜地出去了，但这些人的腰包里并没有一分钱积累。他们似乎也没有要攒钱、盖房、娶媳妇的愿望。有的人家倾巢出动，尽管一年下来没有更多剩余，但却图了个团圆。他们的理由是，在外边再不济也比守着那几亩地强。天赐从留守的老一辈人嘴里得悉：村子里有好几个年轻人，受不了长年累月靠五毛钱一个烧馍子致富，一念之差，因为偷盗坐了几年的班房。终于等到刑满释放了，这些人并无悔改和廉耻之心，反而在村子里、在城镇的街道上招摇过市，倒像是衣锦还乡光宗耀祖的英雄一般。回来没几天，又迷恋上了聚众打架、赌博。

凡此种种，都让天赐这个乡村猎人嗅到了农村分崩离析的味道。最不能让天赐释怀的是，对这些匪夷所思充满背叛与逃离的事情，村子里的人竟然都能坦然接受，全然没有了过去那种对待歪门邪道同仇敌忾和痛打落水狗的氛围。想想当年自家的遭遇，心下不免黯然神伤。面对现实，天赐唯一能做的就是背着火枪，带着他的几条狗，他的羊群，在原野上，在沟壑间，在茂密的灌木丛中奔波，与野兔、野鸡、獾斗智斗勇，直到筋疲力尽，找一块背风向阳的堰畔，或者阴凉的地方，大地为炕，天空为被，坦然地睡上一觉。他像一个与世无争的旁观者，在这个世界的边缘地带做自个儿想做的事情。有时候，还会做一个甜美的梦，一个与风花雪月有关的梦。他偶然也会想起远在杨家沟的老六媳妇，那个与他在山沟的石头上疯狂的山西女人。想起过去的红英……然而，眼下最让他头疼的是平安。这个初中没有毕业就辍学在家的儿子，每天早晚两次，从后院把十几只羊赶到北沟，或者某个山岗上放牧。晚上，则是他与村里几个狐朋狗友聚会谝闲的时光。一天，平安和几个同伴在公社的街道上唱卡拉OK，被巡逻的警察带到了芝川派出所。半夜，高瘸子敲开门叫他立马到派出所去领人。天赐开始不知内情，以为平安与人打架被派出所逮了。尽管嘴里骂骂咧咧声称不管，但他还是去了派出所。当他得知平安出门时，偷偷把家里的杀猪刀别在腰上，当场就出了一身冷汗。好在没有惹出啥事来，但一把钢口特好的杀猪刀，却被派出所的警察没收了，顺带还罚了天赐十块钱才算了事。没几天，平安放羊的新奇感也消失了。热衷于打猎的天赐，只好把放羊的营生交给了媳妇红英。此刻的红英似乎早已病入膏肓，一个人经常对着羊群说一些莫名其妙的话。除了放羊的时间，她更像一个幽灵，时刻尾随着平安。家里的几亩地根本拴不住平安的心——但有一点很让天赐欣慰，无论做啥事，平安都不情愿离开村子。仅此一点，天赐就颇具成就感。一天，平安提出想跑车，要他给黑蛋打个招呼，让他跟着黑蛋搞运输。天赐给黑蛋搭过帮，知道那是啥营生。就是一个成年的小伙子，着忙了，也受不了那装车卸车的活路。人手少，赶时间，活路紧。别说偷懒，就是尿一泡尿都得一路小跑。天赐说千道万，可平安铁了心似的以绝食和离家出走相要挟。无奈之下，天赐低了头，把平安送到了黑蛋家里。临出门，天赐撂下一句话："不求别的，给我把娃看好。"黑蛋说："我这儿成幼儿园了。"天赐嘿嘿一笑，说："谁让你给娃当伯哩。"

过了内河，翻过那道裸露的石头坝，是一大片成熟的玉米地。头顶的月光透过茂密的玉米秆，影影绰绰地泼洒在潮湿的地上。天赐背着猎物行走在凹凸不平的玉米行子间。临近收获，相互交错的玉米叶像无数把锋利的弯刀把二尺宽的行道上半截封锁得严严实实。猎狗们穿行其间，自然无碍大事。人高马大的天赐背负着猎物，提着长杆铁矛猫腰顺着行子走倒还顺畅，可一旦斜着穿行于其间，每一棵玉米都成了天赐行走的障碍物。没走多远，天赐的胳膊、脖颈上被凌厉的玉米叶划出了一道道白色的割痕。闷热的玉米地让天赐转眼冒出了热汗，汗浸后的白色划痕有的顿时变红，一种火辣辣的感觉立马传遍了全身。天赐觉得，身上的每一个细胞都像是被土蜂蜇过似的浑身燥热。他开始后悔自己的一念之差。从玉米地里穿行，看来并不比走一条生产路更省时省力。几条狗，还沉浸在捕获猎物的兴奋之中。一进入玉米地，一个个低着头让鼻子紧贴着地面，像电影里的排雷工兵一样顺着玉米行子快速搜寻，试图寻找猎物的踪迹。

明晃晃的月亮像一个忠实的手电筒，一直不紧不慢地在天赐的头顶徜徉。站立在玉米地的中央，天赐被浓郁的玉米馨香团团包围。成熟的玉米特有的那种浓香，让天赐昏昏欲睡，鼻孔里暗暗发痒，一声陡然的喷嚏惊扰了蛰伏在玉米地里的夜莺和蟋蟀。夜莺飞动的响声打破了夜光的宁静，像池塘掠过一块石片，颤颤巍巍的水波纹把一轮明月晃成了一片模糊的记忆。而此起彼伏的蟋蟀听到天赐那轰然的喷嚏声，顿然屏息噤声了好几秒钟之后又吞吞吐吐、战战兢兢地恢复了鸣叫。几条狗，都是狩猎的老手。最多只是站住脚用疑惑的目光回望天赐一眼，见主人并没有啥明确的指令，又低头寻找猎物的行踪。

“汪、汪、汪汪——”在一道长满野草的地畔前，黄狗对着夜空发出了呼叫。等天赐赶到地畔跟前时，至少有三条狗已经集结在一堆茂密的蒿草前。对着蒿草，不时发出低沉的吠叫声。气喘吁吁的天赐用铁矛拨开蒿草堆一看，一个幽暗的土洞，赫然呈现在面前。狗们对着土洞，又是一阵狂吠。这块地畔像河滩上的一片绿洲，歪歪斜斜的，极不规整。开阔的地方，有一丈多宽；窄的地方，不足一尺。最宽处，有一棵虬枝横生、枯萎了一半树冠的老榆树。齐膝的野草间有一个凸起的土堆——显然，这是一块有些年代的坟地。原本规整的坟地被毗邻的耕地一年一年地蚕食，仅剩这半分地了。土洞显然是獾过冬穴居的老巢。从洞口的大小看，天赐判断，这个潮湿、光滑、水桶粗细的黑洞应该是几只猪獾的洞穴——这些年，天赐还是头一回发现獾的洞穴。过去，听大伯说，獾这种动物鬼得很，白天几乎不露面，只有等到天黑了才爬出黑洞糟蹋庄稼。据说，獾大都是群居。一般两到三只獾，同居在一个土洞里。像地老鼠一样，秋天獾也要准备足够的食物，以备度过漫长的冬季。天赐见过，有人在秋天专门拿一杆铁锨见洞乱戳，在河滩寻找地老鼠的窝。运气好了，一天能找到一个老鼠窝——扒开土层，一个老鼠窝，至少能挖出十几斤剥了皮的花生豆，或者豆子粒。獾，除了花生，大部分喜欢储存玉米。

月到中天了。

天赐思忖了片刻，见天色不早了。用蒿草把洞口掩盖好，带着狗离开了那块荒芜的坟地。他思摸着，明天白天带着铁锨再来挖这个獾窝。走出老远了，黄狗还不时地回头，朝着身后的坟地轻吠一声。

进了井把弯巷，天赐没有走老宅的前门，而是绕到后院西边墙矮的地方，解下身上的猎物，双手一抡，把那只开了膛的狗獾隔墙撂进了后院。天赐也不知道从啥时候起有这么个讲究：从野外猎获的东西，就是一只野兔也不例外，不能从自家的大门进屋，必须隔墙撂进院子。大伯多次提醒天赐说，千万不敢胡来，不然的话，会给家里人带来祸害。

天赐醒来时，已经晌午了。

天赐是被一阵歌声吵醒的。他从屋门瞥见平安坐在院台上，身边放着娘在世时常听的一台破旧的收音机。歌声是从收音机里传出来的。他弄不明白，平安成天就爱听这种歇斯底里的歌。

我家住在黄土高坡
大风从坡上刮过
不管是西北风，还是东南风
都是我的歌，我的歌
…………

尽管已是中秋，晌午的太阳依然火辣辣的。带着温度的光线透过糊裱得严严实实的窗棂，洒在被褥凌乱的土炕上。闭着眼睛，天赐也能嗅到屋子里弥漫着太阳的味道。此刻，天赐的肚子在咕咕乱叫，但他动也不想动一下，他很享受这一刻的时光。暖阳，歌声，这些平日里极少留意的东西，其实也很美好呀。他甚至在心里懊悔，自己这些年咋就生生地辜负了这些不用花钱的享受呢？看来，人只有在心静的时候才能感知生命赋予你的点滴美好，才能深切地体会到孤独的宁静是一种超越了生死，超越了世俗的坦然。昨天夜里，在河滩里与那些狗一起奔波了半个晚上的天赐，陡然感到一缕白光击穿了自己，像一根细细的竹签，把自己过往的几十年的时光像冰糖葫芦一样串了起来。过往的一切，哪怕是一丁点儿的瑕疵，也都一目了然。他从娘手里接过那串裹着冰糖浆水的山楂串，一口气跑上坡，坐在土寨子坍塌的土崖上，吮一口山楂上的冰糖渣，朝远处喧嚣的村子扔一块土疙瘩。太阳走到禹山顶时，他手里的山楂串还有三个没有吃掉。他听到，娘已经在巷口呼唤他的乳名了。

“爸、爸！”平安摇了摇天赐的脚，说，“我黑蛋伯来了。”

天赐想跑却动不了。低头一看，一条长长的青藤蔓缠住了他的左脚。扒开了脚踝上缠绕的青藤，天赐却感到两腿沉重，像灌了铅水一般迟钝，奋力一挣，趴在了地上……这时，耳边却响起了平安的声音。

“爸、爸……黑蛋伯来了。”

天赐一个激灵，睁开了眼，见黑蛋已经一声不吭地站在了脚底下。这才下意识地挤了挤眉眼，知道自己刚才是在做梦，做了一个莫名其妙的怪梦。醒来了，脑子里的梦境，还清清楚楚地在眼前闪现。天赐用手抹了把脸，长长地打了一个呵欠。“啥时候了？你坐……平安，给你伯弄茶！”

“你还真能睡，太阳都照着屁股蛋子了。”黑蛋说，“听平安说，你又逮了个狗獾。”

“嗯……肥着哩。少说也有二十斤。”天赐就势在炕沿盘起腿，点着了黑蛋扔过来的纸烟，“哎，你今天咋没出车……等一下，肉就煮好了。”

“保养车哩。”黑蛋顿了一下，说，“你没给宾馆送？”

“不送了，自己吃。”说话间，红英端着一个遍体鳞伤的铝盆进了屋门。随着氤氲的热气，一种夹裹着肉松味道的清香扑鼻而来。平安使劲地嗅着，跟在他娘身后也进了屋。“好香呀。”别看天赐平时对媳妇凶巴巴的，可一面对平安，父爱顿时把他变成了一个敦厚的父亲。“有你吃的。去，到灶房给你伯拿几瓣蒜。”

“我的神，这獾肉可比野兔肉香多了。”黑蛋看着桌子上那条黑里透红的獾腿，夸张地吸溜着口水说，“我还是头一回吃獾肉哩……要是有二两烧酒，就更美了……”

天赐迟疑了一下，说：“红英，你去把獾肉撕下来，装个盘子……对了，多弄些葱蒜。”天赐媳妇犹豫了几秒钟，咧开嘴，嘴角向两边抽缩了几下，啥也没说出来，又端起盛獾肉的铝盆，返回了灶房。天赐对着窗户大声说：“把肉择了，骨头给娃啃。”

獾肉再次摆上来时，天赐把半截子烟头在炕沿上摁灭，跳下炕从桌柜里拿出一瓶城固特曲蹾在桌子上：“喝，今天管饱，让你咥个够。”

黑蛋说，“你尿今天咋舍得出血了？是不是有啥事……求我？”

天赐满脸狡黠，也不吱声。用牙磕开酒瓶盖“咕嘟咕嘟”倒了两茶杯酒。这才不紧不慢带着几分神秘地说：“我发现了一个獾窝。”天赐把一直噙在嘴角的酒瓶盖吐到地上接着说，“我估计，少说也能掏一口袋玉米。”黑蛋本来就喜欢打猎，只是苦于没机会。一听这话两眼放光，急切地问还能不能逮住獾。天赐咽了口唾沫说：“獾这东西，都是一窝一窝的，运气好了呀，能掫两三个哩。”黑蛋眼珠子都快要出来了，两三个啥？天赐不耐烦地说：“啥？你说獾窝里，能逮个啥？”

黑蛋思忖了一会儿，说：“要我去……也行……要是逮住两个獾了，你要分给我一个。”天赐故作惊讶地说：“你要獾弄啥？”黑蛋迟疑了一下，说：“这你不用管，反正我有用。”天赐听巷里人说，黑蛋最近相好了邻村一个女人，以为黑蛋想把獾肉送给未来的老丈人，就故意逗黑蛋，说，你要是不说我不给。眼看着笨嘴笨舌的黑蛋涨红了脸，天赐于心不忍，说，是不是想送人？黑蛋不假思索地问，送谁呀？天赐笑而不答，一脸的狡黠。“我说了，你可不要给人说啊！”黑蛋先给天赐打预防针。见天赐郑重地点了点头后，才吞吞吐吐地道出了实情。原来和黑蛋相好的这个女人叫春梅，是紧邻滩子村的女子。两年前，婆家嫌她不生娃，怂恿儿子和媳妇离了婚。回到娘家，一开始哥嫂倒还客客气气的，一家人相安无事。可不到一年时间，先是嫂嫂有事没事地指桑骂槐给春梅难堪。后来，连哥哥也开始鸣锣响鼓地数落开了妹子。媒人介绍的男人，不是年龄过大，就是拖儿带女的拖累大，看不到出头的日子。生性好强的春梅眼看着自己也是奔三十的人了，再这么下去也不是回事，就琢磨着要主动出击把自己嫁出去，是祸是福自己也认了。在砖厂出窑时，她从旁人嘴里听说了黑蛋的事儿，就有事没事地在黑蛋眼前晃悠。一天晌午，她佯装邂逅正在树荫下歇息的黑蛋，尽管自己饿着肚子，还是心甘情愿地把从家里带来的三个包子给黑蛋吃了。自从黑蛋吃了春梅的包子开始，黑蛋的眼前老是晃动着春梅脸蛋上的那两个好看的酒窝。没几天，在砖瓦窑后的一片灌木丛里，两个人赤条条地滚在了一起。在那个炎热的夏天，这突如其来的爱情让黑蛋重新燃起了对美好生活的向往。春梅小黑蛋十来岁哩。黑蛋说，他获得了一种从未有过的满足。

黑蛋自从巧珍走后，一直独身。其间，也有人牵过线，但没有一个人中黑蛋的意。慢慢的，村里人各忙各的，黑蛋也渐渐习惯了一个人的日子，一心一意跑车挣钱。巧珍的儿子备战辍学，到南方打工去了。黑蛋心里牢记着巧珍临死前的遗嘱：照看好备战。娃大了，黑蛋也知道备战并没有从心里头接纳他。可他不能哄一个因他而死的女人。好好挣钱给备战娶媳妇，几乎成了黑蛋唯一的人生目标。他很知足，巧珍让他享受到了女人能给予男人的一切快乐。他甚至笃信，天底下没有比巧珍更好的女人了。但春梅的出现让黑蛋一时陷入了尴尬的境遇——这也是黑蛋一直没有把春梅介绍给天赐的缘故。他担心天赐笑话他，说他无情无义，辜负了巧珍的一番情意。

“怎么会。”天赐说，“恐怕巧珍知道了，也会高兴哩。”

“真的？！”黑蛋说。

对于黑蛋的痴情，天赐很惊讶，也很愧疚。在那一刻，他想到了红英，想起了红莲。“放心吧，备战也不是碎娃了，会理解你的。”

黑蛋慢悠悠地喝下一大口酒说，那就好。天赐说，你把人家都睡了，啥时候娶人家呀。黑蛋不言语直摇头。天赐说，你啥意思嘛。黑蛋说，我也想呀，可我下不了决心。天赐说，你愿娶，她愿嫁，有啥作难的，别婆婆妈妈的像个娘们儿，这可不像你。

“春梅说她不能生娃。”

天赐一时语噎。不知道是酒，还是獾肉呛了，他咳嗽不止。剧烈的咳嗽，让天赐的眼角挂满了泪珠。

“我黑家……不能断了香火啊……”

“这，这倒是个事儿。”天赐断断续续地说，“那咋收场呀？”

“我他妈的真倒霉。啥事儿，都让我碰上了。”黑蛋脖子一仰，半茶杯酒倒进了嘴里说，“咋办？还能咋办。走一步，算一步呗。”

天赐像想起啥似的，问道：“你还没说，你要獾肉弄啥哩？”

“弄啥哩……也不怕你笑话……春梅……有痔疮哩……”

“噢，那你早说呀。”天赐一拍桌子，说，“咱缺的是钱，獾油咱有呀。后院我还埋着一罐哩。一会儿回去，就给你抱着。”

一出古城村，坑坑洼洼的一条土路，几乎被从地头蔓延过来的野草侵占得就剩下两道裸露的车辙了。路边极少看见树。只有离县河两岸近的路边，能看见一些三三两两、歪歪斜斜、粗细不一的杨树或者柳树。显然这些从农业社遗留下来的树木，已经被人们忘记，或者忽略了它们的存在。要不，在分地到户那几年，早被近邻土地的主人砍伐了。歪歪斜斜，不成气候，反倒拯救了这些田野里如今难得一见的树木的生命。路的两边，除了偶尔的几块豌豆和黄豆地，剩下的就是大片大片的玉米地了。膝盖高的豆子苗已经变成一片金黄，在微醺的秋风里静静地等待着主家的收割。高出人头许多的玉米地，不时散发出一股玉米秆凋谢后的腐朽的味道。从地头经过，一个个枯萎了皮草和缨子的玉米棒忍不住裸露出黄灿灿的玉米粒，仿佛在替主家向路人炫耀今年是个好年景。到了这个时节，似乎只有地里的抓地龙草、地头的野蒿、狼尾巴草和蒺藜蔓长势葳蕤，只有隐藏在地里某处的蟋蟀在极力展示着歌喉，唯恐没有了歌唱的机会。

三个人，五条狗，像几叶轻舟一样穿行在县河两岸偌大的玉米地里。尽管玉米叶和玉米缨子已经枯萎、泛黄，可远远看上去，一眼看不到头的玉米，依然像一块巨大的由若干块绿色连缀成的地毯，天赐、黑蛋、平安，以及几条狗，就像是在地毯的接缝处艰难爬行的昆虫。一个人走在其中，就会从心底生出孤寂的感觉来。平安觉得无聊，几乎一路上都在低声打着并不娴熟的口哨。尽管发出的声响断断续续的，偶然才能听出一段模糊的旋律，但这并不影响平安乐在其中。天赐和黑蛋也不例外，没话找话的，说一些不咸不淡的话题。

过了濠水河，沿河东护岸旁一条掩藏在野草下的生产路一直向南，平安拉着架子车，车上有两条装粮食的布口袋、一把镢头、一把铁锨。天赐扛着那杆铁头矛子，和黑蛋紧跟在架子车后边，一边走路，一边有一搭没一搭地说着闲话。几条狗在架子车前后走走停停，始终与天赐保持着几丈远的距离。狗一旦发现跑出了主人的视线，就会站在原地等待主人，或者感觉自己脱离了队伍，就会快跑几步赶上主人。在主人跟前一晃，又一路碎步朝前跑去，在某棵树干上、墙根下、转弯处的石头上，甚至路边的草丛里抬起后腿滋泡尿，又接着前行。只有黄狗像一个贴身警卫耸立着耳朵，始终保持着一副警惕的神态，紧跟着天赐不离左右。碰到泥窝子了，黑蛋也不吱声，就快走两步搭手推一把车子。过了难走的路段，黑蛋就站住脚，等天赐走到跟前了，一块儿再走。

几个人向南走了大约三里地，天赐站在一片与其他地块无异的地头，指着地里的那棵榆树说到了。他指导着平安，把架子车斜斜地拉出路面，把两个辕辘骑在路边的水渠上。

“爸，你咋记得恁清楚哩？”平安说。

“走了好几里路，腿都发软了。你可别弄岔了。”黑蛋说。

天赐打了个口哨，把几条狗招呼到跟前低声呵斥着，让一个个都趴在地上歇息。“差不了，就在这块地里。喏，獾窝就在那榆树底下哩。”天赐看了看天气，说，“天黑还早哩，咱在这先吃根烟歇歇脚，再进地。”

在路边歇息的时，有一个扛着铁锨的中年男人从路上经过。天赐尽管叫不上人名，但知道这人是附近村子里的人。那人陡然在这里碰到天赐几个，显然有些惊愕。那人见天赐几个人面生，倒也不像是打家劫舍的坏人，却也着实有些意外，但表面上却是一副若无其事的样子。“乡党，你这是弄啥哩？”

天赐迟疑了一下，说：“撵獾哩。”

那人见旁边趴着几条狗，没敢停下脚步，一边走一边说：“今年獾多，糟蹋了不少庄稼哩。”

黑蛋说：“歇一会儿吧，老人家。”

“不啦……晌午饭还没吃哩。”说完这话，那人已经走出老远了。

后晌的玉米地里，闷热，潮湿。从地头走到榆树底下时，几个人的背上都出了汗。四周的蟋蟀声此起彼伏，煞是热闹。栖息在榆树上的几只灰喜鹊惊叫着离开树枝，飞向了远处。一接近榆树，几条无精打采的狗顿时警觉起来，低头绕着空旷的坟地嗅了一圈，都纷纷聚到昨天夜里发现的那个土洞前狂吠不已。喝住狗吠，天赐说，看来这獾还在洞里。獾咬人不？黑蛋问。天赐说，你不惹它，獾不会咬你。天赐让黑蛋把土洞四周的野蒿草清理干净，让平安把口袋里的小麦壳倒在土洞口点着。顿时，一股浓郁的青烟扶摇直上。天赐说，这样不行，要让烟往土洞里钻。黑蛋和平安就跪在地上用嘴吹。不一会儿，平安就被烟呛得眼都睁不开了。尽管这样，也只有少量的烟雾进了土洞。天赐说，不行呀，别说熏獾哩，这烟恐怕连洞底都到不了。黑蛋说，㞞，我就不信了，活人能叫尿憋死。说着，黑蛋起身脱下衣裳，光着膀子把一件蓝色的涤卡袄当了扇子用。顿时，向上升腾的青烟改变了方向，像一条被迫弯腰的青蛇朝着桶底粗的土洞钻去。几分钟后，天赐挥手示意黑蛋停下来，自个儿气沉丹田，把全身的力气都集中在两只胳膊上。他张开手里的布袋子，严严实实地套住土洞口，等着洞里的獾钻进口袋。平安是头一回跟着天赐出来打猎。他半蹲在地上伸开胳膊，挡住跃跃欲试的狗，心脏怦怦地跳着，等待着土洞里的獾自投罗网。黑蛋撂下衣裳，抄起地上的铁锨，提防洞里仓皇出逃的獾狗急跳墙，咬伤人或者狗。三个人各司其职，唯恐一点儿动静，惊扰了出逃的獾，影响了这次志在必得的狩猎。

这时，天空飞来一群麻雀，叽叽喳喳，扑棱棱一片骚动后栖落在榆树上。晃动的树枝还没有来得及停下来，这些慌慌张张的麻雀发现了树下的人和狗，又纷纷飞离了榆树。有几只麻雀的粪便跌落在了黑蛋裸露的背上。警惕中的黑蛋以为是坟地草丛里的蚊子，腾出一只手一拍，见是鸟屎，赶紧又在裤子上一抹，说："真晦气。"平安见状忍不住笑出了声，被天赐用严厉的眼神遏制住了。

时间过得真慢。五分钟，抵过平日里的五个钟头。因为没有了外力的催生，地上的那一堆麦壳渐渐冷清下来。先前浓郁的青烟，此刻已经是奄奄一息的样子了。可土洞里，一点儿动静都没有。平安和黑蛋不约而同地把怀疑的目光投向了天赐。天赐一脸的坚毅，尽管说着话，但两只胳膊却一刻也没有松懈。"这獾狡猾着哩。别看眼瞎，鼻子可尖着哩……野地里这些东西都精得很哩。野兔呀，野鸡啥的，都会琢磨人的心思。獾呀，狼呀，狐子呀，就更不用说了……和这些东西打交道，别的不说，你得有耐心。没耐心，不行……"

"这洞里，有没有獾呀？"黑蛋犹豫了一下，还是说出了心里的疑虑。

"肯定有！"说完，天赐向后一蹲，一屁股坐在草地上说，"来，再扇。我就不信，它屌能憋得住。扇，再扇……使劲扇。"

转眼，地上的麦壳堆又冒出了一股浓浓的烟雾。此刻，显然黑蛋已经掌握了用衣裳扇动烟雾的窍道。他不紧不慢地上下舞动着袄，而那些迷离的烟雾仿佛被念了魔咒一般，在低空回旋了一圈乖乖地钻进了土洞。黑蛋扇了几十下后，天赐用口袋再次堵住了洞口。一会儿，天赐又拿开口袋，让黑蛋接着扇，把浓浓的烟雾继续往土洞里灌。

"爸，你说这土洞有多深呀？"平安说。

"不好说。看这样子呀，少说也有丈把深。"天赐说了声停用洞开的布口袋，再次封住了土洞口。

时间在玉米地里一秒一秒地滑过。太阳已经走到了禹山上空，眼看着就要坠落了。可折腾了半晌，这潮湿而光滑的土洞里一点儿动静都没有。几个人，甚至连一根獾毛都没有看到。夕阳西下，玉米地里顿时暗淡下来。玉米的枝叶也没有了先前闪烁的光源。一株株玉米耷拉着脸，等待着暗夜的降临。可身下的这个土洞依然静悄悄的，连先前钻进去的烟雾，似乎也消失得无影无踪。

天赐的信心，像身边的玉米叶一样没有了阳光的照耀，开始从内向外凋零、枯萎，先前满满的自信，此刻也没了底气。按常理，这么大的烟雾，早该把洞里的动物熏出来了，可这凶猛的獾竟然无动于衷，竟然能扛得住这烟熏火燎的考验。要是夜幕降临，情况会变得更加复杂、难控。这次似乎早已是胸有成竹的狩猎，难免会以失败而告终。

这个尴尬的局面，不符合天赐的脾性，也不是一个乡村猎人所能接受的现实。不容置疑，一念之间，天赐说服自己，改变了狩猎的途径："他奶奶的，算了，不熏了。挖，就是掘地九尺，今天，也要把这狗日的给弄出来。"

一直静卧在旁边的几条狗似乎也受到了天赐的感染，纷纷站起来，伸展身躯对着天赐轻声吠叫了几声，算是对天赐的声援。因为都是庄稼地，除了几根榆树的根须，几乎没有遇到啥障碍。一袋烟工夫，三个人轮番上阵。原先那个桶底粗细的土洞已经变成了一个三尺见方，半人深的斜坑了。四周的玉米像一道厚厚的围墙，黄昏的田野闷热而潮湿。尽管还没有见到獾的踪迹，但几个人早已是汗流浃背了。身单力薄的平安下到坑里吭哧吭哧没抡几锨土，就已经气喘吁吁了。黑蛋换下平安说，你娃力气还没长圆哩，干活要悠着点，不敢伤了身子，那可是一辈子的事。歇息一会儿，到地里给伯寻一根甜玉米秆去……天赐半蹲在土坑里，用铁锨竭力掏挖土洞。几条狗蹲在坑边摇头晃脑，低声轻吠，给天赐加油。

夕阳把天际染成了一片金黄。刚刚暗淡下来的玉米地，又被几束耀眼的光芒反射得明亮起来。空旷的坟地散发着浓郁的泥土的味道。眼看着斜斜的土坑，有一人深了。那个幽深的土洞，开始向上倾斜。开始分岔。坐在坑边一棵树墩子上的黑蛋，一边咔嚓咔嚓啃吃着玉米秆，一边说，咦，咋成俩洞了？天赐直起腰说，看来快到底了。天赐指着两个土洞说，这两个洞，有一个是獾存放粮食的，一个是獾过冬的窝。果然，天赐几锨下去，两个土洞豁然变大。左边的一个尽管潮湿，但洞壁坚实、光滑。天赐判断是獾窝。借着夕阳的余晖，天赐低头朝洞里一瞅，心下一惊，至少有三个浅棕色的獾蜷缩成一团，把尖嘴巴插进土里，像几个棕色疙瘩的土块一动不动。退到坑中间，天赐轻声说，好家伙，一窝三个，是猪獾。黑蛋、平安蹲在坑边问，现在咋弄呀？

天赐说："烟把狗日的都熏晕了。老黑你下来，咱俩用口袋……"话还没有说完，梢狗老黄已经嗅到了獾的气味，率先对着土坑狂吠起来。其他几条狗也都跟着吠叫起来，同时跃跃欲试像要跳下土坑围击獾的样子。天赐低声呵斥黄狗，但无济于事，天赐的呵斥反倒激起了狗们的血性。那条白色的大土狗已经从天赐的身后跳下了土坑。有了白狗的怂恿，除了黄狗，其他的几条狗也都纷纷扑下了土坑。天赐见状，急忙爬上土坑，从黑蛋手里抢过铁矛，说："围住坑，不要让獾上来。"

也许是因为挖开土洞后，新鲜的空气驱散了洞底残留的烟雾。也许是因为狗们的狂吠，唤醒了被烟雾迷醉的猪獾。在几条狗下到土坑里，拥挤着扑向洞底的一刹那，三只猪獾从松软的泥土里拔出长嘴巴，已经清楚了它们所面临的处境。有两只猪獾在几条疯狂的猎狗封住洞口的前一秒钟冲出土洞，穿越错综的狗腿突围到土坑里。因为空间狭窄，几条狗相互碰撞，竟一时无从下口，让两只猪獾轻轻一跃，上了土坑。一直守在坑边的黄狗一跃而起，跳过土坑，把最先爬上土坑的那只猪獾扑倒在草丛里。猪獾像一只家猪一样嚎叫着，挣扎着。另一只猪獾则在平安的尖叫里化作一道黑影，从平安的胯下一晃而过，溜进了玉米地。随之跃出土坑的两条狗跟着追进了玉米地。洞底的另一只猪獾一出洞，就被最先跳下土坑的白狗逮个正着。

忙乱中，黑蛋抄起铁锹扑过去，没头没脑地在被黄狗死死摁住的猪獾身上乱拍一气。天赐见坑边的猪獾已经没了反抗的力气，就跳下土坑，瞅空用铁矛刺死了白狗嘴里的那只猪獾。

一场殊死的战斗，从打响到落下帷幕，前后也就几分钟。尽管序曲很长，尾声还在延续，但这充满暴力与血腥的一幕已经足以让头一次参与打猎的平安瞠目结舌、心惊肉跳了。此刻，这位十五岁的农村少年瘫坐在草地上惊魂未定。看着父亲娴熟地把两只猪獾开膛挖肚，几度想恶心呕吐，但都极力忍住，不至于因为自己的窘态，让父亲和黑蛋伯耻笑甚或小觑。直到看到那几条夸张地吐出长舌头，呼哧呼哧的狗，把一坨坨氤氲着热气的獾内脏当作主人的奖赏狼吞虎咽时，平安感到后背被谁猛推了一把，一股暗流从心底陡然涌起冲出喉咙。呕吐过后，平安觉得整个胃都在翻腾折磨他的胸腔。天赐见平安脸色蜡黄，抓起一把土把手上的血污简单地擦拭一番。跑到平安跟前，把手背贴在平安额头，试了试体温，又用手轻轻地拍着平安的后背嘘寒问暖，当他得知儿子并无大碍时，脸上的肌肉才松弛下来。“没事，慢慢就习惯了。”

除了两只肥硕的猪獾，这次黄昏的围猎还收获了满满两口袋玉米——这是三只猪獾过冬的口粮。可谓振奋人心，战果辉煌。俗话说，乐极生悲，喜极必反。太阳落山前，三个人离开玉米地，回到了那条长满狼尾巴草的土路上。黑蛋接替平安拉着架子车。车上除了平安，就是狩猎的战利品。天赐扛着铁矛，哼着戏文，和黑蛋并排走着，腰间绑着一条绳子，绳子的一头系在架子车上。五条猎狗，兴高采烈地跟在架子车后头。离开地头不到一里路，十几个男人挡住了去路。一个上了年纪的男人说，“我知道你。你是古城东村的，人能行哩。”

天赐一脸的疑惑，说：“老人家，你这是……”

那老者说，“唉，咱都是县河边的人，我也就不绕弯子了。难得一个好年景，你也见到了，好好的庄稼，让这獾给糟蹋得不成样子了。按说，你撵獾哩，是好事，该谢你哩。可，可，可该咋说哩……”老者一言难尽的样子，让天赐和黑蛋面面相觑。旁边一个比平安大不了几岁的青年人说：“一句话，把玉米给我们搁下，獾你拉走。”

“凭啥呀？”黑蛋眼一瞪说。

“就凭这獾窝在我地里。”那个青年人也不示弱，大声说。

“你这是打劫哩。”黑蛋把车辕放到地上厉声说。对面的十几个男人，显然被黑蛋的黑脸吓了一跳，纷纷提气，做出随时可能出手相搏的样子。天赐拄着铁矛，一言不发。那个青年人退了一步，指着黑蛋，声音带着颤音说：“咋哩，你还想打架？”

黄狗见对面的庄稼人面带愠色，对主人形成了威胁，率先跳将出来对着人群，竖起背上的长毛龇牙咧嘴，发出了一阵低沉的怒吼。其他几条狗见状，也都纷纷做出了攻击的姿态。

尽管对方人多势众，但在他们的经验里似乎还是头一遭遇到群狗的威胁。何况，他们的对手，还是驰名县河两岸的猎人。此刻，他们心里十分清楚。只要对面这个手拄矛子的男人一个口令，这五条凶猛的猎狗，就会像围捕猎物一样扑上来。在这千钧一发之际，那个老者打破了一触即发的僵局。

“哎呀，你这个碎娃。没大没小的，咋给你叔说话哩。”

天赐站在原地，一动未动。只是用言语呵斥了一句，几条狗纷纷收起了凶煞的嘴脸，后撤到架子车后头。一直忐忑不安的平安，这才深深地呼吸了一下，让自己的呼吸平息下来。但他也从对面那些凶巴巴的人僵硬、惊愕的脸上，看到了和自己一样的忐忑的神情。尤其是父亲训斥、喝退狗们的那一刻，那些原本想不劳而获、借机敲诈的邻村人，早已经被父亲临危不惧、镇定自若的气概震慑、降服了。平安想，只要父亲说一声“走”，这些人自然会退却让出道路的。黑蛋已经重新抬起了车辕，套上了背带。这时，天赐却低声说：“玉米我们拉走，獾给你们一只，尝尝鲜，打个牙祭。”他见黑蛋不解地看他，又说，“见面算缘分。猎物分一半，这也是规矩。”

一路上，尽管有说有笑，可天赐能看出来，黑蛋对他的慷慨赠予心有不甘，郁闷一直挂在脸上。进村时，天色已经暗淡下来。在村口，天赐说：“老黑呀，你把獾拿回去。”黑蛋推辞了一番，见天赐并非客气，就客套了几句，提着那只猪獾回家去了。天赐大声叮咛，“把獾从墙上撂进院子……”黑蛋在远处回应道：“知道了。”

直到半年后，黑蛋出了车祸，杏花村的阴阳先生说，黑蛋犯了血忌。天赐才知道，那天傍晚，黑蛋是抱着猪獾从正门堂而皇之进到自家院子里的。尽管这种说法缺乏科学的依据，但天赐信。多年以后，每每想起那只猪獾，天赐都会懊悔不已，总觉得是自己祸害了黑蛋，对不起朋友。尽管已经无法行走的大伯反复念叨，这都是自个儿的命，跟天赐的馈赠，跟那只猪獾无关，但天赐依然无法释怀。

那天月亮从窗棂上探进头时，天赐还在红英的身边趴着。白天，尽管折腾了半天，但围猎的亢奋依然燃烧着天赐的血液。媳妇白日里疯疯癫癫，可在炕上，在天赐的身下时，却是迎合着天赐。这是天赐与红英最后的一点儿温情。月到中天时，天赐鼾声如雷，红英的泪水却湿透了枕巾。

陡然，一只猫头鹰从院落的梧桐树上飞向田野。

第二十二章

小白病了。小白用鼻子嗅了嗅盆里的食，又退回到窑口，软软地卧在初冬的朝阳里。起先以为是它不习惯羊奶拌麦麸，嘴刁挑食，可到了晌午，看到它独自在窑南边的墙根下呕吐不已，我才看到了小白眼角的泪花。我知道了，这条大丹狗此刻正与病痛做着沉默的抗争。清瘦的头上，一双大眼睛此刻毫无表情，呆呆的，像一对没有灵魂的玻璃球。等我放下手里的活计，小白已经蜷缩在地上口吐白沫，一动不动，唯有身体无力的抽搐在一点一点地消耗着它最后的体力。这条身上有着少许黑色斑点的大丹狗并不是很纯正，是我用一只能挤二斤奶的羊置换来的，不过小白在我的几条狗里算是跑得最快、耐力最好的猎狗了。

我是第一次见到这种情况。以我的经验判断，小白不像是中毒。手忙脚乱中，我在窑炕上那一堆瓶瓶罐罐中翻寻对症的药品，不小心弄碎了一个玻璃药瓶，褐色药片像天女散花似的撒落了半炕席。这一堆三十多个大大小小的药瓶，除了常用的酵母片、磺胺素、打虫剂之外，竟然找不到一种适合小白病症的药品。小白的病情像一把锥子一下一下地扎着我的心。不怕你笑话，只有我娘死时，我才有过这种揪心的痛感。我不敢想象，要是小白不明不白地死了，我会是一种怎样的心情。情急之中，我想到了公社兽医站。没有架子车，没有自行车，我只好把几十斤重的小白背在身上出了村，像当年到公社卫生院看望红英时那样，穿过空旷的田野，风尘仆仆地奔向公社兽医站。

兽医站在芝川街道西边台塬下的山坳里。一个头发花白的老兽医让我把小白放在一张木台上。见有陌生人靠近，小白下意识地咧了咧嘴以示威胁。我厉声安抚了一番，小白才安静下来。老兽医似乎见怪不怪，摘下老花镜走到小白的脑后一侧，用手轻轻地翻了翻小白的眼睑，又让我掰开小白的嘴巴，察看了一阵子舌头后，慢悠悠地说："肠胃感冒，发烧了。打一针，吃几服中药，过几天就没事了。"

真神了。打完针，没多大一会儿，小白竟然能下地走动了，尽管它走路的架势还有些摇摇晃晃、颤颤巍巍的样子。等我办完手续，提着三服中草药走出兽医站大门时，小白已经可以一路小跑了。这时，我一直悬着的心才落到了肚子里。

回到村子，回到我借住的半坡饲养组。生产队解散后，位于土寨子半坡的饲养组一直闲置着。剩下的三面土窑，破败不堪，门窗尚在。狭长的粪场早被一人多高的野蒿草覆盖。找人拾掇了一番，三孔土窑一孔圈羊，一孔圈狗，剩下的一孔自然成了我栖身的屋子。时隔二十年重回这个向阳的饲养组，完全出乎我的意料——一半是因为井把弯巷老宅里盛不下我的二十三只羊。每天早起，穿庭而过的羊群都会在我家那方砖墁过的院子里印下无数个带着羊粪的蹄痕，留下无数粒散发着热气的羊粪蛋蛋。至少需要两个时辰，弥漫在老宅院井里刺鼻的羊膻气味，才会自行消退。刚刚恢复整洁的老宅，晌午时分又会被回圈的羊群踏过。到了后晌，这样的经历还会重复一次。打扫庭院几乎成了红英每天雷打不动的作业。日复一日，但凡走过井把弯巷道的人都会不由自主地嗅一嗅，甚至会捏着鼻子快步穿过从我家老宅弥漫出来的让人恶心的羊膻味。另一半原因，是平安对我的抗议。这种娃娃气的抗议，尽管有些蛮不讲理，在大多数农村人看来，甚至有些矫情，但最终我还是妥协了。我的妥协，倒不是因为平安对羊膻味道的厌恶，也不是因为平安对我执意养狗的困惑，而是平安的一句“咱屋一天到晚臭烘烘的，谁家的女子，愿意到咱屋来？”让我做出了妥协，让我下决心用两瓶四川绵竹大曲说服大队主任和小组长，把这个荒芜、闲置多年的饲养组借给我居住，借给我的羊、我的狗栖身。长此以往，家里这种羊呀、狗呀的味道，不光会遭到井把弯人的抵制，更重要的是会影响平安寻媳妇。

平安在说这话时眼睛里噙着泪花。那一刻，我能感觉到无奈的平安在对我说出这句话时内心的纠结与懊恼，甚至还有一丝对我的失望。我这才清楚，平安对我在狗市高涨、狗价飙升之际，贸然买回三条天价德国黑背的举动，充满了不解与愤恨。我买狗从不考虑回报。只要是我喜欢的狗，哪怕砸锅卖铁，哪怕赊账，我都会义无反顾地把我喜爱的狗牵回家。这种任性在我娘死了以后就像地头那些无人照料却会疯长的野蒿草一样，只要给点阳光，给场雨水，就会与庄稼比拼，就会忘乎所以任由本性的自由膨胀。市场如战场。狗价就像秋天里县河的水，说涨就涨，说降就降，是我不能左右、无法驾驭的一头怪兽。平安的愤恨是有道理的。不到一个月，我的那几条高大威猛的德国黑背降价了，降到了一条普通土狗的价钱。我没把这个消息说给平安，平安到底还是从其他人嘴里知道了。还有诸如用奶羊换狗的事情，同样让平安不可理解。但我把羊和狗迁居到半坡的饲养组多少让平安对我的懊恼有所释然。

推开半坡饲养组大门时，已经过了晌午。

那些圈在土窑里的羊鼻子尖得很。我一进院子，它们就嗅到了我身上的气味，把头纷纷抵在窑门缝里咩咩咩地叫唤个不停。南边窑里的狗倒没有像羊群表现得那么紧迫，但我能明显地感觉到，几条狗的低吠说明它们也饿了。

老兽医的那一针在小白体内发挥了药效，一路我不时地用喊叫拽着小白，用原地歇息停滞小白行走的速度。一进院子，小白好像经历了长途跋涉一般平躺在窑门口的阳坡里，四肢放松，佯装假寐。不难看出，由于患病的缘故，往日里能一气奔跑几十里地与猎物顽强博弈的小白，却在几里路的行程之后，显得气喘吁吁，甚至疲惫不堪。狗和人一样，再好的身板都经不起病魔的折磨与煎熬。顾不上给窑里的牲口弄吃的，我得赶紧给小白熬草药。熬药的砂锅是现成的。也就半个时辰，我用一块纱布，从砂锅里过滤出了头遍中药。等到药水变温时，我把盛药的老瓷碗端到小白跟前。小白用鼻子嗅了嗅，又把头挪开了，一副毫无兴致甚至厌恶的神态。任凭我如何呵斥、安抚，也都无济于事。结果我越努力，它的头离药碗越远了。以致在我掰扯小白头的过程中，不慎拨翻了老瓷碗，褐色的药水泼洒了一地。尽管窑前的地面长年累月经人踩踏变得干燥而坚实，像经过了处理的地基一样，但一碗带着温度的中药水一旦泼洒在地上，眨眼间就不见了，消失得无影无踪。地面上，只留下一缕似有似无的热气，很快就被一阵风刮走了。

倒了药，小白似乎有些内疚。翻眼看了我一眼，却装得若无其事的样子。尽管药碗是我弄翻的，可我依然很生气。我随手脱下一只鞋，用鞋底象征性地在小白的屁股上拍打了两下。小白见我并非真的要打它，躺在原地没动，只是扬起头晃了晃脑袋，意在躲闪我手里的鞋底，又夸张地叫了两声，然后就竭力用舌头舔我的手背。要不是有病在身，就算它再乖巧，我也不会原谅它的。我心里郁闷，等二遍药熬好后，我还是在土窑里翻箱倒柜，翻寻见了过去生产队时，给牲口灌药用的一把木马勺。

木马勺是杨木匠用一截子柳木雕的。说是勺子，其实叫木槽子更确切一些。当年，杨木匠在一尺长胳膊粗细的一根柳木棍上用凿子挖出了半尺空槽。给牲口灌药时，只需要把木棍凿空的一头塞进牲口的嘴里，把药水缓缓地倒进外露的木槽，药水就会沿着木槽“咕咕”流进牲口的嘴里。至于为啥叫马勺，我想大概是因为这木勺长而细像马脸吧。

马勺的槽沿已经被马呀、牛呀的牙齿斑驳得有些残缺了。从外观上看，马勺圆润光滑，不失精致。把马勺洗干净晾干后，药水的温度也刚刚适宜。尽管小白很不情愿，紧紧地咬着牙关。但当我把木勺子塞进它的嘴巴，它还是很配合地喝下了一碗药。从小白使劲卷动舌头看，中药大概有些苦涩。等到后晌再次灌药时，小白已经没有晌午那么抗拒了。三天后，小白基本康复，开始主动和其他的狗一起吃混合饲料，喝羊奶了。又过了两天，痊愈的小白恢复了往日的健康，在院子里，开始与其他伙伴嬉戏打闹，甚至龇牙咧嘴挑衅寻事了。狗这东西呀，和碎娃娃一个样，不会装，只要没了病痛，一刻也消停不了。

我养狗，不全是为了撵獾、逮兔子。

打我记事起，就对狗这种动物怀有一种特殊的情感。究竟是啥缘故，我一时也说不清，道不明。我喜欢狗，喜欢养各种各样的狗。只要是狗，我就喜欢。在村里头，娃娃们小时候是没有玩具的。狗在我的童年里，最先大概是充当了陪我成长的玩偶——城里人叫玩具。不同的是，我的玩偶是一条通人性能听得懂我的话，看得懂我的脸色的狗。

黄狗之前，我已经不记得我一共养过多少条狗了。要说一个具体的数目，我想应该有二十多条吧——时间最长的是黄狗。我娘去世前，我养的狗基本上都是土狗。要说不同，大概只能是颜色不一样，再就是狗毛的长短不一样而已。留在我记忆里的这两件事情，我终生难忘。早先，在村里养狗，是不需要花钱的。谁家的母狗生下了狗娃是不兴买卖的。只要提早给主人打个招呼，说给我留一条母狗娃，或者公狗娃，就可以了。等到二十天后，狗娃出了窝，主人就会给你捎话，你逮狗娃时，只消给母狗拿一些吃食，然后在主人的掩护下，背着母狗悄悄地抱走狗娃就是了。

印象里，我养的头一条狗是一个黑色的短毛狗。那时候，我大概在上小学三年级。从同学的嘴里，我得知杨家巷有个人家的狗下了一窝狗娃。回到家，我就哭闹着要我爸给我逮一个狗。在我的心目中，我爸是队长，在二队有着至高无上的权威。要一个狗娃，应该不算啥事。经不住我的再三哭闹，再加上我娘的说和，隔了三天，我爸对我说杨家巷的狗娃没了。这一窝下得少，都被人家号下了。主家说了，等下一窝一定给你留下一个。还说了，公母随你挑。这个结果好像在我脑子里闪过，但我还是无法接受。我哭鼻子，不吃饭，甚至拿不上学威胁我娘，但最终还是因为惧怕我爸的耳光，才放弃了最初的执念。但条件是等秋后，母狗再生下狗娃了，要给我逮一个黑色的母狗娃。我总觉得，黑狗威武、厉害，长大了像一只豹子，天下无敌，肯定能打赢所有的狗。母狗吧，可以下狗娃，可以下许多狗娃。我想给谁家就给谁家;想留下几只狗娃，就留下几只。我就是在这样的憧憬里等待着。有时候，老师在课堂上讲课，我的脑海里也会跑出来几只憨态可掬的狗娃，或者给未来的狗娃反复起名字。以致老师提问我《小橘灯》的作者是谁时，我不假思索地说“黑虎”，惹得同学们哄堂大笑。后果可想而知，回到家少不得被我爸在屁股上打两下。

这件事刚过去，一天下学，我路过新巷，见程寡妇邻居的门口有一个黑狗娃在蹒跚学步。那一刻，我几乎没有丝毫的犹豫，抱起狗娃一口气跑回了家。进了家门顾不上和我娘说话，径直跑到后院，才从衣服里掏出狗娃。从头到尾，神不知鬼不觉的。吃晌午饭时，有好几次我都乐出了声。我娘见我格外的欢喜，以为老师表扬了我。说，赐娃呀，看你高兴的，是不是老师夸我娃了？我摇头不语。我娘又问，那就是考试及格了。一听娘提及考试，我的头皮就发紧，顾不上咽下嘴里的饭，就把眼睛一瞪说，什么呀，你就知道考试考试。只要我爸不在场，我娘是不会介意我的措辞的。匆匆吃完饭，趁我娘收拾碗筷的间隙，我偷偷拿了半个馍，溜进了后院，蹲在地上和狗娃耍了半个时辰。我娘喊叫我上学时，我才慌慌张张地回到前院。我娘一脸惊愕，说，你在后院弄啥哩？我支支吾吾，吞吞吐吐，说不出个子丑寅卯来。我娘见状，说，你啥时候能不再慌张哩。你再不好好念书，真的要抡一辈子镢把哩。娘的唠叨，我听得多了。可那能怪我吗？就拿算术来说吧，在课堂上，我听得明明白白的，可一到考试，也不知是咋了，全忘了。我有时候也在想，老师也许说得没错，我不是一块念书的料。出了门，我就想着快快下学。一路上，甚至一后晌，我的小脑袋里都是黑狗娃憨憨的样子。

那天后晌，过得真慢。当学校灶房的大师傅敲响下学铃铛时，我连书包都顾不上背，第一个冲出教室，一路奔跑。走到井把弯巷时，尽管我心急如焚，可我还是有意放慢了步子故作镇静，以免被人看出破绽。我进家门时，这才发觉脚上少了一只布鞋。担心我娘盘问，我索性把脚在墙角一拌，踢掉了另一只布鞋。光着两只脚，快步进了后院。可眼前的一幕让我的大脑一下子变成了一片空白。一路上，对狗娃的种种猜想，此刻都变成了一块平整的留茬地，空旷，荒芜，像一场梦魇。我几乎翻遍了我脑子里的每一道皱褶，几乎寻遍了后院的每一个犄角旮旯，撅着屁股翻遍了后院、前院堆放的任何物件。不可能呀，我把狗娃藏匿在后院废弃的兔窝里，没人知道呀，但任凭我翻天覆地，翻箱倒柜，仍然没有看见那只黑狗娃，那只让我魂不守舍了一个后晌的狗娃子。

这一刻，我像一只发疯的野猫，在几个屋子间来回穿梭。我娘正在灶房里淘米，见我没头没脑地乱蹿，一脸疑惑，问，赐娃呀，你又翻寻啥哩？狗娃哩？我的狗娃哩？我上气不接下气，像发射连珠炮一样冲着娘低声吼道。我娘像知道内幕似的，看不出一丁点儿的着急，仍然戴着她的老花镜仔细地淘洗着碗里的小米，间或偶然抬起头瞥一眼我。直到看见我眼睛里噙着泪花，她仍然没说啥，只是重重地叹息了一声。

“娘，我的狗娃哩？”

“赐娃呀，你看巷口你程伯那女子，去年都上了大学了，吃上了商品粮，不好好念书，我娃一辈子都要抡镢把哩。”

“我哪儿也不去！”我知道，在村里，几乎所有的大人都有一个共同的心愿，希望儿女跳出农门，吃上商品粮，成为一个体面的公家人。除了当兵，念书自然是最好的选择。我娘那些年说得最多的话就是好好念书，将来长大了才有出息。这种温暖的鼓励，在很多时候也会像一颗洋糖一般，给我平庸、枯燥的日子添加一点貌似希望的欣慰。可此刻，娘的这番话，却激起了我发自心底的厌恶，甚至愤怒。“狗娃哩，谁把我的狗娃逮走了？”

“碎狗妈把狗娃要回去了。”我娘抽咽着说，“赐娃呀，你以后可不敢再拿人家屋的东西了……你二哥，这辈子吃亏，就吃在这上头了……”

那一刻，我像一张窗花被我娘用腊月里稠稠的糨糊粘在了窗棂上。尽管我是井把弯巷出了名的淘气鬼，可我最怕娘心里受苦。当年，二哥违法坐了三年牢，娘的头发掉了好多，也白了好多。此刻，听到娘提起二哥，我的心也紧了。“娘，我错了……我，我再也不拿人家的东西了……”

半晌，我娘放下手里的米碗，说：“黑了，你爸说你，你千万可不敢再犟嘴了。”

“知道了。”我低声说。

鸡回窝时，我爸回来了。我娘一边舀饭一边说，赐娃今天后晌把灶火的灰掏了，把院子扫了，抽空还在南岸地里挖了一笼猪草……娘絮絮叨叨，像是说给我爸听，也像是自言自语。说完，又支使我说：“赐娃，给你爸把水烟锅子拿来。”我不敢怠慢。尽管下学后，天黑前的一个时辰，我干了许多我从未做过的活儿，但面对我爸铁青的黑脸，我知道，挨一顿打是避免不了的。眼下，我唯一能做的，就是希望这一刻快快到来，快快过去。从我爸进门的那一刻，我就从他的脸上看到了结果。尽管如此，我还是极尽献媚的本领，看见我爸刚放下碗筷，把水烟锅子和点着的媒纸就递到我爸手里。我爸一言不发，对我的殷勤无动于衷。至今，我都从心底钦佩我爸，凡事都能沉得住气。

窗台上，那盏被油垢包围着的煤油灯忽闪忽闪地跳了几下，昏暗的屋子里逐渐亮了起来。我帮我娘收拾完碗筷，我爸也刚好抽完一根媒纸的水烟。一切拾掇停当，我娘也不言语，悄无声息地坐在炕沿上，拿起了她永远也纳不完的鞋底。这时，我爸叫住了刚想出屋的我。

“你说，这事咋弄哩？”我爸说。

我先看看我娘，再瞥了眼我爸，最后，像一只斗败了的公鸡，耷拉下了脑袋，看着自个儿的脚尖，两只手一个劲地抠掐着指甲，一句话也不说。见我不言语，我爸提高了嗓门：“说呀，这会儿你蔫了。你偷人家狗娃时，咋不蔫哩？你说呀，就你这屄样，长大了能成啥精？我看呀，就是在农村戳一辈子牛屁股，也不见得是把好手！”

“你好好给娃说嘛……”我娘在一边帮我熄火。

“你闭嘴！你就知道惯娃。等进了没风的地方，我看你还说啥？”尽管我娘知道我爸的脾气，可为了我她还是鼓起勇气，把自己的意思表达出来了。没想到，我娘的慈心反倒激起了我爸无限的愤慨。“我看呀，你娃就是皮紧了。三天不打，你就想上房揭瓦哩。”我爸越说越气。

“一个狗娃……至于嘛……”我低声嘟囔了一句。

“你说啥？”我爸站了起来，“你再说一句！”看着我爸怒气冲冲的样子，我的嘴唇下意识地动了几下。尽管没有发出声来，但我的这个细微的举动，还是再次激起了我爸的愤怒。我娘也向我投来了埋怨的眼神。

“过来，趴炕沿上。”我爸说。

因为有这个思想准备，我迟疑了一下，还是趴在了炕沿上，把毫无遮挡的屁股，留给了我爸手里的鞋底。开始三鞋底，我的身子只是随着我爸抡起的鞋底剧烈地抽缩了几下。我憋着一口气，想尽量不哭出声来。可是，等到我爸那只老鞋底，第四次落在我屁股上时，我的防线彻底崩溃了，像小时候那样号啕大哭。我爸一边打一边骂，越骂越气愤。越气愤，手里的鞋底就越抡得快，打得狠。事后，我娘说那天我的哭声，就像腊月里杀猪时，猪的哀嚎一样，绝望而凄厉。

尽管我因为一只狗娃被我爸暴打一顿，但我爸还是兑现了他的承诺。到了秋天，他从杨家巷给我逮了一个狗娃。一只黑色的母狗娃。狗娃进屋的头一天，我爸给我撂下一句话：不许把狗娃带到学校去。

有年夏天，我养的一个半岁大的公狗被人烫伤了。我清楚记得，狗脊背上巴掌大小的一块毛掉了，裸露的皮肉因为溃烂招惹了不少的青头苍蝇。据我爸分析，狗是被人用煎水烫伤的。不会言说的公狗，每天见我下学回来，就可怜兮兮地对着我哼哼唧唧。多亏了杨木匠给我的獾油，到了秋天，狗脊背上的伤口痊愈了，但那一块的狗毛却始终没有长出来。我当时的痛心大于愤怒，但我并没有放弃对凶手的讨伐。

我从大伯的口中得知，那天狗的嚎叫声从老宅的东边最先响起，然后看到狗一边痛苦地嚎叫着往家跑，一边侧身弓腰试图用嘴巴啃噬后背。他当时并未在意，没想到狗狗会遭此一劫。大伯的这一说法，很快得到了杨家巷一位老人的佐证。我与这个老人并无任何血缘关系，只是那些年她常跟着我爸到县广播站播送宣传稿，与我家算是有那么一丁点儿世交。我管这个大我爸四五岁的老婆婆叫杨巷嬷。杨巷嬷说，那天她路过井把弯巷，快到我家老宅时，被从一个老院子里陡然跑出来的一条狗吓了一跳。那家的女主人看到她时，还刻意退回院子装着没看见她的样子。不用说，我已经知道了，谁是烫伤我家狗狗的罪魁祸首——我家后院东侧，那个寡居的老女人。平日里，只要谁家的鸡呀、猫呀、狗呀无意间进了她家的院子，她都会采取一种恶毒的手段驱赶，或者伤害这些没有任何戒备的“街坊邻居”。

我娘听说，狗是被那个老女人害的，就长叹说：“老天爷是长眼的，她这样恶毒的人，活该绝户。”某天，我趁着大人们歇晌的空隙，用练习本的皮皮在饲养组的粪场包了一坨热烘烘的牛粪，一股脑儿地摔在了这个老女人的大门上。走出老远了，心里觉得还不过瘾，就又溜进她家的门道里拉了一泡屎。我自以为神不知鬼不觉的，一切都天衣无缝，没想到那张包牛粪的本子皮，暴露了我的身份——上边清清楚楚地写着我的大名。为此，我又挨了我爸一记响亮的耳光。时光荏苒，我对这两件糗事记忆犹新。尽管我爸的鞋掌抑或耳刮子在当时让我备尝耻辱，但眼下想起这些来倒不乏几分暖意。

这废弃的土窑，无意中竟成了队上人谝闲的据点。最先是几个要好的人吃过后晌饭凑到一起天南地北地谝闲。后来古城东村大凡空闲的人，不分晌午晚上，有事没事地都聚到土窑里来了。我呢，从早到黑，炉子上都蹲着一个中号铝茶壶“咕嘟咕嘟”地煮着，壶内始终煎熬着半壶安化砖茶叶。茶杯，就是七八个黑色的蒸碗，谁想喝了就自个儿过去从壶里给自己倒半碗茶水。壶嘴粗，碗里经常带着茶梗。喝茶的人嘴里嚼着苦涩的茶梗，有时候比喝一口发苦的浓茶还有滋味。烧茶的水是从村西一口深水井里打来的甜水。我这简陋的土窑还管烟吃。烟叶都是我从集市上买来的，劲头没有生产队时自产的烟叶足，但也能凑合着吃。卷烟的纸是高瘸子前几年给我从大队部拿的废报纸。装旱烟末子的饼干桶始终放在窑炕台上，旁边是用一个高大的墨水瓶制作的柴油灯。来谝闲的人，不分老幼，吃烟时都把嘴凑到油灯跟前用昏黄的火苗点烟——过瘾呀。

好日子要慢慢过，像品茶，像吃烟，不能大口咥，要在不经意间呷一口。一队的程老汉慢腾腾地说。黑蛋猛不丁地喝了一大口茶，想说啥，却被下肚的酽茶呛变了脸。他咧开嘴，咂了咂嘴巴说，那你还不赶紧回去。咋啦？程老汉一时没弄明白黑蛋的意思。咋啦？你再不回去，小心我碎嫂跟人跑了。黑蛋的话一落地，土窑里陡然响起一阵善意的笑声。起哄的人，都知道程老汉新近搭了一个互助组，和芝川南街上那个卖了一辈子秤的女人住到了一起。上一个集市，程老汉到街上买秤，不知道咋弄的，一来二去的，两人就对上了眼。寡居了半辈子，在街面上混搭了几十年的女人，心甘情愿地跟着程老汉回到了古城东村。互助组是啥？就是两个孤寡男女，经人说合，两情相悦，不办证，不待客，搬到一块吃住。生活费用由男方承担。这种关系一般不延伸到儿女。百年之后，由各自的后辈善后。两个半途寡居的老人，像两只孤独的白鹭一样相互照应，相约在空旷的河滩一起度过剩余的人生。这种临时组合的家庭，类似过去农业社之前的生产互助组，村里人把这种组合叫搭互助组。

听说程老汉有了一个老伴，赵俊才说，程叔我婶长得咋样？程老汉说，你个㞞货，净问些没脓水的淡话。黑蛋说，程哥呀，你就给大伙说道说道，你是咋把南街那亲女子哄回咱屋的。啊呸，啥女子，给你当婶都够了。就咱这家当、人样，还用哄？是她撵着咱屁股后头寻来的。“程伯，我婶来了。”赵俊才在窑外粪场尿完尿，站在窑窗前大声说，“婶，你咋来了。我叔在窑里头谝哩。”程老汉一听，赶紧跳下炕朝窑门走去。结果，拉开窑门一瞅，院子里月光明亮空无一人，连个鬼影都没有。身后一片哄笑——程老汉知道被俊才那货捉弄了，也不好发作，就势撂下一句“天不早了，我回呀”，一个人踏着月光出了饲养组的大门。

烟雾缭绕的土窑里，始终氤氲着一种黏稠的气息。对于到我窑里谝闲的人而言，时间永远只是一个空洞的概念，并不具备实际的生活意义，就像肚子饿了，吃饭，人乏了，卧倒睡觉一样。聚集到土窑抑或其他的啥地方，依偎着，哪怕没一句正经话，这才像是生活的全部意义。我大伯说过：人这东西呀，一脱胎到这世上，就忘了本了，不知道咋回事，争呀，抢呀，等到醒悟过来时，为时已晚——前脚都踏进阎王殿的门槛了。你说，这又是何苦呢？尽管这样，人们依然乐此不疲，像一只短命的雀，为了几粒米，结果丢失了自家的小命。瓜蔓都拔了，再足的肥料又有啥用哩。我对大伯的一番疯话半信半疑、半知半解，更多的人听罢大伯的话，都会嗤之以鼻不以为然。尽管如此，我还是一如既往坚定地与大伯站在同一个战壕里。久而久之，村里人都知道了我的人生立场，都把我划归为我大伯一类的人群之中。眼下，我只在乎我的狗、我的羊、我的猎物，在乎我的平安能不能娶上媳妇，在乎我的土窑是否像今天一样烟熏火燎，睡意蒙眬。我不怕笑话，我对我当下的日子感觉良好。尽管我达不到我大伯那种超凡的境界，可我十分惬意这种在原野上、在夜幕下、在庄稼地里追逐猎物，与猎物斗智斗勇自由自在的生活方式。

月亮升到窑背上头时，我已经和衣躺在土炕上睡了一觉。要不是因为赵俊才的演说，我也许还会继续昏睡下去。睁眼看时，他正意犹未尽地发布现任村长在城里头赌博的新闻。我问身边的黑蛋啥时候了，黑蛋昏昏沉沉地打了个呵欠，说，鬼知道呀，我睡呀，你们谝吧。黑蛋最后还是把那个叫春梅的女人娶回了家。他时不时也会窝在我这土窑里等天明。尽管春梅是二婚，可毕竟是新媳妇。白天俩人一块儿跑车拉砖运货，一旦进了家门，她就把黑蛋黏得紧紧的，不等天黑就缠着黑蛋上炕。没出半月，黑蛋走路就像走钢丝晃晃悠悠的，腰酸腿软。此后，只要第二天不出车，天一黑，黑蛋就胡乱编个借口上坡，到我的土窑里来。最初，春梅也跟着来，坐在一边，可根本插不上嘴。只有听这些老少爷们，瞎说胡谝一通的份儿。后来，也就不再相跟了。黑蛋又成了一只自由鸟。尤其到了冬里，停了活，封了车，黑蛋除了吃饭、睡觉，剩下的时间几乎都和我厮守在一块。有一次，我们在后沟撵兔子。歇息时，我问黑蛋媳妇咋样？黑蛋思忖了片刻，说，好着哩。总强过一个人单过嘛。黑蛋听懂我的意思了。我知道，黑蛋做梦都想有个娃哩。这大概就是命吧。黑蛋耷拉着脑袋，顿了顿，猛不丁地说，“你大娘死了几年了？”对黑蛋的问题，我一时没反应过来。“大概三十多年了吧。”我出生时，大娘早死了。“好好的，咋问这个呀？”黑蛋没有正面回我的话，“哎，你说你大伯，年轻时有没有相好的？”我说，你脑子里净想些啥？我大伯都那样了，咋会哩。我是说年轻时。我知道，别把人都想成你了。黑蛋狡黠一笑，随手朝我扔过来一个土疙瘩，算是对我的抗议。黑蛋像一头牛，拽都拽不回来。我咋听说你大伯年轻时和你对门婶有过一腿？很多年前，我也风闻过类似的话。可我还是不假思索地否定了老黑的试探。这㞞今天是咋了？竟然咬着我大伯说事儿。想到这儿，我不由得笑出了声。你笑啥哩？我说我想起了那条花狗。咋啦？它和你一个㞞样，着急了，乱咬哩！有好几次，在围猎獾时，它从后边咬住黄狗的后腿，朝后一个劲地拉。说正经的哩。你知道不？我咋能知道哩。好像你知道似的。我看你呀，让春梅把你弄得像喝了迷魂汤，开口闭口离不开女人。咦，你啥时候变成圣人了？我不是圣人，也不想当啥圣人。可我不像你，成天想着女人的屁股呀、奶子呀。你累不累呀，我说老黑，你该换个姓，改姓黄。等黑蛋把一只臭鞋撂过来时，我早已经跑远了。

送走窑里最后一个人时，黑蛋睡得正酣。我睡眼惺忪地关了大门，和衣斜躺在土炕的一角。黄狗始终卧伏在土窑口眯着眼，动也懒得动一下，仿佛这土窑里的喧嚣与它毫不相干。直到见我出窑去送人关门，它才懒洋洋地起身，跟着我到了院子里。我刚返回土窑，听到黄狗在院子里对着大门吠叫。再侧耳一听，有人在拍打木门。用手拍打木门的声音，要是放在白天，人在土窑里根本就听不到。即便是在深夜，听到的声音依然很小。"嘭嘭嘭"的敲门声，像从遥远的地窨里传来似的。黄狗的吠叫，远远盖住了急促的敲门声。

"谁呀？"我站在窑口大声问。

"爸，我。"平安在门外说。

"这深更半夜的，咋哩？有啥事不能等到天亮了？"

门还未完全拉开，平安就气喘吁吁地从门缝里说："赶紧，我疯子爷……不行了……叫你哩……快些……"一听平安说大伯挺命了，我身上的睡意顿时烟消云散，我的心开始乱跳。尽管大伯很早就结婚了，但大娘死得早，膝下无子。打我记事起，大伯跟前有个女子。长大后才知道，那是我爸从邻村一户人家月子里抱来给我大伯养老的娃。虽然不是大伯亲生的娃，我也管这女子叫姐。似乎在我的心里，她就是大伯亲生的娃。尽管没有啥血缘关系，我与这位堂姐却一直走得很亲近。可是，不知道为啥，这些年，大伯却与养女一直分灶过着。尽管这样，堂姐对大伯仍然不离不弃，照顾大伯的日常起居，一日三餐，尤其是大伯年事稍高，堂姐更是呵护有加。尽管这样，大伯的风吹草动，仍然是我这些年关注、操心、牵挂的事儿。我跟着平安，借着月光一溜小跑回到了村里。拐进井把弯巷时，一条狗从旁边的黑暗里一边低声轻吠着，一边冲了过来。因为有茂盛的树冠遮挡，进了井把弯，土路陡然暗淡下来。影影绰绰的月光，恍恍惚惚，反倒叫人走起路来踉踉跄跄的，对这条走了几十年的巷道陌生起来。大伯家的这条黑狗带着我穿过井把弯巷，径直来到了杨家祠堂——大伯此刻一定栖身在这座荒芜的老祠堂里。晚年的大伯极少蜗居在与我家老宅子相邻的家里，总是独自在外奔波，要么是在周边的某个村子里，要么是在原野上漫无目的地行走。总有一些善良的人塞给他一个馍馍，舀一碗热汤水给他喝。到了天黑，也总有半生不熟的人收留大伯在家里留宿过夜。这几年，大伯像幽灵一样，忽东忽西的行踪不定。堂姐也只好听之任之，接受了这个现实。除了好心人家，荒野的某个窑洞，村庄里的某处废弃的老屋，居然都成了大伯栖居歇息的场所。果然，在祠堂斑驳的大门口，黑狗朝着祠堂大声吠叫了三声。大概是告诉祠堂内的人，我来了。夜幕下，荒芜的祠堂阴森森的，有几分恐怖。我媳妇红英一个人站在祠堂抱亭上，远远地看着亮灯的厢房。大伯躺在当年用作队部的厢房里。土炕已经坍塌了一角，一盏十五瓦的电灯泡散发出橙色的光芒。不算明亮的屋里一片凄凉：破败的木柜子，落了厚厚一层尘土的两屉桌，歪倒在地上的椅子和灯泡与幔顶上稀稀疏疏的蜘蛛网，还有闭目仰卧在土炕上的大伯……堂姐泪眼婆娑，坐在炕沿上握着大伯的手。见我进来，堂姐“呜呜”地放声哭了起来。

“咋还在这里哩？赶紧回呀。”我说。

“你姐夫出门了，你伯死活都不回屋去。你说，咋弄呀。总不能……总不能让人老在这里呀……”堂姐带着哭腔说。

“对呀，赶紧回！”我说。

这时大伯睁开了眼，灰白的脸颊上居然挤出了一丝笑意，大伯的嘴唇嚅动了几下。我用牙齿使劲咬着下唇努力克制着自己的情绪，不让眼泪流出来。我以为大伯有话要说，忙俯身把耳朵凑到大伯嘴边。大伯用手轻轻拨开我的头，摸索着从怀里掏出一个折叠得方方正正的手帕。堂姐说：“啥嘛，像宝贝似的？”大伯不言语，把手帕紧紧握在手里。我伸手去接，同样被大伯拒绝了。大伯把手帕放在自己胸前，停顿了片刻，才颤颤巍巍地打开手帕。然后，又打开一层牛皮纸，一层学生娃的本子纸，里边是一张比巴掌还小的相片。昏暗的灯光下，这张皱皱巴巴的黑白相片早已褪色。“谁的相片呀？”堂姐的头摇得像拨浪鼓。大伯用手轻抚了一下相片，脸上露出了少见的暖意。“这是你三大。”大伯低声说。我接过相片，把相片凑到灯泡下仔细看了半天，透过那些细密的裂纹，隐隐约约地能看出来，相片上是一个穿老式军装的青年人。“你一直在身上装着？”我疑惑地问大伯。大伯点了点头，眼睛里泛着亮光。我知道，三大对于我和堂姐而言，都是一个久远的传说。此刻，从大伯得意的神态中，我窥见了作为家族长子的大伯所特有的那份暖暖的惬意。在这份温情里，我能想象得来大伯对兄弟之情的珍惜。也许，正是这种手足之情，支撑着大伯挺过了一个又一个难挨的夜晚。“都是老辈年的事了，还记得那么清。”显然，大伯对堂姐的说辞不以为然。他闭了一小会儿眼，才艰难地对我说：“赐娃呀，伯求你个事儿。”一直隐藏在我的眼皮子底下的热泪顿时涌了上来：“大伯，你说……”大伯迟疑了一下，一字一顿地对我说：“等我死了，你拿着相片，到禹山上寻你三大去。前些年，我见过一回。现在不怕了，人都老了。给他说，不用怕了，想回家，就回来吧。”

“你见过我三大？”我急切地说。

“大，你真糊涂啦。”堂姐说。

“你三大，在禹山上。”大伯说，“我见过哩。你三大没有丢。我早都知道，他一直在禹山藏着哩。几十年了，一直不敢回家。”

“藏啥哩？咋不回家哩？”我说，“他不是在队伍里吗？”

显然，我的问题让大伯为难了。他迟疑了一会儿，断断续续地说：“对，我兄弟是在队伍上哩。可子弹不长眼，输了，赢了的，谁能说得清哩。我相信我兄弟，我兄弟不是逃兵。”大伯的一番话，说得我也晕晕乎乎的，一时不得要领，不知道大伯究竟想说啥。见我一脸的疑惑，大伯咽了口唾沫，带着一丝神秘说：“你可不敢对人乱说呀，你三大当过俘虏。”

“都啥时候了，谁管呀？”这个时候，我似乎才听出了一些影子。我大伯的意思是说，我三大在队伍上时当过俘虏，回来后，怕有人寻事，一直躲在禹山上不敢回家。尽管大伯疯言疯语，但我基于对大伯的了解，还是从心里默认了大伯的托付。

“答应我，赐娃。”大伯说，“我死了，你一定要寻见你三大。”

“我答应你。”我说，“咱现在先回家，天明了，我就去。”

“行……咱回家……”说完，大伯缓缓地闭上了眼。

这时，一只猫头鹰留下一声凄凉的叫声，从杨家祠堂的屋檐下飞到村子里的榆树上去了。

尽管我对大伯的遗嘱将信将疑，但我还是在某个早晨上了禹山。虽然每天一抬头就能看见禹山朦胧的山峰，可我还是头一回独自进了山。进山的路弯弯曲曲，坎坷不平，但毕竟有了一条可以通车的土路了。三十里山路，过去至少要走半天，眼下只用了一个时辰，我就到了梁家坳。我知道，这个蛰居在禹山半腰的山村，往远了说，与古城村有关系，与我爸有关系，与杨木匠有关系。说近了，与我却有恩——农业社时的那次“黑马事件”，要不是在县医院上班的梁大夫出面斡旋、帮衬，很难说会是啥结局。梁家坳，像一个偌大的簸箕。几户人家拥拥挤挤地一字排列在山坳里。尽管房子破旧，可站在半坡看上去并不觉得破败。随着春天的到来，土路边散发出陈叶烂枝的腐烂味道。山坳避风向阳，这会儿，为数不多的梯田大部分还裸露着土地，可周边的山崖上、沟畔上、地垄上，到处都是高高矮矮、稀稀疏疏的野桃树、野山梨和迎春花。此刻正绽放的桃花、梨花，与或近或远的边角地上灿烂的油菜花交相辉映，散发着一阵阵清新的花香。

最先招呼我的是一条短腿白狗。平日里，这狗也许极少见到生人，不等我的三轮车停下来，它先是在车头，然后又跟在车后狂吠不已。一个年轻的女人抱着娃，闻讯从一座土墙门里走了出来。那短腿狗刚想再次扑上来吠叫，却被从三轮车上跳下的几条狗吓得夹着尾巴躲到主人腿后去了。几条人高马大的猎狗，似乎并没有在意那猥琐的同类，而是自觉分头跑到梁家坳这唯一一条巷道的犄角旮旯里转悠、尿尿去了。它们所到之处，吓得一群正在觅食的鸡们惊叫着四下乱跑。那女人怀里的女娃也"哇"地一下哭出了声。熄了火，我走到那个土门前。在这个明媚的晌午，整个梁家坳，除了那个短腿狗，那十几只鸡，仿佛就只有一个女人和一个碎娃。"梁大夫屋，是哪一家？"女人看上去很年轻，但我看不出她的年龄。她先是审慎地打量一番我，又警惕地瞅了瞅我的狗，下意识地后退了半步，说："把你那狗逮住，看把我娃吓的。"

"没事儿，狗不咬人。"我说，"梁大夫屋，是哪一家？"

女人嘴一努，朝身边一晃，说："最边边那一家。"见我迟疑，又补说了一句，"门口蹲一疙瘩石头，人在哩。"我走到大夫家门前时，抱娃的女人也跟着我走了过来。站在门前，我打了个呼哨，几条狗箭一般回到了我的身边。显然，女人惧怕这种大狗，自个儿先进了梁大夫的家。

梁家坳就出了一个大夫，方圆十里无人不知。上了年岁的人都知道梁大夫的父亲不光是一个老革命，早先还是夏阳城里有名的教书先生。这是一个殷实的庄户人家。院落的布局，类似山下村里的四合院。南边是三大间敞亮的瓦房，大门占一间，其余两间拉通了住人；东边是四间低矮的瓦房。显然，房子盖得有些年份了。西边和北边都是十几丈高的土崖。崖面修整得齐齐整整的，各有两面土窑，窑门两侧都用白灰涂抹得白白净净。院子中间有一棵碗口粗细的杏树。树下用砖头支着一张水泥桌子。一个男人坐在窑口，一边抽旱烟锅子，一边晒日头。西边靠南的土窑前拴着一头黄牛。抱娃的女子一进门，我就听见她说，"大，有人寻我姑哩。"看年纪，这个蹲在土窑口晒太阳的男人，应该是梁大夫的哥了。我简单做了自我介绍，这个老实巴交的男人似乎并没有太多的惊讶，只是一个劲地说："坐，坐，坐下喝水。"寒暄中，我意识到自己看走了眼——面前这个皮肤黝黑，矮个子，走起路有些瘸腿的男人是梁大夫的弟弟。给我引路的那个抱娃的女子，是他的儿媳妇。梁家坳现有的八户人家中有一半是梁家的族亲。几条狗的介入扰乱了这个山村庭院的宁静。人惊，鸡飞，狗吠，牛哞。费了好大劲，我才摁住了几条狗的好奇，让这个整洁的院落恢复了静谧。

初夏的阳光里，抱娃的女子和他的公公一块把我三大的相片反复揣摩了半晌，也没看出啥名堂来。面对我的困惑，抱娃的女子说："问问我爷，看他知道不。"女子的一句话，仿佛唤醒了我记忆深处的往事。"梁先生还在？"男主人回头，瞅了眼身后的土窑，说："我大怕说不清哩。"我与那个神秘的梁先生从未谋面，可前些年，没少听杨木匠在村子里念叨梁先生的故事。我的脑子里，梁先生永远是一副村里教书先生的模样。一个本应远去的人陡然出现在我的眼前，那份惊愕、困惑，甚至尴尬可想而知。我尤其对自己的失言感到愧疚。好在梁大夫的弟弟厚道，并不计较我的冒昧。你大，不，梁先生今年有多大年纪了？前些年，我大说他九十岁了。你现在问他，他还说是九十了。这我知道，在村里人的心目中，一百意味着满，意味着尽头。所以高寿的老年人一过九十岁，就不再实报自个儿的年龄了。有的人一辈子不过生日，也是这个意思。进了土窑，光线一下子暗淡下来，眼睛适应了好一会儿，我才看清楚半躺在土炕上的梁先生。说是百岁老人，可从面容上一点儿都看不出来。老人一头花发，两眼炯炯有神，长一口整齐的牙齿，尤其是耳朵好使，即使是一句很低的问候，老人也能听得清清楚楚。更让我瞠目的是，老人的思路依然清晰，与年轻人无异，完全可以与人做正常交流。未开口前，老人接过儿子递过来的一根纸烟，大口抽了起来。“烟瘾大得很。我姐不让吃，他非要不可。你不给，他还耍脾气，不吃不喝的。唉，想想也是，都恁大年纪的人了，想吃就吃吧。还能吃几天呀？”对老父亲的嗜好，他唯一的儿子似乎更多的是迁就和无奈，“我姐一回屋，就骂我哩。骂就骂吧，我不吭声，她也就不骂了。”

当温暖的阳光从土窑的窗棂上投射到土炕上的老人身上的那一刻起，我倒羡慕起眼前这个一心一意照顾父亲的男人来。日子要一天一天地过。一个男人家，没有老伴的帮衬，独自照顾一个百岁老人，困难可想而知。可从他脸上的平静，我能看出来，他似乎对自己的生活心满意足，且充满了期待。想起我娘，想起大伯，我心里不由得一阵酸楚。我与这个百岁老人的谈话，始终置身于土窑暖烘烘的气息之中。

“你是谁？”梁先生问。我一时不知道该怎么给眼前这个恍若隔世的老人介绍自己。犹豫、思忖了一会儿，我说，我是王银海的碎娃。见老人没反应，又说，我是山底下古城东村的。显然，在老人的头脑里，有我们村子的记忆。他迟疑了一会儿，说：“我去过你村子。”

接着，老人给我讲了过去他在井把弯王家草房子开会时，差点被国民党的人逮住，多亏了王家的人掩护。我说，是不是后来还死了一个人。老人一直阴沉的脸上顿时现出惊愕的神态。你咋知道的？我说，那个被国民党兵杀了的女人，是我大娘。老人凝神看了我好大一会儿，说，像，像。梁先生的儿子在一旁说，啥像嘛。你是老糊涂了吧。我用手制止住了他的话头子，说，梁先生你清白着哩，啥都知道，一点儿都不糊涂。梁先生说：“井把弯王家是我恩人。是革命的功臣哩。可惜，可惜你爸，早早地退了，要不然呀……唉，造化弄人啊。退出来也好，说不定呀，也少不了挨批……”老人越说越伤感。这当口，梁先生的儿子告诉我，他大那条腿就是“文革”时人家打得落下的残疾。唏嘘之余，我对梁先生说，听我爸说，他不入党，主要是因为我三大媳妇的事儿。梁先生打断了我的话：“不瞒你说，是我要了你三大的媳妇。”我陡然觉得被人扇了一个耳刮子。脑袋“嗡”的一下，两眼发黑。等梁先生再次映入我的眼帘，我才意识到自己的嘴巴一直半张着。不是说我三大的未婚妻和游击队吴队长成家了吗？咋是你哩？嘴上尽管这样说，可我在心里却叫苦不迭。今天这是咋啦？咋这么蹊跷哩。啥事都这么巧，像演戏一样让人恍恍惚惚，分不清哪是真，哪是假。梁先生见我一时沉默，不再言语，呷了一口水，清了清嗓子接着说，你刚才在窑口的话，我都听见了。老人那双眼像一架高倍数的望远镜，把我心里想的看得清清楚楚。你三大有一年从队伍上回来，到梁家坳来过。我们三个人还一块谈过话。我当时的态度很明确，让秀兰选。愿意跟谁过，我都没意见。老人迟疑了片刻，说，当时我还真不知道，你三大已经离开队伍了，还当过俘虏。后来，我从我老伴秀兰的嘴里才知道他害怕政府找他麻烦，怕丢人哩。我说那有啥。也许他知道我在公安局上班，就再没来过梁家坳。这么说，你见过我三大？我三大就在咱禹山上？梁先生默默地点了点头说，前些年，你大伯找过我，问我你三大的下落。我理解你大伯的心情。可我想，你三大既然不想回家，嫌丢人，觉得脸上不光彩。那我也就只能成人之美，不能当告密者，泄露你三大的行踪。我老伴过世后，我就没再听到过你三大的任何消息。

“他有娃没？”我谨慎地问。

“没有。”梁先生说，“他在禹王庙打杂，一辈子没成家。”

我知道，禹王庙早在“文革”时就被当地人拆了。据说，庙里的人大部分就地还俗，娶老婆生娃了。“那我三大去哪里了？”老人无言地摇了摇头，说：“不知道了。”

那一夜，我没有离开梁家坳。

我还是头一回在山上过夜。这山区的夏夜清静得让人窒息。某个山坡上的野鸡，某条山沟里的猫头鹰，甚至野草里的昆虫，哪怕是极小的一声叫唤，躺在暖意浓浓的土窑里都能听得清清楚楚，仿佛大自然里的这些小生命就寄存在土窑外某一处草丛或灌木里。梁大夫的这个弟弟，一半因为政策，一半因为梁先生，没能走出大山，吃上商品粮。看屋里的架势，应该没有女人操持。一开始我以为这个被梁先生叫作成娃的男人，老伴殁了。可从成娃断断续续的话语里，我才知道，二十多年前，他的媳妇跟着一个收药材的人跑了。白天给我引路的小媳妇是去年成娃用女儿从沟北换的媳妇。儿子成了家，成娃也就断了再娶媳妇的念头，一心一意地与老父亲过活。

冬季里，山里人习惯在土窑里栖身。偌大的土坑，少说也能睡五六个人。我把狗圈在另一面土窑里，我和梁家父子睡在同一面土窑里。由于有老人的缘故，四月天的梁家，还烧着热炕。我和梁大夫的弟弟成娃和衣躺在热炕上谝到了深夜。闲聊中，得知梁家坳这一带野猪猖狂得很，大白天都敢进村与家猪抢吃食，糟蹋庄稼。

有趣的是，去年梁家的母猪还下了一窝野猪娃。我知道，野猪彪悍、凶猛，体型庞大，没有快枪，靠狗擒获可不是一件轻而易举的事情。更何况，政府还有限令。但一头二百斤的野猪，至少也能卖千把块钱哩，这可不是一笔小收入。听说我第二天要进山寻我三大，梁先生迟疑了片刻，说："让成娃陪你一块去吧。""成娃陪我上山，屋里谁照顾梁先生呢？不用了，我一人能行。"我说。"还有孙媳妇哩，不用操心我。"梁先生说。见梁先生执意要儿子陪我上山。我也就不好再说啥了。等老人起了鼾声，我跟成娃又谝了会儿野猪，才各自入睡。

梦里，一头野猪被我的几条狗撵进了一片灌木丛里。

第二十三章

翻过梁家坳，有一条若隐若现的土路蜿蜒在眼前的几座山峰之间。路边的黄土，变成了颗粒粗大的红胶泥。放眼望去，一座高于一座的山峦，在葱绿中夹杂着一块又一块橘黄的植被。而这些粗犷的峰峦恰好被这条红色的土路飘带一般连接在一起，像一幅画。梁家坳北边是一条巨大的深沟，沟的北坡是大片被开垦的梯田。此刻，裸露的褐色土地间，几十孔土窑高低错落地排列在半坡。远眺，那些土窑像一枚枚礼服上的排扣。尽管残缺，但仍不失齐整。在成娃的引导下，天赐开着三轮车沿着这条红泥土路一路向西，直奔禹山山巅。尽管坑坑洼洼的红土路格外醒目，但路中央、两边都被葳蕤的野草所覆盖。路两侧以及视野所到之处，更是满目苍翠、山花烂漫。一路上，低的野草碧碧绿绿，高的灌木林林总总。尤其是山坡上，沟道边，那一簇一簇的连翘花在这四月的禹山上怒放。一大片一大片的杏黄像水绸一般，给禹山主峰平添了一分天尊与神秘的气质。三轮车行驶在其中，倒像是一只屎壳郎在这远山近峰的绿意里蹒跚而行。五条猎狗因为耐不住车身的颠簸，一个个挺直了腰杆站立在车厢里，眼巴巴地瞅着两侧的灌木林倏然远去，一声不吭。唯恐被某个路坑不小心颠下车厢……眼看着到了主峰跟前，谁承想，这条红土路一扭头向南斜刺刺地绕到了山后。穿过两座山岗，红土路隐了身，换成了一段若隐若现的碎石路。这条路从禹山主峰南坡没延伸多远，就被主峰茂密的灌木林吞噬了。

一路上，成娃几乎没主动说一句话。即使天赐问啥，他也只是哦，或者嗯一声而已，就像这沉默如禅的大山，让人捉摸不透他的心里。要是在荒野上，乍一见这个光头、敦实、背着布袱子的成娃，还以为是一个云游四方的和尚哩。费了九牛二虎之力，三轮车终于停在了一座废弃的房子前。熄灭了车，天赐跳下车拍打着发木的屁股蛋子，骂骂咧咧地审视着这个被山里人遗弃的村落。几条狗也纷纷跳下车，在周边的树干上撒尿。没有了三轮车的噪声，天赐觉得整个身心一下子便被这大山吞噬、融化了。耳畔，陡然传来了山林里婉转啁啾的鸟鸣声。尽管已经到了初夏，可在这禹山深处，似乎还有些春寒的意味。裸露的地面上，到处还是潮湿的土壤。尤其是到了背阴的地方，嗖嗖的山风竟然让天赐起了一身的鸡皮疙瘩。成娃说，这个村子叫禹峰村。早先都是从河南、山东，还有甘肃逃难来的。沟边的土窑都是自个儿箍的，后来才搬到这半坡上。最初这些人都没有户口，靠自个儿开荒过活。天赐站在一块平整的空地边上，鸟瞰脚下荒芜的村落。从这片断壁残垣的废墟上不难看出，以前这个世外桃源往昔的喧嚣与繁华。这里原来有多少口人呀，天赐问。最多的时候呀，也就二十多户。成娃跳下一个堰畔，从后腰上拔出一把镰刀，熟练地剜一窝荠荠菜。收回目光，天赐低头一看，脚下的堰畔、野草里不仅长满了在川道里常见的荠荠菜，还有鲜嫩的白蒿。天赐打了个呼哨，四下乱蹿的猎狗从不同方向回到了天赐身边。他没有跳堰，带着几条狗在十几步外找到了一条已经被野草淹没的小路。沿这条窄窄的坡路，走下去就是荒芜的村子。路的两侧是被人仔细修整过的梯田。尽管满眼荒芜，但从地垄和堰畔峭立的石块仍能看出昔日主人的精心。下到村子时，成娃身上的布袱子已经鼓囊起来。除了几座高耸的门楼，村子里再也寻不着一个完整的门户。村里人都搬哪儿去了？成娃一声叹息后，说，搬啥哩。有几户回老家去了。大多数人呀，老辈子人一死，娃娃们都进城打工去了。也难怪，这山高皇帝远的地方，谁愿意待一辈子呀。别说男娃娶媳妇，就是女子娃，也找不到一个婆家。成娃平静地说。天赐的心里不免有些哀伤。也许是触景伤情的缘故，他在凭空想象，想象着山下几十里外的古城村会不会也有这一天。想到眼前这山村的今天，就是古城村的明日，天赐禁不住打了个寒战。尽管村里被撂荒的地被几个人集中起来挖了几十个大坑种起了莲菜，每年给各家各户都掏几百块钱的租金，可天赐总觉得不踏实。尽管镇上领导说，这种形式叫啥土地流转，国家允许，也支持这么干。此刻，走在山村的废墟中，天赐却变得心事重重，一种莫名的伤感顺着脊梁骨爬上了后背。天赐不是一个多愁善感的人，可随着年岁的增加，这些年天赐竟然变得敏感而多愁了，像个娘儿们似的。农业社时，天赐最看不惯这种人了。

看得出来，成娃跟村里的人都十分熟悉。没有更多的寒暄，成娃带着天赐进了一家门。卧在门口的一条杂毛狗，只是看了成娃一眼又耷拉下了脑袋，对陌生的天赐似乎也懒得搭理。挨到天赐的几条猎狗碎步跑到跟前时，这条杂毛狗“呼哧”一下跳了起来。浑身的短毛倒立着龇牙咧嘴，摆出一副斗士的样子。跑在前头的黄狗并没有对黑狗做出过激的举动，而是在杂毛狗前画了一个大弧线，转身在一侧的门墩上侧身抬腿撒了几滴尿。其他几条狗上来时，几乎没有做啥准备就蜂拥而上，把杂毛狗压在了地上。听到杂毛狗连声哀叫，正在屋里喝水的天赐放下缸子，站在院台上，大声呵斥了一声，几条狗陡然跳开。等杂毛狗的主人跑到大门口时，杂毛狗还四蹄朝天，躺在地上哀鸣、挣扎。“咋啦？咋啦？这是……”等到他看见站在巷道上，那几条人高马大、吐着舌头、东张西望的猎狗时，他心里一惊，咽下了后边的话语。杂毛狗见到主人，一个翻身站了起来，夹着尾巴瘸拐着腿溜进了大门。天赐见状，忙对主人道歉。本来满腔子怒气的主人，瞅了眼和天赐站在一起的成娃，咽了口唾沫没说啥。一边的女主人说，这狗也太厉害了，看把我家这狗咬成啥样啦？

成娃瞥了眼天赐，对女主人说："后季，生下牛娃子了，给你留下。"

男主人说："地都荒了，还要那牛……弄啥哩。"

闲谝中，天赐得知这户人家，是他爷那一辈从河南商丘逃难来的。如今，家里就剩老两口和这条杂毛狗相依为命了。"你都看见了，村里就剩下这三户人了。能走的都走了。"你娃哩？天赐问。女子嫁到川道里了，男娃在深圳打工哩。过年了才回来。多大了，成家没？按虚岁算，今年都叫三十了。唉，媳妇还没影子哩。男人迟疑了一下，对着成娃说，年头，你村里那刚娃倒是给娃说下一个土岭的。可娃死活不同意。成娃说，咋哩吗？我也不想让娃走这条路，可咱有啥法子嘛。你总不能叫娃打一辈子光棍呀。成娃说，人家招哩？嗯……男人说毕，垂下了头不再言传。

屋里的气氛一下子黏稠起来，仿佛空气都停止了流动。天赐犹豫了片刻，终于从衣兜里拿出了他三大的相片。男人唤过女人，在屋内脚底下一块儿对着相片端详了半晌，又走到院子里揣摩了半天。其间，天赐和成娃都保持沉默，唯恐惊扰了主人的思绪。两口子最终对着相片摇头："没印象，没见过。"尽管成娃在一旁提示说，早先在庙里打过杂工。这家主人异口同声说："我村里，肯定没这人。"临出门，成娃把半衩子野菜倒在院台上送给了主人。

在大门口，男主人见了天赐的几条狗，说："你这是跑坡的狗吧？"天赐见主人说起了跑坡，迟疑了一下，说，是哩。不过呀，还没在山里跑过坡。川道里，没有野猪，净是些獾和野兔子。这次进山，还没有见过野猪哩。男人问，你是头回来禹山？天赐说，是。禹山，是黄龙山的一个主要山脉，一年四季植被茂密。即使到了冬季，万木凋谢，野草枯萎，禹山的七峰八沟十三面坡地，也都是丛木林立，荒草遍野，大到野猪、黄羊、狐子，小到野鸡、野兔、黄鼠狼，藏匿其间，多不胜数。显然，这家的女主人比男人健谈。说起野猪，她似乎有说不完的话题。"野猪呀，遇不遇的，都跑到村道里来了。有一回大白天的，我一出门，见门口有五六个碎猪娃子，还以为是谁家的母猪下猪娃了。可一想，不对呀，没听说谁家母猪下猪娃呀。再一看，我的妈呀，壖底下，一头红毛野猪在地里刨山芋哩。那野猪呀，少说也有二三百斤。听见我吆喝，野猪哼叫着，带着猪娃子跑到山上树林里去了。"男人接着说，现在刚进四月，野猪正发情哩，轻易不出来。

从禹峰村出来，成娃带着天赐经过搁三轮车的地方，沿着一条陡峭的窄路向山上艰难跋涉。由于这条山路背阴的缘故，惊蛰一过，路边灌木丛林下那些松软的黑土层里就渗流出些许看不见的雨水。路面上，冬眠了一季的野草堆一见雨水，又稀稀落落地萌发出许多草芽。阳光下，除了弥漫的淡淡的泥土气息，就是扑鼻的潮湿的春天的味道。脚踩泥泞，呼吸着新鲜的空气，天赐带着狗跟在成娃屁股后头，吭哧吭哧地又步行了半个时辰，才上了一个斜面的土岗，“禹王庙到了。”

天赐说，“庙哩？”

成娃说，“拆了。歇歇吧，抽袋烟。”

天赐丢下成娃，独自向一棵大树走去。一个篮球场大小的平台，四周是或深或浅的山沟，除了葳蕤的荆棘丛，就是黑黢黢的还没有来得及发芽的槐树林。沿途土堆、野草丛里，横七竖八地倒置着一些被推倒遗弃的石条或石墩之类的庙宇建筑物件。尽管没有来过禹王庙，但从这些残留的石条、石柱、石墩、石刻、石狮子，天赐已经暗暗在心里惊叹当年禹王庙的宏伟了。走到平台南边时，天赐看到，在脚下这个大平台的南边有一个十几米长配有石头护栏的坡道。在坡道的尽头，是一个小平台。天赐极力在脑子里搜寻，那里应该就是杨木匠说过的戏台了。尽管那个戏台早已荡然无存，可天赐从坡道上沿着十几个残缺的石阶，穿过一个只留下墩座的石牌坊，小心翼翼地下到底时，一只倒卧在野草里的石狮子，一下子让天赐感受到了这个三面环沟的小平台当年的喧嚣与虔诚。

回到大平台，穿过两道高大的石柱，向北走十丈，有一座朝南的小瓦房。屋内供奉着一尊圣母像。尽管雕塑不甚完美，但从圣母身上披挂的衣物、祭品看，天赐仍不难感受到禹山圣母香火的旺盛。拜谒完圣母，天赐才发现在一旁的石条上端坐着一个老年妇女。不用问，这个年迈的女人在看护着圣母像。女人手里捏着一大把供香，也不言语，只是笑眯眯地看着天赐。天赐略显尴尬，讪讪一笑，望着一棵树干粗大，树冠有五个树杈的柏树说，这树有些年代了。像是自言自语，也像是在问这个年迈的女人。“一千多年了……可灵了……”女人说，“树顶上的五个树枝，代表着五子登科……吉利着哩……”

可不是嘛，光凭绑挂在树身上的红布条，天赐也能看出那些善男信女对这棵古树的膜拜。他绕着古树走了一匝，用了十步。暗想要是原来的禹王庙在，该有多好呀。站在树下，他极目远眺，隐隐约约地能看到黄河像一道极光，在天际与地平线交融的地方闪着粼粼波光。他陡然想起了多年前，他跟着村里的锣鼓队到河东后土祠朝庙的情境。禹山的圣母庙远没有河东的后土祠名气大，可据说，禹山上的圣母与河东的圣母一样，都十分灵验。宋朝的一个皇上秘密来过这里，但夏阳县志的记载却只有寥寥数语，给后人留下了无尽的遐想空间。当然，这些并不是天赐所关心的重点。他来这里主要是为了寻找他三大的行踪，再捎带着踩点，为日后跑坡熟悉环境而已。

“婶婶，问你个事。”天赐说，“这儿有野猪没有？”显然，天赐唐突的问题，出乎女人的意料。

“野猪……有嘛，这坡地里就有。”女人用手在平台外一划拉说。

天赐顺着女人的手指望去。在古树紧北边陡峭的山坡上，长满了碗口粗细的洋槐树。东边的沟坡上，长满了刚刚吐芽不久的灌木丛。女人见天赐面露疑惑，接着说：“我屋就在下边这个村子哩。咋了，你还不信？”

“不是。”天赐胡乱说道，“野猪厉害不厉害？”

“可厉害了。”女人说，“狼猪连人都敢咬哩。”

“啥叫狼猪？”天赐问。

“野猪嘛。”女人顿了一下，用手比画着说，“就是公猪。可大咧，有四五百斤重哩。要不咋敢咬人哩……你没见那獠牙，可吓人了。”

说话间，成娃凑了过来。尽管相隔十几里，平日里走动也少，但山里人见过一面就算认识了。即使几十年不碰面，也都还有记忆。成娃管女人叫嫂子，女人直呼成娃。两个人寒暄一番，都把目光转向了天赐。成娃把天赐寻找他三大的事情说给了女人。女人眯眼瞅了半天相片，说，没见过。成娃说，你知道庙拆了以后，庙里的那些人去了哪里？女人看着天赐那几条蹿来蹿去的猎狗说，拆庙前，人都走完了。问完了话，成娃蹲在一块石头上，望着脚下连绵的山峰一言不发。天赐站在成娃身后指着远方问，翻过这道岭是啥地方？成娃说，薛峰川道。天赐说，前些年我在薛峰川修过半年水库……赵廉坟离这里远不远？下了岭就是，你去过呀，成娃扭头问。天赐说，听说过，没去过。赵廉是啥时候的人？成娃说谁知道。一旁的女人插嘴说，听老辈人说，是过去的一个大官。离现在好几百年了。天赐瞥了眼这个其貌不扬的女人，心里不免有些惊讶，竟另眼打量起这个一头花发的女人来。他想，只有那些从心里尊崇圣母的人，才会十几年在这荒僻之地如此虔诚，独守这个虚拟的庙宇，尽管这也许是她生活的来源。

“野猪啥时候出来？”天赐说。

女人思忖了一会儿说，咋说哩，晌午前见过。天黑前，也瞅见过。秋里，野猪爱到沟底的玉米地里祸害庄稼。这会儿，这坡地里就有哩。

天赐拽着灌木丛在山坡上、在树林里勘察了半晌，才在成娃的配合下在十八个岔路口像套野兔子一样下了十几个套野猪的钢丝圈。成娃疑惑地问，这能逮住野猪吗？天赐迟疑了一下说，能。等两个人再次爬上山坡，站在荒芜的圣母庙前时，夕阳已经挂在了远处山峰的树梢上。深红色的霞光柔柔地涂抹在远山近峰上，涂抹在西边的天际上。尽管禹山四月的早晚还有些料峭，可此刻汗水却浸透了天赐和成娃身上的夹袄。别看成娃是山里人，平日里却是头一回像一头野猪一样穿越灌木梢林、爬坡翻梁，反而没有在川道里长大的天赐灵活熟络。歇息时，他才感觉到腿上、脖颈上火辣辣的痛，挽起裤腿一看，山坡上的荆棘、灌木丛在成娃的身上留下了十几道划痕。这些无意间的划痕遇见了流淌的汗水后，顿时变成了一道道凸起的血痕。钻心的疼痛一时麻痹了成娃的疲劳。天赐见成娃的裤腿、衣服袖子都被荆棘挂破了，有些于心不忍，说，歇会儿吧，歇息一会儿咱再回。成娃却说，没事儿，咱走，越歇息越乏。晚霞收起光芒时，天光陡然暗淡下来。在圣母庙上时还是亮澄澄的天气，等到两个人带着一群狗走到三轮车跟前时，傍晚已经降临。

成娃说："山里黑得快。"

天赐说："可不是嘛，跟拉灯似的，说黑，天就黑了。"

半袋烟工夫，三轮车已经下了禹山主峰。沿途不时传来野鸡被惊扰的鸣叫。在碎石路与红土路接壤的地方，天赐停下车，但并未熄火。三轮车的声响在禹山的傍晚显得格外喧嚣。天赐站在朦胧的路边尿完尿，回头看时，成娃已经歪在车帮上睡着了。锃亮的车灯像一个巨大的魔爪伸向前方，红土路在灯光的照射下变成了褐色的路面。一只野兔像粉墨登场的小丑，在聚光灯下抬起两条前腿，蹲坐在地上。两只长耳朵直愣愣地竖着。

大丹猎狗小白最先发现了野兔。它跳下三轮车，沿着光柱的边缘急速奔向五十步之外的野兔。因为光柱在两丈外开始变粗，逼仄的土路完全暴露在灯光之下。野草和一簇一簇的灌木占据了路的两侧。小白进入光柱后，匍匐在地上，慢慢接近野兔。这时，其他几条狗也嗅到了猎物的气味，纷纷跳下车厢，加入了追捕的行列。一时间，鬼魅一般的狗影摇碎了路面上之前的宁静。野兔一个激灵，跳跃着，沿土路向前奔跑。小白一个箭跃追了上去。天赐开着三轮车跟在后边。几条狗也都放平了身子，奋力追逐野兔。受到惊吓的野兔此刻才弄清楚自己的处境，撒腿疯跑起来。尽管天色已晚，可月亮还没有上来。仅凭三轮车的灯光，并没有影响歇息了几天的小白追逐猎物的兴致。此刻，小白的牙齿离野兔只有不到一米的距离。也许只需要几秒钟，它就可以轻而易举地捕获猎物。

三轮车的噪声越来越大。路边的草丛里各种不知名的昆虫的鸣叫声，此起彼伏。沟坡上，野鸡的叫唤声忽东忽西。天赐一个颇具穿透力的长呼哨仿佛给夜幕下追捕野兔的猎狗们打了一针鸡血。黄狗一声轻吠，让追捕进入了高潮。小白伸展长脖，雪白、尖锐的牙齿像一道霹雳在野兔身后闪现了两次。几近崩溃的野兔一个趔趄，就地一滚，跳进了草丛。这是小白没有预料到的状况，等它刹住向前的惯性掉转方向跳到路边时，野兔早已消失在黑暗里不见了踪影。天赐赶到时，几条狗还在野兔消失的地方徘徊。看看离梁家坳不远了，天赐又是一个呼哨。狗们才依依不舍地回到土路上，不远不近地跟着三轮车一起消融在黑暗里。

回到梁家坳，天赐一看蹲在桌子上的钟表，其实还不到七点钟，可是天色已经黑透了。一天的跋涉让成娃愈加沉默。在梁先生和天赐结束断断续续的谈话时，成娃早已是鼾声如雷了。老人记忆超常，让天赐惊叹不已。即使他拐弯抹角，挖空心思，也没有探究出老人确切的年龄。但他从老人的嘴里，却得知了一个很重要的细节：他三大的枪法出众。说不上百步穿杨，至少也是百发百中。尤其是对运动中的目标，更是弹无虚发。

第二天，禹峰村的鸡叫头遍时，天赐已经站在了圣母庙的高台上。成娃像一个忠诚的保镖闷头闷声地跟在天赐左右，几乎一言不发。但从他渴望的眼神里不难看出，他对昨天下的钢丝套充满了期待。他对那一根细细的钢丝不乏怀疑之心，可他还是对天赐充满了信心。尽管认识这个比自己小许多的人才不过三天，可在成娃心里却有一种久违的感觉。说不上来，反正这个言语不多、骨子里散发着土腥味的男人，对他的吸引力远远大于土窑门口那头价值一千多块钱的黄牛。就连天赐的那几条狗，也让成娃唏嘘不已。绕过那棵古老的柏树，天赐和成娃还没有进入那片洋槐林，几条猎狗似乎已经弄清楚了天赐的意图。一个个低头晃着尾巴，夸张地抽动着鼻翼，顺着一条隐蔽在灌木丛里的羊肠山路，呼哧呼哧地钻到山坡里去了。因为有了昨天下套时被荆棘划破衣裤的遭遇，这回两个人从最后一个钢丝套，向最先的一个钢丝套行走。成娃换了身皮实的衣裳和裤子走在前头，用镰刀开路。天赐倒提着那把长柄铁矛猫腰紧跟在成娃的屁股后头。在洋槐树林边缘，一道土墰下的那个钢丝套不见了。天赐半趴在地上，勘察了一会儿，发现一棵铁锨把粗细的灌木根，被齐刷刷地拦腰折断了。会不会是野猪？成娃问。天赐说，应该是。狐子没恁大的力气。看来呀，那个女人没胡说。这一带肯定有野猪。尽管钢丝圈丢了，两个人对剩下的钢丝套还是充满了信心。就地歇息了片刻，他们再次上路。与昨天傍晚不同的是，今天早上，两个人的心态发生了变化。尽管路程还是昨天的路程，可因为两个人都在各自的心里想象着猎物被钢丝圈束缚住的场景，所以，两个人并不觉得艰辛。在川道里，天赐已经有过无数次这样的体验，可在禹山面对想象中的野猪，天赐与成娃一样，心跳也在忐忑的预想中加快了频率。天赐呀，野猪咬人不？不知道。昨天那女人说，狼猪咬人哩。天赐边走边说。在随后的跋涉中，成娃被一种莫名的恐惧困扰着。一只野鸡从身边的一簇灌木里陡然飞起，成娃“妈呀”一声，脚下一滑一屁股蹲坐在地上。成娃的紧张，或者说恐惧，同样加剧了天赐的心跳。但他还是跳过一堆野草走到了成娃的前头。同时，天赐把拇指和食指塞进嘴里，一憋气发出一声悠长的呼哨。没几分钟，几条散落在灌木丛里的猎狗纷纷回到了天赐的视野里。

太阳出来时，两个人刚好下到沟底。狭长的沟底，也是一条干涸的河道。天赐想象着到了雨季，汹涌的山洪像一头疯狂的狼猪，瞪着血红的眼睛，挺着尖锐的獠牙，顺着沟道咆哮着冲出山谷。而此刻被疯长的野草点缀得有些纤弱的河道，只有从那些被洪水浸泡、冲刷得发黑、发紫的碎石头上，才能感受到雨季这里的恐怖。顺着河道，两个人像两只昆虫在偌大的山谷里结伴而行。一袋烟的工夫，两个人带着几条狗沿着河道逆流而上，从山沟的背阴走到了向阳的一面。从这里爬上山坡，就是禹山主峰西侧的禹峰村。昨天他们就是从这里下到沟底的，然而茂密的灌木让两个人迷失了方位，一时找不到昨天下套的那条小路了。伫立在沟底，仰望天空，天赐产生了一种想飞的感觉。无声的风抖动着灌木的叶子，一股潮湿的地气渐渐攀爬上了身体。天赐嘟囔了一句，对着山谷大声吼叫了一嗓子。吼声像土铳发出的子弹腾空向前滑翔，最后跌落在山谷拐弯的地方。山谷两面山坡上，有两只野鸡惊叫着飞到远处去了。

这时，黄狗发出了召唤的吠叫。天赐提起铁矛，说了声，有戏。向黄狗吠叫的地方冲去。大约半里地外，离河道几丈远的一簇灌木丛旁，一只黑红色的黄羊警惕地瞪着几条围上来的狗。也许因为这只后腿被钢丝套住的黄羊长得与普通的山羊相似，所以黄狗轻吠了几声就不再发声。其他几条狗，也只是站在河道里定定地围住惊恐的黄羊，嘴里不时地发出一声轻吠。最先赶到的天赐看到站立在土壖上的黄羊时，喝住了黄狗，制止了蠢蠢欲动的其他几条狗。原本以为是一头野猪的天赐，松开紧攥着的铁矛时，才发觉手心已经汗湿了。

这是一只成年公黄羊。两个黑色的弯角，短小而别致，向后自然生长。嘴巴下，脊背上，一绺黑色的长绒毛与浑身粗粝的红色短毛搭配得十分完美。要不是在这空寂的山谷，普通人是很难区分清一只山羊与黄羊的差异的。天赐有那么一瞬间，也以为是误套了谁家的山羊。

黄羊在看见天赐的同时本能地跳跃起来，却由于一只后腿被一根钢丝牢牢套住的缘故，最终只有前半身腾空，随即又落在原地。黄羊如此这般跳跃了三次之后，才无奈地站在原地惊恐万分地看着天赐，看着几条虎视眈眈的猎狗，眼睛里充满了惊恐与绝望。从现场凌乱的野草看，这只黄羊应该是昨天夜里被套住的。尽管它做了无数次的挣扎，但都无济于事。往日里，像脱兔一般的黄羊，此刻却被一根细细的钢丝改变了命运。

黄羊又挣扎了一番，但最终还是降服了。天赐把一根普通的绳索套在了黄羊的脖颈上。很快，黄羊就像一只温顺的山羊跟在天赐的身后，爬上了山坡，回到了三轮车停放的地方。此后，这只黄羊与天赐的羊群一起在古城村半坡的土窑里度过了六个月的时光。尽管夏阳城得月楼酒店的老板闻讯赶到村子里，出高价想买走黄羊，但天赐都以平安喜欢黄羊为由，婉拒了那些垂涎野味之人的金钱诱惑——真正的原因，天赐秘而不宣。直到几个月后，他的羊群里出现了褐色的杂交羊羔娃，人们才恍然大悟，天赐把野生黄羊当作了骚虎。很快，古城村方圆十里，那些待见和不待见天赐的人，都把自家的奶羊牵到了天赐的土窑口。这些人开口前，都会讪笑着恭恭敬敬地递上一根纸烟，然后才提说给羊跳圈的事儿。按乡规，骚虎给羊跳圈，不论次数，一般以母羊怀孕为准，主家一次性给骚虎五十块钱的营养费。那是普通骚虎，普通羊。黑背黄羊是野生的山羊，自然在集市上能卖上价钱。所以，天赐让平安用粉笔在窑门上写了一句话，算是明码标价：野生黄羊跳圈，一次五十块。尽管这样，每天到半坡饲养组来给羊跳圈的人依然络绎不绝。有时候，从早忙到黑，眼看着黄羊日渐憔悴，天赐想起了一句老话：没有耕坏的地，只有累死的牛。黄羊再强壮，也招架不住每天几十次的折腾。想想，天赐都觉得自己腰酸腿软的。赵俊才打趣说，叔，骚虎咥活哩，你累啥哩？天赐说，你懂个尿！骚虎跳圈，我站在边上能不用劲吗？要不，你娃来试活一天。俊才说，算了吧，就我这身板，我怕腿肚子抽筋哩。

天赐规定，每天黄羊只跳五次圈。这样一来，许多扑了空的人骂骂咧咧，对天赐的这种做法不以为然。但任凭来人好说歹说，天赐就是不松口，只是一个劲地给来人赔笑脸，甚至反过来给人家递烟烧茶。因为每天忙忙碌碌，怠慢了过去喝茶的人。别说白天，就是黑了，到土窑谝闲的人也渐渐稀落下来。有时候，天赐刻意叫，也难得再见先前十几个人挤在土窑里半夜不回家的盛景了。黄羊给他带来了丰厚的财源，但闲暇时天赐独自站在半坡饲养组的院子里，心里总觉得空落落的。

可惜好景不长。一天早晨，天赐刚下炕，土窑里进来两个年轻人。这两个人一高一低，一胖一瘦。天赐以为是赶早来给羊跳圈的。“你俩恁早，等等吧。我再给骚虎弄把料。喏，茶壶快开了，坐凳子上歇会儿。”说着，天赐趿拉着鞋出了窑门。等天赐再次回到土窑时，见两个人还站在炕边等着。不过，这回两个人面朝着窑门，手里拿着一本蓝皮皮的夹子。天赐不耐烦地说，杵在那儿弄啥哩。不急，天还早着哩，坐会儿吧。这时，低个子长着一副娃娃脸的人开了口，说：“我们不是给羊跳圈的。”天赐一听，来人说的是城里话，心里一惊说：“那你俩弄啥哩？”派出所的，来了解黄羊的事情。旁边年龄稍大的高个子说。天赐这才注意到，面前的这两个陌生人的确穿着制服。但似乎跟派出所的人不大一样。哪里不一样？天赐一时也说不上来。他迟疑了片刻，立马换了一副表情，说：“开啥玩笑哩……派出所的人我都认识。你俩，我咋没见过……”高个子也不解释，从制服兜里掏出一个蓝色的塑料本本，说：“我们是县森林派出所的。”天赐半信半疑，接过蓝本本翻看了一番。“黄羊？咋哩……”明显的，天赐说话的语气柔和下来。

高个子说：“听说你逮下一只黄羊？”

天赐迟疑了一下，说：“咋啦？”

娃娃脸说：“黄羊，也叫黄羚羊，是国家二级保护动物。捕猎黄羊，属于违法行为。”

不等娃娃脸说完，天赐说：“我又没杀，我养哩……咋啦，这还犯法？”

“对！”高个子说，“个人饲养，也不允许。”

“尿毛。”天赐把眼一瞪，脚一跺，厉声说，“哪一条王法说的，不让私人养？你不要拿大檐帽压人。我不怕！”

娃娃脸见天赐吹胡子瞪眼，咄咄逼人，立马提高了嗓门说：“你凶啥凶？再不老实，把你逮了。”

“给、给！”天赐把头一低，直往娃娃脸胸脯上顶，说，“你逮，逮。没见过啥。”娃娃脸一下子被天赐弄得没了招数，脸涨得通红，一把推开天赐的脑袋，说你少耍死狗。你这样的人，我见多了。高个子也在一边帮腔道，干啥，干啥，你想干啥？天赐借势一屁股坐在地上，大声喊叫起来：打人了，公安打人了！一直卧在窑门口的黄狗听到天赐的呼叫，扑到土窑门口对着窑内的两个陌生人龇牙咧嘴地狂吠起来。听到黄狗的吠叫，其他几条狗也都纷纷从另一面土窑里飞奔过来，以为是发现了猎物，把土窑门围了个水泄不通。到了窑门口一看，土窑里是两个陌生的人，几条狗顿时换了一副嘴脸，跟着黄狗一起对着窑内龇牙咧嘴地狂叫起来。

森林派出所的两个人一时楞了。他们没见过这种架势，像庙里的泥塑一样定在原地不敢挪动脚步。唯恐一抬脚动步，门外的几条恶狗扑上来。想想后果，都让人不寒而栗。坐在地上的天赐见状，心里暗暗窃喜，也不制止，只是抱着头，低声呻吟。人和狗僵持了一会儿，高个子说，王天赐你起来，有话好好说。我们知道你也不容易，我们来是因为有人举报你哩。天赐一扭头，说，举报我啥哩？高个子说，举报你非法捕猎国家保护动物，用黄羊挣钱哩。放他娘的狗屁，净胡说哩。你千万不要听人胡说。你到村里打听去，我王天赐是啥人？好了，先不说这些。我们相信你。你先把狗弄开。天赐思忖了一下，一挥手，几条狗都住了声，摇头晃脑地散开了。惊诧不已的高个子走到土窑门口探头向院子里一瞅，几条狗在离窑门几丈远的地方蹲着，远远地盯着土窑。高个子长舒了一口气。狗东西，还真他妈的听话。再一看，见大门口聚集了十几个看热闹的人，正对着土窑指指点点，议论纷杂。大个子没想到事情会弄成这样，把娃娃脸拉到一边小声嘀咕了几句，回头对天赐说，是这，你也不要让我们作难。你先考虑考虑，我们回去把你的情况向领导汇报一下，看看咋弄。过几天，我们再来。高个子说，你，你现在把我们送出去……你那些狗，太吓人了。

出了窑门，天赐看见低个子的娃娃脸没有一丝血，惨白惨白的。尽管有天赐陪送，两个人依然心有余悸，战战兢兢地在土窑口瞅了眼黄羊才离开饲养组。有人问天赐咋了，有啥事？天赐朗声说，尿事都没有。来，酽茶刚泡好。说着，一帮子人叽叽喳喳地涌进了土窑。清静了多日的土窑顿时又活泛起来，不时从土窑上方的通气孔里，传出了人们肆意的笑语。

月到中天时，天赐还没有入睡。他站在另一面土窑门前的月光里，"嗞嗞"地抽着一根旱烟卷。尽管看不清土窑里黄羊的模样，可他能感受到黄羊身上散发出来的那股子浓烈的膻味。这种带有原野的浓郁的气味让天赐醉醺醺的，像喝了酒一样惬意。借着土窑微弱的月光，天赐走近了黄羊。尽管经历了半年多的磨合，黄羊看到天赐时，还是收紧了肌肉，眼睛里充满了惊恐。他从裤兜里摸出半把玉米粒，咩咩地叫着，隔着木栅栏把手伸向黄羊。黄羊躲闪了一下，嗅了嗅，又歪着脑袋把嘴巴伸到天赐的手心上。吃完玉米，天赐试图抚摩黄羊的头，但黄羊抻展了铁链子，躲开了天赐的抚摩。你尿真是个野生的货，白眼狼，等那帮子坏尿把你送到锅上了，你哭都来不及了。天赐自言自语地说道。

这时，一直挺着脖颈的黄羊，轻咩了一声。天赐惊讶地看到，黄羊流下了两行明晃晃的眼泪。你能听懂我的话？天赐说着，试图借着铁链子，把黄羊拽到跟前。可黄羊并不配合，挺着脖颈，使劲向后退。天赐说，你呀，天生就该在野地里疯跑……翌日，天赐匆匆吃罢晌午饭，把黄羊拉上三轮车，没带一条狗，独自出了村。

傍晚的禹山，静谧而燥热。与半年前相比较，此刻的禹山灌木葳蕤，绿意葱葱。漫山遍野的连翘花、山丹丹花和一些不知道名字的野花，白色的，紫色的，黄色的，红色的，或淡雅或浓郁，或大或小，或高或低，与灌木和野草一起点缀着远山近峰，点缀着秋天的原野。天赐牵着黄羊穿过林荫的灌木丛，爬上了禹山主峰。夜幕即将降临，看护圣母庙的那个女人已经回村里去了，一炷供香在山风里摇曳出若有若无的一缕青烟。

从走下三轮车的那一刻起，黄羊就显得格外兴奋。这里的一木一草，甚至弥漫在空气里苦涩的青草气味都让它亢奋不已。也许是太过熟悉的缘故，此刻脖颈上系着一根铁链子的黄羊还在不停地摆拽着，试图挣脱铁链子的束缚。猴急啥呀？有你疯跑的日子哩。天赐厉声呵斥着黄羊，但在他的语气里却透着一种溺爱的嗔怪。禹山秋天的傍晚，山风微醺，白天的高温渐渐低落下来。藏匿在灌木草丛里的蚂蚱、蝈蝈、蛐蛐、山雀、野鸡这时候也都纷纷扯开了嗓门，不歇息地鸣叫着，仿佛要把白天耽搁了的叫唤弥补回来。身后的晚霞红彤彤的，熏染着那个日渐败落的山村。天赐紧拉着手里的链子和黄羊一块伫立在山巅的平台上，静静地鸟瞰着喧嚣的山坡。天赐把黄羊牵到古树后那片开阔的洋槐林里，弯腰解开黄羊脖颈上的铁链子。黄羊本能地跳开朝树林里跑了几丈远，又站在原地扭头看着天赐。天赐一挥手说，去吧，赶紧跑吧。见黄羊站在原地无动于衷，天赐又说，赶紧些，再不跑，我可要改变主意了。黄羊朝树林里瞅了一会儿，又瞅了天赐一眼，才慢腾腾地向树林深处跑去。扭身的一瞬间，天赐看到黄羊又流下了两行明晃晃的眼泪……在模糊的视野里，铁锈一般的黄羊变成了一抹火红的云彩，飘飘忽忽，跳跳蹦蹦的，像山风，像流云，转眼消失在树林尽头，消失在山坡上茂密的灌木丛里。

天赐提着空落落的铁链子，呆呆地站在树林边上。他足足等了一袋烟的工夫，他确认黄羊不会再返回来后，才转身回到圣母庙前。他开着三轮车走到山沟南边土路上时，忍不住朝山巅望去。他惊讶地看到，一只黄羊站立在山巅的晚霞里。他刹住车，想和黄羊打个招呼。可等他跳下三轮车再看时，山巅的晚霞里却不见了黄羊的剪影。天赐使劲地揉了揉眼眶，他以为自己眼花了。返身回到车上时，天赐还是忍不住再瞅了眼。山巅的晚霞里，又出现了一个黄羊的影子。这回天赐没再下车，只是朝山巅挥了挥手。三轮车再次发动时，天赐才发现自己早已是泪流满面了。他扯着嗓子，学着旦腔，反复吼唱着秦腔《虎口缘》里的两句戏文：你不救我，谁救我？你若走脱，我奈何？因为偌大的禹山空无一人，他的声音和其他昆虫的鸣叫一起在秋夜的天空里任意滑行。尽管天赐腔不达调，可他还是歇斯底里地把这两句戏文吼唱了几十遍，直到口干舌燥，两眼冒金星，方才罢休。

几天后，天赐正在土窑口的躺椅上歇阴凉，饲养组来了几个陌生人。黄狗一叫唤，他起先并没在意。听到黄狗狂吠时，他知道有生人来了。他睁眼一瞅，见人群里有来过的那两个人。尽管他知道，这一刻早晚会来，但他还是明显地感觉到自己的胸膛里有人在咚咚地捶打着，呼吸也明显地急促起来。他没有急于到大门口接人，而是转身进了土窑把在土炕上睡觉的黑蛋摇醒。黑蛋趿拉着鞋迷迷瞪瞪地走到大门口，说："寻谁？"娃娃脸说，寻王天赐。弄尿啥哩？高个子说，我们来过，有事哩。黑蛋喝住黄狗的吠叫，不再言语，转身向土窑走，几个陌生人蹑手蹑脚地跟在黑蛋屁股后头进了院子。

此刻，天赐已经回到土窑，正盘腿端坐在土炕上抽着水烟袋。一帮子人蜂拥着进了土窑，眼前一片暗然。等眼睛适应了环境，天赐噘嘴轻轻倒吹了一下烟嘴，玉米粒大小的一颗烟灰飞了出去，在来人面前划了一道弧线，悄无声息地坠落在窑地上。天赐慢条斯理地用两根指头从烟袋的烟筒里捏出一疙瘩潮湿的烟丝摁进烟嘴上的凹坑后，从握水烟锅子的手指间取过一拃长的媒纸才开口说话。说话的语气，全然没有了上次的紧张。

"啥事？"天赐明知故问。

"老王，这是咱县上动物园的张主任。"高个子说，"领导的意思，让你把黄羊给张主任……"

"啥黄羊？"天赐故作惊讶地说，"那你咋不早说哩？"

"咋啦？"动物园的张主任和高个子同时发问，"你把黄羊咋哩？"

“放哩。”黑蛋说。

“放了？”娃娃脸说。

“放哩。”黑蛋说。

“放哪了？”张主任关切地说。

“禹山。”天赐平静地说。

高个子扑哧一笑，说：“开啥玩笑嘛。我知道黄羊就在南边窑里。”

“哄你弄啥哩？”黑蛋指着挂在窑壁上铁链子说，“不信你看去。”天赐吹着了手里的媒纸，又开始咕噜咕噜地抽起了水烟锅子。娃娃脸刚想出窑去看个究竟，被高个子挡住了。他心里明镜一般。一半是因为院子里那些恶狗，一半原因是天赐即使没有放了黄羊，黄羊这会儿也不会在南边那面破窑里了。“王天赐呀，这件事县上领导可都知道了。”“知道了？”天赐把一口烟噙在嘴里，说，“知道了，又能咋了？”

“你不会是背着我们，把黄羊给卖了吧？”娃娃脸说，“要这样，你可是在犯法。”

“放屁！”天赐厉声说，“我在山里头逮了一只黄羊，你们说是违了法。哎，我把羊放了吧，你们还说我是犯法。你们还让人活不？”

“咱不是说好的嘛。”高个子见天赐的声音越说越高，担心像上次那样弄僵了，不好收场。放低了声音说，语气里不乏讨好的意味。

“我信不过你们。”天赐说，“我今天把黄羊给你，怕明天有人连黄羊的血都吃了……”娃娃脸急了，你咋说话哩？咋哩，嫌不好听，你走呀。我在我屋里说话哩，又没有请你来。天赐得理不饶人。动物园的张主任见事已至此，只好说把黄羊放生，那也是一件好事情。邢股长着急，心情可以理解。他是怕黄羊被坏人害了。天赐这才知道，娃娃脸姓邢，还是个股长。要是我查出来你把黄羊卖了，到时候，可别怪我不客气。天赐对正向外走的娃娃脸说：“我也把话放这儿，你要是查到我把黄羊送锅上了，我跟你走。你说咋就咋，我一个屁都不放！”

“太可惜了。”几个人走到院子里，动物园的张主任说，“回去赶紧把星期天在公园展览野生黄羊的喜报撤了。”天赐在肚子里头骂道，一帮子坏㞞，没一个好东西。

等一帮子人出了饲养组的大门，黑蛋说，你真的把黄羊放了？天赐眯眼瞥了眼黑蛋，诡异一笑，你说哩？怪可惜的，黑蛋遗憾地说，天不早了，我走呀。这会儿了弄啥去？村长让后晌给他屋送一车沙子。弄啥呀？谁㞞知道，那一天能折腾哩。出大门口，黑蛋放了一个响屁。天赐坐在土窑里都能听得真真切切。最近一段时间，不等天黑，黑蛋屁股就像长了疖子坐不住了，就想回屋。天赐知道，杏花村的贾虎不知道从哪里捣鼓来了一个啥偏方，说是专治女人不开怀的，尽管黑蛋嘴上不说，天赐知道他心里急。天赐也知道，这种病比牛皮癣还难治，也是个万年脏。一旦染上了，光村里人的唾沫星子都能淹死人。尽管心里并不十分看好，但天赐还是希望黑蛋能如愿以偿。要不，这些年创下的一摊子家业，总不能白白地糟践了。有那么几次，天赐都想让黑蛋别浪费种子了。眼瞅着，黄土都埋到胸脯了，再不抓紧，怕这辈子没机会了，还不如趁早另寻个女人算了。但话到嘴边，天赐又把话茬子和一口唾沫一块咽下了肚子。天赐并不看好春梅，除了质疑贾虎的偏方，更多的是对春梅那双狐子一般的眉眼感到惶恐。为啥？天赐也说不上来。反正，每次见到黑蛋的媳妇，天赐不是心慌，就是胸闷，心里燥烘烘的。对这种不动声色，就凭一个眼神撩拨男人的女人，天赐向来心存余悸。要不，黑蛋那瓷货，咋能被春梅迷惑成这个㞞样子。当年，巧珍在时，天赐也没见黑蛋这般没出息。说归说，有时候天赐一想起自家炕上的红英，连妒忌黑蛋的心思都有了。但作为好朋友，天赐更多的还是羡慕。

早春的一个晌午，一个短发的中年女人推开了半坡饲养组的大门。天赐正在出羊圈的粪土，浓烈的羊膻味弥漫在饲养组狭长的院子里。日𡱂怪了，黄狗嗅了嗅那女人的腿，竟然没有吱声，又返身卧到土窑口了。

天赐憋着气把满满一推车的羊粪倒在院子里用胳膊抹了把脸上的汗，说："咋？寻谁哩？"天赐一边说，一边轮番把鞋底在旁边的一块石头上剐蹭，潮湿的羊圈早把天赐的两个鞋底沾满了厚厚的羊粪。推着独轮车的天赐走起路来就像踩着高跷，一步一扭，步履艰难。女人并不言语，径直走到了天赐跟前。走近了一看，天赐觉得这女人有些面熟，但一时想不起来在哪里见过。"赐娃，我是玲珍。咋啦？不认得了？"见天赐一脸疑惑，她又补充说，"赵魁媳妇呀。"天赐还是愣了片刻，然后嘿了一声，说："我说嘛，咋恁面熟哩。你啥时候回来的？"天赐本想说这些年你到哪里了去，可话到嘴边又咽回去了。眼前的这个女人，看上去要比实际年龄小些许，体形还是那么丰腴，可眉宇间，却多了一丝飘忽不定的苦楚。天赐在心里一掐算，玲珍离开村子少说也有二十多年了。从衣着看，她应该不是衣锦还乡的那种。当年，她就像一只候鸟一样，说走就走了。赵魁不敢声张，把苦水悄悄地咽下肚，是为了队上那一份可怜的口粮。天赐现在还依稀记得，她的出走，不，应该是失踪，伤害最深的要数几个娃了。吃不饱，穿不暖，要不是贫协委员月季的帮衬，恐怕娃连冬天都过不去。赵魁把一个娃卖给了山西客，家里的光景也没有因此而改善。家境从此每况愈下。一个算不上殷实，但却完整的家，因为没有了女主人的操持，娃娃又碎，很快就沦为村上的困难户。

在玲珍的哭诉中，天赐断断续续地知道了事情的原委。当年，她之所以跟着一个在巷道里卖百货的外地人游走他乡，是因为她在某天夜里撞见了赵魁与月季搞破鞋的事儿。她本想一死了之，是那个外地人在井台边从死亡的边缘把她拽了回来。她离开时甚至连一件换洗的衣服都没拿走。二十多年了，那个大她十几岁的男人，带着她几乎走遍了大江南北，像吉普赛人似的走街串巷，浪迹天涯。两个人靠一根扁担，卖一些针头线脑，日子虽苦，倒也安稳平顺。去年冬天，男人得了一场伤寒，一命呜呼了。她一个女人家咋能挑得起那一根扁担。原想一辈子就这样四处游荡了。可谁承想，一直藏在心底里的那个家，让漂泊了二十几年的玲珍又漂回到了那个男人背叛了她的家。

命运弄人哩。

她日思夜想、一刻也没有遗忘的家却让她吃了闭门羹。女子早已嫁人，男娃跟人到外地打工去了。赵魁根本不容她开口，见面就拿鞋底追打媳妇的脸。为啥？说是他的脸，他赵家的先人，都被玲珍丢尽了。

家是回不去了。玲珍也不想再走了。我就是死，也要死在家门口。玲珍抽噎着说。那你咋弄呀？天赐说。我不要工钱，你管口饭就行。天赐迟疑了一会儿问："那你住啥地方呀？"玲珍环顾了一下说，随便，只要能打个盹儿就成。天赐的确需要一个帮手……尽管天赐想了许多，可让一个女人住在饲养组，与他一个大老爷儿们住在一起，还不让人把脊梁骨戳断了？想拒绝吧，又于心不忍。一个女人家，活到这份儿上，实在不易。这个时候，拒绝玲珍的恳求，无异于把这个走投无路的女人再次推到崖边。要是娘在，也不会撒手不管的。天赐说："你等等，我出去一下。"说罢，撂下手里的活计，大踏步地出了饲养组的大门。

井把弯巷的人，是越来越少了。三五个年迈的老人聚集在巷口皂角树底下有一搭没一搭地消磨时光。往日里，整洁、平坦的巷道成了鸡和猪的阵地。野蒿草、狗尾巴草、车前草、麦芽，还有一些不知名的野草，一开春就从土巷两边、碾麦场四边开始向巷道、向碾麦场的中央蔓延。昔日热闹、嘈杂的井把弯巷变得空旷、清静起来。尽管红英继承了婆婆的遗风，每天早晚两次都要把老宅大门两侧各五十步的巷道清扫一遍，但仍然挡不住岁月斑驳的步伐，井把弯巷这座经历了百年风雨的老宅子，此刻也显现出了破败的景象。

天赐走进老宅时，红英正坐在院台上发呆。天赐希望儿子能一直跟着黑蛋跑车，但平安觉得没意思，似乎老在天赐的阴影里过活。有一天，他对天赐说，他想出去走走，想见识一下外边的世界。天赐说，好呀，爸支持你。不过，你想到哪里去呀？平安说，越远越好。等到临出发的前夜，天赐才得知，平安所谓的走走，不过是跟着本村一个同学的父亲到山东打馍去。天赐说，你至少和爸先商量一下吧，咋能说走就走哩？你又不会打馍，出了门，可不像在家，想一出是一出。平安思忖了片刻，摆出一副满不在乎的样子说，那有啥？大不了，算我缴点学费。天赐说，什么话。我看呀，你这事儿不大靠谱，咱还是缓缓再说吧。那怎么行？我都把话给人家了。平安一听急了。给了也不行。天赐还想说啥，却被红英拽了一下胳膊顿住了。爸，你放心。我都这么大了，能照顾好自己……尽管半年里，平安跟着人家打馍，满共挣了不到一千块钱，但过年时，天赐看到的平安却让他心生欢喜。看来呀，这娃娃和地里的庄稼一个样，还是要多经风沐雨、多见世面，才会长得欢实，有出息哩。你看，也就半年光景，平安仿佛换了个人似的，说话办事，有模有样。尽管天赐嘴上没说啥，可一听平安说，今年要单干。一破五，就到集市上给娃买了一个打馍的铁鏊。初十一过，平安就吵闹着出门了。

平安走后，天赐也难得回一次老宅，每次回家都仿佛住店的客人一样来也匆匆去也匆匆；把一座空旷、沉寂的老宅撂给红英一个人。此刻，正是桐花绽放的季节。院子里的那棵泡桐树不见一片绿叶，满树紫色的桐花争相怒放。一进大门，就能嗅到桐花甜甜的暗香。尽管老宅早没有了当年的风华，院台与院井接壤的缝隙里偶尔钻出的一簇一簇新绿的草芽，仍然让人感到了春天的气息。泡桐树下，散落了一地凋谢的花瓣，但院井里的每一块方砖都被女主人打扫得干干净净。相反，那些凋零的花瓣，倒像是主人刻意撒在地上一样充满了温馨。也许是红英太专注了，以至于天赐走到身边了，红英还沉浸在自己冥想的世界里。透过老宅高大的屋脊，远方的平安、洛河岸边的大和娘像放电影一样，反复在红英的脑子里闪现。尽管她没有儿子的音信，也不知道此刻儿子身在何处，但在这个春天她陡然觉得院井里的这棵桐树比以往的哪一个春天都让人心旷神怡。她用一个宛然的笑，表示了她对天赐突然出现的嗔怪。天赐从红英的眼神里陡然看到了多年前在洛河岸边那个山村姑娘的清纯，像一汪清泉倒映出远山近峰，倒映出山崖半腰一排静谧的窑洞，以及弯弯曲曲山路边虬枝横生的枣树。在那个世外桃源的山村，寄存着天赐的初恋。

如影相随的黄狗像一个忠诚的卫士，一进门就一路小跑，把老宅前前后后的每一个犄角旮旯都看了一遍，然后才回到女主人跟前，用嘴拱了拱红英的裤腿，算是对女主人的一种久违的亲昵。毕了，悄然退卧在离红英丈把远的院台上，一声不吭。

看见天赐，红英下意识地站了起来。

天赐原本回来是想和红英商量让玲珍住在家里的事儿。可见到红英话一出口，却变成了一种命令：“你把南房收拾一下，让玲珍住咱屋。”红英迟疑了一会儿，一口气道出了一连串的疑问：“玲珍是谁？她没有屋呀？她住我屋里弄啥呀？”天赐不耐烦地说：“玲珍是赵魁媳妇。她白日里给咱放羊，黑了就住家里。”末了，天赐又加了一句说，只管饭，不掏工钱。尽管红英不再追问，但嘴里的嘟囔却一直没有停下来。

天赐耐着性子，解释道：“一个人在外边跑了多年，刚回来。你来的时候，她都走了。回家？咋回去哩？赵魁连门都不让她进……”

“那她凭啥，住我屋哩？”红英不依不饶地说。

“咱总不能看着她住巷里吧。再说了，都是乡里乡亲的。都找到门上了，我咋好意思推辞哩……好了，不说了。你赶紧把屋拾掇拾掇，今黑了，人就来了。”天赐说毕了，转身走了。黄狗“扑哧”一下爬起身，跳下院台跟着天赐出了大门。

回到半坡饲养组时，眼前的一幕让天赐惊愕不已。头顶一块毛巾的玲珍正拿扫把清扫羊圈，也就半个时辰的样子，玲珍已经把剩下的半窑羊粪出完了。她看到天赐一脸的疑惑，笑嘻嘻地说，咋啦？我在农业社的时候，工分比你还拿得高哩。

第二十四章

夜幕降临，整个村子陷入一片混沌之中。尽管炊烟越来越少了，但村子周边潮湿的地气夹杂着人畜混居释放出的嘈杂声，让白日里一向清静的村落，一到了傍晚就变得格外喧嚣。十几只山羊、绵羊和奶羊混杂的羊群稀稀拉拉地穿过战备路拐进土寨子坡。迎面上坡的俊才把肩膀上扛着的铁锨立在地上，站在路中间说，天赐哥，村长寻你哩。我举起手里的羊鞭，嗔怒道，我打你个灰货，你把我叫啥哩。我把你大叫哥哩，你咋也把我叫哥哩。俊才喘着气，讪笑着说，我大殁咧，你记性咋还恁好哩？赶紧些，村长在饲养组门口的石头上都圪蹴半后晌了。说着，从耳朵背后取下一根纸烟递到我跟前。我对着行走的羊群高声喝骂了一句，领头的一只奶羊立马停住，歪过脑袋看着我，等着我继续下达口令，其他的羊纷纷拥到了一块。羊群像一只白色的纸船，飘飘忽忽地临时停泊在坡路的一边。俊才还在说个不休，我心里却泛起了一阵瞀乱。俊才的絮叨子话，我一句也没有进耳朵。我快速在脑子里过了一遍，还是拿不准村长这个时候找我弄啥。自从那一年县上搞彩车游行，公社书记一气之下撤了胡章娃的职。平日里，我跟胡章娃几乎断了来往。沉寂了好多年，年逾花甲的胡章娃在去年冬天，趁着村里换届又在私底下捣鼓着当上了村长。因为有那次花车游行的交集，当胡章娃找到土窑里时，我和在场的黑蛋、俊才等人没打绊就答应把选票投给胡章娃。英武了一辈子的胡章娃，当时就以茶代酒，和在场的七八个人碰了一个满杯。那天，我当着胡章娃的面给他换了新茶叶。十几杯酽茶下肚，胡章娃的舌根明显发硬了。临走时，摇摇晃晃的胡章娃出了窑门，嘴里还念叨着改天请二队的弟兄们喝酒。可他当村长都快两年了，我连他的一根茶梗都未见过。

狭窄的寨子坡，因为被羊群占去了大半路面，过往的人就只能从羊群里穿行。有人和我打招呼，我视而不见，甚至顾不上搭理人家。想来思去，我只能把村长找我的缘由，落脚在羊群上。说不定，有人给村里举报，说我把羊群吆进了谁家的麦地……想到这儿，我抡起鞭子在地上打了一个响鞭。尿，就恁大个事儿。至于村长来堵我？

羊群一阵骚乱，又开始稀稀拉拉地下坡。羊群过处，路面上到处可见温润的羊粪蛋蛋。俊才还站在原地等着我的赏赐。哎，哎，好我王叔哩，侄娃子把纸烟都孝敬给你了，你也不给你侄娃子发一根卷烟。我把嘴里的半截子卷烟丢给了俊才，又抽了一记响鞭，说，你㞞以后再给叔穿板子，看我不把你娃屁股抽烂了。

离饲养组的大门还有一箭远，我远远看见胡章娃从门口的石礅上跳下迎了上来。安顿好羊群，已经到了掌灯时分。趁谝闲的人还未上坡的间隙，胡章娃开门见山道出了来意：我这不是征求你娃意见哩，你别给我拉稀掉链子，我思摸了半个多月，你当这个队长，不，是组长，最合适不过了。我一听这话，悬着的心放了下来，说，人家老杨不是干得好好的嘛，咋又……胡章娃举手，打断了我的话说，你听我说，我了解你，性子直，能咥活，脾气不好……不怕。你知道群众对你的评价是啥吗？

“啥？”我心虚地问道。

“你没私心，”胡章娃呷了一口茶，说，“你这茶太酽了，那回把我都弄醉了。第二天，睡了一天哩。我说我没喝酒，可你老嫂子死活都不相信，非说我越老越贪杯了。”见我面露疑惑，扯回话头，说，“现在这人呀，毛病多，难弄。眼里容不下沙子，凡事你只要公道就没麻达。”

那天夜里，胡章娃很晚才离开土窑。他当着其他人说了许多规劝，甚至怂恿我当村民小组长的话，但我始终没有松口，没有接受他的好意。我婉拒他至少有两个考虑：一个是因为我对当这个芝麻官，没一丁点儿的兴趣；再一个原因，是因为自从分地到户后，各种各的地，各想各的事。一年到头，别说生产队，就是村上的干部，也没有多少事干。与其徒有虚名，还不如我现在这样带着狗，放着羊，撵撵兔子，多舒坦多洒脱。尽管我在很多人眼里，属于不务正业，但我还是一口回绝了老胡的举荐。

对此，黑蛋很不以为然。

“大小也是个官。你没听老人说，是官比民强。”黑蛋见我还是无动于衷，又压低了嗓门说，“过年还能多分袋白面哩。”

尽管我百般推辞，但最终还是众意难拗。用黑蛋的话说，成了我们队第三十二任队长，也就是现在说的古城村第二生产小组组长。至于他的这种说法有无实凭，不得而知，但可以肯定的是，自从我当上了小组长，我寄居的土窑，每天从早到晚就没清过场。谝闲的，办事的，问话的，但凡有蒜皮大的一丁点儿屁事，群众——我更习惯叫社员，都撵到土窑里来说。甚至谁家的红白喜事咋过，都要先到土窑里商议一番才算郑重。还可以肯定的是，我每月招待人谝闲的安化砖茶叶，由半块骤然增加到了三块。旱烟叶子，由过去的二斤，也增加到了五斤。水烟丝，翻了一番。媒纸由一刀，变成了三刀。洋火，由之前的半包，增加到了两包。就这，还不算隔一阵子，就有人提议要打牙祭：弄一个野兔呀，吃一回野鸡呀，尝一口野猪肉呀，等等。我不是一个吝啬的人，每当社员有了这样那样的需求，我都会竭力满足每一个人的愿望。据说，当组长每年的俸禄，也不过八十块钱而已。我的这种侠义在很多年以后并不被社员所记忆——大部分社员认为，喝我的，吃我的，抽我的，都是天经地义理所当然的事情。但我从不后悔，我爸过去常教导我说，人生一世，草木一秋，人死了，啥也带不走。凡事还不如拍拍胸脯，多施舍，别像个老母鸡似的，就知道抱窝，一辈子让人看不起——这大概也是胡章娃这老㞞看中我这一点，才极力举荐我当小组长的初衷吧。

我娘死后，大哥与我形同陌路。即使在路上碰个照面，我叫一声天禧哥，大哥顶多瞅我一眼。开始我心里像打翻了醋瓶子很不是滋味，觉得弟兄之间，弄到了这个地步真是叫人笑话哩。可大哥的牛脾气不像我，我虽说犟，但讲理，不怄气。一是一,二是二，行就行，不行拉倒。尽管我大嫂还刻意撮合了几回，但大哥像麦地里的一疙瘩撂角石，无动于衷。用大嫂的话说，我大哥是吃了秤砣，铁了心要和我断绝关系哩。我兄弟俩多亏是一个爸妈生的，要不然还不知道会弄出啥乱子哩。尽管这样，大嫂和侄子们却仍然与我和红英、平安延续着往日的情分。有些事，我们在有意无意之间回避着大哥，可我知道大哥也是睁一只眼闭一只眼。

这一年，队上的小麦爆了仓。黑蛋说是我命硬。狗屁，年景好，跟我有啥关系哩。老天爷又不是我亲戚，咋会单单庇护我哩。尽管我极力低调，把自个儿的得意藏掖得严严实实，可掩饰不了社员们脸上的亢奋——毕竟那一块一块的土地，给这些个老实巴交的社员回馈了丰硕的果实。往年一亩地顶多能装四五袋麦子，可今年春天，尽管雨水并非充裕，但无论是水地，还是塬上的旱地，亩产都翻了番。别家的不说，我粗略估算了一下，我家水地今年的麦子亩产少说也过了千斤。一千斤呀，就是在农业社时也没有这个收成。这个年景是包产到户之后最好的年景。尽管夏收只持续了半个月，但像蜜蜂一样从全国各地飞回来的年轻人，一夜之间却让枯寂了半年的巷道热闹喧嚣起来。劳动间隙，男女老少又聚集到了井把弯巷口那棵老皂角树底下谝闲歇阴凉了。奇怪的是，这棵主干已经枯萎的皂角树今年竟然又生发出了许多嫩枝新芽。

夏粮丰收，今年的公粮村上还没有下达指标，我也没有顾得上上门催缴。不少人就已经捎来话，说赶紧呀，公粮都晒干、捡干净了，都在院台上堆放着，要是再来一场雨，恐怕会返潮耽搁了缴粮，拖了村上的后腿。你听听，就这觉悟，已经让我感动得想吼几嗓子了。别说一个月喝我三斤安化砖，就是五斤，我也心甘情愿。要说我没有虚荣心，那肯定是假话。尽管只是个小组长，但社员家的瓮装满了麦子，总比吃了上顿没下顿的日子强吧。

作为小组长，尽管我嘴上不说，心里却把这一切都默默地记住了。记得我爸，不，应该是老支书说过这样一句名言：要想火车跑得快，全靠车头带。想到这儿，我突然理解了当年胡章娃为啥把自个儿的大相片挂在花车头上游行哩。我深深地热爱着我的村子，热爱着我的父老乡亲，社员喜获丰收时，我才会有这种旁人无法理解的心情。

想到这，我从胡章娃热衷当村干部的尴尬历程想到了我爸，想到了我爸的死，想到了我爸的遗憾，想到了我爸的脆弱。我又想到了我娘，想到了我娘的伟大，想到了我娘之于我爸的重要性。可以说，没有我娘的牺牲，可能就没有我爸一辈子的折腾，一世的刚强，一世的洒脱。

上完公粮，几个长年在外边打馍的年轻人找到了我。唱三天戏，谢一下老天爷，继续护佑这一方土地风调雨顺，也好让我们在外边的人安心做生意。说实话，社员的这个提议超出了我的预料。先是本队的几个年轻人，后来一队几个年长的人也找到了我的土窑。连畔种地，自然和过去一样。只要弄热闹，都是两个生产队联合一块弄。农业社解散后，这还是头一回唱戏。要是杨木匠在，用不着我操心，我也不会有啥压力。那天夜里，当十几双眼睛同时盯着我等我拍板定点时，我脑子严重缺氧了。

“唱戏？咋唱呀，戏台子都拆了，木头都盖学校了。”黑蛋说。

“那不怕。咱就在土地庙边上，借势现搭一个台子。”有人说，“问题是，这个季节，咱没唱过戏。到哪里请戏班子呀？”

“要是不嫌弃，让春蕾剧团的娃娃唱。”不善侍弄庄稼的俊才现在是这个剧团的副团长，见大伙面面相觑，他接着说，“放心吧，没事儿。我们都演了好几回了。”

奇怪了，这几年夏阳县的戏班子疯了似的红火。南塬、北塬、川道，甚至城里边，一下子冒出来许多民间剧团。一阵雨过后，像上足了羊粪的韭菜地，呼哧呼哧的一茬接着一茬地往外冒。也不知道是咋了，尽管地都分到了各家各户，可农村学戏的男娃、女娃好像比上学还踊跃。我知道，光我队上就有四五个娃娃，辍了学，也不出去打工，都在春蕾剧团学戏哩。学徒期间，娃娃不光拿不到工资，家里边还得支应每月三十块钱的伙食费。就这，家长们还得央求那些由团长高薪从专业剧团请来的老师好歹收下自个儿的娃娃。尽管这些娃娃还有些懵懂、不谙世事，但他们的家长宁可让娃娃学戏，也不愿意让娃出去打馍挣钱。这些颇有眼光的家长都把自个儿的意图深藏在心底不愿轻易示人，但明眼人都能看出来，他们都渴望自己的娃娃好好学戏，将来长大了能成为名角——他们显然是受了电视上那些风光无限的明星们的蛊惑。

赵俊才的表哥在县文化馆上班。他说，眼下夏阳县光注册的民间剧团，就有六十九个，有名有姓学戏的人，有一千五百多人。戏曲的复兴自然是好事情，可恁多的剧团，咋养活一千多个娃娃哩？我在心里嘀咕道。俊才说，王叔，你说啥哩？我环顾了一下在座的各位，说："也好，权当是咱支持俊才工作哩。"俊才走到我跟前，对着我深深地鞠了一躬，说："多谢王组长。"黑蛋说，嗬，才当了几天小组长，说话也是一套一套的，佩服，佩服呀。我顺势一抬腿，脚上拖拉的布鞋飞碟一般朝黑蛋捣去。黑蛋身子一歪，布鞋坠落在土窑的黑旮旯里。我严肃地说："老黑，你明天负责搭戏台子。俊才你给开个戏单子，先让大伙议一议。我可把丑话说到头里，戏演好了，一分钱都不少你的。要是社员不满意，一分钱都别想！"

"领旨——"

俊才拿腔作调的，做了一个戏曲动作，惹得大伙哄堂大笑。

黑蛋说，你尿别光说不练。先给大家唱一段。黑蛋知道俊才歌唱得好，唱戏却是个外行，所以故意刁难娃。俊才看了我一眼，面露难色。我知道他此刻的心思：为了给剧团争取到一次演出的机会，这个平日里油嘴滑舌的文艺青年听了黑蛋的起哄，也不敢轻易造次了。我瞥了一眼在座的各位，见大家都是一脸善意的渴望，就打了个圆场，说："那你就给大家唱一个歌。"唱歌是俊才的强项，他像在湍急的县河里不幸落水挣扎的人，手里突然抓住了一根稻草，刚才因难堪而有些扭曲的脸上，顿时恢复了往日的自信："成。各位大伯大叔、大哥大姐，父老乡亲们，一首电影主题歌《我的祖国》献给大家，希望大家喜欢。"

黑蛋说："是啥电影？"

俊才说："《上甘岭》。"

有人说，这不是昨天晚上才在滩子村放的嘛，你咋就会唱了哩？有人说，这是老电影了。一队一个上了年纪的人说，早就听说二队有个娃，看完电影就能唱电影里的歌。原来是你呀。

听着大家的议论，俊才也不再言语，清了清嗓子就唱了起来。嘈杂的土窑里顿时安静下来。俊才浑厚、婉转、悠扬的歌声在土窑里回荡，然后飞出窑门在村落上空自由翱翔。

一条大河波浪宽，
风吹稻花香两岸。
我家就在岸上住，
听惯了艄公的号子，
看惯了船上的白帆。
…………

唱到第二段时，俊才两手舞动，大伙跟着节奏一边跟着哼唱，一边轻轻拍起了手。那天，大家兴致高让俊才一口气唱了三首歌才罢手。

三天后，春蕾剧团正式开锣唱戏。尽管娃娃们的戏唱得马马虎虎，但还是如约连唱了三个晚上。戏台最终搭在了一队和二队接壤的一块收过麦子的地里。戏台和看戏的地方，刚好有一道一人高的土塄。塄上搭戏台的那一窄绺麦茬地是二队杨毛子家的自留地，刚够搭建一个不大不小的戏台子。戏台下，大片的麦茬地则是一队预留的机动地，足够几百人看戏用了。村里人不讲究，只要有戏看，坐在麦茬地里照样津津有味。原计划三五百人的场子，最后台子底下密密麻麻地坐了成千人。老队长程玉喜站在戏台边的土塄上，感慨道，“多亏这地方大，要不呀，安全都是个问题哩。”

“可不嘛，要是搁在土地庙那儿，恐怕连一半人都坐不下。”请神容易送神难，我说，“我就担心剧团这些娃娃哩。”

“莫怕。”程玉喜似乎胸有成竹地说，“都是自家的娃，不会有人为难一个娃娃的。”

我给俊才说每一本戏，咋说也要上两个老人手。程玉喜说，也好。我记得，小时候一个外地的戏班子到村里来唱戏，戏还没唱到一半，就被台子底下的人用土疙瘩撵下了台。打那以后，再没有哪个戏班子敢轻易到古城村来唱戏。不夸张地说，古城东村至少有一多半的人能登台唱戏。用杨木匠的话说，在古城村，你啥都能糊弄，就戏和锣鼓不能糊弄人。再不行的人也能上台唱几句，也能拿得起鼓槌抡一阵子，而且都能弄得有板有眼，像那么回事儿。

“都唱啥戏？”程玉喜说。

“今黑了是《杨门女将》，明天晚上是《柜中缘》，后天是《十五贯》。”

“都是本戏？”

“说是本戏。可能减了一些。”

“那这笔钱，也不是一个小数目呀。”

“三天的戏，一天三百，一共九百块。都是各家各户集凑的。娃娃们吃派饭。队上给帮忙的人，计十个义务工。”

“看样子，群众的热情很高啊。”

“可不嘛，多年都没弄了。”

“好事情。”毕了，程玉喜从衣兜里掏出两张十块钱，塞到我手里说，“往后呀，有这种好事情，不要忘了我。”

这些天，多亏了玲珍。

平安外出后，红英几乎足不出户，身不离家，似乎唯恐有人偷拿了老宅的一针一线、一砖一瓦。每天，她除了清扫院井和巷道，就是独自个坐在院台上一言不发，久久地看着某一处发呆。儿子怕红英孤单，给红英新买了一个收音机。红英说，老开着多费电呀。自然，那个小小的收音机很快就成了家里的一件特殊的摆设；说它特殊，是因为红英每天早晚都要用抹布仔细地把收音机擦拭一遍，然后放在随手能够拿到的地方——我知道，红英把收音机当平安了。

想让红英到半坡来，几近登天。这些天，我忙里忙外地跑唱戏的事儿，我的那些羊呀狗呀的几十个活口，全靠玲珍一个人照管，放羊，垫圈，喂食，遛狗。尽管她控制不了那些猎狗，但每天定点从土窑里把狗放出来在院子里疯跑一阵子，然后再吆回土窑。我呢，尽量每天早起放一回羊，剩下的活路都撂给了玲珍。头天唱戏，我让玲珍一块去，她说她不爱看戏。我知道玲珍心存愧疚，不愿到人多的地方去。临出门，玲珍柔柔地说："你忙去吧，今天我等你回来。"有事？我说。玲珍说，没事。今黑了演头场，没个早晚。早些歇息吧，别等了。我知道玲珍心存感激，眼瞅着玲珍一天到晚地忙碌，有好几次，我都有些不忍了。玲珍坚持说，你忙你的，我等你。出门时，我在心里嘀咕，玲珍一定是有啥事要和我说。啥事呢？下了坡，到了戏台子跟前，我也没想出来玲珍会有啥事找我。

黑蛋安排人在戏台子后边摆了张方桌。这货图省事，把我土窑里的茶壶、杯子都拿了过来，专门支应村上的干部。这天，村长胡章娃一个人早早地就坐到了方桌前。坐在这儿能居高临下，把[illegible]下麦地里看戏的各色人等看得清清楚楚。天色还没有完全暗淡下来时，戏台底下已经坐满了看戏的人。村长边喝茶边说，看这架势，不光是咱村的人呀。一旁的程玉喜说，可不是嘛，听我老伴说，镇上她娘家兄弟的媳妇都来了。

开戏之前，戏台底下自然成了娃娃们嬉戏打闹的场所。人群中，碎娃娃的喊叫声、大人的呵斥声、伢伢子娃的啼哭声，与台子上偶然响起的乐器声混杂在一起，此起彼伏，构成了乡村傍晚的一幅市井图。看着眼前这升平盛况，胡章娃甚为满意。他差人把我从后头叫到方桌跟前，说："不错呀，不错呀。我没看走眼，像你爸当年一样，都是咥大事的人。好好弄，我总不能，总不能当一辈子村长吧。啊，我可不像有的人，占着茅坑不拉屎，把村干部当他屋的官当哩。"我知道，他又在攻击老支书了。尽管我大伯说他是老支书的私生子，但至今我都没搊饬清楚他到底是不是，可我大伯说得有鼻子有眼儿的。村里上了年纪的人，也都不置可否。可你看这老㞞，一辈子是咋对待老支书的——直到老支书临死前，他还在到处举报老支书违规给社员批宅基地哩。

夜幕降临，眼前看戏的场子混沌起来。

灯火通明的戏台子上拉着大幕，幕后铿锵有力的器乐声拉开了开戏前的热场序曲。一听到锣鼓声起，嘈杂的戏台子底下渐渐也安静下来了。

我说："村长，开戏前，你给社员讲个话。"

村长迟疑了一下，说："讲话？说啥呀？"

我说："随便，你随便说啥都行。"

村长一仰脖子，把茶杯里的水喝完，说："也没准备呀。玉喜，我说啥哩？"

程玉喜一拍手，说："嘿，讲啥话呀？天赐，你让村长上去，唱一段吧。"

我说："好。我咋把这茬给忘哩。村长，你想唱啥？我让俊才一会儿给你报幕。"

村长思忖了片刻，说："唱一段秦腔《三滴血》，咋样？"

程玉喜鼓掌道，好哩。我问村长，要不要乐队伴奏？村长说着，打个板就行。这边村长正在和乐队说着话，那边大幕已经拉开。负责报幕的俊才已经站在了戏台子中央。台下，一片喝彩，一阵怪叫。

俊才对着台下黑压压的人群，弯腰鞠了一躬说："各位大伯大叔、大姐大哥，古城村的父老乡亲，晚上好。"台下又是一阵欢呼和口哨声。"今天晚上，给大家演出的是夏阳县最最著名的春蕾剧团。演出的剧目是《杨门女将》。"又是一片欢呼、口哨声。俊才停顿了一下，接着说："首先让我们以最最热烈的掌声，欢迎我们今晚的特邀嘉宾胡村长给大家演唱秦腔《三滴血》选段:《祖籍陕西夏阳县》。掌声有请胡——村——长——"俊才一边带头鼓掌，嘴里一边说着呱唧呱唧。

曾经当过十年大队民兵连长的胡章娃双手抱拳跑步上台，一套动作干净利落。全然看不出他已经是六十开外的人了。"今天乡亲们高兴，我胡章娃没有理由不高兴。借这个机会，我就想说一句话：希望我们古城村的广大群众，响应县上的号召，用三年时间完成建设百万棵花椒工程。咱村的口号是：少生娃，栽花椒，早致富——"台下，黑压压的人群只有稀稀拉拉的一点儿掌声。"一会儿，剧团的演员还要给大伙唱戏。我呢，先给大家唱几句。给娃娃们热热场，请大家鼓掌。"台底下，响起一阵并不是很高涨的欢呼、口哨声。胡章娃后退一步，拉开了架势。在后台，一直站在我身后的程玉喜低声说，这货是人老心不老呀。我头没回，继续盯着台上胡章娃的背影，说："从我认识他到现在几十年了，啥时候人都精精神神的，啥都想争个高低，你说他累不累呀？"程玉喜说："你等一下问问他呗……"

陡然而起的乐器声吞噬了程玉喜后边的话，那一瞬间，我觉得程玉喜的话里夹杂着一种怪怪的味道。

尽管村长的嗓子带着沙哑，含混不清，但从台子底下高涨的尖叫声看，他的满口腔，甚至有板有眼的台风都给他加了分。在后台，有人给村长递了一条毛巾。这时，借着晃眼的灯光，我才发现村长一头的汗珠子，一件灰衣裳也被汗水浸透了，胸前后背的衣服都贴在了身上。他一边擦汗，一边气喘吁吁地说："这天气，太热了。"我邀请村长到戏台子底下去看戏。村长说，不去。坐这儿凉快，听戏也蛮有意思的。

戏散场时，已经是夜里十一点钟了。

铅色的天空，只有几颗星星眨巴着眼睛。没有月光，乡村六月的夜晚并不显得暗淡，带着麦田土腥味道的空气干燥闷热，略有几分黏稠的感觉。由于散场的缘故，一时间，戏台子底下人群里像炸了油锅一样嘈杂喧嚣，尘土飞扬。这种纷杂、骚乱的场面至少持续了一袋烟的工夫，才渐渐平息下来。夜幕下，这种喧嚣又像是流星雨，从戏台向四面八方飞溅，或远或近地坠落在村落的某一处，很快便融入沉沉的夜色里。我像一条鱼在人流中游动。在村子西边的岔路口，一帮子人吵吵嚷嚷的向东进了井把弯巷，一帮子人向南涌进了新巷。我呢，又变成了一只孤独的鱼，背着微弱的星光独自向西，沿着陡峭的寨子坡走向半坡的饲养组。

夜幕下的饲养组静谧得有些恐惧，以至于当我推开大门时，门轴发出的沉闷的咯吱声把我吓了一跳。躲藏在野草丛里的蟋蟀还在院子的角落里叫个不停，仿佛在等待着我。借着朦胧的夜色，我隔着栅栏一一查看了一遍羊圈和狗舍之后，回到土窑门前。这时，我才猛然想起了玲珍。可此刻，空寂的饲养组哪里还有玲珍的身影——想想玲珍的眼神，她似乎对我有话要说。平日里，我从她爽朗的笑语里，能察觉到她的激情。说实话，有好几次我独自躺在土窑的土炕上，一闭眼，玲珍妩媚的眼神就在我跟前浮现……我扇了一下自己的脸，觉得自己咋恁流氓哩。唉，这些年，尽管这个苦命的女人在用她自己的方式捍卫着自己的尊严，可到头来，还是逃离不了悲戚的结局。我暗地里托人试探过赵魁的态度，没想到尚未开口，就被赵魁挡了回来。他说：要是给那婊子说情，你趁早回吧。

窑门虚掩着，窑里漆黑一片。我跨进门槛站在窑地上，一股浓郁的胰子味道扑鼻而来。我使劲吸了几口气，享受这种刺鼻的清香带给我的陶醉。我能嗅出来，就像我的猎狗们在原野上能嗅出猎物遗失在风中的气味。这是玲珍前几日在集市给我特意买回来的一块淡蓝色的胰子。我一直放在炉子旁的一个肥皂盒里，还没有来得及用哩。可今黑了，这味道咋恁浓？肯定是玲珍今天用这胰子了。我摸索着走到挂煤油灯的地方——因为这里远离村子，况且没有住家，自然也没有通电。夜里唯一的照明就是我用一个大墨水瓶制作的油灯。

我划燃了一根火柴，一团橘黄的火苗在油灯的油捻子上跳跃了几下，立马变成了一簇火焰。火焰发出了光芒，照亮了窑洞。眼前的场景却让我心跳加快，呼吸急促。土炕上侧躺着一个女人。尽管女人的腰间，斜搭着一条被单，但仍然掩饰不住成熟女人特有的韵味与诱惑。我像一尊被摄了魂的泥像，杵在原地动弹不了。这些天，玲珍的苦心，我何尝不知道呢。她是担心我赶她走。尽管她在百般掩饰自己的内心世界，可我从她的眼神仍然能一眼读出一个女人的无奈——她得知我托人向赵魁说和之后，往日澄明的眼睛里就不时地飘浮着一丝忧郁。连日来，每当我目送着玲珍赶着羊群消失在坡头，心里就会泛起一种莫名的惆怅。

“你回来了？”玲珍连睡觉的姿势也没变一下，幽幽地说。

“嗯。”我低头，含含混混地随手卷了一根旱烟。但我并没有掏火柴的意思。我不想让旱烟的味道，弄脏了这土窑里的清香。

“你嫌弃我哩。”玲珍说。

我不言语，甚至连头也不敢抬起，只是舞弄着手里的旱烟卷。

“你就是嫌我哩？”玲珍说。

“没有。”我说，“你不用这样……你想在我这儿待多久都行。”

说话间，手里的旱烟卷已经被我揉碎了。在黑蛋跟前我自诩啥都见识过，此刻我好像站在了诱惑的泥潭边，但我没有走向土炕。你睡吧！我去看看羊。我轻轻拉开一扇窑门，侧身出了窑洞。

月到中天了。

院子里，明晃晃的土地上像下了一层霜。我到羊圈和圈狗的土窑转悠了一圈，圪蹴在窑窗底下，连续卷了两根喇叭筒……坡底村子里，谁家的狗狂吠了几声后，惹得邻家的狗对着夜空盲目地狂吠起来。隔壁的土窑里，我的猎狗们个个镇定自如，一声不吭。轻微的风摇曳着院子里的那棵桃树。听到树叶“哗哗哗”的响声，我身上才察觉到了一丝久违的凉意。

“我不同意。”先不说租地这事，我对程玉喜不分青红皂白，不分轻重地给我大哥当说客这件事打心眼里生气。“你说这算弄啥哩？生产队好不容易才把地分到各家各户，他倒好，搞啥承包，简直是胡成精哩。现在不兴了，要是搁前几年，他这就是搞资本主义。你呀，至少也是个帮凶。”

“都啥年代了，还资本主义。”程玉喜笑呵呵地说，“你大哥呀，问过公社了，人家说了，只要社员没意见就能弄。”

“我意见大了！”一想起了我爸过去的遭遇，我拿出了小组长的权威说，“刚过了几天好日子，就不知道自个儿姓啥了。玉喜哥，咱关着门说，我大哥搞啥规模经营哩。咋了？难道人家政府把地分给社员错了？我把话搁这儿，不光我反对社员把地承包给他，队上也不会把十三亩那块机动地……给他种菜！”

“天赐呀，现在人和人的想法都不一样了。不像在农业社那会儿了。”程玉喜说，“天禧借唱戏这几天和一些人都商量好了，人家都愿意把地租给你大哥。你看看，现在有几个人想窝在屋里种地？能出去的，都出去了。剩下的，不是老弱病残，就是拖儿带女的。”玉喜顿了顿，感慨道：“也不能全怪社员呀。一年下来，不计人工，刨去化肥、籽种、地膜、浇水、农药，一亩地的收成连本都保不住。你说，让社员咋弄？过去不让社员外出，现在政策好了，允许了，可把好端端的地都撂荒了。每天看着那些撂荒的地，我都心疼。先不说政策允许不允许，单就冲着天禧把各家各户撂荒的地集拢起来种菜，我就拥护。种，总比撂荒了好吧？”

“社员同意不同意，我管不了。咋了？队上现在就剩下十三亩这一块机动地了，不可能租给他。”程玉喜说得入情入理，我也同意他的看法。前几年队上不少人把自家的地委托给旁人种，种地的人只要把公粮交上就行了。尽管有人租地种莲菜社员有议论，毕竟是个别现象，情有可原。可大哥这次是要大面积租种，那性质可就变了。弄不好呀，会给自个儿惹麻烦哩。“你回去给他说，叫他趁早死了这心。我不会同意的。除非我不当这个小组长。”

“你也知道，十三亩地适合种菜。”程玉喜迟疑了一下，说，“你哥也说了，你要是同意，到时候公司也算你一份。”

“公司，啥公司？”我疑惑地说。

“天禧联络了几个人，想一块种菜。”见我一脸的疑虑，程玉喜解释说，“专门给城里的菜贩子批发哩。具体的事儿，我一时也说不清。你要是愿意，我让天禧给你说。”

“有你吗？”我说。

程玉喜犹豫了一下，说，“你哥来寻我，说了想法。开始我还拿不准，后来问了乡政府的人，才下的决心。”

我开着那辆破三轮车找到了乡政府，又到城里去了县土地局、农业局，把我遇到的困惑向领导做了汇报。人家给我的答复像一个模子倒出来的一样，让我郁闷了好几天。什么叫国家没有明确规定？我有时候真搞不懂，这些人咋都这么麻木不仁哩。倒是乡上的文书给了我一个建议，既然国家没有明文规定，那一切还是村上说了算。转了一大圈，村长听完我的抱怨，半晌不言语。眼看着夜已经很深了，村长说，天赐呀，你也别和自个儿怄气了，既然社员同意，人家又愿意弄这事儿，我个人也没意见。地撂着也是荒。地都荒了，咱这心里头呀，也不舒坦。

“那队上的机动地咋弄呀？”我苦楚着脸说。

“还剩下多少地？”村长说。

“就剩菜园子那一块了，十几亩地了。”我说。

“十三亩，我知道，好地呀。”村长说，“你们几个再合计合计，看看是给社员种庄稼好，还是租给天禧他们种菜划算？”

麦子已经入仓，大部分地里也都种上了玉米，乡村夏天的夜晚还弥漫着淡淡的麦草的土腥味道。此刻，一轮下弦月高高地悬挂在夜空上。淡淡的月光透过村子里一簇一簇的树冠，在坑坑洼洼的巷道的土路上婆娑。我深一脚浅一脚地出了李家湾，穿过一片凌乱的树林，绕道村子外边的一条生产路径直来到了十三亩地。这一刻，我才发现当年生产队的这个菜园子竟然承载着我对农业社、对那些火热的劳动场景、对那些熟烂于心的脸庞的美好记忆。尽管这块地早已经变了用途，和其他的地块一样成了一块普通的庄稼地，但我相信，十三亩地在二队所有经历过农业社的人心中，永远都是一块充满笑声、充满诱惑，让大家向往的菜园子。当年那座看守菜园子的瓦房和凉棚，早已经销声匿迹了。只剩下了那口水井和一截子断裂的水渠静静地伫立在月光下，像一个年迈的老人固执地守望着昔日的菜园子。

包产到户之后，杨家祠堂的大门一直锁着。当时，队上的财产能分的都分了。甚至连队部的一个粗布门帘都作了价，分给社员了。队部撤离杨家祠堂时，不仅上了锁，还张贴了盖红印章的封条。转眼过去了十年，封条早被风雨剥蚀掉了。偌大的铁锁也都被岁月锈成了一疙瘩废铁。高大的木门上的门钉都变成了一排排褐色的铁蘑菇。屋檐下挂满了蜘蛛网。从倒塌的饲养组看过去，杨家祠堂内的房屋已经破败不堪。院子里的野蒿草长势葳蕤，一时成了黄鼠狼、蛇和各种昆虫的世界。一座经历了百年风雨的杨家祠堂，就这么撂荒了。前边几任组长，都在家里办公。我接任组长后，半坡的饲养组自然也就成了村民议事的地方。

第二天，我让会计把临时租让十三亩地的村民召集到了我的土窑。大家都知道开会的缘由，我还未开口，有人就说，正准备找你哩，这下可好了，天禧要种菜，也省得再种玉米了。不需要表决，这块地大家就双手恭送给天禧他们了。对这样的结果我早有预料，但还是没有想到事情会如此顺当。我怀疑，有人在背后做了手脚。我一再提醒大家事情不急，回去和家里人再商量商量，过几天给我回话也不迟。但大家离开土窑时，都再三表示，不想再种了。累死累活的忙一季，到头来勉强能保住本就算烧高香了。

望着社员离去的背影，有那么一刻我的心沮丧到了极点。说不清是因为社员对土地的背叛，还是因为我大哥的得逞。掐着指头一算，我当二队的组长满打满算也不过两个年头，可我咋觉得在这一年多里仿佛经历了太多的事情。平日里因为琐事缠身，猎狗们已经有小半年没有在原野上奔跑了，而我呢，仿佛已经是疲于应付，甚至是筋疲力尽了——心累，让我怀念起撵獾、套兔子、逮黄羊的日子来。

以东村的人为主，我大哥牵头成立了一个古城村土地经营公司。挂牌那天，县政府来了一个年轻的女副县长，芝川乡政府也派了个副乡长陪同女县长。据说两个人是党校的同学。和女县长一辆车来的，还有夏阳报社和县电视台的记者。公司的经理自然是我大哥王天禧。他们只用了七天时间，就在十三亩地原来的旧址上盖起了一座新房，新房前照旧也搭建了一个凉棚。不过，新建的瓦房和凉棚比过去要气派得多。公司成立大会，让高瘸子选了一个黄道吉日，地点就选择在十三亩地。那块白底黑字的大木牌就悬挂在新房的墙头上。开会前，特意用一块大红绸被面子罩着。

大会由村长胡章娃主持。参加大会的社员有五十多人。这些人大部分都是双重身份——公司从他们手里把一块一块的土地租过来，每年每亩地给他们出一百块钱的租金。同时，公司又把一部分人聘用到公司，成为拿工资的菜农。副县长和副乡长两个女人一块扯下了蒙在木牌上的红被面。有人在井台子旁边，放了一挂万字头的霹雳鞭炮。紧接着，在社员的见证下，我代表生产队当着领导的面把十三亩地租给了公司。租赁期十五年，租金分三次缴清。签约前，先缴五年的租金，三年内缴清余款。在现场，公司和四十多户人家分别签订了租地合同。签完合同，村长大声说："下边，掌声有请——欧阳县长讲话。鼓掌欢迎！"结果，女县长委婉地说，先请薛乡长讲话。对于县长的提议，一脸福相的副乡长，似乎并没有推辞的意思。她瞅了一眼天禧，清了一下嗓子，说："是副乡长。"大家轰然一笑。她顿了顿，等现场稍微安静下来后，说："同志们，古城村了不起，古城的村民了不起。你们干了一件大事，一件值得学习、值得推广的大事情。为啥哩？因为你们是咱芝川乡头一个吃螃蟹的人。今天，我也不多说了，一句话，希望你们好好经营，把公司越办越大，越办越好。下边，让公司的总经理王天禧同志说几句。"天禧一脸尴尬的笑容，说，我也没啥好说的。我就是闹心、心疼，一片一片的好地都撂荒了。过去农业社能弄好的事情，我们也有决心把大家的地种好。谢谢领导的光临，感谢乡亲们的信任。完了。村长瞅着县长看，刚想开口，女县长已经发声了："各位父老乡亲们，大家上午好。我很高兴参加咱们古城村这个土地经营公司成立大会。首先，我代表县委县政府对古城村土地经营公司的成立表示热烈的祝贺。刚才薛乡长说得好，你们干了一件大事情，给咱们全县带了一个好头。把闲置的耕地集中起来，大力发展种植业，成规模地种植蔬菜，形成一个拳头产业，这不仅可以确保耕地面积，同时，还可以给群众创造一个在家门口就业、致富的好门路。据我了解呀，咱们村这个土地经营公司在全省也是第一家。"

大会结束后，电视台的记者拦住我，要采访我。我推托不掉，就对着镜头说："好是好，就不知道能不能挣钱。"记者一愣，还想问我啥，我一扭身，走进了纷乱的人群中。

从那天以后，我的土窑里一下子清静下来。十三亩那座新房子自然成了社员们聚集的地方。我窝在土窑里，三天没出门。玲珍见我郁闷，以为我身体不舒服，就问我是不是生病了。我说，心里堵得慌。玲珍叹息了一声，说，有啥哩？说到底，都是一个爹娘生下的，低低头，就过去了。总不成看着他倒灶了，你心里才舒坦。那天，玲珍正在扫地。我杵在窑门口，轻声唤了一声玲珍，心跳急促，涨红着脸。玲珍见我窘迫的样子，停顿了一下，脸陡然一红，说，咋了，你想说啥。我说不出话来，只觉得喉咙干涩，两只手一个劲地干搓着，一句连串的话也说不出来。

这时，有人在拍打大门。黄狗听到拍门声，朝着大门狂叫了一阵。一条我新近用两只山羊置换的德国黑背，也对着大门"汪汪、汪汪"地叫了几声。也许是这条黑背的吠叫让拍门者生了怯意，停止了拍门，隔着一道土墙高声喊叫我的名字。

"赐娃、赐娃——"

听声音，我知道是新巷的老鬼。老鬼姓郭，叫德全，是个外来户。听他的口音，像河南人。他却说他老家在湖北随州。前些年，公社来人问他姓啥，他说姓郭。可不熟悉的人，咋听，他说的都是姓鬼。老郭，性子绵，人缘好。慢慢地，村里人也都不再叫他老郭，见了面都叫他老鬼了。晚辈的人，也都叫他老鬼叔，或者老鬼伯了。这几年，已经有娃娃叫他老鬼爷了。不论谁叫，叫啥，老鬼都会乐呵呵地应答。老鬼的嗓子沙哑，只要他一开口，村里人都能听出是老鬼的声音。农业社解散后，老鬼开始在城里头收破烂。他和别的同行不一样，只在城里的几个煤矿家属区转悠，专门收工人家里退换下来的旧衣物。然后，回到家里让老伴拾掇拾掇，又低价卖给村里需要的人。前几年只要老鬼的自行车铃铛在巷道里一响，手里宽裕一点的人，想给男人或者娃娃买一件城里人爱穿的衣裳，但又不想让旁人知道，就进了老鬼的家门。我也从老鬼家里，给平安买过一双牛皮鞋。那双皮鞋，除了鞋跟子有些磨损，其他地方都好好的。我拿到手时，鞋跟老鬼已经补好了。我花了十块钱，鞋油一打，跟新的一样锃亮锃亮的。

对村里人而言，老鬼有太多的秘密。村里人只知道，他和老伴是夏阳第二次迎来艳阳天后从省城搬迁到村子里来的。至于过去在城里头弄啥，为啥又搬到村里来，没有人知道。那些年，老鬼的身世只是偶然有过一些传闻而已。对自个儿的过去，老鬼更是三缄其口。老鬼有一个女子，人长得水灵，是村里出了名的亲女子。不光女子长得亲，老鬼的老婆，也是细皮嫩肉的。一张素净的瓜子脸上嵌着一对柳叶眉，一双杏仁眼。小时候，杨木匠在人背后给老鬼老婆起了一个外号：小油菜。一提起小油菜，大人们都心照不宣地嘿嘿一笑，似乎这诡异的笑里暗藏着莫大的玄机。现在想想，当时村里人见到这么一位从大城市来的女人，心里边一定又酸又痒，也只能是嘿嘿一笑聊以自慰罢了。

收了破烂的老鬼，不知道是从哪天开始和我频繁接触起来。没多长时间两个人竟然成了忘年交。与黑蛋一块，我们三个人在村里头成了无话不说的老友。有一次，年逾花甲的老鬼给我和黑蛋说，过去他在队伍里给一个国民党大官当副官。大官的女子看上了他，他不同意。黑蛋说，你傻了呀，多好的机会，你咋不同意哩。老鬼迟疑了片刻，说，现在呀，也不怕你俩笑话了。我当时看不上大小姐，是因为暗地里我和长官的四姨太好上了。当时，我们两个呀，爱得是死去活来。一会儿不见，都憋屈得慌。后来，实在没法子了，我俩就准备私奔。刚好，解放军要攻打省城了。长官一天到晚忙于军务，无暇顾及家里。我瞅空，带着四姨太混在老百姓中出了北门。因为走得急，只带了些细软。出了城，一路向北，心慌意乱地在一个村子里歇息了几天。看看没人追来，就花钱雇了辆马车，又一路向东走了一天，才进了夏阳境。一颗悬着的心才放到肚子里。因为当时的夏阳已经解放了，是共产党的天下。下了司马坡，我一眼就相中了咱们村。咋啦？黑蛋问道。老鬼接着说，我上过军校，对风水有一些了解。一看古城村背有塬，前有河，地气人脉都很充沛，是个好地方。

看来村里人阴差阳错地叫他老鬼，是叫对了。他在村里头蜗居了几十年，就连“文革”期间，也没有人摸清他的底细。不然的话，老鬼能不能活到今天都不好说哩。打那以后，我与老鬼的交往多了一种敬重的成分。前些天，我委托老鬼给赵魁说和玲珍回家的事儿，尽管赵魁没松口，但我还是替玲珍感激过老鬼一回：请老鬼在土窑里吃过一次野兔肉。

“赐娃、赐娃——”

老鬼沙哑着老嗓子，还在墙外不停地喊叫着我。我站在院子里，故意大声问，谁叫哩，弄啥呀？老鬼在墙外说，我，老鬼。大白天的，关着门弄啥哩。快些开门呀。进了门，老鬼说，把你那些狗可绑好了。我站在外头，都叫你半天了也不吱声。我说：睡觉哩，没听着。要不是狗咬，我还听不见哩。进了窑，老鬼见玲珍正在扫地，愣了一下，说，玲珍也在哩。

玲珍潮红着脸，说了声老鬼哥来了，又低头扫地。老鬼狡黠一笑，说，我今天给玲珍带来一个好消息，一个坏消息。我把点着的媒纸递给老鬼说，你就不要卖关子了，玲珍不爱耍笑。

老鬼接下来的一席话，别说玲珍，就连我也是一脸的惊愕。原来赵魁自从被法院判了几年后，不思悔改，反而变本加厉，暗地里做起了盗墓的勾当。在村里，尽管没人说破这事儿，可大家心知肚明。白天，除了睡觉，就是在野地里胡屎转悠，踩点儿，寻古墓。天黑了，就勾搭几个外地人，挖人家的老坟。据说，这几年凭这挣了不少的黑钱。村子周边的老坟没有了，这些人又盯上了人家的新坟，盗窃死人身上的金银首饰。听高瘸子说，赵魁给人吹牛，说他手里光金戒指就有一百多个。高瘸子劝过赵魁，少做断子绝孙的事儿。可赵魁不听，反而讥笑高瘸子胆小怕事。说完这话，也不过半年，赵魁突然高烧四十一度，嘴唇都烧白了。到了医院，也无济于事。医生摇头，让赶紧转院。可转来转去，钱花了不少，烧是不烧了，可人却昏迷不醒，像一个植物人一样只有出的气，没有进的气。省城的医生见状，赶紧给家里人发了病危通知。不知就里的女子哭得死去活来的也唤不醒赵魁。回到家，高瘸子给赵魁女子出了一个主意，让娃从街道上买了半袋子土纸和一箱子冥钱。回到家，找来钱坨子，用棒槌在土纸上密密麻麻地捶下了数不清的钱印子。每天黄昏，用架子车拉着赵魁在村口的路边跪在地上，向着村西边的高原烧一堆印着钱印子的土纸和纸钱，嘴里说着一些饶恕之类的话语。

烧过了七七四十九天的纸钱，赵魁开始有了知觉。尽管赵魁一时还不能下炕，但人是清醒了。至少，把命保住了。

“我今天来，就是想告诉你，昨天我去看赵魁了。见他怪可怜的，就随口说让玲珍回来吧，家里也好有个帮手。赵魁没说啥。你大女子在一边也不言语，只是哭。后来赵魁躺在炕上拍打着炕席，反复说了几遍，作孽呀，报应呀，闭上眼就不再言语了。我知道那货心里有苦，说不出来。出门时，你女子拉着我的衣襟问:‘老鬼伯，你说我娘会回来吗？’”老鬼长长地出了一口气，说，“你也要体谅娃，都不容易呀。”

一直站在窑地上的玲珍，这时一屁股瘫坐在地上号啕大哭。老鬼想上前把玲珍拉起来，被我用眼神制止了。玲珍心里有多苦，我知道。让她哭吧。哭完了，她也就舒坦了。我和老鬼盘腿坐在土炕上轮流抽着水烟锅子，像看西洋景似的一边抽烟，一边看着玲珍哭。大约过了半个时辰，玲珍自个儿站了起来。她拍了拍屁股上的土，抽噎着说，老鬼哥，让我今黑了想想，明早儿给你回话。老鬼“哎”了一声，搁下水烟锅子，跳下土炕走了。老鬼一走，玲珍走到我跟前，又趴在我肩膀上哭了一气说:“赐娃，你说咋弄呀？回去还是不回去？”

回呀。我急切地说道:“回呀，为啥不回呢？”

玲珍破涕一笑，说，放心吧，我不会黏着你的。我即使回去，也不会和那货有啥了。玲珍见我不吱声，接着说，红英也怪可怜的。你平时得空，回家多看看你媳妇。一个人出门在外没个人心疼，你是不知道，那心里头有多苦楚。

隔了一天，老鬼陪着玲珍回到了阔别二十五年的家。

半年后，我向村长辞去了小组长。尽管村长再三挽留，但我还是执意把手上的事情全部交接给了会计。没几天，会计到土窑里来告诉我说，我大哥天禧接了组长一职。又过了一段时间，队上一直享受低保的有旺两口子写了一份证明，要我给他签个字，他们好向乡政府反映自个儿的情况。我一看，气不打一处来。有旺两口子都是年过七十的人了。膝下无儿，有两个女子都已经出嫁了。有旺的老伴长年患病，每天都要吃药。日子过得紧紧巴巴。去年我向村长推荐，让有旺给村里打扫巷道，每个月发一百五十块钱。可前几天，乡上把今年吃低保的人重新审核了一遍。结果张榜一看，没有了有旺的名字。有旺媳妇找乡政府的驻村干部询问情况，那个年轻人对她说，是他让会计把有旺家换下的。有旺媳妇说，凭啥呀？你换上的人，哪个也比我屋强呀。强啥呀强，你看你，手上戴着金戒指，耳朵上戴着金耳环。你男人每个月村上还给发一百五十块钱哩，你家咋能算是困难户哩？有旺媳妇说，这首饰是我大女子出嫁时，人家给的陪嫁。村上给的那点钱，连我的药费都不够呀。有旺和老伴哀求了几次都无济于事，后来还被驻村干部训斥了一顿。老两口一时想不开，就给乡长写了一个情况说明。我知道问题出在哪儿，但我没有当着有旺的面说出来。

后晌，我来到了大哥家。自从娘过世后，我还是头一回进大哥的门。大嫂见到我的那一刻，愣了一下，说，哎呀，我以为谁哩，是赐娃呀。你咋有空来了？我哥哩？听到院子里有人找，大哥从屋里走了出来。见是我，迟疑了一下说，咋啦？有事儿？

我开门见山地说了有旺吃低保的事。大哥沉思了一会儿说，这事呀我知道。乡上征求过我的意见。咋啦？我抬高了嗓门说，咋啦？你说咋啦？你们凭啥把人家有旺换下了？不凭啥，我想换谁就换谁，好像不需要给你打报告吧？放屁！你不就当了个烂经理嘛。你张狂啥？大嫂在一旁说，赐娃呀，有话好好说嘛。我环视了一下院子，见门道立着一把铁锨，跑过去抄了起来。大嫂在拦住我的同时，失声叫了起来。这时，程玉喜和一个陌生人从屋子里走了出来。我厉声说，你这是打击报复。我知道你病犯在哪儿。你哪儿痒抓哪儿，别拿恓惶人当猴耍。你娃有种，冲我来！我摆出了一副烂娃的架势，但天禧并没有接招。他拿出了他三脚踹不出一个屁的德行，你说你的，他一副无辜的样子，对我的挑衅不理不睬。

事情不了了之，但我在心里给王天禧记下了一笔。

转眼，到了这一年的清明。提早几天，我就提着一把铁锹站在地头等着王天禧。祖坟迁移后，因为没有了机动地，我爸和我娘的坟都埋在了我塬上种花椒的责任地里。既然你王天禧无情无义，也别怪我蛮不讲理。也许是村里有人把我的狠话递给了大哥——不准他踏进我的花椒地一步。不然的话，我就打断他的腿。我这二杆子脾气远近闻名。这一年，大哥没有敢来给我爸我娘烧纸。

第二十五章

村里的土地庙拆了。天赐在饲养组粪场子北头土壖下边，用土堆了一个半人高的尖土堆，上边蹲着一个羊头骨，两根褐色的长角，向后向两侧挑起，像两根麻花辫伸到土堆外。白色的头骨，尽管残缺、嶙峋，但在长角的陪衬下，仍不失威严。

土堆前，天赐特意用砖头垒了一个简陋的供台。每月初一和十五，每次打猎前天赐都要净手，在这里上供、插香，祭祀天神地煞等各路神仙，祈求老天爷保佑，保佑自己狩猎得手，人、狗安康，保佑家人一生平安，想啥成啥。同时，严格恪守三条戒律：一、每次出猎前三天，不能近女色；二、但凡遇到同行，猎物见面分一半；三、捕获的猎物不与人同进一个大门。

随着年龄的增长，天赐越来越在意老辈人传下来的一些规矩。他甚至把老辈人传下来的这些规矩，当成了自个儿做人做事的规范。用黑蛋的话说，天赐是越老越讲究了，越老越迷信了。

尽管不久前被柏峪林场的人没收了一头狼猪，但天赐仍感庆幸，多亏了滩子村出具的野猪糟蹋玉米的那份证明，不然的话，按林场人的说法，捕杀一头狼猪至少也要判一年，罚两千块钱。还好，那次好说歹说，人家只是没收了野猪肉，不仅没挨罚，甚至还把猪头留给了天赐。

郁闷归郁闷，但秋季终归是狩猎的黄金季节。时隔半月，天赐就开始心慌、气短，开始瞀乱。他一天也不想窝在土窑里了。一天晌午，他把高瘸子约到了土窑，喝完头泡茶后，高瘸子说，啥事儿？天赐说，也没啥事儿。高瘸子呷了一口茶，说，天赐呀，别人不敢说，可你娃屁股一撅，我就知道你拉的是啥屎。天赐迟疑了一下，说："真的没啥。就是想让你帮我算一下，看看哪天出猎好。"

高瘸子说："哎哟，你娃啥时候也讲这个了。"

天赐说："少啰唆，给我算算。"

高瘸子盯着天赐看了一会儿，说："你印堂发紫，出门小心为妙呀。"

天赐说："赶紧算呀。"

高瘸子低头掐算了一会儿，说："从明天起，一连三天，都是好日子。"天赐盯着高瘸子见高瘸子不言语，说，完了？高瘸子说，完了。

天刚放亮，天赐就拾掇停当了。祭祀、跪拜完老天爷，天赐开着三轮车，拉着五条狗出了村。上禹山大坡时，太阳才从身后的濠水河升起来。也许是歇息了一宿的缘故，浓烈的朝阳喷射出一大片耀眼的光芒。带着温度的光芒，把天赐和三轮车，还有狗长长的影子一点一点地收了起来。

秋老虎一声不吭地来了。

迎面的山风，潮湿而黏稠。山路两侧葱郁的灌木，无声地闪着发白的亮光。野草里的蝈蝈一见太阳光，就开始吱吱啦啦地叫开了。山沟里，梯田上，甚至路边的草丛里，都不时响起野鸡凄厉的啼叫。

晌午饭时，天赐进了禹山主峰后边的禹峰村，直接把车开到了先前来过的那户人家门前。听到"突突突"的声响，最先发声的是那家的杂毛狗，紧跟着，女主人端着饭碗站在了大门口。

"来了，快进屋。"女主人热情地说。

"我给你拿了块砖茶。"一落座，天赐把一整块一斤重的安化牌砖茶放在桌子上。男主人说，咋啦？还怕不给你饭吃呀？你说你，花这个钱弄啥哩？我这嘴能喝上一缸子花茶就满足了。说着，女主人把一大碗豆角蒸菜端了上来说："刚蒸的菜，都是咱地里摘的。来，把辣子水浇上。"天赐还没有拿起筷子，就不由得吞咽了一下口水。那一大洋瓷碗蒸菜，那半碗辣子蒜泥水，让天赐想起了他娘。

就是这个味儿。尽管天赐在心里默念，但还是被女主人听到了。咋啦？合口不？合口，好吃哩。和我娘做的蒸菜一样。天赐说。也许是担心天赐不够吃，女主人又用一只碗盛了三四个蒸土豆上来。"不知道你来，蒸菜怕不够吃咧。"

天赐说："哎呀，我把你俩的饭吃了。"

男主人说："说这话弄啥。进了门都是客。别见外，吃，尽饱地吃。"

女主人说："可不是嘛，没啥好的招呼你。"

天赐说："咱都是庄稼户，再说，就见外了。"

男主人说："你可来了，这野猪呀，满坡地跑咧。"

天赐说："没糟蹋庄稼吗？"

女主人说："咋没有？几行洋芋都快拱完咧。"

天赐说："啥时候出来？"

男主人说，黑了呀。女主人说，啥黑了，晌午我在地里都看见几回了。天赐问有几头野猪，女主人说，一群咧，少说也有七八头。都是大猪了，蝗虫一样，一遍过去，眼瞅着好端端的玉米都给拱倒咧。那贼货精着咧，前蹄子踩住，嘴一撕，就把玉米棒子弄开了。啃几口，又撂了，光糟蹋咧……女主人绘声绘色的讲述，早让天赐的心痒痒了。天赐对男主人说，“叔，你跟着我一块去，逮一头猪，我给你出五十块钱。”女主人不等男人开口，就抢着说：“啥钱不钱的，他在屋也没啥干事，让他跟着你，也好有个帮手。”

搁下碗，天赐顾不得歇息就出门上了山。

男主人姓邵，老家在河南花园口一带农村。六十多年前，他爷爷一辈逃难到禹山，然后在当地娶妻生子。他拿着铁钩，闷头闷脑地跟在天赐后头。五条猎狗一出院门，就纷纷跑到了天赐的前头——来过一回，狗记得去主峰的路。

上了村子后边的坡，是一个荒芜了多年的碾麦场。刚一进场，一座已经塌陷了的麦秸垛子后边蹿出来一只野兔，几条狗不由分说扑了上去。兔子左跳右蹦地跑向旁边一个槐树林。没想到，快到树林边时，迎面却冲过来一条黄狗。野兔子一惊，刹住前蹄，后腿在地上划了一个弧，又折身向回跑，进入了狗的围捕圈。情急中的野兔几个跳跃，冲向小白和虎子之间的空隙地带，躲过了几条猎狗的正面追捕，突围成功。等其他几条狗调整过来时，野兔已经上了北边一层梯田。眨眼间，就不见了踪影。日渐年老的黄狗已经没有了前些年的底气，尽管它已经竭尽全力，但总是力不从心。

上了主峰，天赐给圣母上了一炷香。绕过古树，站在偌大的洋槐林边上，正准备打开手里黄狗的皮绳，陡然瞅见一抹红云从树林里飘到眼前。天赐定眼一看，浑身一热，差点叫出声来：这不是之前放生了的那头黄羊嘛。黄狗对着黄羊，轻声叫了几声。其他狗也只是看了看，并没有要扑上去的意思。黄羊也只是在原地，挪动了几下蹄子并没有跑走。身后的老邵说，你咋不让狗撵咧？天赐说，这黄羊是我去年放的。老邵说，怪不得，我说狗咋不撵咧。天赐随手折了一枝洋槐枝，嘴里“咩咩”叫着想亲近一下黄羊。黄羊站在原地一动不动，眨巴着一双大眼睛盯着天赐看。等天赐走到离它不到一米远时，黄羊脖颈软软地一扭，转身向树林深处跑去。可跑出去没多远，又停了下来。等天赐和狗快到跟前了，又扭着脖颈，向前慢跑了十几丈才停下来。等天赐带着人和狗接近了，它又向前跑到树林边缘的地方停了下来。老邵说，这黄羊不会说话，是想给咱带路咧。一句话，点醒了天赐。天赐说，是哩。便打开黄狗脖颈上的皮绳说：“跟着黄羊走，不准乱叫唤！”

果然，黄羊带着天赐出了树林，穿过山坡上的灌木丛下到沟底。沿着沟底向前走了大约半里地，又钻进旁边一片灌木。爬上一截子陡坡，进了旁边一条小沟。天赐站在沟口的一疙瘩石头上，气喘吁吁地放眼一望，这是一条长不过一里的浅沟道，最宽的地方也不过两三丈。沟的尽头，是一面陡峭的土崖。沟道深浅不一，显然，这是一条被雨水、山洪冲刷出来的沟道——沟中沟。看样子，几乎没有人来过这里。两边嶙峋、多岔的山坡上，没有出路，没有灌木，只有稀稀拉拉的野草。沟底坑坑洼洼的土地上，长满了齐膝高的狗尾巴草。一根根毛茸茸的草棵子挺立在后晌的阳光下，闪着草绿色的光芒。

黄羊走到一条沟岔口，用前蹄轻轻刨了几下地，轻声“咩”了一声，一闪身又变成一抹红云，消失在旁边的山坡上。天赐打了一个呼哨，几条狗低头跑进了沟。不到一袋烟工夫，沟内传来黄狗的吠叫。天赐瞅了眼老邵，攥着铁矛跳下石头，踩着一地毛茸茸的狗尾巴草冲进沟里。没走几步，就看见几条狗追着一头土黄色的野猪上了坡。天赐连着打了几个呼哨，几条狗追上了山坡。坡上没有灌木，只有一簇一簇的野草。站在沟底，能清晰地看见那头野猪艰难地上到半坡后，一扭身，斜着身子在山坡半腰上哼哧哼哧地疯跑。撵到野猪屁股后头的猎狗见野猪绕着山腰疯跑，纷纷趔趄着身子，深一脚浅一脚地在山坡上跟着野猪跑，完全失去了在平地上追捕野猪的霸气。

“老邵，你从这边爬上坡，截住野猪。”天赐知道，只要有一条狗跑到野猪前头，几条狗一块逼着野猪向坡底下跑，野猪就会像肉球一样滚下来。老邵应了一声，手脚灵敏地上了坡。别看老邵刚才还是一副蔫蔫乎乎的㞞样儿，可毕竟是山里人，一爬坡，他的敏捷就显示出来了。他手脚并用嗖嗖几下就上了坡。天赐见状，把铁矛插在地上，把两个手掌放在嘴边，大声吆喝起来。一时间，他的声音，夹杂着几条猎狗追逐野猪发出的吠叫一块儿在沟里游荡。野猪一旦被狗撵着滚下山坡，天赐就会在第一时间扑上去用铁矛戳死，或用铁矛上的倒钩控制住野猪。

此刻的山沟，像是一个原始的斗兽场。与野兽斗智斗勇残酷厮杀的主角，不在场内，而是在观众席上。唯一的观众是在沟底跟着野猪的奔跑，给几条猎狗摇旗呐喊的天赐。突然，天赐停止了吆喝，慢慢回头一看，心里一惊：在一道土塄下塌陷的土窑口，七八只可爱的野猪娃蜷缩在一大堆干野草里发出低微的哼哼声。天哪，看样子，这一窝猪娃子刚生下没几天。天赐心里一阵窃喜，要是把这一窝野猪娃子养大卖了，能轻轻松松地给平安娶个媳妇。天赐猫着腰，嘴里轻声叫着走到了干草堆前。天赐扭头瞥了眼还在山坡上奔跑的野猪，心想，我让你跑，我先端了你的老窝再拾掇你。天赐回头准备蹲下身时，嗖的一下，后脑勺的头发根一紧，一道黑色闪电掠过头顶。等他回过神时，一头成年的黑野猪已经冲到了他的胯下。一阵剧痛像触电一样传遍全身，天赐只觉得眼前一黑，便失去了知觉。这时，正站在山腰上摇晃着手里的铁钩、冲着野猪大声喊叫的老邵，突然听到沟底传来一声凄惨的号叫。只见一头发疯的野猪，一头把天赐撞飞在一丈远的地上，然后扬长而去。天赐面朝天，躺在地上一动不动。老邵尖叫了一声，连滚带爬地下了坡，跌跌撞撞扑到天赐身边。天赐的裤子被野猪从膝盖往上撕烂了，大腿两侧分别划破了两个长口子。裤裆上也沾染了不少的血，就连嘴角也挂着一行黑血。他一摸天赐的鼻孔，只有微弱呼出的气息。老邵以为天赐被野猪撞死了，顿时两条腿一软，瘫坐在地上呜呜地哭了起来。哭了几分钟，老邵突然想起了那头野猪。扭头寻找时，伤人的野猪早没了踪影，再抬头一看山坡，也不见了野猪和狗的踪影。当下，老邵感到了惶恐。正犯愁之际，几条猎狗陆续跑了回来。黄狗见天赐躺在地上不省人事，用嘴巴拱了拱天赐的肩膀，见没有反应，又伸出舌头舔天赐嘴角的黑血。身边站着几条人高马大的猎狗，老邵显然有了底气。他从身上撕下几绺布条，扎住天赐大腿上流血的伤口。然后，重新绑扎了一回裤带，调整了一番气息，准备背着天赐从原路返回山村。尽管他轻手轻脚，但只要他一搬动天赐，哪怕是挪动一下胳膊，或者某条腿，天赐都会发出痛苦的呻吟。天赐双眼紧闭处于浅昏迷状态，老邵强烈地感受到了此刻深陷痛苦之中的天赐，已经濒临死亡的边缘。

此刻，老邵心里清楚，要是硬背着天赐上山，恐怕到不了村子里人就死了。这是老邵最担忧，也是最害怕的事情。要是一个大活人，好端端的，说没就没了，咋给人交代呀。说不定，自个还要坐班房咧。想到这里，恐惧像一条毒蛇从老邵的裤腿里爬上了身。很快，他也浑身冰凉没了知觉。这时，黄狗一声轻吠把老邵唤回到了现实里。突然，老邵看见天赐睁开了眼，嘴唇慢慢在动。老邵的眼泪“唰”的一下流了下来。他扑过去，半跪在天赐的身边，把耳朵贴在天赐的脸上，想听清楚天赐在说啥。没想到，天赐的声音很大，即使站着也能听到：“救救我、救救我……”说完，不等老邵开口，头一歪，又昏死过去了。

老邵从山坡上斫了两根木棍，一大枝树梢子，然后，把木棍和树枝用树皮绑在一起，把天赐搁在树梢上，用树皮绑好——这是老邵能想到的最好的办法了。尽管拖着树枝没走多远，老邵已经汗流浃背了，但他满意自己的这个灵光一现的发明，咧嘴流露出了少见的笑意。几条狗看见天赐躺在树枝上，似乎也都知道了受伤的主人生命垂危，纷纷耷拉着尾巴，悄无声息地跟在后头。老邵拖着树梢子过河沟，爬陡坡，穿越灌木丛。他不知道一路上滑倒了多少次，他裸露的身子、膝盖、脸颊等部位都被沿途的灌木、荆棘和野草划出了几十道血印子，汗水一浸，疼痛难忍。当他历尽千辛万苦，终于把昏迷的天赐拖上禹山主峰时，他对着坠落在西边山巅红彤彤的太阳笑了。

村里人掌灯时，老邵和老伴用天赐的三轮车把天赐送到了芝川卫生院。天赐躺在急救室，除了老邵，其他人只要一接近天赐，黄狗都会龇牙咧嘴，摆出一副凶神恶煞的模样。其他几条狗，见黄狗这样，也都跟着发出低沉的吼声，弄得医生把老邵训斥了一番。直到黑蛋和红英连夜赶到卫生院以后，几条狗才被弄走。

半个月后，黑蛋开车把天赐接回了家。出院时，医生对黑蛋说，天赐被野猪挑伤和咬伤的腿伤已无大碍，基本康复了。但裆部的伤恐怕一时半会儿好不了。黑蛋看着走路自如的天赐说，咋啦？这不好了吗？医生低声说：“阴茎和睾丸被野猪撞坏了。”医生见黑蛋还是一脸疑惑，接着说：“直说吧，你这朋友，下半辈子恐怕过不成夫妻生活了。”

黑蛋眉头一皱，说：“看不好了？”

医生点了点头叹息了一声，没吱声走了。

天赐说：“这都是报应。”天赐一路沉默，进村时对黑蛋说，“这事儿，不要给人说。”

一天夜里，天赐躺在饲养组的土窑里做了一个梦。他梦见在一个山洞里，七个金光闪闪的野猪娃笑眯眯地看着他。天亮后，他给高瘸子说了他的梦。但他没有给高瘸子说他发现了七个野猪娃的事儿。高瘸子不假思索地说：“你财运来了。不出三天，你肯定要交大运。”天赐试探着问高瘸子，这财运来自何方？高瘸子掐算了一阵子，说，西边。对，就是西边。天赐心下一惊，难道我真的要发一笔野猪娃子的财？想来思去，天赐也只是笑笑而已。尽管天赐把高瘸子哄人的那一番话当成了耳旁风，但接下来他却连续两个晚上做了同样的梦。在梦里，他甚至还听到了野猪娃子发出的像人又像猪的笑声。

天还没亮，整个村子都还沉浸在静谧中。被梦搅醒的天赐坐在炕上，闷声抽完一根旱烟卷。然后，开着三轮车独自上了禹山。

财宝倒是次要，他想借此去探究一下那个神秘的山洞。时至今日，天赐想起一个月前的那场遭遇，仍然心有余悸，甚至是惶恐。一切来得都太快了，快得让他连恐惧的时间都没有。他原本想和黑蛋一块上山，但又怕黑蛋讪笑自己，或者以身体为由，阻止自己上山。也许，黑蛋的一句话，就可能浇灭他去探秘的欲望。天赐自认为，他不是一个迷信的人，尽管他能从那些阴阳先生的言辞中找到漏洞，但他并不会点破，或者流露出丝毫的不屑。尽管他并不相信高瘸子所说的老天爷在用梦传递所谓的预兆之类的话，但他还是来了。在一个秋雨霏霏的晌午，他踩着泥泞，穿着雨衣，手里提着那把锃亮的铁矛，站到了禹山主峰东侧那个无名的浅沟里，那个让他在一瞬间失去知觉的土洞前。尽管带有几分报复的意味，但天赐只带了一条狗——老黄。

下沟时，还是蒙蒙细雨，此刻，已经是大雨滂沱了。急促的雨滴响亮地砸落在茂密的灌木叶上，发出成片爆烈的响声。黄狗活脱脱变成了一条落水狗。山坡上，偶然响起一声野鸡歇斯底里的叫唤声。天赐带着黄狗在一簇灌木丛下躲避了一会儿雨，见雨势没有要停下来的意思，又怕等到后晌泥泞，甚至遭遇到山洪，天赐只好带着黄狗冒着雨站在了那个土洞前。山沟两侧光秃秃的山坡上，开始有雨水汇集到一起，顺着弯弯曲曲的水道，哗啦啦流淌下来。

天赐用铁矛戳了戳凌乱的干野草，那天看到的一窝野猪娃早没了踪影。看样子，这是一个塌陷的墓道。一股子雨水，正从一侧汩汩地灌入土洞。谁家会把自己的先人埋在这么偏僻的地方？从地形看，这墓应该有些年份了，几百年，甚至上千年了。“汪、汪汪”黄狗对着古墓轻吠了几声。天赐一激灵，以为又有野猪出来了，向后跳了一步，端起了铁矛，死死地盯着黑黢黢的土洞。但随着一声沉闷的轰声，土洞里只是扑出一股潮湿的气息而已，并不见野猪的影子。天赐倒吸了一口气，攥着铁矛走到土洞口一看，果然是一座古墓。雨水冲塌了墓穴最后的土层。塌陷墓穴里露出一副完好的棺材。棺材上，放着一把锈迹斑斑的剑。棺材一头，整齐地摆放着一堆大大小小的瓦罐。天赐知道，那都是一些不值钱的瓦罐。县上有一年拓宽战备路时，曾经挖出来一堆一堆的瓦罐，都是汉朝人陪葬的生活器皿，两千多年了，听说不值钱，当时就有人用铁锨把那些瓦罐全都拍烂了。但挖出来的几个铜盆盆，却被工队的头头悄悄抱走了。没有见到梦里的金猪娃，却撞见了一个古墓，天赐觉得有些晦气。快走到沟口时，天赐转念一想，这大雨天的不能白来一趟，转身回到土洞前，使劲地朝地上连呸了三声，然后，用铁矛的倒钩小心翼翼地把棺材板上的铜剑钩了上来——这是一把带鞘的短剑，近两尺长。尽管剑鞘上生满了绿色的铜锈，但剑刃上一点儿锈迹都没有，乌黑乌黑的，用手指一试，锋利无比。天赐挥手一削，地上的狗尾巴草齐刷刷被拦腰斫断。雨水一浸，手一磨蹭，天赐发现铜剑的手柄用玉石包裹着，两侧的玉石上各又镶嵌着三颗绿色的宝石。天赐心下一阵欢喜。雨停了，天空竟然有了太阳橙色的光芒。他随手把铜剑在泥土里连戳了十几下，尖锐的剑头立马露出了狰狞的面目。即使在雨后，天赐仍能真切地感受到一种来自远古的凛冽。直觉告诉天赐，这是一把很值钱的古董剑。

傍晚时分，天赐才回到半坡饲养组。天赐虚掩上大门，拿出包裹在布袱子里的铜剑，又把玩了一会儿，听见有人推门才把剑重新用布袱子包裹好，塞进了烧炕的火道里。有人在院子里说：“这大白天的，咋把大门闭上了？”天赐一听是俊才的声音。窑也没出，说：“咋哩？我想歇息一会儿。有事呀？”

俊才说：“没事。就是几天没见你了。”

天赐说：“你是想茶了吧？”

俊才说：“叔，你这回可真冤枉你老侄了。”

天赐说：“那你说说，咋就冤枉你了？”

俊才说：“唉，叔呀。咱队上今天出了两件大事。一件好事，一件坏事。你想先听好事，还是想先听坏事呀？”

天赐说：“行了，别卖关子了。啥大事呀？”

俊才神秘兮兮地说：“赵魁那老鬼，能下炕走了。”

天赐吹掉水烟嘴上的烟灰，一边慢悠悠地揉烟丝、装烟嘴，一边瞥了眼烧炕火道，说：“那坏事呢？”

俊才叹了口气，说：“黑蛋把车开到沟里去了，生死未卜呀。”

天赐一脸的惊愕，说：“啥时候的事?!”

俊才被天赐过度的反应吓了一跳，说：“晌午雨大那一阵子。”

天赐放下烟袋，跳下土炕，抓起炕沿上的衣裳出了窑门。俊才说，你不是要歇息嘛，咋又火急火燎的？天赐一边发动三轮车，一边说：“你就在这喝茶，顺便帮我照看着门户。我看黑蛋去。”

俊才撵出窑门，说：“你到哪儿去呀？”

天赐说：“卫生院呀。”

俊才说：“不对，在县医院哩。”

天赐说：“你咋不早说哩？”

一脸委屈的俊才看着天赐开着三轮车上了寨子坡，悻悻地说：“你也没问我呀。”

在县城南关，天赐的三轮车被警察拦住了。因为没有驾照，警察要扣天赐的车。天赐一急，“扑通”给一个年轻的警察跪下了。听了天赐的诉说，年轻警察说，这回放了你，下次再碰到你就扣车了。天赐说，谢谢公安，没有下次了。发动了三轮车，警察大声喊：“天黑了，开慢点！”天赐头也不回地说：“迟了，怕见不到人哩。”

县医院天赐来过，他一进门就直奔住院部后边的法医区。在农业社时，因为小黑马的死亡检验，天赐跟着杨木匠一块来找过梁先生的女子。给娘看病，他也来过一回。熟门熟路，没费啥功夫，天赐就寻着了黑蛋。黑蛋媳妇春梅一见天赐，就抽噎着哭开了。黑蛋的头上缠满了纱布，鼻子孔里塞着一根皮管子，一条腿也缠着绷带吊在半空。旁边桌子上，放着一个“嘟嘟”叫个不停的机器，像是黑白电视，上边没有图像，只有几条弯弯曲曲的线在不停地跳动。天赐一见这架势，心里先凉了一截子，再一听春梅断断续续的哭诉，才知道黑蛋还在昏迷中，还没有脱离生命危险。从旁边那台“嘟嘟嘟”叫个不停的机子上，能看见黑蛋的心跳。天赐心想：要是机子不叫唤了，老黑是不是就死了？春梅说，护士吃饭去了，叫我盯着那机子，一旦不叫唤了，就赶紧叫护士来。天赐坐在床边的一把椅子上，一边和春梅说着话，一边不停地用眼睛瞄着那台连接着黑蛋生命的机器，仿佛一眨眼，黑蛋的命就会跟着那根跳跃的线条而去。护士咋还不来呢？

盼星星，盼月亮，吃饭的护士终于回来了。

“这是重病区，谁让你进来的？赶快出去。”天赐被护士一顿训斥，赶出了病房。天赐辩解说，我是他伙计。护士说，你是他大也不行，快出去。一头雾水的天赐，只好用目光求救于春梅。

春梅说：“天不早了，你回去吧。”

天赐却说：“别怕，我就在走廊哩。”

天，已经黑透了。

天赐圪蹴在走廊里，不到一袋烟工夫就觉得两腿发麻了。他起身从走廊这头走到那头，又从走廊那头走到这头。走走蹲蹲，蹲蹲走走，后来，实在熬不住了，干脆一屁股坐在了地上。有一阵子，瞌睡虫爬上了他的眼皮，压得他抬不起头来。他索性站起身，看着窗外黑黢黢的夜空，随手卷了一根旱烟，可抽了不到半根，护士从病房里出来，用脚踢了他一下，低声但却异常严厉地说，把烟掐了，呛死人了。要抽到院子里抽去。尽管护士戴着一只大口罩，但天赐还是从护士的眼睛里看出了厌恶的神情。他赔着笑脸，赶紧把剩下的半截子旱烟丢在地上，用脚捻灭了。护士见状急了，说，你咋回事吗？天赐说，咋啦？你咋把烟头撂走廊上，要是让护士长看到了，非罚我钱不可。天赐说，那咋弄？护士说，你说咋弄？你给我把走廊扫一遍。要不，你就出去，别在这转悠了。天赐说，那可不行，我得陪着我伙计。天赐找来笤帚，把长长的走廊认认真真地打扫了一遍，还用拖把把走廊擦了三遍。天亮时，天赐对护士说，谢谢你。护士说你谢我啥哩？天赐说，多亏你给我找了个活干，要不，这一夜我肯定熬不下来。护士一笑，说，你这人还挺幽默的。

天赐在病房外的走廊上幽灵似的踅摸了一晚上，黑蛋的病情似乎并没有好转。那台机子还在“嘟嘟嘟”地叫唤着，查房的医生说，黑蛋还没有脱离危险。死亡，时刻都在威胁着老黑的命。医生们查过房，又换了一个护士。天赐又被护士赶到了走廊上。因为是白天，春梅一个人坐在病房里陪护着黑蛋。天赐圪蹴在走廊里，一会儿就拉起了鼾声。

快到晌午时，酣睡中的天赐被春梅摇醒了：“快，黑蛋叫你哩。”睡眼惺忪的天赐，以为黑蛋不行了。可一见到春梅的脸上带着几分惊喜，悬起的心才落下，慵懒地说，咋啦？春梅说：“黑蛋醒了，叫你哩。”

躺在病床上的黑蛋显得异常虚弱，连说话也是断断续续，轻如游丝。天赐趴在黑蛋的嘴巴边上，才勉强听清了黑蛋的话：“伙计，昨晚上我梦见你了，一手抱一个金娃娃。”天赐心里一紧，心虚地说：“托你福。要真那样，我送你一个。”

黑蛋说：“我怕不行了。”

天赐说：“别胡说，有医生哩。”

这时，旁边的机子突然放慢了叫唤的速度，黑蛋的嘴巴也不见动弹了。天赐正想让春梅去叫护士。黑蛋却摸索着，用手抓住了天赐的手：“答应我……照顾好春梅……她是个好人……”

在村里，作为天赐唯一的可以称得上伙计够得上朋友的老黑，在这一刻，把自己的媳妇托付给自己，天赐并不觉得意外，只是心里感到了几分悲壮。“没麻达，你放心吧。”话刚出口，天赐就觉得黑蛋抓他的手松弛下来。一层一层的纱布把黑蛋的头缠裹得严严实实，天赐发现黑蛋眼角的纱布湿了。天赐知道，那是黑蛋的眼泪浸湿的。

此刻，旁边机子“嘟嘟”的叫唤声仿佛来自遥远的地方，变得越来越弱，越来越渺茫。耳畔响起春梅撕心裂肺的啼哭，眼前的一切都变得模糊起来，裹着白纱布，盖着白被子的黑蛋，连同病房白色的床，白色的墙，白色的地板，白色的家具，以及来回走动的穿着白色大褂的护士，和天赐的大脑慢慢地融合在一起，雾化成了一块沾满水蒸气的毛玻璃。淅淅沥沥的秋雨先是浸透了天赐的衣裳，接着又浸透了天赐的身体，冰凉的雨水顺着脸颊往下流淌。他感到了从未有过的疲劳，可他不敢合上眼睛。一合眼，他就会感觉到自己的身体在一个风雨交加的夜空急剧下坠。

天赐是发着高烧送完黑蛋的。在村里，黑蛋是外来户。黑蛋大在农业社时，因为一垄地杀了人。尽管当时没被枪毙，后来却因病死在了监狱里。黑蛋大死后的第二年，黑蛋娘就死了。没多久，黑蛋唯一的姐姐黑娥，也跟着耍灯影戏的外地人远走他乡，从此没有了一丁点儿音信。黑蛋在村里没有一户自家人，但黑蛋并不孤独。出殡那天，尽管没有一个孝子，但留守在村里的几十个中老年人自发跟着天赐的三轮车把黑蛋送到了寨子坡垴。没有了黑蛋的悲伤，让天赐一度陷入了自责。冥冥中，他心里总有一种奇怪的感觉，总觉得黑蛋的死与那把藏匿在土炕火道里的铜剑有关。身体稍有好转，天赐首先想到了赵魁。尽管赵魁在村里头算不上一个好人，但天赐觉得这次也许只有赵魁能帮自己，帮自己摆脱这种说不清道不明的困惑。临出门前，天赐掏出藏匿在烧炕巷道里的铜剑，退下剑鞘，又把玩舞弄了一番，才依依不舍地放回原处。

秋末，换了新装的田野平平坦坦，遍地浅绿，又恢复了收获前的宁静。村落的巷道里还弥漫着些许收获的味道，但不少人家已经空闲下来，村口巷头随处都能见到三三两两谝闲、游走的村里人。天赐披着衣裳提了一包点心下了坡，穿过新巷，拐进了杨家巷，推开了赵魁家的大门。天赐看见玲珍正扶着赵魁在院子里练习走路。见天赐来了，赵魁大声说，赐娃呀，在炕上睡了这大半年，你是头一个来看哥的。天赐说，恢复得咋样了？赵魁大大咧咧地拍打着胳膊、腿说，人就是贱呀，光吃不干活，一天到晚地睡在炕上，跟猪似的，你看看，这骨头都酥了，浑身的肉都他妈的稀松成屃了。一直低头扶着赵魁胳膊的玲珍，让已经是满头大汗的赵魁坐在高高的院台上，瞅了眼天赐说，来了还拿东西弄啥哩。说完，接过天赐手里的点心，进屋倒水去了。

天赐说："赵魁哥，你这是咋啦吗？"

赵魁说："唉，到底都没弄清，害的是啥病。"

天赐迟疑了一下，说："不管咋，现在都好了嘛。再说，嫂子也回来了，你还有啥瞀乱的？"

赵魁压低嗓门，瞥了眼屋门说："我还没谢你哩。"

他下意识地瞥了眼赵魁，一时还弄不清这货，是听说了什么，还是在用言语试探他哩。“唉，多亏你收留了你嫂子。要不，这货可走了。”见赵魁这样说，天赐如释重负，说：“谢我弄啥哩吗？那是嫂子舍不得你和娃。”

“你说谁哩？”玲珍把头从屋里探出来说。

赵魁立马换了一副笑脸，说：“谁都没说，茶泡好了没有？”

玲珍一边给天赐递茶，一边嗔怪道：“就知道你狗嘴里吐不出象牙。”

赵魁一脸尴尬地说：“你看你，当着兄弟的面，说……”

玲珍抢白说：“咋啦？还说不得你了？”

赵魁把两只手举到胸前，嘴里连连告饶，“好、好、好，你说得对。”

“这就对了。”

玲珍还真是得理不饶人呀。不过，从这情势看，这次赵魁得病后，玲珍在家里的地位与出走前发生了逆转。天赐打心眼里为玲珍高兴，嘴里却说道：“都不是外人，嫂子有啥事尽管说。”

“有你这句话就够了。”玲珍脸颊飞过一片绯红，瞅着天赐说，“晌午不要走了，陪你哥喝杯酒。”不等天赐吱声，又说，“你俩先谝着，我弄饭去。”说完，转身进了灶房。

不一会儿，灶房响起了切菜的声音。因为还有事情要咨询赵魁，天赐也就半推半就地留了下来。天赐和赵魁各自喝着茶水，没有人开口说话。榆树上两只喜鹊在喳喳喳地叫个不停。天赐仰起脖颈，眯眼看见一个硕大的喜鹊窝，没话找话，说：“哎呀，你屋这喜鹊窝，有些年了。”

赵魁说：“是呀，少说也有三十年了。”

天赐说：“一直有喜鹊哩？”

赵魁说：“啥呀，来了走，走了来，断断续续的。这不，前些日子，你嫂子一回屋，又飞来两喜鹊。一天到黑地叫唤哩，吵死人啦！”天赐“哦”了一声，不再言语。只顾低头喝水。赵魁说：“赐娃，咋啦？有啥事？”

天赐打小就这样。大哥天禧性子慢，天大的事都能憋在心里，像个闷葫芦。过去，天赐娘有时着急了，就嗔骂天禧是个“穆仁智”。天赐倒好，心里没有隔夜的话，啥事都写在脸上，火烧火燎的，猴屁股似的没个稳重气。尽管天赐已经老大不小了，可性子急这个毛病依然如故。他深知赵魁的为人，但此他一时拿不准到底该不该把铜剑的事儿告诉赵魁。赵魁认识山西客，知道那些人都是神通广大的古董贩子，话到嘴边，天赐却让一口酽茶把话又冲到了肚子里。

“让哥猜猜，嗯，你是不是……有相好的了？”赵魁神秘兮兮地说。天赐被半口茶水呛得直流眼泪，连声咳嗽。赵魁以为被他言中，瞥了眼屋门压低嗓门追问道：“给哥说，是谁？”

慌乱中，天赐点点头，继而又直摇头。他慢腾腾地卷了一根旱烟，然后从衣兜里掏出一盒洋火点着了旱烟。“我哪有哥那两下子……”不待天赐说完，赵魁差点儿扑过来捂住他的嘴巴。

“我有把剑。”

“啥？”

“铜剑。”

也许是天赐的话题转换得太突兀，赵魁一时没反应过来。他迟疑了片刻，立马意识到，这才是天赐今天来寻他的真实目的。平日里他和天赐的交往不多，但相互间并不陌生。他知道天赐不是一个烂手，和他爸一样，都是敢咥大活的人。他既然来寻他，说明天赐手里真的有货。在炕上睡了半年多，一听天赐提及铜剑，赵魁一阵窃喜，但表面上却佯装镇静，警惕地说，“你从哪儿弄下的？”

天赐说：“拾的。”

“拾的？”赵魁说，“别说笑话了。那又不是一根擀面杖，哪能说拾就能拾到？”

到了这一刻，天赐还在犹豫，是否该不该说出了铜剑的事情——究竟担忧啥，天赐一时也说不清楚。

这时，玲珍的出现打断了两个人的谈话。

吃罢饭，趁玲珍拾掇碗筷回屋的当口，赵魁说，啥时候把剑拿来让我看看。天赐支支吾吾，不知道如何应答。赵魁说，咋啦？你还信不过哥？天赐说，不是。大白天的人多眼杂，怕人说闲话。赵魁说，那你黑了来。天赐没吱声，只是点了点头，就匆匆离开了赵魁家。等玲珍拾掇完灶房，天赐已经走了。

玲珍说：“赐娃哩？”

赵魁说：“走了。”

玲珍心里一阵郁闷，不再说话。

天黑透时，巷道里不时有狗吠的声音。赵魁半躺在土炕上，不时从窗户上向院子里瞅。玲珍说，你咋哩？魂丢了？正说着，听到有人在敲门。赵魁说，你赶紧开门去。玲珍嘴里嘟囔着出了屋。玲珍刚拉开门闩，天赐从外边推开了门。见是天赐，玲珍低声说，你咋又来了？天赐不由分说挤进了院子，自个儿朝屋子走去。

赵魁隔着窗子说，赐娃来了，屋里来。进了门，赵魁劈头就问：“东西哩？”天赐回望了一眼院子，见玲珍关了大门，就揭起衣襟从怀里掏出一把铜剑，递到了赵魁手里。赵魁把锈迹斑斑的铜剑凑在灯前，仔细翻看了一会儿，说，“嗯，对着哩，是件老东西。”然后，屏息轻轻拔出铜剑。电灯下，手腕一翻，之前被天赐在土里插磨过的剑头折射出两道耀眼的白光。赵魁用手指弹了弹剑身，发出几声清脆的回响，又用手指头试了试剑刃，说：“哎呀，这可是一把宝剑呀……我估计，这剑少说也有一千多年了。”

天赐说：“值钱不？”

赵魁说："把'不'字去了。"

天赐说："啥意思？"

赵魁说："你在啥地方弄的？"

天赐说："拾下的。"

赵魁说："啥地方拾的？"

天赐说："墓里头。"

赵魁说："你挖的？"

"前一阵子在禹山撵野猪，避雨时，一个墓圪塄塌了。我见棺材板上放一把剑，就拿回来了。"天赐盯着铜剑，说，"到底值钱不？"

赵魁说："值钱！"

天赐说："值多少钱？"

赵魁说："不好说。也许四五千，也许一两万。真的不好说。"

第二天早晨，天赐用三轮车拉着赵魁进了夏阳城。赵魁带着天赐七拐八拐地进了老城区的古董街。这条街道全用石条墁过，尽管年久失修，街道凹凸不平，但周身却弥漫着一股子凝重的气息。天赐看到街道两边堆放着许多大小不一的石狮子，从老宅子退下来的门墩、石鼓，还有拴马桩，甚至还有一些从古墓里挖出来的石条、石门，坟地的石羊、石马。两边的门店里，满满当当地摆放着一些稀奇古怪的瓶瓶罐罐、老家具、老摆件。后来，天赐扶着赵魁进了城隍庙西侧的一个门店。赵魁让天赐在门口等他，照看着车子。他与一个光头大脸的男人，在屋子里嘀咕了一阵子后，又和天赐一块儿回到了村里。路上，天赐想起了当年赵魁把土地庙的石供桌卖给山西客的事儿，说，那些人把古董撂在街上，不怕被公安没收了？赵魁说，怕啥？现在又没人管。天赐说，人家咋说哩？赵魁说，人家要看东西哩。天赐说，那咋弄呀？赵魁说，过两天，咱把剑拿上再进趟城。天赐说，那货不会哄咱吧？赵魁说，咋能哩？放心吧，都是熟人。

第三天，赵魁带着天赐，拿着铜剑，又来到了城隍庙街找到了那个光头大脸的男人。按事先的约定，赵魁一使眼色，天赐溜到门口放风。赵魁跟那人又是一阵子嘀嘀咕咕。中间，天赐好像还听到了两人讨价还价的争吵。大约半个时辰，赵魁提着一个布袋子，也不理睬天赐，一晃一晃地向三轮车走去。天赐见状，快步跟了过去。

"咋样？"

"东西留下了。"

"卖了？"

"嗯。"

"多少钱？"

赵魁瞥了天赐一眼，把布袋子扔到车厢，说，你自己数。天赐当了真，打开了袋子刚准备掏钱，却被赵魁一把摁住说，你想进班房呀？天赐说，你不是说没人管吗？赵魁说，你是真憨，还是装憨呀？快走，出了城再数，少不了你的。

赵魁这么一说，天赐自然不好再说啥了。回到土窑，天赐把布袋子里的钱一股脑儿倒在土炕上。一连数了八遍，还是不敢相信自己的眼睛，一万块，整整一万块钱呀。天赐长这么大，还是头一回拥有这么一大堆子钱。要是放在前些年，他也是个万元户了。

那一夜，天赐一丝不挂，光溜溜地睡在一大堆凌乱的百元、五十元、十元钞票上。尽管那些蓝色的、绿色的钞票划破了天赐的脊背，但那一夜是天赐最近一段时间睡眠最好的一天。从当天后晌一直睡到第二天早起，竟然连一个梦都没有做。要不是黄狗用爪子抓门吵醒了天赐，他会一直睡到晌午，甚至后晌才会下炕的。

春梅进来时，天赐刚把散乱的钱拾掇好，一摞一摞地压在靠墙的炕席底下。敞着怀，亮着胸膛，盘腿坐在炕沿上抽烟，谋划着来年开春拾掇老宅的事儿——眼看着平安到了娶媳妇的年龄。“咦，好你个赐娃，你倒清闲。一个人躲在窑里。想啥呢？”

陡然，土窑里暗淡下来。天赐扭头一看见春梅站在窑门口，一股子浓郁的胭脂味扑鼻而来。天赐吐出嘴里的烟雾，跳下炕，把炕台让给春梅。送走了黑蛋，这一阵子，天赐除了生病，把大部分精力用在了那把铜剑上边，倒还真把春梅忘了个一干二净。这会儿，见春梅找上门来，心里不免有些愧疚。“哟，是春梅呀……你咋进来的？”衣着鲜亮的春梅后脑勺上吊着一根粗壮的麻花辫，她一扭屁股跳上了炕沿：“走进来的呀。”蓦然，天赐才意识到，昨天晚上光顾了高兴，连大门都忘了关。春梅坐下来后，天赐才发现，春梅嘴里发出的磕碰声原来是嗑瓜子的响声。她嗑瓜子和其他人不一样，她的手里不见一颗瓜子。她是嗑完一颗，从容地咀嚼完咽下肚子，然后再从裤兜里捏出一颗放在嘴上继续嗑。等春梅嗑完了一颗瓜子。天赐说：“咋啦？有事儿？”

春梅佯装生气地说：“没事，就不能来你窑里了？”

天赐忙赔笑，说：“你知道，我，我不是那个意思。”

春梅苦楚着脸，幽幽地说：“你伙计走了，也没人管我了。”天赐顿时慌了神，忙撂下水烟锅子，边搓手边说，都怪我，这阵子瞎忙，没顾得上去看你。怪我，怪我，你说，有啥要我帮忙哩？因为尴尬，因为内疚，天赐的脸涨得通红。没想到，春梅却扑哧一笑，说：“看把你急的……你不看我，我就来窑里看你。”

这半年，尽管天赐没有去过黑蛋家，可对春梅也不是没动过念想，但每次都搁置了。天赐这还是头一回和春梅单独相处，心里本来就不自然，春梅这一嗔一怪的，还真让天赐招架不住。天赐心想，难怪过去老黑那个样子。屋里有这样一个会骚情的女人，哪个男人会不欢喜哩？想到这些，天赐不由得掖了掖敞开的衣裳，脸上一阵发热。春梅瞅了眼天赐，慢慢溜下炕沿，挪到天赐跟前，轻轻按住了天赐的肩膀。一瞬间，天赐感觉到有一股子像电一样的热流传遍全身。裸露的胸膛能清晰感觉到春梅呼吸的气息，随之而来的是一阵头重脚轻的眩晕，不知不觉地，天赐把春梅揽进了怀里。春梅软软地把脸颊紧紧地贴在天赐的胸前，温热中天赐感觉到了一种黏稠。天赐低头看时，见春梅早已是满眼泪水了。日子，对于一个女人，一个没有了男人的女人，该是多么的冰冷呀，更何况还是因为不生娃被人鄙视过的女人。这一刻，天赐的脑子里反复闪现着红英呆板的表情。他总会有这种负罪的感觉，总觉得有愧于红英、有愧于平安。可每回事到临头，他都会用一种模糊的理由说服另一个自己。

天赐想起了黑蛋，想起了黑蛋临走时的嘱托，欲望顿然消失得无影无踪。天赐翻身下炕。“你咋了？”春梅问道。天赐闭着眼睛，长长地吐了一口气说:“你走吧，我不是人，我猪狗不如，我对不起黑蛋兄弟。”一直到春梅离开土窖，天赐仍然闷头闷脑地不再言语。

下雪了。

天赐拉开窑门，眼前一片白光。地上，树枝上，墙头上，甚至连简陋的大门楼上都堆满了雪。太阳出来时，一群叽叽喳喳的麻雀飞来飞去，扇起一阵雪雾。足足半尺厚的雪，一下子改变了世界的颜色。天赐从窑门后拿出扫把，从窑门到圈羊、圈狗的土窑扫出了一条两尺多宽的窄路，然后又从圈狗的土窑前向大门口扫出了一条路。出了门，天赐站在门前的土墹上向东望，村子已经和大地融为一体了。天赐喜欢这样的天气，但一想到圈内的羊，他却皱了眉头。十几只羊，每天至少要吃一捆干草。可这场雪来得太突然了，让天赐对漫长的冬季不免心生担忧——时节刚过小雪，老天爷却下了一场大雪。下雪，对干涸的麦地无异于雪中送炭，但对于需要储备过冬口粮的人而言，却多少有些措手不及。

下雪天对村里人来说，是歇息的理由。离天黑还早，就有三三两两的人走进了饲养组的土窑。这里是天赐的家，对于大部分经历了农业社的人而言，这几面土窑还是一个聊天、喝茶水的公共场所。来这里的人大都理直气壮，像回自己的家一样进门有茶水，自个儿端起就喝。有旱烟篓子，纸都是现成的，不用客套，自己动手卷就是了。天赐在院子里忙碌，烧水、搭炭、沏茶、加水都是轻车熟路，根本无须开口，谁逮住谁上手。几年下来，天赐积下了不少的人脉。这天，一窑的人正聊得热乎，乡武装部长老夏领着两个穿警服的公安进了土窑。

“天赐，你出来一下，公安局的同志找你。”老夏说。

“咋啦？”天赐说。

“你不知道找你啥事？”一个公安厉声说。

土窑里顿时安静下来。火炉子上的铁壶冒着热气。天赐出窑门的一刹那，似乎也意识到是那把铜剑出事了。

两个公安让土窑里的人都站在雪地里，自个儿进了窑门。不一会儿，就把天赐藏在炕席下的钱全部搜了出来，当着大家的面一五一十地清点后，又塞进了先前那个脏兮兮的布袋子。天赐见公安要提走自己的钱想阻止，但被一个腰里别着手枪的公安挡住了："你这都是赃款，都要缴国库的。走吧，跟我们走。"

"我不去。"此刻，天赐已经可以断定，这些人来，就是冲着那把铜剑而来的。"那剑是我拾的，又不是偷的。凭啥说我那钱是赃款？"

一脑子迷雾的众人听了天赐这句话，顿时又活泛起来。

"对，不去！"

"都啥年代了，还随便逮人哩？"

"不准逮人！"

现场一时混乱起来。老夏大声说："乡亲们，叫天赐去，就是配合公安调查一桩案子。大家千万不要激动。"别枪的那个公安手按着枪，说："你们这样闹，就是干扰公务，是要负法律责任的。只要王天赐把问题说清楚了，很快就能回来。"

天赐思忖了一下，对着俊才说："你帮叔照看几天。"说完，拿了件衣裳，跟着两个公安踩着雪上了寨子坡。

坡垴上，停着一辆白色的面包车。在进城的路上，天赐从几个人的言谈中得知赵魁跑了，公安局的人扑了空。老夏问天赐知不知道赵魁去了哪里。天赐一脸茫然，说，我咋知道哩，你没问他媳妇。老夏说，玲珍也走了，门上锁了。听门口人说，三天前两口子外出打馍去了。

两个公安连夜突审了天赐。强光灯前，天赐在心里骂遍了赵魁的三代祖宗，如实地把自己如何发现铜剑，又如何把剑卖给隍庙巷那个光头大脸男人，一一说给了公安。天赐的说辞，两个公安似乎半信半疑。其中一个公安说，你别遮遮掩掩的了。实话给你说吧，那把青铜剑是周代一个大官用的，是国家一级文物。你们村的赵魁，三万块钱卖给了文物贩子。天赐说，不是三万，是一万。两个公安相互看了一眼，说，你被人哄了。说实话吧，你这剑是从哪里偷的？天赐说，不是偷的，真是我拾的。不信，明天我带你们去看看。公安说，挖墓，也是盗窃。天赐说，不是我挖的，是雨水冲出来的。尽管天赐态度诚恳，但审他的两个人似乎并不买账，两个公安反复给天赐说了一大堆"坦白从宽，抗拒从严"之类的话。第二天，天赐带着公安看了现场。半年后，天赐还是被法院判处了一年半，缓期两年执行，处罚金五千块。

卖铜剑的一万块钱属于赃款，被没收了。宣判后，公安局让天赐家里人来缴罚款。天赐说家里没钱，媳妇是个疯子。咋弄呀？办案的人说，你儿子呢？天赐说娃在外地打馍哩，他不想让娃知道这事儿。办案人说，按规定，不缴罚金，你出不去。天赐犹豫了再三，才把春梅的名字给了办案的人。办案人说，春梅是谁？天赐迟疑了片刻，说，朋友。第三天，天赐就被放了出来。天赐在看守所门口来回走了很长时间，卷了三根旱烟，但始终没有看见一个熟悉的人。

究竟在等谁？天赐也说不清。因为好像没有人知道他在春分这一天出来。从看守所搭车回家，天赐直接去了坟地——天赐担心他娘操心。在坟地里，天赐只说了句："娘，我回来哩。"就在娘的坟前足足趴了一个时辰，直到一只蚂蚁从胳膊爬到他的脖颈，然后又费力地爬上耳朵。

四月的阳光，已经有了温暖的味道。

不是尾声的结尾

我心里清楚，我不能就这么颓废，就这么自暴自弃，像一棵掰下玉米棒子的玉米秆还没有被人割倒，自个先枯萎了。我爸在世的时候有一句口头禅：这世上，没有过不去的坎儿。天大的事，拍拍胸脯就过去了。男人嘛，不能被尿憋死了。在村里，没有人持久关注我因为一把古剑被抓的事情，但我从看守所回家后，还是在土窑里窝了半个月。在我被关押的半年多里，我最心爱的大丹小白被人偷走了，羊圈里的羊也少了几只。值得欣慰的是，我娃平安至今还不知道我被抓的事儿——这也是我在看守所时最操心的。我不想因为我影响娃。听门口人说，我娃在东北打馍，生意特好，还结识了一个女娃，说不定腊月里回来就是媳妇了。要是像村主任孙子那样把孙子给我抱回来，倒还真省了不少的事儿。你说这世上的事儿，还真邪乎。我正想着村主任，村主任就来了。

“赐娃，赐娃，来人了。”

我站在窑门口一看，村主任带着三四个人朝土窑走来。我的心“扑通”一下，这些人是弄啥的？从村主任的口吻看，倒不像是有啥大灾大难的倒霉事儿。不待我开口，村主任说，这几位同志都是县上民政局的领导。民政局我知道，为我三大的事，我爸没少跑路。在我大伯去世前，几乎所有人都认为我三大当年夏阳过大军时，跟着大军走了。是死是活，杳无音信，成了一个谜。过去，我爸一直想给我三大跑一个烈士的名分，结果调查来调查去的，就把我三大的事搁了几十年。现在倒好，人死了，却有人上门来了。转念一想，我从未给人说过，他们咋知道我三大藏匿在禹山的事？疑惑间，一个短头发的女人打消了我的惶恐。这个女人从进窑门嘴就没停过，一直在喋喋不休地说有关我三大身世的事情，很复杂，涉及很多部门，现在好了，按政策可以享受革命烈士待遇。清明快到了，他们特来给烈士家属报喜。村主任在旁边一个劲地干咳。扯淡，当烈士了，有啥喜可报的？我一脸的不屑。女人瞅了眼旁边一个年轻人，小伙子把手里的一个塑料本本递给了我。也许，女人是看出了我的不快，说:“家属跑了几十年，不容易。我代表民政局，代表县政府给家属道歉。”说完，女人给我恭恭敬敬地鞠了一个躬。还说，烈士的名字，我们已经写到县烈士陵园的墙上了。

清明节那天，我让人把我三大的烈士证、入伍通知书，还有我大伯给我的那张小小的黑白相片，一块儿装在一个镜框里，悬挂在土窑正中的土墙上。

对于每天来土窑闲聊的人，我三大早已是一个遥远的话题。我从未给人说过我三大被敌人俘虏藏匿在禹山的事，我发誓要把我三大的秘密带到坟墓里去。

但有一件事情让我寝食难安。我不在家的日子里，红英离家出走了，至今下落不明。开始，我和村里人一样，以为红英回了娘家。所以我一回家，就到洛河边的文家庄去了。一问红英的事儿，我丈人和丈母娘大眼瞪小眼，继而两个人眼泪吧嗒吧嗒的让人心碎。尤其是我丈人听了我的遭遇后，说了句“命呀”，就不再言语了。后来，我用一个月的时间，带着我的狗一边围猎，一边寻遍了方圆五十里的村子、原野、沟道、山川，但未见红英的踪影。别看红英平日里疯疯癫癫的，可一旦不见了，我却像丢了魂似的，恍恍惚惚，浑浑噩噩，夜里噩梦不断，总觉得少了个啥。后来，我连老宅也不愿意回去了。因为在老宅的每一个地方，都有红英的影子和气息。

找了一阵子，看看没啥希望了，我就到乡派出所报了案。但红英还是了无音信，像在这个世上蒸发了一样。隔三岔五的，我会到派出所去打听一下。值班的公安是一个女娃，见我追得紧，就善意告诉我，现在离家出走或者说是莫名失踪的精神病人不少哩，让我不要着急，他们已经把信息上了网，一有消息，会在第一时间通知我的。

慢慢地，我去派出所的次数少了。我也不再专门出去寻找红英了。村里也没有人再念叨红英了。有时候，我都忘了红英的事儿。我的土窑里人又多了起来，仿佛又回到了过去，像啥事情都没有发生一样。大家照旧到土窑里来喝茶、谝闲，不分白天黑夜，嘻嘻哈哈地说一些带荤臊的话。活泛起来的土窑，多少抚平了我心里的伤痕。我努力不去想那些不愉快的事情，我已经寻不回来过去的我了。有时候，一个人静坐，或者带着我的狗在野地里奔跑。年迈的黄狗后来在一个后晌丢了，我曾四处托人寻过。开始还以为是被人偷走了，可一想，恁老的狗应该没人要呀。想来想去，郁闷了好几天。后来，不知道咋的，我猛然想起大伯说过，狗老了以后，都会给自己寻一个清静的地方。这时，我才幡然醒悟，黄狗一定是觉得自个儿的大限到了，像我大伯说的那样，到一个属于自己的清静的地方去了。黄狗的离去更加剧了我的郁闷，我的落寞。但不能让别人听到我的叹息，这是我给自个儿立下的规矩。我爸遗传给我的。农村人没有别的，要懂规矩，不然的话，会让人小看的。我娘在这个问题上跟我爸出奇的一致：娃呀，人再穷，都要有骨气哩。

天刚亮，春梅就敲开了我的窑门。

“咋恁早？”我睡眼惺忪地对她说。

“黑了，哪有空见你呀？一窑的人，不知道一天到晚谝啥哩？”春梅进了窑，就开始帮我拾掇。等我穿好衣裤，春梅用窑角的铁锨铲了满满两锨垃圾。“真能哩，比猪窝还脏。”

拾掇毕了，我说：“咋啦？有事哩？”

春梅迟疑了一下，惊喜地说：“我有了。”

“啥有了？”我说。

“我怀上娃了。”春梅说。

“啥？”其实，我听清春梅的话了，但我明知故问。黑蛋死了都快一年了，她咋会怀上娃了？咋可能哩！“正经些，不敢乱开玩笑。”

“真的！”春梅一脸的惊喜，不像是耍哩。陡然，我感到了问题的严重性。没听说春梅和谁搭互助组呀。好好的，咋就怀上娃哩。这不是胡闹嘛。见我一脸的疑惑，春梅认真地说，你啥都不要问了。看着眼前这个因为多年怀不上娃，被人嫌弃鄙视的女人，我咽了一口唾沫，竟一时不知道说啥。春梅面露赧色，可从她绯红的脸颊上，我还是能看出来怀上娃所带来的惊喜远远大于羞耻。我可以断定，春梅现怀的这个娃肯定不是黑蛋的。戏里说，哪吒娘怀了三年六个月的孕才生下了哪吒，可那毕竟是戏，是假的呀。现在不像农业社那会儿，光人的唾沫就能淹死人，可毕竟是在村里，该咋收场呀？说实话，我除了惊愕、恐惧、生气，还有担忧。毕竟，我在黑蛋跟前有过承诺。

闷了半晌，我低声说：“谁的娃？”

春梅这个时候才意识到了问题的另一面。但也只是那么短暂的几秒钟，她立马又恢复了常态。甚至还笑嘻嘻地说：“你的呀。”我一听急了：“胡闹！”春梅竟然哈哈大笑，笑得眼泪都出来了。

“你准备咋弄呀？”我几近绝望地说。

“坐月子呀。”春梅说。

我能看出来，一个即将当娘的女人那种无法言说的幸福，但我不能由着她的性子，用她的堕落伤害一个已经死了的人的名声。黑蛋在世时，曾经多么想有一个自己的娃，但他死了一年了，媳妇却怀上了娃。黑蛋要是还活着，一定会被这个无耻的女人气疯的。我已经快疯了，身上的血在往脑袋上顶。半年多的牢狱经历，让我学会了沉默，学会了不动声色，学会了言不由衷。

“我陪你去卫生院吧。”我平静地说。

“弄啥呀？”春梅说。

“做手术。”我想起了计划生育。

“我不去！”

“你不去，咋弄呀？”

“咱俩一块过吧。”

我的脑袋好像被人拍了一巴掌，一片空白。亏她想得出来，自己在外边搞破鞋，让我背黑锅，我憨呀。“我有媳妇哩。”

“在哪？”春梅问。

“你别管。反正我有媳妇。”我说。

“我不要你娶我，咱俩搭个互助组就行。”春梅的话里带着央求的口气，“你要是嫌弃，我生下娃，咱俩再分开。”

“那也不行！”我坚决地说。

春梅见我态度如此决绝，竟然“扑通”一下，给我跪下了。“求求你，看在我肚里娃的分儿上，你就可怜可怜我吧。”她这一出，倒是我没想到的。“你疯了？快起来。”

“你不答应，我就跪这儿，不起来。”

“起来！”

“不！”

“这种事，你叫我咋答应嘛？”

春梅索性一屁股瘫坐在地上，号啕大哭起来。我把窑门一闭，说，“哭，哭吧。哭死人，我也不会答应！”

春梅哭了一会儿，见我闷头坐在炕沿上不言语，说：“好你个天赐呀，黑蛋死的时候，你口口声声要照顾我哩，你这会儿倒好……黑蛋呀，我的命好苦呀……你交的这叫啥朋友呀？见死不救……还厉害人哩……”春梅边说边哭。一听这货提及黑蛋，我的心就乱了。春梅坐在窑地上一把鼻涕一把泪地哭诉，一会儿对老天爷，一会儿对死去的黑蛋，一会儿又骂我无情无义。我弄不清楚她哪句话是真，哪句话是假。正犹豫中，春梅突然从地上爬起来，拉开窑门，哭着说：“没人管我，我死了算了。没良心的东西，我就到你井把弯跳井去。叫人都看看！”

就在春梅拉开窑门的一刹那，我跳下炕，一把抓住了春梅的胳膊。春梅就势一扭身窝进了我的怀里，用拳头捶打我的肩膀。从那天开始，春梅就高调地搬到土窑里来了。每天黑了，她穿梭于众人间，仿佛女主人一般。这是春梅的智慧与本事。没多久，春梅怀上娃的事儿像长了翅膀似的传遍了古城村的家家户户。我知道，背地里，说啥的都有。但春梅总算跨过了一个不大不小的坎儿。我呢？自认为成功地捍卫了黑蛋的尊严。

春梅搬到土窑，带给众人最大的快乐是她从家里搬来的一台电视机。有一天黑了，我从夏阳新闻里听到，就在我发现铜剑的一带，县里挖出了一大批西周的陪葬品，有价值连城的几十件青铜器，有金子做的服饰，有用油漆画在木板上的画儿，有一堆一堆的玛瑙，还有很多玉石、麻钱之类的东西。新闻上说，这个震惊世界的考古发现，源于一年前夏阳警方破获的一起青铜宝剑盗墓案。

看看，我还真成盗墓贼了。

收获完玉米，春梅在土窑里生下了一个女娃。村里的三婆担心春梅年龄大了，生娃会有危险，提议到乡卫生院去生，但被春梅拒绝了。好说歹说，春梅就是不愿意离开土窑。有天夜里，春梅说，你给咱女子起个名字。我说，赶明天了，我让高瘸子给娃好好测一个字。春梅使劲捏了我一下，说，不好。我就要你给娃起。我“哎呀”了一声，说，就叫莲花吧。春梅思忖了一会儿，自言自语地说，对，就叫莲花。王莲花，好听。按乡俗，莲花二十天时，我在土窑前摆下了十桌酒席。除了春梅娘家的人，坐席的人都是村里的人，以老人、碎娃居多。这一天，秋高气爽，天气不冷不热。院子里热闹非凡，大伙大声笑骂，大声说话，仿佛要借用这个难得的聚会，把平日里积攒下的情绪一股脑地发泄出来。男人们喝着高粱酒，或者高声划拳，或者红着眼和人较劲、拼酒。几个中年女人一边在灶房帮厨、忙碌，一边开心地说着笑话，偶然还会和某个到灶房来淘食的男人说几句酸不溜丢的荤臊话，然后一起哄堂大笑。碎娃们躲开大人的视线在院子里跑来跑去，几个顽皮的娃跑到圈羊圈狗的土窑前，用土疙瘩向歇息的羊和狗捣去。一块土疙瘩除了会引起羊群短暂的骚乱，还会引来猎狗的狂吠，结果就有胆小的碎娃被狗吓得哇哇大哭起来。

整个饲养组的院子，因为高兴都颤抖起来了。

酒酣之际，俊才把我拉到一边，说：“叔，我婶回来哩。”我借着酒劲大声说：“你婶回来了？回来就回来了呗，给我说啥呀？”俊才憋红了脸说，是红英婶回来啦。我一个激灵酒醒了大半，说：“啥？你说啥？”

俊才低声说：“我红英婶回来哩。”

我说：“人哩，人在哪？”

俊才低声说：“你高低碎声些……人在大门口站着哩。”

我跌跌撞撞地跑到大门一看，除了几个圪蹴在地上玩抓五的碎娃，旁边还站着一个披头散发、衣衫褴褛的女人。尽管我早在心里想好了，要狠狠地臭骂一顿这个疯女人，但在见到红英的那一刻，我眼前一黑，差点跌倒。身后的俊才扶了我一把，我还是觉得眼前一片恍惚。

作孽哩。

红英见到我后，平静地说我回屋呀。说毕，转身下坡走了。我站在半坡的土墕上，看着红英拐进井把弯巷后，对俊才说，“你到伙房，给你婶弄一碗甑糕送屋去。你婶爱吃甑糕哩。”

俊才说了声好嘞，转身跑开了。

我没有立马返回院子，一个人上坡进了坡垴的土寨子。半坡饲养组喧嚣的声音都被挡到土墙外了。我坐在土寨子东边的半截子土墙上，一根接一根地卷旱烟，直到浓烈的旱烟呛得我咳出了眼泪。这时身后，传来一个女人的声音。

“赐娃。”

我扭头一看，是春梅。看样子，她站在那里已经有些时候了。体态婀娜的春梅穿一件大红牡丹花袄——那是我在集市上花了几十块钱让裁缝用一个新被单给春梅赶做的衣裳。

“你咋来啦？”我低头说。

“我不放心你。”春梅轻声说。

“回去吧，一会儿，娃该哭了。”我说。

“你该回屋……看看去。”春梅说。

我瞅着土崖上一簇酸枣树。春梅平静地说：“不管咋，回来了就好。”

我瞅了眼春梅。春梅莞尔一笑，说：“去吧，去看看红英姐……都是女人，我不怪你……”说完，转身出了土寨子。

我站起身，对着土崖下的村子吼起了秦腔。

王朝马汉喊一声，
莫呼威，往后退，
相爷把话说明白，
见公主不比同僚辈，
惊动凤驾理有亏。

我先是低声哼唱了几句，然后，突然转板，放开嗓门大声吼了起来。栖息在半崖柏树上的一群野麻雀，被我歇斯底里的唱腔吓得叽叽喳喳地飞向村庄。

猛想起当年考文会，
包拯应试中高魁，
披红插花游宫内，
国母笑咱面貌黑，
头戴黑，身穿黑，
浑身上下一锭墨，
黑人黑相黑无比，
马蹄印长在顶门额，
…………

唱着唱着，眼前陡然升腾起了一簇簇久违的铁花。默然炸响的铁花，像放慢了节奏的电影，一束一束地定格在村子上空……

入冬前，我卖掉了我的十三只羊，四条跑坡的猎狗——只留下了一条两岁的德国黑背，用于看家——过去是撑死胆大的，饿死胆小的。大队抓住了叫投机倒把，少不了一顿批斗。前些年，我压根就没有想过自己也弄点啥营生，挣一点钱补贴家用。一天到晚满脑子都是我那些打野兔子、撵獾的事儿。也难怪村里头上了年岁的人说我是一身好苦，被一个“懒”字祸害了。言下之意，无非是说我跑坡撵兔属于不务正业。我知道，村里人是拿农业社时的我做比较。他们都希望我做一个本本分分的庄稼户人，而不是成天价牵着狗，背着土枪，到处瞎逛荡的二流子。我也知道，这些年我的另类的生活方式有悖于我的父辈们的价值观，可他们哪里知道一个失去了至亲至爱之人的内心的煎熬与无奈——跌跌撞撞的生活，同样也教会了我用大脑思考问题——现在不一样了，国家有了政策，鼓励一部分人先富起来。不管白猫黑猫，只要能逮住老鼠就是好猫。村里有人在自个儿家里养起了鹌鹑，有人借钱买回了十几条像黄鼠狼一样的黑貂，有人合伙养了几十头美国的瘦肉猪，还有人像黑蛋那样从高瘸子的基金会高息贷款，买了大卡车给铁厂拉钢材……腊月里，平安一个人回来了。那个和他相好了半年的女娃，临回家时又跟着别人走了。尽管娃有些落寞，但我还是说服平安放弃了再出去打馍的想法，和我一块儿在村里弄个务实一些的营生。平安的人是留下了，可心思似乎还在外边，成天价在我的耳边念叨：趁着年轻，要到外边见见世面。不然的话，一辈子就是个睁眼瞎。屁话，这是连先人都砢碜哩。一天傍晚，平安带着一股子风进了土窑。

“爸，我当兵呀。”平安说，“你看我穿军装咋相？”

我抬头一看，愣怔住了。甚至，被眼前这个穿着一身崭新军装的平安震慑住了。尽管衣服有些大，不是很合体，也没有戴领章帽徽，但平日里蔫拉吧唧的儿子，此刻却像换了个人似的英气逼人。

“咋相嘛。”平安在窑地上转了一圈说，“爸，咋相？”

“好好的，咋又想起参军了？”看着一脸稚气的平安，愣怔之余，我一肚子的懊恼。“好我的娃哩，你咋老是想一出是一出，当兵苦着哩。”

“我不怕！”平安解开紧扣的衣服领子，一脸神气地说。

“平安呀，听爸话，咱不当兵去。咱把衣服脱了，给人家送回去。我已经托人说好了，明年开春，爸就送你到公社兽医站学医去。”这个时候，我才意识到了问题的严重性。可娃大了，有了自己的思想，我只能用近乎哀求的口气劝道。

“我才不当啥烂兽医哩。”平安挺直腰板，摆着手在窑地上来回走了起来，全不把我的话当回事。“我知道，我爷当初想让你学哩，你没学成，你又想让我学。我不学！”

“当兵有啥好处嘛。”我跺着脚说。

“接兵的人说了，今年他们招的是通信兵。”平安停住走动，说，“你知道部队在哪里不？”

“在哪里？”我说。

“北京。”平安说。

“哪里？！”其实我听清楚了，可我还是再问了一遍。

“北——京！”平安说，“天安门、长城都在北京哩。噢，对了，还能见到毛主席哩。”

“你咋能见着哩。”我一瞪眼，说，“你少糊弄你爸。我没去过北京，可我也知道北京是弄啥的。”

也许，平安对我的说辞半信半疑，他迟疑了一下，还是坚持自己的选择。放心吧，当兵多锻炼人呀，你看滩子村的春茂复员回来，公社就招成电影放映员了，每天开着三轮车到处放电影哩，想看啥电影就放啥电影，多美呀。人家接兵的人说了，通信兵是技术兵，学手艺哩。

看着手舞足蹈的平安，一丝久违的欣慰反而从我的心底缓缓地升腾起来，替代了我之前的懊恼。尽管平安没有念下啥书，参军去也好，在队伍里总比在屋里锻炼人，说不定会有大出息哩。谁说井把弯王家的祖坟上，就不会冒青烟呢？

第二天天刚麻麻亮，我用三轮车把平安送到了县城部队接兵人住的招待所。这里早挤满了穿新军装的娃娃。人挤人，比集市上的人还稠。在大门口，平安跳下三轮车，给我摆了摆手说你回去吧，转身就像一条快乐的小鱼，消失在一片绿色的河水里。

惊蛰刚过，我在队上之前种莲菜的几个泥坑的旁边，又流转了几户人家的滩地。我把莲菜池改成了鱼塘，在靠近濠水河观光路一侧，一溜盖了八个简易的木头亭子。每个亭子，都有一个很文化的名字。像听雨、问柳之类的，名字自然是请俊才在县文化馆上班的表哥给起的。对这些凉亭子的名字，尽管反复了几次，但我还不是很满意。最后，我特意让盖亭子的人搭建了一个木头门楼，把“井把弯”三个字挂在了上边。亭子与亭子之间，栽了一些一尺长的树墩子，像栽在河道里的木桩一样，吃饭的人踩着树墩子往返于亭子之间，给人一种在半空里吃饭的感觉。每个鱼池旁也都用木椽做了几个简易的凳子，供日后钓鱼的人坐。鱼池与鱼池之间，稀稀疏疏地栽了一些锨把粗的河柳。然后，让人在四周密密麻麻地栽种了一圈刺槐，严严实实地把农家乐圈了起来。有了围墙，也就有了家的感觉。建农家乐总共花了我两万块钱，手里的钱不够，我还从高瘸子的基金会贷了一万元。

刚一开张，井把弯农家乐在古城村引起了不小的涟漪。有赞同的，有感慨的，也有嗤之以鼻不以为然等着看笑话的人。村主任胡章娃尽管已经卸任了，可还是专程到农家乐来把我表扬了一番。夸我有魄力，是咥大事的人。说他早就想弄这么一个园子，既然我弄了，他明天就让女婿给他买鱼竿去。毕了，他说到时候可不许收他的钱。

鱼池的鱼还小，自然没有人来这里钓鱼。

进入五月，天气陡然暖和起来。城里倒还没有人来，附近几个村子的人，倒是一波接一波地来照顾生意。农家饭都是现成的。我从村里雇了几个年轻媳妇做厨师，面粉是自家的麦子在村里作坊加工的，就连炒菜用的油，也是从镇上棉花公司买的棉籽油。菜是从村里人的自留地里现买的。从食材到环境，打的都是清一色的绿色环保牌。至于酿皮、蒸菜、搅团、油层馍、面片一类的家常饭食，也都是村里女人的看家本领——你可别小看这些农家饭，倒不是说有多贵，人吃不起，而是麻烦。现在地里的活根本拴不住人，一年到头大部分时间人们都在赋闲。很多人来井把弯吃饭，图的就是省事，讲究的是在井把弯农家乐寻找在饭店里吃饭的感觉。当然了，最先来的大多都是周边村子里的干部。普通社员，来的并不多见。

农家乐开张没多长时间，我就发现了一个问题。吃饭的人，老是那么一些固定的客人。新鲜劲一过，来的人就更少了。有时候一天就一桌的客人。看着日渐萧条的景象，我急成了一只雨前的蚂蚁。没两天，嘴唇上就起了几个黄豆大的水疱。俊才见我焦急，使不上劲，就在一旁有一搭没一搭地说，要不叫几个娃娃来唱戏，说不定人就多了。

我一听，眼前一亮。觉得俊才这个主意不错。当下，我用盖亭子剩下的木料在亭子一侧的土堰上，搭建了一个简易的戏台子。没几天，新蕾剧团的七八个娃娃，跟着俊才一块来了。每天唱啥戏，由客人点，一出戏，收三十块钱。我提十块。没有人点戏的时候，娃娃们就在戏台上练功，或者随意唱一段戏文。古城村的人，不稀罕这些。可外村的人，却稀罕得不得了。饭前，或者饭后，就有按捺不住的人，上台跟着化了妆的娃娃们捏腔拿调地嬉戏一番。一句话，有了戏台子的热闹，很快，井把弯农家乐又活泛起来。

一天晌午，县电视台的记者找到了我。女记者笑着说，她是第二次采访我了。我眼拙，但也觉得女记者面熟，可一时想不起来在哪里见过。女记者说，前年到村里采访土地流转时采访过我。也许女记者早忘了我当初的无礼，笑着说："王总，你这农家乐可是名声在外呀。你可能还不知道，井把弯农家乐在全县还是第一家哩。说说吧，你当初是咋想起来开农家乐的？"

我一时语塞，不知道从哪里说起，直拿手挠头。一旁的俊才和几个妇女嘻嘻哈哈地起哄，出我的洋相。就连我拴在狗窝里的那条德国黑背，也莫名其妙地叫了两声。

自从上了电视，来井把弯吃饭的客人比以前更多了。

一时间，除了附近村里头的人，城里人的车像蝗虫一样，塞满了唯一一条通往国道的生产路。就连瀍水河观光路边，也停了不少的摩托车。后来，在亭子外，鱼池边，我多摆了二十张圆桌，才能勉强满足慕名而来的各路客人。

人多了，生意自然好了;生意好了，厨房的人忙碌得连上茅房的时间都没有了。几个唱戏的娃娃更是人来疯，天黑了，没了客人，一个个像抽了蒜薹的蒜苗似的，顿时蔫了下来。瞅着车来人往的景象，本该兴高采烈的我却担忧起来。为啥？我也说不上来。俊才说大概是名人效应吧。啥是名人效应，我不知道，我只知道此刻一种无以言说的焦虑，像县河滩上，像鱼塘里此起彼伏的蛙鸣一样，在我的血管里蠢蠢欲动。一旦到了夜里，又变成了一种惶恐。

还真是应了那句老话：出檐的椽头容易烂。中秋节前，镇土地所的王所长陪着县土地局的人把我堵在了屋子里。尽管我能感觉到一股不祥的气息扑面而来，但我还是硬着头皮把一行人让到了一个亭子里。土地局的人在说了一番县上鼓励农民创业之类的官话后，从一直夹在胳肢窝里一个黑皮包里，抽出了一张义正词严的督查书，并限期十天整改：拆除木亭和戏台子，鱼塘可以保留。还说什么私自改变耕地用途是犯法的事儿。你听听，多唬人。要不是俊才几次用眼神压着我，就我这烂脾气，早爆发了。

两天后，镇土地所的人又给我送来了一张督办通知。说是按照县上的要求，要尽快拆掉亭子，恢复耕地原貌。临走了还说，这事儿有人告哩。说来井把弯吃饭的人，踩坏了他们的庄稼。

关了农家乐，鱼塘的鱼还小，我一时又没有了干事。在土窑里窝了几天，正琢磨着去禹山跑坡的事儿，程玉喜带着几个一块儿种菜的人进了土窑。不等我招呼，几个人拿旱烟盒子自个儿卷烟的卷烟，摸碗自个儿倒茶的倒茶，全不把自己当外人。看到这架势，我心里不由得有些懊恼。这帮子人分明是来看笑话的，但我又不好发脾气，只能皮笑肉不笑地看着这些人——生活像一把钢锉，早打磨光了我身上带刺的棱角，我只能眼睁睁地看着这些势利小人，在我的土窑里上演一出侮辱我的丑剧——我只能忍着。此刻，我的脑子里陡然跳出我爸常说的一句话：能伸能屈，才是大男人。

稀客呀。我讪讪地说道。

程玉喜说："咋啦，看样子不欢迎我们呀。"

"都是稀客，大忙人，我想见还见不上哩。"我笑着说："今天是啥风呀，你们咋有空来饲养组。"

程玉喜瞥了眼一块来的人说，也没多大的事儿。就是抽空来窑里谝谝闲，看你最近忙啥哩。几个人也附和着说，对，对，就是谝闲哩。末了，其中一个人一气灌下半碗茶水，半噎着说，玉喜，你也别掖着了，天赐也不是外人，你就直说吧。

我一脸疑惑地看着程玉喜。

“天赐呀，是这。”程玉喜思忖了一下，终于开了口，显然他有些难为情的样子。“本来天禧要来的，可他手头还有点事，脱不开身。我呢，今天来是想和你商量一个事儿。”

我紧蹙着眉头，盯着程玉喜，一言不发。此刻，我觉得沉默是最好的姿态。我在心里也做好了最坏的打算，他说啥样的话我都能接着，都不会暴跳如雷让人看笑话的。我自信我遗传了我爸的刚强，即使打碎了牙，我也会连着唾沫一块咽下肚子的。这一刻，我像一位勇士一样伫立在天地之间，等待着暴风骤雨的来临。谁承想，事情大翻转。程玉喜断断续续的一番话，让我一时摸不着头脑。

我说：“商量，跟我商量啥呀。”

旁边有人说：“我们想和你一块弄。”

程玉喜说：“这也是你大哥的意思，把公司交给你来经营。”

我说：“我的农家乐刚倒灶，这是撵上门来戏耍我哩。”

“嗨，你误会了。”程玉喜忙摆手说，“我们忙活了两年多，连本都包不住。说是公司，其实就是一帮子人搭互助组哩。和过去在生产队干活，没啥两样。”

“可我也不懂经营呀。”我说。

程玉喜迟疑了一下，接着说：“说说你的条件。”

“我有啥条件？”我把眼睛一瞪，说：“当初我就不同意弄，现在好了，风头出了，钱赔了，没猴耍了，想起我了。”

“行了，你娃也别嘚瑟啦。”程玉喜正色道，“说吧，你有啥要求。”

我真的不行，也不想弄！看我这个样子，程玉喜又给我讲了一番乡里乡亲的话，末了，还拿我大哥压我，“不行了，让天禧来给你说。”

一听这话，我忙不停摆手，说：“我不是那个意思。”可仔细一想，我又是啥意思呢？这两年，心里头还不是有一个梗，一个与大哥之间的梗吗？但我绝不会像大哥那样鸡肠小肚在事情塄口给人摆谱作难。想到这儿，我说：“对了，你容我想想，想想再说。”说实话，尽管有了经营农家乐的一点狗屁经验，可我对种菜卖菜这个行当，说到底，还是个生手。要接手大哥这个烂摊子，我还真得好好琢磨琢磨。唉，你别看我脾气倔，可就是心太软了。凡事经不得别人几句软话，随便给我戴一个二尺五，自个儿就觉得飘飘欲仙了。

程玉喜说：“那好，明天我等你话。”说完，几个人闷头闷脑地离开了饲养组的土窑。看着窑地上留下了一地的狼藉，我也懒得拾掇。天一黑，我就和衣上了炕。

土窑隔音，听着忽远忽近的秋虫的鸣叫，我觉得我的人生充满了无常与挑战。一种从未有过的恍然隔世的感觉，风一样刮过身体，一朵白云托着我从塬上的坡地飞到塬下的田野；一会儿，又从县河的堤岸上飘到了禹山上空。听不到风声，也听不见鸡鸣狗吠；只有脚下广袤的原野、树丛里若隐若现的村庄、森林葳蕤的群山，以及裸露的沟壑，就像集市上兜售的万花筒一样，在我的眼前快速翻转……鸡叫头遍的时候，一泡尿憋醒了我。

等程玉喜几个人走进土窑的时候，我已经沏好了一壶酽茶。

2016 年 4 月—2018 年 8 月定稿于渭南

后 记

古城，是夏阳最古老的一个村庄。

我十六岁以前，就生活在这个村子里。我们村历史悠久，远近闻名。两千多年前的古城墙，如今被岁月剥蚀得只剩下了一畛子地长的半截子土崖了，但并没有人怀疑村子曾经的历史。尽管我们村已经找不到先前的田园牧歌了，但在我的心目中，村子还是我永远绕不过去的一座精神乐园。

一个村庄的消失，也许说明不了啥。但从每次的言谈中，听到村里的年轻人已经不再像他们的父辈那样，善待土地，依赖土地，竟时常让我生出一种无根，或者浮萍般的幻觉。也许再过五年，或者十年，村子里我所熟识的那一茬人，相继老去后，我便真的成了一个陌生的外乡人了——这大概就是村子对我离开村庄近四十年的惩罚。眼下，三十岁以下的人都成了熟悉的陌路人，我大都不认识了。他们对村庄的依恋，仅剩下自个儿的父亲母亲了。这世上，很多事情都是只能意会，一旦说出来或者写出来时，大抵都或多或少地偏离了初衷，甚至面目全非了。尽管这样，我还是固执地写下了我的记忆——献给我们村的颂词。

熟悉夏阳的人都知道，古城村至少包括东少梁村和西少梁村。

写完最后一个章节，适逢立夏。立夏这个节气，据说在战国末年就有了。夏，是大的意思。每年到了这个时候，春天播种的植物，都已经长大了。所以，叫立夏，带有季节转换的意思——夏天开始了。我在这里说立夏这个节气，还有一层意思。从《夏阳县志》看，我们古城村的村名，比立夏这个节气还要早哩。而且，从西周至今，都没有更换过名字。与立夏一样的古老，也算是一种巧合吧。

说到巧合，这部小说应该是意料之外的收获。我原计划要写一个与黄河有关的战争题材的小说，也用了两年多时间，跑了不少地方，实地考察了许多历史遗址。收集、查阅了很多资料，甚至连书名都想好了，但临到头，却笔头一转，一口气写下了这部与我的村子有关的小说。与其说是巧合，不如说与我对题材的熟悉程度有很大的关系。这样讲的话，那就不是巧合了，而是一种寓于偶然的必然了。

言归正传。

生活，永远比我们想象的精彩。这不仅仅是一个关于乡村猎人的故事，一部关于当代农民的成长历史和心路历程，也是一部当代中国农村转型初期农民日常生活的真实记录。马尔克斯说，“生活不是我们活过的日子，而是我们记住的日子，我们为了讲述而在记忆中重现的日子”。在无数个夜晚，我陡然发现，生我养我的那片土地，我的父老乡亲，他们始终在与贫穷做抗争，他们的内心世界都很博大，甚至强大。尽管他们衣着褴褛，但他们每时每刻对日子，对明天，对未来，都充满了欢喜，充满了希望，充满了信心。我曾试图进入他们的内心世界，寻找他们快乐的密码，虽然身在其中，却不得要领。现在，我用我的笔写下了他们的故事。记下了他们的喜怒哀乐、酸甜苦辣，但放下笔，我才发现这一切，不过是村庄的一个过客留下了几句梦呓而已。同时，我也发现在村里，一代接一代的人匍匐在那块土地上，日复一日，年复一年，不知道疲倦，不讲究回报，像一棵玉米一样，把自己的根须深深地扎入泥土，倾听大地母亲的心声。

老子说，“知其白，守其黑，为天下式。为天下式，常德不忒，复归于无极”。在道家看来，无极，即道。中国古代的哲学家认为，无极以其无形无象，无声无色，无始无终，无可指名，构成了宇宙万物的本原。我的那些可亲可敬的父辈们、同辈人，他们不是哲学家，他们都是本色出演，算得上是一群优秀的演员。田野是他们的舞台，鸡零狗碎的日子是他们精心策划的一幕幕活剧，就像村里人过事摆设的流水席一样。如今，滞留在村子里的人依然是村庄的主人。那些衣着光鲜的过客，像候鸟一样从空中飞过，真正懂得土地密码的往往还是那些静静地守候在村子里的人，他们才是乡村舞台的主角。有一天，我幡然醒悟，农村其实就是中国人的表情。农村的日子就像我家门前的滹水河，既逝者如斯，又源源不断，流入黄河，流入大海。然后又从地下涌出。如此往复，从不懈怠，尽管鸡零狗碎，甚至一地鸡毛，但流淌的却是一种自信的民族习俗，一种向往美好的执着。小说只写了短短的三十年，我在有限的篇幅中，通过不同时期，通过具体事件，通过生活细节，努力摹写了农村人的内心与恒定的人生价值，试图通过一种诚实的写作，寻找一种生命的永恒。

沧海桑田。尽管我儿时的村庄已经不复存在，已经变成了一片耕地，我的顽皮，我的憧憬，我的记忆，一块儿被岁月种植到了地里；但在我的生命中，我的村庄，我的井把弯巷，我的老井，却还像寨子土墙上的那一簇簇酸枣树一样，年年岁岁，春华秋实。表面上看，我是在为古城村的父老乡亲立传，实则，我是在为自己的心灵洗涤过往的尘埃。随着年龄的增长，我对那片土地上的人和事愈加充满牵挂。因为他们的喜怒哀乐就是我的喜怒哀乐。尽管为此我付出了很多心血，但当我捧着这部书稿，面对我的父老乡亲时，内心却充满了忐忑，惶恐像梅雨一样，搅得我睡不着觉，吃不下饭。我不是一个善于表达内心情感的人。我会把自己的喜怒哀乐变成一颗黑枣，静静地挂在土窑的木楔子上。我甚至喜欢把自己的真情实感设置在某个危难时刻。我的骨子里始终流淌着战士的血液，我崇尚带着微笑的悲壮，在我看来，死亡是对生命绚丽的礼赞。写到最后的时候，我才发现，我所热爱的那些人，都是以不同的死亡形式与我告别，退出自己的人生舞台的。这样的结局，绝非我的残忍，我只是忠于生活的本色，尊重生命的自然规律而已。搁笔后，至少有半个月，我还停留在小说里。整个人像虚脱的病人、霜降后的茄子一样，郁闷寡欢，不愿言语。人在书桌前，魂魄却像断了线的佛珠散落了一地，一时没有了精气神，我想起书中天赐娘说过的一句话：蒸馍全靠聚气哩。就像被熔化的铁犁铧水在辽阔的田野上空肆意绽放的铁花一样，唯其短，方才显得灿烂，显得珍贵。唯其率性，方才显得绚烂，显得真实可信。

毋庸讳言，小说是虚构的艺术。长篇小说更是一门自我塑造，自我呢喃，自我审视，自我生长的学问。我还只是一名小学生，我乐意寻求一种属于我自己的叙事，乃至结构小说——我并没有采取单纯的白描手法，用线条来勾画，而是借用油画技法，一笔一笔地把颜料抹上去，一个章节一个章节地结构故事、塑造人物。近处看，色彩斑斑，令人目眩。放下书本，退而远望，才会在脑子里显见其轮廓、其全貌、其意蕴。这种手法骨子里流淌的还是传统的现实主义，只是在表现形式上有所变化而已。从某种意义上看，我的这种追求也是对当下碎片化阅读对文学带来的冲击的一种抗争，用文本的“慢”向传统经典的“厚”致敬。我的这种探索是一种有风险的写作，但我还是想说，生活原本就是这个样子。

好好学习，天天向上。

2018年12月于空斋